De theeroos

Jennifer Donnelly bij Boekerij:

De theeroos
De winterroos
De wilde roos

boekerij.nl

Jennifer Donnelly

De theeroos

Londen, 1888. Door een dramatische gebeurtenis staat Fiona's leven opeens volledig op zijn kop

BOEKERIJ

Eerste druk 2003
Twintigste druk 2021

ISBN 978-90-225-9348-6
ISBN 978-94-023-1139-6 (e-book)
NUR 302

Oorspronkelijke titel: *The Tea Rose*
Vertaling: Milly Clifford
Omslagontwerp: Bürosüd
Omslagbeeld: Richard Jenkins (vrouw), Bürosüd (illustratie)
Zetwerk: ZetSpiegel, Best

Voor Douglas,
mijn eigen jongen met de blauwe ogen

Diep in hun wortels houden alle bloemen het licht vast.

– Theodore Roethke

Proloog

Londen, augustus 1888

Polly Nichols, een hoertje in Whitechapel, was heel blij dat er gin bestond. Gin hielp haar, genas haar. Gin nam de honger weg en verjoeg de kou uit haar gewrichten. Gin stilde de pijn in haar rottende tanden en verdoofde de snijdende pijn als ze moest plassen. Aan gin had ze meer dan aan welke man ook. Gin kalmeerde haar, en werkte verdovend.

Ze liep slingerend door de donkere steeg, zette de fles aan haar lippen en dronk die leeg. De alcohol brandde als vuur. Ze hoestte, verloor haar greep op de fles en vloekte toen die aan haar voeten in scherven viel.

In de verte sloeg de klok van Christ Church twee uur. Het heldere gelui klonk dof in de steeds dikker wordende mist. Polly stak een hand in de zak van haar mantel en betastte de muntstukken. Twee uur geleden had ze zonder een cent op zak in de keuken van een bordeel in Thrawl Street gezeten. De knecht van de eigenaar had haar gezien, zijn vier penny's opgeëist en haar buitengezet toen ze die niet kon geven. Ze had tegen hem gevloekt en geschreeuwd dat hij haar bed niet aan een ander mocht geven, want hij zou zijn geld heus wel krijgen. Dat had ze die dag al drie keer verdiend en verzopen.

'En zie je wel dat ik het heb, smeerlap,' mompelde ze. 'Dat zei ik toch? Ik heb je rotgeld en nog drank ook.'

Ze had haar geld en drank gevonden in de zakken van een dronkelap die in zijn eentje over Whitechapel Road zwalkte. Ze had hem wel moeten overhalen. Met haar tweeënveertig jaar had ze niet veel meer aan haar uiterlijk. Ze miste twee voortanden en haar wipneus was dik en plat als die van een bokser, maar haar grote borsten waren nog stevig, en een blik erop had hem overgehaald. Ze had eerst een slok van zijn gin willen hebben, want ze wist dat die haar keel en neus zou verdoven zodat ze niet meer zou ruiken hoe hij naar bier en uien stonk. Al drinkend had ze haar korset losgeknoopt, en terwijl hij bezig was had ze de fles in haar eigen zak gestoken. Hij was onhandig en langzaam, en ze was blij toen hij eindelijk klaar was en weg zwalkte.

Jezus, er ging niets boven gin, dacht ze nu, glimlachend bij de herinnering aan dat gelukkige toeval. Het gevoel van de fles in je handen, je lippen tegen het glas, de alcohol heet en scherp door je keel naar binnen voelen stromen. Nee, daar ging niets boven. En die fles was nog bijna vol geweest. Geen zielig restje. Haar glimlach verdween toen ze merkte dat ze naar meer snakte. Ze had de hele dag al gedronken en ze wist welke ellende haar wachtte als de roes verdween. Kotsen, beven, en – dat was nog het ergste – de zwarte beestjes die ze dan zag scharrelen en in de kieren van de wanden in het bordeel op de loer zag liggen.

Polly likte langs haar handpalm en streek over haar haren. Haar handen gingen naar haar korset en ze trok de vuile veters aan en legde er een knoop in. Ze trok haar blouse omhoog en knoopte die dicht. Toen liep ze onvast de steeg uit en Bucks Row in, terwijl ze met een hese, door gin aangetaste stem zong:

'Oh, bad luck can't be prevented,
Fortune, she smiles or she frowns,
He's best off that's contented,
To mix, sir, the ups and downs...'

Op de hoek van Bucks Row en Brady Street bleef ze opeens staan. Het werd wazig voor haar ogen. Ze kreeg een gonzend geluid in haar oren, als het aanhoudende gezoem van een insect.

'De drank heeft me weer te pakken,' kreunde ze. Ze stak haar handen op. Die beefden. Ze knoopte haar mantel dicht tot haar oren en ging sneller lopen, snakkend naar een slok gin. Omdat ze haar hoofd gebogen hield zag ze de man niet die een paar meter verder stond, tot ze bijna tegen hem aan liep. 'Verdikkeme!' riep ze uit. 'Waar kom jij opeens vandaan?'

De man bekeek haar. 'Wil je?'

'Nee, ik wil niks. Ik voel me niet lekker. Goedenavond.'

Ze wilde doorlopen, maar hij greep haar arm beet. Ze draaide zich om met haar vrije arm opgeheven om hem te slaan, toen haar blik op de shilling viel die hij tussen duim en wijsvinger ophield.

'Tja, dat verandert de zaak,' zei ze. Van die shilling plus de vier penny's die ze al had, kon ze voor vannacht, morgen en zelfs overmorgen drank en onderdak betalen. Hoe ziek ze zich ook voelde, dit kon ze niet afslaan.

Polly liep zwijgend met haar cliënt terug, langs de vervallen woningen en hoge opslaghuizen. De man liep stevig door en ze moest het op een holletje zetten om hem bij te houden. Ze zag dat hij chic gekleed was. Dan zou hij ook wel een duur horloge op zak hebben. Ze zou beslist zijn zakken doorzoeken als ze de gelegenheid kreeg. Aan het eind van Bucks Row, bij de ingang van een stalplaats, bleef hij abrupt staan.

'Niet hier,' protesteerde ze met opgetrokken neus. 'Bij de metaalfabriek, een stukje verder...'

'Dit is goed genoeg,' zei hij, en hij duwde haar tegen twee platen geroest metaal met een ketting en een hangslot, die dienden als de toegang tot de stalplaats.

Zijn gezicht lichtte vreemd op in de toenemende duisternis, en de bleekheid werd doorbroken door kille, zwarte ogen. Een golf van misselijkheid kwam in haar op toen ze in die ogen keek. O jezus, smeekte ze in stilte, laat me niet nu overgeven. Niet hier. Niet nu. Niet nu ik dadelijk een hele shilling kan krijgen. Ze dwong zich om diep in te ademen en de misselijkheid te verdringen. Terwijl ze dat deed, ving ze zijn geur op: pommade, zweet, en nog iets... maar wat? Thee. Thee, verdikkeme, hoe was het mogelijk!

'Nou, vooruit dan maar,' zei ze. Ze tilde haar rokken op en wierp hem een gelaten blik toe.

De ogen van de man glinsterden nu, als glimmende poelen zwarte olie. 'Vuile teef,' zei hij.

'Geen scheldwoorden vanavond, vent. Ik heb haast. Heb je hulp nodig?' Ze stak een hand naar hem uit, maar die sloeg hij weg.

'Dacht je echt dat je je voor me kon verstoppen?'

'Hoor 's even, ga je nu...' begon Polly. Ze kreeg de kans niet om haar zin af te maken. Opeens greep de man haar bij de keel en gooide haar tegen de poort.

'Laat me los!' schreeuwde ze terwijl ze naar hem sloeg. 'Laat me los!'

Hij verstrakte zijn greep. 'Je hebt ons in de steek gelaten,' zei hij met een blik vol haat. 'Je hebt ons aan de ratten overgelaten.'

'Toe!' bracht ze schor uit. 'Doe me geen pijn. Ik weet niks van ratten. Ik zweer het. Ik...'

'Leugenaar!'

Polly zag het mes niet komen. Ze had geen tijd om te schreeuwen toen het in haar buik drong en omdraaide. Ze slaakte een zachte zucht toen hij het er weer uit trok. Ze staarde zonder het te begrijpen naar het lemmet terwijl haar ogen groot werden en haar mond een O vormde. Langzaam en voorzichtig bracht ze haar vingers naar de wond. Toen ze haar hand terugtrok, waren haar vingers rood van het bloed.

Ze hief haar blik naar hem op en haar stem verhief zich in een doodsbang gejammer toen ze de waanzin op zijn gezicht zag. Hij tilde het mes op en stak haar in de hals. Haar knieën begaven het en duisternis viel over haar heen en omringde haar, trok haar omlaag in een dichte, verstikkende mist, een mist die nog dichter was dan die van de Theems en nog zwarter dan de Londense nacht die neerdaalde op haar ziel.

Deel 1

1

De geur van Indiase theebladeren, zwart, knisperend en moutachtig, was bedwelmend. De geur walmde uit Oliver's, een pakhuis van zes verdiepingen aan de noordoever van de Theems, en daalde neer over de Old Stairs, een stenen trap die van Wappings kronkelende hoofdstraat naar de rivieroever leidde. De geur van de thee overstelpte de andere geuren van het havenkwartier, zoals de zure stank van de modder, de zoutige geur van de rivier en de warme mengeling van kaneel, peper en nootmuskaat die opsteeg uit de specerijenopslagplaatsen.

Fiona Finnegan deed haar ogen dicht en haalde diep adem. 'Assam,' zei ze in zichzelf. 'Die geur is te sterk voor een darjeeling of een dooars.'

Meneer Minton, de voorman van Burton's, zei dat ze een neus had voor thee. Hij stelde haar vaak op de proef door een handvol theebladeren onder haar neus te houden en haar te laten zeggen welke soort het was. Ze had het altijd bij het rechte eind.

Ja, een neus voor thee had ze. En de handen, dacht ze, toen ze haar ruwe handen inspecteerde, waarvan de knokkels en nagels zwart zagen van het theestof. Het stof drong overal door. In haar haren, haar oren, in haar kraag. Ze wreef zuchtend over het stof met de zoom van haar rok. Pas nu had ze even de kans om te zitten sinds ze om half-zeven die ochtend uit de keuken van haar moeder de donkere straten van Whitechapel op was gegaan.

Om kwart voor zeven was ze in de theefabriek. Meneer Minton had haar bij de deur opgewacht en haar aan het werk gezet om de blikken van een half pond gereed te maken voor de inpakkers die om zeven uur zouden komen. De mengers, die op de bovenste verdieping van de fabriek werkten, hadden de vorige dag twee ton earl grey gemengd en die moest om twaalf uur verpakt zijn. Vijfenvijftig meisjes moesten die in vijf uur tijd in achtduizend blikken verpakken. Dat hield in dat je ongeveer twee minuten de tijd had om een blik te vullen. Alleen vond meneer Minton twee minuten te ruim, dus ging hij steeds achter elk van de meisjes staan om haar tijd op te nemen, haar uit te schelden en op te jutten. En dat allemaal om een paar seconden tijdwinst per blik te verkrijgen.

Op zaterdag werkten ze maar halve dagen, maar ook die leken eindeloos. Meneer Minton joeg hen meedogenloos op. Daar kon hij eigenlijk niets aan doen. Fiona wist dat hij alleen maar de orders van Burton zelf moest opvolgen. Ze vermoedde dat haar werkgever er een hekel aan had om de arbeiders een halve dag vrij te geven, en hen er dus voor liet zwoegen. Op zaterdag was er geen pauze. Dan moest ze vijf uur achtereen op de been blijven. Als ze geluk had, werd het gevoel in haar benen verdoofd, en anders kreeg ze een pijn die in haar enkels begon en opklom naar haar rug. Nog erger dan het staan was de saaie routine: een etiket op het blik plakken, de thee afwegen, het blik vullen, het blik verzegelen en verpakken, en vervolgens begon het allemaal opnieuw. De sleur vormde een aanslag op haar intelligentie, en op sommige dagen, zoals vandaag, dacht ze dat ze er gek van zou worden, dat ze twijfelde of ze er ooit aan kon ontsnappen, en vroeg ze zich af of al haar grote plannen en opofferingen ooit tot iets zouden leiden.

Ze trok de spelden uit de knot op haar hoofd en schudde haar haren los. Toen knoopte ze haar laarzen los en schopte ze uit. Ze stroopte haar kousen af en strekte haar lange benen voor zich uit. Ze deden nog steeds pijn van het staan, en door de wandeling naar de rivier was het er niet beter op geworden. In haar achterhoofd hoorde ze haar moeder nog zeggen: 'Als je nog een beetje verstand hebt, dan kom je meteen naar huis, kind, en dan ga je niet naar de rivier.'

Niet naar de rivier gaan? dacht ze, terwijl ze in de zonneschijn van augustus naar de zilverkleurige Theems keek. Wie kon daar weerstand aan bieden? De golven die ongeduldig tegen de onderkant van de Old Stairs klotsten, sproeiden waterdruppels over haar uit. Ze keek hoe ze naar haar toe kropen en beeldde zich in dat de rivier haar tenen wilde raken, over haar enkels kabbelde en haar mee wilde voeren met het roepende water. O, kon ze dat maar.

Terwijl ze over het water staarde voelde Fiona de vermoeidheid wegtrekken, een vermoeidheid die donkere kringen onder haar helblauwe ogen en een pijnlijke stijfheid in haar jonge lichaam achterliet, en een gevoel van opwinding kreeg de overhand. Door de rivier voelde ze zich als herboren. Volgens de mensen was de City, het centrum van handel en de regering ten westen van Wapping, het hart van Londen. Als dat waar was, dan was de rivier haar overlevingskans. En Fiona's hart klopte mee met de schoonheid ervan.

Al het opwindende van de wereld lag vlak voor haar. Ze zag schepen met vracht uit de verste uithoeken van het

Britse rijk over de rivier varen. Vanmiddag was het heel druk op de Theems. Punters en lichters vervoerden mannen van en naar schepen die in het midden van de rivier lagen aangemeerd. Een logge stoomboot dwong kleinere vaartuigen opzij te gaan. Een gedeukte trawler, terug van de kabeljauwvangst in de ijzige wateren van de Noordzee, stoomde de rivier op naar Billingsgate. Binnenschepen vochten om voorrang terwijl ze de rivier op- en afvoeren, waarbij ze hier een lading nootmuskaat losten en daar zakken koffie. Vaten stroop. Wol, wijn en whisky. Bundels tabak. En kisten vol thee.

En overal stonden kooplieden te overleggen met hun kapiteins, op de uitstekende steigers, of tussen de vaten en kratten en torenhoog opgetaste pallets. Kordate, gezaghebbende mannen die meteen uit de City kwamen om hun goederen te controleren zodra hun schepen hadden aangelegd. Ze kwamen in rijtuigen, droegen wandelstokken en openden gouden horloges met handen die zo glad en wit waren dat Fiona bijna niet kon geloven dat het mannenhanden waren. Ze droegen hoge hoeden en pandjesjassen en werden gevolgd door klerken die hun grootboeken droegen, in alles liepen te porren en fronsend aantekeningen maakten. Die mannen waren alchemisten. Ze namen onbewerkte goederen en veranderden die in goud. En wat wilde Fiona graag een van hen zijn.

Het interesseerde haar niet dat meisjes zich niet met dergelijke zaken hoorden te bemoeien, en vooral niet meisjes uit de havenbuurt, zoals haar moeder haar steeds inprentte. Die meisjes leerden koken, naaien en het huishouden doen, opdat ze een man kregen die minstens zo goed voor hen kon zorgen als hun vader had gedaan. 'Dwaasheid,' vond haar moeder Fiona's ideeën, en ze raadde haar aan om meer tijd te besteden aan deeg maken en minder aan de rivier. Maar haar vader vond haar dromen niet raar. 'Blijf maar dromen, Fee,' zei hij. 'Als je geen dromen meer hebt, kun je net zo goed meteen naar de begrafenisondernemer gaan, want dan ben je eigenlijk al dood.'

Verdiept in haar beschouwingen hoorde Fiona de voetstappen niet bij de bovenkant van de Old Stairs. Ze was zich niet bewust van de jongeman die glimlachend naar haar stond te kijken. Hij wilde haar niet storen, alleen even naar haar kijken voor hij liet merken dat hij er was, want hij wilde ervan genieten hoe ze daar slank en met rechte rug zat, met op de achtergrond bemoste stenen en zwarte modder.

'Hallo!' riep hij zacht.

Fiona draaide zich om. Haar gezicht lichtte op toen ze hem zag, en de vastberadenheid die altijd op haar gezicht te lezen was, verzachtte even. Die vastberadenheid was altijd zo duidelijk dat buurvrouwen verzuchtten dat een sterk gezicht een teken was van een sterke wil. En een sterke wil voorspelde moeilijkheden. Zo kwam ze nooit aan de man, zeiden ze. Kerels hielden niet van dat soort eigenschappen in een vrouw.

Maar deze kerel leek het niet erg te vinden. Net zomin als het glanzende zwarte haar dat om haar gezicht krulde en los over haar rug viel. En net zomin als de fonkelende, saffierblauwe ogen.

'Wat ben je vroeg, Joe,' zei ze met een glimlach.

'Ja.' Hij ging naast haar zitten. 'Pa en ik waren vroeg klaar op Spitalfields. De groenteboer was snipverkouden, en hij had geen zin om af te dingen. Dus nu heb ik twee uur voor mezelf. Hier.' Hij gaf haar een bloem. 'Die heb ik onderweg gevonden.'

'Een roos!' riep ze uit. 'Dank je!' Rozen waren duur. Hij kon het zich niet vaak veroorloven om haar er een te geven.

Ze legde de rode blaadjes tegen haar wang, en stak de bloem toen achter haar oor. 'En wat heeft de week opgeleverd? Hoeveel hebben we?' vroeg ze.

'Twaalf pond, een shilling en zes penny's.'

'Tel dit er maar bij op,' zei ze terwijl ze een muntstuk uit haar zak pakte. 'Dan hebben we twaalf pond en twee shilling.'

'Kun je die wel missen? Je slaat toch geen eten over om geld te sparen?'

'Nee.'

'Ik meen het, Fee. Ik word echt kwaad als je...'

'Ik zei toch nee!' viel ze uit, en veranderde toen van onderwerp. 'Over een poosje hebben we vijftien pond, dan twintig en dan vijfentwintig. Het gaat echt lukken, hè?'

'Natuurlijk. Als we zo doorgaan hebben we over een jaar vijfentwintig pond. Genoeg voor drie maanden huur en een beginvoorraad.'

'Een heel jaar,' herhaalde Fiona. 'Het lijkt wel een eeuwigheid.'

'Het gaat vast snel, schat,' zei Joe terwijl hij in haar hand kneep. 'Dit gedeelte is het moeilijkst. Zes maanden nadat we de winkel hebben geopend, hebben we zoveel geld verdiend dat we nog een zaak kunnen openen. En dan nog een, tot we een hele keten hebben. We gaan geld als water verdienen.'

'We worden rijk!' Ze leefde weer op.

Joe lachte. 'Niet meteen. Maar ooit wel. Dat beloof ik je, Fee.'

Fiona trok lachend haar knieën op tegen haar borst. Een jaar was niet zo lang, peinsde ze. Vooral niet als je naging hoe lang ze het al over hun winkel hadden. Al sinds ze kinderen waren. En twee jaar geleden waren ze gaan sparen, en ze stopten het geld in een oude cacaobus die Joe onder zijn bed verstopte. Alles was in dat blik gegaan: loon, geld dat ze met Kerstmis en op hun verjaardag hadden gekregen, zelfs wat duiten die ze op straat hadden gevonden. Langzamerhand was het aantal munten toegenomen, en nu hadden ze twaalf pond en twee shilling... een fortuin.

Door de jaren heen hadden zij en Joe gefantaseerd over hun winkel, en ze hadden het beeld zo bijgeschaafd en verfijnd dat ze de thee in de kist kon ruiken als ze haar ogen dichtdeed. Ze kon de gladde eiken toonbank onder haar hand voelen en het koperen deurbelletje horen rinkelen als er klanten binnenkwamen. Het zou een mooie, glimmende winkel zijn, niet een of andere sjofele tent. Een mooie zaak, met zo'n mooie etalage dat de mensen gewoon niet voorbij konden lopen. 'Het gaat om de presentatie, Fee,' zei Joe altijd. 'Daar komen de klanten op af.'

De winkel zou een succes worden, dat wist ze zeker. Als zoon van een straatventer wist Joe alles van verkopen. Hij was opgegroeid op een kar, en had zijn eerste levensjaar doorgebracht in een mandje tussen de rapen en de aardappelen. Hij kon al 'Mooie peterselie!' roepen voor hij zijn naam kon zeggen. Met zijn kennis en hun gezamenlijke inzet moest het wel slagen.

Onze winkel, alleen van ons, dacht Fiona terwijl ze naar Joe keek, die naar de rivier staarde. Haar blikken liefkoosden zijn gezicht en genoten van elk detail: de sterke kaaklijn, de lichtbruine stoppels op zijn wangen, het kleine litteken boven zijn oog. Ze kende alle hoeken en vlakken van zijn gezicht. Joe Bristow had altijd al deel uitgemaakt van haar leven, en dat zou nooit veranderen. Zij en Joe waren in dezelfde armoedige straat opgegroeid, met maar één huis tussen hen. Als kinderen hadden ze samen gespeeld, door Whitechapel gestruind en elkaar getroost als ze pijn of verdriet hadden.

Als kinderen hadden ze penny's en lekkernijen gedeeld, en nu deelden ze hun dromen. Binnenkort zouden ze hun leven delen. Ze zouden trouwen, zij en Joe. Niet direct. Ze was pas zeventien, en dat zou haar vader te jong vinden. Maar over een jaar was ze achttien en Joe twintig, en dan hadden ze geld gespaard en dus goede vooruitzichten.

Fiona stond op en sprong van de trap op de stenen beneden. Ze was zo opgewonden dat ze niet langer stil kon zitten. Ze holde naar de waterkant, raapte een handvol steentjes op en gooide die zo hard en snel ze kon over het water. Toen ze de steentjes allemaal over het water had laten dansen, draaide ze zich om naar Joe, die op de trap naar haar zat te kijken.

'Op een dag zullen we zo groot zijn als dit allemaal,' riep ze terwijl ze haar armen uitspreidde. 'Groter dan Whites of Sainsbury's. En groter dan Harrods.' Ze wierp even een blik op de pakhuizen aan weerskanten en de kaden aan de overkant van de rivier. Ze leek op het eerste gezicht zo klein en broos, een tenger meisje aan de rand van de rivier dat de zoom van haar rok door de modder sleepte. Maar als je goed keek, zoals Joe, kon je haar kracht zien in haar gezicht, in elk gebaar, van haar opgeheven kin tot haar ruwe handen die ze nu tot vuisten had gebald alsof iemand haar uitdaagde.

'We zullen zo groot worden,' vervolgde ze, 'dat elke groothandelaar zijn waren aan ons wil slijten. We krijgen tien winkels in Londen... nee, wel twintig... en nog meer in de rest van het land. In Leeds en Liverpool, in Brighton en Bristol en Birmingham en...' Ze zweeg abrupt toen ze Joe's blik zag, en ze werd opeens verlegen. 'Waarom kijk je zo?'

'Omdat je zo'n raar meisje bent.'

'Dat ben ik niet!'

'Dat ben je wel. Ik heb nog nooit zo'n felle meid gezien als jij. Je hebt meer lef dan de meeste kerels.' Joe steunde op zijn ellebogen en wierp haar een keurende blik toe. 'Misschien ben je wel geen meisje, maar een verklede jongen.'

Fiona lachte. 'Misschien. Als je het wilt weten, moet je maar hier komen.'

Joe stond op en Fiona draaide zich om en zette het op een lopen. Door het knarsende grind achter haar wist ze dat hij naar beneden was gesprongen en achter haar aan rende. Ze gilde het uit van plezier toen hij haar bij de arm greep.

'In elk geval ren je wel als een meisje.' Hij trok haar tegen zich aan en deed of hij haar gezicht bekeek. 'En je bent zo knap dat je best een meisje kunt zijn...'

'Kunt zijn?'

'Mmm, maar ik kan me vergissen. Ik kan beter zorgen dat ik het zeker weet.'

Fiona voelde zijn vingers langs haar wang glijden. Heel zachtjes tilde hij haar kin op en kuste haar op de mond, terwijl hij met zijn tong haar lippen uiteen deed. Ze sloot haar ogen en gaf zich over aan zijn kus. Ze wist dat ze dit niet hoorden te doen, niet tot ze getrouwd waren. Vader Deegan zou haar een heleboel weesgegroetjes laten zeggen als ze dit bij de biecht vertelde, en haar vader zou haar levend villen als hij het te weten kwam. Maar zijn lippen voelden zo heerlijk aan en zijn tong was als fluweel, en zijn huid rook zo heerlijk zoet en warm van de middagzon. Voor ze het besefte ging ze op haar tenen staan, sloeg haar armen om zijn hals en kuste hem terug.

Hun omhelzing werd onderbroken door gejoel en gefluit. Een binnenschip was uit de toegang tot de Londense havens gekomen en voer langs. De bemanning had alles kunnen zien.

Met een vuurrood gezicht trok Fiona Joe mee in de doolhof van palen, en daar bleven ze tot het schip weg was. Een kerkklok begon te luiden. Het werd al laat. Ze wist dat ze thuis haar moeder moest helpen met het eten, en Joe moest naar de markt. Na een laatste kus liepen ze terug naar de Old Stairs. Ze klauterde de trap op om haar kousen en schoenen weer aan te trekken, en struikelde bijna over haar rok.

Toen ze weer opstond, klaar om weg te gaan, wierp ze nog een laatste blik op de rivier. Pas over een week kon ze weer terugkomen, een week van opstaan als het nog donker was, naar Burton gaan en weer terug naar huis, waar altijd wel karweitjes wachtten. Maar het deed er niet toe. Niets deed er eigenlijk toe. Op een dag zou ze dat allemaal achter zich laten. Op de dansende golven waren witte schuimkoppen te zien. Was het verbeelding, of leek de rivier echt te springen van enthousiasme voor haar, voor hen?

En waarom niet? vroeg ze zich met een glimlach af. Zij en Joe hadden elkaar. Ze hadden twaalf pond, twee shilling en een droom. Burton's en de vieze straten van Whitechapel maakten niets uit. Over een jaar was de wereld van hen. Alles was mogelijk.

'Paddy? Hoe laat is het?' vroeg Kate Finnegan aan haar man.

'Hmm?' antwoordde hij, verdiept in de krant.

'Hoe laat is het, Paddy,' herhaalde ze ongeduldig, terwijl ze in een gele mengkom stond te kloppen.

'Dat heb je me net al gevraagd, Kate,' zuchtte hij, en hij stak een hand in zijn zak en haalde er een gedeukt zilveren horloge uit. 'Het is precies twee uur.'

Kate sloeg fronsend met de klopper tegen de zijkant van

de kom en wierp hem vervolgens in de gootsteen. Met een vork prikte ze in een van de drie schaapskoteletten die op het fornuis stonden te braden. Een straaltje vocht liep langs de kotelet omlaag en veranderde sissend in stoom. Ze legde met de vork de drie koteletten op een bord en zette dat op een warmhoudplaat naast het fornuis, bij een kan uienjus. Vervolgens pakte ze een rits worstjes en sneed de verbindingen door in de pan. Toen ze begonnen te braden ging ze tegenover haar man aan tafel zitten.

'Paddy,' zei ze terwijl ze met haar handpalm op tafel sloeg. 'Je moet ze echt eens aanpakken. Ze kunnen niet maar binnenvallen wanneer het hen uitkomt en jou met eten laten wachten. En ik zit hier maar te wachten tot ik het beslag kan bakken.'

'Ze zullen zo wel komen. Begin maar met het eten. Als het koud is geworden als ze thuiskomen, is het hun eigen schuld.'

'Het gaat niet alleen om het eten,' biechtte ze op. 'Ik vind het niet prettig dat ze buiten rondhangen nu er steeds iemand vermoord wordt.'

'Je denkt toch niet dat de moordenaar van Whitechapel op klaarlichte dag rondloopt en zo'n sterke knul als Charlie te pakken wil nemen? Nou, God sta hem bij, want dan is de moordenaar degene die om hulp roept. En helemaal als hij Fiona tegenkomt. Weet je nog wat er met die ellendeling van een Sid Malone is gebeurd toen hij haar in een steegje probeerde te overmeesteren? Ze stompte hem zo hard op zijn neus dat die brak. En hij is nog wel twee keer zo groot als zij.'

'Ja, maar...'

'Kijk eens, Kate, hier is een artikel over Ben Tillet, die man van de vakbond die de mannen van de theepakhuizen probeert te organiseren. Moet je horen...'

Kate keek verwijtend naar haar man. Ze wilde niets horen van wat er in de krant stond over vakbonden. Ze was bang voor stakingen. Het kostte haar nu al moeite genoeg om haar man, vier kinderen en een kostganger te eten te geven. Als er een staking kwam, zouden ze verhongeren. En alsof dat al niet erg genoeg was, liep er ook nog een moordenaar rond. Whitechapel was altijd al een probleembuurt geweest met al die Cockneys, Ieren, Polen, Russen, Chinezen en nog meer nationaliteiten die er op een kluitje woonden. Niemand was rijk, en de meesten werkten hard voor de kost. Veel van hen waren ook zware drinkers en er heerste criminaliteit, maar die bestond grotendeels uit diefstallen. Soms maakten misdadigers elkaar af of iemand kwam om het leven tijdens een vechtpartij, maar niemand deed wat die moordenaar deed: vrouwen aan flarden snijden.

Ze stond op, liep naar het fornuis en prikte in de worstjes die lagen te sputteren in een gladde laag jus en vet. Ze pakte de mengkom en goot het beslag over de worstjes. Het verspreidde zich sissend tot de rand van de pan en bleef daar bubbelen tot het begon te rijzen. Ze glimlachte. Het beslag was luchtig en zou mooi bruin worden. Een scheutje bier erin deed altijd wonderen. Ze schoof de braadpan in de oven en richtte haar aandacht toen op een pan aardappelen. Terwijl ze die tot puree stampte, hoorde ze de voordeur opengaan en vervolgens de snelle, lichte voetstappen van haar dochter.

'Hallo mam, hallo pa,' zei Fiona opgewekt. Ze deed haar weekloon min zes pence in een oud theeblik op de schoorsteenmantel.

'Hallo lieverd,' zei Kate, opkijkend van de aardappelen.

Paddy bromde een groet vanachter zijn krant.

Fiona greep een schort van een haak bij de achterdeur.

Ze keek even naar haar babyzusje Eileen, die in een mand bij de haard lag te slapen, en vervolgens boog ze zich over jaar vierjarige broertje Seamie, die met wasknijpers soldaatje zat te spelen, en gaf hem een kus.

Toen ging ze aan de slag om haar moeder te helpen. 'Wat is er voor nieuws, pa?'

Paddy liet zijn krant zakken. 'De vakbond. Er sluiten zich steeds meer mensen bij aan. Let op mijn woorden, voor het einde van het jaar komt er een staking. De vakbonden zullen de arbeiders redden.'

'En hoe doen ze dat? Door ons een extra penny per uur te geven opdat we langzaam verhongeren in plaats van meteen?'

'Begin nou niet, Fiona,' waarschuwde Kate.

'Mooi is dat. Die Joe Bristow heeft je dat soort gedachten zeker aangepraat. Die marktkooplui zijn allemaal hetzelfde. Veel te vrijgevochten. Ze geven niks om de rest van hun klasse.'

'Ik heb Joe niet nodig om ergens een mening over te krijgen, want die heb ik zelf wel. En ik ben niet tegen vakbonden. Ik doe het alleen liever zelf. Wie wil wachten tot fabriekseigenaren en dokmeesters gaan luisteren naar een stelletje plebs van de vakbond, kan lang wachten!'

Paddy schudde zijn hoofd. 'Je zou je moeten aansluiten en wat van je loon inzetten voor het nut van iedereen. Anders ben je net als zij.'

'Nou, ik ben niet net als zij, pa!' zei Fiona fel. 'Ik werk elke dag behalve zondag, net als jij. Ik vind dat arbeiders het beter moeten krijgen. Natuurlijk. Ik ben alleen niet van plan om op mijn kont te zitten wachten tot Ben Tillet dat allemaal voor elkaar krijgt. Pa, denk je nou echt dat William Burton zal toestaan dat zijn arbeiders bij de vakbond gaan? Jij werkt voor hem, je weet net zo goed als ik hoe hij is. Zo gierig als de pest. Hij wil zijn winst houden, niet verdelen.'

'Je snapt niet dat je ergens moet beginnen, meisje!' zei Paddy nijdig. 'Als je naar bijeenkomsten gaat, het aan iedereen doorgeeft en zorgt dat alle arbeiders van Burton's achter de vakbond staan – de havenarbeiders, de meisjes in de fabrieken – dan kan hij er niet onderuit. Je moet eerst op kleine punten winnen voor je grote winst boekt. Net als die meisjes van de luciferfabriek. Ze protesteerden tegen de slechte werkomstandigheden en de boetes die ze kregen als ze praatten of naar de plee gingen. Na drie weken staken hebben ze het gewonnen. Een groep meiden! Aantallen hebben macht, Fiona, let op mijn woorden. De vakbonden zullen de havenarbeiders en de hele arbeidersklasse helpen.'

'Van mij mogen ze,' zei ze. 'Als ze mij maar met rust laten.'

Paddy sloeg met zijn vuist op tafel. 'Genoeg!' riep hij. 'Ik wil niet dat er in mijn eigen huis zo over mijn eigen mensen wordt gesproken!' Kwaad pakte hij zijn krant weer op en sloeg de kreukels eruit.

Fiona was woedend, maar ze hield zich in.

'Waar is je broer, Fiona?' vroeg Kate.

'Bij de gasfabriek cokes halen. Die ging hij aan mevrouw MacCallum verkopen. Ze heeft geen geld over voor steenkool.'

'Die jongen weet meer geld te maken dan de Bank of England. Die kan zelfs een drol nog verzilveren,' merkte Paddy op.

'Afgelopen! Geen schuttingtaal in mijn keuken!' zei Kate. 'Fiona, zet de jus op tafel.'

Er klonk geratel van wielen voor het huis. De deur ging open en Charlie kwam binnen met zijn houten kar.

Seamie keek meteen vol aanbidding op. Charlie was het middelpunt van zijn wereldje, zijn held. De twee jongens leken sprekend op elkaar met hun rode haar, groene ogen en sproeten.

Charlie hing zijn jas op, pakte een handvol munten uit zijn zak en liet die in de theebus vallen. 'Iets meer dan anders, mam. Ik heb deze week een paar uur extra gewerkt.'

'Dank je, jongen, daar ben ik blij mee. Ik probeer geld opzij te leggen voor een jasje voor je pa. Bij Malphin hebben ze een paar goede tweedehandse. Ik heb zijn oude jasje al zo vaak versteld dat het met garen aan elkaar hangt.'

Charlie ging aan tafel zitten, pakte een snee brood en begon die naar binnen te werken. Paddy keek op en gaf hem een draai om zijn oren. 'Wacht op je moeder en je zus. En zet je hoed af als je eet.'

'Waar blijft Roddy?' vroeg Kate. 'Slaapt hij nog? Charlie, ga hem eens roepen.'

Charlie liep naar de trap. 'Oom Roddy! Het eten is klaar!'

Fiona waste Seamies handen en zette hem aan tafel. Ze bond een servet om zijn hals en gaf hem een stuk brood om hem stil te houden. Toen pakte ze zes borden uit de kast en droeg die naar het fornuis. Op drie ervan schepte ze een kotelet, aardappelpuree en jus. Kate haalde de braadpan uit de oven en verdeelde de inhoud en de rest van de aardappelpuree en jus over de overgebleven drie borden.

'Verstopte worstjes!' kraaide Seamie toen hij het krokante deeg zag, en hij telde hongerig het aantal worstjes dat uit de deeglaag stak.

Kate en Fiona hadden zich nooit afgevraagd waarom de mannen altijd de koteletten kregen en zij het moesten doen met worstjes in deeg. Mannen waren nu eenmaal de broodwinners en zij hadden vlees nodig om op krachten te blijven. Vrouwen en kinderen konden in de weekends spek of worst krijgen als het weekloon het toeliet. Dat Kate hele dagen boven wasketels stond en zware ladingen nat wasgoed door de mangel moest halen, en dat Fiona uren achtereen thee stond te verpakken, deed er niet toe. Het loon van Paddy en Charlie vormde het grootste deel van het inkomen. Daar werd de huur van betaald, kleding en eten. Van het loon van Kate en Fiona werd steenkool gekocht en benodigdheden zoals schoenpoets, petroleum en lucifers. Als Paddy of Charlie ziek werd en niet kon werken, zou iedereen eronder te lijden hebben. Zo ging het in alle huizen en straten van East End: de mannen kregen het vlees en de vrouwen kregen wat er overbleef.

Kate hoorde Charlies zware voetstappen weer.

'Hij is er niet, mam,' zei hij terwijl hij weer aan tafel ging zitten. 'Zijn bed is ook niet beslapen.'

'Wat vreemd,' merkte Paddy op.

'En nu wordt zijn eten koud,' zei Kate zorgelijk. 'Fiona, geef het even, dan zet ik het terug in de oven. Waar blijft hij? Was hij er vanmorgen ook niet, Paddy?'

'Nee, maar hij komt meestal pas beneden als ik al weg ben, dus zou ik hem toch niet gezien hebben.'

'Ik hoop maar dat er niets is gebeurd.'

'Dan hadden we het nu wel gehoord,' zei Paddy.

Roddy O'Meara, de kostganger van de Finnegans, was geen familie, maar de kinderen zeiden toch oom tegen hem. Hij was in Dublin opgegroeid met Paddy en diens broer Michael, en hij was eerst met hen naar Liverpool geëmigreerd en toen naar Londen. Daar was hij bij Paddy gebleven in Whitechapel terwijl Michael doorreisde naar New York. Hij kende de kinderen Finnegan al vanaf hun geboorte. Hij had ze op zijn knie laten rijden, hen gered van pestkoppen en valse honden, en hun 's avonds bij het vuur spookverhalen verteld. De kinderen waren dol op hem.

Voor hen was hij meer een oom dan hun echte oom, die ze immers nooit hadden gezien.

Kate roerde de thee door en ging zitten. Paddy sprak een gebedje en het gezin begon te eten. Charlie schrokte zijn portie naar binnen. Hij was niet lang, maar breedgebouwd voor zijn leeftijd, en net zo taai en strijdlustig als de bulterriërs die sommige mannen in de buurt hielden.

'Is er nog puree, mam?' vroeg hij.

'Op het fornuis.'

Hij stond op en schepte nog eens op. Op dat moment ging de voordeur open.

'Ben jij dat, Roddy?' riep Kate. 'Charlie, pak het bord van je oom...' Haar stem stierf weg toen Roddy in de deuropening verscheen. Fiona, Paddy en zelfs Seamie hielden op met eten toen ze hem zagen.

'Jezus!' riep Paddy uit. 'Wat is er met jou gebeurd?'

Roddy O'Meara gaf geen antwoord. Zijn gezicht was lijkbleek. Hij hield zijn politiehelm in zijn ene hand vast. Zijn jasje hing open en er zat een bloedrode vlek op.

'Roddy, zeg iets!' zei Paddy.

'Weer een moord,' bracht Roddy uit. 'In Bucks Row. Een vrouw, Polly Nichols.'

'Jezus,' zei Paddy weer. Kate hield haar adem in. Fiona en Charlie zaten met grote ogen te kijken.

'Ze was nog warm. Je kunt je niet voorstellen wat hij heeft gedaan. Het bloed... het zat overal. Overal. Een man had het lichaam vlak voor zonsopgang gevonden, toen hij naar zijn werk ging. Ik zag hem schreeuwend door de straat rennen. Iedereen werd er wakker van. Ik ben met hem teruggegaan en daar lag ze. Met doorgesneden keel. En de rest van haar opengereten als een beest in een slachthuis. Ik heb mijn maag helemaal leeggekotst. Het werd lichter en er kwamen mensen kijken. Ik heb die man naar het bureau gestuurd om hulp te halen. Ik kon het lichaam niet laten weghalen tot de rechercheurs er waren. En de lijkschouwer. Toen ze klaar waren, was er een heel kordon agenten voor nodig om de menigte tegen te houden. Ze waren woedend. Weer een vrouw vermoord. Die vent loopt ons gewoon in de maling te nemen.'

'Volgens de kranten wel,' zei Paddy. 'Ze zijn opeens vol verontwaardiging. Ze hebben het over de ellende en verderfelijkheid onder de armen en dat daardoor zo'n onmens ontstaat. Die vervloekte kranten hebben nog nooit aandacht besteed aan East End. Pas nu er een krankzinnige rondloopt hebben de hogere kringen opeens belangstelling voor Whitechapel. En ze hebben het er alleen maar over omdat ze er het liefst een hek omheen willen zetten zodat die idioot erbinnen blijft en geen streken gaat uithalen in de betere buurten.'

'Dat doet hij toch niet,' zei Roddy. 'Deze vent volgt een vast patroon. Hij heeft het altijd op dronken en verloederde vrouwen gemunt. Hij blijft in Whitechapel, want dat kent hij als zijn broekzak. En hij beweegt zich voort als een spook. Er gebeurt een vreselijke moord, en niemand heeft iets gezien of gehoord.' Hij zweeg even, en zei toen: 'Ik zal nooit vergeten hoe ze eruitzag.'

'Roddy, eet iets,' zei Kate. 'Je moet iets in je maag hebben.'

'Nee, ik heb helemaal geen trek. Ik denk dat ik maar even wat ga slapen. Vanavond moet ik bij het gerechtelijk onderzoek zijn.'

Ik hoop dat ze hem te pakken krijgen voor hij weer iemand vermoordt, dacht Kate. Ze keek de gang door naar de deur. Daar ergens is hij. Nu. Misschien woont hij wel twee straten verder. Misschien loopt hij 's nachts langs ons huis. Opeens huiverde ze, hoewel ze het warm had van het koken. 'Er loopt iemand over je graf,' zei haar moeder dan altijd.

'Kate, wat is er?' vroeg Paddy. 'Je ziet zo wit als een doek.'

'Niets. Ik wou alleen dat... dat dit monster weg was. Dat ze hem te pakken krijgen.'

'Maak je geen zorgen. Geen enkele moordenaar zal jou of iemand anders van dit gezin iets aandoen,' zei Paddy sussend. 'Niet zolang ik er ben.'

Kate glimlachte geforceerd. We zijn veilig, hield ze zichzelf voor. In een stevig huis met sterke sloten. Haar kinderen sliepen rustig omdat hun vader er was, en Roddy. Niemand zou binnen kunnen komen om hen kwaad te doen. Maar toch kreeg je het er koud van als je aan de moordenaar dacht.

'Pippelingen! Mooie pippelingen! Vier voor een penny! Betere heb je niet in Londen!'

'Kokkels, verse kokkels!'

'Wie koopt mijn mooie haringen? Ze liggen nog te spartelen, zo vers zijn ze!'

Het was elke zaterdagavond hetzelfde: Fiona kon de markt al horen voor ze hem zag. Op twee straten afstand bereikten de kreten van de marktkooplui haar oren al. Ze echoden van de kraampjes en karren over daken, door stegen en om hoeken.

'Dames, hier de beste peterselie! Mooie peterselie!'

'Sinaasappels, twee voor een penny! Vol sap! Wie koopt mijn sinaasappels!'

Boven het zangerige geroep uit klonk een nieuw, afwijkend geluid, een geluid waardoor de klanten vlugger gingen lopen en hen naar huis deed verlangen, waar ze de deur achter zich konden vergrendelen. 'Afschuwelijke moord!' riep een haveloos geklede krantenjongen. 'Weer een moord! Alleen in de *Clarion*! Hier het laatste nieuws! Tekeningen van de plek des onheils! Overal bloed! Koop de *Clarion*!'

Toen ze in Brick Lane kwamen, werd Fiona's opwinding nog groter. Voor haar lag de markt, helemaal verlicht, vol drukte en vrolijkheid. Ze trok haar moeder mee.

'Een beetje geduld, Fiona, ik loop al zo hard ik kan,' zei Kate terwijl ze haar boodschappenlijstje bekeek.

Cockneystemmen prezen luidkeels hun waren aan. De kooplui daagden klanten uit die aanmerkingen hadden, de oude truc om moeilijkheden te voorkomen door ze uit te lokken. 'Niet vers?' hoorde Fiona een koopman roepen naar een klant die kritiek had op zijn vis. 'Die forel is zo vers als wat. Wilt u rotte vis zien? Kijk dan maar in de spiegel!'

Fiona zag de viskoopman met zijn bakken wulken, kleine kokkels met hun blauwgepunte schelpen, en emmers vol oesters, waarvan enkele opengemaakt op hun halve schaal lagen te glinsteren. Daarnaast was de kraam van de slager. De randen waren versierd met rood en wit crêpepapier, en op de planken lagen keurige rijen dikke koteletten, worsten en griezelige, druipende varkenskoppen.

Er waren een heleboel groenteboeren. De meer ambitieuze met karren vol zorgvuldig opgebouwde piramides van glanzende pippelingen, geurige peren, kleurige sinaasappels en citroenen, damastpruimen en druiven. En daarvoor manden met knobbelige bloemkool, rode kool, knolrapen, uien en aardappelen om te koken of te poffen.

Het geheel werd verlicht door gaslampen, petroleumlampen en zelfs kaarsen die in knolrapen waren gestoken. En de geuren! Fiona bleef staan, deed haar ogen dicht en ademde diep in. Een zoute zeelucht: kokkels met azijn. Een zweem van specerijen: appelbeignets met kaneelsuiker. Gebraden worstjes, gepofte aardappels, warme gemberkoekjes. Haar maag knorde.

Ze deed haar ogen weer open. Haar moeder liep naar de kraam van een slager. Het leek wel of heel East End hier was, bekende en vreemde gezichten. Ernstige, vrome joden haastten zich terug van hun eredienst. Zeelui kochten paling in gelei of warme erwtensoep. Arbeiders, geschoren en met schone kleren aan, stonden in deuropeningen van pubs. Sommigen hadden een tegenstribbelende terriër onder hun arm.

Fiona keek waar haar moeder was gebleven en zag haar staan bij de kraam van de slager. 'Rosbief voor morgen, mevrouw Finnegan?' hoorde ze de man vragen toen ze naar haar moeder liep.

'Deze week niet, meneer Morrison. Mijn suikeroom is nog niet dood. Maar ik wil graag een braadstuk van een pond of drie. En ik geef niet meer dan vijf penny's per pond.'

'Hmm...' De man kneep fronsend zijn lippen op elkaar. 'Ik heb vanavond allemaal grote stukken... maar weet u wat, ik kan u een stuk van vijf pond geven voor een leuk prijsje.'

'En dat is vast veel te duur voor mij.'

'Onzin, mevrouwtje,' zei hij, en vervolgde op samenzweerderige toon: 'Ziet u, hoe groter het stuk, hoe minder ik vraag per pond. Dat is namelijk grootverbruik. Je betaalt meer voor het stuk omdat het groter is, maar in werkelijkheid betaal je eigenlijk minder...'

Fiona verloor haar aandacht en keek uit naar Joe. Ze zag hem vijf kramen verder zijn waren aanprijzen. Hoewel het niet meer warm was, stond zijn kraag open en waren zijn mouwen opgerold. Zijn wangen zagen rood. Op aandringen van Joe had meneer Bristow hem het afgelopen jaar meer de verkoop laten doen in plaats van hem achter de kraam te houden. En daar had hij goed aan gedaan, want Joe was een natuurtalent. Elke week verkocht hij in zijn eentje honderden ponden groente en fruit, meer dan een bediende in een dure winkel in West End per maand verdiende. En hij deed het zonder te kunnen steunen op de naam van een dure winkel, of een mooie etalage, of advertenties. Hij deed het alleen met zijn eigen talent.

Niemand kon het spel zo spelen als Joe. Hij wist hoe hij de blik van een vrouwelijke klant moest vangen en haar belangstelling wekken terwijl hij grapjes bleef maken en lachen. Hij wist hoe hij met de brutaaltjes moest flirten, hoe hij serieus en oprecht moest klinken voor argwanende klanten, hoe hij gekwetst en ongelovig moest doen als een vrouw haar neus optrok voor zijn waren. Hij maakte er een hele show van als hij een sinaasappel doormidden sneed en het sap in een boogje eruit liet spuiten. Fiona zag dat het de aandacht trok van mensen die wel drie meter verder voorbijliepen. Vervolgens sloeg hij een stuk krant open, legde er 'geen twee, geen drie maar wel vier grote, mooie sinaasappels voor tien penny's' in, draaide die dicht en overhandigde hem met een zwierig gebaar.

Zijn hemelsblauwe ogen en mooie glimlach werkten natuurlijk ook in zijn voordeel, dacht Fiona. Net als de massa donkerblonde krullen die, samengebonden in een paardenstaart, onder zijn pet uitstak. Ze voelde een warme blos op haar wangen komen. Ze wist dat ze haar gedachten rein moest houden, zoals de nonnen hadden gezegd, maar dat viel haar steeds moeilijker.

Hij had een keer zijn hand in haar blouse gestoken. In het donker, achter de Black Eagle Brouwerij. Hij had haar lippen gekust, haar hals, en toen haar blouse losgeknoopt en vervolgens zijn hand in haar hemdje gestoken. Ze smolt onder de hitte van zijn aanraking en de hitte van haar eigen verlangen. Ze had zich teruggetrokken, niet uit schaamte of zedigheid, maar uit angst dat ze meer zou willen. Ze wist dat er dingen waren die mannen en vrouwen samen deden, dingen die je niet mocht doen voor je getrouwd was.

Niet dat iemand haar dat had verteld. Dit beetje kennis had ze op straat opgedaan. Ze had mannen uit de buurt horen praten over honden laten dekken, ze had de grove grappen van de jongens gehoord, en ze had, met haar vriendinnen, de gesprekken van hun zusters en moeders afgeluisterd. Sommige vrouwen hadden lijdzaam als martelaars gepraat over in bed liggen met een man, en anderen hadden giechelend gezegd dat ze er geen genoeg van konden krijgen.

Opeens zag Joe haar, en hij wierp haar een brede glimlach toe. Ze bloosde, want ze was ervan overtuigd dat hij wist waar ze aan stond te denken.

'Kom, Fee! riep haar moeder. 'Ik moet nog groente kopen...' Kate stak de straat over naar de kraam van de Bristows, en Fiona volgde.

Joe kwam naar Fiona, nam zijn pet af en veegde zijn voorhoofd af aan zijn mouw. 'Tjonge, wat hebben we het druk vanavond, Fee. Ik kan het bijna niet bijbenen! De appels zijn al bijna uitverkocht. Ik had nog zo tegen mijn vader gezegd dat we meer moesten inslaan...'

'... maar hij wilde niet luisteren,' maakte Fiona de zin voor hem af. Het was weer het bekende verhaal. Joe probeerde zijn vader steeds over te halen om de handel uit te breiden, maar meneer Bristow wilde er niets van weten. Ze wist hoe erg Joe het vond dat zijn vader nooit naar hem wilde luisteren. 'Twaalf en twee...' zei ze – hun geheime code voor het bedrag in hun cacaoblik – om hem op te beuren. 'Denk daar maar aan.'

'Dat zal ik doen,' zei hij met een glimlach. 'En na vanavond zal het meer zijn. Met deze drukte komt er vast wat extra geld binnen.' Hij wierp een blik op zijn vader en zijn jongere broer Jimmy, die werden omringd door klanten. 'Dan zie ik je morgenmiddag. Je komt toch?'

'O, dat weet ik nog niet,' zei Fiona luchtig. 'Het hangt ervan af of mijn andere bewonderaars langskomen.'

Joe sloeg zijn ogen ten hemel. 'Ja, natuurlijk. De voddenman zeker.'

'Nou, geef mij maar de voddenman in plaats van zo'n niksnut van een marktkoopman als jij.' Fiona stootte plagend met de neus van haar laars tegen die van Joe.

'O, geef mij maar de marktkoopman!' klonk een meisjesachtig stemmetje.

Fiona draaide haar hoofd om en smoorde een gekreun. Het was Millie Peterson. De verwende, arrogante, zelfingenomen Millie. Blond, mollig, levendig en knap. En een kreng van een meid. Millies vader Tommy was een van de grootste groente- en fruitleveranciers van Londen, met groothandels in zowel East End als Covent Garden. Hij was begonnen met slechts één kar, en door hard werken en een beetje geluk had hij de top weten te bereiken. Hij was een sluwe zakenman. En hoe druk hij het ook had, hij bracht zoveel mogelijk tijd door op straat, om kennis op te doen door zijn klanten en hun klanten gade te slaan.

Tommy was opgegroeid in Whitechapel. Toen hij pas getrouwd was, woonde hij in Chicksand Street, een straat verder van Montague Street. Millie had als kind gespeeld met Fiona en Joe en alle andere kinderen uit de buurt. Maar toen Peterson eenmaal geld begon te verdienen, verhuisde hij met zijn gezin naar het in opkomst zijnde Pimlico. Vlak na de verhuizing raakte Tommy's vrouw zwanger van hun tweede kind. Ze stierf tijdens de geboorte, en de baby ook. Tommy was totaal ontredderd. Hij had alleen Millie nog, en zij werd het middelpunt van zijn bestaan. Hij overlaadde haar met liefde en cadeaus, om het verlies van haar moeder te compenseren. Wat Millie wilde hebben, kreeg ze ook. En al sinds haar kinderjaren wilde Millie Joe. Hoewel Joe haar gevoelens niet beantwoordde, hield Millie vol, vastbesloten dat ze zou krijgen wat ze wilde. Zo ging het immers meestal.

Fiona Finnegan en Millie Peterson mochten elkaar niet, maar Fiona kon niets zeggen omdat ze bij de kraam van de Bristows stond, en de Bristows kochten veel van hun waren in bij Millies vader. Ze wist dat ze zich moest beheersen.

'Hallo, Joe,' zei Millie met een lief glimlachje. 'Hallo, Fiona,' zei ze met een kort knikje. 'Woon je nog steeds in Montague Street?'

'Nee,' antwoordde Fiona met een uitgestreken gezicht. 'We zijn naar het West End verhuisd. Aardig optrekje. Het heet Buckingham Palace. Wel ver voor mijn vader om naar de haven te lopen, maar de buurt is veel mooier.'

Millies glimlach verstrakte. 'Probeer je me soms voor de gek te houden?'

Joe kwam tussenbeide. 'Hoe kom jij hier verzeild, Millie?'

'Ik ben aan het wandelen met mijn vader. Hij wilde zien wie het goed doet en wie niet. Je kent hem. Hij wil altijd alles in de gaten houden.'

Wandelen, ja ja, dacht Fiona zuur. En dan zo uitgedost zeker.

Alle ogen waren op Millie gericht, ook die van Joe. Ze zag er schitterend uit in een mosgroene rok met bijpassend jasje, dat haar smalle middel en volle boezem benadrukte. Geen enkele vrouw in Whitechapel bezat zulke kleren, laat staan dat ze die voor de markt zou aantrekken. Haar goudblonde krullen waren opgestoken onder een bijpassende muts, en haar pareloorknopjes pasten weer bij de kanten kraag en de ivoorkleurige glacéhandschoenen.

Fiona voelde zich opeens sjofel in haar wollen rok, witte katoenen blouse en grijze gebreide sjaal om haar schouders. Ze onderdrukte dat gevoel meteen.

'Zoekt hij nieuwe klanten?' vroeg Joe.

'Een paar. Maar niet alleen klanten. Hij is ook op zoek naar nieuw talent. Hij is altijd op de uitkijk naar veelbelovende kerels, dus met jou zou hij vast wel ingenomen zijn,' antwoordde Millie terwijl ze haar hand op zijn arm legde.

Fiona voelde een scheut van jaloezie en woede. Millie Peterson was te ver gegaan. 'Voel je je ziek, Millie?'

'Ziek? Nee, ik voel me uitstekend,' zei Millie met een minachtende blik naar Fiona.

'O. Het lijkt wel of je op instorten staat, zoals je op Joe leunt. Joe, pak even een krat, dan kan Millie erop zitten.'

'Nee, dat hoeft niet,' snauwde Millie. Ze trok haar hand weg.

'Weet je het zeker? Ik hoop niet dat je flauwvalt. Misschien zit je jasje te strak.'

Millie veranderde van tactiek. 'Ik ga maar weer. Ik ben hier duidelijk niet welkom. Ik moet trouwens toch naar mijn vader. Tot ziens, Joe. Hopelijk in beter gezelschap.'

'Dag Millie,' zei Joe. 'De groeten aan je vader.'

Zodra Millie buiten gehoorsafstand was, draaide Joe zich om naar Fiona. 'Moest je nu echt de dochter van Tommy Peterson beledigen?'

'Dat was haar eigen schuld. Ze denkt dat ze je kan kopen met het geld van haar vader. Als een zak sinaasappels.'

'Dat is belachelijk, en dat weet je. Je moet leren om niet zo opvliegend te zijn. Ga je ook zo doen als we onze winkel hebben?'

Fiona beet op haar lip. Hij had gelijk. Ze had zich dom gedragen.

'Joe! Kom eens helpen!' riep meneer Bristow.

'Ik moet gaan, Fee. Probeer verder geen problemen te veroorzaken. En wees niet zo jaloers.'

'Jaloers? Ik ben helemaal niet jaloers. Ze is gewoon onuitstaanbaar, dat is alles.'

'Je bent jaloers en daar heb je geen reden toe,' zei hij, en hij ging terug naar de kraam.

'Niet waar!' riep Fiona stampvoetend. Ze keek hoe Joe zijn plaats weer innam. 'Jaloers!' blies ze. 'Omdat zij mooie kleren en grote tieten en een knap gezicht en alle geld van de wereld heeft?'

Ze hoorde Joe's stem boven het geroezemoes uit, en ze draaide zich om.

Hij glimlachte naar haar, en Fiona kreeg het gevoel alsof de zon opeens was gaan schijnen, hoewel het avond was. 'Deze mooie kool,' zei hij, 'zou ik normaal gesproken voor drie penny's verkopen, maar nu geef ik hem gratis weg. Gratis, aan het knapste meisje op de markt. En daar is ze!' Hij gooide de kool naar haar en ze ving hem op.

Het knapste meisje op de markt! Fiona straalde. Wat dwaas om zo jaloers te zijn op Millie. Joe was van haar. Ze zwaaide hem gedag en liep naar haar moeder. Ze voelde zich weer blij en zelfverzekerd.

Fiona's blijdschap zou zeker als sneeuw voor de zon zijn verdwenen als ze bij de kraam van de Bristows was gebleven. Want net toen ze weer bij haar moeder was, kwam Millie terug met haar vader. Ze trok aan zijn mouw en wees naar Joe, alsof ze naar iets in een etalage wees wat ze wilde hebben. Maar Tommy Peterson had haar aanwijzingen niet nodig. Met zijn scherpe blik had hij al vastgesteld hoe snel hij zijn waren wist te verkopen. Voor het eerst die avond glimlachte Tommy. Zijn dochter had gelijk: die jongen was veelbelovend.

2

'Vijf rottige penny's per uur terwijl we ons kapot werken,' zei Paddy Finnegan terwijl hij zijn glas met een klap op de bar zette. 'En overuren worden niet uitbetaald. En nu houdt die rotzak ons extra geld ook al in.'

'Die Burton heeft het recht niet,' zei Shane Patterson, die met Paddy werkte. 'Curran zei dat we extra geld kregen als de boot om vijf uur vanmiddag was gelost. We waren om vier uur klaar. En toen zei hij dat hij niets extra betaalde!'

'Dat kan hij niet doen,' zei Matt Williams, een andere maat.

'Maar hij heeft het wel gedaan,' zei Paddy. Hij dacht weer aan de woede, het geschreeuw en gevloek toen hun voorman zei dat hun bonus voor het snel lossen van de vracht niet werd uitbetaald.

De deur van de pub ging open. Iedereen keek om. Het was gevaarlijk om vanavond in de Lion te zijn. Ben Tillet, de vakbondsoprichter, zou een toespraak houden, en alle aanwezigen riskeerden hun baan door hier aanwezig te zijn. De nieuwkomer was Davey O'Neill, ook een havenarbeider van Oliver's. Paddy was verbaasd hem te zien.

Davey had duidelijk gezegd dat hij niets met de vakbond te maken wilde hebben. Hij was een jonge man met drie kleine kinderen. Hij kon hen maar net onderhouden, en hij was doodsbang om zijn baan te verliezen.

'Hé, Davey!' riep Paddy, en wenkte hem.

Davey, een tengere man met rossig haar en angstige ogen, begroette hen allemaal.

'Een pint voor mij en een voor mijn maat, Maggie,' riep Paddy naar het barmeisje. Hij stootte per ongeluk tegen het glas van de man die rechts van hem stond, zodat diens glas omviel. Paddy verontschuldigde zich en bood hem een nieuwe pint aan, maar de man schudde zijn hoofd. 'Geeft niet,' zei hij.

De glazen met schuimend bier kwamen en het barmeisje telde het geld uit een stapel munten op de bar. Davey protesteerde, maar Paddy wuifde zijn bezwaren weg. 'Wat doe jij hier?' informeerde hij. 'Ik dacht dat je er niets mee te maken wilde hebben.'

'Tot vandaag. Tot Curran ons belazerde,' zei Davey. 'Ik wil wel eens horen wat Tillet te zeggen heeft. Ik zeg niet dat ik me aansluit, maar ik zal hem aanhoren. Ik weet niet meer wie ik moet geloven. De vakbond belooft ons zes penny's per uur, maar Burton zegt dat hij ons buiten zet als we lid worden. Als ik mijn baan kwijtraak, is alles verloren. Lizzie, mijn jongste, is weer ziek. Zwakke longen. Ik kan de medicijnen niet betalen. Mijn vrouw doet wat ze kan met kompressen, maar het helpt niet voldoende. Het arme wicht blijft maar huilen...' Davey zweeg, en zijn kaakspieren trokken.

'Je hoeft niks uit te leggen. We zitten allemaal in hetzelfde schuitje,' zei Paddy.

'Ja,' zei Matt. 'De lekke schuit. Je hebt Curran gehoord.'

Paddy herinnerde zich de waarschuwing die hun voorman had gegeven. 'Denk aan jullie gezinnen. Kijk naar het risico dat jullie nemen,' had hij gezegd.

'Daar denken we juist aan,' had hij teruggeroepen. 'Als we geen standpunt innemen, bereiken we nooit iets. We weten dat Burton met de banken overlegt, Curran. Hij wil geld om Burton Thee uit te breiden. Zeg maar tegen hem dat wíj Burton Thee zijn, en als hij iets wil verbeteren, kan hij met ons loon beginnen.'

'Jongens, jongens,' had Curran gezegd. 'Burton laat zich nooit dwingen door jullie. Geef dat gedoe over een vakbond op. Jullie winnen het toch niet.'

'Ik heb hem gehoord, Matt,' zei Paddy. 'Allemaal grootspraak. Hij wil het bedrijf uitbreiden. Een maat van me bij de theeveiling vertelde dat hij een hele plantage in India wil kopen. En dat hij met Burton Thee de beurs op wil om het te bekostigen. Geloof me, als er iemand bang is, dan is hij het wel. Hij is als de dood dat we ons bij de vakbond aansluiten en een extra penny uit hem persen, dus dreigt hij ons te ontslaan. Maar denk na: wat als we ons allemaal aansluiten? Alle arbeiders op de werf, alle arbeiders van Wapping? Dan kan hij ons niet ontslaan. Hoe moet hij ons vervangen? Dan is iedereen immers bij de vakbond, en geen enkele vakbondsman zou een baan bij hem aannemen. Daarom moeten we ons aansluiten.'

'Ik weet het niet,' zei Davey. 'Luisteren is allemaal leuk en aardig, lid worden is punt twee.'

'Goed dan,' zei Paddy terwijl hij zijn maten om beurten aankeek. 'Dan doen we dit. We luisteren naar wat de man te zeggen heeft. Hij is een havenarbeider. Hij weet waartegen we het moeten opnemen. Als het ons niet aanstaat wat hij zegt, dan is er niks aan de hand. Als het ons wel aanstaat, heeft hij er vier nieuwe leden bij.'

Ze stemden er allemaal mee in. Shane zei dat hij een tafel

ging zoeken. Matt en Davey volgden hem. Paddy bestelde nog een pint. Toen het barmeisje zijn glas opnieuw bijvulde, keek hij op zijn zakhorloge. Halfacht. De bijeenkomst had al een halfuur geleden moeten beginnen. Waar bleef Tillet?

'Ik denk dat je je maten hebt overtuigd om zich aan te sluiten,' zei de man rechts van hem, van wie hij zo-even zijn pint had omgestoten. Paddy draaide zich naar hem om. Hij was een vrij jonge man, tenger en gladgeschoren, met een ernstig gezicht. Hij droeg de eenvoudige kleding van een havenarbeider. 'Heb jij hier de leiding?'

Paddy moest lachen. 'De leiding? Niemand heeft hier de leiding. Dat is een deel van het probleem. Het hoort georganiseerde arbeid te zijn, maar hier in Wapping is alles ongeorganiseerd.'

'Je zou de leiding moeten hebben. Ik heb je gehoord. Je kunt goed praten. Overredend. Je gelooft echt in de vakbond.'

'Dat is waar. Kom jij hier ook vandaan?'

'Oorspronkelijk uit het zuiden. Bristol.'

'Nou, als je in Wapping werkte, dan zou je weten wat de vakbond voor ons betekent. Het is onze enige kans op een fatsoenlijk loon en een eerlijke behandeling. Zie je die man daar?' Hij wees naar een hoek. 'Die heeft zijn hele leven schepen gelost en toen viel er een krat op hem. Op zijn hoofd. Daardoor is hij een beetje getikt geworden. De voorman zette hem buiten als een stuk vuil. Zie je die man bij de haard? Heeft zijn rug gesloopt op de Marokko-werf. Kon niet meer werken. Vijf kinderen. En hij kreeg geen rooie cent ter compensatie. De kinderen leden zo'n honger dat zijn vrouw met ze het armenhuis in is gegaan.' Paddy zweeg even, overmand door emotie. 'Ze laten ons sloven. We werken tien tot twaalf uur per dag in alle weersomstandigheden. Zoveel vergen ze niet eens van een beest, maar van ons wel. En wat krijgen we er voor terug?'

'En denken de anderen er ook zo over? Durven zij de strijd aan?'

'Ze hebben moed genoeg,' antwoordde Paddy. 'Maar ze zijn al zo lang vertrapt dat het even duurt voor ze die moed weer vinden. Als je ziet wat ze moeten doorstaan...' Zijn stem stierf weg.

'En jij...?'

'Ja, maar je vraagt wel erg veel.' Paddy kreeg opeens argwaan. Werfeigenaars hadden veel geld over voor informatie over de vakbond. 'Wie ben jij eigenlijk?'

'Tillet. Benjamin Tillet,' antwoordde de man terwijl hij zijn hand uitstak. 'En jij?'

Paddy's ogen werden groot. 'O, jezus!' sputterde hij. 'Toch niet dé Ben Tillet?'

'Jawel.'

'Dus ik heb al die tijd tegen de dominee staan preken? Neem me niet kwalijk.'

Tillet lachte hartelijk. 'Waarvoor? De vakbond is mijn favoriete onderwerp. Ik heb met plezier naar je geluisterd. Je hebt veel te zeggen en dat doe je goed. Maar je hebt nog niet gezegd hoe je heet.'

'Finnegan. Paddy Finnegan.'

'Hoor eens, Paddy,' zei Tillet. 'Ik moet beginnen met de bijeenkomst, maar je had gelijk. We zijn hier niet georganiseerd. We hebben plaatselijke leiders nodig. Mannen die hun maten kunnen inspireren en de moed erin houden als het moeilijk wordt. Wat vind je?'

'Wie, ik?'

'Ja.'

'Ik... ik weet het niet. Ik heb nog nooit ergens de leiding gehad. Ik zou niet weten hoe het moest.'

'Jawel.' Tillet dronk zijn glas leeg en zette het op de bar. 'Toen je maten het zo-even nog niet wisten, zei je dat ze erover na moesten denken. Nu vraag ik dat aan jou. Dat is toch niet te veel gevraagd?'

'Goed,' zei Paddy verbijsterd.

'Mooi. Dan zie ik je na afloop weer.' Hij baande zich een weg door de menigte.

Allemachtig, dacht Paddy. Hij moest toegeven dat hij zich gevleid en vereerd voelde dat Tillet hem als aanvoerder van de mannen wilde. Maar het echt doen was iets anders. Kon hij dat wel? Wilde hij het ook?

Tillet begon zijn toespraak en alle aanwezigen luisterden vol aandacht naar hem. De kalme, ernstige man was nu vol vuur. Hij sprak over de armoede en slechte werkomstandigheden van de havenarbeiders en hekelde degenen die daarvoor verantwoordelijk waren.

Paddy moest weer denken aan zijn verzoek. Wat moest hij doen? Hij keek naar de gezichten van de mannen, verhard door de voortdurende tegenslagen die ze ondervonden. Meestal werden de lijnen minder door het bier, de ene pint na de andere. Daardoor werden de gedachten weggespoeld aan de schreeuwende voorman, de trieste echtgenote, de ondervoede kinderen, en de kwellende wetenschap dat je, hoe je ook je best deed, altijd een havenarbeider zou blijven en er nooit genoeg steenkool in de kolenbak of genoeg vlees op tafel zou komen. Maar vanavond zag Paddy ook iets anders op die gezichten: hoop. Door Tillet zagen ze de mogelijkheid om te winnen.

Paddy dacht aan zijn gezin. Nu kon hij in de voorste gelederen voor hen vechten. Voor meer geld, maar ook voor verandering, voor een eigen stem. Als hij Tillets verzoek afwees, hoe kon hij dan leven met de gedachte dat hij niet zijn uiterste best had gedaan voor zijn kinderen? Hij twijfelde niet langer. Als Tillet zijn antwoord wilde horen, wist hij wat hij zou zeggen.

Fiona schrok wakker. Aan de achterkant van het huis klonk luid gezang. Ze deed haar ogen open. Het was donker in de kamer. Charlie en Seamie lagen te slapen. Ze kon hun ademhaling horen. Het is midden in de nacht, dacht ze doezelig. Waarom was pa op de wc aan het zingen?

Ze tastte naar de lamp en het doosje lucifers ernaast. Het vlammetje wierp een flauw schijnsel over de kleine kamer die overdag als zitkamer diende en 's nachts als slaapkamer voor haar en haar broers. Ze trok het laken opzij, dat als gordijn moest dienen en over een stuk gespannen touw hing, en liep naar de keuken.

'Jack drew two pistols from his belt and proudly waved them high...'

Ze hoorde de deur van de wc dichtslaan, en toen kwam de grote finale.

'I'll fight but not surrender said the Wild Colonial Boy!'

'Pa!' siste ze. 'Je maakt het hele huis wakker met dat kabaal! Kom naar binnen!'

Paddy kwam met een schaapachtige grijns op zijn gezicht binnen. 'Ik denk dat ik een beetje te veel op heb, Fee.'

'Dat zie ik. Ik zal water opzetten voor thee. Wil je ook geroosterd brood? Je moet iets in je maag hebben.'

'Ja, lekker.' Paddy ging bij de haard zitten, strekte zijn benen uit en deed zijn ogen dicht.

Fiona sneed een dikke snee brood af en prikte die aan een roostervork. 'Hier, pa.' Ze stootte haar vader aan. 'Laat hem niet verbranden.'

Het water kookte en ze zette thee. Toen trok ze een stoel naar de haard en vader en dochter zaten zo een poosje kameraadschappelijk zwijgend. Fiona warmde haar voeten op de ijzeren haardrand en Paddy draaide zijn brood om boven het vuur.

Fiona wierp een zijdelingse blik op haar vader en glimlachte. Als haar moeder en Roddy niet lagen te slapen, zou ze hem niet het zwijgen hebben opgelegd. Ze vond het heerlijk om hem te horen zingen. Hij, en niet haar moeder, had slaapliedjes voor haar gezongen toen ze klein was. Hij zong op weg van zijn werk naar huis en vanaf de pub. Dan kon je hem al een straat verder horen. Als hij niet wegging maar thuisbleef om hun laarzen te lappen of speelgoed voor Seamie uit een stuk hout te snijden, zat hij in de keuken te zingen. Hoe vaak was ze niet in slaap gevallen met het geluid van zijn liedjes op de achtergrond?

'Zo, meisje,' zei Paddy met zijn mond vol geroosterd brood. 'Zal ik je eens wat vertellen?'

'Wat dan?'

'Je zit nu niet met zomaar iemand thee te drinken.'

'O nee? Met wie dan wel?'

'Met de nieuwe leider van de Wapping Thee-arbeiders en de Algemene Arbeidersbond.'

Fiona's ogen werden groot. 'Pa, je maakt een grapje!'

'Helemaal niet.'

'Wanneer dan?'

Paddy veegde zijn mond af. 'Vanavond. In de pub. Ik heb wat met Ben Tillet gepraat voor de bijeenkomst. Hij moet wel tevreden zijn geweest met wat ik te zeggen had, want hij vroeg of ik de lokale afdeling wilde leiden.'

Fiona's ogen begonnen te stralen. 'Wat mooi,' zei ze. 'Mijn eigen vader is een baas! Ik ben echt trots op je.' Ze begon te giechelen. 'Wacht maar tot je het aan mam vertelt, die valt nog flauw! Vader Deegan zegt dat vakbondsleden een stel goddeloze socialisten zijn. Je hebt nu eigenlijk al horens en een pijlstaart. Nu moet ze dubbele rozenkransen bidden.'

Paddy lachte. 'Natuurlijk zegt Deegan dat. William Burton heeft hem net honderd pond gegeven om het kerkdak te repareren.'

Fiona schonk haar vader nog een kop thee in. 'O, we hebben een brief gekregen van oom Michael!' zei ze opgewonden. 'Tante Molly verwacht een baby! Hij zegt dat de winkel heel goed draait. Wil je het lezen?'

'Morgen, Fee. Ik kan nu niet zo goed uit mijn ogen kijken.'

'New York klinkt mooi,' zei Fiona. Haar oom had vorig jaar een foto gestuurd van hem en zijn vrouw voor hun keurige kleine winkel. Op de winkel stond: M. FINNEGAN – KRUIDENIER Het bemoedigde haar dat haar oom een eigen winkel had. Misschien zat het wel in het bloed. 'Zal ik hem eens vragen hoe het is om een winkel te hebben?' vroeg ze.

'Natuurlijk. Dat zal hij leuk vinden. Waarschijnlijk krijg je een brief van twintig kantjes terug. Echt iets voor Michael.'

Fiona geeuwde. Nu ze bij de haard zat, door en door warm, begon ze weer moe te worden. Als ze niet gauw naar bed ging, zou ze doodop zijn als haar moeder opstond om naar de mis te gaan en de rest van het gezin wakker maakte om aan het werk te gaan.

Haar moeder ging bijna elke ochtend naar de mis, en Seamie en Eileen gingen mee. Haar vader ging nooit. Zelfs niet op zondag, als zij en Charlie wel gingen. Hij maakte er geen geheim van dat hij een hekel had aan de kerk. Hij was er zelfs niet bij geweest toen ze gedoopt werden. Oom Roddy was in zijn plaats gegaan. Ze vroeg zich af hoe haar moeder hem zover had gekregen om in de kerk met haar te trouwen.

'Pa...' begon ze aarzelend. Er was opeens een angstige gedachte bij haar opgekomen.

'Ja, Fee?'

'Ook al heb je een hekel aan de kerk en aan priesters, daarom geloof je toch nog wel in God?'

Paddy dacht na en zei toen: 'Weet je wat ik geloof, meisje? Dat je van drie pond vlees een heel lekkere stoofschotel kunt maken.' Hij moest lachen om haar verbijsterde gezicht. 'Ik geloof ook dat het tijd wordt om naar bed te gaan. Anders val je morgen nog in slaap op je werk. Ga maar, dan ruim ik de theespullen wel op.'

Fiona wilde niet naar bed, ze wilde blijven en haar vader vragen wat hij bedoelde met drie pond vlees, maar hij pakte de theepot al op en hij zag er te moe uit om nog verder te praten. Ze gaf hem een kus en ging terug naar bed.

Algauw viel ze in een onrustige slaap. Ze droomde dat ze naar de St. Patrick-kerk holde omdat ze laat was voor de mis. Bij de kerk gekomen merkte ze dat de deuren gesloten waren. Ze holde om het gebouw heen, roepend naar de ramen. Weer terug bij de deuren sloeg ze er met haar vuisten tegen tot haar handen kapot waren en bloedden. Opeens gingen de deuren knarsend open en daar stond vader Deegan met een grote ijzeren kookpan. Ze trok haar rozenkrans uit de zak van haar rok en gaf die aan hem. Hij overhandigde haar de pan, stapte naar achteren en sloot de deuren weer. De pan was zwaar. Het kostte haar al haar krachten om hem de trap af te dragen. Beneden gekomen zette ze hem neer en nam het deksel eraf. Damp steeg op, geurend naar lamsvlees, wortelen en aardappelen. De pan was tot de rand toe gevuld met een stoofschotel.

3

Een dichte mist kringelde in slierten om de gaslantaarns van High Street en dimde hun gloed toen Davey O'Neill Thomas Curran volgde op Oliver's Wharf. Het was gevaarlijk om op een avond als deze over de steigers te lopen. Eén verkeerde stap en je kon in de rivier vallen zonder dat iemand je hoorde, maar dat risico zou hij moeten nemen. De voorman had een klus voor hem, waarmee hij iets extra kon verdienen. Het zou wel om gestolen waar gaan. Daar wilde hij liever niets mee te maken hebben, maar hij had geen keus. Lizzie was ziek en hij had het geld nodig.

Curran sloot een zijdeur achter hen en tastte naar een lantaarn. In de gloed zag Davey een pad tussen de stapels houten theekisten door naar de deuren aan de waterkant. Buiten was de Theems in een dichte mist gehuld. Hij vroeg zich af hoe iemand Oliver's zelfs maar kon vinden in deze duisternis, laat staan hoe ze een schip konden aanmeren en lossen. Hij bleef een poosje staan wachten tot Curran hem zou zeggen wat hij moest doen, maar de voorman zei niets. Toen hij naar Curran keek, drong het tot hem door dat de man de deur blokkeerde en hij niet weg zou kunnen als hij dat wilde. Hij begon ongerust te worden.

'Komt er verder nog iemand, meneer Curran?' vroeg hij.

Curran schudde zijn hoofd.

'Moet ik haken halen? Een leng?'

'Nee.'

Davey glimlachte onzeker. 'Wat moet ik dan doen?'

'Een paar vragen beantwoorden, meneer O'Neill,' klonk een stem achter hem.

Davey draaide zich vliegensvlug om, maar er was niemand. De stem leek wel uit de mist zelf te zijn ontstaan. Hij luisterde of hij voetstappen hoorde, maar er was alleen het geluid van de rivier die tegen de palen klotste.

Angstig draaide hij zich weer om naar Curran. 'Wat gebeurt hier... Ik...'

'Davey, maak kennis met je werkgever.' Curran knikte naar een plek rechts van Davey.

Davey keek en zag een donkere gestalte uit de mist opdoemen: een man van gemiddelde lengte, met een krachtig postuur. Zijn zwarte haar was achterovergekamd. Hij had strenge wenkbrauwen en zwarte, gemene ogen. Davey schatte zijn leeftijd ergens in de veertig. Hij was gekleed als een heer – in een zwarte overjas over een grijs pak van kasjmier, met een zwaar gouden horloge dat uit zijn borstzak bungelde – maar de man zelf had weinig weg van een heer. Uit zijn houding en gezichtsuitdrukking sprak ingehouden wreedheid, een opgekropte, latente gewelddadigheid.

Davey nam zijn pet af en kneep erin om het beven van zijn handen tegen te houden. 'Hoe... hoe maakt u het, meneer Burton.'

'Luister je altijd naar wat meneer Curran je zegt, O'Neill?'

Davey keek verontrust van Burton naar Curran. 'Hoe bedoelt u...'

Burton liep met zijn handen op zijn rug gevouwen naar de rand van de steiger. 'Of doe je wat Ben Tillet zegt?'

Davey kreeg een wee gevoel in zijn maag. 'Meneer Burton,' bracht hij fluisterend uit. 'Ontsla me alstublieft niet. Ik ben maar naar één bijeenkomst geweest. Ik ga nooit meer naar een andere. Nooit meer. Alstublieft, ik wil mijn baan niet kwijt.'

Burton draaide zich naar hem om. Zijn gezicht was uitdrukkingsloos. 'Wat zegt Tillet, O'Neill? Dat je moet staken? En wat wil die "vakbond"' – hij spuwde het woord uit – 'van hem eigenlijk? Mij de boel laten opdoeken? Mijn thee laten rotten in de schepen?'

'Nee, meneer...'

Burton begon langzaam om hem heen te lopen. 'Ik denk van wel. Ik denk dat Tillet me wil vernietigen. Mijn bedrijf uit de weg wil ruimen. Is dat zo?'

'Nee, meneer,' zei Davey.

'Wat wil die vakbond dan wel?'

Davey transpireerde nu hevig. Hij keek van Burton naar de steiger en mompelde iets.

'Ik heb je niet verstaan,' zei Burton. Hij boog zich zo dicht naar Davey toe dat die zijn woede kon ruiken.

'M... meer geld, meneer, en kortere werkdagen.'

In de volgende jaren – de bittere, vreugdeloze, afstompende jaren die hem wachtten – zou Davey proberen zich te herinneren hoe de man had kunnen doen wat hij had gedaan. Hoe hij het mes zo snel uit zijn zak had gehaald en zo vaardig had weten te gebruiken. Nu echter voelde hij alleen een brandende pijn aan de zijkant van zijn hoofd en iets nats in zijn hals.

En toen zag hij het: zijn oor lag op de steiger.

Van pijn en angst zakte hij door zijn knieën. Hij greep naar de wond. Het bloed gutste door zijn vingers en zijn handen vertelden hem wat zijn brein weigerde te geloven: dat er helemaal niets meer zat op de plek waar zijn linkeroor was geweest.

Burton raapte het bleke stukje vlees op en gooide het van de steiger. Er klonk een zachte plons. Davey, overtuigd dat hij zijn vrouw en kinderen nooit meer zou zien, begon te huilen. Hij hield op toen hij de dunne, koude punt van het mes onder zijn overgebleven oor voelde. In doodsangst keek hij op naar Burton. 'Nee...' bracht hij uit. 'Alstublieft...'

'Moet ik van vakbondstuig horen hoe ik mijn bedrijf moet bestieren?'

Davey probeerde nee te schudden, maar het mes hield hem tegen.

'Moet ik orders aannemen van afpersers en schurken?'

'Nee... Snij me niet meer, alstublieft...'

'Ik zal je iets zeggen, jonge vriend. Ik heb me tot het uiterste ingespannen om van Burton Thee te maken wat het nu is, en ik zal alles en iedereen breken die me probeert dwars te zitten. Is dat begrepen?'

'Ja.'

'Wie was er nog meer bij die bijeenkomst? Ik wil alle namen horen.'

Davey slikte moeizaam. Hij zei niets.

Curran kwam tussenbeide. 'Zeg het, jongen!' drong hij aan. 'Doe niet zo dom. Wat kunnen ze je schelen, Davey? Ze zijn hier immers niet om je te helpen.'

Davey deed zijn ogen dicht. Niet dit. Alsjeblieft niet dit. Hij wilde praten, hij wilde zijn leven redden, maar hij kon zijn maten niet verraden. Anders zou Burton met hen doen wat hij met hem had gedaan. Hij klemde zijn kaken opeen en wachtte op het mes, op de pijn, maar die kwam niet. Hij deed zijn ogen weer open. Burton stond een eind verder. Hij had geen mes meer in zijn handen. Toen hij zag dat

Davey naar hem keek, knikte hij naar Curran. Davey deinsde terug, in de veronderstelling dat de man een teken had gekregen om hem af te maken, maar Curran stak hem alleen een envelop toe.

'Maak open,' zei Burton.

Hij gehoorzaamde. Er zat een bankbiljet van tien pond in.

'Daarmee kun je wat doktersrekeningen voor Elizabeth betalen, denk je niet?'

'Hoe... hoe weet u dat?'

'Omdat ik zorg dat ik dingen weet die ik moet weten. Ik weet dat je getrouwd bent met een knap meisje dat Sarah heet. Je hebt een zoon van vier, Tom. Een dochter van drie, Mary. Elizabeth is ruim een jaar oud. Een leuk gezinnetje. Daar hoor je als man goed voor te zorgen. En ervoor te waken dat er niets met ze gebeurt.'

Davey verstrakte. Sterker dan de pijn, de woede en angst, was nu zijn haat. De haat vulde zijn hart en was op zijn gezicht te lezen. Hij wist dat Burton het kon zien, maar dat kon hem niet schelen. Burton had hem in zijn macht. Als hij de man niet gaf wat hij wilde, zou zijn gezin ervoor boeten. Hij zou zichzelf hebben opgeofferd, maar zijn gezin wilde hij niet opofferen. En dat wist de man. 'Shane Patterson...' begon hij. 'Matt Williams... Robbie Lawrence... John Poole...'

Toen hij alle namen had verteld, zei Burton: 'En wie heeft de leiding?'

Davey aarzelde. 'Niemand. Niemand is nog aangewezen... ze hebben nog geen...'

'Wie heeft de leiding, O'Neill?'

'Patrick Finnegan.'

'Goed. Ga naar alle bijeenkomsten en houd meneer Curran op de hoogte. Als je dat doet, zul je mijn waardering merken in je loonzakje. Als je het niet doet, of als je zo dom bent om iemand te vertellen wat hier vanavond is gebeurd, dan zal je vrouw wensen dat je het voor je had gehouden. Goedenavond, O'Neill. Je kunt beter naar huis gaan en iets aan die wond doen. Als iemand vraagt wat er met je oor is gebeurd, dan zeg je maar dat je bent overvallen. Toen de dief merkte dat er niets bij je te halen viel, heeft hij uit woede je oor afgesneden. Je hebt door de mist niet gezien in welke richting hij verdween.'

Davey kwam als verdwaasd overeind. Hij trok een zakdoek uit zijn zak en drukte die tegen zijn hoofd. Toen hij weg wankelde over de steiger, kon hij Burton nog steeds horen praten.

'Die leider... Finnegan. Wie is dat?'

'Een vent met een grote bek. Heeft altijd iets op of aan te merken. Maar wel een harde werker, dat moet ik hem nageven. Een van de beste krachten.'

'Ik wil hem tot voorbeeld stellen.'

'Hoe bedoelt u?'

'Hij moet worden uitgeschakeld. Daar zal Sheehan voor zorgen. Je hoort nog wel van hem.'

Paddy... Mijn god, wat heb ik gedaan? huilde Davey in stilte, ziek van schaamte. Hij liep wankelend de in mist gehulde straat in. Hij voelde zich duizelig en slap. Zijn schoen bleef achter een steen haken en hij struikelde, maar hij wist zich vast te klampen aan een straatlantaarn. Zijn hart ging als een bezetene tekeer. Hij legde een bebloede hand op zijn borst en slaakte een kreet van ellende. Hij was nu een verrader, een judas. En onder zijn huid, zijn ribben, was geen hart meer, maar slechts een verrot, bewegend ding, zwart en kapot en weerzinwekkend.

4

Fiona's handen beefden toen ze de theebladeren, die ze net had afgewogen, in het blik goot. Ze wist dat ze niet moest opkijken. Als hij haar dat zag doen, werd ze ontslagen. Daarom was hij hier, om iemand te ontslaan. Waarom kwam William Burton anders opeens langs? Om hun allemaal loonsverhoging te geven? Ze hoorde zijn langzame, afgemeten voetstappen toen hij langs haar liep. Ze voelde zijn blik op haar handen toen ze het blik verzegelde. Nu was hij aan het einde van de tafel gekomen en hij liep terug langs de andere kant. Halverwege de rij bleef hij staan. Haar hart sloeg een slag over. Zonder hem te zien wist ze waar hij stond: achter Amy Caldwell. Loop door, drong ze in stilte aan. Laat haar met rust.

Amy was vijftien jaar en een beetje onnozel. Ze was ook nogal onhandig. Af en toe stootte ze tegen haar weegschaal waardoor ze de inhoud morste, of ze plakte een etiket scheef. Alle meisjes deden hun best om Amy's traagheid te compenseren. Dat was hun manier om voor elkaar op te komen.

Fiona woog nog wat thee en hoopte dat Amy geen fout zou maken. Toen hoorde ze het: het onmiskenbare gekletter van een schaal. Ze keek meteen op. Amy had over de hele tafel thee gemorst. En in plaats dat ze die opruimde, bleef ze met bibberende kin staan.

'Opvegen,' fluisterde Fiona tegen haar. 'Goed zo. Toe maar...'

Amy knikte, veegde de thee op, en Burton liep verder, op zoek naar iemand anders die hij kon terroriseren. Fiona keek hem vol woede na. Het was zijn schuld dat Amy een ongelukje had begaan. Er zou niets aan de hand zijn geweest als hij daar niet zo lang had gestaan om haar zenuwachtig te maken.

William Burton was een van de rijkste en succesvolste theehandelaars van Engeland. Hij had zich uit het niets opgewerkt tot een rivaal van de gevestigde namen in de branche: Twining, Brooke, Fortnum & Mason en Tetley. Fiona kende net als iedereen zijn verhaal. Hij was geboren en getogen in Camden Town als enig kind van een tot armoe vervallen naaister, inmiddels overleden, en een matroos die op zee was omgekomen. Toen hij acht was, ging hij in een theewinkel werken, en op zijn achttiende had hij, door hard werken en sparen, de winkel kunnen kopen en de basis kunnen leggen van wat ooit Burton Thee zou worden. Hij was nooit getrouwd en hij had geen naaste familie.

Fiona kon bewondering opbrengen voor de vastberadenheid van de man, maar verder walgde ze van hem. Ze begreep niet waarom iemand die de zinkput van de armoe had weten te ontvluchten, geen mededogen kon opbrengen voor degenen die hij had achtergelaten.

Burton was klaar met zijn rondgang en riep meneer Minton. Fiona hoorde hen overleggen. Er was ook een andere man bij. Ze waagde een blik en zag Burton naar enkele meisjes wijzen. Minton knikte en de derde man, die een gezette gestalte had en duur gekleed was, keek op zijn horloge. Toen zei Minton, onhandig en op gewichtige toon: 'Aandacht, meisjes. Meneer Burton heeft me meegedeeld dat door diverse recente projecten en uitbreidingen drastische economische maatregelen nodig zijn...'

Vijfenvijftig bezorgde gezichten, waaronder dat van Fiona, keken naar de voorman. Ze begrepen niet wat hij allemaal wauwelde, maar ze wisten dat het weinig goeds voorspelde.

'... en dat betekent dat ik wat meisjes moet laten gaan,' zei hij. 'Als ik jullie naam noem, ga je naar mijn kantoor om je loon op te halen. Violet Simms, Gemma Smith, Patsy Gordon, Amy Caldwell...' De lijst ging door tot hij vijftien namen had genoemd. Fiona zag dat Minton in elk geval het fatsoen had om beschaamd te kijken. Toen zei hij: 'Fiona Finnegan...' God, nee. Wat moest ze tegen haar moeder zeggen? Haar familie had haar loon nodig. '... krijgt een boete van zes penny's wegens praten. Als er nog meer gepraat wordt of wat voor geluid ook gemaakt wordt, krijgen de overtreders allemaal een boete. Weer aan de slag nu.'

Fiona knipperde met haar ogen, opgelucht dat ze niet ontslagen was en woedend dat ze een boete kreeg omdat ze Amy had willen helpen. Om haar heen hoorde ze gesmoorde snikken en geschuifel toen de vijftien meisjes hun spullen pakten. Ze deed haar ogen dicht. Lichtvlekjes dansten achter haar oogleden. Een enorme razernij kwam in haar op. Ze probeerde die te verdringen.

Ze haalde diep adem, opende haar ogen en pakte haar theeschep op. Maar ze kon niet nalaten om te kijken hoe haar collega's bevend en met witte gezichten naar Mintons kantoor gingen. Ze wist dat Vi Simms zichzelf en haar zieke moeder moest onderhouden. Gem had acht jongere broertjes en zusjes en een vader die zijn loon aan drank verspilde. En Amy... ze was een weesmeisje dat met haar zus in een klein kamertje woonde. Waar moest zij in vredesnaam een andere baan vinden? Hoe moest ze de volgende week aan eten komen? Er knapte iets in Fiona toen ze haar daar zag staan met haar haveloze muts en versleten sjaal. Ze smeet haar theeschep neer. Als Burton haar een boete wilde geven voor praten, dan zou ze hem laten luisteren ook.

Ze liep naar Mintons kantoor, langs de meisjes die op hun loon stonden te wachten. Voor zo'n zogenaamd slimme man was William Burton verdraaid kortzichtig, dacht ze. Hij had hen allemaal zien inpakken. Zag hij dan niet hoe inefficiënt het was? Hij had blijkbaar geen snars verstand van deze kant van het bedrijf. Hij dacht dat hij die meisjes moest ontslaan om geld te sparen, maar hij kon juist meer verdienen door hun werk beter in te delen. Ze had het al vaak aan Mintons verstand proberen te peuteren, maar die wilde nooit luisteren. Misschien nu wel.

'Mag ik even,' zei ze terwijl ze zich langs het meisje in de deuropening wurmde.

Minton zat achter zijn bureau geld uit te tellen. 'Wat is er?' wilde hij weten zonder op te kijken. Burton en zijn metgezel keken op uit een grootboek.

Fiona slikte. Ze kromp ineen onder hun blikken. Ze was uit kwaadheid hier gekomen, maar nu werd ze bevangen door vrees. Ze besefte dat ze nu waarschijnlijk zelf ontslagen zou worden. 'Meneer Minton,' zei ze terwijl ze haar stem vast probeerde te laten klinken. 'U bespaart er niets op door die meisjes te ontslaan.'

Nu had ze Mintons aandacht. Hij staarde haar wel een eeuwigheid aan voor hij zijn spraak hervond. 'Het spijt me ontzettend, meneer Burton,' stamelde hij terwijl hij opstond om haar weg te sturen.

'Een ogenblik,' zei Burton. Hij sloeg het grootboek dicht.

'Ik wil graag horen waarom een van mijn thee-inpakkers denkt dat ze meer van mijn bedrijf weet dan ik.'

'Ik ken mijn aandeel, meneer. Ik doe het elke dag.' Fiona dwong zich in Burtons kille, zwarte ogen te kijken en toen in die van de andere man, die een verrassend mooi turkoois waren en helemaal niet pasten bij zijn harde, hebzuchtige gezicht. 'Als u de meisjes houdt en wat verandert aan de werkroutine, kunt u sneller meer thee laten inpakken, dat weet ik zeker.'

'Ga door.'

Ze haalde diep adem. 'Elk meisje stelt haar eigen verpakking samen. Als het een doos is, moet ze die in elkaar lijmen. Als het een blik is, moet ze er een etiket op plakken. Dan vult ze het met thee, verzegelt het en zet er de prijs op. We moeten alleen steeds van onze plek om meer voorraden te halen. Dat kost te veel tijd. En soms komt er thee aan de lijmborstel. Dat is verspilling van materiaal. Als bijvoorbeeld twintig van de vijfenvijftig meisjes voor de verpakkingen zorgen, dan kunnen vijftien andere de thee afwegen en de verpakkingen vullen. Tien andere kunnen ze verzegelen en prijzen, en de laatste tien kunnen de voorraden op de tafels aanvullen zodra het nodig is. Dan kan elk meisje meer werk verzetten en kost het verpakken minder. Kunnen we dat niet in elk geval proberen, meneer?'

Burton bleef zwijgend zitten. Hij keek naar haar en toen in de lucht, alsof hij nadacht.

Fiona vatte dat op als een goed teken. Hij had geen nee gezegd en hij had haar ook niet ontslagen. Nog niet, in elk geval. Ze wist dat de meisjes haar hadden gehoord. Ze voelde hun ogen in haar rug, voelde hun hoop op haar schouders drukken. Ze wist dat haar idee goed was. O, laat hem dat ook vinden, bad ze.

'Het is een goed idee,' zei hij ten slotte, en Fiona begon

al blij te worden. 'Meneer Minton,' vervolgde hij, 'als u hier klaar bent, verdeelt u die taken onder de rest van de meisjes.'

'Maar meneer Burton,' bracht ze stamelend uit, 'ik dacht dat u iedereen zou laten blijven...'

'Waarom? Je hebt me zojuist laten zien dat veertig meisjes het werk van honderd kunnen doen. Waarom zou ik dan vijfenvijftig meisjes betalen?' Hij lachte naar zijn metgezel. 'Hogere productie tegen lagere kosten. Daar zal de bank heel blij mee zijn, Randolph.'

De dikke man grinnikte. 'Inderdaad,' zei hij terwijl hij een ander grootboek pakte.

Fiona voelde zich alsof ze een klap in haar gezicht had gekregen. Ze draaide zich om en liep Mintons kantoor uit, diep vernederd. Wat was ze stom geweest. In plaats dat ze de baan van haar vriendinnen had gered, had ze juist bevestigd dat ze niet nodig waren. Ze had William Burton een manier gegeven om meer werk te laten doen door minder personeel. Als hij hier klaar was, zou hij dit idee waarschijnlijk ook invoeren in zijn andere fabrieken in Bethnal Green en Limehouse en daar ook meisjes ontslaan. Zou ze dan nooit leren haar mond te houden?

Met gloeiende wangen van schaamte liep ze langs de meisjes. Iemand pakte haar hand. Magere vingers vouwden zich om de hare. Het was Amy. 'Bedankt, Fee,' fluisterde ze. 'Dat je het hebt geprobeerd. Je bent zo dapper. Ik wou dat ik zo dapper was als jij.'

'O Amy, ik ben helemaal niet dapper, ik ben een idioot,' zei Fiona bijna in tranen.

Amy gaf een kus op haar wang, en Violet ook. Toen zei Gem dat ze vlug weer aan haar werk moest voor ze zich bij hen zou moeten aansluiten.

De avondzon die Joe's rug verwarmde, leek niet te passen bij de smerige steegjes en smalle straten van Whitechapel, waar hij en Fiona liepen. De stralen vielen op haveloze huizen en winkels en benadrukten de kapotte daken, gescheurde stenen muren en stinkende goten die beter verborgen konden blijven onder mist en regen. In gedachten hoorde hij zijn vader zeggen: 'Door de zon lijkt het hier nog erger. Net als rouge op de wangen van een oude hoer.'

Kon hij haar maar meer bieden. Kon hij haar maar meenemen naar een betere plek, zoals een pub met roodfluwelen behang en gebrandschilderd glas. Maar hij kon alleen maar met haar wandelen door Commercial Street om etalages te bekijken en misschien voor een penny snoep voor haar kopen.

Ze stond naar de etalage van een juwelier te kijken en hij zag de harde lijn van haar kaak. Ze zat nog steeds in over de meisjes die waren ontslagen. Hij was haar na het avondeten komen halen, en ze had hem tijdens het wandelen verteld wat er was gebeurd.

'Je had toch niet verwacht dat je het zou winnen?' vroeg hij haar nu.

Ze draaide zich triest naar hem om. 'Dat is het hem nou juist, Joe. Dat dacht ik wel.'

Joe schudde glimlachend zijn hoofd. 'Ik heb echt een meid met pit, moet ik zeggen.'

Fiona lachte, en hij was blij haar weer te horen lachen, na de bittere tranen van verdriet en woede. Hij kon het niet verdragen haar te zien huilen. Dan voelde hij zich hulpeloos en wanhopig. Hij sloeg een arm om haar heen, trok haar tegen zich aan en gaf een kus op haar hoofd. 'Twaalf en zes,' fluisterde hij terwijl ze verder liepen. 'Laat William Burton barsten.'

'Twaalf en zes?' vroeg ze opgewonden.

'Ja. Ik heb er weer wat bij gedaan. De zaken gingen goed deze week.'

'Hoe gaat het tussen jou en je vader?'

Joe haalde zijn schouders op. Hij had geen zin om het daar over te hebben, maar ze drong aan en uiteindelijk vertelde hij dat ze die dag een flinke ruzie hadden gehad.

'Alweer? Waar nu dan over?'

'Over een tweede kar. Ik wil die en hij niet.'

'Waarom niet?'

'Nou, het zit zo, Fee,' begon hij. 'Met die ene kar gaat het goed, maar het kan veel beter. Je hebt het zaterdag gezien: we konden het gewoon niet bijhouden. We waren al helemaal uitverkocht terwijl er nog een heleboel klanten waren! We hadden met gemak nog een krat appels, plus vijgen en aardappels en bloemkool kunnen verkopen. Ik zeg al twee maanden tegen mijn vader dat we er een kar bij moeten nemen, en dan op de ene fruit en op de andere groente uitstallen. Maar hij wil er niet van horen.'

'Waarom niet? Het is toch logisch?'

'Hij zegt dat we goed genoeg draaien. We kunnen ervan rondkomen dus het is niet nodig om risico's te nemen. Jezus, hij is zo bekrompen! Hij wil nooit verder kijken. Ik wil niet alleen de kost verdienen, ik wil winst maken en uitbreiden!'

'Laat je vader toch, Joe,' zei Fiona. 'Nog een jaar of zo, dan heb je geen last meer van hem. Dan gaan wij een groot succes maken van onze winkel. Voorlopig moet je je er maar bij neerleggen, meer kun je toch niet doen.'

'Je hebt gelijk,' antwoordde hij somber. Maar hij vroeg zich af of hij dat wel kon. De spanningen werden steeds groter. Hij wilde het niet tegen Fiona zeggen, want ze had haar portie wel gehad vandaag, maar hij was bijna op de vuist gegaan met zijn vader.

Hij zei ook niet dat vlak na hun ruzie, toen zijn vader naar de pub was gegaan en Joe in zijn eentje de boel had laten draaien, Tommy Peterson was gekomen. Hij had lovend gesproken over de kar en de manier waarop Joe zijn waren verkocht, en toen had hij Joe uitgenodigd om de volgende dag naar zijn kantoor in Spitalfields te komen. Joe wist zeker dat Tommy zou voorstellen om er een tweede kar bij te nemen en zelfs betere voorwaarden zou bieden om in te kopen. Wat moest hij tegen de man zeggen? Dat het niet mocht van zijn vader? Dan stond hij voor gek.

Joe en Fiona liepen zwijgend verder. De avond begon koeler te worden. De zomer liep ten einde. Binnenkort werd het herfst, en dan zou door het koude weer en de regen nog maar weinig komen van hun avondwandelingen.

Hij trok Fiona mee een donker steegje in tussen een pub en een kolenhandel, en kuste haar. Ze kuste hem terug en algauw verloren ze alle begrip van tijd.

Twee straten verder sloeg de klok het hele uur. Fiona rukte zich los. 'O nee!' riep ze uit. 'Ik ben helemaal de tijd vergeten! Negen uur! Mijn moeder vilt me levend! Straks denkt ze nog dat ik vermoord ben. Kom, Joe!'

Waarom gaat het altijd zo? dacht Joe. Waarom moesten ze altijd stiekem kussen in een steeg of in de modder bij de rivier? Wanhopig vroeg hij zich af hoe hij meer geld kon verdienen zodat ze hun winkel konden openen en eerder trouwen.

Fiona vroeg zich hardop af hoe ze moest verklaren dat ze zo laat was. Ze haastten zich terug naar Montague Street.

'Zo, Fee, je bent terug voor ze je konden missen,' zei Joe, en hij gaf haar nog vlug een kus.

'Ik hoop het. In elk geval is mijn vader niet thuis. Tot

morgen.' Ze draaide zich om, maar eerst keek ze hem nog een laatste keer aan.

'Twaalf en zes,' zei ze.

Hij glimlachte terug. 'Ja, schat. Twaalf en zes.'

5

Het wordt herfst, dacht Fiona terwijl ze haar sjaal dichter om haar schouders trok. Alles wees er op: de vallende bladeren, de dagen die korter werden, de kolenboer die weer rondreed met zijn kar. Het was een grauwe zondag in september, en de vochtige lucht was kil geworden. SEIZOEN DES DOODS kopte de krant. WHITECHAPEL-MOORDENAAR WAART NOG STEEDS ROND.

Fiona zat op de stoep haar vaders krant te lezen terwijl Seamie naast haar speelde. Ze vroeg zich af hoe iemand met een vreemde een steeg in durfde terwijl een moordenaar vrij rondliep. 'De duivel is een charmante man,' zei haar moeder. Dat moest hij wel zijn, dacht Fiona, als hij een vrouw zover wist te krijgen om helemaal alleen met hem mee te gaan in het donker en in de mist.

In heel Whitechapel konden de mensen maar niet geloven dat iemand zulke daden kon plegen en vervolgens gewoon verdwijnen. De politie stond voor gek. Ze werden bekritiseerd door het parlement en door de pers. Ze wist dat het zijn tol begon te eisen van oom Roddy. Hij was er nog steeds niet overheen dat hij het lichaam van die vrouw

Nichols had gevonden. Hij had nog steeds last van nachtmerries.

De moordenaar was een monster. De pers had hem ook tot een symbool gemaakt van alles wat er mis was in de maatschappij: geweld en bandeloosheid bij de arbeidersklasse, spilzucht in de hogere kringen. Voor de rijken was de moordenaar iemand uit de laagste regionen, een waanzinnige bruut. De armen zagen hem als een lid van de heersende klasse, een heer die een obsceen genot schepte in het jagen op prostituees, alsof ze een prooi waren. Voor katholieken was hij een protestant. Voor protestanten een katholiek. Voor de immigranten die in East End woonden, was hij een krankzinnige Engelsman, dronken en gevaarlijk. Voor de Engelsen was hij een smerige, goddeloze buitenlander.

Fiona had zich geen beeld gevormd van de moordenaar. Ze wilde niet weten hoe hij eruitzag. Het interesseerde haar niet. Ze wilde alleen maar dat hij gepakt werd, zodat ze 's avonds met Joe kon gaan wandelen zonder dat haar moeder dacht dat ze dood in een steeg lag als ze vijf minuten te laat thuiskwam.

'Waar is Charlie?' vroeg Seamie.

'In de brouwerij.'

'Ik wou dat hij thuiskwam. Hij zei dat hij drop voor me zou meenemen.'

'Hij zal zo wel komen.' Fiona voelde zich een beetje schuldig bij die leugen. Charlie was niet in de brouwerij. Hij was in een pub aan de rivier, de Swan, aan het boksen om geld. Maar dat kon ze niet tegen Seamie zeggen. Hij was te klein om een geheim te bewaren en hij zou het misschien tegen hun moeder zeggen. Fiona had van Joe gehoord dat Charlie bokste om geld. Joe had het weer van een vriend gehoord die op hem gewed had en had gewonnen. Dat verklaarde waarom hij zo vaak met een blauw oog thuiskwam. Hij zei altijd dat hij 'gewoon wat had gestoeid met zijn maten'.

Ze werd verondersteld niet te weten dat haar broer aan bokswedstrijden meedeed, dus kon ze hem niet vragen wat hij wilde doen met het geld dat hij won, maar ze had wel een vermoeden. Hij wilde naar Amerika, naar oom Michael. Ze had zijn ogen zien oplichten toen haar moeder de brief had voorgelezen waarin hun oom een beschrijving gaf van zijn winkel en van New York. Ze had hem naderhand ook de brief zien lezen aan de keukentafel. Hij had niet eens opgekeken toen ze langs hem liep, maar alleen gezegd: 'Ik ga erheen, Fee.'

'Dat kan niet. Mam kan je niet missen,' antwoordde ze. 'En je hebt trouwens toch geen geld voor de overtocht.'

Hij had haar genegeerd. 'Oom Michael kan vast wel een hulp gebruiken als het zo goed gaat met zijn zaak. En helemaal nu tante Molly een baby krijgt. Dus waarom dan niet zijn eigen neef? Ik ben niet van plan mijn hele leven voor dat rotloontje in de brouwerij te blijven werken.'

'Je kunt voor mij en Joe werken in onze winkel,' zei ze.

Hij had zijn ogen ten hemel geslagen.

'Trek niet zo'n gezicht! We krijgen onze winkel heus wel, wacht maar af.'

'Ik wil zelf aan de slag. Ik ga naar New York.'

Fiona had niet meer aan dat gesprek gedacht tot ze hoorde dat hij bokste. De jongen meende het. Amerika, dacht ze, waar het geld op straat voor het oprapen lag. Als hij ging, zou hij binnen een mum van tijd rijk zijn. Ze zou proberen blij voor hem te zijn als de tijd daar was, maar ze vond het een vreselijke gedachte dat haar broer zo ver weg ging. Ze hield zielsveel van hem, ook al was hij een lastpost, en mensen die naar Amerika gingen kwamen bijna nooit meer terug. Herinneringen en af en toe een brief, dat was alles wat ze van hem zouden hebben als hij weg was.

Ze zou hem missen, maar ze begreep wel dat hij weg wilde. Net als zij kon hij geen toekomst aanvaarden die alleen uit zwaar werk bestond. Waarom moest dat haar lot zijn? En dat van Charlie? Omdat ze arm waren? Het was geen misdaad om arm te zijn. Jezus zelf was een arme arbeider geweest, zoals haar vader altijd tegen haar zei. Vader Deegan zei ook dat armoe geen zonde was, maar hij vond wel dat je nederig hoorde te zijn. Als je arm was, dan had God je dat toebedeeld, en je moest Zijn wil aanvaarden. Je plaats weten.

Ze keek Montague Street door naar de vuile, met roetaanslag bedekte huizen met hun kleine kamers, dunne muren en tochtige ramen.

Hoorde ze hier thuis? Ze had er anders beslist niet om gevraagd. Iemand anders mocht het hebben. Zij zou een betere plek vinden, zij en Joe samen.

Joe. Er kwam een glimlach om haar mond toen ze dacht aan de vorige avond, in het steegje. Ze kreeg het warm toen ze zich zijn handen op haar huid herinnerde.

Wat mankeert me? vroeg ze zich af. Het ene moment wist ze zeker dat ze niet eens mocht denken aan meer dan een kus, en het volgende moment dacht ze weer aan haar en Joe samen, aan zijn kussen, zijn handen die haar aanraakten waar hij niet hoorde te komen. Hoe zou het zijn als ze tot het uiterste gingen? Ze had een vaag idee wat dat inhield. De man duwde hard, had ze gehoord, maar waarom? Omdat het niet paste? En als het niet paste, deed het dan pijn? Haar vriendinnen wisten net zo weinig als zij, en ze ging nog liever dood dan dat ze het aan Charlie zou vragen.

Ze voelde dat Seamie tegen haar aan ging leunen. Hij

knipperde met zijn ogen en geeuwde. Ze raapte zijn blokken bijeen, nam hem mee naar binnen en bracht hem naar zijn bed in de woonkamer. Hij sliep al voor ze zijn laarzen kon uittrekken. Ze sloop de kamer uit en deed de deur achter zich dicht. Charlie was weg. Oom Roddy was naar de pub. Eileen lag boven in de slaapkamer van haar ouders te slapen. Zelfs haar ouders waren boven een dutje gaan doen. Dat deden ze elke zondag: het soort dutje dat Charlie en zij niet zouden wagen te verstoren.

Ze was nu minstens een uur vrij. Ze kon een kop thee maken en gaan lezen. Ze kon door Commercial Street wandelen en de etalages bekijken, of ze kon naar een vriendin. Ze probeerde net te bedenken wat ze zou gaan doen, toen ze een klop op de deur hoorde.

'Hallo, juffrouw,' zei de kerel op de stoep. 'Zin in fruit of groente vandaag? Koolraap? Uien? Spruitjes?'

'Zachtjes, dwaas die je bent, dadelijk maak je mijn broertje en de rest wakker,' zei Fiona, opgetogen dat ze Joe zag. 'Wat ben je vroeg klaar vandaag. Gingen de zaken slecht vanmorgen?'

'De zaken? Eh, nee, dat niet, ik ben gewoon eerder opgehouden. Ik had zin om te gaan wandelen. Naar de rivier,' zei hij met een opgewekte glimlach.

Te opgewekt, dacht ze. En hij houdt nooit eerder op. En hij loopt nooit naar de rivier op zondag als hij niet meer op zijn benen kan staan na een heel weekend op de markt staan. Er is iets aan de hand.

'Kom dan,' drong hij aan, en trok aan haar arm.

Hij liep stevig door. Hij was ook stil. Fiona wist zeker dat hij ergens mee zat. Had hij weer ruzie gehad met zijn vader? Ze wilde het graag weten, maar hij zou toch niets zeggen voor hij er aan toe was.

Het was stil in de haven toen ze bij de Old Stairs kwamen. Het was eb. Alleen enkele binnenschepen en vissersboten voeren op het water. Langs de kades waren de laaddeuren van de pakhuizen gesloten. Kranen stonden er werkeloos bij. De rivier deed, net als de rest van Londen, zijn best om de dag des Heren in acht te nemen.

Ze gingen halverwege de trap zitten. Joe leunde zwijgend met zijn ellebogen op zijn knieën. Fiona keek naar zijn profiel en richtte haar blik toen op de rivier, wachtend tot hij zou beginnen te praten. Ze haalde diep adem en ze rook thee. Altijd weer thee. In kratten bij Oliver's of los in kleine hopen op de vloer. Ze zag in gedachten hoe het bruine stof door de vloerplanken en barsten in de laaddeuren zweefde. Ze deed haar ogen dicht en haalde weer diep adem. Zoet en opwekkend. Een darjeeling.

Na een poosje zei Joe: 'Ik heb gehoord dat Charlie een aardige reputatie krijgt in de Swan.'

Ze wist dat hij niet naar de rivier was gegaan om het over Charlie te hebben. Het was gewoon zijn manier om via een omweg te beginnen over wat hem dwarszat. 'Dan moet hij maar hopen dat onze moeder er niet achterkomt,' zei ze. 'Want dan trekt ze hem aan zijn oor naar buiten.'

'Wat gaat hij doen met het geld dat hij gewonnen heeft?'

'Ik denk dat hij spaart voor een overtocht naar Amerika. Hij wil voor de broer van mijn vader in New York gaan werken.'

'Fiona...' onderbrak Joe haar terwijl hij haar hand pakte.

'Ja?'

'Ik heb je gevraagd om met me te gaan wandelen omdat ik je wil vertellen dat ik misschien...' Hij aarzelde. 'Er is een kans dat ik... Er was een baan, zie je...' Hij zweeg weer, en schraapte met de hak van zijn laars op de tree onder hem. Hij keek naar het klotsende water, haalde diep adem en blies die toen uit. 'Dit heeft geen zin. Je zult niet leuk vinden wat ik te zeggen heb, hoe ik het ook vertel, dus dit is het: Tommy Peterson heeft me een baan aangeboden en die heb ik aangenomen.'

'Wat?' vroeg ze verbijsterd.

'Ik heb de baan aangenomen.' Hij begon nu snel te praten. 'Het loon is goed, Fee, veel meer dan ik op de markt bij mijn vader verdien...'

'Je hebt een baan aangenomen bij Tommy Peterson? De vader van Millie?'

'Ja, maar...'

'Dus er komt niets meer van onze winkel?' zei ze nijdig terwijl ze haar hand terugtrok. 'Probeer je me dat te vertellen?'

'Nee, nee, dat bedoel ik helemaal niet! Verdikkeme, Fiona! Ik wist wel dat je het tien keer moeilijker zou maken dan nodig is. Hou je mond en luister, ja?'

Ze staarde voor zich uit naar de rivier, want ze vertikte het om hem aan te kijken. Hier zat Millie Peterson achter, dat wist ze gewoon. Joe pakte haar bij de kin en draaide haar gezicht naar hem toe. Ze sloeg zijn hand weg.

'Ik ga ongeveer hetzelfde doen wat ik nu doe, groente en fruit verkopen,' legde hij uit. 'Tommy zag me aan het werk en mijn stijl beviel hem. Alleen ga ik aan andere kooplui verkopen, niet aan klanten...'

Fiona keek hem ijzig aan zonder iets te zeggen.

'... dus zal ik een heleboel leren over de groothandel, hoe je zaken doet bij de bron. Met de boeren in Jersey en Kent. Met de Fransen. Dan kan ik zien hoe het kopen en verkopen gaat op de grootste markt van Londen, en...'

'Waar? In Spitalfields?' viel Fiona hem in de reden, doelend op de markt in de buurt.

'Nou, dat was het andere dat ik je wilde vertellen. Ik ga niet in Petersons standplaats in Spitalfields werken. Hij wil me in Covent Garden hebben.'

'Dus je gaat weg uit Montague Street,' zei ze dof.

'Ik heb geen keus, Fee. We beginnen om vier uur in de ochtend. Dan zou ik om twee uur uit Whitechapel weg moeten om er op tijd te zijn. En nu de oogstvrachten aan een stuk door komen, zullen we tot diep in de nacht moeten werken. Ik zal moeten proberen te slapen wanneer ik even kan.'

'Waar?'

'In een kamer in Petersons marktgebouw. Boven zijn kantoor.'

'Compleet met bed, wastafel en dochter.'

'Ik ga die kamer delen met zijn nééf, een jongen van mijn leeftijd. Het kost me geen penny.'

Fiona zei niets. Ze wendde haar blik af naar het water.

'Het kan een goede verandering zijn, die baan. Waarom maak je er zo'n ophef over, Fee?'

Waarom? vroeg Fiona zichzelf af terwijl ze strak naar een schip keek. Omdat je in mijn hele leven nooit weg bent geweest uit Montague Street, omdat mijn hart tekeergaat zodra ik je zie, omdat je gezicht, je glimlach, je stem alle moedeloosheid verdrijven, omdat onze dromen me hoop geven en alles draaglijk maken. Daarom.

Ze slikte moeizaam en probeerde de tranen te bedwingen die achter haar boosheid scholen. 'Het is gewoon veel om te bevatten. Het is zo onverwacht. Je neemt zomaar een heel andere baan aan en je gaat weg. Je zult niet langer gewoon in de straat zijn of op de markt. Wie moet er nu op zaterdag na het werk hier met me zitten, en... en...' Haar stem brak.

'Fiona, kijk me aan,' zei Joe. Hij veegde een traan van haar wang. Ze draaide zich naar hem om, maar ze wilde hem niet aankijken. 'Ik heb die baan niet genomen zonder er eerst over te hebben nagedacht. Peterson heeft hem twee dagen geleden aangeboden. Sindsdien heb ik aan een stuk door gepiekerd wat ik het beste kon doen. Niet voor mij, maar voor óns. En dat is die baan aannemen. Ik kan hier niet blijven, Fee. Ik heb steeds ruzie met mijn vader. En ik kan niet in mijn eentje iets beginnen. Dan zou ik de concurrent zijn, het eten uit de mond van mijn eigen familie wegnemen. Bij Peterson verdien ik twee keer zoveel als bij mijn vader. Dan kan ik veel sneller geld opzij leggen voor onze winkel. En dan leer ik dingen die we kunnen gebruiken als wij een zaak openen.' Hij kneep in haar hand. 'Zie je dan niet hoeveel we hieraan kunnen hebben?'

Fiona knikte. Ze zag het ook wel. Ondanks haar boosheid zag ze in dat hij gelijk had. Het was een goede beslissing, hoe moeilijk ook. Alles waardoor ze eerder hun winkel konden beginnen, was goed. Maar ze was nog steeds verdrietig. Haar verstand mocht dan zeggen dat het een goed plan was, maar haar gevoel zei iets heel anders.

'Wanneer ga je?'

'Morgen.'

'Allemachtig, Joe.'

'Kijk niet zo zielig, meisje,' zei hij in een wanhopige poging om haar op te beuren. 'Het is niet voor eeuwig, en ik kom langs zodra ik kan. Dan breng ik iets voor je mee, goed?'

'Alleen jezelf. Meer hoef ik niet. En beloof dat je je niet laat paaien door Millie. Ik weet zeker dat ze wel een smoes weet te verzinnen om af en toe op Covent Garden te komen stroopsmeren en flirten,' zei ze.

'Doe niet zo raar.'

Ze sprong van de stenen treden en liep langs de rivier in de richting van de Orient Wharf. Ze bukte zich, raapte een handvol steentjes op en besloot er niet langer een punt van te maken. Het was egoïstisch om alleen aan haar eigen gevoelens te denken. Ze zou achter hem moeten staan. Voor hem was het immers niet makkelijk. De baan op Covent Garden was nieuw en opwindend, maar zou ook zwaar zijn. Van wat ze over Tommy Peterson had gehoord, zou hij Joe als het kon vierentwintig uur per dag laten werken.

Joe kwam bij haar staan en samen gooiden ze steentjes over het water. Toen bukte hij zich om nieuwe op te rapen. Een steen, die diep in de modder lag ingebed, maakte een luid, zuigend geluid toen hij hem eruit trok. In het onderdeel van de seconde voor het gat werd gevuld door water, zag hij iets blauws glimmen. Hij liet de steen vallen en groef in het slik. Zijn vingers vonden een kleine, harde bobbel. Even later had hij hem uit de modder bevrijd.

'Kijk eens, Fee,' zei hij terwijl hij het voorwerp afspoelde. Fiona boog zich over zijn hand. Hij hield een gladde, ovalen steen vast, plat van onder en gebogen van boven. Een lange groef liep van de bovenkant tot het midden, en splitste zich daar in twee groeven die naar opzij uitwaaierden. De steen was indigoblauw en bijna drie centimeter lang. Toen hij opdroogde, kreeg het oppervlak een beslagen uiterlijk, een teken dat hij lang door water en zand was geschuurd.

'Wat een mooie blauwe kleur,' zei Fiona.

'Ik weet niet wat het is. Misschien de bodem van een oud medicijnpotje,' zei hij terwijl hij fronsend de steen tussen zijn duim en wijsvinger omdraaide. Hij pakte Fiona's hand, legde de steen erin en vouwde haar vingers eromheen. 'Hier. Een juweel van de rivier. Meer kan ik je nu niet geven, maar ooit zal ik je iets veel mooiers geven, dat beloof ik.'

Fiona opende haar hand en bekeek haar schat aandachtig. Ze zou hem altijd bij zich houden als Joe weg was. Als ze zich eenzaam voelde, kon ze haar hand in haar zak steken en de steen daar voelen, als een aandenken aan hem.

'Fiona...'

'Hmm?' zei ze, in beslag genomen door de steen.

'Ik hou van je.'

Ze keek vol verbazing naar hem op. Dat had hij nog nooit gezegd. Hun gevoelens voor elkaar waren duidelijk voor hen, maar ze hadden ze nooit hardop geuit. Cockneys droegen het hart niet op de tong. Ze spraken niet over hun diepste gevoelens. Hij hield van haar. Dat had ze altijd geweten en ze had er nooit aan getwijfeld, maar nu ze het hem hoorde zeggen...

'Ik hou van je,' zei hij weer, deze keer heftig. 'Dus pas goed op jezelf. Want ik ben er niet om op je te letten. Geen kortere weg nemen door steegjes als je van Burton's komt. En je gaat niet naar de rivier tenzij je vader er is. En zorg dat je voor donker binnen bent nu die ellendeling rondhangt.'

Opeens voelde ze de tranen weer achter haar ogen prikken. Hij ging alleen maar naar de andere kant van Londen, naar West End, maar hij had net zo goed naar China kunnen gaan. Ze kon er niet heen, want ze had geen geld voor de bus. Ze kon de gedachte aan de komende dagen niet verdragen, lange, sombere dagen zonder dat ze zelfs maar een glimp van hem zou opvangen.

Ze nam zijn gezicht in haar handen en kuste hem. 'Ik hou ook van jou.'

'Natuurlijk,' gromde hij opgelaten. 'Zo'n knappe vent als ik...'

Opeens wilde ze hem naar zich toe trekken en hem altijd vasthouden. Haar stempel op hem drukken, haar recht op hem doen gelden. Ze wist dat die gevoelens gevaarlijk waren, maar het kon haar niet schelen. Hij moest weg, maar ze zou zorgen dat hij een deel van haar meenam en dat zij een deel van hem hier hield.

Ze pakte zijn hand en trok hem tussen de palen die de uitstekende steiger ondersteunden. Het was er donker en stil. Alleen het geluid van de zacht klotsende rivier was te horen. Niemand kon hen daar zien, geen matrozen of binnenschippers die naar hen konden fluiten en jouwen.

Ze trok hem weer naar zich toe en kuste zijn lippen, zijn hals. Toen hij zijn hand van haar middel naar haar borst bracht, drukte ze die tegen zich aan. Haar vrees was verdwenen. Nu leek het of haar lichaam een eigen doel had. Haar bonzende hart en het pijnlijke verlangen dat diep in haar buik was begonnen en nu door haar aderen stroomde, overstemden de waarschuwende stemmetjes in haar hoofd.

Haar handen duwden zijn jasje van zijn schouders. Hij wierp het op de grond. Haar vingers knoopten zijn hemd los. Ze liet haar handen eronder glijden en streelde over zijn borst en rug. Ze legde haar lippen tegen zijn huid en ademde zijn geur in. Het leek wel of ze elke centimeter van hem wilde kennen en zijn geur en smaak in haar geheugen wilde prenten. Maar het was nog niet genoeg.

Ze knoopte haar blouse los en frunnikte toen aan de linten van haar hemdje. Het witte katoen ging uiteen en viel op de grond. Nu was ze naakt tot haar middel. Ze keek naar hem op en zag de begeerte in zijn ogen, maar ze kon met geen mogelijkheid weten hoe sterk die begeerte was. Joe had haar bijna elke dag van zijn leven gezien. Hij kende haar buien, haar gezichtsuitdrukkingen en gebaren, maar hij had haar nog nooit zo gezien, met haar gitzwarte haar dat over haar ivoorkleurige naakte huid viel, haar ronde, mooie borsten, en haar ogen, zo diep en donkerblauw als de oceaan.

'Mijn god, wat ben je mooi,' fluisterde hij.

Met oneindige tederheid legde hij zijn handen om haar borsten en kuste ze, en het plekje ertussen, en ten slotte de plek boven haar hart. Toen bukte hij zich, raapte haar kleren op en gaf die aan haar terug.

'Waarom?' vroeg ze gekwetst. 'Wil je me niet?'

Hij stiet een lach uit. 'Of ik je niet wil? Ik wil je meer dan ik ooit van mijn leven iets heb gewild, Fiona. En een seconde geleden had ik je bijna hier op de grond genomen. God weet waar ik de kracht vandaan haalde om op te houden.'

'Waarom deed je dat? Ik wilde niet dat je ophield.'

'Omdat er iets had kunnen gebeuren als we verder waren gegaan. En dan ben ik in Covent Garden en jij hier met een dikke buik, en dan is je vader in staat om ons allebei te vermoorden.'

Fiona beet op haar lip. Het had geen zin hem te vertellen dat ze zo naar hem had verlangd dat ze bereid was geweest dat risico te nemen.

'Ik zou meteen met je trouwen als dat gebeurd was, Fee. Dat weet je, maar hoe kunnen we nu een baby krijgen? We kunnen het ons niet veroorloven. We moeten bij ons plan blijven: eerst sparen, dan de winkel, en dan gaan we trouwen. En als er dan kinderen komen, zullen we het geld hebben om ze te geven wat ze nodig hebben. Zo is het toch?'

'Je hebt gelijk,' zei ze zacht. Ze trok haar hemd weer aan en toen haar blouse. Toen vlocht ze haar haren weer in een nette vlecht en probeerde kalm en beheerst te doen. Haar verstand was het eens met Joe, maar haar lichaam voelde warm en onvoldaan aan.

'Kom mee,' zei hij, en hij stak zijn hand uit. Hij trok haar tegen zich aan en zo bleven ze een hele poos staan. Toen liepen ze onder de pilaren vandaan, klommen de Old Stairs op en bleven boven even staan. Hij wierp een laatste blik over de binnenschepen, de theepakhuizen en de rivier. Die zou hij een poos niet meer zien.

Toen ze in Montague Street kwamen, drong het weer tot

haar door dat hij morgen wegging. Als ze uit Burton's naar huis kwam, zou hij er niet meer zijn.

Alsof hij aanvoelde wat ze dacht, pakte hij haar hand en zei: 'Vergeet niet wat ik je heb gezegd. Het is niet voor eeuwig. Ik ben terug voor je het weet.'

Ze knikte.

'Pas goed op jezelf,' zei hij, en hij gaf haar een afscheidskus.

'Jij ook,' mompelde ze terwijl ze hem nakeek toen hij van haar wegliep.

Roddy O'Meara boog dubbel en kreunde. Zijn maag keerde om en hij braakte de pastei van vlees en uien uit die hij net had gegeten. Hij leunde tegen de stenen muur op de binnenplaats achter Hanbury Street 29 en dwong zich om diep te ademen zodat de misselijkheid zou wegtrekken. Toen hij met een hand over zijn klamme voorhoofd streek, merkte hij dat zijn helm op de grond was gevallen.

'Jezus, ik hoop dat ik daar niet op heb gekotst.'

Hij spuugde, raapte zijn helm op en zette die na een korte inspectie weer op zijn hoofd. Toen dwong hij zich om terug te lopen naar het lichaam. Hij was niet van plan om zijn werkzaamheden te laten verhinderen door zijn zwakke maag.

'Gaat het weer?' vroeg George Phillips, de politiedokter.

Roddy knikte en raapte de dievenlantaarn op die hij naast het lichaam had achtergelaten.

'Goed zo,' zei dokter Phillips terwijl hij naast het lichaam hurkte. 'Schijn die eens hier.'

Hij richtte de lichtbundel op het hoofd van de vrouw. Terwijl de dokter in zijn boekje aantekeningen maakte en vragen en opmerkingen wisselde met de dienstdoende politieman inspecteur Joseph Chandler en nog enkele rechercheurs, gingen Roddy's blikken weer over het lichaam. Wat nog enkele uren geleden een levende, ademende vrouw was geweest, was nu een van de ingewanden ontdaan karkas. Ze lag op haar rug, de benen obsceen uiteen, met een gapende wond waar eens haar buik was geweest. Haar moordenaar had haar buik opengereten en de glinsterende ingewanden naast haar gelegd. Hij had in haar dijen gesneden en in het vlees ertussen gehouwen. Over haar keel lag een snee als een strakke, dieprode halsketting. Het klonterende bloed glinsterde donker in het licht van de lantaarn.

'Jezus,' zei een van de rechercheurs. 'Wacht maar tot de kranten dit te weten komen, met haar ingewanden overal verspreid.'

'Hier mag geen pers komen. Niemand van de pers,' snauwde Chandler terwijl hij opkeek. 'Davidson,' zei hij tegen de rechercheur. 'Roep een stuk of tien man en laat die voor het gebouw posten. Er komt hier niemand die niet van de politie is.'

Dit was de ergste moord tot nu toe. Ondanks alle extra politiepatrouilles sinds Polly Nichols negen dagen geleden in Bucks Row was gevonden, had de moordenaar weer een prostituee de dood in gehakt.

Roddy had wel eerder met de dood te maken gehad. Vrouwen die door hun mannen dood waren geslagen. Uitgehongerde en verwaarloosde kinderen. Slachtoffers van branden en ongelukken. Maar dat was niets vergeleken bij dit. Dit was pure haat, zwarte, verbijsterende waanzin. Degene die deze vrouw en de anderen had vermoord, moest hen haten met een niet te bevatten razernij.

Nu moest hij weer een beeld van het werk van de moordenaar zien te verwerken. Maar deze keer zou hij zich er 's nachts niet wakker door laten houden. Deze keer zou hij zijn afschuw en woede kanaliseren in werken aan de zaak. Ze zouden de man te pakken krijgen, dat was slechts een kwestie van tijd. En als ze hem eenmaal hadden, dan zou hij hangen voor wat hij had gedaan. Nu al, terwijl dokter Phillips het lijk onderzocht, kamden talloze agenten en rechercheurs de wijk uit, op zoek naar sporen, waarbij ze op deuren klopten en bewoners uit hun bed lieten komen om te vragen of ze iets hadden gehoord of gezien.

'Hier.' Dokter Phillips verplaatste zijn onderzoek van de hals naar de buik.

Roddy stapte over een plas bloed. Hij liet de lantaarn in de holte schijnen. Zijn maag kromp weer samen tot de grootte van een walnoot. De weeïge geur van haar bloed en de stank van menselijke organen en hun inhoud waren bijna niet te harden.

'Haar hals is van links naar rechts doorgesneden. Ze is pas een halfuur dood, er is nog geen rigor ingetreden,' zei Phillips tegen de inspecteur, nog steeds aantekeningen makend terwijl hij sprak. 'De verminking van de buik is erger dan de vorige keer. Het lijkt wel of...'

Boven hun hoofden werd een vastzittend raam opengeduwd. Dokter Phillips keek op. Roddy en de anderen volgden zijn blik. Uit bijna alle ramen van de bovenverdiepingen van de huizen langs de kleine binnenplaats staken hoofden en wezen vingers.

'Ga terug naar binnen!' riep de dokter. 'Dit is geen aanblik voor nette mensen!'

Een paar hoofden verdwenen, maar de meeste bleven waar ze waren.

'Hebben jullie de man gehoord? Ga naar binnen, anders laat ik jullie arresteren wegens het belemmeren van politieonderzoek!' bulderde Chandler.

'Dat kan niet!' klonk een verontwaardigd antwoord. 'Ik

heb die vent die hier woont twee penny's betaald om te mogen kijken!'

'Mijn god,' kreunde Phillips. Hij draaide zich met een verbeten gezicht weer om naar het lijk. 'Kom, laten we dit afmaken en dan dekken we haar toe. Dan hebben ze minder om naar te gapen, de smerige lijkenpikkers.'

Hij beëindigde zijn onderzoek en zei tegen Roddy dat hij kon gaan. Roddy voegde zich bij de agenten aan de voorkant van het gebouw. Terwijl de inspecteur en zijn rechercheurs het gebied rond het lijk afzochten naar bewijsmateriaal, stonden Roddy en zijn collega's tegenover een boze menigte.

Een vrouw, gehuld in een mannenjas over haar nachtpon, wierp hem een boze blik toe. Uit haar ogen sprak boosheid en angst. 'Agent!' riep ze, terwijl ze een paar stappen naar hem toe deed. 'Hij is het, hè? De moordenaar van Whitechapel. Hij heeft weer toegeslagen, hè? Waarom pakken jullie hem niet op?'

Roddy hield zich aan de regels en gaf geen antwoord. Hij richtte zijn blik op het huis aan de overkant van de straat.

'Jullie doen niks!' schreeuwde de vrouw. Haar stem klonk zo schril als die van een kraai. 'Omdat het alleen maar arme vrouwen zijn, hè? Niemand maakt zich druk om ons. Wacht maar tot hij naar het westen gaat en die fijne mevrouwen daar bedreigt. Dan weten jullie hem opeens wel te vinden!'

Er klonken meer honende opmerkingen en gejoel. De menigte werd met de minuut groter en dreigender. Inspecteur Chandler baande zich een weg tussen de agenten door om te zien wat al dat kabaal moest betekenen. Hij keek naar de menigte en draaide zich toen om naar zijn mannen om te zeggen dat de ambulance elk moment kon komen. 'Zodra het lichaam weg is, gaat de menigte wel uiteen,' zei hij.

'Hoeveel meer krijgt hij er nog te pakken?' schreeuwde een vrouw. 'Hoeveel?'

Chandler wierp een nijdige blik op de menigte en wilde toen weer terug naar zijn rechercheurs. Voor hij echter weg kon gaan klonk een nieuwe stem: 'Ja, inspecteur, hoeveel nog?'

Roddy zag dat Chandler een grimas trok.

'Hoeveel nog? De bevolking heeft het recht om dat te weten!'

Roddy's blik ging naar de spreker. Hij kende die stem. Kortaf, opgewonden, bijna vrolijk. De stem hoorde bij een pezige, slordige gestalte die zich haastig een weg baande in de richting van Chandler.

'Ik heb je niets te zeggen, Devlin,' zei de inspecteur korzelig.

'Was haar keel doorgesneden?'

'Geen commentaar.'

'Haar lichaam aan flarden gehakt?'

'Geen commentaar, zei ik!' snauwde Chandler. Hij riep naar zijn manschappen dat ze stand moesten houden en ging terug naar Phillips.

De journalist keek onverschrokken naar de rij agenten voor hem. 'En jullie? Onze kerel heeft er blijkbaar weer een te pakken gehad, hè? En zoals gewoonlijk was de politie nergens te bekennen. Ik heb gehoord dat ze nog maar net dood is. Misschien had ze nog geleefd als jullie eens wat sneller waren. Maar nee, natuurlijk waren jullie weer te traag...'

Devlins getreiter had succes. Een jonge agent, beledigd door zijn opmerkingen, reageerde. 'We waren niet te langzaam! Ze was meteen dood door de wond aan haar hals. Ze...'

Devlin sprong er meteen bovenop. 'Hoe laat? Wie heeft haar gevonden?'

Een por in zijn ribben legde de jonge agent het zwijgen op, en Devlin, met zijn aantekenboekje in zijn hand, moest zijn geluk elders zoeken.

Roddy zuchtte. Hij voelde zich gespannen en rusteloos. Hij wilde hier niet blijven staan. Hij wilde actie ondernemen, op deuren kloppen. Hij wilde bezig zijn. Dat was het enige wat de beelden in zijn hoofd kon verdrijven: haar verminkte lichaam, de gespreide benen, de kleine rode bloem die op haar jasje was gespeld. Zou hij kunnen slapen als deze nacht voorbij was? Hij deed zijn ogen dicht en merkte dat de beelden niet verdwenen achter zijn gesloten oogleden, en dat Devlins stem meedogenloos door zijn hoofd galmde: 'Hoeveel meer krijgt hij er nog te pakken? Hoeveel?'

6

Warm water uit de kraan. Afvoeren die niet verstopt raakten. Het was niet te geloven. Het was schitterend! Joe doopte zijn scheermes in een waskom vol warm zeepwater en verbaasde zich voor de zoveelste keer over het wonder van de moderne gemakken. Een wastafel. Een bad. Een doortrektoilet. En dat allemaal binnenshuis! Hij wierp een blik in de badkamerspiegel, blies een wang op en schoor de blonde stoppels weg.

Toen Peterson zei dat hij in een kamer boven het kantoor zou wonen, had hij een donkere, tochtige ruimte verwacht met een stinkende wc op de achterplaats. Wat bleek dat een vergissing te zijn! De kamer, op de bovenste verdieping van een stenen gebouw met twee etages, was vroeger als opslagruimte gebruikt en naderhand als slaapgelegenheid voor boeren die hun waren kwamen brengen. Toen zijn neef Harry uit Brighton voor hem kwam werken, had Peterson de ruimte laten verbouwen tot een aardig verblijf voor een vrijgezel. Het was spaarzaam gemeubileerd, maar helder en schoon. De wanden waren geschilderd met roomkleurige verf. De kamer werd verwarmd door een gietijzeren kachel waarop je eten of water voor de thee kon koken. Op de vloer lag een oud, gevlochten kleed en er stonden twee versleten leren fauteuils, afkomstig van Petersons zolder. De jongens hadden elk een bed en een smalle kast, plus een fruitkist als nachtkastje en een olielamp.

Tommy is tot nu toe heel goed voor me geweest, dacht Joe. Het loon is goed en de kamer kan niet beter. Maar Peterson had hem meer gegeven dan onderdak en loon: iets wat hij erg op prijs stelde. Hij luisterde naar Joe. De man had het ontzettend druk – hij had de leiding over een heel leger arbeiders: inkopers, verkopers, sjouwers, voermannen – maar toch nam hij de tijd om de ideeën van zijn werknemers aan te horen, van de laagste sjouwer tot de hoofdinkoper. Toen Joe opmerkte dat de erwtendoppers meer werk konden verrichten als een jongen de voorraad steeds aanvulde en ze niet steeds van hun plaats hoefden om die zelf te gaan halen, huurde hij een jongen in. De productie steeg en Joe kreeg een klap op de schouders en een 'Goed gedaan!'. Toen hij merkte dat de chefs van de grote hotels en restaurants – kieskeurig en ongeduldig als ze waren – de neiging hadden om van de ene verkoper naar de andere te gaan en hier appels en daar bloemkool te kopen, vroeg hij of hij kon zorgen dat er thee voor hen klaarstond. Tommy vond het goed en de chefs, blij met een warme drank om vier uur in de ochtend, bleven hangen en deden bij hen hun inkopen.

Joe was heel blij met het geld en de kamer, maar nog het meest met de aanmoediging van Tommy. Zijn vader had nooit belangstelling getoond voor zijn ideeën en die ook nooit willen aannemen. Nu merkte Joe dat zijn goede ideeën weerklank vonden en zelfs werden geprezen.

Zodra hij een moment vrij had, schreef hij naar Fiona om haar over zijn nieuwe leven te vertellen: 'Een warm bad wanneer ik maar wil, een bed helemaal voor mezelf, en een warme kamer met emmers steenkool,' schreef hij. 'Ooit zullen wij dit ook allemaal hebben, en nog meer.' Hij vertelde over zijn kamergenoot, de boeren uit Devon en Cornwall, en de ongelooflijke drukte op Covent Garden. Het nam vier pagina's in beslag om haar dit allemaal te vertellen, en nog een vijfde om haar te zeggen dat hij over twee weken, als hij een heel weekend vrij was – Tommy gaf maar een keer per maand een heel weekend vrij – haar zou meenemen om de winkels in Regent Street en Bond Street te zien. En dit was nog maar het begin. Hij had meer geld opzij kunnen zetten, net zoals hij had gezegd. Ze konden hun winkel eerder dan ze hadden gedacht beginnen, en als ze rijk waren, zouden ze in een leuk huis gaan wonen met een moderne badkamer. Hij eindigde de brief met de opmerking dat hij hoopte dat ze hem miste, want hij miste haar.

En dat was zo. Hij miste haar vreselijk. Hij had heimwee naar zijn thuis en zijn familie, maar nog het meest naar haar. Elke dag had hij haar zoveel nieuws te vertellen. Over al die nieuwe mensen en ervaringen. Hij had zo graag 's avonds met haar willen praten over alles, en horen wat zij ervan vond. Hij miste het geluid van haar stem en de nieuwsgierige blik in haar ogen. Elke avond voor hij in slaap viel dacht hij aan haar, aan haar knappe gezichtje en haar glimlach. Maar meestal dacht hij aan hoe ze eruit had gezien onder de pilaren bij de rivier, toen ze zich aan hem had willen geven. Aan de ene kant wist hij dat hij juist had gehandeld, maar aan de andere kant kon hij zich wel voor zijn hoofd slaan. Welke kerel met een beetje verstand zou een mooi, halfnaakt meisje afwijzen? Eén ding was zeker: De volgende keer als ze alleen waren en ze haar blouse uittrok, zou hij die niet aan haar teruggeven. Sinds zijn komst naar Covent Garden had hij het een en ander geleerd dat niets te maken had met groente en fruit, dankzij zijn nieuwe kamergenoot.

Joe's gedachten aan Fiona werden onderbroken door een regenvlaag tegen het badkamerraam. Het was slecht weer. Hij had eigenlijk een eindje willen wandelen met Harry, die voor de kachel zat te dutten, maar daar zou nu niets van komen. Jammer. Vandaag, zondag, was hun enige vrije dag en het was leuk geweest als ze even de benen konden strekken en misschien ergens een pint konden drinken. Maar binnenblijven en de krant lezen was ook goed. Ze waren tenslotte allebei doodmoe. Peterson was een veeleisende werkgever en hij liet hen hard werken, vooral op zaterdag, als hij de overgebleven voorraad kwijt wilde. Joe had aan het eind van de dag bijna geen stem meer over, en al zijn spieren deden pijn. Hij en Harry waren pas tegen twaalf uur opgestaan. Ze hadden door het geluid van de kerkklokken, de krantenjongens en de verkoper van warme broodjes heen geslapen.

Joe wreef zijn gezicht droog met de handdoek. Zijn maag begon te rommelen. Hij vroeg zich af of Harry het weer wilde trotseren om iets te eten te halen. Dat wilde hij net vragen toen er luid op de deur beneden werd gebonsd. Hij trok zijn hemd aan, hees de bretels over zijn schouders en liep de badkamer uit. Harry zat in zijn stoel te knipperen met zijn ogen.

'Wie is dat?' vroeg Joe.

'Geen idee,' antwoordde Harry geeuwend. 'Kijk jij maar.'

Joe opende de deur naar de trap en holde naar beneden. 'Harry! Laat me binnen! Ik ben doorweekt!' riep een vrouwenstem. Hij trok de deur open en stond oog in oog met een doorweekte Millie Peterson. 'Joe!' riep ze terwijl ze hem een mand aanreikte. 'Neem deze alsjeblieft even over? Er komt er nog een. Harris helpt je wel.' Ze liep een en al glimlach langs hem heen en rende naar boven. Joe en de koetsier haalden de tweede mand uit het rijtuig. Hij bedankte de man en strompelde naar boven met de twee manden.

'Millie, gekke meid!' hoorde hij Harry roepen. 'Je bent ons komen opzoeken!'

'Inderdaad. Ik wilde je verrassen, Harry. Ik heb een picknickmand meegebracht omdat ik naar het park had willen gaan, maar nu moeten we maar binnen picknicken.'

Joe sloot hijgend de deur naar de overloop en zette Millies manden neer. Hij moest lachen toen hij zag hoe Harry haar optilde in een stevige omhelzing.

'Harry, zet me neer! Ik stik bijna!'

Maar hij draaide haar rond tot ze het uitgilde en hem smeekte om op te houden. Ten slotte zette hij haar neer en ze stonden allebei duizelig te wankelen. Toen barstten ze in lachen uit.

'O, Harry Eaton, ik krijg je nog wel! Zodra die duizeligheid ophoudt.'

'Waarom? Je vond het altijd leuk als ik je in de rondte draaide.'

'Toen was ik vijf jaar, dwaas!'

'Wat leuk om je te zien, Mills,' zei Harry terwijl hij haar vol genegenheid aankeek. 'Het is hier zo saai met alleen ons beiden. Je bent een zonnestraal in deze sombere ruimte.'

'Saai? Somber? Je wordt bedankt,' zei Joe.

'Sorry, knul, je bent een goeie kamergenoot, maar mijn nicht is veel knapper.'

Door Millies komst leek de kamer inderdaad op te vrolijken. Ze had haar natte cape afgedaan en ze droeg een lichtbruine rok en jasje, met ivoorkleurig kant aan de hals en manchetten. De warme kleuren benadrukten haar lichtbruine ogen en honingblonde haar. Ze droeg topazen oorhangers en om haar pols een bijpassende armband. Haar haren waren samengebonden in een knot en vastgezet met schildpadkleurige kammen. Ze zag er ontegenzeggelijk prachtig uit. Joe, die dacht dat Millie en Harry gezellig samen wilden eten, besloot weg te gaan. Hij liep naar zijn kast om zijn jas te pakken.

'Waar ga je naartoe?' informeerde Millie, terwijl ze opkeek van haar mand.

'Ik wou een eindje gaan lopen.'

'Met dit weer? In de regen? Geen sprake van. Anders vat je nog kou. Blijf maar gewoon gezellig eten met ons. Ik had gehoopt... Ik had wel gedacht dat je hier zou zijn, dus heb ik voor de zekerheid een heleboel eten meegebracht. Je wilt me toch niet teleurstellen na alle moeite die ik heb genomen?' Ze wendde zich tot haar neef. 'Harry, zeg dat hij moet blijven.'

'Ik vrees dat er niets anders opzit, jongen. Millie heeft gezegd wat ze wil en we hebben geen moment rust meer als je niet gehoorzaamt.'

Joe zag wel in dat het onbeleefd zou zijn om weg te gaan. Millie was van alles aan het uitpakken en hij had echt trek! 'Nou, als het echt geen probleem is...'

'Natuurlijk niet,' zei ze. 'Hier, leg dit kleed voor de kachel. Harry, kun je hem een beetje meer opstoken?'

Met de aanwijzingen van Millie hadden Joe en Harry de picknickplaats al gauw gereedgemaakt. Harry schepte kolen in de kachel en pookte het vuur op. Hij liet het deurtje open om de kamer nog meer te verwarmen. Joe spreidde het witte tafellaken uit over het kleed en opende flesjes gemberbier. Millie zette alle lekkernijen die ze had meegebracht op het tafellaken, liet haar metgezellen plaatsnemen, gaf hun servetten en bestek en schepte voor hen op.

'Allemachtig, Millie, je hebt eten voor een heel leger meegebracht!' riep Joe uit.

'Ja, voor een leger dat Harry heet,' zei ze terwijl ze een pastei doorsneed. 'Dat is de schuld van mijn tante Martha, de moeder van Harry. Ze heeft me geschreven om te vragen of ik wilde zorgen dat haar lieve zoontje genoeg te eten kreeg. En ze sloot er een lijst van zijn lievelingsgerechten bij in.'

'Ze heeft vast niet bedoeld dat ik het allemaal tegelijk moest eten! Zelfs ik kan dit allemaal niet op,' zei Harry.

Behalve een grote vleespastei waren er eieren in gehaktballen, gebraden kip, koud lamsvlees, gerookte haringen, bruin brood, stilton- en cheddarkaas, peperkoek en citroenbiscuits. Joe en Harry hadden honger. Zodra Millie hun elk een bord gaf, vielen ze gretig aan.

'Dit is heerlijk, Millie, dank je,' zei Joe.

'Ja,' zei Harry met volle mond. 'Een stuk beter dan die slappe kost uit het eethuis.'

Terwijl Joe en Harry aten, hield Millie het gesprek op gang. Ze vroeg naar hun werk en vertelde grappige verhalen uit haar jeugdjaren met Harry. Joe kwam te weten dat Harry's moeder de enige zus was van Millies overleden moeder, dat Harry maar zes maanden ouder was dan zij, en dat ze sinds hun vroegste jeugd speelkameraadjes waren geweest, maar dat ze elkaar de afgelopen jaren steeds minder vaak hadden gezien omdat Harry's familie naar Brighton was verhuisd.

Joe keek van Millie naar Harry: twee blonde hoofden, twee lachende gezichten. Ze leken veel op elkaar, alleen was Harry groot en gespierd. Hij hield van sport, paarden en mooie meisjes. Hij hield niet van de groente- en fruithandel, had hij Joe verteld, en hij had hem laten zweren dat hij niets tegen zijn oom zou zeggen. Harry wilde ontdekkingsreiziger worden. Hij wilde naar India en Afrika. En hij had tegen Joe gezegd dat hij dat zou doen, in december, als hij twintig werd.

Zodra Joe zijn bord leeg had schepte Millie weer op. Hij nam een slok gemberbier en leunde tegen een van de fauteuils, vastbesloten om zijn tweede portie langzamer op te eten dan de eerste. Naarmate de middag verstreek kwam een aangename loomheid over hem. Het eten, de warme kachel en Millies levendige aanwezigheid hadden de somberheid van de dag weggenomen en zijn eenzaamheid verdreven. Hij voelde zich warm en voldaan. Hij had nog nooit zo'n dag meegemaakt, zonder werk of zorgen en zonder iets te hoeven doen dan voor de kachel te zitten met twee vrienden. Het leek wel of er geen zorgen bestonden met Harry en Millie bij hem.

Hij keek naar Millie, die maar bleef kletsen, en hij vroeg zich af of zij ooit zorgen had gekend. Hoewel ze naar Harry keek, zat ze dicht bij Joe, en hij kon haar parfum ruiken. Seringen. Er lag een blos op haar wangen en haar blonde haren glansden in de gloed van het vuur. Hij deed zijn ogen dicht en dacht aan Fiona, en hoe zij zou genieten van deze luxe dingen: het gemberbier, de stilton en de citroenbiscuits. Was ze maar hier. Hij zou haar schrijven en haar er alles over vertellen. Toch maar niet, dacht hij. Ze zou het niet leuk vinden om te horen dat hij een hele middag met Millie had doorgebracht. Ook al zou hij zeggen dat Millie alleen maar haar neef was komen opzoeken, wat ook de waarheid was, dan zou Fiona toch jaloers zijn. Ze wilde niet inzien dat Millie gewoon een aardig meisje was. Hij kon dit beter voor zich houden.

Joe voelde iemand zacht in zijn been knijpen en hij hoorde Millie en Harry lachen. Hij besefte dat ze hem uitlachten.

'Zeg, Bristow, houden we je misschien op?' informeerde Harry.

Joe deed glimlachend zijn ogen open. 'Helemaal niet,' zei hij terwijl hij zich uitrekte. 'Ik gunde alleen mijn ogen even rust.'

'Hoe laat is het, Harry?' vroeg Millie.

'Net vijf uur.'

'Dan ga ik maar aanstalten maken,' zei ze, en ze begon de restanten in te pakken. 'Ik heb tegen Harris gezegd dat hij me om vijf uur moest komen halen. Hij zal nu wel buiten staan te wachten.'

Harry pakte haar hand. 'Nee, het spijt me, maar je mag niet weg. Je moet hier voor altijd bij ons blijven.'

'Dat zou niet erg fatsoenlijk zijn. Hou op, Harry. Laat me inpakken...' giechelde ze terwijl ze zich probeerde los te trekken.

'Alleen als je belooft dat je binnenkort weer op bezoek komt. Beloof het, Mills.'

'Goed, maar alleen als Joe het ook wil.'

'Natuurlijk, Millie,' zei Joe. Hij voelde zich blozen. 'Ik vond het leuk dat je kwam.' En dat was ook zo. In Millies gezelschap was de middag voorbijgevlogen.

Ze glimlachte naar hem en ging toen door met opruimen. Harry en Joe hielpen. 'Ik neem dit niet mee terug,' zei ze. 'Zet het maar op de overloop, daar is het koel en dan bederft het niet.'

'Fijn! Nu kunnen we weer een paar dagen vooruit,' zei Harry.

'Ik zal die andere mand ook hier laten. Daar liggen wollen dekens in. Het begint koud te worden, en mijn vader denkt nooit na over wie het koud heeft behalve zijn appels en sinaasappels.'

Toen ze het tafellaken hadden opgevouwen, hielp Harry

Millie in haar cape, en bond de capuchon vast onder haar kin.

'Wees voorzichtig,' waarschuwde hij. 'We lopen met je mee naar beneden.'

Harry ging voorop en Millie en Joe volgden. Het regende niet meer, maar het was donker en nat buiten. De vlammen van de straatlantaarns werden weerspiegeld in de glibberige straatstenen, en aan weerskanten van Millies koets brandden lantaarns.

'Goedenavond, Harris,' zei Harry tegen de koetsier.

'Goedenavond, meneer.' De koetsier tikte tegen zijn hoed.

Harry opende het portier van de koets. 'Dag, Millie. Ik wou dat je niet weg hoefde.'

'Ik kom weer terug. Op een mooiere dag. Dan gaan we ergens theedrinken of in het park wandelen.' Ze ging op haar tenen staan om Harry een kus op zijn wang te geven. Toen draaide ze zich om naar Joe en gaf hem ook vluchtig een kus op zijn wang. Weer rook hij haar parfum toen ze zich tegen hem aan drukte. Hij voelde haar lippen langs zijn wang strijken en haar hand op zijn arm. Toen hielp Harry haar instappen, klopte tegen de zijkant en weg was ze.

Harry en Joe keken de koets na en gingen toen weer naar boven. Hun kamer zag er nu grauw en leeg uit.

'Wat een meisje, hè?'

'Dat is ze zeker,' zei Joe. 'Het lijkt hier maar leeg zonder haar.'

'Ze is een lief kind,' zei Harry terwijl hij weer voor het vuur ging zitten. 'Wie haar krijgt mag in zijn handen wrijven. Een mooi gezichtje, een rijke vader en nog een paar mooie tieten ook.'

'Dat is me niet opgevallen,' zei Joe. Hij pakte de kolenkit en schoof wat kolen in het vuur.

Harry gnuifde. 'Nee, dat zal wel.' Hij strekte zijn benen uit, klopte op zijn maag en zuchtte voldaan. ''Je kunt het slechter treffen met een echtgenote. Als ze mijn nicht niet was zou ik zelf met haar trouwen.'

Opeens voelde Joe zich niet op zijn gemak. Harry begon te serieus te klinken. 'Misschien moest je dat toch maar doen. Niemand anders wil jou hebben.'

Harry trok een lelijk gezicht. 'Helaas heb je het mis. Die vervelende Caroline Thornton is er ook nog.'

'Wie?' Joe deed het kacheldeurtje dicht en ging aan de andere kant ervan zitten.

'Dat meisje dat mijn dierbare moeder voor me heeft uitgekozen. In Brighton. Uitpuilende ogen, geen tieten en tanden als een oude palenomheining, maar bulkend van het geld. En smoorverliefd op me.'

Joe lachte. 'Ze klinkt als een engel.'

Harry snoof. 'Een duivelin zul je bedoelen. Maar mij krijgt ze niet in haar klauwen. Joe, ik ga bij het vreemdelingenlegioen. Zweer dat je niets tegen mijn oom zegt...'

'Dat heb ik al gezworen.'

'Zweer het nog een keer.'

'Ik zweer het,' zei Joe met een vermoeide blik.

'Voor het eind van het jaar ben ik weg. Ver weg van Londen en Brighton en Caroline Thornton. En van appels en sinaasappels. Ik kan deze zaak niet overnemen. Ik geef er geen barst om, en dat zal ik ook nooit doen.'

'Misschien kun je het beter tegen je oom zeggen,' stelde Joe voor. 'Misschien begrijpt hij het wel.'

'Nooit. Oom Tommy vermoordt me als hij het te weten komt, maar dan is het toch al te laat. Dan zit ik op een schip naar het oosten.' Harry zweeg even en staarde in het vuur. 'Hij wil dat ik de zoon ben die hij nooit heeft gehad, maar dat ben ik niet.'

'Dat kan hij toch ook niet van je verwachten, Harry. Je hebt je eigen leven. Hij komt er wel overheen. Dan moet hij maar iemand anders zoeken, ja toch?'

Harry knikte langzaam en draaide zich toen met een glimlach om naar Joe. 'Misschien heeft hij die al gevonden.'

7

Niets in Londen kon op tegen het spektakel, de duizelingwekkende variëteiten, het tumult en de commotie van Harrods' voedingswarenhal op een zaterdagochtend. Het leek wel een kathedraal vol etenswaren, waar chique dames mooi versierde taarten en koekjes uitzochten, gezaghebbende huishoudsters het ene pakket na het andere in de armen van ongelukkige knechten stapelden, kordate winkelmeisjes aankopen met onvoorstelbare snelheid inpakten, en loopjongens met schorten voor heen en weer renden om de voorraden aan te vullen.

Voor Fiona was het een betoverende aanblik. Toen ze door de gangpaden liep moest ze Joe's arm vasthouden om niet te struikelen. Ze kon gewoon niet voor zich uit kijken. 'Zie je dat!' zei ze, wijzend op een kunstige mozaïek van vissen op een berg gemalen ijs. Daarachter hingen konijnen, fazanten, ganzen, eenden en patrijzen aan stalen haken. Links was de vleesafdeling. Daar waren geen goedkope stukken te vinden. Dit was vlees voor de rijken: malse filets, gerookte hammen, karbonades zo dik als een vuist. Ze drentelden langs de specerijenafdeling, langs flessen met de beste port en madeira, naar de afdeling groente en fruit, waar Joe trots wees op de blozende bramleys en goudkleurige appels van Peterson's van Covent Garden.

Het laatst bleven ze staan bij de gebakafdeling, waar Fiona haar ogen uitkeek naar een prachtige bruidstaart. Rode rozen van suikergoed, zo mooi gemaakt dat ze wel echt leken, versierden de ivoorkleurige geglazuurde zijkanten. Een kaart tegen de onderkant vertelde nieuwsgierigen dat dit een replica was van de taart voor het huwelijk van Lilian Price Hammersley uit New York met George Charles Spencer-Churchill, de achtste hertog van Marlborough. De suikerrozen, zo stond er, waren een nagemaakte nieuwe rozensoort uit de Verenigde Staten, de *American Beauty*.

'Zo een nemen wij ook,' zei Joe. 'Maar dan een met *Whitechapel Beauty's* erop.'

'*Whitechapel Beauty's*? Nog nooit van gehoord.'

'Ofwel madeliefjes.'

'Levert Harrods ook in Whitechapel?' giechelde Fiona.

'Dat zou me wat zijn!' Joe moest er zelf ook om lachen. 'Een bestelwagen van Harrods die in Whitechapel probeert te komen! Ze weten waarschijnlijk niet eens dat het in Londen ligt.'

Ze liepen de winkel uit, gierend van het lachen bij de gedachte aan de groene bestelwagen van Harrods met zijn witgehandschoende koetsier, die hotsend over de keien van de havenbuurt reed, belaagd door straatjongens en zwerfhonden.

'Waar gaan we nu heen?' vroeg Fiona met stralende ogen.

'Langs Hyde Park naar Bond Street en Regent Street, en daarna een verrassing. Kom mee.'

Bij Hyde Park bleven ze een poos staan om de rijke dames en heren te zien paardrijden. Aan de rand van Knightsbridge gekomen wierpen ze een blik op Buckingham Palace omdat Fiona wilde zien waar de koningin woonde.

In Bond Street gekomen bekeken ze de etalages van de juwelier van de koninklijke familie, Garrard's, die van de zilver- en goudsmid Mappin & Webb, en Liberty's, waar alle modebewuste mensen hun inkopen deden. Ze liepen langs stoffenwinkels met rollen zijde, damast en fluweel; schoenwinkels met laarzen van het zachtste geitenleer. Fiona vergaapte zich aan de kleuren: rood, roze, lichtblauw. Ze had tot nu toe alleen maar zwarte en bruine laarzen gezien. Er waren etalages vol kant en garneersel, zijden bloemen voor hoeden, mooie zakdoeken, kanten handschoenen en kralentasjes. Er waren winkels met zeep en parfum, boekwinkels, bloemenwinkels vol kasbloemen, en winkels die prachtige taarten, koekjes en snoepgoed in mooie doosjes verkochten.

Fiona wilde iets kopen voor thuis, en ze piekerde over wat ze kon kopen. Ze had alleen maar een shilling. Ze wilde een kanten zakdoekje voor haar moeder kopen, maar dan bleef er niet veel over voor haar vader en broers en oom Roddy. En als ze die dure sigaretten die ze had gezien voor haar vader kocht, wat moest ze dan voor haar moeder kopen? Met de hulp van Joe viel haar keus op een mooi blik roomtoffees. Daar kon iedereen van genieten behalve de baby, maar die was toch te klein om het te beseffen.

Hun blikken dwaalden over alles en ze prentten in hun gedachten wat ze voor de toekomst konden gebruiken. Bij de dure kruidenier zagen ze hoe de appels waren opgestapeld en dat elke appel in een blauw vloeipapiertje was gewikkeld. Ze lazen advertenties op gebouwen en bussen. Ze bespraken hoe je snoepgoed het beste kon verpakken: in een witte doos met een roze satijnen lint, of in een donkerblauwe doos met een roomkleurig lint.

En net toen Fiona dacht dat ze al het moois van de stad had gezien en dat de dag geen verrassingen meer kon bieden, stonden ze voor Fortnum & Mason's. Een portier in uniform hield de deur open. Joe gebaarde dat ze naar binnen moest gaan.

'Wat? Hier?' fluisterde ze onzeker.

'Ja, ga nu maar.'

'Maar Joe, het is hier zo chic...'

De portier schraapte zijn keel.

'Toe, Fee. Je blokkeert de ingang.' Hij gaf haar een duwtje en ze ging naar binnen.

'Allemachtig, het ziet er hier wel duur uit, zeg,' fluisterde ze terwijl ze naar de hoge gewelfde plafonds keek, de glazen vitrines en de ingewikkelde patronen in de tegelvloer. 'Wat moeten we hier?'

'We gaan theedrinken. Ik trakteer. Dat was mijn verrassing. Kom mee.'

Joe nam haar mee naar de tearoom. De gastvrouw wees hun een tafeltje met twee beklede stoelen tegenover elkaar, en Fiona werd zo in beslag genomen door de mooie ruimte en de mensen erin, dat ze vergat zich druk te maken over de kosten. De tearoom was een openbaring voor haar. Ze had geen idee dat iets dergelijks bestond: deze mooie, volmaakte wereld waarin mensen niets beters hadden te doen dan slokjes thee nemen en taartjes eten. Ze keek met glanzende ogen om zich heen, alles zorgvuldig in zich opnemend alsof ze juwelen in een safe borg: de zaal, ingericht in lichtroze en groen, met sneeuwwitte tafellakens en vaasjes met echte rozen op de tafels; de knappe mannen en stijlvolle dames. De zachte pianomuziek, flarden van gesprekken, zacht gelach. En het beste van alles; Joe tegenover haar aan het tafeltje. Deze dag was als een mooie droom, en ze wenste dat ze altijd in deze heerlijke wereld kon blijven en niet terug hoefde naar Whitechapel om weer zonder hem verder te moeten. Maar daar wilde ze de dag niet door laten bederven. Het was nog geen maandag. Ze had hem vandaag en morgen voor haarzelf, want hij ging mee terug naar Whitechapel en zou die nacht bij zijn ouders slapen.

Het was bijna halfvijf toen ze Fortnum's verlieten, hun maag vol van sandwiches, scones en taart. Het begon schemerig te worden en de lucht was kil. Ze liepen een eindje en namen toen een bus. Fiona legde haar hoofd op Joe's schouder en sloot haar ogen. Even later waren ze in Covent Garden. Zijn kamer was maar twee straten van de bushalte verwijderd. Binnen stak hij de gaslampen aan en maakte een vuur in de kachel. Terwijl de kamer warm werd, inspecteerde zij de ruimte.

'Is dit allemaal van jou?' informeerde ze.

'Ja, van mij en Harry. We hebben elk een eigen bed. In het begin kon ik daar maar niet aan wennen. Te comfortabel, te veel ruimte. Geen broertje dat de hele nacht tegen je aan ligt te schoppen.'

'En heb je een wc? Binnen?'

Joe lachte. 'Ja. Ga maar kijken. Het is een wonder.'

Toen ze terugkwam, liet hij haar voor de kachel zitten. Het deurtje stond wijdopen en er brandde een flink vuur in. Haar blik zwierf over de schoorsteenmantel. Daarop stonden allerlei mannenspullen: scheermessen, een zakmes, een whiskyfles en een mooi zijden tasje.

'Is dat tasje van jou of van Harry?' vroeg ze gekscherend.

'Wat?' zei Joe, en hij volgde haar blik. 'O, dat eh... dat is waarschijnlijk van Millie.'

'Millie! Millie Peterson?'

'Ja,' zei hij terwijl hij in de kolen pookte.

'Wat doet Millies tasje hier?' wilde ze verontwaardigd weten.

'Nou, ze komt Harry opzoeken...'

'Hoe vaak?'

'Dat weet ik niet! Vorige zondag. Een paar keer door de week. En zo te zien is ze vandaag ook geweest.'

'Juist.'

'Wat bedoel je?' vroeg hij, nog steeds in het vuur pokend.

'Ze komt Harry niet opzoeken, ze komt voor jou.'

'O, Fiona,' kreunde hij. 'Begin daar nu niet weer over.'

Fiona was laaiend. Millie Peterson kwam hier elk weekend. Ze kreeg Joe ook nog door de week te zien – dat doortrapte kreng! – terwijl Fiona hem in geen twee weken had gezien.

'Wat doe jij als ze op bezoek komt?'

'Niets, eigenlijk.'

Ze trok een wenkbrauw op.

'Nou, we zitten met z'n allen te praten, of we gaan wandelen. Millie is een aardige prater. Het is saai, zo in mijn eentje. En een paar uurtjes met Millie en Harry leiden me af. Harry is een aardige vent en Millie is zijn nicht. Ze komt hém opzoeken. Dus wil je er nu alsjeblieft over ophouden en onze leuke dag niet bederven?'

'Waarom heb je me niet verteld dat ze hier rondhangt?' vroeg Fiona verwijtend.

'Omdat ik wist dat je er een onnodige drukte over zou maken, net als nu. Ik heb Millie niet meegenomen naar de stad. En ik zit hier nu ook niet met Millie.'

'Nee,' gaf ze toe. Ze besefte dat ze zich weer dom gedroeg, dat haar jaloezie de overhand kreeg. Joe kon er niets aan doen dat Millie naar hun kamer kwam, maar hij begreep het gewoon niet. Millie zou haar ziel aan de duivel verkopen om hem te krijgen. Nou, ze zou er geen ruzie meer over maken. Vandaag niet. Vandaag was een te speciale dag. Maar dat wilde niet zeggen dat ze haar ogen zou sluiten voor Millies intriges. Dat tasje was een visitekaartje. Ze zat nog net zo achter Joe aan als eerst.

Ze bleven een poosje zwijgend in het vuur staren, Fiona in de stoel en Joe op de vloer naast haar. Ze streek verzoenend door zijn haren en speelde met zijn krullen. Hij leunde tegen haar benen en sloot zijn ogen. 'Vond je het leuk vandaag?' vroeg hij.

'Leuk? Het was de mooiste dag die ik ooit heb gehad, het leek wel een droom! Ik kan het nog niet eens allemaal bevatten. Het is Londen, de stad waar ik ook woon, maar toch is het een heel andere wereld. Harrods, alle winkels, en thee bij Fortnum's. Ik ben net op adem gekomen van het ene of het andere gebeurt al. Wat een verrassingen!'

'Nou, ik heb er nog een.' Joe kwam overeind.

Fiona zag dat hij naar zijn bed liep, de matras optilde en een oude cacaobus tevoorschijn haalde. 'Ons blik!' riep ze uit, en ze ging recht overeind zitten. 'Laat eens zien! Hoeveel hebben we nu? Hier, ik heb er nog een shilling voor meegebracht.'

Joe ging weer aan haar voeten zitten en leegde de inhoud van het blik op haar schoot. Hij moest lachen toen ze opgewonden hun geld telde. 'Je lijkt wel een inhalige eekhoorn met een berg pinda's.'

'Stil, Joe! Twaalf pond, twaalf shilling, vier penny's... twaalf en vijftien...twaalf en achttien...negentien...' telde ze. Ze keek verbaasd naar hem op. 'Dertien pond!'

'Ga door, er is nog meer.'

'Dertien en zes...veertien en tien...vijftien... Allemachtig! We hebben bijna vijftien pond!' riep ze uit. 'Waar komt dat allemaal vandaan? We hadden maar twaalf en zes toen je wegging!'

'Peterson betaalt me zestien shilling per week, hetzelfde als zijn neef,' zei Joe. 'En als ik bij een hotel of restaurant moet bezorgen, krijg ik een fooi. Mijn kamer is gratis. Ik geef wat uit aan eten en af en toe een krant of een pint bier, maar dat is het. De rest gaat het blik in.'

'Joe, dit is veel meer dan we nu dachten te hebben. Je hebt zoveel gespaard. Misschien kunnen we wel eerder onze winkel krijgen,' zei ze ademloos. 'Je had het over een jaar, maar nu...' Ze ratelde zo snel dat ze niet zag dat hij een in vloeipapier gewikkeld pakje uit de zak van zijn vest haalde, en ze voelde nauwelijks dat hij haar linkerhand pakte en een dunne gouden ring over haar ringvinger schoof.

'Nog een laatste kleine verrassing,' zei hij zacht.

Ze keek naar de ring en hield haar adem in. 'Is die voor mij?' fluisterde ze.

'Niet voor je moeder.'

'O, Joe!' Ze sloeg haar armen om zijn hals en kuste hem. 'Wat prachtig! Zoiets moois heb ik nog nooit gehad. Wat is het voor steen?'

'Een saffier. De kleur van je ogen. Weet je die blauwe steen nog die we bij de rivier hebben gevonden? Toen zei ik dat ik je iets mooiers zou geven en dat heb ik nu gedaan. Hij is maar tweedehands, maar wacht maar af: op een dag krijg je een splinternieuwe van een dure juwelier met een steen zo groot als een shilling.'

'Die zou ik echt niet mooier vinden dan deze.' Het was een onmogelijk dunne gouden ring met een piepklein stukje saffier. Maar Fiona vond hem adembenemend mooi.

Joe zei niets. Hij pakte haar hand en schoof de ring heen en weer over haar vinger. Toen schraapte hij zijn keel. 'Je hebt gelijk over ons spaargeld. Dat wordt snel meer nu ik meer verdien, en het ziet er inderdaad naar uit dat we onze winkel eerder kunnen openen dan we dachten. Dus...' Hij keek naar haar op. '... wil ik dat we nu officieel verkering hebben.'

Fiona liet een brede glimlach zien. 'Verkering? Bedoel je dat ik het tegen mijn vader moet zeggen? Officieel?'

'Ja.' Joe glimlachte om haar reactie. 'Als je me tenminste wilt hebben, rare meid.'

'En dan moet ik tegen mijn andere aanbidders zeggen dat ze geen kans meer hebben?'

'O, ja.' Hij sloeg zijn ogen ten hemel. 'Ze zullen vast diepbedroefd zijn.'

'Je was dit steeds van plan, hè?' vroeg ze. Ze kon haar ogen niet van de ring afhouden. 'Je wist dat je dit op een dag zou doen, en ik had er geen idee van.'

Joe knikte voldaan.

'Waarom wil je eigenlijk vaste verkering met me?'

'Nou, zo'n lelijk meisje als jij vindt toch niemand anders.'

'Omdat je van me houdt, dus zeg het.'

Joe snoof. 'Van wie heb je dat idee?'

'Van jou. Je zei het bij de rivier, weet je nog?'

'Dat heb ik nooit gezegd.'

'Wel waar. Je houdt van me, dat weet ik. Dus zeg het nog een keer, dan zeg ik misschien ja.'

Joe ging op zijn knieën zitten, trok haar naar zich toe en kuste haar.

Fiona maakte zich los. 'Zeg het, Joe.'

Hij kuste haar weer.

'Zeg het...'

Hij legde haar met weer een kus het zwijgen op, en nog een, tot ze het opgaf en zich aan zijn kussen overgaf. Het was heerlijk om zo bij hem te zijn, helemaal alleen in een warme kamer. Ze wilde hem wel de hele dag vasthouden. Ze kuste hem hartstochtelijk en liet haar handen over zijn schouders glijden, zijn borst. Ze voelde zijn handen op haar borsten. Ze gleden naar haar hals en hij maakte een voor een de knoopjes van haar jasje los. Toen hij het uittrok, wierp ze hem een onderzoekende blik toe. 'Als ik mijn hemd uittrek, ga je het dan weer teruggeven zoals toen bij de rivier?'

'Geen sprake van.'

Ze maakte de veters los en trok het uit. 'Nu jij,' zei ze met haar armen over haar borst gekruist.

Binnen een mum van tijd had Joe zijn vest en overhemd uit. Fiona voelde het bekende verlangen weer opkomen. Kon je een man mooi noemen? vroeg ze zich af. Want dat was hij: meer dan knap, mooi. Van zijn kaaklijn tot de welving van zijn sterke schouders en de golvende spieren van zijn buik.

'Waar kijk je naar?' vroeg hij opgelaten.

'Naar jou.' De aanblik van zijn naakte huid wond haar op. Ze kuste het kuiltje onder zijn hals en de kleine inkeping in het midden van zijn borst. Toen drukte ze haar oor tegen hem en luisterde naar het kloppen van zijn hart. Toen ze hem daar kuste, hoorde ze hem zacht kreunen.

Toen waren zijn lippen weer op de hare, hard en indringend. Met halfgesloten ogen bad ze vlug dat hij deze keer niet zou ophouden. Toen smoorde ze een giechellachje. God was niet bepaald de juiste persoon om op een dergelijk moment om hulp te vragen. Ze wist wat ze wilde. Hij hief zijn hoofd op.

'Fee, ik verlang zo naar je... ik wil je.'

Ze knikte, dronken van vervoering, verlangend naar zijn kussen.

'Ik weet een manier... Er kan niets gebeuren.'

Hij tilde haar op en droeg haar naar zijn bed. Ze keek hoe hij met zijn rug naar haar toe zijn riem losmaakte, zijn broek en toen zijn onderbroek liet vallen. Toen draaide hij zich om en opeens werd ze bang. Mijn god, dacht ze, wat groot!

Hij begon haar uit te kleden. Hij ging snel en vastberaden te werk en in een mum van tijd had hij haar rok, laarzen en kousen uitgetrokken. Toen hij aan haar onderbroek begon te trekken, was het brandende verlangen opeens verdwenen. Ze was zenuwachtig. Ze gingen vrijen, niet alleen kussen en elkaar aanraken, en ze wist amper wat er zou gebeuren en hoe het moest.

Toen ze naakt was, ging Joe naast haar liggen en trok haar tegen zich aan. Ze voelde het tegen haar dij. Hij was zo stil. Hij deed zo doelbewust, en ze wou dat hij iets zei. Was hij dan niet zenuwachtig?

Ze voelde zijn kussen in haar hals. Zijn hand gleed tussen haar benen en zijn vingers openden haar voorzichtig... en toen duwde opeens iets anders tegen haar. Haar hele lichaam werd gespannen.

'Fee, wat is er?'

Ze keek weg en gaf geen antwoord.

'Wil je niet? Dat is niet erg, het hoeft niet...'

'Dat is het niet, ik...'

Hij nam haar in zijn armen en zei weer dat ze niets hoefde te doen wat ze niet wilde. Ze konden nu ophouden en zich aankleden, maar ze zei dat ze het wel wilde, en toen kuste hij haar en zei: 'Goddank' omdat hij zo naar haar verlangde.

Na wat onhandige pogingen lukte het. Fiona voelde heel even een scherpe pijn, maar hij zei dat alles in orde was en ze ontspande zich. Het was een fijn gevoel om hem in zich te hebben. Ze voelde hem bewegen, haar naam fluisteren, en haar verlangen kwam weer boven. Maar opeens, na wat slechts een paar seconden leek, was het afgelopen. Hij kreunde en trok zich uit haar terug. Toen rolde hij op zijn rug. Zijn ogen waren dicht en hij hijgde. Er was iets gebeurd... ze voelde iets warms en nats op haar buik. Was dat het?

'Was het goed?' vroeg ze fluisterend.

Joe deed zijn ogen open en draaide zijn hoofd naar haar toe. Hij glimlachte. 'Meer dan goed. Ik kan bijna niet meer uit mijn ogen kijken.'

Fiona glimlachte, blij dat hij voldaan was. Ze hoopte dat hij haar weer zou kussen als hij op adem was gekomen. Ze voelde zich zo warm en rusteloos. Even later stapte hij uit bed, zocht in zijn zakken en pakte een zakdoek. Hij veegde haar buik af en stapte weer in bed.

Hij nam haar weer in zijn armen en kuste haar mond, haar oren, haar hals, haar tepels, en toen hij haar sneller hoorde ademen, ging hij lager.

Ze kwam overeind. Haar handen vlogen naar beneden. 'Niet doen, Joe!' fluisterde ze.

Zachtjes trok hij haar handen weg. 'Laat me, Fee, je zult het prettig vinden.'

Ze protesteerde, maar hij hield haar handen stevig vast. Hij kuste haar daar waar ze het niet wilde. En langzaam gingen haar protesten over in een zacht gekreun terwijl zijn tong haar verkende, haar plaagde, haar leerde waar dat deel van haar voor diende. Ze zakte hulpeloos achterover toen zoete, hete golven door haar trokken, en toen was zij degene die zijn handen vastgreep en zijn naam riep terwijl ze werd meegevoerd door golven van de zoetste zaligheid die ze ooit had gekend.

Hijgend, met haar ogen nog gesloten, voelde Fiona Joe's mond op haar buik, haar borst, haar hals en haar mond. Hij leunde op een elleboog en kuste haar tot ze haar ogen opende en naar hem glimlachte.

'Ik hou van je, Fee,' zei hij, zijn ogen vol tederheid. 'Ik heb altijd van je gehouden en ik zal altijd van je blijven houden.'

'Ik hou ook van jou, Joe,' mompelde Fiona. 'Altijd...'

Ze deed haar ogen dicht. Dat was het dus. Nu wist ze het. Geen wonder dat iedereen er zo'n ophef over maakte. Ze voelde zich zo heerlijk, zo warm en slaperig en gelukkig.

Ze voelde dat Joe haar haren uit haar gezicht streek. 'Slaap maar even, schat. En dan moeten we weg. Ik heb tegen je vader gezegd dat je om acht uur thuis zou zijn, en het begint al laat te worden.'

'Mmm,' mompelde ze, en ze nestelde zich in zijn kussen. Ze hoorde hem hun kleren bijeenrapen en voelde dat hij op het bed ging zitten om zijn sokken aan te trekken. Ze hoorde hem heen en weer lopen en opruimen. Toen bleef hij opeens staan. Hij bleef even stil en holde toen naar een van de ramen.

'Jezus!' riep hij uit terwijl hij uit het raam keek. 'Fee, sta op, vlug! Het is Harry, mijn kamergenoot!'

Fiona kwam doezelig overeind en knipperde met haar ogen. Ze hoorde gelach op straat, en de stemmen van een vrouw en een man. 'Ik dacht dat hij de hele dag weg zou zijn,' zei ze.

'Nou, nu is hij hier,' zei Joe terwijl hij haar overeind trok. 'Hier, pak je spullen en ga naar de badkamer,' beval hij terwijl hij haar kleren in haar armen legde. 'Je kunt je daar aankleden. Dan merkt hij niets. Hij denkt gewoon dat je nodig moest.'

Fiona haastte zich spiernaakt naar de badkamer. Voor de deur bleef ze staan. 'Joe! Mijn hemd! Dat heb ik niet...'

Joe rommelde in het bed dat hij haastig aan het opmaken was, maar het hemd lag er niet. Toen rende hij naar de stoel. Het hemd lag op de vloer. Hij frommelde het op en gooide het naar Fiona. Toen hoorden ze de deur beneden opengaan. Ze ving het op en hij haastte zich terug naar het bed om de dekens recht te trekken. Toen Harry en Millie binnenkwamen, was de deur van de badkamer dicht en zat Joe voor de kachel de krant te lezen.

'Hé, ouwe jongen!' riep Harry.

'Hallo, Joe,' kirde Millie met een warme glimlach.

'Ik had je hier niet verwacht,' vervolgde Harry. 'Ik dacht dat je in de stad op stap was met een vriendin...'

'Met een wat?' wilde Millie weten.

'Een vriendin,' zei Harry. Millie keek naar haar neef en zei niets. Harry dacht blijkbaar dat ze hem niet had verstaan, en vervolgde: 'Een señorita. Een mademoiselle. Een meisje.'

'Ik heb je wel gehoord,' zei Millie terwijl ze haar neef vernietigend aankeek. 'Je zei dat Joe met een vriend uit was, Harry.'

Er viel een ongemakkelijke stilte. Harry schuifelde met zijn voeten. Joe deed of hij in zijn krant verdiept was.

'Wat maakt het uit, Mills?' Harry glimlachte, maar aan zijn stem en gezicht merkte ze dat hij haar vervelend begon te vinden.

Millie beheerste zich. De nijdige blik en boze stem verdwenen meteen, en haar glimlach was weer terug. 'Zo,' zei ze in haar handen wrijvend. 'Het begint kil te worden. En ik snak naar een kop thee. Nog iemand?'

'Ik, graag,' zei Harry. Joe bedankte. Hij zei dat hij al zoveel thee had gedronken dat er een schip in kon zinken.

'O ja? Hoe komt dat?' vroeg Millie. 'Waar ben je dan geweest?'

Joe vertelde Harry en Millie over zijn dag, wat hij had gezien en waar hij was geweest. Geen van hen hoorde de badkamerdeur opengaan en niemand merkte dat Fiona op de drempel stond. Ze had zich aangekleed en keek hoe Millie om Joe heen fladderde. Haar gezicht verstrakte. Millie Peterson, besloot ze, was een vals wicht dat de vriend van een ander probeerde in te pikken en niet van ophouden wist. Nou, daar kwam ze nog wel achter. Zonder scènes of ruzie, niets wat Joe in diskrediet kon brengen. Er waren andere manieren. Ze maakte haar broche los en stopte die in de zak van haar rok.

Toen Joe klaar was met vertellen, vroeg Millie: 'En wie was de gelukkige die met je mee mocht?'

'Ik,' zei Fiona.

Harry sprong overeind. 'O jee!' riep hij uit. 'Neem me mijn slechte manieren niet kwalijk, maar ik wist niet dat je er was. Joe heeft het ons niet gezegd, maar daar hebben we hem ook eigenlijk niet de kans voor gegeven. Ik ben Harry Eaton, aangenaam. Neem alsjeblieft mijn stoel. Dit is mijn nicht, Millie Peterson.'

'Hoe maak je het, Harry Eaton. Ik ben Fiona Finnegan, en Millie ken ik al.'

'O ja? Wat leuk!' zei Harry. Hij draaide zich om naar Millie en verbleekte. Haar mond glimlachte, maar haar ogen... als blikken konden doden waren er nu vast lijken gevallen.

'Enig,' zei Millie.

'Ga toch zitten. Wil een ook een kopje thee?'

'Nee, dank je, ik kan niet,' wierp Fiona tegen. 'Het is al laat, en we – Joe en ik – moeten terug naar Whitechapel. Daar worden we om acht uur verwacht.'

Fiona en Harry praatten over koetjes en kalfjes terwijl Joe zijn jas en pet ging halen. Millie staarde zonder iets te zeggen naar Fiona. Toen Joe klaar was, namen ze afscheid en liepen naar de deur. Toen Joe die opende, draaide Fiona zich opeens om en riep: 'O nee! Mijn broche! Ik ben hem kwijt!'

'Had je die dan op toen je hier kwam?' vroeg Joe.

'Ja, dat weet ik zeker. Hij moet los zijn gegaan.'

'Waar zat je?' vroeg Harry. 'Misschien ligt hij daar.'

Millie verroerde zich niet. 'Wat voor broche was het?' vroeg ze uit de hoogte. 'Met robijnen? Smaragden?'

'Van koper, heel goedkoop.'

'Wat toepasselijk.'

Terwijl Harry op handen en voeten kroop en Joe in de badkamer zocht, liep Fiona, zich ervan bewust dat Millie naar haar keek, naar Joe's bed, sloeg het hoofdkussen terug en zei: 'Gevonden!'

Ze liep terug door de kamer en speldde glimlachend de broche weer op haar revers. Millie informeerde met een venijnige blik: 'Ik vraag me af hoe die daar is gekomen?'

Fiona gaf haar een knipoogje. 'Ik niet,' zei ze.

Harry veegde zijn kleren af en Joe kwam terug uit de badkamer. Geen van beiden had de woordenwisseling gehoord.

'Waar lag hij?' vroeg Joe.

'O, gewoon op... allemachtig! Is het al zo laat?' riep ze uit, met een blik op de klok. 'We moeten opschieten, Joe. Mijn vader wordt woest.'

Toen ze buiten waren, gaf Joe Fiona een klopje op de rug en zei: 'Ik ben echt trots op je, Fee. Je was beleefd tegen Millie en je hebt geen ruzie met haar gemaakt. Je gedroeg je als een echte dame.'

Meer als een sloerie uit de havenbuurt, dacht Fiona. Ze glimlachte liefjes.

'Ik hoop dat je nu inziet hoe dwaas je bent geweest. Millie weet heus wel hoe de zaken ervoor staan.'

Nu wel, dacht Fiona.

Toen ze bij de hoofdstraat kwamen, hoorden ze het geluid van paardenhoeven naderen. Joe greep haar bij de hand. 'Kom, daar is de bus. We kunnen toch nog om acht uur in Whitechapel zijn, dan hoeft je vader niet tegen me tekeer te gaan.'

'Nee, maar tegen mij wel als hij hoort dat ik vaste verkering heb met een niksnut van een marktkoopman.'

'Nee, hij zal trots op je zijn, Fee. Je hebt een goede ruil gedaan,' zei hij, terwijl hij er de pas in zette.

'Wat?' vroeg ze buiten adem.

Hij grinnikte naar haar. 'Je hebt een goede ruil gedaan. Je hebt een kers geruild voor een leven lang appels en sinaasappels.'

Fiona werd vuurrood. Ze waren net bij de achterkant van de bus toen de koetsier met de teugels sloeg. Joe hees haar de bus in en sprong er toen zelf in. Lachend en hijgend liepen ze over het middenpad en vonden een zitplaats terwijl de paarden richting de rivier en Whitechapel liepen.

8

Van de plek waar Fiona stond, bij het raam in de zitkamer, kon ze de dode bladeren horen ritselen die door de harde wind over de straat werden geblazen. Ze trok de gordijnen dicht om de duisternis buiten te sluiten, huiverend bij de gedachte aan de gestalte die van het donker bezit had genomen.

De moordenaar van Whitechapel had nu een nieuwe naam gekregen. Hij had een brief naar de politie geschreven, waarin hij zich verlustigde in de slachtingen die hij had verricht. Hij had bloed van zijn slachtoffers verzameld om mee te schrijven, legde hij uit, maar dat was hard geworden in de fles, dus had hij rode inkt moeten gebruiken. Hij had de brief ondertekend met: 'Hoogachtend, Jack the Ripper'.

Het monster, dacht Fiona. Ze mocht niet meer met haar vriendinnen na het donker op de stoep zitten of alleen naar de rivier gaan. Haar avonden bracht ze nu binnen door en dat vond ze maar niets. Ze knielde neer bij de bank en trok haar sigarenkistje eronderuit. Er lagen wat vellen papier en twee enveloppen in die ze had gekocht om naar Joe en oom Michael te schrijven. Ze ging terug naar de keuken. In de haard laaide het vuur hoog op. Iedereen was er, behalve haar vader, die moest werken.

Curran, de voorman bij Oliver's, had gevraagd of hij de nachtwaker wilde vervangen, die griep had. Fiona vond het jammer dat hij niet op zijn gewone plek bij de haard zat, maar ze zou hem de volgende ochtend weer zien. Dan zou ze hem horen binnenkomen. Ze voelde zich altijd gerustgesteld en veilig als ze zijn voetstappen hoorde naderen en hem een deuntje hoorde fluiten.

Ze pakte een pen en een flesje inkt uit de kast en ging aan tafel zitten. Haar moeder zat in haar schommelstoel verstelwerk te doen. Charlie zat in zijn vaders stoel een boek over Amerika te lezen dat hij van meneer Dolan, de buurman, had geleend. Gewoonlijk zou hij met zijn vrienden op pad zijn geweest, maar nu zijn vader en oom Roddy weg waren, bleef hij thuis om zijn moeder gezelschap te houden en ervoor te zorgen dat Jack niet door de schoorsteen naar binnen glipte om hen allemaal te vermoorden. Seamie zat met zijn soldaatjes te spelen, en Eileen lag te slapen in haar mandje.

Fiona dacht even na over wat ze aan Joe zou schrijven. Er viel weinig te melden. In de paar dagen nadat ze hem had gezien, was er weinig gebeurd in Montague Street. Het grootste nieuws was hun verkering. Ze dacht met een glimlach terug aan die avond. Haar moeder was dolblij geweest dat Fiona zo'n goede, hardwerkende kerel als man zou krijgen, de jongen op wie ze altijd al verliefd was geweest. Meer kon een moeder zich niet wensen, had ze gezegd. Ze zou zich gelukkig prijzen als al haar kinderen zo'n goede partij kregen.

Haar vader had echter heel anders gereageerd. Toen ze binnen was komen vallen, het nieuws had verteld en haar ring liet zien, was hij met een nors gezicht in zijn stoel blijven zitten. Nadat Joe was weggegaan, had hij gezegd dat hij een meisje van zeventien jaar veel te jong vond om te trouwen. En hij hoopte dat ze een lange verkering in gedachten had, want volgens hem was een meisje er pas op haar negentiende aan toe om te trouwen. Haar moeder had een vinger tegen haar lippen gelegd om haar te waarschuwen. Naderhand, toen hij naar de pub was, had ze Fiona gerustgesteld dat hij wel bij zou draaien, dat hij er nog niet aan toe was om zijn dochter kwijt te raken. 'Gun hem wat tijd om aan het idee te wennen,' had ze gezegd. En deze keer volgde Fiona de raad van haar moeder op. Ze had niet tegengesputterd, want ze wist dat hij dan misschien opeens zou vinden dat ze er pas op haar dertigste aan toe was om te trouwen. De volgende dag nodigde hij Joe uit om in de pub een biertje te drinken. Ze wist niet wat er daar was voorgevallen, maar hij kwam goedgeluimd terug. De volgende ochtend had hij negentien jaar teruggebracht tot achttien.

Was dat de manier om met mannen om te gaan? vroeg ze zich af. Gewoon knikken en zeggen wat ze wilden horen, en dan doen wat je zelf wilde? Zo deed haar moeder het bij haar vader. Ze doopte haar pen in de inkt en begon Joe te schrijven dat haar vader helemaal van gedachten was veranderd.

'Naar wie schrijf je, Fee?' informeerde Charlie.

'Naar Joe en daarna naar oom Michael.'

'Als je klaar bent, laat mij dan ook een blaadje schrijven naar oom Michael?'

'Hmm,' zei ze, voorzichtig pennend om geen vlekken te maken.

'Woonden ze maar hier, je oom en tante,' verzuchtte Kate. 'Vooral nu ze in verwachting is. Dan krijgen jullie een neefje of een nichtje. Jullie oom is echt een aardige vent. Hij was nogal een losbol, als ik me het goed kan herinneren. Maar misschien is hij inmiddels een beetje tot bedaren gekomen...'

Ze werd onderbroken door geklop op de deur.

'Jezus!' Charlie sprong overeind.

'Mevrouw! Mevrouw!' riep een mannenstem. 'Doe open!'

'Blijf daar, ma,' zei Charlie terwijl hij naar de voordeur liep. Even later kwam hij terug in de keuken met een politieman.

'Mevrouw Finnegan?' vroeg de agent buiten adem. 'Ik ben agent Collins...'

'Ja?' zei Kate terwijl ze opstond.

'Kunt u meteen meekomen... Het gaat om uw man...'

'Mijn god! Wat is er aan de hand?'

'Hij heeft een ongeluk gehad in de haven. Ze hebben hem naar het ziekenhuis gebracht. Kunt u meteen meekomen?'

'Wat is er gebeurd?' riep Fiona. Ze liet haar pen vallen en een lelijke inktvlek verspreidde zich over het papier.

'Hij is gevallen... uit een laaddeur,' zei de agent.

Ze keek hem strak aan. Oliver's was een hoog gebouw van wel zes verdiepingen. Misschien had hij het over de eerste verdieping. O, god, laat het alstublieft de eerste verdieping zijn, bad ze.

De agent wendde zijn blik af. 'Van de vijfde verdieping,' zei hij.

'Neeee...!' gilde Kate, en ze sloeg haar handen voor haar gezicht. Fiona holde naar haar moeder en ving haar op toen ze in elkaar zakte.

De agent keek naar Charlie. 'Toe, jongen... er is niet veel tijd meer...'

Charlie kwam in actie. 'Mam!' riep hij. 'Pak je sjaal. Fee, pak Eileen in. Kom hier, Seamie...' Terwijl hij Seamies laarzen aantrok, knoopte Fiona de sjaal om de schouders van haar moeder. Ze pakte Eileen op, wikkelde haar in een deken, deed de lampen uit en doofde het vuur. Agent Collins nam Kate mee naar buiten. Charlie holde naar de Bristows. Even later stond meneer Bristow al zijn paard in te spannen.

Door alle kabaal kwamen buren kijken. Anne Dolan haastte zich naar hen toe. 'Fiona, wat is er aan de hand?' vroeg ze.

'Mijn vader heeft een ongeluk gehad. We... we moeten naar het ziekenhuis...'

'Hier,' zei mevrouw Dolan terwijl ze een greep in de zak van haar rok deed. 'Hier heb je geld voor een huurkoets.'

'Dank u, mevrouw Dolan, maar meneer Bristow komt al met zijn kar.'

Ze hoorden hoefgetrappel, en Pete Bristow kwam voorrijden. Rose Bristow was naar buiten gekomen om Kate te troosten. 'Ga maar gauw naast Peter zitten,' zei ze. 'Ik kom dadelijk, zodra ik de kinderen onderdak heb gebracht. Het komt wel goed. Paddy is een taaie.'

Agent Collins hielp Kate opstappen, en toen ging hij achterop zitten met Fiona, Charlie en de kleintjes.

'Vort!' riep meneer Bristow, terwijl hij met de teugels sloeg. De kar schoot naar voren. Terwijl ze door de straten draafden wierp Fiona, met een jammerende Eileen in haar armen, een blik op Charlie, die een bange Seamie op schoot had. Ze durfde haar angstige gedachten niet uit te spreken om haar moeder niet van streek te maken, maar haar blikken vertelden haar broer dat ze doodsbang was. Ze hoorde hoe meneer Bristow zijn paard aanspoorde en met Kate praatte, en toen hoorde ze meer verkeer en zag ze meer straatlantaarns, en ze wist dat ze bij Whitechapel Road waren. Haar gedachten sloegen op hol. Hoe kon haar vader zijn gevallen? Hij kende Oliver's als zijn broekzak. Alleen sukkels of dronkaards konden vallen. Misschien was hij terechtgekomen op een stapel zakken of een rol touw, iets wat zijn val had gebroken. Ze begon weer koortsachtig te bidden, naar Jezus, Maria, de heilige Jozef, Sint Franciscus, en ze riep elke heilige aan die haar maar te binnen schoot, elke heilige die ze maar kon bedenken, om haar vader te helpen.

Eindelijk hield de kar stil voor het ziekenhuis. Charlie sprong er al uit voor de kar tot stilstand was gekomen. Agent Collins tilde Seamie eraf. Fiona stapte van de kar met Eileen in haar armen. Kate stevende meteen op de stoep af. Meneer Bristow riep dat hij zou komen zodra hij de kar veilig had vastgebonden. Binnen vroeg een van de twee verpleegsters achter de balie welke patiënt Kate wilde bezoeken.

'Paddy Finnegan. Mijn man. Hij heeft een ongeluk gehad...' Haar stem stokte.

'Finnegan...' herhaalde de zuster terwijl ze met een vinger langs een lijst ging. 'Die van de haven?'

'Ja,' zei Charlie.

'De eerste verdieping. Die trap op en dan linksaf. Daar is al iemand. Een agent. Hij zei dat hij bij u in huis woonde.'

Kate knikte en wilde naar de trap gaan.

'Een moment,' zei de tweede verpleegster. 'Ze mag niet met al die kinderen naar boven. Het is een verpleegafdeling...'

'Zuster Agatha!' klonk de stem berispend. 'Ga maar, mevrouw Finnegan.'

Kate haastte zich naar de trap. Fiona volgde met de baby. Ze was dichter bij de zusterspost dan ze dachten, en ze kon hen horen praten: '... af en toe moeten we de regels versoepelen, zuster Agatha... Dit is de laatste keer dat die kinderen hun vader kunnen zien...'

'O nee, nee!' snikte Fiona. Haar stem weergalmde in de lege, grote hal. Ze gaf Eileen aan agent Collins en holde achter haar moeder aan. Ze duwden de deuren naar de afdeling open.

Paddy lag in een bed bij de ingang van een lange zaal waaruit de mannenafdeling bestond. Zijn ogen waren dicht. Hij mompelde en draaide zijn hoofd van de ene kant naar de andere. Hij kon met moeite ademen en op zijn bleke gezicht parelden zweetdruppels. Toen ze naar hem toe liepen, kreeg hij een pijnaanval. Hij kronkelde zich en smeekte om het te laten ophouden. Fiona zag dat zijn armen ontveld waren en dat er helemaal niets lag waar zijn rechterbeen hoorde te zijn.

Naast zijn bed zat Roddy in zijn blauwe uniform. Zijn gezicht was nat van de tranen. 'O, Kate...' zei hij.

Kate liep wankelend naar het bed. 'Paddy?' fluisterde ze. 'Paddy, hoor je me?'

Hij deed zijn ogen open en keek naar haar zonder haar te herkennen. Weer werd hij overweldigd door pijn, en deze keer schreeuwde hij het uit.

Fiona kon het niet aanhoren en legde haar handen over haar oren. 'Help mijn vader,' smeekte ze. 'Laat iemand hem alsjeblieft helpen.' Eileen lag van angst te gillen in de armen van de agent. Seamie verstopte zijn hoofd tussen Charlies benen. Even later stonden de verpleegsters en een dokter aan het bed van hun vader. Terwijl de zusters hem vasthielden, gaf de dokter hem een injectie met morfine in zijn arm. Na een paar seconden, die wel een eeuwigheid leken, ebde de pijn weg.

'Mevrouw Finnegan?' vroeg de dokter, een lange man met grijs haar.

'Ja...'

'Ik ben bang dat ik u moet zeggen... dat uw man niet lang

meer te leven heeft. Zijn benen zijn bij de val verbrijzeld. We moesten het rechterbeen amputeren, anders was hij doodgebloed. Maar er zijn nog meer verwondingen, en hij heeft inwendige bloedingen. We proberen de pijn zoveel mogelijk te verlichten, maar hij kan niet veel meer hebben... Het spijt me.'

Kate sloeg snikkend haar handen voor haar gezicht. Fiona liep naar het bed en pakte haar vaders hand. Ze was duizelig van de schok. Ze kon het niet bevatten. Ze had hem toch net gedag gezegd toen hij naar zijn werk ging? En nu lag hij met een gebroken lichaam in een ziekenhuisbed. Dit kan niet, dacht ze terwijl ze naar zijn hand keek, zo groot in die van haar. Dit kan niet...

'Fee...'

'Pa! Wat is er?'

Hij slikte. 'Water.'

Ze pakte een kan water van het nachtkastje van een andere patiënt. 'Mam, mam!' riep ze terwijl ze water in een glas schonk. Ze ondersteunde haar vaders hoofd en hield het glas aan zijn lippen.

Kate was meteen aan zijn zij. 'Paddy?' zei ze, terwijl ze door haar tranen heen probeerde te glimlachen. 'O god, Paddy...'

'Kate,' bracht hij moeizaam uit. 'Help me overeind.' De glazige blik was verdwenen. Hij had zijn gezin herkend.

Voorzichtig hielpen Kate en Fiona hem overeind en legden zijn kussen in zijn rug. Zijn ademhaling werd angstwekkend moeizaam. Hij deed zijn ogen dicht tot hij weer wat op adem was gekomen. Toen wenkte hij zijn familie.

Agent Collins gaf Eileen aan Kate, en die zette haar zachtjes op het bed. Hij hield haar in zijn gewonde armen, kuste haar handje en haar voorhoofd en gaf haar toen terug aan Kate. Seamie, opgelucht dat hij zijn vaders stem weer hoorde, holde naar hem toe. Fiona greep hem bij de arm en zei haperend dat hij voorzichtig moest zijn.

'Waarom?' vroeg hij verwijtend.

'Omdat pa pijn heeft.'

'Waar dan?'

'Aan zijn been, Seamie.'

Seamie keek naar de onderste helft van zijn vaders lichaam. Hij zoog op zijn onderlip en keek naar Fiona. 'Maar pa's been is weg.'

Fiona zei, hoe geschokt ze ook was, tegen haar kleine broertje: 'Eén been is weg, Seamie, maar zijn andere been doet pijn.'

Seamie knikte. Toen liep hij muisstil naar zijn vader. Hij gaf een kus op zijn knie en gaf er heel zacht een klopje op. 'Gaat het nu beter, pa?' vroeg hij.

'Ja, Seamie,' fluisterde Paddy terwijl hij zijn armen uitstak naar zijn zoon. Hij drukte de jongen tegen zich aan, kuste hem op de wang en liet hem toen gaan.

Hij riep Charlie en zei dat hij nu de man in huis was en dat hij voor zijn moeder en broertje en zussen moest zorgen.

'Nee pa, je wordt beter...'

Paddy legde hem het zwijgen op en vroeg toen of hij zijn horloge uit zijn vest wilde halen dat over een stoel bij het voeteneind van het bed hing. Charlie gehoorzaamde. Paddy zei dat het vroeger van zijn grootvader was geweest en dat het nu van Charlie was. 'Je bent een goede jongen, Charlie. Zorg voor ze. Pas goed op ze.'

Charlie knikte en wendde zich af. Zijn schouders schokten.

Paddy wendde zich tot Fiona, die nog steeds naast zijn bed stond, en pakte haar hand. Ze keek naar hun twee handen en de tranen stroomden over haar gezicht.

'Fee...'

Ze keek op naar haar vaders gezicht. Zijn blauwe ogen keken haar aan. 'Beloof me, meisje,' zei hij hevig geëmotioneerd, 'dat je vasthoudt aan je droom, hoe moeilijk het ook is. Je kunt het. Zorg dat je je winkel krijgt, jij en Joe, en trek je niets aan van mensen die zeggen dat je het niet kunt. Beloof het me...'

'Ik beloof het, pa,' zei Fiona, haar tranen wegslikkend.

'Goed zo. Ik zal een oogje op je houden... Ik hou van je, Fiona.'

'Ik hou ook van jou, pa.'

Paddy wendde zich tot Roddy. Hij pakte zijn hand. De twee mannen keken elkaar aan zonder iets te zeggen. Er waren geen woorden nodig. Paddy liet hem los en Roddy liep zwijgend weg. Paddy's ademhaling ging weer moeizaam. Hij bleef stil liggen en keek naar Kate. Ze huilde, en ze kon het niet opbrengen om hem aan te kijken.

Toen hij weer kon praten, legde hij zijn vingers tegen haar gezicht. 'Niet huilen, schat, niet huilen,' zei hij zacht. 'Weet je nog, die dag bij de kerk, al die jaren geleden? Toen ik je voor het eerst zag? Je was nog maar een jong meisje. Zo mooi. Je holde door de sneeuw omdat je laat was voor de mis. En ik kwam net terug van de winkel met een broodje spek. Die stopte ik in mijn zak en ik ging achter je aan naar binnen. De hele kerk stonk naar dat broodje. Je was het mooiste meisje dat ik ooit had gezien.'

Kate glimlachte door haar tranen heen. 'En sindsdien had je liever gehad dat je me nooit had gezien. Ik hield je tegen. Door mij kon je niet naar Amerika.'

'Je had mijn hart gestolen. En ik heb het nooit teruggewild. Al het geluk dat ik heb gekend heb ik van jou gekregen. Ik heb sinds die dag in de kerk van je gehouden, en ik zal altijd van je blijven houden.'

Kate boog haar hoofd en huilde.

Paddy's ademhaling kwam weer hortend en stotend. Een druppel bloed verscheen in zijn mondhoek en sijpelde langs zijn kaak. Fiona veegde hem weg met de punt van het laken.

'Kate,' zei hij. Zijn stem klonk nu fluisterend. 'Luister... in de voering van mijn oude koffer zit twee pond. De jongens bij Oliver's zullen een inzameling voor je houden. Wees niet te trots om het aan te nemen. Je zult het nodig hebben.' Kate knikte, vechtend tegen haar tranen. 'Schrijf naar Michael en vertel hem...' Door de pijn kon hij even niet verder. Hij hapte naar adem en greep haar hand. '... vertel hem wat er is gebeurd. Hij zal geld sturen. En laat me niet begraven met mijn trouwring om. Die ligt in het schaaltje op de schoorsteenmantel. Je moet hem verpanden.'

'Nee.'

'Doe het. Het is maar een ring...' zei hij heftig.

Kate zei dat ze het zou doen en hij viel terug in het kussen. Ze zocht in haar zak naar een zakdoek en veegde haar ogen af. Toen draaide ze zich weer om naar haar man. Zijn borst bewoog niet meer, en er was een kalme uitdrukking op zijn gezicht gekomen. Hij was weg.

'O Paddy, nee!' begon ze te jammeren terwijl ze zich op zijn lichaam wierp. 'Laat ons niet alleen! Toe, alsjeblieft, laat ons niet alleen!'

Fiona zag het gezicht van haar vader, hoorde de kreten van haar moeder, en voelde de bodem onder haar voeten wegzakken.

9

'Fiona, eet wat, meisje,' smeekte Rose Bristow. 'Een hapje stoofschotel, een broodje?'

Fiona zat aan haar keukentafel en glimlachte flauwtjes. 'Ik kan het niet, mevrouw Bristow.'

'Kind, je moet eten. Je kleren hangen om je heen. Een klein hapje. Toe, meisje. Joe zal woedend op me zijn als hij je ziet. Je bent gewoon vel over been.'

Fiona gaf toe en liet Rose een kom volscheppen met rundstoofpot om haar een plezier te doen. Ze had geen trek en ze kon zich niet voorstellen dat ze ooit weer trek zou hebben. Overal in de keuken stond eten. Buren hadden vleespasteitjes gebracht, saucijzenbroodjes, stoofpotten, koud vlees, aardappelen, gekookte kool en sodabrood, opdat ze genoeg zouden hebben voor henzelf en de rouwenden tijdens de drie dagen van de wake en de begrafenis. Onder de oplettende blikken van Rose nam ze een hap, kauwde en slikte.

'Goed zo. Eet dat op, dan ga ik even naar je moeder. Joe zal straks wel komen. Ik heb de brief twee dagen geleden gestuurd. Maak je geen zorgen, kind, hij komt heus wel.'

Mevrouw Bristow liep de keuken uit naar de zitkamer

om voor het rouwbezoek te zorgen, dat mee terug was gekomen na de begrafenis. Fiona legde haar vork neer en sloeg haar handen voor haar gezicht. Beelden van de begrafenis gingen steeds weer door haar hoofd. De lange processie naar het kerkhof, de kist die in de grond werd neergelaten, haar moeder die in elkaar zakte toen de priester een handvol aarde op de kist wierp. Haar vader had zijn laatste nacht onder hun dak doorgebracht, en nu was hij weg, begraven in de koude aarde.

Ze huilde niet toen deze beelden voor haar ogen zweefden, daar was ze te moe voor. Ze had in het ziekenhuis gehuild tot haar ogen helemaal opgezwollen waren, en weer tijdens de wake. De felle, verscheurende pijn die ze had gevoeld op de avond dat hij het ongeluk had gekregen, was een doffe, zware pijn geworden die haar hele wezen had doordrongen. Ze was zich van niets anders bewust dan dat haar vader weg was en nooit meer terug zou komen. Deze pijn wilde maar niet weggaan. Af en toe ging het even goed, als ze bezig was met Seamie of Eileen, en dan herinnerde ze zich het weer en stokte haar adem in haar keel. Het leek of een diepe wond opensprong en opnieuw begon te bloeden. Overal waar ze keek werd ze aan hem herinnerd: zijn stoel bij de haard, zijn tabakszak, zijn enterhaak. Hoe konden zijn spullen hier zijn en hij niet? Ze liep naar de schoorsteenmantel en pakte de haak. Ze vouwde haar vingers om het houten handvat, glad gesleten door het vele gebruik.

Wat moest er van hen worden? Haar moeder... Ze had hen twee dagen lang nauwelijks herkend. Ze had geweigerd om Eileen te voeden. Mevrouw Farrell van de overkant, die zelf net een baby had, had Eileen gevoed. Kate had uitzinnig van verdriet in bed gelegen, huilend en roepend om haar man. Op de avond van de tweede dag was ze naar beneden gekomen, met een spierwit gezicht, holle ogen, en haar lange, kastanjebruine haren dof en vol klitten. Ze had haar plaats ingenomen bij de kist van haar man. Daar had ze meegedaan met het angstaanjagende gejammer en geweeklaag waarmee Ieren hun doden laten weten hoe bedroefd ze zijn. Het was vreselijk om te horen hoe de mensenziel zijn pijn uitschreeuwde naar de hemel.

Daarna had ze goedgevonden dat Rose haar waste, warme kompressen op haar door de melk gezwollen borsten aanbracht en haar haren kamde. Nog steeds verdwaasd vroeg ze naar haar kinderen, en ze wilde dat Eileen bij haar werd gebracht. Ze sprak met Roddy over hoe de begrafenis geregeld was. Toen ging ze terug naar bed en viel voor het eerst sinds twee dagen in slaap.

Charlie deed zijn best om sterk te zijn en zijn familie te steunen. Hij hielp met de begrafenis. Hij was een van de dragers geweest. Fiona had hem niet zien huilen, maar ze had wel gezien dat hij in zijn eentje in de keuken in het vuur zat te staren met het horloge van zijn vader in zijn hand.

Seamie had gereageerd zoals elk kind van vier zou reageren. Af en toe was hij bang en in de war en riep hij om zijn vader, en dan weer zat hij voor de haard te spelen en vergat hij alles om zich heen. Fiona's hart was vol pijn voor hem en Eileen, om alle dingen die ze nooit zouden kennen van hun vader: zijn verhalen over Ierland, de spookverhalen met Allerheiligen, de wandelingen langs de rivier. Zoveel dingen. Dingen die ze zou proberen aan hen te vertellen, dingen die ze hun nooit zou kunnen vertellen.

Een zachte hand op haar schouder onderbrak haar gedachten. 'Fiona, wil je de ketel opzetten?' vroeg mevrouw Bristow. 'Ben Tillet is er met zijn maten. Ze kunnen wel een kop thee gebruiken.'

'Ja,' zei ze, en ze hing de haak terug boven de schoorsteenmantel.

Rose verdween weer en Fiona zette thee, blij dat ze iets omhanden had. Toen ze de pot naar de zitkamer bracht, zag ze dat er nog veel rouwbezoek was. Hun aanwezigheid nu en in de afgelopen drie dagen was een eerbetoon aan haar vader, een bewijs van hun respect voor hem. Ze dwong zich te praten met hun buren en vrienden. Oude vrouwen knepen in haar arm, anderen betuigden fluisterend hun medeleven en zeiden dat ze zoveel op hem leek. Af en toe keek ze op, zoekend naar Joe. Was hij er maar. Mevrouw Bristow had een brief naar Covent Garden gestuurd om hem te vertellen wat er was gebeurd. Ze zou zelf naar hem toe zijn gegaan als ze had gekund, maar ze had geen geld voor de bus en ze maakte zich te ongerust om Kate om haar alleen te laten. Meneer Bristow kon ook niet naar hem toe. Hij had al een dag werk gemist door te helpen met de voorbereidingen voor de begrafenis. Als hij nog een dag wegbleef van de markt, zou een andere koopman zijn plaats innemen. Fiona luisterde beleefd naar mevrouw MacCallum, die haar vertelde hoe aardig Paddy altijd voor haar was geweest.

Terwijl de oude vrouw praatte, ving ze een ander gesprek op. Twee mannen, meneer Dolan en meneer Farrell, buren en havenarbeiders, stonden in een hoek over haar vader te praten.

'Vijftien jaar werkzaam op het haventerrein zonder ooit te zijn uitgegleden,' zei meneer Dolan. 'Nooit vingers kwijtgeraakt, nooit iets gebroken. En dan valt hij uit een laaddeur. Dat klopt gewoon niet, Alf.'

'Ik heb gehoord dat de politie smeerolie op de laadvloer heeft gevonden,' zei Alfred Farrell. 'Ze denken dat het van een lier is gedropen en dat hij daarover is uitgegleden.'

'Lariekoek! Heb je ooit meegemaakt dat iemand in de haven smeerolie laat slingeren? Dat gebeurt gewoon niet. Net als met een trouwring: niemand draagt die omdat het gevaarlijk is. Als je ermee ergens achter blijft haken ben je je vinger kwijt. Dat geldt ook voor smeerolie. Als je het morst, wordt het meteen opgeveegd en er wordt zand op de plek gestrooid. Iedereen bij Oliver's weet wel beter dan smeerolie te laten liggen.'

Fiona werd getroffen door hun woorden. Ze hebben gelijk, dacht ze. Het klopt niet. Ze wist genoeg over haar vaders werk om te weten dat een havenarbeider nooit slordig zou zijn met smeerolie, net zoals hij nooit een kist nootmuskaat op een kist met thee zou zetten omdat de geur in de theebladeren zou dringen. Ze had Roddy horen praten over het onderzoek, dat de politie had ontdekt dat de laaddeur niet was afgesloten en dat er een plek zwarte smeerolie op de grond ervoor lag. De voorman, Thomas Curran, zei dat volgens hem een van zijn mannen de deur niet goed had afgesloten. Er stond veel wind die avond, en haar vader had hem zeker horen bonken tegen de zijkant van het gebouw. Hij was natuurlijk naar boven gegaan om hem vast te maken, en omdat het donker was en hij alleen een lantaarn bij zich had, zou hij de smeerplek niet hebben opgemerkt. Curran zei dat hij een van zijn mannen, Davey O'Neill, eerder die dag opdracht had gegeven om de lieren in te oliën. Misschien had Davey wat gemorst. Het was een drama, zei meneer Curran. De mannen zouden een inzameling houden en hij was er zeker van dat meneer Burton zelf de familie met een flinke compensatie tegemoet zou komen. Tevreden met die verklaring had de lijkschouwer genoteerd dat de dood door een ongeluk was veroorzaakt.

Fiona had dat alles gehoord, maar het was nauwelijks tot haar doorgedrongen, zo van slag was ze door de dood van haar vader. Haar vader was uit een laaddeur gevallen. De details deden er niet toe. Hij was dood. Maar nu haar hoofd iets helderder was...

'Neem me niet kwalijk, mevrouw MacCallum,' zei ze opeens. Ze liet de vrouw achter en liep terug naar de keuken. Ze moest even rustig nadenken.

Ze ging in de stoel van haar vader zitten. Het was overduidelijk: iemand had smeerolie op de grond gedaan opdat hij zou uitglijden. Waarom had niemand dat gezien? Het deed bijna pijn om na te denken, want haar brein was dof en verward, maar ze zou haar gedachten opschrijven. Als ze alles op een rijtje had, zou ze ermee naar oom Roddy gaan en dan zou hij opnieuw een onderzoek gelasten. Het was duidelijk wat er was gebeurd, het was... belachelijk.

Waarom zou iemand mijn vader kwaad willen doen? vroeg ze zich af. Zijn maten al helemaal niet. Was ze gek geworden? Ja, dat moest het zijn. Ze begon haar verstand te verliezen. Ze zocht een reden voor de dood van haar vader, ze klampte zich vast aan een strohalm.

Ze leunde met haar ellebogen op haar knieën en legde haar hoofd in haar handen. Ze kon nog niet accepteren wat er was gebeurd. Ergens verwachtte ze nog steeds dat haar vader door de voordeur binnen zou komen, terug van zijn werk in de haven. Hij zou gaan zitten, zijn krant lezen, en de hele nachtmerrie zou achter de rug zijn. Toen ze nog klein was, had haar wereldje om hem gedraaid en ze had aangenomen dat hij er altijd zou zijn om voor hen te zorgen, eten op tafel te brengen en hen te beschermen tegen de buitenwereld en diens gevaren. Nu hadden ze geen vader meer, en hun moeder geen man. Hij was weg. Wie moest er voor hen zorgen? Wat zou er van hen worden?

Nu werd ze, zoals zo vaak in de afgelopen dagen, overmand door pijn om het verlies. Ze probeerde het tegen te houden, maar de emotie werd haar te veel. Ze was zo bitter aan het huilen dat ze niet merkte dat Joe in de keuken was gekomen.

'Fee?' zei hij zachtjes terwijl hij naast haar knielde.

Ze hief haar hoofd op. 'O, Joe,' fluisterde ze. Haar ogen waren zo vol pijn dat de tranen hem in de ogen schoten. Hij sloeg zijn armen om haar heen en hield haar vast terwijl ze huilde. Zachtjes wiegde hij haar heen en weer en streelde over haar haren terwijl schorre snikken uit haar werden gewrongen.

Toen ze niet meer kon huilen, hield hij haar gezicht tussen zijn handen en veegde met zijn duimen de tranen uit haar ogen. 'Arm meisje van me,' zei hij.

'Waarom, Joe? Waarom mijn vader?' vroeg ze.

'Ik weet het niet, Fiona. Ik wou dat ik een antwoord wist.'

'God, ik mis hem zo,' fluisterde ze.

'Dat weet ik, lieverd. Ik mis hem ook. Hij was een bijzondere man, je vader.'

Ze bleven even zwijgend zitten. Er klonken geen mooie of troostende woorden tussen hen. Joe had alles willen doen om haar verdriet te verzachten, maar hij wist dat niets wat hij zou doen of zeggen, dat kon bewerkstelligen. Haar verdriet zou, als een koorts, zijn beloop moeten hebben en op den duur vanzelf verdwijnen. Hij zou haar niet sussen of zeggen dat het Gods wil was en dat haar vader beter af was op deze manier. Dat was onzin en dat wisten ze allebei. Als iets zo'n pijn deed als dit, dan moest je die pijn toelaten. Een andere uitweg was er niet. Hij liet zich in Kates schommelstoel zakken.

Fiona keek naar hem en zag dat hij er moe en ongewassen uitzag. 'Beult Peterson je erg af?'

'Ja. De oogstwagens komen binnen, de een na de ander.

En die moeten gelost worden, de klok rond. Anders was ik hier wel eerder gekomen. Ik kreeg gisterochtend de brief van mijn moeder, maar ik kon niet weg. Als ik weg was gegaan, had ik ontslag gekregen. Tommy P. geeft geen barst om de begrafenis van een ander, alleen om die van hemzelf. Ik heb niet geslapen nadat ik las wat er was gebeurd. Ik vind het zo erg, Fee. Ik wou dat ik eerder had kunnen komen.'

Fiona knikte. Ze begreep het. Maar nu was hij er.

'Wanneer moet je terug zijn?'

'Vanavond. Niet nu meteen, maar straks. Harry zou de boel afmaken, maar morgenochtend vroeg komt er een nieuwe lading.'

Ze was teleurgesteld. Ze had gehoopt dat hij had kunnen blijven. God, woonde hij nog maar bij zijn ouders thuis in plaats van helemaal aan de andere kant van Londen. Ze had hem nu zo nodig, om met haar te praten, haar te troosten. Ze zou hem in de komende dagen ook nodig hebben. Maar dan was hij er niet meer.

Alsof hij haar gedachten had gelezen, haalde hij een shilling tevoorschijn en drukte die in haar hand. 'Hier. Voor papier en postzegels. Je kunt me schrijven. Elke avond. Als je het niet meer aankunt, schrijf me dan een brief, dan lijkt het net of we met elkaar praten, goed?'

'Goed.'

'Ik heb nog tijd om een eindje te gaan lopen,' zei hij. 'Laten we hier weggaan. Aan al dat gefluister en gesteun heb je niks. Laten we bij de rivier naar de boten gaan kijken. We hebben nog een uurtje voor het donker wordt.'

Fiona stond op en pakte haar sjaal van de haak bij de achterdeur. Hij had gelijk. Het zou haar goeddoen om even weg te zijn uit het huis. Opeens kreeg ze het vreemde gevoel dat haar vader bij de waterkant zou zijn, aanwezig in alle dingen waar hij van hield: de grijze golven en de voortjagende wolken, de meeuwen die door de lucht cirkelden, de trotse boeg van een schip dat naar de zee voer. Hij was niet hier in dit huis vol verdriet, hij was daar, bij de rivier, dat wist ze zeker. En toen Joe haar hand pakte en meenam naar buiten, troostte die zekerheid haar en vond ze een beetje rust.

10

Kate was naar een kamer in Steward Street gaan kijken. Het huis was smerig, en de hospita had gesuggereerd dat ze geld kon verdienen als prostituee.

Ze had de deur opengerukt en was gevlucht, misselijk van de kevers, het vuil en de stank. Dat smerige wijf, dacht ze woedend, met haar smerige voorstellen. Als Paddy haar had gehoord, had hij die rotte tanden uit haar bek geslagen.

Paddy. Bij de gedachte aan hem kwamen de tranen in haar ogen. Ze trok haar zakdoek uit haar zak en depte haar ogen. Ze kon het zich niet veroorloven om nu te gaan huilen. Ze moest een kamer vinden, want ze was bijna door haar geld heen en ze kon de huur van het huis in Montague Street niet meer opbrengen.

Alleen al door het ontbreken van Paddy's loon had ze het zwaar, maar vlak na zijn dood kreeg ze ook nog eens rekeningen van het ziekenhuis, en van de begrafenisondernemer voor de kist, de koets, een graf en een kruis. Ze had de twee pond gevonden waarover hij haar had verteld, en de mannen bij Oliver's waren – zoals hij had voorspeld – met de pet rondgegaan en haar drie pond gegeven, en dan had ze nog een pond van de vakbond gekregen en geld van de begrafenisverzekering. Fiona en Charlie gaven haar alles wat ze verdienden en ze was zelf weer de was voor anderen gaan doen, maar het was niet genoeg.

Ze had gehoopt dat Burton Thee haar tien of twintig pond zouden geven als compensatie voor de dood van haar man. Toen ze na bijna twee weken nog niets had gehoord, had ze al haar moed verzameld en was ze naar het kantoor van Burton gegaan. Daar had ze drie uur moeten wachten voor ze te woord werd gestaan door een jonge klerk, die had gezegd dat ze de volgende dag moest terugkomen om met een van zijn chefs te praten. Toen ze terugkwam, moest ze weer wachten. Een andere klerk gaf haar documenten die ze moest invullen. Ze wilde ze mee naar huis nemen om ze Roddy te laten lezen, maar dat mocht niet, dus vulde ze alles in en gaf de documenten terug. Daarop kreeg ze te horen dat ze over een maand moest terugkomen om te horen of haar verzoek was ingewilligd.

'Een maand! Maar meneer, ik heb het geld nu nodig,' protesteerde ze.

De klerk, een strenge man met bakkebaarden, zei dat ze door de papieren te tekenen had ingestemd met Burton's voorwaarden voor het toekennen van compensatiegeld. Als ze zich niet aan die voorwaarden hield, werd haar verzoek niet in behandeling genomen. Ze had geen keus.

Ze was doodmoe geworden van alle tijd die ze bij Burton's had moeten doorbrengen. Ze had deze dagen al haar energie nodig om niet in te storten. Elke ochtend als ze haar ogen opende, sloeg de pijn weer toe en begon ze te huilen. Daarna, verdwaasd van verdriet, moest ze wel opstaan om haar kinderen eten te geven en aan de was te beginnen. Ze droeg geen rouwkleding, geen gittenkralen of broches. Geen treuren in verduisterde salons om de verloren dierbare. Dat was weggelegd voor haar zusters uit de betere klasse. Vrouwen als zij konden gek van verdriet zijn, maar ze stonden op en gingen aan de slag, anders zouden hun kinderen verhongeren.

Als ze aan haar kinderen dacht, werd ze bevangen door angst voor hun toekomst. Hoe moest ze hen onderhouden? Ze kon wat meubels verkopen als ze gingen verhuizen, die zouden wel een paar shilling opleveren. Als het niet anders kon zou ze Paddy's trouwring verpanden, maar alleen als het echt niet anders kon. Ze kon haar mangel en wasketel verkopen. Daar was toch geen plek meer voor als ze met z'n allen in één kamer gingen wonen. Maar dan kon ze ook geen was meer doen en dan werd hun inkomen nog minder. Maar misschien kon ze de was doen bij haar klanten thuis. Maar wie moest er dan op Seamie en Eileen passen?

Ik kan dit niet aan, dacht ze, ik kan het niet. Ik ben twee dagen bij Burton's geweest en ik ben er niets wijzer van geworden. Ik ben gisteren en vandaag op zoek geweest naar een kamer, en ik heb niets gevonden. Ze zijn of te duur of te klein of te smerig. Weer sprongen de tranen in haar ogen. En deze keer waren het tranen van wanhoop die niet meer te stuiten waren.

'Ga mee uit met mij en de jongens, Bristow, een beetje pret maken,' zei Harry Eaton terwijl hij zijn das rechttrok voor de spiegel.

'Nee, bedankt, ik ben bekaf,' zei Joe, terwijl hij een geeuw onderdrukte.

'Onzin! Je bent helemaal niet te moe. Ik weet wel wat de reden is.'

Joe deed een oog open. 'Wat dan?'

'Dat mooie meisje van je, Fiona. Ze zou het niet leuk vinden. Zeg maar tegen haar dat je lul geen stuk zeep is. Die wordt echt niet dunner in het gebruik.'

Joe moest lachen. Dit was Harry's zaterdagavondritueel. Hoe moe hij ook was, hij wist altijd de energie te vinden om achter de meisjes aan te gaan, en om Joe te pesten omdat hij niet meeging.

'Denk je eens in, jongen,' grinnikte hij. 'Een mooie slet met grote tieten, helemaal de jouwe voor drie shilling.. Blond of een brunette, wat je maar wilt. Ik ken een roodharig meisje dat allerlei trucjes kent...'

'Hou je toch eens in, Harry.'

Maar Harry Eaton hield zich nooit in. Hij wilde maar al te graag betalen voor seks, en er was in Londen geen gebrek aan dat soort vrouwen. Voor Harry bestonden er maar twee soorten vrouwen: hoeren en vrouwen met wie je trouwde. Hij gaf de voorkeur aan de eerste categorie.

Joe had zo zijn redenen om niet mee te gaan. Om te beginnen Fiona, maar daarbij had hij geen zin om uit een hoerenhuis in Haymarket te komen met een druiper. Hij had Harry wel eens op een ochtend horen kreunen in de badkamer omdat hij bijna niet kon plassen van de pijn. Hij zei dat de behandeling zelfs nog meer pijn deed, en niet alleen in zijn portemonnee. Maar het weerhield hem niet. Hij ging nog steeds met zijn maten van de markt naar de hoeren, en Joe kreeg altijd wel een vunzige opmerking naar zijn hoofd voor Harry wegging.

'Zo, dan ga ik maar. Je hoeft niet op te blijven. En Joe...'

'Wat?'

'Heb je je ogen wel eens laten nakijken?'

'Nee.'

'Dat moet je toch eens doen. Te veel van dit...' – Harry maakte een obsceen gebaar – '... en je kan blind worden.'

'Bedankt. Ga nu maar, dan heb ik tenminste rust.'

Harry liep fluitend de trap af.

Ik heb medelijden met het arme meisje dat vanavond met

hem wordt opgescheept, dacht Joe. Hij geeuwde weer. Hij kon beter naar bed gaan, maar hij was te moe om overeind te komen. De deur van de kachel stond open en de gloed had zijn voeten heerlijk verwarmd. Hij voelde zich voldaan en warm... en schuldig.

Hij en Harry waren die ochtend om vier uur aan het werk gegaan. Het oogstseizoen liep ten einde, maar de karren bleven binnenkomen. De boeren wilden graag hun laatste opbrengst verkopen. Hij had in geen eeuwen echt een vrije dag gehad. Hij had er een kunnen krijgen als hij per se had gewild, maar dat was nu geen goed idee. Peterson had gezinspeeld op promotie. Martin Wilson, de man die onderhandelde over de uiterste aankoopprijs, ging weg. Het was niet eens bij Joe opgekomen dat hij het van Martin zou overnemen. Hij nam aan dat hij nog te kort voor Peterson werkte om al promotie te krijgen, maar de tekenen waren overduidelijk. En vandaag had hij Martins werk moeten doen omdat Martin binnen nodig was. Hij had gezien dat Tommy en Martin hem gadesloegen. Aan het eind van de werkdag had Tommy het ladingboek nagelopen, gewezen op twee transacties waarvoor hij te veel had betaald, en gnuivend vier transacties gezien waar hij te weinig voor had betaald. Ten slotte had hij gezegd dat Joe alles bij elkaar klassewerk had geleverd. Joe barstte bijna van trots. Petersons goedkeuring was heel belangrijk voor hem geworden.

Hij en Harry hadden de boel even na zeven uur afgesloten. Tommy was er nog, en Millie was er ook. Tommy had de jongens uitgenodigd om met hen te gaan eten. Joe was helemaal ontmoedigd, want hij had gauw naar Fiona in Whitechapel willen gaan. Hij had haar in geen twee weken gezien en hij maakte zich zorgen om haar, maar hij kon Petersons uitnodiging niet afslaan. Tommy zei dat ze zich moesten verkleden en dan naar Sardini moesten komen, een restaurant twee straten verder. Joe raakte in paniek. Hij was nog nooit in een restaurant geweest. Hij zei tegen Harry dat hij misschien beter niet kon gaan omdat hij alleen maar zijn werkkleren had. Harry gaf hem een jasje dat hem niet meer paste, en leende hem een overhemd en een das. Joe trok de beste van zijn twee broeken aan.

Het was schemerig in Sardini. De verlichting bestond alleen uit kaarsen die in wijnflessen waren gestoken, dus niemand zag dat zijn broek niet bij het jasje paste. Tommy bestelde voor iedereen. Joe werkte zich zonder problemen door de soep en het voorgerecht heen, maar hij stond perplex toen de pasta kwam. Millie, Tommy en Harry moesten allemaal lachen toen ze hem zagen knoeien met de slierten, en toen liet Millie hem zien hoe hij ze om zijn vork moest draaien. Ze strooide parmezaanse kaas over zijn spaghetti en veegde de tomatensaus van zijn kin. Ze zat net als altijd gezellig te kletsen over ditjes en datjes. Na het eten liepen ze gezamenlijk terug naar Covent Garden, en toen gingen Tommy en Millie naar huis.

Joe had genoten, maar nu voelde hij zich afschuwelijk. Hij had vanavond bij Fiona in Whitechapel moeten zijn. Fiona, bleek en mager, treurend om haar vader. Wat was hij toch verachtelijk. Ze had hem nodig, en waar was hij? Gezellig aan het eten bij Sardini. Hij dacht aan de avond na de begrafenis van haar vader, toen hij haar na de wandeling langs de rivier thuis had gebracht, hoe ze zich aan hem had vastgeklampt toen hij weg moest. Het brak zijn hart. Hij wilde niet weg als ze hem zo nodig had. Maar wat kon hij anders? Een paar dagen speelde hij met de gedachte om zijn baan vaarwel te zeggen en terug te gaan naar Montague Street, maar wat schoten ze daarmee op? Dan moest hij weer met zijn vader werken en penny's in hun spaarpot doen terwijl hij er nu ponden in stopte. En met die baan van Martin Wilson – als hij die kreeg – verdiende hij nog meer. Was het dan niet belangrijker dat hij bleef? Fiona zou toch wel treuren, met of zonder hem. Zijn aanwezigheid zou haar troosten, maar niet de pijn wegnemen.

Hij stond op, stookte het vuur op en liep naar de badkamer om zich te wassen. Hij moest slapen. Toen hij zijn gezicht afdroogde, keek hij uit het badkamerraam. De lucht boven Londen was opmerkelijk helder. Sterren twinkelden aan de donkere hemel. Hij keek naar een heel heldere ster. Scheen die ook neer op haar? Zag ze die misschien uit haar raam en dacht ze aan hem? Hij zei tegen de ster dat hij van haar hield, en dat de ster over haar moest waken.

Toen kleedde hij zich uit en ging naar bed. Beelden van Fiona zweefden door zijn gedachten terwijl hij wegdommelde. Binnenkort zou hij het geld hebben dat ze nodig hadden om hun winkel te beginnen. Dan ging hij weg bij Peterson en zouden Fiona en hij voor altijd samen zijn. Ze zouden trouwen en dan was deze nare tijd voorgoed achter hen. Binnenkort.

11

Fiona keek naar de gerookte haringen die in een rij lagen uitgestald op de kar van de visboer. Ze was alleen op de vrijdagmarkt. Haar moeder had een lelijke hoest die maar niet over wilde gaan, en Fiona wilde niet dat ze buiten kwam in de vochtige oktoberlucht. De aanprijzingen van de kooplui konden haar niet bekoren en ze toonde geen belangstelling voor hun mooie uitstallingen. Ze had het te druk met uitrekenen hoe ze voor vier personen eten moest kopen van slechts zes penny's.

'Hoeveel kosten de bokkingen?' vroeg ze aan de visboer.

'De grote twee penny's,' zei hij. Hij wees naar de kleinere. 'Deze hier zijn twee voor drie penny's.'

'Geef me daar maar twee van.' Ze stopte de vis in haar boodschappentas, boven op de aardappelen die ze bij de Bristows had gekocht en de peren die mevrouw Bristow erbij had gestopt.

Fiona vond het heel aardig van mevrouw Bristow, maar door het vriendelijke gebaar voelde ze zich net een armoedzaaier. Toch was ze niet te trots om ze aan te nemen. Seamie vond peren lekker en ze wilde ze voor hem hebben. Ze maakte een praatje met mevrouw Bristow over Joe en de promotie waar hij zo op hoopte. Ze kregen allebei elke week brieven van hem, maar ze hadden hem bijna een maand niet gezien. Fiona miste hem vreselijk. Ze wilde hem schrijven om haar eenzaamheid te verdrijven. Maar steeds als ze wat geld had gespaard voor papier en postzegels, moest ze dat weer uitgeven aan sokken voor Seamie of keelpastilles voor haar moeder, of aan brood.

Fiona wist zeker dat haar moeders hoest te wijten was aan de vochtige muren van hun nieuwe kamer in Adams Court. Die lag naast de enige waterpomp van het hofje, en de pomp lekte dag en nacht zodat de straatkeien glibberig waren en de muren van de huizen in de buurt nat en koud.

Adams Court was een klein, naargeestig, doodlopend hofje naast Varden Street, dat je bereikte door een smalle stenen steeg. De huizen waren kleine woningen met twee kamers beneden en twee boven, en tussen de huizen ertegenover lag hooguit tweeënhalve meter. Zij woonden in de benedenvoorkamer op nummer twaalf. Haar moeder had haar meegenomen om te kijken voor ze erin trokken. Ze had ervan gehoord via haar vriendin Lillie. Lillies verloofde had erin gewoond, maar na hun trouwen waren ze in een grotere kamer aan de andere kant van de rivier gaan wonen. Er was geen wastafel, en ook geen kast. Ze moesten hun kleren aan spijkers hangen. De kamer was ongeveer vierenhalf bij zes meter groot. Ze had hun meubels bijna allemaal moeten verkopen. Fiona vond het een afschuwelijke kamer, maar toen haar moeder met een hoopvol en ongerust gezicht vroeg wat ze ervan vond, had ze geantwoord dat het prima zou zijn als ze er eenmaal gewend waren. Natuurlijk.

Hun oude vrienden en buren hadden hun best gedaan om hen in Montague Street te laten blijven, en onderdak geboden in huizen die al vol waren. Maar hun aanbod kwam uit goedhartigheid en was niet praktisch, en haar moeder wilde geen misbruik van hen maken. Roddy had ook geprobeerd te helpen. Fiona mocht dat eigenlijk niet weten, maar ze wist het toch. Hij was op een avond teruggekomen van een late dienst en Kate had thee voor hem gezet. De deur van de zitkamer was open, en ze had hen horen praten over haar moeders problemen met Burton Thee. En toen had Roddy haar moeder opeens ten huwelijk gevraagd.

'Ik weet dat je niet van me houdt, Kate,' had hij gezegd. 'En dat verwacht ik ook niet van je. Niet na Paddy. Ik weet hoe het was tussen jullie. Daar gaat het niet om. Het zit alleen zo... dan kan ik voor jou en de kinderen zorgen. Ik zou in mijn eigen kamer blijven en jij in die van jou, en we kunnen gewoon doorgaan zoals voorheen. Je hoeft hier niet weg.'

Toen had Fiona haar moeder horen huilen en Roddy zei geschrokken: 'O jezus, het spijt me. Ik wilde je niet aan het huilen brengen, ik wou alleen maar helpen. Jezus, wat ben ik toch stom...'

'Nee Roddy, dat ben je niet,' zei haar moeder. 'Je bent een goede man en elke vrouw zou blij met je zijn. Ik huil alleen omdat ik ontroerd ben. Niet veel mannen zouden hun eigen geluk opofferen voor dat van een ander. Maar je mag jezelf niet opzadelen met het gezin van een ander. Je moet een eigen gezin stichten met Grace. Je bent verliefd op haar, dat weet iedereen, dus trouw met haar. Wij redden ons wel.'

Maar was dat wel zo? Fiona was daar niet zo zeker van. De laatste tijd hoorde ze steeds een stemmetje in haar hoofd zeggen dat ze zo weinig geld hadden. Haar loon en dat van Charlie was amper voldoende om de huur te betalen, en er bleef maar weinig over voor eten. Waar moest de rest vandaan komen? Wat moesten ze doen als de baby nieuwe kleren nodig had, of iemands laarzen versleten waren? Het stemmetje werkte verlammend. Het gilde en krijste en ze kon nooit de antwoorden geven die het eiste. Ze had tot God gebeden om hulp. Om kracht om te boven te komen wat ze had verloren, en om moed om de toekomst aan te kunnen. Maar ze had geen antwoord gekregen. God luisterde blijkbaar niet.

Als het haar te veel werd, stak ze haar hand in haar zak en tastte naar de blauwe steen die Joe haar had gegeven. Ze hield hem stevig vast, zag in gedachten zijn gezicht en prentte zichzelf in dat ze binnenkort hun winkel zouden hebben en hun droom waar zouden maken. Er kwam steeds meer geld in het blik. Elke keer als hij schreef was het bedrag weer hoger geworden. In zijn laatste brief had hij geschreven dat als de zaken zo goed bleven gaan, het niet lang meer zou duren voor ze konden trouwen. Ze was zo gelukkig geweest toen ze dat las, maar haar geluk vervaagde toen ze besefte dat ze niet binnenkort kon trouwen. Haar familie had haar loon nodig. Haar moeder wachtte nog steeds op compensatie van Burton Thee voor de dood van haar vader. Dat kon misschien wel twintig pond zijn, en dan kon ze een beter onderdak zoeken en een beter bestaan krijgen voor haar en de kleintjes. Fiona wist dat ze niet weg kon tot dat geld er was.

Ze liep langs de kraam van de slager en wenste dat ze een mooi stuk rundvlees voor haar moeder kon kopen, maar ze konden zich geen duur vlees veroorloven, en al konden ze dat wel, dan hadden ze het niet kunnen bereiden. Er was geen fornuis in de kamer, alleen een haard met een smal rooster waarop maar één pan tegelijk kon. Ze miste de voedzame maaltijden die haar moeder altijd maakte. Soms was het enige warme aan wat een warme maaltijd hoorde te zijn, een kop thee.

Vanavond was het maar een karige maaltijd. Zij en Seamie zouden gekookte aardappelen eten met brood en margarine. Geen boter, die was te duur. Charlie en haar moeder zouden hetzelfde eten plus de bokkingen. Charlie moest zijn krachten bewaren voor de brouwerij, en Kate moest aansterken. Het hoesten putte haar uit. Ze moest af en toe zo hard hoesten dat haar gezicht vuurrood werd en ze bijna niet meer op adem kwam. Misschien zou Charlie morgen een paar extra penny's meebrengen. Dan kon ze wat goedkoop schapenvlees kopen voor een stoofpot met wortels en aardappelen. Misschien dat haar moeder dan weer wat op krachten zou komen.

Ze kocht nog een brood en een kwart pond margarine, en ging toen naar huis. Mistslierten kringelden om de oranje vlammen van de gaslantaarns, die een griezelige gloed over de straat wierpen. De mist bewoog als een levend iets tussen en over de marktkramen, dempte het geluid en benam je het zicht.

De mist deed haar huiveren. Het leek of een koude, natte deken zich om haar wikkelde. Haar tas was zwaar, ze had honger, en haar benen deden pijn van de hele dag staan. Sinds ze ongewild aan meneer Burton had verteld hoe minder meisjes meer werk konden verrichten, liet meneer Minton haar uit rancune extra hard werken. Ze moest 's avonds theescheppen wassen, de tafels afsoppen en de vloer vegen. Ze was moe en ze wilde naar huis. In een opwelling besloot ze een kortere weg te nemen.

Ze sloeg Barrow Street in, een haveloze straat vol onbewoonbare pensions, met lege ramen en gaten waar de deuren hadden gezeten. Er waren geen gaslantaarns. Die waren allemaal kapot. Het was donker en stil in de straat, en Fiona begon te denken dat het misschien geen goed idee was geweest om deze weg te nemen. Ze herinnerde zich hoe bang ze was geweest toen die afschuwelijke Sid Malone haar had vastgegrepen. Stel dat hij haar op de markt had gezien en haar had gevolgd? En dan was Jack er nog. Drie weken geleden, eind september, had hij nog twee vrouwen vermoord, op dezelfde avond: Elizabeth Stride in Berner Street en Catherine Eddows in Mitre Square. Er werd over niets anders gepraat. Fiona had weinig aandacht aan het nieuws geschonken door het verdriet om haar vader, maar nu dacht ze er wel aan. Berner Street en Mitre Square waren niet ver van Barrow Street. Jack was nog steeds niet gepakt. Hij kon overal zijn. Niemand zou haar horen als ze schreeuwde en... o, hou op, zei ze tegen zichzelf. Doe niet zo dwaas. Op deze manier ben je over tien in plaats van twintig minuten thuis.

Ze concentreerde zich op andere dingen. Ze dacht aan hun nieuwe buren. Frances Sawyer aan de ene kant, die volgens Charlie 'in het leven zat'. Aan de andere kant woonde meneer Hanson. Hij was een vreselijke man met een schunnige grijns die steeds aan zijn kruis voelde en naar haar en alle andere vrouwen probeerde te gluren door de spleten in de deur van de wc. In elk geval konden de mensen met wie ze het huis deelden, er wel mee door. Meneer Jensen, die de achterkamer boven had, was erg op zichzelf. Mevrouw Cox, een weduwe, woonde in de voorkamer boven en schreeuwde vaak tegen haar twee zoons. Jim en Lucy Brady van de achterkamer beneden waren het aardigste. Jim had altijd wel tijd om met Seamie te spelen, en Lucy, die haar eerste baby verwachtte, dronk elke dag een kop thee met Kate en vroeg haar van alles over de bevalling en baby's.

Het was moeilijk om zo op een kluitje te leven met vreemden. Ze moesten een beter onderkomen zien te vinden, maar daar hadden ze meer geld voor nodig. Fiona, die geen zin had om te zitten wachten op de cheque van Burton Thee, was weekendwerk gaan zoeken in een van de winkels in de buurt. Tot nu toe had ze nog niets gevonden, maar een paar winkeliers hadden haar naam opgeschreven. Haar moeder was met stukwerk begonnen. Ze maakte zijden kerststerren voor kerstversieringen. Charlie hielp ook. Soms, als ze dacht dat ze alleen maar geld had voor brood en margarine, kwam hij met een paar shilling – die hij met boksen gewonnen had – en dan konden ze vleespasteitjes of vis met patat kopen.

Fiona was zo in gedachten verzonken, en halverwege Barrow Street, toen ze de voetstappen achter haar hoorde. Het is niets, hield ze zichzelf voor, gewoon een ander meisje op weg naar huis van de markt. Maar een inwendig stemmetje vertelde haar dat die voetstappen veel te zwaar waren voor een meisje. Nou, ze zijn zo te horen in elk geval niet dichtbij, dacht ze. Maar dat komt door de mist, fluisterde het stemmetje. Die dempt geluiden, en dan klinken dingen verder weg dan ze zijn. Fiona klemde haar boodschappentas vast en ging sneller lopen. De voetstappen klonken nu ook sneller. Wie het ook was achter haar, ze werd gevolgd. Ze begon te rennen.

Ze kon het einde van de straat niet zien door de mist, maar ze wist dat het niet ver was. Iemand zal daar zijn, dacht ze, iemand zal me helpen. Ze holde nu zo hard ze kon, maar de persoon achter haar haalde haar in. De voetstappen klonken steeds luider, en opeens wist ze dat ze het niet zou halen. Doodsbang draaide ze zich om. 'Wie is daar?' riep ze.

'Sst, niet bang zijn,' antwoordde een mannenstem. 'Ik doe je niks. Ik ben O'Neill, Davey O'Neill. Ik moet je spreken.'

'Ik... ik weet niet wie u bent. Ga weg!' stamelde ze. Ze probeerde weer weg te hollen, maar hij greep haar beet. Ze liet haar tas vallen en wilde schreeuwen, maar hij legde een hand over haar mond.

'Niet doen!' siste hij. 'Ik zei dat ik je moet spreken.'

Ze keek in zijn ogen. Er lag een wanhopige blik in. Hij was gek. Hij was Jack, dat kon niet anders. En hij zou haar hier vermoorden. Een doodsbang gejammer ontsnapte aan haar lippen. Ze kneep haar ogen stijf dicht, want ze wilde zijn vreselijke mes niet zien.

'Ik zal je loslaten, maar loop niet weg,' zei hij. Ze knikte. Hij liet haar los en ze deed haar ogen open. 'Het spijt me dat ik je zo heb laten schrikken,' zei hij. 'Ik wilde op de markt met je praten, maar ik durfde niet. Je weet nooit wie er kijkt.'

Ze knikte weer, en probeerde kalm te blijven. Ze hoorde amper wat hij zei. Er was geen touw aan vast te knopen. Hij was duidelijk gek, maar gekken konden gevaarlijk zijn. Ze mocht hem niet van streek maken.

De man keek naar haar bange, niet-begrijpende gezicht. 'Je kent me echt niet, hè? Ik ben Davey O'Neill, weet je dat niet meer?'

Opeens besefte dat ze hem inderdaad kende, of in elk geval zijn naam. O'Neill, van het politieonderzoek. Hij was degene die de smeerolie had gemorst waarover haar vader was uitgegleden.

'J... ja, nu weet ik het weer. Maar...'

'Ze hebben mij de schuld gegeven van Paddy's ongeluk, maar ik heb het niet gedaan. Ik heb de lieren ingesmeerd zoals Curran had opgedragen, maar ik heb niks gemorst. Ik heb alle raderen voor de zekerheid juist afgeveegd, dat doe ik altijd. Toen ik klaar was, lag er nergens smeerolie, dat zweer ik!'

'Maar als u niet... Hoe kan dan...'

'Ik moest tegen íémand zeggen dat het mijn schuld niet

was. Sommigen willen niet eens meer tegen me praten. Jij bent Paddy's dochter, dus tegen jou moest ik het zeggen.' Hij keek om zich heen. 'Ik moet nu weg.'

'Wacht!' Ze greep zijn mouw beet. 'Wat bedoelt u? Als u die smeerolie niet hebt gemorst, hoe kwam die er dan? Ik begrijp het niet...'

O'Neill trok zich los. 'Ik kan verder niks zeggen. Ik moet weg.'

'Nee, wacht! Toe!'

'Dat kan ik niet!' Hij zag er opgejaagd uit. Hij wilde weglopen, draaide zich toen weer om en zei: 'Jij werkt toch op de theefabriek?'

'Ja.'

'Blijf weg bij de vakbonden, hoor je me?' Zijn stem klonk zacht en fel. 'De afdeling Wapping is uit elkaar gevallen nu je vader er niet meer is, maar Tillet probeert ze weer bij elkaar te brengen. Ze willen de meisjes nu ook organiseren. Doe niet mee! Beloof het.'

'Wat hebben de vakbonden ermee te maken?'

'Beloof het!'

'Goed, ik beloof het. Maar zeg dan minstens waarom!'

Zonder nog iets te zeggen verdween hij in de mist. Fiona wilde achter hem aan hollen, maar ze stond te trillen op haar benen. Wat had hij haar laten schrikken! Ze moest tot bedaren komen, anders zou haar moeder vragen wat er aan de hand was en ze durfde het haar niet te vertellen. Ze was helemaal in de war. Ze wist niet hoe ze de rare dingen die O'Neill had gezegd, moest opvatten. Hij was gek, dat kon niet anders. Om haar zo te volgen en als een geest uit de mist op te doemen. Hij had zeker last van een schuldig geweten.

Of misschien had hij toch wel de waarheid gezegd. En als dat zo was, hoe had haar vader dan kunnen uitglijden?

De vraag maakte haar onrustig. Ze had zich dit eerder afgevraagd, na zijn begrafenis, toen meneer Farrell en meneer Dolan zeiden hoe vreemd het was dat haar vader, die nog nooit een ongeluk had gehad in de haven, zijn dood tegemoet was gevallen. Ze had hun gesprek – en haar vermoedens – afgedaan als belachelijk, het gevolg van het allesoverheersende verdriet. Maar was dat wel zo?

Ze streek met een bevende hand over haar voorhoofd. Ze wist dat ze weg moest uit Barrow Street. Eén ontmoeting met een gek was meer dan genoeg. Ze wilde hier toch niet op de volgende wachten? Ze was nog steeds kwaad en ze had graag iemand willen vertellen wat er was gebeurd. Charlie zou wel weten wat O'Neill bedoelde, maar hij zou woest op haar zijn omdat ze een kortere weg had genomen, en ze was niet in de stemming voor een uitbrander. Ze zou doen alsof er niets gebeurd was. Ze raapte haar boodschappentas op. Er was niets uitgevallen, maar de peren zouden wel gekneusd zijn. Ze betastte de bokkingen. Gelukkig waren die nog heel. Aan het einde van de straat gekomen liep ze O'Neill nog steeds te vervloeken, en ze zwoer dat ze hem flink de waarheid zou vertellen als ze ooit nog eens de pech had hem tegen te komen.

12

Een groepje straatjongens liep als varkens te wroeten in de zachte, zoutige modder onder de Old Stairs. Ze groeven stukken koper, oude flessen en brokken steenkool op. Fiona sloeg hen gade terwijl ze het door eb drooggevallen stuk doorzochten, hun zakken vulden en zich weg haastten om hun schatten aan de voddenman te verkopen.

Ze zat met Joe op hun speciale plekje. Ze kende dit stuk van de rivier op haar duimpje. Alles hier was bekend voor haar, de schuimende golven, Butler's Wharf aan de overkant, de doordringende geur van thee. Alles was bekend, maar niets was hetzelfde.

Ze kon het gevoel niet van zich afzetten dat Joe op de een of andere manier was veranderd. Ze kon het niet precies onder woorden brengen. Hij leek gewoon anders. Hij had een nieuw jasje aan, een mooi mosgroen tweed jasje dat Harry hem had gegeven. Hij droeg ook een splinternieuw wit overhemd en een nieuwe wollen broek die hij had gekocht voor een reis naar Cornwall met Tommy Peterson. Nu leek hij niet langer een eenvoudige marktjongen, maar een zelfverzekerde jongeman die het steeds meer voor de wind ging.

Fiona droeg haar donkerblauwe rok, een witte blouse en haar grijze sjaal. Het was een winderige zondag in de herfst en ze was blij dat ze de sjaal kon dragen, want dan bedekte die een onhandig gestopte scheur in haar mouw. Ze was zich onaangenaam bewust van haar sjofele kleren en Joe's mooie nieuwe kleding. Ze voelde zich niet op haar gemak, en dat gevoel had ze bij hem nooit eerder gehad.

Joe leek opgetogen, blij met zijn baan, met Peterson, en met zichzelf. En hoe kon het anders, dacht ze. Hij werkt er nog geen twee maanden en hij wordt nu al bevorderd. Hij bleef maar doorgaan over Peterson. Tommy dit en Tommy dat. Zijn gezicht straalde toen hij vertelde dat hij misschien inkoper zou worden. Hij had het over de reis naar Cornwall en het dure hotel waar hij had gelogeerd. Hij gebruikte allerlei inkoop- en verkooptermen die ze niet begreep. Ze probeerde blij voor hem te zijn en zijn opgetogenheid te delen, maar het leek allemaal van hem te zijn en niet van haar.

'... en in ons blik zit nu achttien pond en zes penny's, kan ik melden,' onderbrak hij haar gedachten.

Fiona keek spijtig. 'Ik heb er nu geen geld voor. Misschien volgende week...'

'Maak je geen zorgen. Ik kan er voor twee in doen.'

Ze fronste haar wenkbrauwen. Daar ging het helemaal niet om. Het was toch hún droom? Hún winkel. Ze wilde ook haar bijdrage leveren. Als ze hun winkel kregen, moest dat ook door haar opofferingen en bijdragen lukken. Begreep hij dat dan niet?

Hij pakte haar hand en wreef die tussen de zijne. 'Wat zijn je handen ruw, schat,' zei hij. 'Daar moeten we wat zalf voor kopen.'

'Die heb ik, dank je,' zei ze kortaf terwijl ze haar hand wegtrok.

Ze stopte beide handen in de zakken van haar rok. Ze had geen zalf, maar ze wilde die niet van hem krijgen. Ze voelde zich gekwetst, alsof hij haar had bekritiseerd. Haar handen waren altijd ruw geweest. Iedereen die werkte had immers ruwe handen? Rijke dames hadden zachte handen, niet inpakkers zoals zij. Millies handen waren natuurlijk wel zacht, dacht ze somber.

'Fee, wat is er?' vroeg Joe toen hij haar gemelijke gezicht zag.

'Niets,' loog ze. Ze glimlachte geforceerd, vastbesloten om niet aan haar donkere gedachten toe te geven en de eerste middag die ze sinds lange tijd hadden, te bederven.

'Ik ga te veel door over mijn baan. Ik verveel je natuurlijk. Het spijt me, Fee.' Hij sloeg zijn arm om haar heen, trok haar naar zich toe en kuste haar.

In zijn armen verdween haar angst. Nu leek het of Joe en zij weer zichzelf waren. Alleen zij tweeën, zonder aan Peterson te denken, zonder zich zorgen te maken over haar moeder en hun kleine kamer en het geldgebrek.

'Ik wou dat we tijd samen hadden, Fee. Ik vind het vreselijk dat ik je zo weinig zie.'

'Nou ja, je bent er nu,' zei ze opgewekt. 'En je komt terug met Guy Fawkes. Dat is al over twee weken.' Ze verheugde zich op de vrije dag. 'We gaan allemaal terug naar Montague Street voor het vreugdevuur. Ik kan me niet voorstellen dat ik daar niet zou zijn met Guy Fawkes.' Ze kneep in zijn hand. 'Krijg je de hele dag vrij of alleen de avond?'

Hij keek weg.

'Joe?'

'Ik kan niet komen, Fiona.'

'Niet komen?' riep ze uit. 'Waarom niet? Je wilt toch niet zeggen dat je van Peterson ook op de avond van Guy Fawkes moet werken?'

'Nee, dat niet. Tommy geeft een groot feest en ik moet erheen.'

'Waarom? Kun je niet gewoon nee zeggen en hier komen?'

'Dat gaat niet. Het is een groot feest voor al het personeel. Op die avond deelt Tommy bonussen en promoties uit. Het zal een klap in zijn gezicht zijn als ik niet kom. Fiona, wees alsjeblieft niet kwaad. Ik kan er niets aan doen.'

Maar ze was wel kwaad, ze kon het niet helpen. En verdrietig en teleurgesteld. Guy Fawkes was altijd een grote gebeurtenis in Montague Street. Alle kinderen maakten hun Guys en alle buren kwamen naar het vuur kijken en staken zevenklappers af. Paartjes hielden elkaars hand vast in het licht van het vuur, en ze had gehoopt dat met Joe te doen. Het was iets geweest om naar uit te kijken, en nu had ze niets meer.

'Komt Millie ook?'

'Dat denk ik wel, want het is in hun huis.'

Ze zweeg even en vroeg toen: 'Ben je verliefd op haar?'

'Wat?'

'Ben je dat?'

'Nee! Verdikkeme, Fiona! Begin je daar nou weer over?'

'Neem me niet kwalijk, ik heb me vergist,' zei ze hatelijk. 'Tommy is degene van wie je echt houdt, en niet Millie. Dat moet wel. Je brengt al je tijd met hem door.'

Joe barstte los. 'Fiona, wat wil je eigenlijk?' schreeuwde hij. 'Moet ik dan ontslag nemen?' Hij gaf haar niet de kans om te antwoorden. 'Ik heb er heus wel over nagedacht, maar ik probeer het beste te doen voor ons. Ik wil die promotie hebben die Tommy voor mijn neus laat bengelen omdat ik dan meer geld kan verdienen. Dan kunnen wij onze winkel krijgen. Dan kan ik voor je zorgen.'

'Ik vraag niet of je voor me wilt zorgen,' schreeuwde ze terug. 'Ik vraag alleen om af en toe eens hier te zijn...' Ze voelde haar onderlip trillen. Ze ging niet huilen, verdorie, daar was ze te kwaad voor. 'Het is niet gemakkelijk voor me geweest na mijn vader en zo. Als je hier af en toe eens was, alleen maar om tegen te praten.'

'Fee, je weet dat ik bij je zou zijn als ik kon. Dat weet je! Het zal niet altijd zo zijn als nu. Heb nog een beetje geduld. Ik vind het vreselijk, maar ik kan er niets aan doen. Ik kan niet op twee plaatsen tegelijk zijn. Maak nou niet dat ik me nog schuldiger ga voelen.'

Fiona had antwoord willen geven, maar zijn woorden legden haar het zwijgen op. Schuldig. Ze maakte dat hij zich schuldig voelde. Ze voelde zich misselijk en beschaamd. Ze deed haar ogen dicht en in gedachten zag ze hem met Harry en Millie. Ze waren aan het wandelen en ze lachten, spraken over Tommy, maakten grapjes, bekeken de verlichte etalages en gingen theedrinken. Waarom zou hij hier willen terugkomen naar de groezelige straten van Whitechapel als hij bij hen kon zijn? Waarom zou hij hier naar haar zorgen en angsten willen luisteren als hij Millie kon horen lachen? Ze kon niet op tegen meisjes als Millie; ze leek wel een voddenraapster in haar versleten kleren. Ze kon hem niet eens zes penny's geven voor in hun cacaoblik. Nu begreep ze het: hij leidde een opwindend nieuw leven, weg van haar, en hij wilde niet belast worden. Ze was een verplichting. Dat had hij niet gezegd, maar dat hoefde ook niet. Nou, ze was te trots om iemand tot last te zijn. Ze slikte een paar keer en stond toen op.

'Waar ga je naartoe?'

'Naar huis.'

'Je bent nog kwaad op me.'

'Nee, het is al goed,' zei ze zacht. Ze wilde niet haar zelfbeheersing verliezen en weer gaan schreeuwen. Millie schreeuwde waarschijnlijk nooit. 'Je hebt gelijk, je moet naar Peterson. Ik heb gewoon genoeg van de rivier en ik wil naar huis.'

Hij stond ook op.

'Ik ga zelf wel.'

'Doe niet zo raar. Het is een heel eind. Als je echt naar huis wilt, breng ik je wel.'

Fiona draaide zich naar hem om. 'Ik zei nee! Laat me met rust! Ga maar terug naar dat Covent Garden van je! Ik wil niet meer horen dat mijn handen ruw zijn of dat ik geduld moet hebben of dat jij Guy Fawkes gaat vieren met Millie Peterson!'

'Dat vier ik niet met Millie! Ik ga alleen naar een feest! Wat mankeert je? Ik kan gewoon geen goed bij je doen!' zei Joe ten einde raad. 'Je zegt dat je me vaker bij je wilt hebben, maar nu ik hier ben wil je naar huis! Waarom ben je toch zo prikkelbaar?'

'Gewoon zomaar, Joe. Ik ben mijn vader kwijt, mijn huis, en nu raak ik mijn vriend kwijt. Nee, alles is piekfijn in orde!'

'Fiona, ik vind het echt erg allemaal. Maar je raakt mij niet kwijt. Ik probeer alles juist beter te maken. Wat wil je toch van me?'

'Ik wil mijn Joe terug,' zei ze. Toen holde ze de trap op en verdween uit zijn zicht. Ze holde langs aanlegsteigers en pakhuizen in de richting van Gravel Lane en Whitechapel. Ze begreep er niets meer van. Niets klopte meer. Joe zei dat hij hard werkte voor hen beiden, voor hun winkel. Dat zou haar moeten troosten, maar het ging niet.

Als hij echt voor hun winkel werkte, waarom wilde hij dan zo graag die promotie? Hij had toch gezegd dat ze achttien pond en zes penny's hadden? Nog maar zeven pond, en dan hadden ze de vijfentwintig die ze nodig hadden. Hij hoefde die baan als inkoper helemaal niet, alleen nog maar een paar maanden salaris. Dan kon hij weg bij Peterson en konden ze hun winkel beginnen. Waar was hij mee bezig? Waarom wilde hij die baan zo graag?

Ze begon nog harder te rennen. Ze was buiten adem en haar benen voelden slap aan, maar ze bleef rennen om te ontsnappen aan die stem in haar hoofd die het antwoord op haar vragen vertelde: 'Omdat hij de winkel niet meer wil. En jou ook niet.'

Vlak voor de talloze harde, schattende blikken trok Charlie Finnegan zijn hemd uit en wierp het over een stoel. Hij duwde zijn ellebogen naar achter om zijn schouders los te maken. De blikken gleden over de golvende spieren van zijn borstkas. Ze zagen de stevige armen, de krachtige vuisten. Een goedkeurend gemompel weerklonk. Weddenschappen werden veranderd en muntstukken gingen van de ene hand naar de andere.

Charlies blik zwierf onaangedaan door de ruimte. Wat hij zag, beviel hem. Dit was zijn eerste wedstrijd in de Taj Mahal, een oud variététheater dat was omgebouwd tot sporthal. De eigenaar, Denny Quinn, had het podium en de stoelen verwijderd, maar de mooie kroonluchters en wandkandelaars en gebloemd behang intact gehouden. Het eindresultaat was een grote, goed verlichte ruimte, uitstekend geschikt voor hondengevechten, hanengevechten en gevechten met de blote handen.

De menigte beviel hem ook: meest arbeiders, maar ook een paar dure jongens. Hij zag Thomas 'Bowler' Sheehan ertussen. Bowler, zo genoemd omdat hij altijd een zwarte hoed droeg, was de beruchtste crimineel van Londens East End. Er was geen bordeel, goktent of boksring die niet gedeeltelijk van hem was. Kademeesters betaalden hem om hun eigendom te 'beschermen'. Pubeigenaars betaalden hem om hun ruiten niet te laten ingooien. En degenen die zo dom waren om hem een stuk van hun inkomen te weigeren, eindigden meestal met hun gezicht omlaag in de Theems.

Sheehan verspilde zijn avonden niet aan onbelangrijke gevechten, dus Charlie begreep tot zijn genoegen dat de belangstelling voor hem groot was. Vanavond bokste hij voor niets. Quinn liet nieuwelingen altijd een oefenwedstrijd spelen voor hij hen aannam. Charlie was vastbesloten indruk te maken.

Een bel klonk. Onder gejuich en gefluit liepen hij en zijn tegenstander elkaar tegemoet in het midden van de ruimte. Ze staken hun handen uit naar de scheidsrechter, die hun handpalmen omhoogdraaide om te zien of ze niets verborgen, en stuurde hen vervolgens naar hun hoek.

Charlie nam de jongen schattend op. Hij kende hem. Het was Sid Malone. Hij werkte met hem in de brouwerij. Sid woonde aan de overkant van de rivier in Lambeth. Hij was niet in Londen geboren. Volgens Billy Hewson, hun voorman, was hij na de dood van zijn moeder van het platteland naar de stad gekomen. Hij had geen familie. En ook geen vrienden. Hij was een ruziezoeker, maar Charlie had nooit problemen met hem gehad. In elk geval niet tot die dag, een paar maanden geleden, toen Sid zijn oog op Fiona had laten vallen. Hij had haar meegevraagd naar de pub, en toen ze bedankte had hij geprobeerd haar mee te trekken in een steeg. Ze had zijn neus gebroken met een welgemikte stomp die alles te maken had met geluk en niet met kracht, maar Malone had het nooit kunnen verkroppen. Hij wilde zijn eer herstellen, en hij wist geen andere manier dan Fiona's broer tot moes te slaan. Sid was ongeveer even lang als Charlie, en van dezelfde leeftijd. Hij had ook rood haar, maar hij was niet zo stevig gebouwd. Charlie kende zijn stijl en dacht dat hij hem wel aankon, maar zoals elke vechter zou ook Sid beter in vorm zijn als hij kwaad was.

Sommige boksers moesten eerst kwaad worden. Ze hadden een reden nodig: iemand iets betaald zetten, of gejoel van de menigte. Charlie hoefde alleen maar de doos te openen waar zijn woede huisde. Hij had altijd al goed kunnen boksen, maar hij was nog beter geworden in de weken na de dood van zijn vader.

Het boksen zuiverde hem. Van zijn woede, zijn schuldgevoel, zijn wanhoop. Tijdens het boksen vergat hij zijn ongeruste zus en zijn bleke, vermoeide moeder. Dan vergat hij zijn broertje met diens trieste ogen, die hem stilzwijgend verweet dat hij er nooit was. Dan vergat hij New York en het leven dat hij daar hoopte op te bouwen. Hij ging helemaal op in het cirkelen, de schijnbewegingen, de klap van zijn knokkels tegen iemands kaak, in de rook en het zweet en de felle pijn.

De scheidsrechter ging in het midden van de ring staan en stak zijn arm op. De spanning was om te snijden. Charlie voelde dat de haren op zijn armen overeind gingen staan. De menigte verdrong zich, stemmen spoorden hem aan. Een bel klonk en de wedstrijd was begonnen. Sid leek wel een marionet. Gekwetste trots en woede trokken aan de touwtjes, rukten hem naar Charlie toe en lieten hem stijve, onvaste stompen uitdelen. Charlie ging in de verdediging en wist de klappen met gemak op te vangen. Vanuit deze positie kon hij hem gadeslaan, zijn energie sparen en precies bepalen wanneer hij de rotzak te grazen zou nemen.

'Kom op, lafbek,' siste Sid hem toe. 'Vecht dan.'

De toeschouwers vonden het maar niets. Ze wilden meer agressie. Er klonk boegeroep en hoofden werden geschud. Het kon Charlie geen barst schelen. Hij had al een stuk of tien stompen kunnen uitdelen met als resultaat een kapotte lip of een opgezwollen oog, maar hij wilde ze iets geven waar ze nog lang aan zouden denken, dus hield hij zich in, plaagde het publiek en vertraagde het hele proces als een ervaren minnaar die het genot verhoogt door het uit te stellen.

Maar toen, uit het niets, gaf Sid een stomp onder Charlies linkeroog. Zijn knokkels drongen tegen de oogkas en deden de huid scheuren. Charlies hoofd sloeg achterover. Het bloed stroomde uit de snee. De toeschouwers juichten. Charlie schudde zijn hoofd, zodat de bloeddruppels rondspatten. Hij was blij dat de snee onder zijn oog zat zodat hij niet verblind zou worden door het bloed. Sid was nu vol zelfvertrouwen en liep trots te paraderen. Charlie hield zijn vuisten in de gaten. Er was nu meer ruimte tussen hen. Zijn dekking verslapte.

Sid bracht nog een paar stoten toe. Charlie liet hem zijn gang gaan terwijl hij hem intussen als een havik in het oog hield. Sids linkervuist zakte steeds verder als hij een rechtse uitdeelde. Hij hijgde, en stootte in een bepaald patroon om niet buiten adem te raken. Charlie hield zijn eigen vuisten dicht bij zijn gezicht. Het was nu niet het moment om Sid weer een stoot tegen zijn oog te laten geven. Hij haalde diep adem en bleef Sids patroon gadeslaan. Rechts, rechts, rechts. De linkervuist ging naar beneden en toen weer omhoog, en toen rustte hij even. Weer een patroon. Rechts, links, rechts. Nog eens. Toen weer allemaal rechtse. Omlaag en rust. Hij wachtte. Sid sloeg toe met zijn rechtervuist, zijn linkervuist zakte, en Charlie gaf hem een enorme dreun recht op zijn slaap.

Sid viel als een zoutzak op de grond. Hij kreunde, zijn ogen gingen knipperend dicht, en hij was buiten westen. Er viel een verbijsterde stilte terwijl de scheidsrechter tot tien telde. Toen rende hij naar Charlie, hees zijn arm overeind en verklaarde hem tot winnaar. De menigte barstte uit in een luid gejuich, en een heleboel toeschouwers riepen dat ze nog nooit zoiets hadden gezien. Mannen die Charlie een paar minuten geleden hadden uitgejouwd, loofden nu zijn terughoudendheid en timing.

Sid werd naar een tafel gedragen, waar zijn maten hem weer bij probeerden te brengen. Charlie spuwde het bloed uit dat in zijn mond was gelopen. Binnen een mum van tijd hadden bewonderende toeschouwers hem een stoel gebracht, een groot glas bier, schone handdoeken en water. Hij veegde zijn gezicht schoon. Een gezette man in een vest en hemdsmouwen, die een versleten zwarte tas droeg, stelde zich voor als dokter Wallace, Denny Quinns barbier-chirurgijn, en begon Charlies oog te verzorgen. Hij maakte het schoon met water en zeep en depte de wond toen met whisky. Charlie kromp ineen. Toen hij een naald en draad pakte, wilde Charlie weten wat hij verdomme nu van plan was.

'Het is een diepe snee,' zei Wallace. 'Als we die nu niet hechten, duurt het heel lang voor hij is genezen. De eerstvolgende keer tijdens een wedstrijd gaat hij meteen weer open.'

Charlie knikte en zette zich schrap toen Wallace de naald in zijn huid stak.

'Stilzitten, jongen. Je wilt toch een knap gezicht houden voor de vrouwtjes?' Hij maakte in totaal vijf hechtingen en legde toen een knoop in de draad. 'Mooie opdoffer heb je die knul gegeven. Zo heb ik er weinig gezien, en ik zie veel, neem dat maar van me aan. De hechtingen zijn op kosten van de zaak. En je krijgt dadelijk een bord koteletten, met de complimenten van meneer Quinn.' Wallace knikte naar Sid, die uitgevloerd op de tafel lag. 'Ik zal eens gaan kijken of ik de Schone Slaper wakker kan krijgen. Zorg dat die wond schoon blijft.'

Charlie bedankte hem en dronk zijn bier. Zodra zijn glas leeg was, werd een ander voor hem neergezet. Toen kwam een bord vol varkenskoteletten. Hij stortte zich er gretig op. Hij had al dagen niets anders gegeten dan brood met margarine. Iemand bracht hem zijn overhemd. Hij trok het aan, maar knoopte het niet dicht. Het was te warm. Mannen die geld hadden gewonnen, kwamen hun waardering uitspreken.

'De kansen keerden twee keer tijdens de wedstrijd,' zei een van hen. 'Maar ik bleef op jou wedden en nu heb ik een bom duiten gewonnen! Je hebt talent, jongen.'

De man was zo blij dat hij Charlie twee shilling van zijn winst gaf. Charlie stak glimlachend het geld in zijn zak. De wedstrijd was precies zo verlopen als hij had gehoopt: hij had indruk gemaakt. Hij leunde achterover in zijn stoel en deed zijn ogen dicht. De opwinding van de wedstrijd was verdwenen, en hij was moe. Hij ademde de bedompte lucht in. Net als alle andere etablissementen van dit soort stonk de Taj Mahal naar mannen en hun wereld: verschraald bier dat tussen de houten planken was gemorst, zweet, rook, vettige koteletten en... parfum. Parfum? Charlie opende zijn ogen.

Een knap blond meisje stond voor hem. Ze droeg een strak dichtgesnoerd roze korset, een witte onderrok met stroken en verder niet veel. Haar krullen waren opgestoken in een losse knot. Ze had warme bruine ogen, sproeten en een lieve lach. Charlie kon zijn ogen niet afhouden van haar blote armen en de bovenkant van haar borsten vol sproeten. Zoveel bloot had hij nog nooit gezien bij een vrouw.

'Meneer Quinn zei dat je misschien wel wat gezelschap wilde,' zei het meisje. 'Ik ben Lucy.'

Charlie kon geen woord uitbrengen. Wat was ze mooi. Hij kon door haar korset heenkijken.

'Wil je liever dat ik wegga?' vroeg ze met een frons. 'Wil je iemand anders?'

Hij vond zijn stem terug. 'Nee! Nee, helemaal niet. Ga toch zitten. Neem me niet kwalijk, ik ben een beetje moe. Dat krijg je na een wedstrijd.' Maar Charlie merkte opeens dat hij helemaal niet moe was.

'Ik heb de wedstrijd niet gezien. We mogen pas na afloop beneden komen van Den, anders leiden we iedereen maar af. Maar ik heb gehoord dat je heel goed was.'

Dus Lucy was een van Denny's meisjes. Hij wilde niets liever dan dat ze bleef en hij met haar kon praten, zodat alle andere kerels hem met haar zouden zien. Dus begon hij te praten over de wedstrijd en Sid Malone, en dat zijn zus Sids neus had gebroken. Lucy moest lachen en ze ging niet weg. Ze leunde zelfs dichter naar hem toe.

Toen voelde Charlie een hand op zijn rug en hij keek op. Het was Quinn. Hij wilde opstaan, maar Quinn zei dat hij moest blijven zitten.

'Mooi gedaan, jongen,' zei hij. 'Heel verrassend. Ze bleven wedden. Dat mag ik wel. Ik wil je in dienst nemen. Laat dat oog eerst genezen.'

'Dank u, meneer Quinn.'

'Mijn voorwaarden zijn heel goed,' vervolgde Quinn. 'Een vast loon, plus een gedeelte van de winst. Luister, Charlie. Je bent goed, en anderen zullen je ook willen, maar ik wil dat je exclusief voor mij werkt. Het loont de moeite, dat beloof ik je.' Hij trok een pakje bankbiljetten uit zijn zak en gaf Charlie een briefje van vijf pond. Charlie wilde hem bedanken, maar hij stak zijn handen op. 'Als je niet te moe bent, dan zijn Lucy's diensten gratis. Ze zal een lekker warm bad voor je klaarmaken, nietwaar, meid?

En als je aardig voor haar bent, zal ze misschien nog wat anders doen.'

Voor Charlie iets kon zeggen was Quinn al weer weg. Lucy sloeg een arm om Charlie heen. 'Hij wil je echt graag hebben. Ik heb Denny Quinn niet vaak vijf pond zien weggeven.'

Charlie kon zijn geluk niet op. Hij had alleen bij Quinn in dienst willen komen. En nu had hij vijf pond, twee shilling, en Lucy.

Hij werd nerveus. Ondanks al zijn opschepperij tegen de jongens in Montague Street had hij nooit meer gedaan dan de vriendin van zijn zus, Bridget, te kussen en haar kleine borsten te betasten. Hij dronk zijn derde glas bier leeg.

'Kom,' fluisterde Lucy, en ze pakte hem bij de hand. Ze nam hem mee naar boven, door een smalle gang met aan weerskanten deuren. Voor een van de deuren bleef ze staan, trok hem naar zich toe en kuste hem.

'Wil je nu je bad of straks?' fluisterde ze terwijl ze haar handen over zijn rug naar beneden bewoog.

'Welk bad?' bracht hij uit. Tot zijn opluchting hield ze op om de sleutel van haar kamer uit haar korset te vissen. Giechelend opende ze de deur en trok hem naar binnen. En in Lucy's zachte bed, in haar zachte armen vol sproeten, vond Charlie Finnegan een heel nieuwe manier om zich te verliezen.

13

Bij het ontbijt van geroosterd brood en thee las Fiona stralend van geluk voor de vijfde keer haar brief van Joe.

Lieve Fiona,
Hierbij twee shilling. Kom zondagochtend naar Covent Garden. Neem bus nummer vier van Commercial Street. Stap uit in Russell Street, dan sta ik daar te wachten. Ik heb maar een halve dag vrij. Ik moet om een uur met Tommy naar Jersey vertrekken, maar als je er om negen uur bent, hebben we in elk geval de ochtend. Het spijt me van de vorige keer en Guy Fawkes. Ik weet dat je moeilijke tijden doormaakt. Ik mis je en ik hoop dat alles in orde is.
Liefs,
Joe

De brief was de vorige middag gekomen. Het was meer een pakketje: een doosje gewikkeld in bruin papier waarin de brief en twee apart verpakte shillings zaten, opdat ze niet zouden rinkelen en de postbode in verleiding brengen.

Fiona was de hemel te rijk. Sinds hun ruzie zes dagen geleden had ze niets meer van hem gehoord, en ze had al aan het ergste gedacht. Hij hield niet meer van haar. Hij wilde hun winkel niet. Hij had verkering met Millie. Die gedachten kwelden haar overdag en hielden haar 's nachts uit haar slaap. Misschien had ze hem wel voorgoed verdreven. Waarom had ze ruzie met hem gemaakt terwijl ze zo weinig tijd samen hadden? Het was helemaal haar schuld. Hij had alleen maar over zijn baan gepraat. Ze had weer toegegeven aan haar jaloezie. Ze wilde het zo graag goedmaken, maar ze kon niet naar hem toe. Ze kon hem niet eens schrijven omdat er nooit genoeg geld was om papier te kopen. Maar nu had hij geschreven, en ze was weer vol hoop. Ze zou hem zien. Ze zouden praten en alles zou weer goed komen. Ze had hem zo nodig, hem en de zekerheid van hun liefde.

Hij had gelijk, het waren ook moeilijke tijden. Elke dag viel er wel weer een nieuwe crisis op te lossen: Seamie had wanten nodig of een trui. Charlie was toe aan een nieuwe jas. De kouperiode was aangebroken en dus waren er meer kolen nodig. De kleine fabriek waarvoor haar moeder stukwerk deed, was failliet. Ze had overal gezocht naar een bijbaantje, in pubs, winkels, eethuizen, maar niemand had extra werk.

En het ergste van alles was dat Eileen de hoest van hun moeder had overgekregen. Op een nacht kreeg ze bijna geen adem meer en ze gaf bloed op. Ze waren in allerijl met haar naar de dokter gegaan. Hij zei dat hij niet precies wist wat het was en dat ze haar goed in de gaten moesten houden om te zien of ze baat had bij het medicijn die hij had voorgeschreven. Fiona kreeg weer hoop, maar haar moeder was vreemd stil. Weer thuisgekomen ging ze bij de haard zitten en begon te huilen. Haar tranen maakten Fiona ongeruster dan het hoesten van de baby. Ze vroeg wat er aan de hand was.

'Het is mijn schuld. Ik heb Eileen aangestoken met mijn hoest en nu is het tuberculose geworden,' zei ze. 'De dokter wil het niet zeggen, maar ik weet het.'

'Niet waar, mam,' zei Fiona heftig, alsof de woorden de mogelijkheid van de gevreesde ziekte konden uitbannen. 'De dokter zei alleen dat we moesten opletten of het medicijn werkt en dat we over een week terug moeten komen. Hij heeft er meer verstand van dan jij.'

Haar moeder had haar ogen afgeveegd en geknikt, maar ze leek niet overtuigd. Sindsdien had ze Eileen angstvallig in het oog gehouden, en daardoor kreeg ze te weinig slaap en werd ze steeds afweziger en depressiever. Ze was ook erg afgevallen. Zij allemaal trouwens. Ze leefden al dagen op een dieet van brood en thee tot Charlie op een avond was thuisgekomen met een briefje van vijf pond en een wond onder zijn oog. Een verhuisklus, had hij gezegd. Die meevaller was grotendeels opgegaan aan de doktersrekeningen, Eileens medicijn plus drie weken huur en een keer inkopen op de markt. Maar nu was er elk geval iets leuks gebeurd. Joe had geschreven en ze zou hem over een paar uur zien.

Toen ze de sjaal om haar schouders wikkelde en zich probeerde te herinneren hoe lang bus nummer vier erover deed om bij Covent Garden te komen, verscheen een jongensgezicht voor het raam.

Hij tikte tegen het glas. 'Wonen de Finnegans hier?' riep hij.

'Ja. Wie ben jij?'

'Ik ben gestuurd door meneer Jackson van de Bull. Hij wil Fiona Finnegan spreken over de baan. Ze moest meteen komen als ze die nog wil.'

'Wat, nu?'

'Dat zei hij.' De blik van de jongen ging naar het brood op de tafel.

Fiona sneed een stuk af, smeerde er margarine op en gaf het aan hem. Hij at het gretig op en ging toen weg om een nieuw klusje te zoeken.

'Dag mam,' zei ze, en ze boog zich over het bed om haar moeder een kus te geven. Ze sliep niet, maar ze lag op haar zij met haar ogen dicht.

'Dag kind.'

Fiona zuchtte. Vroeger zou haar moeder haar hebben bestookt met vragen over een nieuwe baan, vooral die in een pub, maar nu was ze te moe om zich er druk over te maken. Ze had zelfs niet gevraagd naar de wond onder Charlies oog, of dat Seamie tegenwoordig 'verdomme' en 'rotzak' zei. We moeten hier weg, dacht Fiona. Het leven in Adams Court veranderde hen, maakte hen kapot.

Ze deed de deur achter zich dicht en liep vlug naar de Bull. Misschien kon ze toch nog op tijd bij Covent Garden zijn. Dat meneer Jackson haar uitgerekend nu wilde spreken! Misschien was er iemand weggegaan. Als ze de baan kreeg, verdiende ze een paar shilling extra en misschien kon ze dan eens wat vlees kopen en een fles tonicum voor haar moeder.

Toen ze bij de pub kwam en op de deur klopte, liet een grote man met een rood gezicht en een walrusnor haar binnen.

'Dat is vlug,' zei Ralph Jackson.

'Ja,' glimlachte Fiona om een goede indruk te maken. 'Ik wilde u niet laten wachten.' In werkelijkheid wilde ze Joe niet laten wachten, maar dat hoefde meneer Jackson natuurlijk niet te weten.

'Mooi, dat zie ik graag in mijn personeel. Dus je denkt dat je het werk wel aankan?' vroeg hij. 'Het is niet makkelijk. Het kost veel moeite om een dranktent schoon te krijgen.'

'O ja, meneer Jackson, dat kan ik wel.' Ik zal de ramen lappen tot ze glinsteren en de vloer boenen tot hij glimt, dacht ze. Ik zal de glazen spoelen en de bar opwrijven en u stroop om de mond smeren. Geef me gewoon die baan!

'Drie avonden per week, plus zaterdagmiddag en zondagochtend. Je verdient tweeënhalve penny per uur, plus een maaltijd en een glas van wat je ook maar wilt, als je klaar bent.'

'Goed.'

Meneer Jackson kauwde op zijn onderlip en liet zijn blik over haar glijden alsof hij een ploegpaard bekeek. Toen knikte hij. 'Goed. Schrobber en emmer staan achter de deur. De bar moet ook opgepoetst worden, maar je moet eerst de vuile glazen weghalen.'

Fiona knipperde met haar ogen. 'Nu, bedoelt u?'

'Ja, natuurlijk nu. Mankeert daar iets aan? Ik zei toch dat er zondagochtend ook gewerkt moest worden, en het is nu zondag.'

Ze zou Joe niet zien. Hij stond op haar te wachten. Hij had haar geld voor de bus gestuurd. Ze zouden praten en hij zou haar in zijn armen nemen en alles goedmaken. Ze zag hem in gedachten bij de halte staan terwijl de ene bus na de andere kwam en hij haar niet tussen de passagiers zag. Ze zag hoe hij het uiteindelijk opgaf en naar huis ging.

'Ik wist niet... ik zou eigenlijk... ik wist niet dat ik meteen moest beginnen,' zei Fiona.

'Nou moet je eens goed luisteren, meisje,' zei meneer Jackson ongeduldig. 'Ik ben net mijn werkster kwijt. Ze was zwanger en ze heeft het wurm te vroeg op de wereld gezet. Ik moet mijn pub schoon hebben. Mij maakt het niet uit wie het doet. Als je de baan niet wilt, dan geef ik hem wel aan de volgende.'

'O, maar ik wil de baan wel,' zei ze vlug. 'Ik ben blij dat u mijn naam nog wist, en ik ga meteen aan de slag.'

Zodra ze buiten zijn gezichtsveld was, verdween Fiona's

geforceerde glimlach. Tranen prikten achter haar ogen en gleden over haar wangen. Ze kon ze niet tegenhouden. Ze had Joe zo graag willen zien. Waarom moest ze juist nu met die bijbaan beginnen? Ze kon hem niet laten weten wat er was gebeurd. Hij zou daar staan wachten en zij zou niet komen.

Maar ze had geen keus. Het had weken geduurd voor ze deze baan had gekregen. Als ze hem niet aannam, zou het weken duren voor ze een andere baan vond, en die tijd had ze niet. Haar familie had geld nodig. Ze zou hem moeten schrijven en uitleggen wat er was gebeurd. Daar kon ze het geld voor gebruiken dat hij had gestuurd. Hopelijk begreep hij het.

Ze vulde de houten emmer met zeep en water, blij dat ze alleen was in de pub en dat meneer Jackson andere bezigheden had in zijn kantoor. Ze doopte de borstel in het water en begon te schrobben.

14

'Een glas punch, meneer?'

'Nee. Nee, dank u,' zei Joe vlug. Hij voelde zich al helemaal licht in zijn hoofd. 'Een limonade, graag.'

'Tot uw dienst.' De ober draaide zich om en liep weg om de bestelling te halen.

Joe had genoeg van punch. Hij was niet gewend aan sterkedrank, en door de twee glazen was hij al aangeschoten. Hij wilde zijn hoofd helder houden. Tommy had hem de hele avond lopen voorstellen aan allerlei hoge pieten. Hij had kennisgemaakt met de hoofdinkoper van Fortnum en Harrods, chef-koks van bekende hotels en restaurants, en talloze echtgenotes en zonen en dochters. Hij had zijn uiterste best moeten doen om hun namen goed te onthouden.

Het was een gezellig feest, helemaal niet de stijve bedoening die hij had verwacht. Alle gasten leken zich echt te amuseren. Maar hoe kon het ook anders? Alles was buitengewoon: de onvoorstelbare hoeveelheid eten, de drank, de muziek, de bloemversieringen in het huis, de tuin die helemaal verlicht was door toortsen en kaarsen. Het was schitterend, en wat had hij graag gehad dat Fiona het ook had kunnen zien. Fiona. Zijn hart deed pijn bij de gedachte aan haar.

Waarom was alles zo moeilijk geworden tussen hen? Hij had een goede baan weten te krijgen in de hoop dat ze hun winkel eerder konden beginnen dan ze hadden verwacht. Hij had haar meer dan een week geleden geld gestuurd om naar Covent Garden te komen, maar ze was niet komen opdagen, zonder ook maar enige uitleg. Ze was natuurlijk nog steeds kwaad. Misschien haatte ze hem en wilde ze hem nooit meer zien. Misschien was ze een ander tegengekomen.

De laatste keer dat hij haar had gezien, hadden ze ruziegemaakt. Ze was zo afwezig dat hij niet eens fatsoenlijk met haar kon praten. En toen was hij zo stom geweest om te zeggen dat hij zich door haar schuldig voelde. Dat had hij niet moeten zeggen. Ze was zo trots, en zijn woorden hadden haar gekwetst. Maar hij voelde zich inderdaad schuldig.

Hij wist dat hij dat verdiende omdat hij haar gevoelens had gekwetst. Maar er was nog een ander, dieper schuldgevoel. Omdat hij er niet voor haar was geweest na de dood van haar vader. Omdat hij niet voor haar kon zorgen. Maar wat kon hij doen? Ze had gezegd dat ze haar familie niet in de steek kon laten. En hij kon niet voor hen allemaal zorgen. Dan konden ze hun winkel nooit openen.

Was het egoïstisch om die last niet te willen dragen? Hij was er nog niet aan toe om de zorgen van een gezinshoofd op zich te nemen, maar daar leek het nu wel op. Hij maakte zich voortdurend zorgen om Fiona. Ging ze niet te laat naar huis 's avonds? Had ze wel genoeg te eten? Had haar familie wel genoeg geld? Hij had eten meegebracht toen hij op bezoek kwam. En hij had vier shilling bij hun geld gestopt toen niemand keek. Hij wist dat het niet genoeg was, maar wat kon hij anders doen?

De ober kwam terug. Joe pakte zijn glas van het dienblad en liep naar het balkon om een frisse neus te halen. De lucht was helder en koud. Hij zag een groot vuur oplaaien in Tommy's enorme achtertuin. Zijn aandacht werd getrokken door gelach. Hij kende dat geluid: het was Millie. Dat was nu een meisje dat geen zorgen kende en nooit zou kennen. Ze lachte altijd, ze was altijd vrolijk. Zijn blikken zochten tussen de mensen rond het vuur en vonden haar. Dat was niet moeilijk, want ze droeg een opvallende jurk. Joe had geen zier verstand van jurken, maar hij wist wanneer iets duur was. Millie droeg een laag uitgesneden japon van diepblauwe zijde. Maar het mooiste was nog het vuurwerkmotief dat erop geborduurd was. Duizenden kleine, doorschijnende glazen kraaltjes waren op de rok geborduurd en ze vormden een kleurrijke uitbarsting van vuurwerk, met een paar kleinere eromheen. Het leek net echt vuurwerk tegen een avondlucht. De japon was het onderwerp van gesprek, en Millie was het middelpunt van alle belangstelling.

Ze stond te praten met haar vader en een jongen die in Spitalfields voor hen werkte. De jongen had blijkbaar een leuke opmerking gemaakt. Millie en haar vader moesten er hard om lachen. Joe voelde opeens een steek van jaloezie, van bezitterigheid. Maar om wie? Om Tommy? Om Millie? Tommy had een hand op de schouder van de jongen gelegd, en dat stond Joe niet aan. Is hij net zo goed als ik? vroeg hij zich af. Of beter? Toen hij naar Millie keek, begreep hij dat degene die haar kreeg, ook het familiebedrijf zou krijgen. Officieel heette het dat Harry het bedrijf zou overnemen, maar Joe wist wel beter. Harry had een reis naar India geboekt en hij zou volgende maand vertrekken.

'Daar ben je, Bristow! Ik liep je al te zoeken!'

Het was Tommy. Hij legde zijn handen op de leuning van het balkon en glimlachte. 'Een mooi feest, als ik het zelf mag zeggen,' merkte hij op. Een ober kwam haastig naar hem toe en informeerde wat hij hem kon brengen. 'Whisky. Een dubbele. En hetzelfde voor mijn jonge vriend hier.'

O nee, dacht Joe. Hij was al aangeschoten. Hij zou zijn glas leeg moeten gooien als Tommy niet keek. De ober kwam terug en overhandigde hem een glas. Hij nam een slokje en vertrok zijn gezicht. Dat kwam hard aan.

'Ik heb nieuws,' zei Peterson. 'Net toen ik zo-even van kantoor weg wilde gaan, kreeg ik een verzoek om inlichtingen van Buckingham Palace. Wil je dat geloven, Joe? Ik heb er nooit op durven hopen, maar als we toestemming krijgen, worden we misschien hofleverancier! Wat zeg je daar nou van?'

Joe was net zo opgewonden als zijn baas. Hij begon al manieren te bedenken om het paleis als klant te winnen. 'We kunnen manden met onze beste producten sturen, als proef. Billy Nevins kan koetsier zijn, in uniform. Hij ziet er goed uit en hij is schoon en netjes. We moeten de producten naar hen brengen voor ze erom vragen.'

'Goed idee,' zei Peterson. Hij wenkte de ober. Hij had zijn glas leeg en wilde nog een whisky. Hij keek naar Joe, die nog maar en paar slokjes van zijn glas had genomen. 'Jij ook nog?'

Joe sloeg zijn whisky achterover en nam er nog een aan. 'We zouden ze een belachelijk lage prijs moeten geven,' vervolgde hij terwijl de ober hem een nieuw glas whisky aanreikte. 'Het maakt niet uit of we er zelfs niets op verdienen. Als hofleverancier verdienen we naderhand meer dan we aan winst kwijt zijn geraakt aan het paleis...' Hij zag dat Peterson zijn voorhoofd fronste en vroeg zich af of hij te ver was gegaan. Tenslotte ging het om Petersons winst. 'Als u het tenminste met me eens bent.'

'Natuurlijk,' zei Tommy. 'Ik vroeg me alleen af waarom niemand van mijn leidinggevenden op dat idee is gekomen.

Maar ja, natuurlijk komt een jonge knul op het idee om eerst geld te verliezen en het dan dubbel en dwars terug te verdienen. Laten we morgenochtend verder ingaan op dat idee van je. Ik kwam hier eigenlijk..' – hij haalde een envelop uit zijn zak en gaf die aan Joe – '... om je dit te geven, en om mijn nieuwe hoofdinkoper als eerste te feliciteren.'

Joe was verbijsterd. Hij had gehoopt op de promotie, gedacht dat hij misschien in aanmerking zou komen, maar hij had nooit verwacht dat hij de baan werkelijk zou krijgen. En nu was hij het hoofd van de inkoop! Er kwam een brede grijns op zijn gezicht. 'Dank u, meneer Peterson. Ik... ik weet niet wat ik moet zeggen.'

Joe klonk met Tommy en nam nog een slok. Hij kon het gewoon niet geloven. Nog maar kort geleden kon hij zijn eigen vader niet eens overtuigen om er een nieuwe kar bij te nemen en op de ene fruit uit te stallen en op de andere groente. Nu was hij hoofd inkoop van een van Londens grootste groente- en fruithandelaars. Het was hem gelukt. Hij had zich bewezen. En hij was nog maar negentien. Hij kreeg een flinke opslag en er zou vast nog een mooie bonus volgen. Hij nam nog een slok whisky. Die viel nu een stuk beter. Alles was prachtig. Het feest, het eten, de whisky. Het kon niet beter!

'O pap, je bent Joe toch niet aan het vervelen met zakenpraatjes?'

Millie was bij hen komen staan. Peterson sloeg een arm om zijn dochter. 'Natuurlijk niet,' zei hij. Hij stond een beetje wankel op zijn benen. 'Joe wil niets liever dan praten over zaken.' Hij sprak het uit als 'sjaken'. 'Niet waar, jongen?'

'Zo is het,' bevestigde Joe vurig. Hij zei 'isj'.

Millie keek van haar vader naar Joe en begon te giechelen. Hij vroeg zich af of ze er dronken uitzagen. Hij voelde zich dronken.

'Nou, ik niet.' Ze schudde uitdagend met haar hoofd. 'Er wordt veel te veel gepraat over zaken. Laten we het over het vuur hebben. En Guy Fawkes-poppen. Zoals de pop die je personeel nu ronddraagt, pap. De pop die sprekend op jou lijkt.'

Ze lachte weer. Grappige Millie, dacht Joe. Altijd lachend. Sprankelende ogen. Ronde borsten die bijna uit haar jurk leken te barsten. Een mooi, lachend meisje.

'Nou, daar zullen we eens een stokje voor steken,' zei Tommy. Hij deed of hij beledigd was. Hij zette zijn glas neer en trok zijn das recht. 'Die zullen we wel even een lesje leren. En jij, jongeman,' zei hij tegen Joe. 'Jij praat vanavond niet meer over groente en fruit. Millie heeft gelijk. Jonge mensen horen zich te amuseren op een feest, en niet over het werk te praten.' Hij joeg hen terug naar binnen. 'Millie, geef Joe eens een rondleiding. En geef hem wat te eten. En te drinken.'

'Ja, pap,' zei ze. Zodra hij van het balkon was verdwenen stak ze haar arm door die van Joe en nam hem mee. 'Die is ladderzat. Ik hoop dat hij niet struikelt en zijn nek breekt. Kom, dan laat ik je het huis zien.'

Joe liet zich meevoeren. Tommy was niet de enige die ladderzat was.

Millie liet hem de salon zien, de werkkamer van haar vader met het grote mahoniehouten bureau, de dikke tapijten en zware gordijnen, de enorme keuken vol koks en obers, en toen nam ze hem mee naar de trap. Halverwege wist hij dat het niet goed zou gaan. Zijn hoofd begon te tollen.

Millie merkte het. Tot zijn opluchting was ze niet boos. 'Arme jongen,' zei ze. 'Maak je geen zorgen. We vinden wel een plekje waar je kunt uitrusten tot het overgaat.'

Ze liepen langs een heleboel deuren, maar ze liet hem

geen kamers meer zien tot ze bij een kamer aan het einde van de gang waren gekomen. Hij voelde zich afschuwelijk. Hij stond op zijn benen te zwaaien als een zeeman die na een lange reis pas weer vaste grond onder zijn voeten had gekregen. Millie opende de deur van de laatste kamer en nam hem mee naar binnen. Er stond een bed, zacht en uitnodigend. Hij ging erop zitten, ervan uitgaand dat ze hem alleen zou laten. Maar ze ging naast hem zitten en begon zijn jasje uit te trekken. Hij protesteerde. Hij hoefde alleen maar even te zitten, en dan zou hij zich beter voelen. Maar ze zei dat hij zich zo prettiger zou voelen. Ze trok zijn jasje uit, maakte zijn das los en duwde hem achterover, en op die zachte toon van haar zei ze dat hij stil moest blijven liggen en zijn ogen sluiten.

Hij gehoorzaamde. Hij haalde diep adem om het tollen te laten ophouden. Langzamerhand verdween de duizeligheid. Hij voelde zich nog steeds heel dronken, bijna alsof hij buiten zijn lichaam was, maar in elk geval was het draaien opgehouden. Hij hoorde Millies rokken ritselen. Hij deed zijn ogen open. Het was donker. Ze had de lamp zeker uitgedaan. Links van hem lag een stapel kussens. Ze roken naar seringen. Millie rook altijd naar seringen. Hij deed zijn ogen weer dicht. Dit moest haar slaapkamer zijn, dacht hij, niet op zijn gemak. Hij hoorde hier niet te zijn. Maar het was zo heerlijk om hier te liggen en niet te hoeven opstaan.

Millie kwam naast hem zitten. De geur van seringen werd sterker. Joe voelde iets langs zijn lippen strijken. Zijn ogen vlogen open. Het was Millie. Ze kuste hem. Ze hief glimlachend haar hoofd op en hij zag dat ze haar jurk niet meer aanhad, maar alleen een hemd en onderrok. Ze begon het hemd langzaam los te knopen. Hij kon zijn ogen niet van haar afhouden. Ze had weelderige, volle borsten met kleine, roze tepels. Ze pakte zijn hand en drukte die tegen haar borst. Toen boog ze zich voorover en kuste hem weer.

Hij moest weg. Nu. Maar hij wilde haar. Hij verlangde zo naar haar dat hij bijna niet kon ademen. Het was toch makkelijker om toe te geven? Alles was makkelijker hier, in Petersons huis, waar bedienden je eten en een heleboel whisky brachten. Het was makkelijk in Millies grote bed, met haar zachte lippen en grote borsten. Het was goed. Hij kon haar krijgen. Hij kon alles krijgen. Dat had ze toch gezegd?

Millie stond op en liet haar onderrok op de vloer zakken. Ze drukte zich tegen hem aan en kuste hem weer terwijl ze haar hand tussen zijn benen liet glijden en zijn broek begon los te knopen. Zijn handen gingen naar haar borsten. Hij moest haar hebben. Nu. Hij duwde haar op het bed en drong ruw bij haar binnen. Ze was van hem. De baan als inkoper was van hem. Het bedrijf van Peterson was van hem. Alles was van hem. Hij beet hard in haar schouder toen hij klaarkwam.

Daarna bleef hij hijgend liggen. De whisky begon weer op te spelen. Waar was hij? Hij wist het niet precies. O ja, bij Fiona natuurlijk. In hun grote huis, in hun grote bed. Ze hadden hun winkel, een hele winkelketen zelfs. Ze waren rijk en alles was prachtig. Hij voelde zich kalm en voldaan, zijn gezicht verstopt in Fees zachte hals.

Maar iets klopte niet. Hij voelde zich zo duizelig en misselijk. En dan die weeïge geur. Seringen. Hij tilde zijn hoofd op en keek met wazige ogen naar de vrouw onder hem. Dat is Fiona niet! schreeuwde zijn brein. Mijn god, wat heb ik gedaan? Hij rolde van haar af en liep achteruit, weg van het bed. Hij wist dat hij moest overgeven. Hij hield zijn broek op met zijn ene hand, opende de deur met de andere, en vluchtte de kamer uit.

15

Fiona depte het laatste beetje jus op met een stuk brood en spoelde de laatste hap weg met een slok slap bier.

'Dat was lekker, hè?' zei Ralph Jackson.

'Heerlijk. Mevrouw Jackson kan verrukkelijke vleespasteien maken.'

'Zeg dat wel!' riep hij terwijl hij over zijn dikke buik streek. 'Blij dat je het lekker vond, meisje. Er mag wel wat vlees op je botten komen.'

Fiona glimlachte. Elk meisje dat geen negentig kilo woog moest meer vlees op haar botten krijgen volgens meneer Jackson. Ze waste haar vaat af, pakte haar sjaal en wenste hem goedendag. Het was koud buiten, maar door de lekkere warme maaltijd voelde ze zich warm. Het was zaterdagavond, net zes uur, en ze liep met veerkrachtige tred richting huis. Ze voelde zich beter, en hoopvol. Als Charlie vanavond won, zo had hij beloofd, dan zou hij haar geld geven voor de bus en dan kon ze morgenmiddag na haar werk in de pub naar Covent Garden om Joe op te zoeken. Ze vond het vreselijk dat haar busgeld betaald moest worden met zijn kneuzingen en verwondingen, maar ze wist zich anders geen raad. Ze zou het ooit wel goedmaken.

Zodra zij en Joe hun winkel hadden, zou ze geld opzijzetten voor zijn overtocht naar New York.

Ze was nog maar net op weg toen ze haar naam hoorde roepen. Ze draaide zich om. Het was Joe. Hij stond een meter of tien achter haar. Hij keek naar haar en keek toen weer weg. Ze riep hem. Ze was dolgelukkig dat ze hem zag. Joe, haar Joe! Hij was hier, goddank! Hij haatte haar niet, hij was haar komen opzoeken. Hij hield nog steeds van haar. Ze holde naar hem toe. Maar toen ze dichterbij kwam, begon ze langzamer te lopen. Haar glimlach verdween. Er was iets. Hij zag er mager en afgetobd uit. Hij had zich niet geschoren.

'Joe?' Hij keek op. Zijn blik joeg haar angst aan. 'Wat is er? Wat is er gebeurd?'

'Kom mee, Fee, naar de rivier.' Zijn stem klonk zo mat en troosteloos dat ze hem nauwelijks herkende. Hij draaide zich om in de richting van de Theems en begon te lopen.

Ze greep hem bij de arm. 'Wat is er? Waarom ben je hier en niet op je werk?'

Hij wilde haar niet aankijken of antwoord geven. 'Kom gewoon mee,' zei hij, en ze had geen andere keus dan hem te volgen.

Toen ze bij de Old Stairs kwamen, gingen ze op hun oude plekje zitten. Joe pakte haar hand en kneep die zo stevig beet dat het pijn deed. Hij probeerde iets te zeggen, maar hij kreeg geen woord over zijn lippen. Hij boog zijn hoofd en begon te huilen. Fiona was zo bang dat ze zelf amper kon spreken. Ze had hem in al die jaren alleen zien huilen toen zijn grootmoeder was gestorven. Was het dat? Was er iemand dood?

'Wat is er toch?' vroeg ze met bevende stem. Ze sloeg haar armen om hem heen. 'Wat is er? Je moeder? Is alles goed met je vader?'

Hij keek haar aan door zijn tranen heen. 'Fiona... Ik heb iets vreselijks gedaan.'

'Wat? Wat heb je dan gedaan? Ik zal je helpen, wat het ook is. We lossen het wel op.' Ze probeerde te glimlachen. 'Je hebt toch niet iemand vermoord?'

'Ik heb Millie Peterson zwanger gemaakt en nu moet ik met haar trouwen.'

Later zou Fiona zich herinneren dat er in de seconden na zijn woorden geen geluid te horen was. Ze hoorde niets van zijn stem, niets van de boten op de rivier en niets van het lawaai uit de pub in de buurt. Het leek wel of haar oren dichtgeschroeid waren en haar gehoor haar was ontnomen. Ze zat met haar armen om haar knieën en wiegde zacht heen en weer. Zonder iets te horen. Iets in haar begreep dat Joe iets heel ergs had gezegd, maar als ze er niet aan dacht zou het wel goed komen. Ze wist dat hij nog steeds aan het praten was, maar ze luisterde niet. Anders zou hij haar vertellen over... zeggen dat hij... Millie... dat ze...

Een kreet ontsnapte aan haar keel, een dierlijk geluid vol verpletterende pijn. Nu hoorde ze hem haar naam roepen, voelde ze zijn armen om haar heen. Hij had gevrijd met Millie Peterson. Dat wat zij hadden gedaan omdat ze van elkaar hielden, had hij met haar gedaan. Haar geest, die het seconden geleden niet wilde accepteren, martelde haar nu met beelden van hen samen... zijn lippen op haar, zijn handen. Ze duwde hem weg, wankelde naar de waterkant en gaf over.

Toen haar maag tot rust was gekomen, doopte ze de zoom van haar rok in de rivier en veegde haar gezicht af. Ze probeerde overeind te komen en terug te lopen naar de trap, maar toen drong weer tot haar door wat hij had gezegd. Millie was zwanger. Hij ging met haar trouwen. Hij zou haar echtgenoot worden. Met haar naar bed gaan en met haar wakker worden. Zijn verdere leven met haar doorbrengen. Haar hart barstte uiteen in duizenden scherven, als een glazen vaas die op een stenen vloer was gevallen. Ze sloeg haar handen voor haar gezicht en zakte in elkaar.

Joe sprong van de trap en tilde haar op. 'Het spijt me, Fiona, het spijt me zo. Vergeef me. Alsjeblieft, vergeef me...' zei hij met gebroken stem. Ze worstelde zich los en schopte en sloeg naar hem. Ze voelde een dodelijke woede opkomen. 'Ellendeling!' schreeuwde ze. 'Hoe vaak heb je niet tegen me gezegd dat ik jaloers was en dat ik daar geen reden voor had! Nou, blijkbaar wel! Hoe lang is dit al aan de gang, Joe? Hoe vaak heb je haar geneukt?'

'Eén keer. Ik was dronken.'

'O, één keer maar? En je was dronken. Nou, dan is er niets aan de hand, hè? Dat is een goed excuus...' Haar stem brak. Ze moest eerst slikken voor ze verder kon gaan. 'En heb je haar gekust zoals je mij hebt gekust? Op haar mond? Haar hart? Tussen haar benen?'

'Niet doen, Fiona. Toe. Zo is het helemaal niet gegaan.'

Ze liep naar hem toe, bevend van woede. Ze wilde hem in zijn gezicht slaan, tussen zijn benen schoppen, hem iets aandoen waardoor hij maar een fractie van de pijn en vernedering kon voelen die hij haar had aangedaan. Maar ze barstte in tranen uit. 'Waarom heb je het gedaan, Joe? Waarom? Waarom?' jammerde ze.

'Ik weet het niet!' riep hij uit. 'Ik probeer het steeds te begrijpen, maar ik weet het nog steeds niet.' Toen kwam alles eruit. Over het feest, dat hij haar miste en bang was dat ze hem haatte. Dat hij de promotie zo graag wilde en zich de koning te rijk voelde toen hij die kreeg. Dat hij te veel gedronken had en dat Millie hem het huis liet zien, en dat hij dronken in haar kamer was beland. En dat hij, toen tot hem doordrong wat hij had gedaan, zo had moeten braken dat hij bloed spuwde. 'Ik was zo dronken... en het leek alsof alles wat ik wilde vlak voor me lag. Alle aandacht, het geld, de voordelen. Maar zo was het niet. Alles wat ik wil is nu hier, voor me. Ik dacht dat ik je kwijt was, Fiona. Ik heb zo lang gewacht bij de bushalte, en je kwam maar niet. Ik dacht dat het voorbij was, dat je me niet meer wilde. Waarom ben je niet gekomen?'

'Ik heb het geprobeerd,' zei ze dof. 'Ik was onderweg toen meneer Jackson, van de pub, me liet komen. Ik had om een baan gevraagd en die kon ik krijgen, maar dan moest ik meteen beginnen. Ik wilde je schrijven, maar we hadden het geld nodig voor Eileens medicijnen. Het spijt me.' De tranen stroomden weer over haar gezicht. 'Was ik maar wel gegaan.' Haar lichaam schokte van de snikken. Ze kon niets meer uitbrengen. Toen ze eindelijk weer iets kon zeggen, vroeg ze: 'Hou je van haar?'

'Mijn god, nee!' riep hij uit. 'Ik hou van jou, Fiona. Ik heb een fout gemaakt, een afschuwelijke fout, en ik zou er alles voor geven om die ongedaan te maken. Alles! Ik hou van je, Fee. Ik wil bij jou zijn, ik wil dat alles weer was zoals voor het verkeerd ging. Ik... ik kan hier niet mee doorgaan... O god, ik kan het niet.' Hij draaide zich in tranen om.

Maar je zult het toch doen, dacht Fiona. Je moet wel. Er is een baby op komst. Jouw baby. Ze keek hoe hij huilde als een kind, en bij alle verdriet, angst en woede kwam een nieuw gevoel: medelijden.

'Weet je wel wat je hebt gedaan?' fluisterde ze. 'Weet je wat je hebt weggegooid? Onze dromen. Ons verleden en onze toekomst. Alles wat we waren en waarop we hebben gehoopt. Onze liefde voor elkaar...'

'Nee, Fee,' zei Joe. Hij legde zijn handen om haar gezicht. 'Zeg dat niet. Zeg alsjeblieft niet dat je niet meer van me houdt. Ik weet dat ik het recht niet heb, maar blijf alsjeblieft van me houden.'

Fiona keek naar de man van wie ze haar hele leven had gehouden, de man die ze meer nodig had dan wie of wat dan ook. 'Ja, ik hou van je, Joe,' zei ze. 'Ik hou van je en jij gaat met Millie Peterson trouwen.'

Terwijl de zon onderging en de lucht boven Londen verduisterde, zaten Joe en Fiona bij de rivier en hielden elkaar vast alsof ze elkaar nooit meer wilden loslaten. Fiona wist dat dit de laatste keer was. Ze zou nooit meer zijn armen om haar heen voelen, zijn geur ruiken. Ze zou nooit meer met hem op de Old Stairs zitten, zijn stem haar naam horen roepen, zijn blauwe ogen naar haar zien lachen. Ze zouden nooit hun winkel hebben, hun thuis, kinderen, een leven samen. Haar dromen zouden nooit uitkomen. Haar beste vriend ging opeens weg; haar hoop, haar liefde, haar leven, liet haar in de steek.

'Wanneer... is je trouwdag?' vroeg ze. Ze kon bijna niet geloven dat die woorden uit haar mond kwamen.

'Over een week.'

Zo gauw al. 'Ik wil iets van je hebben,' zei ze.

'Wat je maar wilt.'

'Het geld. Mijn aandeel van ons spaargeld.'

'Je mag het allemaal hebben. Ik zal het brengen.'

'Geef het aan mijn moeder als... als ik er niet ben.' Ze keek nog een laatste keer naar hem en richtte haar blik toen op de rivier. 'Ga nu weg, alsjeblieft.'

'Stuur me niet weg, Fiona. Laat me je vasthouden nu het nog kan,' smeekte hij.

'Ga weg, Joe. Alsjeblieft.'

Toen stond hij op en bleef even huilend naar haar staan kijken. En toen was hij opeens weg en bleef ze alleen achter. Zelfmoord is een zonde, zei een stemmetje in haar, maar ze trok zich er niets van aan. Ze dacht aan haar grootvader, die van een rots was gesprongen toen zijn vrouw was gestorven. Men zei altijd dat de tijd alle wonden heelde, maar misschien hadden die mensen nooit van iemand gehouden. De tijd zou de wonden van haar grootvader niet geheeld hebben, dat wist ze zeker. En die van haar ook niet.

Ze liep naar de waterkant en wierp een laatste blik op de rivier waar ze zo van hield, naar de kaden en de boten en de sterren die opkwamen in de donkere lucht boven Londen. Ze was tot haar enkels in het water toen ze de schreeuw boven aan de trap hoorde.

'Daar ben je, stomme griet!'

Ze draaide zich vlug om. Het was Charlie. Hij stond op de trap en hij was woedend. 'Waar was je?' schreeuwde hij terwijl hij naar beneden kwam. 'Ik heb sinds zeven uur overal naar je gezocht en het is nu al negen uur geweest! Ben je niet goed snik? Mam is doodongerust. We dachten dat je vermoord was, dat de Ripper je te pakken had gekregen. Door jou ben ik mijn wedstrijd in de Taj misgelopen. Quinn zal woest zijn...' Hij zweeg toen hij haar bleke gezicht en gezwollen ogen zag. 'Wat is er met jou gebeurd?' De kwaadheid op zijn gezicht maakte plaats voor ongerustheid. 'Je bent toch niet lastiggevallen door een vent, Fee?' Hij pakte haar bij de schouders. 'Niemand heeft je toch iets aangedaan? Heeft Sid Malone...'

Fiona schudde haar hoofd.

'Wat is er dan aan de hand?'

'O Charlie,' huilde ze terwijl ze zich in de armen van haar broer liet vallen. 'Ik ben mijn Joe kwijt.'

16

Joe stond voor het altaar in een donkergrijs pak. Hij stond met zijn gezicht naar de ingang van de kerk op zijn bruid te wachten. Naast hem stond Harry Eaton.

'Gaat het, ouwe jongen?' fluisterde Harry met een blik op het groenige gezicht van zijn metgezel.

Joe knikte, maar het ging helemaal niet. Hij voelde zich verlamd, alsof hij een nachtmerrie had waarin hij niet kon schreeuwen of wegrennen. Hij zat helemaal in de val. Zijn vader had hem zo opgevoed dat hij zijn verantwoordelijkheden niet mocht ontlopen. Hij was volwassen en hij moest ze onder ogen zien. Hij had een fatale, stomme fout gemaakt en daar moest hij de rest van zijn leven voor boeten. De rest van zijn leven, voor één slippertje. Wat een krankzinnig hoge prijs. En Harry dacht dat zíjn hoeren duur waren. Een hysterische lachbui borrelde in hem op, en hij moest op de binnenkant van zijn wang bijten om zich in te houden.

'Je gaat toch niet van je stokje?' informeerde Harry bezorgd.

Hij schudde zijn hoofd.

'Maak je niet druk. Het is de doodstraf niet. Je kunt altijd vreemdgaan.'

Joe glimlachte bitter. Harry nam aan dat hij net zo bang was als hij voor monogamie. O Harry, dacht hij, was het maar zo eenvoudig. Hij wist dat hij met zijn nieuwe baan bij Peterson en het geld dat Tommy op hun rekening had gezet, vrouwen genoeg kon krijgen. Maar de enige vrouw die hij wilde, was onbereikbaar voor hem.

Tommy was eerst kwaad geweest toen hij hoorde dat Millie zwanger was, maar hij kalmeerde toen hij begreep dat Joe van plan was met zijn dochter te trouwen. Millie zei later dat het allemaal loos gebral was. Hij vond het juist prachtig dat Joe zijn schoonzoon werd, maar hij vond dat hij de boze vader moest uithangen.

Haar zwangerschap werd een publiek geheim. Mannen stootten elkaar aan en grapten dat die Bristow gewoon niet kon wachten. Vrouwen zeiden gnuivend tegen elkaar dat het blijkbaar een zevenmaands kindje zou worden. Niemand leek echt geschokt te zijn. Ze waren blij dat Tommy's dochter en zijn veelbelovende beschermeling gingen trouwen. Een uitmuntende verbintenis, zeiden ze.

Joe hoorde orgelmuziek. De gasten stonden op en keken naar de ingang. Hij volgde hun blik. Een bloemenmeisje kwam binnen, gevolgd door Millies bruidsmeisje, dat weer werd gevolgd door Millie zelf aan de arm van haar vader. Het leek wel of hij zijn beul naar hem toe zag komen. Ze droeg een ivoorkleurige tafzijden japon met pofmouwen en een lange sleep. Ze was volledig gesluierd en ze droeg een enorm boeket witte lelies. Hij vond dat ze net een geest leek die van top tot teen in een lijkwade was gehuld. Zoals de geest in dat kerstverhaal van Charles Dickens, de geest van de toekomstige Kerstmissen, van al zijn verdere dagen.

Hij doorliep de hele ceremonie zonder dat het tot hem doordrong, kuste zijn nieuwbakken echtgenote op de wang en voerde haar mee over het middenpad om hun gasten te ontvangen. Af en toe wist hij een hol glimlachje op zijn gezicht te brengen. Het was zo onwerkelijk. Hij had nog steeds een nachtmerrie. Nu kon hij elk moment wakker worden, badend in het zweet en opgelucht dat het voorbij was.

Maar dat was het niet. Hij reed met Millie in hun rijtuig naar de receptie in het Claridge-hotel. Hij danste met haar, hief zijn glas bij de talloze heildronken, at, kuste haar plichtmatig, en lachte tegen mensen die hij niet kende. Een paar minuten wist hij te ontsnappen om met Harry iets te drinken op een balkon. Harry vertelde hem dat hij over een week vertrok. Hij probeerde blij te zijn voor zijn vriend, maar hij wilde eigenlijk niet dat hij wegging. Hij zou hem missen. En hij benijdde hem.

Ten slotte was het tijd om te vertrekken. Onder ruwe grappen en gejoel gingen Joe en Millie naar de weelderige suite die Tommy voor hen had gehuurd. Daar zouden ze de nacht doorbrengen voor ze de volgende ochtend voor een huwelijksreis van twee maanden naar Parijs zouden vertrekken. Millie had drie maanden willen gaan, maar Tommy zei dat hij Joe nodig had op het werk, en Joe had vlug met hem ingestemd. Hij had geen idee hoe hij twee maanden met Millie moest doorkomen. Twee uur leek al ondraaglijk.

Ze verdween om zich om te kleden. Joe trok zijn jasje uit, maakte zijn das los en schonk een glas whisky in. Hij liep door de openslaande deuren het balkon op en keek naar het silhouet van Londen. Naar het oosten. Waar zij was.

Millie, gehuld in een luchtig negligé, kwam bij hem staan. 'Kom mee naar bed,' fluisterde ze terwijl ze haar armen om hem heen sloeg.

Hij verstrakte. 'Ik sta hier prima.'

'Is er iets?' vroeg ze. Haar blik zocht de zijne.

'Nee. Niets. Ik ben moe. Het is een lange dag geweest.'

'Ik kan wel zorgen dat je weer opknapt,' zei ze terwijl ze zich tegen hem aan drukte.

Joe deed zijn ogen dicht opdat ze de afkeer erin niet zou zien. 'Ik heb wat frisse lucht nodig, Millie. Ga jij maar vast liggen. Je zult wel moe zijn. Ik kom straks.'

'Beloof je dat?'

'Ja.'

De eerste avond van een leven vol leugens. God, hoe moest hij dit volhouden? Wat moest hij zeggen als de uitvluchten doorzichtig werden? Dat hij haar aanblik niet kon verdragen? Dat haar stem, haar glimlach, alles aan haar hem misselijk maakte? Dat hij niet van haar hield en nooit van haar zou houden? Hij hield zich voor dat het zijn schuld was dat ze zwanger was. Binnenkort zou ze de moeder van zijn kind zijn. Hij mocht haar niet wreed behandelen.

Dit had zijn huwelijksnacht met Fiona moeten zijn. Het feit dat Millie nu zijn vrouw was, veranderde daar niets aan. In zijn hart hoorde Fiona nog steeds bij hem en hij bij haar, al zou hij nooit meer het gezicht kunnen zien waar hij zo van hield. Wat zou er van haar worden? Hij kende het antwoord. Mettertijd zou ze over hem heen zijn en een andere man vinden. De gedachte maakte hem ziek.

Hij moest hier weg, weg uit deze kamer, weg van Millie. Er was een bar in het hotel. Hij zou zich vanavond en elke verdere avond op deze godvergeten huwelijksreis bedrinken. Binnenkort zou ze toch hoogzwanger zijn en hem niet meer willen. En als de baby er was, zou hij een nieuw excuus bedenken. Hij zou op reis gaan voor Tommy, vierentwintig uur per dag werken. Hij wist dat hij het niet kon verdragen haar weer aan te raken. Hij ging de zitkamer binnen en sloot de balkondeuren. Hij pakte zijn jasje, trok zijn das recht en stak de kamersleutels in zijn zak.

'Joe?' hoorde hij haar slaperig roepen uit de slaapkamer. Het enige wat ze als antwoord kreeg was het dichtslaan van de deur.

Eileens ademhaling klonk zwaar en slijmerig. Kate wachtte op de plotselinge hapering die een hoestbui aankondigde, maar die bleef uit. Misschien slaapt het arme ding wel de hele nacht door, hoopte ze. Het was nu tien uur. Als Eileen nog een halfuur rustig bleef, zou ze zelf ook gaan slapen. Eileen was niet het enige kind om wie ze zich zorgen maakte. Haar blik ging naar het bed. Fiona had zich weer in slaap gehuild. Er was een week voorbijgegaan sinds Charlie haar naar huis had gebracht van de rivier, en haar toestand was niet verbeterd. Haar temperatuur bleef hoog. Ze zag er slecht uit. Ze wilde niet eten. Kate kon haar alleen wat bouillon laten drinken.

De koorts baarde Kate zorgen, maar haar geestelijke toestand nog meer. Fiona deed geen poging om beter te worden. Haar vrolijke meisje was weg en een vreemde met lege ogen had haar plaats ingenomen. Kate had zich altijd zorgen gemaakt over haar eigengereidheid, haar vastbeslotenheid om zelf een winkel te beginnen. Nu verlangde ze ernaar om haar dochter over de winkel of wat dan ook te horen praten met iets van haar vroegere enthousiasme.

Er was geen reden voor Fiona's koorts. Haar laarzen en kousen waren wel doorweekt toen Charlie haar thuisbracht, maar volgens Kate kwam de koorts niet door een kou. Geen enkele dokter zou het met haar eens zijn, maar ze was er zeker van dat die door een gebroken hart kwam.

Toen ze had gehoord wat er gebeurd was, had ze Joe Bristows nek wel kunnen omdraaien. Uiteindelijk had haar boosheid plaatsgemaakt voor medelijden. Met haar dochter, maar ook met Joe. Rose Bristow was bijna twintig pond komen brengen namens haar zoon. Geld waarmee Fiona's droom waarheid had moeten worden. Nu zou het besteed worden aan doktersrekeningen, medicijnen, eten en een nieuw onderkomen. Fiona had er op gestaan dat ze het zouden gebruiken.

Rose was in tranen uitgebarsten toen ze Fiona zag. Ze wilde niet dat haar zoon met Millie ging trouwen, niet nu ze wist hoeveel hij van Fiona hield. 'De stomme dwaas,' had ze bitter gezegd. 'Hij heeft zijn leven verpest. Je hebt meer geluk dan hij, Fiona. Jij bent nog vrij om iemand te vinden van wie je kunt houden, en mettertijd gebeurt dat ook. Maar dat zal hij nooit meer kunnen.'

Kate hoorde zacht zingen aan de andere kant van de muur. Frances is zeker thuis, dacht ze. De muren waren zo dun dat ze haar vaak hoorde zingen of met pannen rammelen, of – nog erger – een betalende klant van dienst zijn. Maar ze was blij dat Frances er was. Charlie was tegenwoordig nooit meer thuis en Lucy Brady was naar het ziekenhuis om te bevallen. Ze vond het prettig om te weten dat er iemand in de buurt was om bij Seamie en Fiona te zitten als ze eventueel Eileens dokter moest halen.

Ze geeuwde. God, wat ben ik moe, dacht ze. Een paar uur later deed ze haar ogen even open omdat ze meende iemand te horen schreeuwen, maar ze viel weer in slaap, overtuigd dat ze het gedroomd had. Even later werd ze met een schok wakker. De baby lag piepend te ademen. Haar gezichtje zag vuurrood. Ze besloot vlug naar de dokter te gaan voor het erger werd. Ze greep haar sjaal en pakte Eileens mandje op.

'Wat is er, mam?' vroeg Fiona versuft.

'Het is Eileen. Ik ga naar de dokter.'

'Ik ga hem wel halen,' zei Fiona. Ze stond op en leunde met een hand op het bed om zich staande te houden.

'Ga terug naar bed. Nu. Ik vraag wel of Frances bij je wil zitten.'

Kate pakte de baby op en liep vlug naar Frances. Ze bonkte op de deur. Geen antwoord. Wanhopig tuurde ze door het vuile kleine raam ernaast en veegde met haar mouw over het glas. In de gloed van een laag vuur zag ze Frances op bed liggen en een man in hemdsmouwen stond over haar gebogen. Ze had een klant. Zo te zien was die net klaar. Kate was te wanhopig om zich opgelaten te voelen. Ze zette de mand neer en riep de naam van haar vriendin terwijl ze op het raam klopte. Frances bewoog zich niet, maar de man kwam overeind. Gelukkig, hij heeft me gehoord! dacht ze.

Langzaam, als in trance, kwam de man naar de deur, en Kates opluchting veranderde in afschuw toen ze zag dat hij een mes vasthield. Het lemmet was donker en glibberig. Dezelfde substantie bedekte zijn handen en voorkant van zijn overhemd, en droop in straaltjes langs zijn wang.

'Het is bloed,' fluisterde ze. 'O, mijn god, moet je zien!'

Gillend struikelde ze weg van het raam, bleef met de hak van haar laars in de zoom van haar rok hangen en viel op de grond. De deur ging open en de man stortte zich op haar. Ze hief haar handen op om zich te verweren, maar het had geen zin. In het moment voor hij zijn mes tussen haar ribben stak, ving ze een glimp op van zijn waanzinnige, onmenselijke ogen, en ze wist wie hij was. Het was Jack.

17

Fiona staarde naar de kale houten kruisen die uit de met sneeuw bedekte grond staken. Links dat van haar vader, al verweerd door de elementen. Daarnaast die van haar moeder en de baby, die al donker begonnen te worden. En daarnaast een heel nieuw houten kruis, nog licht van kleur en onaangetast.

Roddy was drie dagen geleden van zijn werk gekomen met het nieuws. De rivierpolitie had een lichaam uit de Theems gehaald, het lichaam van een jongeman van een jaar of zestien. Hij was naar het lijkenhuis gegaan om het lichaam te identificeren, een bijna onmogelijke taak gezien de tijd dat het in de rivier had gelegen. Het gezicht was weg. Het overgebleven haar was rood. Een onderzoek van de kleren bevestigde de identiteit. In een van de zakken was een gedeukt zilveren horloge met de inscriptie 'Sean Joseph Finnegan, Cork, 1850'. De naam van haar grootvader. Het horloge van haar broer. Ze wist meteen wat het betekende toen Roddy het in haar handen legde.

Nu sloot ze haar ogen terwijl ze door wanhoop bevangen werd, en ze wenste dat ze bij hen in de grond lag. Dag in, dag uit omringde het zwarte, verstikkende verdriet haar, en haar heimwee naar haar familie en Joe – altijd Joe – was ondraaglijk. 's Ochtends zat ze voor zich uit te staren, zich afvragend hoe ze de dag door moest komen. Ze had een eind aan haar leven willen maken op de avond dat Joe haar had verteld dat hij met Millie ging trouwen. En na de dood van haar moeder, niet in staat om het verlies en de afschuwelijke manier waarop ze was gestorven te aanvaarden, had ze het weer gewild. Zelfs nu, hoewel ze zich goed probeerde te houden omwille van Seamie, overwoog ze nog steeds er een eind aan te maken.

Om zich te troosten probeerde ze zich het gezicht van haar moeder voor de geest te halen zoals ze zich haar wilde herinneren: lachend. Maar ze kon het niet. Die beelden waren weg. Het enige beeld dat haar voor ogen kwam was dat van haar moeder toen ze op straat lag, vechtend voor haar leven terwijl het bloed uit haar zij stroomde. Fiona had haar horen gillen en was wankelend hun kamer uit gegaan. Ze had zich op haar knieën naast haar laten vallen, haar handen op de wond gedrukt en om hulp geschreeuwd. Er waren mensen gekomen, die hadden gedaan wat ze konden, maar Jack had haar moeders hart doorboord. In elk geval was het einde snel gekomen. Haar moeder had met bevende vingers Fiona's gezicht aangeraakt, waarbij ze bloed over haar wang veegde, en toen was haar lichaam slap geworden en haar ogen dof en leeg.

Fiona wilde niet aan die nacht denken, maar ze zag steeds het lichaam van haar moeder op straat liggen, hoorde de baby jammeren en Seamie schreeuwen in de armen van een politieman.

En Charlie... Ze zag steeds voor zich hoe hij Adams Court inrende, schreeuwend en mensen opzij duwend. Ze zag zijn niet-begrijpende gezicht terwijl hij neerkeek op hun moeder. Ze had hem geroepen en hij had zich naar haar omgedraaid, maar zijn ogen stonden wild en hij leek haar niet te herkennen. Hij had het lichaam van hun moeder in zijn armen genomen en haar jammerend vastgehouden. Hij wilde niet dat de agenten haar van hem af zouden nemen, en hield hen van zich af tot hij uiteindelijk door drie van hen overmeesterd werd. Toen ze hem loslieten, probeerde hij het lichaam uit de wagen van de lijkschouwer te trekken. 'Hou op, Charlie!' had Fiona tegen hem geschreeuwd. 'Toe, hou op!' Maar hij hield niet op. Hij wierp zich tegen de wagen toen die wegreed, en toen zette hij het op een lopen, Adams Court uit, de nacht in. Niemand wist waar hij naartoe was gegaan. Roddy had dagen, weken naar hem gezocht. En toen werd het lichaam gevonden. Er zat geen geld in de zakken en de schedel was gebroken. Roddy vermoedde dat Charlie door de schok en verdriet een gevaarlijke straat in was gelopen en het slachtoffer was geworden van overvallers, die hem hadden neergeslagen, van zijn geld beroofd en hem in de rivier hadden gegooid. Fiona was dankbaar dat ze zijn horloge niet te pakken hadden gekregen. Nu had ze in elk geval een herinnering aan haar broer.

Seamie en zij hadden alleen elkaar nog. De arme kleine Eileen had haar moeder slechts vijf dagen overleefd voor ze stierf aan de infectie aan haar luchtwegen. Fiona vroeg zich af of ze het allemaal hadden gered als oom Roddy er niet geweest was. Hij had hen meteen na de moord in huis genomen. Hij had gelogen tegen de autoriteiten van de parochie dat hij een bloedverwant was, de neef van hun moeder, en hij eiste de zorg voor hen op. Fiona was niet in staat om voor Seamie en Eileen te zorgen, en hij was bang dat ze door de autoriteiten in een armenhuis geplaatst zouden worden.

Hij had hun een thuis gegeven, genoeg te eten, en zijn

best gedaan om hun verdriet te stelpen. Op dagen dat Fiona niet in staat was om uit bed te komen, pakte hij haar hand en zei: 'Eerst de ene voet en dan de andere, meisje, dat is de enige manier.' En zo sukkelde ze voort, terwijl ze niet wist of ze wilde leven of sterven.

Fiona had in de zeventien jaar van haar leven genoten. Ondanks alle problemen was er altijd wel iets om naar uit te kijken: avonden bij de haard met haar familie, wandelingen met Joe, het leven waar ze zich samen op verheugden. Maar nu was al haar levenslust en hoop op de toekomst verdwenen. Ze bevond zich in een grauwe onderwereld vol onzekerheid. Ze kon niet uit het leven stappen omdat haar broertje van haar afhankelijk was, maar ze kon er ook geen deel aan nemen door het grote verlies dat ze had geleden.

Een kille wind joeg over het kerkhof. De herfst was overgegaan in de winter. Kerstmis en nieuwjaar waren voorbijgegaan zonder dat ze het had gemerkt. Het was al half januari 1889. De kranten meldden nu dat Jack de Ripper dood was. Hij had zelfmoord gepleegd. Eind december was het lichaam van een jonge Londense advocaat, Montague Druitt, uit de rivier opgevist. In Druitts familie heerste geestelijke labiliteit, en degenen die hem van nabij hadden gekend, zeiden dat ze tekenen van grillig gedrag bij hem hadden opgemerkt. Hij had een briefje achtergelaten waarin stond dat het beter was als hij stierf. Zijn hospita had de politie verteld dat hij 's nachts vaak weg was en pas thuiskwam als het licht werd. De pers vermoedde dat Druitt, geplaagd door afschuw en wroeging na de moorden in Adams Court, zichzelf had verdronken. Zijn dood gaf Fiona geen voldoening. Ze had alleen gewild dat hij zich het leven had benomen voor hij haar moeder vermoordde.

Sneeuwvlokken werden meegevoerd in de winterwind. Ze stond op. Het begon snijdend koud te worden. Door een korte periode van dooi waren de mannen van de begrafenisonderneming in staat geweest haar broer te begraven. Ze bedacht dat hij, die altijd zo vol streken en grapjes was geweest, nu in de harde grond begraven lag, en ze voelde de tranen weer opkomen. Ze probeerde een reden te bedenken voor het verlies van haar familie, van Joe, van alles wat ze had. Dat deed ze wel honderd keer per dag. En zoals altijd kon ze ook nu geen reden vinden. Ze liep het kerkhof af en ging terug naar Roddy's appartement.

18

In de eerste maanden van 1889 schoot Seamie Finnegan omhoog als een stuk onkruid. Zijn benen werden lang en mager en zijn lichaam verloor de kinderlijke rondingen. Hij was in december vijf geworden, en hij liet zijn kleuterjaren snel achter zich. Door Fiona's liefhebbende aanwezigheid en de verbazingwekkende veerkracht van jonge kinderen kon hij het verlies van zijn moeder, zijn geliefde broer en zijn babyzusje verwerken. Hij was een schrander, gevoelig kind, bijna altijd opgewekt, en dol op zijn zus. Hij kende Fiona's buien precies, en als hij merkte dat ze van hem wegglipte naar die donkere, stille plek in haar, ging hij gekheid maken tot hij haar aan het glimlachen kreeg. Of als ze niet kon glimlachen, klom hij op haar schoot en bleef daar met haar armen om hem heen zitten tot ze zich weer beter voelde.

Ze keek naar hem terwijl ze zijn avondeten voor hem neerzette. Hij zat al hongerig met een vork in zijn hand aan tafel te wachten. Brood, gekookte aardappelen en een kleine gerookte haring. Niet genoeg voor een kind in de groei, dacht ze; hij had melk en vlees en groene groenten nodig. Maar meer kon Roddy niet opbrengen. Hij onderhield hen beiden, en zijn loon was nauwelijks toereikend. Hij had een warme trui voor Seamie gekocht om hem te beschermen tegen de maartse kou, en vorige week, toen ze achttien werd, had hij haar een nieuwe sjaal cadeau gegeven.

Fiona was dankbaar voor alles wat hij voor hen had gedaan. Ze voelde zich ook schuldig. Ze zag hoe Grace en hij naar elkaar keken. Ze wist dat ze nu getrouwd zouden zijn als zij en Seamie er niet waren geweest. Ze woonden sinds november bij hem. De afgelopen weken was ze iets aangekomen. Ze kon nu naar de markt, schoonmaken en de was doen. Het werd tijd om terug naar haar werk te gaan en een kamer te zoeken voor haar en Seamie.

Maar ze had geen geld. Het laatste van de twintig pond van Joe was opgegaan aan kisten en begrafenissen. De huisbaas had hun weinige meubels, servies, de kleren van haar moeder en zelfs de donkerblauwe handschoenen die Charlie haar had gegeven, verkocht en de opbrengst gehouden vanwege de achterstallige huur. Roddy had het sigarenkistje met de trouwringen van haar ouders, foto's en documenten weten te redden. Ze had ook geen baan. Een vriendin van Burton Thee zei dat haar plaats al was ingenomen. Ralph Jackson had ook iemand anders aangenomen. Het zou misschien weken duren voor ze iets vond, en dan zou er nog een maand overheen gaan voor ze geld had om een kamer te huren.

Ze had gehoopt dat oom Michael zou helpen. Haar moeder had hem na de begrafenis van haar vader geschreven, maar geen antwoord gekregen. Misschien had hij de brief niet ontvangen. Post raakte in Londen al zoek, laat staan op de lange reis van Londen naar New York.

Beneden werd geroepen. Fiona ging naar de overloop. Het was de hospita, mevrouw Norton. Ze zwaaide met een brief. 'Voor jou. Hij is net gekomen.'

Fiona ging naar beneden, pakte de brief aan, bedankte haar en stelde haar vervolgens teleur door de brief mee te nemen naar Roddy's appartement om hem daar te lezen. Hij was van Burton Thee. Ze zag dat hij eerst naar Montague Street was gestuurd, toen naar Adams Court en daarvandaan naar hier. Ze maakte hem open. In keurig gedrukte schuine letters werd mevrouw Patrick Finnegan meegedeeld dat ze helaas niet in aanmerking kwam voor compensatiegeld. De dood van haar man was veroorzaakt door nalatigheid van een medewerker, David O'Neill, en Burton Thee was dus niet aansprakelijk. Voor verdere inlichtingen kon ze zich wenden tot de heer J. Dawson, personeelsklerk.

Fiona vouwde de brief op. Ze was haar moeders verzoek aan Burton helemaal vergeten. Hoeveel had ze ook weer gevraagd? Tien pond? Twintig? Dat was niets voor een bedrijf als Burton Thee. Wat oneerlijk dat William Burton niet eens een paar pond wilde geven aan het gezin van een man die op zijn terrein was gestorven. Ze keek naar haar broer, die met een stuk brood zijn bord schoonveegde. Seamie en ik zouden hier niet eens zijn als William Burton en die rotfabriek er niet waren geweest. Dan zou mijn vader nog leven, dan zouden we allemaal nog in Montague Street wonen. Wat zou Burton vanavond eten? Rosbief misschien, of een lekkere kotelet. Vast geen piepkleine gerookte haring van een penny.

De smeulende verontwaardiging ging over in woede. Dat geld had hen kunnen helpen toen ze in Adams Court niet genoeg hadden voor eten of warme kleren. Toen ze niet eens geld had voor papier om naar Joe te schrijven. En Seamie en zij konden het nu ook goed gebruiken. Om een eigen onderkomen te vinden, een nieuw begin te maken. De ellendeling, dacht ze. Voor het eerst sinds lange tijd was ze weer woedend, en ze vond het heerlijk. Dat was weer eens wat anders dan verdriet. Iets van haar oude vastberadenheid keerde terug.

'Eet je brood op, Seamie,' zei ze opeens terwijl ze opstond.

Hij wierp haar een verbaasde blik toe.

'Eet op. Je gaat een paar uurtjes naar tante Grace.'

Seamie gehoorzaamde en stak het laatste stuk brood in zijn mond. Ze pakte hem dik in, trok haar eigen jas aan en bracht hem naar Grace. Ze zei dat ze een boodschap moest doen, dat ze een paar uur weg zou zijn en of Grace op Seamie wilde passen. Grace, verbaasd dat Fiona opeens zo levendig was, vond het natuurlijk goed.

Fiona ging op weg naar Mincing Lane. Het was al bijna halfzes. Misschien was Burton al weg als ze kwam, maar misschien ook niet. Dat geld is van ons, dacht ze terwijl ze stevig doorstapte door de donkere straten, haar rokken zwaaiend om haar benen. Als William Burton vindt dat het leven van mijn vader niet eens tien pond waard is, dan staat hem nog wat te wachten.

Veertig minuten later, na een paar keer verkeerd te zijn gelopen, stond Fiona voor Mincing Lane 20, het kantoor van Burton Thee. Het was gehuisvest in een prachtig zandstenen gebouw, omringd door een ijzeren hek. Vlak achter het hek was een glazen hokje waar de portier zat te genieten van een beker warme thee en een vleespasteitje.

'We zijn dicht, juffrouw,' zei hij. 'Ziet u het bordje? Bezoekuren van negen tot zes.'

'Ik wil meneer Burton spreken,' zei Fiona, terwijl ze haar kin in de lucht stak. 'Het is belangrijk.'

'Hebt u een afspraak?'

'Nee, maar...'

'Wat is uw naam?'

'Fiona Finnegan.'

'En waarover wilt u de baas spreken?'

'Over een verzoek om een uitkering die mijn moeder heeft gedaan,' antwoordde ze. 'Ik heb hier een brief waarin staat dat die niet in aanmerking komt. Maar dat is niet eerlijk. Mijn vader is op de kade van meneer Burton om het leven gekomen. Het moet een vergissing zijn.'

De portier zuchtte, alsof hij dit soort dingen elke dag hoorde. 'Dan moet u bij meneer Dawson zijn. Kom morgen terug, dan zal zijn secretaresse een afspraak voor u maken.'

'Maar daar heb ik niets aan. Als ik meneer Burton even kan spreken...'

'Luister, meisje, zelfs zijn eigen moeder zou hem niet mogen spreken. De baas heeft het erg druk. Doe nou maar wat ik gezegd heb, en kom morgen terug.' Hij ging weer verder met zijn vleespasteitje.

Fiona opende haar mond, maar deed die weer dicht. De man zou haar toch niet binnenlaten. Ze liep de stoep af. Buiten het hek wierp ze nog een verwijtende blik achterom, en ze zag dat hij opstond. Hij ging zijn hokje uit en liep de gang door.

Hij moet natuurlijk plassen, dacht ze. Ze beet op haar lip. Ze wilde geen klerk spreken, maar Burton zelf. Ze had het geld nodig. In een opwelling rende ze terug de stoep op, langs het hokje van de portier naar de trap voor haar. Ze holde naar de eerste verdieping. Het was donker in de hal. Ze duwde de glazen deuren open en kwam in een nog donkerder gang. Haar voetstappen weergalmden over de geboende houten vloer. Aan weerskanten van de gang zaten deuren van matglas, die er allemaal hetzelfde uitzagen. Ze probeerde een deurknop. Op slot. Hier werkt Burton niet, besefte ze. Het is niet chic genoeg.

Ze ging naar de tweede verdieping. Die beloofde meer

goeds. Links waren vier deuren van massief hout met naamplaatjes erop. Rechts was een grote dubbele deur, die openstond. Ze liep er op haar tenen heen en gluurde naar binnen. Ze zag een groot vertrek met een enorm bureau in het midden. Achter het bureau stonden rijen houten archiefkasten. Drie ervan hadden deuren in plaats van laden. Achter een open deur was een muurkluis. Op het bureau stond een koperen lamp met een groene glazen kap. Die gaf niet veel licht, maar genoeg om de stapels met een band samengebonden bankbiljetten te kunnen zien. Fiona's adem stokte in haar keel. Zoveel geld had ze nog nooit gezien. Burton zou haar nu toch niet haar tien pond ontzeggen.

Rechts van het bureau was nog een deur. Die stond halfopen. Er was iemand, want er brandde licht. Ze deed aarzelend een stap naar voren. Als hij nu naar buiten kwam en haar zag, zou hij veronderstellen dat ze zijn geld wilde stelen en dan zou hij haar laten arresteren. Ze wierp weer een blik op de stapels bankbiljetten en ze verloor bijna de moed.

Net toen ze langs het bureau was, hoorde ze stemmen in de andere ruimte. Burton was niet alleen. Zou ze nog aankloppen? Ze hoorde twee mannen lachen, verder praten, en toen hoorde ze opeens een naam die ze herkende: Davey O'Neill. Nieuwsgierig deed ze een stap dichterbij.

'O'Neill? Die houdt zich koest. Hij geeft me namen door, zoals u had opgedragen.'

'Mooi, Bowler, blij dat te horen. Die knaap is van onschatbare waarde. Hier, geef hem weer vijf pond. Wat heeft hij verteld over Tillet?'

Bowler. Bowler Sheehan. Fiona voelde zich opeens koud worden. Haar nieuwsgierigheid naar Davey O'Neill verdween, net als haar wens om tien pond te vragen. Ze moest hier weg. Nu. Sheehan was slecht. Heel slecht. Wat hij hier ook deed, hij was hier niet voor een liefdadigheidsinzameling. Ze had een enorme fout begaan door stiekem in Burtons kantoor te komen, en als ze werd betrapt zou ze er zwaar voor moeten boeten. Ze deed een stap terug, en nog een. Zachtjes, zei ze in zichzelf. Voorzichtig. Ze hield haar blik op de binnendeur gevestigd. Ze hoorde hen nog steeds praten.

'Tillet probeert ze weer bijeen te krijgen, maar hij heeft er nog maar een paar zover gekregen. Hooguit wat schorem.'

'Ja, maar hem kennende geeft hij het niet op tot hij weer een volledige, functionerende vakbond heeft. Konden we hem maar net zo te grazen nemen als die rotzak van een Finnegan.'

Fiona verstijfde.

'Ja, dat was mooi werk!' grinnikte Sheehan. 'Dat ging van een leien dakje! Ik had onopgemerkt die smeerolie op de grond gedaan, de deur losgemaakt en er een paar keer mee geklapperd. En toen heb ik me verstopt achter een theekist om meneer de vakbondsman te zien uitglijden en van vijfhoog naar beneden te zien vallen. En O'Neill kreeg de schuld!' Hij lachte luid.

Fiona beet op haar lip om het niet uit te schreeuwen. Beelden en flarden van het gesprek vlogen door haar hoofd. De begrafenis van haar vader. Meneer Farrell en meneer Dolan die zeiden dat het zo vreemd was dat Paddy was gevallen terwijl hij altijd zo voorzichtig was. Het feit dat het ongeluk was gebeurd toen haar vader net de leiding van de wijkafdeling van de vakbond op zich had genomen. Davey O'Neill, die haar had gevolgd door Barrow Street.

Ze hapte naar adem. Haar vader, vermoord. Omdat Burton niet wilde dat zijn arbeiders zich aansloten bij de vakbond. Vermoord door Bowler Sheehan, die een paar meter van haar vandaan zat te lachen. In verwarring gebracht deed ze onhandig een stap achteruit. Haar hak sloeg met een klap tegen het bureau. Ze verloor haar evenwicht, struikelde en kwam overeind terwijl ze met een hand op een stapel bakbiljetten steunde.

Het werd stil in het kantoor.

'Fred? Ben jij dat?' De deur werd opengegooid en William Burton kwam naar buiten. Zijn ogen sperden zich open toen hij Fiona zag. Zijn blik ging naar het bureau, waar haar hand op zijn stapels geld lag. 'Wat doe jij hier? Wie heeft je binnengelaten?'

Fiona gaf geen antwoord. Haar vingers klemden zich om de bankbiljetten. Opeens verdween haar angst en een withete woede nam bezit van haar. Ze gooide de stapel geld naar Burton. Die vloog over zijn schouder. Hij kwam op haar af en ze gooide de bureaulamp, die voor zijn voeten terechtkwam en uiteenspatte in een regen van scherven en olie. 'Vuile moordenaar!' gilde ze. 'Je hebt hem vermoord! Je hebt mijn vader vermoord!' Ze gooide een brievenbak naar hem toe. Die raakte hem tegen de borst. Ze gooide met een inktpot en nog een stapel bankbiljetten.

'Sheehan!' schreeuwde hij. 'Kom hier!'

Bij het horen van die naam sloeg ze op de vlucht. Ze holde het kantoor uit en sloeg de deur achter zich dicht. Ze vloog door de dubbele deuren, de gang door en de trap af, terwijl ze in de ene hand nog een stapel bankbiljetten vasthad en in de andere haar rok ophield. Halverwege de trap hoorde ze voetstappen achter zich.

'Hou haar tegen, Fred!' schreeuwde Burton. 'Hou dat meisje tegen!'

Ze was boven aan de laatste trap toen de voetstappen haar begonnen in te halen. Het was Sheehan, dat wist ze zonder te kijken. Ze vloog met een halsbrekende vaart de trap af en rende voor haar leven. Het hokje van de portier kwam in zicht. Als hij Burton had gehoord, zou hij haar uitweg blokkeren. Ze zette zich schrap, maar hij was niet in zijn hokje. Ze vloog naar buiten, de stoep af en naar het hek, met Sheehan vlak achter haar. Toen zag ze de portier. Hij stond bij het hek aan het slot te morrelen, met zijn rug naar haar toe. Hij draaide zich om, met een oliespuitje in zijn handen. 'Wat...' begon hij. Fiona nam een wanhopige spurt en rende langs hem heen door het hek. Ze pakte een van de tralies beet en rukte het naar zich toe. Het hek viel in het slot. En dat was haar redding.

Ze holde Mincing Lane door. Achter haar hoorde ze Sheehan tegen de portier schreeuwen dat hij dat vervloekte hek moest openen. Ze waagde een blik over haar schouder. De man morrelde met de sleutel en liet hem vallen. Woedend gaf Bowler hem een schop, en trapte toen tegen het hek. Naast hem stond William Burton haar na te kijken. Hun blikken ontmoetten elkaar heel even en toen ze zijn ogen zag, wist ze dat als de twee mannen haar te pakken kregen, hij degene zou zijn die haar zou slaan tot ze dood was.

Ze rende Tower Street in. Daar zag ze net een bus richting oost wegrijden, en ze kon nog net achterop springen. Ze dook buiten adem ineen op een zitplaats en keek uit het raampje. Ze zaten haar misschien op de hielen. Ze wist zeker dat ze haar Tower Street in hadden zien rennen. Misschien hadden ze haar wel op de bus zien springen. Stel dat ze een huurrijtuig aanriepen en haar volgden? De angst nam bezit van haar. Ze viel te veel op. De bus ratelde over Tower Hill. Bij de volgende halte sprong ze eruit.

Ze haastte zich naar de overkant van de straat en dook het portiek van een pub in. Vanaf daar sloeg ze het verkeer gade. Het was niet druk, want het was immers al bijna zeven uur. Ze zag een bus in westelijke richting voorbijkomen, twee karren, een paardenwagen en drie huurrijtuigjes. En toen, nog geen drie minuten nadat ze het portiek van de pub had bereikt, zag ze een slank, zwart privé-rijtuig met flinke vaart in oostelijke richting rijden. Ze dook weg in de schaduw, en ze zag dat een van de inzittenden naar de koetsier schreeuwde. Het was Sheehan. Het rijtuig sloeg af richting East Smithfield Street en de Highway, de route van de bus waarin zij had gezeten. Ze deed haar ogen dicht en leunde tegen de muur. Ze begon te beven.

'Gaat het?'

Haar ogen vlogen open. Ze keek in de waterige ogen van een man die net uit de pub was gekomen.

'Als u iets wilt drinken – en neem me niet kwalijk, maar ik denk dat u wel een drankje kunt gebruiken – dan is de dameslounge door die deur daar, achter de gelagkamer.'

Iets drinken. Ja, dat was een goed idee. Ze had nog nooit zelf iets besteld in een pub, maar dit leek het juiste moment om ermee te beginnen. Dan kon ze even zitten om haar trillende benen rust te gunnen. Dan kon ze nadenken over wat ze nu moest doen.

Ze ging naar binnen en liep door de drukke, rokerige gelagkamer naar de deur met een bordje DAMES erop. Ze stapte een ruimte binnen met wat houten tafeltjes, met fluweel beklede krukjes, spiegels, en fluweelbehang. De pubbaas volgde haar naar binnen, nam haar bestelling op en verdween weer. Toen ze was gaan zitten en haar haren uit haar gezicht had gestreken, was hij al weer terug en zette een halve pint bier voor haar neer. Ze stak een hand in haar zak om de munten te pakken die daar waren, maar voelde papier ritselen. Wat is dat? vroeg ze zich af, en ze tuurde in haar zak. Ze zag de bankbiljetten en haar hart sloeg een slag over. Vlug viste ze een munt van een halve shilling eruit en gaf die aan de baas. Hij gaf haar wisselgeld terug en ging weg.

Ze gluurde weer in haar zak. Hoe kwamen die bankbiljetten daar in godsnaam? Ze dacht weer aan wat er in Burtons kantoor was gebeurd. Ze had met alles gegooid wat ze maar onder handbereik had. Ze moest het geld in haar hand hebben gehad toen hij Sheehan riep, en het in haar zak hebben gestopt toen ze op de vlucht sloeg. Ze trok het stapeltje uit haar zak. Het waren briefjes van twintig pond. Ze begon te tellen. Toen ze klaar was, vouwde ze de briefjes weer op en stopte ze terug in haar zak. Ze had vijfhonderd pond weggenomen van William Burton.

Ze bracht het glas naar haar mond en dronk het in één teug leeg. Toen likte ze het schuim van haar lippen. Opeens zag ze zichzelf in een spiegel tegenover haar. Ze keek knipperend met haar ogen naar haar spiegelbeeld en zei: 'Nu ben je de klos.'

'Mijn god, waar bleef je? Ik was doodongerust,' zei Grace.

Fiona was net na achten komen opdagen, buiten adem en met een rood gezicht.

'Het spijt me, Grace. Ik was bij Burton Thee. Ik wilde het compensatiegeld voor de dood van mijn vader ophalen. Ze hebben me uren laten wachten! Ik heb de hele weg terug gerend, want ik wilde je niet ophouden,' zei ze. Ze dwong zichzelf te glimlachen.

'En was er op dat uur dan nog iemand? Dan werken ze wel lang bij Burton.'

'Ja. Hij is een echte slavendrijver.' Ze zag haar broertje aan de tafel in een versjesboek bladeren. 'Kom, Seamie, we moeten gaan,' zei ze. Ze knoopte zijn jas dicht en draaide zich om naar Grace om haar te bedanken. Ze wist dat ze haar misschien nooit meer zou zien. Er kwam een brok in haar keel. Grace en Roddy waren de enigen die ze nog had, en na vanavond zou ze ook hen moeten missen. 'Dank je, Grace,' zei ze.

Grace lachte. 'Doe niet zo gek. Ik doe het graag. Seamie is een schat van een jongen.'

'Ik bedoel niet alleen voor vanavond, maar voor alles wat je hebt gedaan.'

'Toe nou.' Grace voelde zich opgelaten. 'Ik heb niets bijzonders gedaan.'

'Dat heb je wel, en ik zal het nooit vergeten.' Fiona omhelsde haar.

Toen ze in White Lion Street kwam, waar Roddy woonde, keek ze eerst of er niemand rondhing. Toen liep ze vlug het huis in en holde naar boven. Ze duwde Seamie voor zich uit, ging Roddy's appartement in en deed de deur achter zich dicht. Ze schoof een stoel onder de deurkruk. Toen ging ze inpakken. Er was niet veel tijd. Sheehan was op zoek naar haar. Inmiddels hadden Burton en hij met de hulp van de portier, aan wie ze haar naam had verteld, wel door wie ze was, waarom ze was gekomen en wat ze had gehoord. Het kon misschien nog een dag of twee duren voor ze haar zouden vinden, maar dat risico nam ze niet. Ze moesten vanavond nog weg uit Whitechapel.

Ze had geen idee waar ze heen moest, maar ze zouden een trein nemen, welke dan ook. Zolang die maar ver weg ging uit Londen. Ze hoopte dat Burton zou aannemen dat ze spoorloos was verdwenen en haar zou vergeten als ze weken achtereen nergens meer te bekennen was.

Ze had geen koffer, dus pakte ze een oude meelzak onder de gootsteen vandaan en stopte daar haar kleren en die van Seamie in. Wat kon ze nog meer meenemen? Ze pakte haar vaders sigarenkistje van de schoorsteenmantel en keerde die om op tafel. De geboorteakten zou ze meenemen. Een lok rood haar, van Charlie. De trouwfoto van haar ouders... de jonge vrouw erop was zo knap, zo levendig, zo vol hoop. Goddank zou haar moeder nooit weten dat de knappe man naast haar was vermoord. Dat was haar in elk geval bespaard gebleven.

Fiona begon weer te beven en leunde tegen de tafel. Ze had het met haar eigen oren gehoord, maar ze kon het nog steeds niet begrijpen. Haar vader, vermoord. Omdat William Burton zijn havenarbeiders geen zes penny's per uur wilde betalen in plaats van vijf. Ze begon weer te koken van woede. Ik loop niet weg, dacht ze. Ik blijf en ik ga naar de politie. Die zullen me wel helpen. Ze zullen naar me luisteren. Ik zal vertellen wat Burton heeft gedaan en...

... ze lachen me vierkant uit. De politie zou nooit mensen als Burton lastigvallen met haar beschuldiging, en als ze het al deden, dan zou hij gewoon ontkennen. Hij zou zeggen dat ze in zijn kantoor had ingebroken, zijn spullen had vernield en geld had gestolen. En dan ging zij naar de gevangenis. Seamie zou alleen blijven en Roddy en Grace zouden hem groot moeten brengen. Het was hopeloos! Burton had haar vader vermoord en ze kon er niets tegen doen. En daarbij zou ze zeker zelf ook een of ander ongeluk krijgen als ze niet maakte dat ze wegkwam uit Londen.

'Gaat het, Fee?' vroeg Seamie.

Ze had niet beseft dat hij haar gadesloeg. 'Ja hoor,' zei ze.

'Gaan we ergens naartoe?' vroeg hij met een blik op de zak.

'Ja, we gaan op reis, jij en ik.'

Zijn ogen werden groot. 'Op reis? Waarheen?'

Ze wist het niet. 'Dat eh... dat is een verrassing. We gaan met de trein, heel spannend.'

Terwijl Seamie zich vermaakte met treingeluiden maken, doorzocht Fiona de inhoud van het sigarenkistje. De trouwringen van haar ouders nam ze mee. Het zakmes van haar vader. Ontvangstbewijzen van huur... die konden het vuur in. Onder in het kistje vond ze een stapel brieven van haar oom Michael.

Ze pakte er een. Het retouradres was M. Finnegan, 164 Eighth Avenue, New York City, New York, USA. Hoe had ze zich zo kunnen vergissen. Roddy en Grace waren niet de enige naasten die ze nog had. Ze had een oom in New York. Michael Finnegan zou hen in huis nemen. Hij zou voor hen zorgen tot ze hun draai gevonden hadden, en ze zou hem terugbetalen door in zijn zaak te werken. 'New York,' fluisterde ze, alsof het werkelijkheid werd als ze de naam noemde. Het was zo ver weg. Helemaal aan de andere kant van de Atlantische Oceaan. Daar zouden ze veilig zijn.

In een oogwenk nam ze het besluit. Ze zouden de trein naar Southampton nemen en daar op de boot naar Amerika stappen. Met Burtons geld kon ze de overtocht betalen. Ze pakte nog een meelzak en knipte er een vierkant uit. Ze knoopte haar blouse open, maakte haar lijfje los en naaide de lap aan drie kanten vast aan de binnenkant van het kledingstuk om er een zak van te maken. Ze pakte de bankbiljetten uit haar rok en stopte die er allemaal behalve één in. Ze zou naar Commercial Road gaan, waar ze een huurrijtuigje kon aanhouden om naar het station te gaan, maar eerst wilde ze naar de lommerd om een koffer of reistas te kopen. Ze kon niet met een meelzak naar New York reizen.

'Gaan we al, Fee?' vroeg Seamie, nu helemaal opgewonden.

'Dadelijk. Ik moet eerst nog even een briefje schrijven aan oom Roddy.'

'Waarom?'

'Om hem over onze reis te vertellen,' zei ze. Om hem vaarwel te zeggen, dacht ze. 'Wees een grote jongen en trek je jas vast aan.'

Fiona zocht een vel papier en vroeg zich af wat ze zou schrijven. Ze wilde Roddy de waarheid vertellen, maar ze wilde niet dat hij zich zorgen zou maken, en bovendien wilde ze hem niet in gevaar brengen. Sheehan zou beslist een bezoek aan zijn appartement brengen als hij erachter kwam dat ze daar had gewoond. Ze dacht niet dat hij zo dom zou zijn om een confrontatie aan te gaan met een politieman, maar misschien zou hij inbreken, in de hoop iets te vinden waardoor hij achter haar verblijfplaats kwam. Ze pakte een potlood en begon te schrijven.

Beste oom Roddy,
Ik heb mijn geld gekregen van Burton Thee. Het was meer dan ik had verwacht, en ik ga het gebruiken om met Seamie een nieuw leven te beginnen. Wees alstublieft niet ongerust, we redden ons wel. Het spijt me dat ik zo plotseling wegga, maar dat is beter voor mij. Er is de laatste tijd te vaak een moeilijk afscheid geweest, en ik wil nu weg voor ik de moed verlies. Dank u dat u voor ons hebt gezorgd. Zonder u hadden we het nooit gered. U bent als een vader voor ons geweest, en we zullen u ontzettend missen. Ik zal schrijven wanneer ik kan.
Liefs,
Fiona en Seamie

Zo... geen namen, geen adressen. Ze legde het briefje op tafel. Ze vond het vreselijk om zo weg te lopen, maar ze kon niet anders. Roddy zou haar niet kunnen redden als Sheehan haar vond. Ze wierp een laatste blik om zich heen, pakte de zak op en ging met haar broertje naar buiten. Ze deed de deur achter zich op slot en schoof de sleutel er onderdoor naar binnen.

Toen pakte ze de meelzak op en liep de trap af.

Sheehan was al eerder op de gedachte gekomen dat William Burton krankzinnig was. Nu, terwijl de man uitzinnig van woede heen en weer liep door zijn werkkamer, dacht hij het weer. Het meisje was blijkbaar uit de bus ontsnapt zonder dat hij het had gemerkt. Toen hij erachter kwam dat ze bij haar oom woonde, had hij met een paar maten ingebroken in het huis van de smeris, maar ze hadden niets gevonden behalve een briefje dat ze vertrokken was. Een halfuur geleden was hij teruggegaan naar Burton om hem te vertellen dat Fiona Finnegan uit Whitechapel was verdwenen. Hij had gedacht dat Burton opgelucht zou zijn, maar het tegendeel was waar. Burton raakte buiten zichzelf van woede. Hij schold Sheehan uit omdat hij haar had laten ontsnappen, en hij schreeuwde tot de aderen in zijn hals opzwollen en het speeksel van zijn lippen vloog.

Nu was hij opgehouden met schreeuwen, maar hij liep nog steeds heen en weer. 'Ze is gevaarlijk,' zei hij. 'Dat kan ik niet hebben. Ik ben net met de Albion Bank aan het onderhandelen om Burton Thee op de beurs te brengen. Ze zijn toch al wantrouwig vanwege dat gerucht over een staking in de haven. En als ik van moord word beschuldigd laten ze het helemaal afweten. Ze kan me beschadigen, Bowler. Ze weet wat ik met haar vader heb gedaan.'

'Het maakt niet uit wat ze weet,' zei Sheehan. 'Ze kan niks tegen je beginnen. De politie zal haar niet geloven, want ze heeft geen bewijs. En ze gaat nu al helemaal niet naar de politie. Ze heeft meer aan haar hoofd dan jij. Ze heeft een groot bedrag aan geld gestolen, en daar zijn getuigen van.'

Maar Burton wilde er niets van weten. Hij bleef maar doorgaan over dat stiekeme wicht en dat zijn beursgang in gevaar was en dat hij het geld van de aandelen nodig had om uit te breiden.

Sheehan dacht dat mensen als Burton het met hun aandelen zo verdomd moeilijk maakten om geld te krijgen. Het was veel makkelijker om het gewoon te pakken. Hij had er genoeg van voor vanavond. Het was laat. Hij had trek in een stevig maal en een glas whisky. Hij hoefde hier niet te zitten luisteren naar dit krankzinnige getier en gezwets.

'Wat wil je eigenlijk? Dat ik bij elk huis in Londen ga aankloppen?'

Burton bleef staan. Hij richtte zijn ondoorgrondelijke zwarte ogen op hem. En Bowler, een meedogenloos persoon die iemand met zijn blote handen kon wurgen als hem dat werd opgedragen, voelde tot zijn verbazing een koude rilling over zijn rug gaan.

'Wat ik wil,' zei Burton, 'is dat je het meisje zo snel mogelijk opspoort en haar uit de weg ruimt, zoals ik al heb gevraagd.'

'Ik zei toch dat ik heb geprobeerd haar...'

Burton sloeg met zijn vuist op het bureau. 'Dan moet je beter je best doen!'

Sheehan stond op en ging weg. Buiten spuwde hij vol walging op de stoep en deelde zijn maten vervolgens mee dat hij in zijn eentje naar de pub ging en dat zij het appartement van Roddy O'Meara in de gaten moesten houden. Ze begonnen meteen te klagen. Ze wilden een glas bier... ze hadden honger... er zaten meisjes op hen te wachten. Bowler zei dat ze hun kop moesten houden. Eerst had hij Burton moeten aan horen, en nu deze twee. Als Burton niet zo goed betaalde, had hij hem allang laten vallen. De smeerlap was de moeite gewoon niet waard.

19

De nachtmerrie was altijd hetzelfde. De donkere man haalde haar in. Hij had haar in een steeg gejaagd die eindigde in een stenen muur. Er was geen uitweg. Ze probeerde tegen de muur omhoog te klauteren. De voetstappen klonken luider, ze voelde een hand op haar schouder en...

'Over een halfuurtje zijn we in Southampton, juffrouw.'

Fiona schrok wakker. De conducteur schudde haar bij de schouders.

'Het spijt me dat ik u heb laten schrikken, maar we zijn er bijna.'

'O... dank u,' stamelde ze. Ze haalde diep adem en probeerde tot bedaren te komen. Die afschuwelijke droom leek altijd zo echt. Ze keek naar Seamie. Hij sliep. Hij was al ingedommeld toen ze nog maar net in de trein van zeven uur die ochtend waren gestapt. Zodra de conducteur hun kaartjes had gecontroleerd, was zij ook in slaap gevallen, uitgeput na alle beproevingen. Ze waren al tien uur onderweg. Eerst waren ze naar de lommerd gegaan, waar ze een reistas had gekocht. Toen ze het briefje van twintig pond uit haar zak haalde, was de blauwe steen die Joe haar had gegeven, op de toonbank gevallen. De lommerdhouder had ernaar gekeken en gevraagd of die te koop was. Fiona vroeg zich af waarom ze hem eigenlijk nog had. Joe was weg. Waarom zou ze een pijnlijke herinnering aan hem bewaren?

'Hoeveel geeft u ervoor?' vroeg ze.

'Een pond en zes shilling.'

Het bedrag verbijsterde haar. Ze gaf geen antwoord, en overwoog of ze de steen van de hand zou doen. De lommerdhouder dacht dat ze het bedrag te weinig vond.

'Goed, twee pond plus de reistas, dat is mijn laatste bod.'

Ze knipperde met haar ogen. Twee hele ponden voor een steen, en dan de tas gratis? Hij was niet goed bij zijn hoofd. Ze nam zijn aanbod vlug aan voor hij van gedachten kon veranderen.

'Hebt u nog meer van deze dingen?' informeerde hij terwijl hij de steen in zijn zak stopte.

'Nee, maar dit nog wel.' Ze trok Joe's ring van haar vinger en gaf die aan hem.

'Die is niet veel waard. Ik geef er drie shilling voor.'

'Verkocht,' zei ze, blij dat ze twee pond, drie shilling en een reistas rijker was.

Ze pakte hun spullen in de reistas en ging naar Commercial Road. Ze verwachtte elk moment Sheehans stem te horen of een harde hand op haar schouder te voelen. Pas toen ze eindelijk in een huurrijtuig zaten, voelde ze zich iets veiliger. De koetsier bracht hen naar Waterloo Station. Tot haar ontzetting was de laatste trein naar Southampton twintig minuten geleden vertrokken. Ze kocht twee kaartjes voor de ochtendtrein en vervolgens warme thee en dik belegde broodjes spek, en ging toen met Seamie naar de dameswachtkamer. Daar brachten ze de nacht door, ver verwijderd van de ramen. Voor de zekerheid.

Fiona bedacht nu wat ze moest doen als ze op het station waren aangekomen. Ze moesten naar de haven. Dan konden ze het beste een huurkoetsje nemen. Dat kostte wel geld, maar in elk geval konden ze dan niet verdwalen. Seamie werd wakker toen ze bijna bij Southampton waren, en ze kon nog net zijn schoenen en jas aantrekken voor de trein stopte. En toen ze uitstapten, wilde hij meteen naar de wc.

'Je moet het nog even ophouden,' zei ze. Toen ze over het perron liepen, zag ze een advertentiebord van Burton Thee, en ze huiverde. Ze had geen idee hoever William Burtons arm reikte. Hoe eerder ze met Seamie op een boot zat, hoe beter.

Uiteindelijk zag ze een damestoilet, en ze nam Seamie vlug mee naar binnen. Toen hij klaar was, nam ze hem mee naar de wastafel en waste zijn handen en groezelige gezicht. Vervolgens friste ze zichzelf op en nam twintig pond uit de zak in haar hemd en stak die in haar zak. Vervolgens liepen ze richting de huurkoetsjes. Ze kwamen langs het perron en onwillekeurig keek ze of Sheehan niet aan de andere kant stond te wachten. Er was niemand te zien, behalve een man die zoveel bagage bij zich had dat hij amper kon lopen. Hij ging gebukt onder het gewicht van zijn koffers, en zag niet dat er een stapel kranten voor hem lag.

'Kijk uit!' riep Fiona.

Het was al te laat. Hij bleef er met zijn voet achter haken en struikelde. Hij viel, en zijn koffers vlogen alle kanten op. Ze holde naar hem toe, pakte hem bij de arm en hielp hem overeind. 'Gaat het? Dat was een lelijke val.'

'Ja, het gaat wel.' Hij voelde langs zijn armen. 'Niets gebroken, denk ik. Die vervloekte kruiers zijn er nooit als je ze nodig hebt.' Hij glimlachte naar haar en streek zijn haar achterover. 'Ik ben Nicholas Soames,' zei hij, terwijl hij zijn hand uitstak. 'Aangenaam.'

Fiona wilde hem net een hand geven toen ze zag dat die van hem bloedde. 'U bent gewond!' zei ze.

'O hemel. Ik haat het om bloed te zien. Vooral dat van mezelf. Daar word ik zo licht van in mijn hoofd...'

'Nee! Niet doen! Ik kan u niet optillen als u flauwvalt!'

Ze bracht hem naar een bank. Hij ging zitten en boog zich voorover tot hij met zijn hoofd tussen zijn knieën zat. 'Neem me niet kwalijk.'

'Sst. Blijf zo zitten tot u zich beter voelt. Ik zal uw koffers wel halen.'

'Dank u,' mompelde hij.

Fiona ging terug naar het perron om de schade op te nemen. Een hoedendoos was weggerold. Ze stuurde Seamie erachteraan. Een van de koffers was nog intact. De andere twee waren opengesprongen en kleren puilden eruit. Een grote map was opengevallen en ze zag twee schilderijen. In felle kleuren geschilderd, bijna kinderlijk. Ze zuchtte ongeduldig. Het zou moeite kosten om alles weer in de koffers en map te doen, en ze wilde naar de boot. Maar ze kon deze man niet alleen laten. Hij had hulp nodig. Ze begon zijn spullen bijeen te rapen.

'Is alles goed met de schilderijen?' vroeg hij opeens terwijl hij opkeek. 'Ze zijn toch niet beschadigd?'

'Nee,' antwoordde ze. 'Voorzover ik kan zien is alles in orde.'

'Goddank. Ze zijn mijn kapitaal. Ik ga ze verkopen.'

'Wat?' vroeg ze geërgerd terwijl ze alles in de koffer probeerde te stouwen. Hij is niet goed snik, dacht ze. Wie zou zulke schilderijen willen kopen? Seamie had die kunnen maken.

'Ik ga ze in New York verkopen.'

'O ja?' zei ze terwijl ze de koffer sloot. Ze had geen idee waar Nicholas Soames het over had. Hij kletst maar wat, dacht ze. Ze sloot de koffer, liep naar de ander en propte zijn kleren er weer in. Seamie kwam terug met de hoedendoos.

'Dank je wel,' zei Nicholas. Hij schoof op om plaats te maken voor Seamie.

Fiona bracht eerst de ene koffer en toen de andere. 'Gaat het weer een beetje?' informeerde ze. Ze wilde zo gauw mogelijk weg.

'Veel beter, dank u. Ik wil u niet ophouden.'

'Maar hoe kunt u al die bagage dan dragen?' vroeg ze bezorgd.

'O, er zal zo wel een kruier komen. Ze hebben het natuurlijk druk met de passagiers voor de boot naar New York.'

'Weet u misschien hoe je bij die boot moet komen?'

'Niet precies, maar ik moet er zelf ook heen. Naar de White Star Terminal. U ook? Zullen we samen een huurrijtuig nemen?'

'Ja,' antwoordde ze gretig, opgelucht dat ze zelf niet de weg hoefde te zoeken.

'Goed. Zullen we dan maar gaan?' Fiona knikte en ze liepen samen over het perron. Nicholas droeg nu maar drie koffers, Fiona droeg haar reistas en zijn map, en Seamie kwam achteraan met de hoedendoos.

In het huurrijtuig konden Fiona, Nicholas en Seamie zich aan elkaar voorstellen zoals het hoorde, en kon Fiona haar nieuwe metgezel bestuderen.

Nicholas Soames was lang en hoekig en hij leek heel jongensachtig. Hij kon niet veel ouder zijn dan zij, ergens in de twintig, schatte ze. Hij had steil blond haar, lang aan de voorkant, en hij moest het steeds uit zijn gezicht strijken. Hij had een fraai gevormd gezicht met een rechte neus, een mooie lach, maar zijn ogen waren zijn opvallendste kenmerk. Ze waren zeegroen, omringd door wimpers waar een vrouw jaloers op zou zijn. Zo te zien aan zijn leren koffers en zijn dure kleren was hij een heer. En hij ging dus naar New York.

'Reist u ook eerste klas?' vroeg hij aan Fiona. Ze schudde haar hoofd. Die Nicholas Soames was wel heel beleefd. Het was toch duidelijk dat zij, met hun haveloze kleding en armetierige reistas, niet verder dan het tussendek zouden komen.

'Ik wel. Ik zit vast aan een vreselijk dure hut. Toen ik boekte, hadden ze geen eenpersoonshutten meer en dus zit ik nu opgescheept met een tweepersoonshut.'

Fiona werd ongerust. Wat hield dat 'boeken' in? vroeg ze zich af. Moest je van tevoren dingen regelen om aan boord te komen? Daar had ze niet op gerekend. Ze had gedacht dat je alleen maar een kaartje hoefde te kopen en aan boord kon gaan. 'Moet je van tevoren... boeken om aan boord te kunnen?' vroeg ze, bang voor het antwoord.

'Ja. Het is heel ingewikkeld om op een boot van hier naar Amerika te komen. Alle passagiers moeten in hutten worden ingedeeld. Maar dat wist u toch wel? Anders zou u toch niet met de boot van vandaag meekunnen?' Haar verontruste gezicht vertelde hem dat ze het niet had geweten. 'Eh... luister,' zei hij. 'Misschien is de boot nog niet volgeboekt. Je weet maar nooit. Misschien heeft iemand afgezegd. Ga naar het plaatskaartenbureau zodra we er zijn. Ik pas wel op Seamie.'

'Wilt u dat doen?'

'Dat is wel het minste wat ik kan doen.'

De rit duurde niet lang. Nicholas betaalde de koetsier en Fiona gaf hem de helft terug. Samen gingen ze de vertrekhal in. Het was er een heksenketel. Honderden mensen liepen door elkaar heen. Ze droegen tassen en sleepten uitpuilende koffers, kisten en kratten mee.

'Eerste klas!' riep een man in uniform. 'Willen de passagiers van de eerste klas aan boord gaan! Deze kant uit alstublieft.'

Nicholas bracht Fiona naar de rij en ging met Seamie zitten om te wachten.

'Ja?' snauwde de beambte.

'Twee voor New York, graag.'

'Ik hoor u niet!'

Ze schraapte haar keel. 'Ik wil graag kaarten voor het tussendek. Voor de boot van vandaag.'

'Deze boot was twee weken geleden al volgeboekt. En die van volgende week is ook vol. We verkopen kaarten voor de boot die over twee weken vertrekt, de *Republic*.'

'Over twee weken?' De moed zonk haar in de schoenen. Ze konden geen twee weken wachten. Dan moesten ze twee weken in een hotel in Southampton blijven. Dat kostte een vermogen. Ze wilde nu weg, vandaag. Ze dacht weer aan William Burton en de blik in zijn ogen. Hadden ze de zoektocht naar haar opgegeven? Wat als Sheehan erachter kwam waar ze naartoe was gegaan? Was Burton zo kwaad dat hij haar zou laten opsporen? Ze werd doodsbang bij de gedachte.

'Ja, over twee weken. Tussendek?'

'Zo lang kan ik niet wachten. Weet u zeker dat er niets meer vrij is voor vandaag?'

'Dat zei ik toch? Als u geen plaatsbewijzen wilt hebben, moet u opzij gaan. U houdt de rij op.'

Dat was het dan. Zij en Seamie konden niet op de boot. Ze zaten vast in Southampton. Ze kende de stad niet. Ze had geen idee waar ze een fatsoenlijk, schoon pension konden vinden. Ze had veel geld, maar ze wist dat ze er zuinig op moest zijn, want het was het enige middel waarmee ze konden ontsnappen. Ze kon er een overtocht naar New York van kopen en daar een nieuw leven beginnen, dus ze moest er zuinig op zijn.

Ze liep naar Nicholas om Seamie en hun spullen te halen. Ze was moe en beduusd. Ze had geen idee wat ze nu moest doen. Misschien kon ze een goedkoop eethuis vinden, een kop thee drinken en tot zichzelf komen. Dan kon ze nadenken over een volgende stap.

'Is het gelukt?' informeerde Nicholas hoopvol.

Ze schudde haar hoofd. 'Alles is vol. We kunnen pas over twee weken mee.'

Nicholas Soames was in de war gebracht door de uitdrukking op haar gezicht. Ze keek niet alleen teleurgesteld, maar zelfs bang. Hij moest haar helpen. De kleine jongen was doodmoe. Misschien... Nee, het was een lange reis en ze waren vreemden voor elkaar.

Ach wat. Hij had altijd een zwak voor ontheemden gehad. Misschien kreeg hij er spijt van, maar misschien ook niet. Hij zou zich ellendig voelen als hij hen niet hielp. Ze zagen eruit of ze niemand op de wereld hadden, en het was moeilijk om alleen te zijn. Daar wist hij alles van. 'Luister,' zei hij. 'Denk niet dat ik een oneerbaar voorstel doe. Ik probeer niets te suggereren...'

Fiona keek verbijsterd.

'Maar zoals ik al zei, heb ik een tweepersoonshut en ik heb al die ruimte niet nodig. Als u mee zou gaan als mijn vrouw... als we doen alsof we een gezin zijn, dan laten ze ons samen toe. U kunt mijn hut delen. Er staan twee eenpersoonsbedden en waarschijnlijk is er ergens ook wel een kinderbed. Ik beloof dat u volkomen veilig zult zijn in mijn gezelschap.'

Haar gezicht klaarde helemaal op. Ze aarzelde geen moment. 'O, meneer Soames, dank u! We hadden geen twee weken kunnen wachten. We zullen muisstil zijn, u zult niet eens merken dat we er zijn. We betalen ons aandeel. Hoeveel is het?'

Nicholas zag dat ze een stapel briefjes van twintig pond uit haar lijfje haalde. Ze was wel erg arm om zoveel geld bij zich te hebben. O mijn god, dacht hij. Ze is een dievegge!

Ze haalde er een briefje uit. 'Ik wil meer dan de helft betalen,' zei ze, 'want we zijn met ons tweeën.' Ze keek zo opgelucht en dankbaar, zo oprecht en open, dat hij zich schaamde voor zijn gedachten. Ze was geen dievegge. Ze was gewoon een meisje uit East End. Ongepolijst, maar netjes. Misschien had ze het geld gespaard.

'Stop dat weg,' zei hij. 'We verrekenen het later wel. Luister. Ik ga onze opstapkaarten halen. Als ze er één geven, zeg ik dat het een vergissing is omdat ik voor mijn gezin heb geboekt. Daarom heb ik ook een tweepersoonshut. Dat zullen ze heus wel geloven.' Hij fronste zijn wenkbrauwen. 'Maar we moeten wel iets bedenken voor het ontbreken van trouwringen. Als ze argwaan krijgen... Trek uw handschoenen aan.'

'Die heb ik niet,' zei ze. 'Maar dit heb ik wel.' Ze zocht even in haar reistas en haalde er twee smalle gouden trouwringen uit. 'Die waren van mijn ouders.'

'Schitterend!' riep hij uit, en deed de grootste ring om. 'Nu kunnen we ze zeker voor de gek houden. Je bent nu mevrouw Soames en ik ben Seamies vader.' Hij ging de opstapkaarten halen. Binnen een paar minuten kwam hij triomfantelijk terug. 'Ik zal ze maar bij me houden, want dat hoort het hoofd van het gezin te doen, niet waar?'

Ze knikte.

'Is het niet enig?' riep hij weer uit, grinnikend als een kind dat een streek heeft uitgehaald. 'Ik heb gehoord dat de eerste klas uitstekend is bij deze maatschappij. De hutten moeten heel comfortabel zijn, en het eten heel goed.'

'Is het eten erg duur, meneer Soames?' vroeg Fiona.

'Ik heet Nicholas. Nee, het is niet duur want het is inbegrepen bij de overtocht. Wist je dat niet?'

'Nee. Alles inbegrepen? Dat is prachtig!' glimlachte ze.

'We zullen een heleboel plezier hebben,' vervolgde hij, nog even enthousiast. 'Er is muziek en je kunt dansen. En kaarten, en andere spellen doen. En met een heleboel mensen praten.'

Fiona's glimlach verdween. 'Meneer Soames... Nicholas... Je bent heel aardig voor ons geweest, maar ik denk dat we toch niet meekunnen. Je zult niet met ons gezien willen worden.'

'Wat? Waarom niet?'

Ze gebaarde naar haar kleren. 'De eerste klas is toch heel chic? En we hebben geen mooie kleren. Dit is alles.'

'O ja?' zei hij ongelovig. Hij had nog nooit iemand ontmoet die in alle eerlijkheid kon zeggen dat de kleren aan haar lijf de enige waren die ze bezat. Hij fronste zijn wenkbrauwen en bekeek haar. Ze had gelijk. Het zou een probleem zijn. Ze moesten nieuwe kleren hebben. 'Weet je, ik denk dat we best naar een winkel kunnen gaan en op tijd weer terug zijn,' zei hij.

'Ja?'

'Als we ons haasten. Het duurt een uur voor de passagiers van de eerste klas aan boord zijn, en dan nemen ze nog een uur voor de tweede klas, en dan moeten die van het tussendek nog aan boord. We gaan het proberen.'

Toen ze hun bagage aan kruiers meegaven, zei Nicholas: 'Is dat jasje alles wat je hebt? Dat houdt je toch niet warm? Je moet een goede jas hebben, en Seamie ook, en handschoenen en dassen. Het is pas maart, dus het zal fris zijn aan boord.' Hij begon af te tellen op zijn vingers. 'Je moet twee of drie rokken hebben en een paar overhemdblouses. Een jas, een stuk of twee avondjurken en een paar hoeden, vind je ook niet?'

Hij keek naar Fiona. Ze knikte. 'Wat jou het beste lijkt,' zei ze.

De uitdrukking op haar gezicht – een mengeling van hoop, onzekerheid en vertrouwen – ontroerde hem. Hij gaf haar een arm. 'Goed dan. Kom mee, mevrouw Soames. We hebben niet de hele dag de tijd!'

Fiona stond op het achterdek van de eerste klas, aan de bakboordkant, en hield de reling stevig vast. De wind was bitter koud en trok aan haar haren en deed haar rokken wapperen, maar ze voelde hem nauwelijks. Ze keek ongelovig naar haar handen, gestoken in leren handschoenen, en naar haar nieuwe rok en laarzen.

In twee uur tijd, had Nicholas in een druk warenhuis haar in elk geval uiterlijk veranderd van een Londense meid uit de havenbuurt in een echte jongedame. Ze bezat nu een nieuwe wollen jas, goede leren laarzen, drie wollen rokken, vier overhemdblouses, twee jurken, twee hoeden en een leren ceintuur. Om nog maar niet te spreken over de nieuwe nachtkleding, ondergoed, kousen, schildpadhaarspelden en een tweede grote, nieuwe reistas.

Hij had alle kleren gekozen, combinaties gemaakt, en besloten welke jas en welke hoeden ze moest nemen. Fiona had zich bij alle beslissingen neergelegd. Tenslotte wist hij wat je op reis moest dragen. Toen hij klaar was, koos hij een combinatie die ze moest aantrekken om aan boord te gaan, en stelde voor dat ze haar oude spullen liet inpakken. Ze ging terug naar de paskamer en trok haar nieuwe koffiekleurige rok aan met een beige en ivoorkleurige gestreepte blouse, een zachte bruine leren ceintuur en tabakskleurige laarzen. Toen een marineblauwe jas tot op de grond, en een hoed met brede rand. Toen ze in de spiegel keek, zag ze een onbekende terugkijken. Een lange, slanke, elegant geklede vrouw. Ze had haar hand naar het glas gebracht en haar vingers raakten die van de onbekende. Ben ik dat werkelijk? had ze zich afgevraagd.

Twee dagen geleden had ze geen geld om een kamer in Whitechapel te huren. Nu reisde ze eerste klas naar New York in een hut met een zacht bed en een eigen toilet, een hut die luxer was dan ze zich ooit had kunnen voorstellen. Een uur geleden hadden ze in de hut theegedronken en koekjes gegeten. Het diner was om acht uur, met daarna een concert. Gisteren had ze alleen maar een gerookte haring aan Seamie kunnen geven, en vanavond zou haar kleine broertje, die nu in zijn kinderbed lag te slapen, een nieuw flanellen jasje en een bijpassende broek aantrekken en de heerlijkste gerechten eten. Het was allemaal zo onwerkelijk dat het wel een droom leek.

Alles was anders. Haar vroegere leven was letterlijk van de ene dag op de andere verdwenen, en nu stond ze op de drempel van een nieuw leven. Ze zag er anders uit en ze voelde zich ook anders. En net zo vastberaden als Nicholas haar uiterlijk had veranderd, hadden pijn en verlies en bitterheid vanbinnen hun werk gedaan, en veranderingen teweeggebracht die ze wel voelde, maar nauwelijks begreep.

Weg was het uitgelaten meisje dat bij de rivier had gezeten, dromend over een toekomst met de jongen van wie ze hield. In haar plaats was een ernstige jonge vrouw gekomen, gehard door verdriet en desillusie. Een vrouw die niet langer dacht aan vrijen en kussen en een winkeltje in Whitechapel. Een vrouw die geen dromen meer meedroeg in haar hart, maar slechts nachtmerries.

Terwijl ze op het dek stond herinnerde ze zich de woorden van William Burton: 'Konden we Tillet maar net zo te grazen nemen als die rotzak van een Finnegan.' En Sheehans antwoord, met zijn weerzinwekkende lach: 'Ja, dat was mooi werk... heb zelf die smeerolie op de grond gedaan... meneer de vakbondsman zien uitglijden en van vijfhoog naar beneden zien vallen...'

Fiona wilde gillen tot ze die stemmen niet meer kon horen. Maar ze wist dat ze die van haar leven niet meer zou vergeten. De waarheid stond in haar hart gegrift. Alles wat er was gebeurd met haar en degenen van wie ze hield, kwam door William Burton. Er zou nooit gerechtigheid zijn omdat ze niet kon bewijzen wat hij had gedaan. Maar ze zou wraak nemen. In New York zou ze, hoe dan ook, iets bereiken. In Amerika kon je rijk worden. Het geld lag daar toch voor het oprapen? Ze zou kijken hoe mensen geld verdienden en dan een manier bedenken om daar ook aan te komen.

'Het is niet voorbij, Burton,' fluisterde ze tegen het zwarte water van de oceaan in de winterse schemering. 'Het is nog niet eens begonnen.'

Aan de horizon verdween de kust van Engeland uit het zicht. Haar vaderland. De grond waarin haar familie begraven lag. De straten waar zij en Joe hadden gewandeld. Allemaal weg. Ze zag nu alleen nog maar water. De oceaan maakte haar angstig. Ze kon nu niet naar de overkant kijken zoals bij de Theems. Ze voelde zich vreselijk alleen en bang voor wat haar te wachten stond. Ze deed haar ogen dicht en wenste dat er iets was dat haar steun kon bieden.

'U ziet eruit of u zorgen hebt,' zei een stem naast haar. Ze schrok op en draaide zich om. Een vriendelijk uitziende man in een zwarte soutane, een priester, stond naast haar. 'Was u aan het bidden? Dat is goed. Dat brengt de ziel tot rust. U kunt de Almachtige al uw zorgen vertellen en Hij zal luisteren. God zal u helpen.'

O ja? dacht ze terwijl ze een bitter lachje smoorde. Dan heeft hij er tot nu toe weinig van terechtgebracht.

'Laten we samen bidden en Hem vragen uw last te verlichten,' zei de priester terwijl hij haar een rozenkrans aanreikte.

Ze schudde haar hoofd. 'Nee, dank u, vader.'

De priester wierp haar een verbaasde blik toe. 'Maar u gelooft toch wel dat de Almachtige u in uw tijden van nood zal bijstaan? U gelooft toch wel...'

Wat? dacht ze. Ze had ooit met hart en ziel geloofd in de kracht van liefde, een thuis en een gezin. Ze had geloofd dat haar dromen zouden uitkomen en dat haar gebeden verhoord zouden worden.

Nu geloofde ze maar in één ding: het geld in de binnenzak van haar lijfje. Die ponden hadden haar leven gered, niet Joe, niet God, niet haar arme, overleden ouders, niet een vakbond, geen gemompelde gebeden of rozenkransen of kaarsjes die in de kerk werden aangestoken.

Fiona dacht aan een gesprek met haar vader voor de haard. Het leek wel jaren geleden. Destijds hadden zijn woorden haar in verwarring gebracht, en ze had in de maanden na zijn dood er steeds over nagedacht zonder ze echt te begrijpen, maar nu was de betekenis haar volkomen duidelijk.

'Wat ik geloof, vader,' zei ze terwijl ze hem zijn rozenkrans teruggaf, 'is dat je van drie pond vlees een goede stoofschotel kunt maken.'

Deel 2

20

New York, maart 1889

'Schiet eens op! Rij verdomme eens door!' schreeuwde de koetsier van het huurrijtuig. Voor hem reed een kar die was volgeladen met stenen, te langzaam naar zijn zin. Hij trok aan de teugels waardoor het paard een scherpe bocht maakte. Het wiel van het rijtuig raakte de stoeprand toen het om de kar heen reed, en Fiona en Seamie werden op de bank heen en weer gehusseld als dobbelstenen.

Ze waren nog maar twee straten van de haven en nu al bevestigden hun eerste blikken van de stad en de bewoners wat ze aan boord van de *Brittannic* hadden gehoord: dat New York vreselijk luidruchtig was en dat het leven er vreselijk snel ging. Overal om hen heen bewogen de mensen zich net zo snel en gevaarlijk voort als het verkeer. Mannen staken over tussen allerlei rijtuigen door. Een man met een bolhoed op las al lopend een krant en ging een hoek om zonder mis te stappen. Een vrouw in een rechte rok en een opengewerkt jasje liep met haar kin in de lucht en rechte schouders naar haar bestemming. De veren op haar hoed trilden bij elke stap.

Toen het huurrijtuig Tenth Avenue insloeg, zagen Fiona en Seamie de uitgestrekte vrachtterreinen, de fabrieken en de jachtige activiteiten. Hele paardenspannen trokken enorme rollen papier naar drukkerijen, of balen katoen naar de textielfabrieken. Mannen laadden geweven karpetten, kratten garen, porseleinkasten en piano's uit laaddeuren op vervoerkarren. Ze hoorden hen tegen elkaar schreeuwen in luide Amerikaanse termen. Ze zagen stoom van wasserijen opstijgen in de heldere lucht, en vrouwen met rode gezichten die in deuropeningen lakens stonden uit te wringen. Ze roken koffiebonen die geroosterd werden, koekjes die in de oven lagen en minder aangename geuren van zeepfabrieken en slachthuizen.

New York was heel anders dan Londen, begreep Fiona. Het was jong, een beginner. Een nieuwe stad waar elke straat en gebouw blijk gaf van snelheid en modernisme. Ze moest denken aan hoe Nick had gereageerd toen de boot had aangelegd, hoe hij alle passagiers van de eerste klas had opgehouden toen hij op de loopplank was blijven staan, vol verrukking over de aanblik.

'New York!' had hij geroepen. 'Kijk toch eens, Fiona! De stad van handel en industrie. De stad van de toekomst. Kijk die gebouwen eens! De architectuur, de oprijzende lijnen! De gerealiseerde droom van kunstenaars. Tempels van ambitie. Triómfen van macht en ontwikkeling!'

Ze moest erom lachen. Dat was typisch Nick. Hij stond door te draven over artistieke idealen terwijl zij, en nog duizend anderen, alleen maar van de boot wilden.

Seamie draaide zich naar haar om en vroeg: 'Zullen ze ons wel aardig vinden, Fee? Tante Molly en oom Michael?'

'Natuurlijk,' antwoordde ze. Ze wou dat ze net zo zelfverzekerd was als ze klonk. Een stemmetje in haar hielp haar steeds herinneren dat haar oom en tante geen idee hadden dat zij en Seamie binnenkort bij hen op de stoep zouden staan. En als ze jullie niet willen? vroeg het stemmetje.

Ze legde het stemmetje het zwijgen op. Natuurlijk wilden ze hen in huis nemen. Oom Michael was de broer van haar vader. Ze waren familie van hem. Natuurlijk zou hij opkijken. Wie niet? Maar ze zouden welkom zijn. Ze had een donkerblauwe rok en een witte blouse aangetrokken, en Seamie droeg het tweedjasje en de korte broek die ze in Southampton had gekocht, dus moesten ze wel een goede indruk maken. Ze hield zichzelf voor dat zij in elk geval nog naar familie konden, en die arme Nick niet.

Tijdens de reis had ze gehoord dat Nick een vreselijke ruzie met zijn vader had gehad, en dat hij daarom uit Londen was weggegaan. Zijn vader was bankdirecteur en had verwacht dat Nick hem ooit zou opvolgen, maar Nick had andere plannen. Hij was helemaal weg van wat hij de nieuwe kunst noemde: het werk van schilders die in Parijs woonden. Hij had een poos als kunsthandelaar in die stad gewoond en nu wilde hij een eigen galerie openen in New York. Dan zou hij de exclusieve vertegenwoordiger zijn van de nieuwe schilders die hij zo bewonderde. Hij noemde ze impressionisten. Hij had haar wat doeken laten zien die hij had meegenomen. In het begin vond ze die maar raar. Ze leken helemaal niet op de schilderijen die ze in etalages en in pubs had gezien: schilderijen van kinderen en honden, verliefde stelletjes of jachttaferelen. Maar hoe meer hij vertelde over de gedachten achter die schilderijen en de schilders zelf, hoe meer ze ze ging waarderen.

Nick hield een van de doeken – een klein stilleven van witte rozen, appels, brood en wijn – op het nachtkastje tussen hun twee bedden in, waar hij het altijd kon zien. Het was gesigneerd 'H. Besson' en Fiona voelde zich er onverklaarbaar toe aangetrokken. Het deed haar denken aan Joe. Aan hoe ze hem nog steeds miste en naar hem verlangde. Ze vroeg zich af hoe dit eenvoudige schilderijtje dergelijke gevoelens kon oproepen. Nick zei dat het kwam omdat de kunstenaar er zijn hart in had gelegd.

Hoewel ze pas een halfuur geleden afscheid hadden genomen, miste Fiona Nick nu al. Vreselijk. Het was donderdag. Ze hadden voor de volgende week donderdag afgesproken in zijn hotel. Dat was al over een week, maar het leek wel een eeuwigheid. Ze miste zijn enthousiasme en optimisme, zijn onbedwingbare gevoel voor avontuur, zijn grappige, onpraktische invallen. Ze herinnerde zich hun eerste maaltijd samen. Toen ze naar de eetzaal liepen, werd ze opeens bevangen door paniek. Ze had geen idee wat ze moest doen of zeggen. Hoe kon ze ooit doorgaan voor zijn vrouw, voor iemand uit de gegoede kringen?

'Heel eenvoudig,' zei hij. 'Wees altijd onbeleefd tegen het personeel. Maak hatelijke opmerkingen over alle moderne opvattingen. En blijf praten over je honden.'

Ze had liever wat nuttig advies gehoord, zoals welk glas was bestemd voor wijn en welk voor water. Dat eerste diner was een ramp geweest. Ze was in de war door alle bestek, kristal en porselein. Tegen de tijd dat ze had begrepen wat de soeplepel was, dronk Seamie zijn bouillon regelrecht uit de kom. Hij liet hem zakken, trok een lelijk gezicht en zei: 'Deze thee is vies!' Ze liet hem zijn lepel gebruiken en stukken van zijn broodje trekken en elk stukje apart met boter besmeren, zoals Nick deed, in plaats van het hele broodje in één keer. Maar Seamie was nukkig en opstandig. Hij begreep niet waarom hij moeder moest zeggen tegen zijn zus en vader tegen een vreemde man. Hij vond de kreeftensalade niet lekker en weigerde zijn kwartel te eten omdat de kop er nog aan zat.

Nick informeerde naar haar familie. Terwijl ze een antwoord zat te bedenken op die moeilijke vraag, gaf Seamie antwoord voor haar. 'Onze mam is dood,' zei hij onomwonden. 'Ze is neergestoken door een man die Jack heet. Onze pa is ook dood. Hij is gevallen in de haven. Ze hebben zijn been afgesneden. Charlie en Eileen zijn ook dood. En nu zijn Fee en ik op reis.'

Toen Seamie was uitgesproken, zat Nick met open mond te kijken. Na een ogenblik van diepe stilte vroeg hij of het waar was. Ze bevestigde het. Met haar blik op haar bord gericht legde ze uit wat er met haar familie was gebeurd, maar ze liet William Burtons aandeel buiten beschouwing. Daar wist Seamie niets van. Niemand wist het, en dat wilde ze zo houden. Het was iets verschrikkelijks, iets wat alleen zij moest dragen. Toen ze klaar was, keek ze op. Ze verwachtte een uitdrukking van afkeer te zien op zijn welgevormde, aristocratische gezicht. Maar ze zag tranen in zijn ogen.

In de bijna drie weken dat ze een hut, maaltijden en een leven deelden, was ze gehecht geraakt aan deze charmante, onmogelijke, goedhartige man. Ze wist nog steeds niet goed hoe het was gekomen. Misschien omdat ze allebei zo alleen waren op de wereld. Zij had haar familie verloren en was gedwongen geweest haar huis te verlaten, en dat was op een bepaalde manier bij hem ook het geval. Ze had nooit verwacht dat ze goede vrienden zouden worden, daar was het klassenverschil veel te groot voor. Maar dat was voordat ze op stormachtige avonden, als Seamie in zijn bedje lag te slapen, theedronken in hun hut en elkaar vertelden over hun dromen en hoop voor de toekomst. Dat was voordat ze hem gemberthee bracht en voorlas uit zijn boeken van Byron en de Brownings tijdens die vreemde aanvallen van moeheid waar hij aan leed. Voordat hij op de rand van haar bed haar geruststelde als ze gillend wakker was geworden van weer een nachtmerrie.

Voordat ze de foto had ontdekt. De foto waarvan ze zeker wist dat ze die niet had mogen zien.

Op een ochtend, toen Nick als gewoonlijk op het dek ging wandelen, zag Fiona dat hij zijn horloge opengeklapt had laten staan op het nachtkastje. Het was van goud, mooi bewerkt, en ongetwijfeld heel kostbaar. Omdat ze niet wilde dat er iets mee zou gebeuren, had ze het opgepakt om weg te bergen. Terwijl ze dat deed viel er een kleine foto uit. Ze raapte hem op en zag een knappe, donkerharige man naar haar glimlachen. Zijn gezicht was vol liefde voor de persoon die de foto had gemaakt. Toen wist ze dat Nick de fotograaf was geweest, en dat deze man zijn minnaar was.

Wie kon hij anders zijn? Mensen bewaarden geen foto's van vrienden in een horlogekast. Dat verklaarde waarom Nick het nooit had over een meisje op wie hij verliefd was, of waarom hij nooit belangstelling toonde voor haar of andere vrouwen op de boot. Daar was ze bang voor geweest toen ze de eerste nacht in de hut sliepen. Maar hij had haar nooit enige reden voor ongerustheid gegeven. Ze keek nog even naar de knappe man en vroeg zich af hoe hij was, of hij ooit naar Amerika zou komen. Ze had nog nooit een man ontmoet die van andere mannen hield. Toen berispte ze zichzelf voor haar nieuwsgierigheid en legde het horloge weg.

Het huurrijtuigje hield abrupt halt. Fiona werd tegen het harde houten portier geworpen en ze vergat Nick en de reis. Er klonk nog een heleboel gevloek en geschreeuw terwijl de koetsier hobbelend over oneffenheden het kruispunt van Eighth Avenue en Fourteenth Street probeerde over te steken. Fiona zag dat de fabrieken hadden plaatsgemaakt voor keurige, goed onderhouden huizen en winkels. Het rijtuigje kreeg weer vaart en vier straten verder stopte het voor een breed, stenen huis met twee verdiepingen tussen Eighteenth en Nineteenth Street.

Fiona stapte bevend van verwachting uit het rijtuig en tilde Seamie en hun bagage eruit. Ze betaalde, en het rijtuigje ging er weer in volle vaart vandoor. Met haar tassen in de ene hand en Seamies hand in de andere zocht ze nummer 164.

Het was niet wat ze had verwacht.

Boven de winkel was een bord met M. FINNEGAN – KRUIDENIER en de openingstijden, maar de winkel was dicht. Aan de deur hing een hangslot en de grote etalageruit zat onder het stof. In de etalage waren uitgestalde waren bedekt met dode insecten en muizenkeutels, en hun verpakkingen waren verbleekt en gerimpeld door de zon.

Rechts onder stond een bordje.

TER OPENBARE VERKOOP AANGEBODEN DOOR DE FIRST MERCHANT BANK,
164TH EIGHTH AVENUE: GEBOUW MET TWEE VERDIEPINGEN, 6,25 METER BREED OP KAVEL VAN 250 METER.
IN GEBRUIK ALS WINKEL/WOONHUIS.
VERKOOP BIJ OPBOD.
VEILINGDAG ZATERDAG 14 APRIL 1889.
NADERE INLICHTINGEN TE VERKRIJGEN BIJ
DHR. JOSEPH BRENNAN, MAKELAAR ONROERENDE GOEDEREN
21 WATER STREET, NEW YORK.

Fiona knipperde met haar ogen. Ze zette de tassen neer en tuurde door de ruit. Op de toonbank lag een in elkaar gefrommeld wit schort. Aan de muur erachter hing een grote klok. Ze zag een koperen kassa, gaslampen en planken vol kruidenierswaren. Wat is er gebeurd? vroeg ze zich af. Waar is iedereen?

'Kom Fee, dan gaan we naar oom Michael.'

'Dadelijk, Seamie.'

Ze deed een stap achteruit en keek naar de eerste verdieping. Daar was geen teken van leven te bespeuren. Ze probeerde de deur naar de bovenverdiepingen. Die was op slot. Ze ging naar nummer 166, maar die stond ook leeg. Aan de paspoppen, rollen stof en klossen garen te zien was het een naaiatelier geweest. Ze probeerde nummer 162, na om lege verfemmers en oude kwasten te zijn gelopen, die ervoor waren opgestapeld. Weer geen antwoord. Ze begon in paniek te raken. Toen passeerde een jongen van een jaar of zestien haar.

'Ken jij Michael Finnegan misschien? Weet je waar hij is?'

De jongen bleef met zijn handen in zijn zakken staan en zei: 'In Whelan's bierhuis waarschijnlijk'

'Wat?'

'Whelan's. Eén straat verder.' Hij wilde doorlopen.

'Wacht even! Woont hij hier niet meer?'

'Hij slaapt hier, maar hij woont in Whelan's.' Met een spottend gebaar deed hij een dronkaard na die een fles leegdronk. Aan Fiona's verbijsterde gezicht zag hij dat ze hem niet had begrepen. 'Moet ik het dan spellen? Hij drinkt. Hij zit de hele dag in de kroeg en dan zwalkt hij terug naar hier. Doet mijn vader ook, maar alleen op zaterdag.'

'Dat kan niet,' zei Fiona. Haar oom was geen dronkelap. Hij was een hardwerkende man met een eigen winkel. Ze had zijn foto en brieven die het konden bewijzen. 'Weet je waarom zijn winkel dicht is?'

Een doordringend gefluit klonk aan het einde van de

straat. 'Ik kom!' riep de jongen. Popelend om naar zijn vrienden te gaan, draaide hij zich nog even om naar Fiona. 'Hij betaalde zijn rekeningen niet. Toen zijn vrouw stierf is hij gek geworden.'

'Stierf!' herhaalde ze ontzet. 'Is Molly Finnegan dóód?'

'Ja. Aan de cholera. Afgelopen herfst. Toen zijn er een heleboel mensen doodgegaan. Ik moet weg.' Hij zette het op een drafje. 'Whelan's bierhuis. Op Twentieth,' riep hij over zijn schouder.

Fiona legde haar handen tegen haar gezicht en probeerde deze nieuwe ramp tot zich door te laten dringen. Dit kan niet, dacht ze. Ze moest Michael vinden. Hij zou alles uitleggen en dan konden ze lachen om die gekke vergissing. 'Kom, Seamie,' zei ze, en ze pakte hun tassen op.

'Waar gaan we naartoe, Fee?' jammerde hij. 'Ik ben moe. Ik wil iets drinken.'

Fiona probeerde zelfverzekerd te klinken. 'We gaan oom Michael zoeken, Seamie. Hij is nu niet thuis. Ik weet zeker dat hij het heel leuk vindt als hij ons ziet. Dan gaan we lekker iets drinken en eten, goed?'

'Goed,' zei hij, en hij pakte haar hand.

Whelan's bierhuis leek niet op een pub waar degelijke werklui een welverdiende pint gingen drinken. Het zag er vies en haveloos uit, een plek waar dronkelappen kwamen als ze vier cent bijeen hadden weten te krijgen om een gin of een whisky te kopen. Fiona haalde diep adem en duwde de deur open. In elk geval was het er rustig. Drie mannen waren aan het biljarten en twee hingen aan de bar.

'Ruimte voor de dames achterin,' zei de barman terwijl hij een glas afdroogde met een vieze doek.

'Ik wil niets drinken,' zei Fiona. 'Ik ben op zoek naar mijn oom, Michael Finnegan.'

'Hé Michael,' riep hij. 'Er is iemand voor je!'

'Laat ze oprotten,' zei de gestalte aan het uiteinde van de bar zonder zich om te draaien.

'Blijf hier wachten,' zei Fiona tegen Seamie, en ze liet hem bij de deur staan. Ze had eerder agressieve dronkaards gezien, en ze wilde haar broertje meteen kunnen meenemen als het uit de hand liep. Ze ging naar de man die gesproken had. Hij droeg een versleten tweed jasje met gaten bij de ellebogen. Zijn zwarte haar was lang en ongekamd.

'Neem me niet kwalijk, maar bent u Michael Finnegan?'

De man draaide zich om. Haar adem stokte in haar keel. Hij was het evenbeeld van haar vader. Dezelfde kin, dezelfde jukbeenderen, dezelfde verrassend blauwe ogen. Hij was een paar jaar jonger dan haar vader en niet zo breedgeschouderd. Zijn gezicht was geschoren. Zijn gezicht was zachter, niet verweerd na jaren werk in de haven, maar toch herkende ze het meteen.

'Ik had toch gezegd...' snauwde hij, maar toen hij zag dat hij het tegen een vrouw had, verontschuldigde hij zich. 'Neem me niet kwalijk, meisje, ik dacht dat je een van die gieren was die achter mijn geld aan zitten...' Zijn stem stierf weg en hij keek net zo aandachtig naar haar als zij naar hem. 'Ken ik je?' vroeg hij toen.

'Ik ben uw nicht, Fiona.'

Hij bleef even stil. 'Mijn nicht?' zei hij ten slotte. 'Paddy's dochter?'

Fiona knikte. Ze wees naar Seamie. 'Dat is mijn broertje Seamus.'

'Mijn nicht!' herhaalde hij verwonderd, en er kwam een glimlach op zijn gezicht. 'Laat me je eens bekijken! Jezus, je lijkt sprekend op mijn broer! Mijn nicht!' Hij klauterde van zijn barkruk en omhelsde haar. Ze stikte bijna van de whiskylucht.

'Kan ik iets voor u inschenken?' vroeg de barman toen Michael haar losliet.

'Nee, dank u. Ik...'

'Tim!' riep Michael. 'Geef mijn nichtje Fiona iets te drinken!'

'Hier, ga zitten,' drong hij aan. Hij bood haar zijn barkruk aan en trok een andere bij. Ze protesteerde. 'Nee, ga zitten,' zei hij terwijl hij haar op de kruk zette. 'En vertel hoe je hier bent gekomen. Tim! Een drankje voor mijn nichtje! De beste whisky die je hebt!'

'Alleen sodawater, graag,' zei ze vlug.

'En iets voor de kleine jongen,' zei Michael terwijl hij Seamie wenkte. 'Kom, Seamus, kom naast je oom Michael zitten.' Hij trok nog een kruk bij en Seamie klom er onzeker en met grote ogen op. 'Geef het knulletje ook een whisky, Tim.' Hij wilde gaan zitten, mikte verkeerd en belandde op de grond. Fiona sprong op om hem te helpen.

'Wat doe je hier? Kom je op bezoek?' vroeg hij terwijl hij zijn kleren afveegde.

'Meer dan dat,' antwoordde ze terwijl ze hem weer op zijn kruk hielp. 'We zijn voorgoed in New York. We zijn geëmigreerd.'

'Alleen jullie? Waar is Paddy? Is hij niet meegekomen? En Kate?'

Fiona zag er vreselijk tegenop om het hem te vertellen. Hij had net zijn vrouw verloren en zo te zien kon hij het niet verwerken. 'Oom Michael...' begon ze. Ze zweeg even om Seamie een van de twee glazen sodawater te geven die de barman voor haar had neergezet. '... mijn vader is dood. Hij is uit een laaddeur gevallen op de kade.' Michael zei niets, maar slikte alleen. 'Mijn moeder is ook dood. Vermoord.'

'Vermoord!' riep hij uit. 'Wanneer? Hoe?'

Fiona vertelde hem over Jack. En over Charlie en de baby, en dat zij en Seamie het alleen hadden gered door de goedheid van Roddy O'Meara.

'Ik kan het niet geloven,' zei hij verdwaasd. 'Mijn broer... Er zijn zoveel jaren voorbijgegaan, maar ik heb altijd gedacht dat ik hem zou terugzien.' Hij keek met een blik vol pijn naar Fiona. 'Heeft... heeft hij erg geleden?'

Ze dacht aan de laatste ogenblikken van haar vader. Ze herinnerde zich hoe hij eruitzag met zijn gebroken lichaam in het ziekenhuisbed. Ze hoorde Burton en Sheehan weer lachend over zijn dood praten. Michael hoefde niet te weten dat zijn broer was vermoord door de eis van een penny per uur meer loon. Dat kon ze hem in elk geval besparen. 'Het was een ongeluk. Hij heeft niet lang meer geleefd,' zei ze.

Hij knikte, en bestelde toen nog een whisky. De barman zette die voor hem neer. Hij sloeg het in één teug achterover alsof het water was.

'Oom Michael,' zei Fiona. 'Seamie en ik waren net bij uw huis. Wat is er gebeurd? Met Molly en de baby? En de winkel?'

'Nog een rondje, Timothy. Doe maar een dubbele.'

En hij was al zo aangeschoten. Fiona zag hoe hij gretig op het nieuwe glas wachtte. Die jongen van zo-even had gelijk. Hij was een dronkaard. Het glas kwam. Ze zag dat hij dat ook in één teug leegdronk. Zijn blik werd afwezig en troebel.

'Tante Molly...' herhaalde ze.

'Ze is dood. Cholera.'

'Wat erg.'

'Ze was zwak na de geboorte van de baby. Als ze sterker was geweest, had ze het misschien gehaald.'

'De baby is dus geboren?'

'Ja. Twee weken na de uitbraak van de epidemie.'

'Wat is er gebeurd? Is de baby...?'

'Ze heeft het overleefd.'

'Ja! Waar is ze?' vroeg Fiona angstig. 'Ze is toch niet in uw appartement?' Ze moest er niet aan denken dat een kleine baby helemaal alleen in een donker, leeg appartement lag.

'Nee, ze is bij Mary, een vriendin...' Hij zuchtte. Het praten viel hem steeds moeilijker. '... een vriendin van Molly. Die heeft haar bij zich genomen na de begrafenis.' Hij stak een vinger op naar de barman.

O jee, toch niet nog een, dacht Fiona. Hij kan nu al niet uit zijn woorden komen.

'Waar woont Mary?' vroeg ze. 'Waar is de baby?'

'Bij mij... thuis... bij Mary.'

Hij begon onsamenhangend te praten. Ze moest vlug antwoord uit hem zien te krijgen voor hij helemaal niet meer uit zijn woorden kon komen. 'Oom Michael, de winkel komt in de openbare verkoop. Kan die niet worden tegengehouden? Hoeveel schuld hebt u?'

'Ik haat die vervloekte winkel!' schreeuwde hij, en hij sloeg met zijn vuist op de bar. Geschrokken gleed Seamie van zijn barkruk en verschool zich achter zijn zus. 'Ik zet er geen voet meer in! Die vervloekte bank mag hem hebben! Het was onze winkel, van mij en Molly. Zij heeft hem mooi gemaakt, door haar liep hij goed.' Hij nam een slok whisky uit het glas dat de barman voor hem had neergezet. Zijn ogen glinsterden van de opgekropte tranen. 'Mijn Molly,' zei hij gebroken. 'Had Hij mij maar ook genomen toen Hij haar wegnam. Ik kan niet zonder haar... Ik kan het niet...' Hij pakte zijn glas weer op. Zijn handen beefden.

'De winkel, oom Michael,' drong Fiona aan. 'Hoeveel schuld hebt u?'

'Zowat driehonderd dollar. Aan de bank. En nog ongeveer honderd aan de leveranciers. Die heb ik niet... ik heb maar een paar dollars, zie je?' Hij stak een hand in zijn zak en haalde er twee bankbiljetten uit, waarbij hij muntstukken op de grond liet vallen. 'Vervloekte dingen,' mompelde hij toen ze over de vuile houten vloer rolden.

Fiona zette haar ellebogen op de bar en legde haar hoofd in haar handen. Ze had vreselijke hoofdpijn. Dit had ze helemaal niet verwacht. Ze had gerekend op een warm welkom. Omhelzingen van haar tante. Broodjes en thee, en een vrolijke, mollige baby die ze kon vasthouden. Na een poosje stond ze op. Ze moest hier weg. Het was een vergissing geweest om naar New York te gaan. Er was geen familie die haar kon helpen. Ze stond er alleen voor.

Michael keek haar angstig aan. 'Nee,' smeekte hij terwijl hij haar hand greep. 'Je gaat toch niet weg? Blijf!'

'We zijn moe.' Ze trok haar hand los. 'Seamie heeft honger. We moeten iets zoeken om te overnachten.'

'Mijn appartement... jullie kunnen daar logeren. Alsjeblieft, ik heb niemand meer,' zei hij melodramatisch. Door de drank was hij het ene moment agressief en het volgende sentimenteel. 'Het is een beetje een rommel, maar ik zal het schoonmaken.'

Fiona lachte vreugdeloos. Schoonmaken? Hij was niet eens in staat om zijn muntgeld op te rapen.

Hij pakte haar hand weer. 'Alsjeblieft?' vroeg hij.

Ze keek hem aan. Er lag zo'n diepe wanhoop en verdriet in zijn ogen, dat ze haar weigering inslikte. Het begon al laat te worden. Over een uurtje zou de schemering invallen. Ze had geen idee waar ze onderdak moest zoeken. 'Goed, we blijven,' zei ze. 'Vannacht, tenminste.'

Michael rommelde in zijn zak en gaf haar een sleutel. 'Ga maar vast. Ik kom dadelijk,' zei hij. 'Ik zal het schoonmaken...' Hij boerde. 'Het wordt smetteloos schoon. Tim, geef er nog een...'

Weer bij Eighth Avenue 164 gekomen maakte Fiona de deur open. Met Seamie voor zich uit liep ze de trap op naar de eerste verdieping. Toen ze in het appartement van hun oom kwamen, sloeg de stank van zure melk en rottend eten hen tegemoet. Het was donker in de gang. Ze konden amper iets zien. Fiona zei tegen Seamie dat hij moest wachten en liep op de tast door de smalle gang naar de keuken. Voor het raam hing een haveloos kanten gordijn. Ze trok aan het koordje van het rolgordijn en het schoot met veel lawaai omhoog. Ze hoorde ongedierte scharrelen en stampte hard op de vloer om verdwaalde beesten te verjagen. Het zonlicht scheen de keuken binnen. In de stralen dwarrelde stof dat door haar bewegingen was opgestoven, en ze verlichtten de grootste rotzooi die ze ooit had gezien.

Vuile vaat puilde uit de gootsteen, bedekte de tafel en stond overal op de vloer. Hier en daar aten insecten van aangekoekte etensresten die de muizen hadden achtergelaten. In glazen plakten resten verschaald bier en zure koffie. Hier en daar knerpte het onder haar voeten, en op andere plekken plakte het. Ze werd misselijk van de stank. Ze opende het raam, snakkend naar frisse lucht.

'Fee?' riep Seamie uit de gang.

'Blijf daar, Seamie,' zei ze, en ze liep van de keuken naar de woonkamer. Ook daar opende ze de ramen, en het licht viel op een vergelijkbare chaos. Overal lagen lege whiskyflessen en vuile kleren. Op de grond lagen stapels post. Fiona raapte een verzegelde envelop op. Hij was geadresseerd aan Michael Finnegan, en de afzender was de First Merchants Bank. Er stond DRINGEND op. Ze raapte een opgevouwen stuk papier op. Het was van de slager, die onmiddellijke betaling van openstaande rekeningen eiste. Haar blik viel op een ongeopende envelop met een heleboel postzegels. Het was de brief die haar moeder had gestuurd na de dood van haar vader.

Het was stil in de woonkamer. Het enige geluid was het ritmische tikken van de klok. Fiona, verbijsterd door de ontvangst die ze had gekregen, hoorde het niet. Ze hoorde alleen duizenden problemen om het hardst om aandacht schreeuwen. Haar tante was dood. Haar oom was een raaskallende dronkaard. Haar nichtje was ergens in deze godvergeten stad, maar waar? De winkel was dicht. De baan waarop ze had gerekend, bestond niet. Het gebouw zou bij opbod worden verkocht. Waar moesten ze dan naartoe? Wat moesten ze doen? Hoe moest ze onderdak vinden, en een baan?

Ze liep door het appartement. Overal lag rommel. De badkamer was smerig. Michaels slaapkamer was ook bezaaid met lege flessen. Omgewoelde lakens hingen van het bed op de vloer. Op een van de kussens lag een foto. Fiona pakte hem op. Een knappe vrouw met vrolijke ogen keek haar glimlachend aan.

'Feeee!' schreeuwde Seamie. 'Kom! Ik ben bang!'

'Ik kom al, Seamie!' riep ze terwijl ze zich naar hem toe haastte.

'Ik vind het hier niet leuk, ik wil naar huis,' jammerde hij.

Fiona zag de angst en vermoeidheid op zijn gezicht. Ze mocht niet laten blijken hoezeer ze van streek was. 'Stil maar. Alles komt in orde. We gaan iets te eten kopen, dan ga ik opruimen en dan ziet alles er een stuk beter uit.'

'Is dat tante Molly?' Hij wees naar de foto die ze nog in haar hand hield.

'Ja, lieverd.'

'Ze is dood, hè? Dat zei oom Michael.'

'Ja, ik ben bang van wel,' zei Fiona. Ze wilde van onderwerp veranderen. 'Kom, Seamie, we gaan op zoek naar een winkel en dan gaan we brood en spek kopen. Je lust toch wel een boterham met spek?' Ze wilde zijn hand pakken, maar hij sloeg haar weg.

'Dood! Dood! Dood!' schreeuwde hij kwaad. 'Net als mam en pa en Charlie en Eileen! Iedereen is dood! Ik haat dood! Nick is zeker ook dood, Fee?'

'Nee, Seamie,' zei Fiona sussend terwijl ze voor hem knielde. 'Nick is niet dood. Hij is in een hotel. Dat weet je toch wel? We gaan volgende week naar hem toe.'

'Niet waar. Hij is dood,' hield Seamie vol. Hij gaf een venijnige schop tegen een van hun tassen.

'Dat is hij niet! Hou hiermee op!'

'Wel waar! En jij gaat ook dood, en dan ben ik helemaal alleen!'

De tranen sprongen in Seamies ogen. Zijn gezicht vertrok. Fiona voelde haar hart breken. Hij is nog zo klein, dacht ze. Hij is iedereen kwijt, behalve mij. Zijn thuis, zijn vriendjes, alles. Ze trok hem naar zich toe. 'Nick is niet dood, lieverd. En ik ga ook niet dood. Nog heel lang niet. Ik blijf bij je om voor je te zorgen en op je te passen, goed?'

Hij snoof tegen haar schouder. 'Beloof je dat, Fee?'

'Ik beloof het,' zei ze.

21

Nicholas Soames kromp ineen toen de dokter een stethoscoop tegen zijn naakte borst plaatste. 'Verdikkeme! Waar bewaart u dat ding? In de ijskast?'

De arts, een strenge, weldoorvoede Duitser, vond het niet grappig. 'Ademen, alstublieft. In en uit, in en uit...'

'Ja. Ik weet wel hoe het moet. Ik doe het al tweeëntwintig jaar,' mopperde Nick. Hij ademde diep in en weer uit. Hij wilde hier niet zijn, in de spreekkamer van dokter Werner Eckhardt, waar het rook naar carbol en waar allerlei griezelige metalen voorwerpen lagen die de dokter gebruikte om patiënten te onderzoeken. Op de boot waren de aanvallen van vermoeidheid erger geworden. Fiona had meer dan eens de scheepsarts willen roepen, maar dat mocht niet van hem. Hij kón het ook niet toestaan, anders hadden ze hem misschien teruggestuurd naar Londen.

Meteen nadat hij gisteren in zijn hotel was aangekomen, had hij naar Eckhardt geschreven om een afspraak te maken. Hij wist dat de arts de beste was op zijn gebied. De dokter had teruggeschreven dat een patiënt een afspraak had afgezegd en dat hij vandaag kon komen.

Terwijl Nick diep bleef ademen, verplaatste dokter Eckhardt de stethoscoop van zijn borst naar zijn rug, en luisterde aandachtig. Toen kwam hij overeind, legde de stethoscoop weg en zei: 'Het heeft uw hart bereikt. Er zijn beschadigingen. Ik kan ze horen. Er zit een ruis in het bloed.'

Echt iets voor een Duitser, dacht Nick. Recht voor zijn raap, zonder er doekjes om te winden. Geen bemoedigende hand op je schouder. Gewoon een flinke knal voor je kop. En toen kon hij zijn nonchalante houding, die hij gebruikte als afweer tegen de wreedheid van de wereld, niet meer volhouden. O god. Het heeft mijn hart aangetast. Mijn hart!

'Uw ziekte is aan het woekeren, meneer Soames,' vervolgde de dokter. 'De aandoening slaat toe op zwakke plekken. Als u de voortgang wilt vertragen, moet u beter voor uzelf zorgen. U hebt rust nodig. Een goed dieet. En u mag zich niet vermoeien.'

Nick knikte verdwaasd. Nu was het zijn hart. Wat kwam daarna? Zijn longen? Zijn hersens? Hij zag het al zijn schedel binnendringen als een barbaars leger dan stukje bij beetje zijn hersenfuncties opvrat tot hij niets anders meer kon dan bloemetjes plukken en kinderrijmpjes zingen. Dat vertikte hij. Dan verhing hij zichzelf nog liever.

Terwijl de dokter monotoon verder praatte, besefte Nick dat hij Fiona miste. Ze was zo lief, zo bezorgd en zo goed voor hem geweest. Ze zou nu zijn hand pakken, net als toen op de boot, en zeggen dat alles goed zou komen. Of toch niet? vroeg hij zich ongerust af. Zelfs een goedhartig persoon als zij had grenzen. Als ze wist wat hem werkelijk mankeerde, zou hij haar vast verliezen, zijn lieve Fee, zijn enige vriendin. Net zoals hij alle anderen had verloren.

'Luistert u wel, meneer Soames?' informeerde Eckhardt terwijl hij hem doordringend aankeek. 'Dit is geen grapje.

Het is van het grootste belang dat u voldoende slaap krijgt. Tien uur per nacht. En rustuurtjes overdag.'

'Dokter Eckhardt, ik zal meer rust nemen,' zei Nick. 'Maar ik kan niet steeds op mijn bed blijven liggen. Ik moet een galerie openen, en dat kan ik niet doen in een liggende houding. Kunt u me niet een dosis kwik geven?'

Eckhardt wuifde dat voorstel weg. 'Heeft geen zin. Daar worden de tanden zwart van, en u gaat ervan kwijlen.'

'Wat een aangenaam vooruitzicht! Wat kunt u nog meer bieden?'

'Een tonicum dat ik zelf heb samengesteld. Dat versterkt het afweersysteem.'

'Dan proberen we dat,' zei Nick. Terwijl hij zich aankleedde, goot Eckhardt een donkere, stroperige vloeistof in een flesje, draaide er een stop op en gaf hem instructies over de dosering. Vervolgens zei de dokter dat hij over een maand moest terugkomen, en verontschuldigde zich toen dat hij de volgende patiënt moest ontvangen. Nick draaide een losse knoop in zijn stropdas en bestudeerde zijn gezicht in de spiegel. In elk geval zie ik er nog gezond uit, dacht hij. Misschien een beetje bleek, maar dat is alles. Eckhardt overdrijft. Dat doen alle artsen. Zo houden ze hun patiënten. Hij trok zijn jasje aan en stopte het flesje in zijn zak. Op weg naar buiten vroeg hij aan de receptioniste of ze de rekening naar zijn hotel wilde sturen.

Buiten was het een verfrissende, zonnige maartse ochtend. Nick zag er opvallend modieus uit in zijn driedelige grijze pak en nogal gewaagde bruine in plaats van zwarte stropdas, schoenen en jas. Hij liep met zijn handen in zijn zakken over Park Avenue, in de hoop een huurrijtuigje te vinden. De frisse lucht bracht wat kleur op zijn bleke gezicht met de hoge jukbeenderen en verbluffend turkooisblauwe ogen. Hij trok veel bewonderende blikken, hoewel hij die niet opmerkte, verdiept als hij was in zijn eigen gedachten.

Eindelijk kon hij een rijtuigje aanroepen en hij gaf de koetsier opdracht hem naar Gramercy Park te brengen. Onderweg passeerden ze op Fortieth Street een kunstgalerie. Met de witte, goudomrande luifel, de glanzende koperen deuren met bronzen urnen aan weerskanten, zag die er bijzonder welvarend uit. Terwijl hij er naar keek, kwam er een vastberaden uitdrukking op zijn gezicht. Hij zou een eigen galerie openen en ook die zou goede zaken doen. Zijn ziekte zou hem niet belemmeren. Hij was taai, en dat zou hij bewijzen. Tegenover Eckhardt. Tegenover zichzelf. En helemaal tegenover zijn vader, die hem weerzinwekkend had genoemd en hem had aangeraden om maar vlug te sterven en de familie verdere schande te besparen. Zonder het te willen zag hij de man weer voor zich. Gezet, kortaangebonden, nooit een glimlach op zijn gezicht. Ongelooflijk rijk. Machtig. Monsterlijk.

Hij huiverde en probeerde het beeld te verdringen, maar het liet zich niet wegduwen en hij zag zijn vader zoals hij eruit had gezien op de avond dat hij Nicks ziekte te weten was gekomen. Zijn gezicht was verwrongen van woede toen hij hem tegen de muur had gegooid. Hij had snakkend naar adem op de vloer gelegen en naar de zwarte neuspunten van zijn vaders schoenen gekeken terwijl die heen en weer liep. De schoenen, van Lobb's, waren glimmend gepoetst. De broek, van Poole's, had messcherpe vouwen. Het uiterlijk betekende alles voor de man. Praat en kleed je als een heer en dan ben je er een, ook al sla je je paarden, je personeel of je zoon.

Nick schudde de herinnering van zich af en pakte zijn horloge. Hij had om elf uur een afspraak met een makelaar om locaties te bekijken voor zijn galerie. Per ongeluk maakte hij de achterkant van de kast open. Een kleine foto viel op zijn schoot. Hij pakte hem op. Zijn hart kromp samen toen hij naar de jongeman keek die terugglimlachte. Op de muur achter hem stonden de woorden CHAT NOIR. Wat kon Nick zich dat etablissement goed herinneren. Hij kon de absint bijna proeven en de geur opsnuiven: een mengeling van sigarettenrook, parfum, knoflook en olieverf. Hij zag zijn vrienden voor zich: hun gezichten, hun afgedragen kleren, de verfvlekken op hun handen. Nick legde zijn handen tegen zijn hart en voelde het kloppen. Beschadigingen? Als zijn hart het na het vreselijke verlies in de afgelopen herfst niet eens had begeven, wat deden een paar zwakke plekken er dan toe? Hij bleef naar de foto kijken en opeens was hij niet meer in New York, maar terug in Parijs. Henri zat tegenover hem in het café, gehuld in zijn favoriete wijnrode jasje. Het was niet maart, maar mei. De avond dat ze elkaar ontmoetten. Hij was weer terug in Montmartre...

'Tweehonderdvijftig francs voor die... die affiche?' riep Paul Gauguin met een dikke stem door de wijn. 'Het lijkt wel reclame voor op een lantaarnpaal!'

'Beter een affiche dan een kindertekening zoals die Bretons van jou!' riep Henri de Toulouse-Lautrec terug. Die opmerking ontlokte schaterend gelach aan de rest van het gezelschap.

Eerder die dag had Nick een schilderij van Toulouse-Lautrec verkocht, een kleurig portret van Louise Weber, een variétéartieste die bekendstond onder de naam La Goulue. Zijn werkgever, de bekende kunsthandelaar Paul Durand Ruel, had geaarzeld om Toulouse-Lautrec te vertegenwoordigen, maar na aandringen van Nick had hij een paar doeken tentoongesteld. Nick had maar een beetje provisie verdiend, maar hij had nog een andere beloning gekregen: een overwinning voor de moderne kunst.

En het was een hele prestatie om de nieuwe generatie te verkopen. Het was al moeilijk om een Manet, Renoir of Morisot te verkopen, degenen die er allemaal mee waren begonnen. Maar Nick had vertrouwen. In 1874, toen de pioniers een eerste tentoonstelling hielden, hadden ze ook niets kunnen verkopen. Een criticus had hen met een verwijzing naar Monets 'Impressie van een zonsopgang' afgedaan als impressionisten, een stel amateurs. Ze ageerden tegen wat volgens de heersende normen acceptabel was: historische en genreschilderijen, en wilden de werkelijkheid presenteren in plaats van het ideaal. De naaister die over haar werk gebogen zat, was net zo'n waardevol onderwerp voor hen als een keizer of een god. Ze hanteerden hun penselen losjes en direct om meer emotie op te roepen. Het publiek had hen beschimpt, maar Nick was dol op ze. Het realisme waarmee ze het leven portretteerden, paste bij zijn verlangen naar een beetje eerlijkheid in zijn eigen bestaan.

In Cambridge had hij economie gestudeerd omdat zijn vader dat wilde. Hij moest immers klaargestoomd worden om Albiona, de bank van de familie, over te nemen. Maar in zijn vrije tijd bestudeerde hij kunst. Toen hij voor het eerst impressionistische kunst zag in de National Gallery was hij negentien. Hij werkte in de zomermaanden bij Albion en hij haatte elke minuut van de dag daar. Naderhand was hij uit het museum gelopen, had een huurrijtuig geroepen en de koetsier opdracht gegeven om een uur lang door de stad te rijden, waar hij maar wilde, opdat hij in zijn eentje uiting kon geven aan zijn ellende. Toen hij die avond thuiskwam, wist hij dat hij niet bij Albion wilde blijven en ook niet terugwilde naar Cambridge. Hij zou zijn vader trotseren en naar Parijs vertrekken. Hij haatte zijn leven:

de benauwende dagen, de familiediners waarbij zijn vader hem voortdurend overhoorde over financiën en hem vervolgens de huid vol schold omdat hij de antwoorden niet wist, de onverdraaglijke feesten waarbij de vriendinnen van zijn moeder hem hun dochters opdrongen omdat hij, als enige zoon van zijn aristocratische vader, als een uitstekende partij werd beschouwd. Zijn hele leven was een voorwendsel. Wie en wat hij was telde niet. Maar in de schilderijen van Monet, Pisarro en Degas ving hij een glimp op van een wereld zoals die was, en niet zoals die moest lijken, en hij omarmde die visie.

Nick nam nog een slok wijn terwijl Gauguin en Toulouse-Lautrec elkaar bleven treiteren. Hij genoot. Er heerste een goede sfeer. La Goulue kwam zelf, en werd verwelkomd met gejoel en applaus. Nick keek om zich heen en zag Paul Signac en Georges Seurat heftig discussiëren. Emile Bernard was een knappe jongeman met lang, donkerbruin haar aan het plagen met de serveerster, die verliefd op hem was. Een paar collega's van de galerie waren er ook. En de broers Van Gogh. De humeurige, verfomfaaide Vincent en de ernstige Theo, eigenaar van de concurrerende galerie Goupil. Het was een gezellig feest en een heerlijke avond, en toen sloeg het noodlot toe.

Nick zat te smullen van gekookte mosselen en depte de met knoflook doordrenkte bouillon op met stukken knapperig brood. Hij reikte net langs Gauguin naar nog een stuk brood toen uit het niets een rotte kool door de lucht kwam zeilen en hem precies op zijn hoofd raakte. Hij bleef sprakeloos zitten en probeerde het slijm uit zijn ogen te knipperen. Een kreet van verontwaardiging steeg op, en iedereen ging op zoek naar de boosdoener. De man werd gepakt en meegenomen naar de plaats des onheils. Hij bleek de postbode te zijn die zich had geërgerd aan Gauguins schilderijen. En de schoft vertikte het niet alleen om zijn verontschuldigingen aan te bieden, maar hij beschuldigde Nick er ook nog van dat hij met zijn hoofd in de weg had gezeten en dat hij daardoor zijn doel had gemist.

De stank was niet te harden. Nick stond op en zei dat hij naar huis moest om zich te verkleden, toen een jongeman opsprong en aanbood dat Nick zich wel bij hem thuis kon wassen en een schoon overhemd kon lenen.

'Ik ben Henri... Henri Besson,' zei hij. 'Ik woon hier vlakbij, een straat verder.'

Ze renden de vijf trappen op naar Henri's kamertje. Nick trok intussen zijn overhemd uit. Binnen boog hij zich over een kleine, met verfvlekken bezaaide gootsteen en leegde een kan water over zijn hoofd. Henri gaf hem zeep en een handdoek, en een glas wijn toen hij zich had aangekleed. Nick had zo'n haast gehad om zich te wassen dat hij niet naar Henri's kamer had gekeken. Maar nu keek hij om zich heen en tot zijn stomme verbazing zag hij overal – aan de muren, leunend tegen de lege haard en tegen het weinige meubilair – de prachtigste, met licht overgoten schilderijen die hij ooit had gezien. Een jong meisje tijdens een bal, met een subtiele, perfecte blos op haar ivoorkleurige wangen. Een wasvrouw met de rokken opgetrokken tot boven haar dikke knieën. Vleessjouwers met bloedvlekken op hun kleren in de Hallen. En toen zag hij het schilderij dat hem helemaal de das omdeed: een portret van twee jonge mannen aan het ontbijt. De een zat aan een tafel met daarop geroosterd brood een krant te lezen. De ander dronk een kop koffie bij het raam. Ze waren gekleed en keken niet eens naar elkaar, maar ze leken zo op hun gemak bij elkaar dat je wist dat ze minnaars waren. Het schilderij was zowel onschuldig als ophitsend. Nick slikte. 'Allemachtig. Heb je dit ooit aan iemand laten zien?'

Henri kwam bij hem staan en schudde zijn hoofd. 'Onze vrienden schilderen de waarheid, Nicholas, en ze worden bekogeld met rotte kolen.' Hij lachte. 'Of hun vertegenwoordigers, moet ik zeggen.' Hij streek over het doek en zijn glimlach verdween. 'Ze onthullen ons en dat kunnen mensen niet verdragen. Wie zou mijn leven willen accepteren zoals het is?'

Ze waren niet teruggegaan. Ze hadden een fles wijn leeggedronken en een volgende geopend, en ze hadden tot diep in de nacht zitten praten over hun schildervrienden, de schrijvers Zola, Rimbaud en Wilde, de componisten Mahler en Debussy, en over henzelf. En de volgende ochtend, toen de eerste zonnestralen over Henri's slapende gestalte vielen, lag Nick te kijken naar zijn ademhaling, amper in staat om zelf te ademen nu zijn hart zo ongewoon vol was...

Een politieman klopte tegen het rijtuig en Nick schrok op uit zijn gedachten. 'Er is een kar omgeslagen,' schreeuwde de agent tegen de koetsier. 'Alle verkeer staat vast. Sla af naar Fifth.'

Nick keek naar de foto die nog steeds in zijn hand lag. Hij moest glimlachen om Henri's jasje. Hij wist nog dat hij het voor hem had gekocht. Hij stopte de foto terug in de horlogekast. Henri vond dat hij te goed voor hem was, te royaal. Maar dat was niet zo. Henri's gaven – liefde, humor, moed – waren veel belangrijker geweest. Henri had hem weten te overtuigen dat hij zijn vader moest trotseren en leven zoals hij wilde. Dat had weliswaar veel moeite gekost, maar Nick was nooit eerder verliefd geweest. Hij had weliswaar stiekem wat gerommeld en achteraf had hij zich altijd bezoedeld gevoeld. Maar nu hij verliefd was, nam de meest gewone handeling iets sprookjesachtigs aan. Een kip kopen werd een onbeschrijflijke ervaring omdat Henri er een heerlijke maaltijd van zou bereiden met kruiden en wijn. Als hij witte rozen op de markt vond, was dat zijn grootste prestatie – ondanks dat hij zes schilderijen had verkocht – omdat het Henri's lievelingsbloemen waren. En het was een genot voor hem om op een zaterdagochtend naar Tasset & Lhote te gaan en daar de beste verf en penselen te kopen – dingen die Henri zich niet kon veroorloven – en die zonder iets te zeggen naast zijn ezel neer te zetten. Binnen een maand waren ze samen in een appartement getrokken en er volgde een jaar van puur geluk. Nick kreeg twee keer promotie. Durand Ruel zei dat hij nog nooit zo'n instinctieve neus voor kunst had meegemaakt bij iemand die zo jong was. En elke avond kon hij terug naar Henri. Dan kon hij met hem lachen en praten en de dag bespreken.

Maar altijd was er een zwarte wolk aan de horizon geweest: zijn vader. Die was woedend geweest toen Nick naar Parijs ging. Hij had hem in eerste instantie met rust gelaten in de hoop dat zijn belangstelling voor kunst van voorbijgaande aard was. Maar nu wilde hij dat hij naar huis kwam. Nick was nu eenentwintig, en het was tijd dat hij zijn verantwoordelijkheid nam. Zijn vader wilde afdelingen van de bank openen door heel Engeland en Europa. De zakenwereld was aan het veranderen, zei hij. Hij wilde Albion op de markt brengen en zijn zoon moest hem helpen om de groei te bewerkstelligen.

Toen Nick niet wilde terugkomen, werd zijn uitkering stopgezet. Dat had niet gewerkt, dus nu dreigde zijn vader hem te onterven. Als dat gebeurde, zou Nick een enorme erfenis verliezen: miljoenen ponden in contanten, beheer en een investering in een huis in Londen; een landgoed in Oxfordshire, bezittingen in Devon en Cornwall, en een plaats in de House of Lords. Hij had zijn vader een voorstel gedaan. Hij moest hem wat tijd gunnen, dan zou hij in september weer komen praten. Zijn vader had toegestemd. Het was nu juli. Hij zou over twee dagen met Henri naar Arles gaan, en de volgende weken zou hij wel proberen te bedenken wat hij moest doen.

Een kille windvlaag waaide het rijtuig in. Nick, nog steeds verdiept in zijn herinneringen, voelde het niet. Henri en hij hadden een mooi huis gehuurd in Arles. Ze maakten wandeltochten door de omgeving, lagen 's nachts in een diepe slaap en werden uitgerust wakker. Ze zwoeren dat ze nooit meer terug zouden gaan naar het vieze, lawaaiige Parijs. Overdag ging Henri schilderen en correspondeerde Nick met kunstenaars en cliënten, of hij zat te lezen. Soms gingen ze in een café in de stad eten, maar meestal kookte Henri. Op de avond dat Nick hem zijn besluit meedeelde, had Henri een uientaart gemaakt. Nick had geen hap door zijn keel kunnen krijgen.

'Ik maak me zorgen over Vincent, Nicholas. Het gaat niet goed met hem,' zei Henri terwijl hij een glas witte wijn inschonk. Ze aten in de tuin.

'Dat geldt voor jullie allemaal,' antwoordde Nick.

'Geen grapjes. Ik meen het.' Henri vertelde over de problemen van Vincent van Gogh, die de zomer ook in Arles doorbracht, maar Nick hoorde hem amper. De hele zomer hadden ze het gehad over kunst, hun vrienden, eten, wijn, over alles behalve wat het belangrijkste voor hen was. Maar vanavond moesten ze er wel over praten. Nick had zijn keus bepaald. Die middag, toen Henri was weggegaan om te schilderen, had Nick een brief aan zijn vader gepost waarin hij hem zijn besluit meedeelde. Toen was hij op een bank in de buurt gaan zitten wachten tot het postkantoor sloot en de postmeester met een zak vol brieven naar buiten kwam om die naar het station te brengen en in de trein naar Parijs te zetten. Nu kon hij hem niet meer terugkrijgen. Toen hij thuiskwam, haalde Henri net de taart uit de oven. Nick had geprobeerd het hem te vertellen, maar Henri duwde hem bestek in de handen en zei dat hij de tafel moest dekken.

'Ik heb Vincent vanmiddag in de stad gezien,' vervolgde Henri. 'Hij is zo vermagerd dat ik hem bijna niet herkende. Hij had een oud jasje aan en een versleten broek. Ik dacht dat hij een zwerver was. Hij vroeg of ik naar zijn werk kwam kijken.'

'En hoe is het?'

'Verbijsterend. Hij heeft een stilleven met een koffiepot gemaakt, dat moet je echt zien. En een portret van een zoeavenjongen... Die kleuren! Zo krachtig, zo origineel!'

'Met andere woorden, het valt niet te verkopen.'

'Nou ja,' zei hij met een hoopvolle blik op Nick. 'Misschien wel door een goede verkoper, de beste van Parijs...'

Nick nam een slok wijn en keek hem alleen aan.

'Wil je het niet proberen?'

'Ja.' Nick zette zijn glas neer, maar zijn hand beefde zo dat hij het omstootte.

Henri sprong op om de vlek op te deppen. 'Nicholas, wat ben je toch onhandig! Kijk, er ligt allemaal wijn op je bord.' Hij zag dat Nick nog geen hap had genomen. 'Waarom eet je niet? Vind je de taart niet lekker?'

Hij gaf geen antwoord. Het leek wel of alle adem uit hem was geperst.

'Nicholas, wat is er?'

Hij keek Henri aan en pakte zijn hand. 'Ik... ik heb vandaag naar mijn vader geschreven...' Hij zag dat Henri verbleekte, en hij vervolgde vlug: '... dat ik niet terugkom.'

Henri knielde neer naast Nicks stoel en raakte zijn wang aan. Nick trok hem naar zich toe en hield hem vast tot hij hem voelde snikken. 'Henri, waarom huil je? Ik dacht dat je blij zou zijn!'

'Dat ben ik ook, idioot. Ik huil om jou, om alles wat je kwijt bent. Je thuis, je familie...'

'Stil nu maar, het is goed zo. Jij bent nu mijn thuis. En mijn familie.'

Die avond hadden ze nog meer gehuild en ook gelachen. Nick wist dat zijn besluit hem pijn zou doen. Maar het was de juiste beslissing. Halverwege augustus gingen ze terug naar Parijs. Nick stortte zich op zijn werk, vastbesloten om zijn kunstenaarsvrienden het geld en de waardering te geven die een verkoop bracht. Henri's werk begon ook bekendheid te krijgen. Twee doeken werden verkocht bij Durand Ruel, en drie bij Goupil. Toen Nick in september nog geen bericht van thuis had ontvangen, concludeerde hij dat zijn vader zich aan zijn dreigement hield en dat alle contact verbroken was. Het deed hem pijn, maar hij kon het verdragen. Hij had zijn liefde gevonden bij Henri, en dat was het belangrijkste. Destijds had hij gedacht dat zijn geluk eeuwig zou duren...

Het huurrijtuig kwam met een schok tot stilstand op Irving Place, en Nick werd uit zijn herinneringen gerukt. Hij stapte uit en betaalde de koetsier. Chic, dacht hij toen hij om zich heen keek. Oud geld. Hij moest glimlachen, en vroeg zich af hoe oud geld kon zijn in New York. Een generatie? Twee? Oud of nieuw, het kon hem niet schelen, als de New Yorkers zijn schilderijen maar kochten.

En dat zouden ze doen. Durand Ruel was in 1886 naar New York gekomen met driehonderd schilderijen van impressionisten, en het enthousiasme was overweldigend geweest. Er woonden hier een heleboel welgestelde mensen die intellectueel genoeg waren om de nieuwe kunst te waarderen. En hij had meer dan genoeg te koop. Voor hij naar Amerika vertrok had hij duizenden ponden overgemaakt aan de galerie – bijna al zijn geld – met een telegram waarin hij zijn vroegere collega's vertelde wat hij wilde en opdracht gaf om de schilderijen naar een entrepot in New York te sturen. Binnen een week zouden ze aankomen. En dan zou het zijn of hij in elk schilderij een oude vriend terugzag. Ze bevatten alle een stukje van het leven, de ziel van de maker. Iets van zijn leven lag ook in die schilderijen. Van zijn leven en dat van Henri. Als zijn onderneming zou slagen, als hij een markt vond voor de nieuwe kunstenaars en hun een inkomen kon bieden opdat ze aan het werk konden blijven, zou er toch iets goeds komen uit alle leed die hij had ondervonden.

Nog steeds glimlachend ging hij op weg naar de makelaar. Eckhardt kon de boom in met zijn treurnis en somberheid, dacht hij. Hij was niet van plan om dood te gaan. Vandaag niet en morgen evenmin. Hij had een belangrijke taak en die zou hij uitvoeren.

22

'Oom Michael?' riep Fiona vanaf de drempel van zijn slaapkamer. 'Hoort u mij? U moet wakker worden.'

Er kwam geen reactie. De slapende man lag op zijn rug, in een wirwar van lakens. Hij droeg een vieze hemdbroek en sokken vol gaten.

'Misschien is hij dood,' opperde Seamie.

'Begin daar nu niet weer over, Seamie. Hij is niet dood. Dode mensen snurken niet.'

Ze riep de naam van haar oom weer. Toen hij nog steeds niet reageerde, liep ze naar hem toe en schudde hem bij de schouder. Hij snurkte door zonder iets te merken. Ze gaf een paar tikken tegen zijn wangen, greep hem onder zijn oksels beet en hees hem overeind. Hij viel weer achterover. Toen kreeg ze er genoeg van, gaf hem een duw en liep naar de badkamer.

Na haar eerste, slapeloze nacht in New York was Fiona tot de conclusie gekomen dat Michael zijn winkel niet mocht verliezen. Zijn levensonderhoud en dat van haar hing ervan af. Gisteren, nadat ze Seamie naar bed had gebracht, was ze inkopen gaan doen. Ze had zeven straten verder moeten lopen voor ze een fatsoenlijke winkel vond.

De eigenaar, een praatgrage man, vroeg haar wie ze was en vertelde toen dat hij haar oom kende, dat hij wist hoe hard hij had gewerkt om het huis te kunnen kopen. 'Hij verdiende goed met die winkel. Dat zou hij weer kunnen als hij de drank liet staan,' zei hij.

Toen ze terug was, rolde ze haar mouwen op, legde een knoop in haar rok en ging schoonmaken. Ze ontdekte dat onder alle troep een ruim, goed uitgerust appartement school. Behalve Michaels kamer was er nog een tweede slaapkamer waarin zij had geslapen, en een kinderkamer die Seamie nu in gebruik had. Er was een echte badkamer met een doortrektoilet en een porseleinen wastafel en bad. Er was ook een woonkamer en een keuken met een nieuwe oven, een dubbele spoelbak en een grote, ronde, eiken tafel. Tijdens het schoonmaken vielen haar aardige details op. Een groene glazen vaas met SOUVENIR VAN CONEY ISLAND erop geschilderd. Twee glazen kandelaars naast een met schelpen versierd sieradendoosje. Ingelijste prenten van bloemen. In de woonkamer stond een met paars fluweel bekleed driedelig bankstel, en er lag een mosgroen en lichtgroen gekleurd wollen tapijt. Het was allemaal niet van de beste kwaliteit, maar met zorg gekozen, een teken van degelijke arbeidersklasse.

Haar oom had blijkbaar goed verdiend, en dat zou hij weer kunnen. Fiona was niet van plan om in een theefabriek te gaan werken of pubs schoon te maken voor een schijntje. Ze ging voor hem werken, net zoals ze van plan was geweest. Ze ging zaken leren doen en daarna zou ze met Burtons geld haar eigen winkel openen. Tot nu toe had ze veertig van de vijfhonderd pond uitgegeven. Aan boord had ze vijftig pond ingewisseld voor tweehonderdvijftig Amerikaanse dollars. De resterende vierhonderdtien pond waren meer dan tweeduizend dollar waard. Het was een fortuin, maar het was ook de toekomst van haar en Seamie, dus ze moest er zuinig op zijn. Ze wist uit ervaring dat je van het loon voor fabriekswerk amper de huur van een armetierige kamer en karige maaltijden kon betalen. Als ze niet uitkeek, zou ze het geld moeten gebruiken om de eindjes aan elkaar te knopen totdat er niets meer van over was. En dan zou ze weer net zo arm zijn als in Whitechapel. Maar ze was niet van plan om ooit weer arm te zijn. Ze zou rijk worden. Ze moest zich aan haar belofte houden wat betrof William Burton en Bowler Sheehan, en hoewel ze geen idee had hoe ze wraak zou nemen, wist ze dat ze er een heleboel geld voor nodig zou hebben. Ze zou opklimmen op de maatschappelijke ladder, en dat snurkende wrak in de andere kamer moest haar daarbij helpen.

In de badkamer pakte ze een glas dat op de wastafel stond, vulde het met koud water, liep terug naar de slaapkamer en goot het leeg over het hoofd van haar oom.

Zijn adem stokte en hij kwam sputterend overeind. Met knipperende ogen keek hij haar aan en zei: 'Wie ben jij? En waarom probeer je me te verdrinken?'

Ze keek hem ongelovig aan. 'Kent u ons niet meer? We zijn uw nicht en neefje, Fiona en Seamie. We hebben gisteren met u gepraat in Whelan's bierhuis. U zei dat we hier mochten logeren.'

'Ik dacht dat ik dat had gedroomd,' zei hij. Hij bukte zich om zijn broek van de vloer op te rapen.

'Nou, u hebt het niet gedroomd,' zei ze nijdig. 'En ook niet dat uw huis zo schoon is en dat uw bed was opgemaakt en dat er een karbonade op een bord in de keuken klaarlag. Door wie denkt u dat die is gebakken? Elfjes?'

'Eerder door duivels. Hij was helemaal aangebrand.' Hij stapte uit bed en zocht zijn schoenen.

'Nou, hartelijk bedankt.' Fiona's stem werd luider. 'Heel hartelijk bedankt!'

Michael legde met een grimas zijn handen tegen zijn oren. 'Ik heb hoofdpijn. Praat niet zoveel.'

Nu werd Fiona woedend. 'Ik praat wel, en u luistert! U moet ophouden met drinken, oom Michael. Ik vind het erg dat Molly is gestorven. Ik weet dat het moeilijk voor u is, maar zo raakt u de winkel kwijt.'

'Die ben ik al kwijt,' zei hij. 'Ik heb honderden dollars schuld. En dat geld heb ik niet.' Hij opende de bovenste la van zijn bureau.

'Maar ik wel.'

Hij lachte. 'Niet zoveel,' zei hij terwijl hij in de la zocht.

'Jawel. Ik heb een... een schikking gekregen van de baas van mijn vader. Vanwege zijn ongeluk. Ik kan u lenen wat u nodig hebt. Dan kunt u de bank en alle schuldeisers afbetalen.'

'Aha!' Michael had gevonden wat hij zocht. Hij pakte een flacon, draaide de dop los en nam een flinke teug.

'Nee, laat dat!' riep Fiona ontzet. 'Toe, oom Michael! Luister naar me...'

'Nee, jij luistert naar mij.' Ze schrok omdat hij opeens heftig klonk. 'Ik wil je geld niet. Ik wil je hulp niet. Ik wil alleen met rust gelaten worden.' Hij nam nog een slok, trok een overhemd aan en ging de slaapkamer uit.

Fiona ging hem achterna en Seamie volgde haar. 'Kan de winkel u dan niets schelen?' vroeg ze. 'En uzelf? Uw baby? Laten wij u koud?'

Michael snoof. 'Kind, ik ken je verdomme niet eens.'

Fiona deinsde terug alsof hij haar een klap had gegeven. Ellendeling, dacht ze. Als zijn kinderen naar haar ouders om hulp waren gekomen, zou haar vader ze niet zo slecht behandeld hebben.

'U eindigt nog in de goot,' zei ze. 'Een zwerver die nergens naartoe kan. Die in een steeg moet slapen. Uit vuilnisbakken moet eten. En alleen omdat u zich niet kunt beheersen. Denkt u dat anderen nooit iemand verloren hebben? Dat u de enige bent? Ik werd bijna gek toen ik mijn ouders verloor, maar ik heb me eroverheen gezet. En Seamie ook. Een jongen van vijf jaar heeft blijkbaar meer in zijn mars dan u!'

'Je weet niet van ophouden, hè?' zei hij. Hij stak een hand in zijn zak. Fiona deinsde achteruit toen hij iets naar haar toe gooide. Het belandde kletterend aan haar voeten. 'Daar!' schreeuwde hij. 'Neem hem maar! Neem die vervloekte winkel maar! Hij is van jou. En laat me nu met rust, heks dat je bent!'

Hij ging weg en smeet de deur achter zich dicht. Fiona voelde de tranen in haar ogen komen. Ze keek naar de grond om ze te verbergen voor Seamie. Toen viel haar blik op het voorwerp dat Michael naar haar gegooid had. Het was een sleutel. Ze dacht weer aan wat hij had gezegd. *Neem hem maar. Hij is van jou.* Ze bukte zich en haar vingers sloten zich om de sleutel. Terwijl ze dat deed hoorde ze voetstappen op de trap en toen een aarzelend klopje op de deur. 'Hallo? Michael?' riep een stem.

Fiona stopte vlug de sleutel in haar zak en kwam overeind.

'Hallo?' Een vrouw stak haar hoofd om de deur. 'Michael? O!' riep ze geschrokken. 'Mijn hemel! Je laat me schrikken!' Ze kwam naar binnen met een hand tegen haar borst gedrukt. Ze was klein en stevig gebouwd, met dik kastanjebruin haar dat in een knot was opgestoken, een lief, rond gezicht en grote, bruine ogen. Haar mouwen waren opgerold en haar onderarmen waren bedekt met zeepschuim. 'Ik ben Mary Munro, ik huur de etage boven,' zei ze.

'Ik ben Fiona Finnegan en dit is mijn broertje Seamie.

We zijn de nicht en neef van Michael. Het spijt me dat ik je heb laten schrikken.'

Mary keek naar Fiona's betraande gezicht. 'Ik hoorde schreeuwen, daarom ben ik naar beneden gekomen,' zei ze met een zacht Schots accent. 'Hij heeft je zo te zien een mooi welkom gegeven.'

Fiona glimlachte even. 'Niet bepaald het welkom dat we hadden verwacht.'

Mary schudde haar hoofd. 'Kom mee naar boven. Je ziet eruit of je wel een kop thee kunt gebruiken.' Ze praatte door terwijl ze hen mee naar de tweede verdieping nam. Fiona hoorde dat ze tien jaar geleden uit Schotland was geëmigreerd en hier nu drie jaar woonde met haar zoon en schoonvader. Haar man was dood. Hij was omgekomen bij een treinongeluk op het goederenterrein. Bij de deur werden ze verwelkomd door een jongen van een jaar of veertien, Mary's zoon.

'Zet de mooie kopjes en schoteltjes eens op tafel, Ian, en zet de ketel op,' zei ze. Ze liet hen plaatsnemen aan de keukentafel. 'Ik spoel deze was even en dan hang ik hem op, dan kunnen we daarna gezellig een kop thee drinken.'

Mary's keuken rook heerlijk naar brood en kaneel en spek. De gootsteen glom. Het fornuis was gezwart. De linoleumvloer was versleten en hier en daar zat een barst, maar er lag een glanzende nieuwe laag was op. Voor de ramen hingen witte kanten vitrages. Eenvoudig maar onberispelijk. Het deed Fiona denken aan de keuken van haar moeder, en ze voelde zich op haar gemak.

'Wil je je nichtje even zien?' vroeg Mary terwijl ze luiers uitwrong.

'De baby? Is die hier?'

'Ja, in de woonkamer. Een schat van een kind. Ze is sinds de begrafenis bij mij.'

'O, wat ben ik blij dat alles goed met haar is,' zei Fiona. 'Michael had wel gezegd dat ze bij een vriendin was, maar hij zei niet waar. Hij heeft niet eens verteld hoe ze heet.'

Mary schudde haar hoofd. 'Die man weet niet eens meer hoe hij zelf heet. Ze is vernoemd naar Molly's moeder, Eleanor. We noemen haar Nell. Ga maar kijken. Ik ben zo klaar.'

Fiona ging naar de woonkamer en zag een mollig vuistje zwaaien in een wasmand, en ze hoorde een stemmetje vrolijk brabbelen. Ze gluurde in de wasmand. Het meisje was inderdaad schattig. Ze had het zwarte haar en de blauwe ogen van haar vader en het knappe, ronde gezicht van haar moeder. Toen Fiona haar handje pakte en kirrende geluidjes maakte, werd ze beloond met een brede, tandeloze lach. Ze tilde de baby uit de mand en droeg haar mee naar de keuken, dolblij dat alles in orde was met haar.

'Zo!' zei Mary terwijl ze de laatste luier van Nell aan de waslijn buiten haar raam hing. Ze glimlachte toen ze Fiona met de kleine bezig zag. 'Is ze geen dotje? Zeg eens, Fiona, ben jij de dochter van Patrick Finnegan? Uit Londen?'

'Ja.'

'Dat dacht ik al. Molly heeft me verteld over Michaels broer. Ik denk dat ze je broer – Charlie heet hij toch? – wilde overhalen om naar New York te komen en in de winkel te werken.'

'Wat zou hij dat graag gedaan hebben.'

'Zou? Is hij dan niet hier?'

'Nee. Hij is een paar maanden geleden gestorven.'

'Wat erg!' Mary zette de theepot neer. 'Wat vreselijk voor jou en je ouders dat hij zo jong is overleden.'

'Mijn ouders zijn nog eerder dan Charlie gestorven.' Mary vergat de theepot en ging zitten. Fiona vertelde haar in het kort wat haar en Seamie de afgelopen maanden was overkomen.

'Mijn god, Fiona. En dan kom je helemaal naar Amerika en dan tref je jullie oom zo aan. Vreselijk.'

'Ja, daar ben ik nog niet overheen,' zei ze met iets van bitterheid in haar stem. 'Van wat mijn ouders vertelden en uit de brieven die hij stuurde leek hij me een goed mens. Ik had nooit gedacht dat hij zo onvriendelijk zou zijn.'

'Maar dat was hij ook,' zei Mary. Ze stond op, schonk thee in en zette een schaal met gemberkoek op tafel. 'Voor Molly stierf dronk hij nooit. Misschien eens een biertje, maar hij was een goed mens en een goede echtgenoot. Hij kan zijn verdriet niet uiten. Hij drinkt en schreeuwt terwijl hij eens flink zou moeten huilen.'

Mary roerde in haar thee en vervolgde: 'Hij raakt de winkel kwijt. Dat is erg voor hem en ook voor ons. Misschien willen de nieuwe eigenaars niet dat we blijven, en ik weet niet waar we dan naartoe moeten. Michael rekende niet veel huur. Ik weet niet waar we iets kunnen vinden met een achtertuin voor Alec en zijn planten. Hij is mijn schoonvader. Hij is tuinman. Tegenwoordig werkt hij niet veel meer omdat hij te oud is, maar af en toe verdient hij nog wel een paar dollars.' Ze keek bezorgd.

'Daar waren we over aan het ruziën,' zei Fiona. 'Ik had gehoopt dat ik voor hem kon werken. Ik wil ooit een eigen winkel beginnen. Ik hoopte dat hij me kon leren wat ik moet weten.'

Ze nam een slokje thee en zei toen: 'Ik heb aangeboden om zijn schulden af te lossen, maar hij weigerde. Toen heeft hij me zijn sleutel gegeven. Hij zei dat ik de winkel mocht hebben.'

Er viel een diepe stilte. Toen zei Mary: 'Hij heeft je de sleutel gegeven?'

Fiona keek haar aan. Mary keek niet langer bezorgd. Ze boog zich opgewonden voorover.

'Nou ja, hij heeft hem naar me gegooid.'

'Maar meisje! Je hebt de sleutel en het geld... Je kunt de winkel weer openen!'

Dat was precies wat Fiona had gedacht, en nu had Mary haar gedachten verwoord. 'Denk je dat ik dat zou kunnen?' vroeg ze zacht.

Mary pakte Fiona's handen. 'Ja! Je zei toch dat je een eigen winkel wilde? Neem die van je oom!'

'Maar ik weet niets van winkelbedrijven! Stel dat ik er helemaal niets van kan?' Ze was verrukt van het idee maar tegelijkertijd doodsbang.

'Je kunt het heus wel, Fiona. Ik kan zien dat je het best aankunt. Wat je niet weet, leer je wel. Michael wist ook van niets toen hij begon. Hij heeft het ook moeten leren.'

Het hele idee was gewoon waanzin, en ze nam een enorm risico met haar geld. Maar sinds ze die sleutel had, wilde ze het een kans geven. Stel dat het lukte? Dan kon ze de winkel behouden, Mary en haar familie hoefden niet weg, ze kon haar oom van een zwerversbestaan redden en zichzelf ook nog een fabrieksbaantje besparen.

'Ik... ik zal naar de bank moeten om te praten,' zei ze aarzelend. 'Ik ben nog nooit in een bank geweest. Ik heb geen idee wat ik moet zeggen. En misschien willen ze niet eens naar me luisteren.'

'Natuurlijk wel. Bij een publieke verkoop lijden ze verlies. Ze krijgen nooit al hun geld terug. Ze willen liever dat de hypotheek verder wordt afbetaald. Wij zullen doen wat we kunnen, nietwaar, Ian?' Ian knikte enthousiast. 'We zullen je helpen met schoonmaken. Ik hou een oogje op Seamie en ik zal de gordijnen voor je wassen. Dan hoeven we hier niet weg, hè Ian?' Ian schudde zijn hoofd. Ze hoorden de deur opengaan. 'O, dat zal Alec zijn,' zei Mary. 'Hij zal je ook helpen. Hij kan bloembakken maken voor buiten de etalage. Die had Molly willen hebben voor de lente. O, zeg toch ja, Fiona! Geef het een kans!'

Fiona lachte. 'Goed, Mary, ik probeer het!'

Toen kwam Alec binnen, en Mary stelde Fiona en Seamie aan hem voor en vertelde over hun plannen. Hij beloofde dat hij bloembakken zou maken vol hyacinten, narcissen, tulpen en viooltjes. Hij zei dat hij buiten zijn bloembedden klaar ging maken en vroeg of zijn kleinzoon hem wilde helpen.

Ian nam nog een hap gemberkoek en volgde zijn grootvader, weemoedig nagekeken door Seamie.

'Wil je ook helpen, jongen?' vroeg Mary. 'Ze kunnen vast wel wat hulp gebruiken.' Seamie knikte gretig. 'Ga dan maar gauw.'

Fiona glimlachte toen haar broertje Alec en Ian naar buiten volgde. Het was goed voor hem om in de buitenlucht bezig te zijn en niet steeds te denken aan mensen die dood waren. Ze hielp Mary met de theespullen afwassen en ze besloten dat ze maar meteen zouden beginnen om de winkel schoon te maken.

Toen Mary in de bezemkast zeep en borstels en poetsdoeken pakte, keek Fiona uit het raam. Seamie was in de achtertuin met een schoffel aarde en mest aan het mengen in een kruiwagen. Hij deed het een beetje onhandig, maar Alec leek het niet erg te vinden. Ze hoorde dat de oude man hem aanmoedigde en zei dat het makkelijker zou gaan als hij het handvat iets lager vasthield.

Een zacht briesje waaide naar binnen. Maandag zou het 1 april zijn en de lente zat in de lucht. Daar was ze blij om. Met warm weer hoefde ze niet veel geld te stoppen in de verwarming van het huis. Ze voelde een kriebel in haar maag toen ze aan de winkel dacht, maar ze hielp zichzelf herinneren dat ze het verlies van haar familie had doorstaan, aan moordenaars had weten te ontsnappen en zichzelf en haar broertje in veiligheid had gebracht. Dan kon ze een kruidenierswinkel ook wel aan.

'Zo,' zei Mary. Ze nam de baby over en gaf Fiona een stokdweil, een emmer en een stuk zeep. Ik haal Nells mandje, en dan kunnen we naar beneden.'

Buiten, toen Fiona de sleutel in het slot van de winkel stak, zei Mary: 'Moet je nagaan. Je bent pas een dag in New York en je hebt nu al een winkel. Misschien is het toch wel waar dat Amerika het beloofde land is en dat het geld hier voor het oprapen ligt!'

Fiona draaide de deurknop om en de deur ging open. Een vreselijke stank sloeg haar tegemoet. Ze kokhalsde en hield een poetsdoek van Mary voor haar neus. Toen haar ogen aan het duister gewend waren, zag ze de oorzaak van de stank: een vleeskoeling. De inhoud leek te bewegen. Maden, besefte ze. Duizenden. Dik, wit en kronkelend. Ze slikte, en probeerde de gemberkoek binnen te houden die ze zojuist had gegeten.

'Dit doet me denken aan een gezegde dat mijn vader een keer hoorde van een Chinese matroos,' zei ze.

'Wat voor gezegde?' vroeg Mary met een zakdoek tegen haar neus gedrukt. Haar ogen traanden.

'Denk goed na voor je een wens doet, want misschien wordt die wel vervuld.'

23

Fiona zat op de kruk achter de toonbank en leunde tegen de muur. Ze was vuil, bezweet en moe, en haar spieren deden pijn. Het optimisme dat ze vrijdag aan Mary's keukentafel had gevoeld, was verdwenen. Nu was ze er van overtuigd dat ze te veel hooi op haar vork had genomen. Samen met Mary, Ian en Ians vriend Robbie had ze dagen achtereen schoongemaakt en ze had nog bergen werk te doen. Ze had Michaels appartement een ramp gevonden, maar dat was niets vergeleken bij de winkel.

Ongedierte en verwaarlozing hadden een ravage aangericht. Toen Mary en zij zich langs de walgelijke stank hadden gewaagd, ontdekten ze een rattennest in een theekist. Andere ratten hadden door inlegvaten heen geknaagd, zodat de inhoud over de vloer was gelekt, en door sigarenkistjes om bij de tabak te kunnen komen. In bloem en havermeel zaten kevers. Op de potten honing en stroop kleefden dode vliegen. Fruit en groenten lagen verschrompeld in hun bakken.

Ze hadden er twee dagen over gedaan om de verrotte voorraad naar buiten te slepen. De vleeskoeling moest ook weg; die had het totaal begeven. Mary, Ian en Robbie hadden als paarden gewerkt. Ze had ervoor willen betalen, maar Mary vertikte het om geld aan te nemen. Toch had Fiona de jongens elk een dollar kunnen toestoppen toen Mary niet keek. Alec droeg ook zijn steentje bij. Hij was achter bloembakken aan het maken. Seamie stofte overal af waar hij bij kon. Alleen Michael liet zich niet zien. Hij had geen vinger uitgestoken.

Ze stond moeizaam op. Er was werk te doen. Ze had geen tijd voor zelfmedelijden. De wanden moesten geschilderd worden. Ze had geen idee waar ze verf kon kopen, maar ze herinnerde zich dat ze op de dag dat ze hier voor het eerst was gekomen, verfblikken bij de buren voor had gezien. Degene die daar woonde had de boel pas geschilderd. Misschien wist hij of zij wel waar ze moest zijn. Toen ze naar buiten ging, hield een rijtuig stil langs de stoep. Het portier ging open en een lange blonde man sprong eruit met een picknickmand in zijn hand.

'Nicholas!' riep ze blij. 'Wat doe jij hier?'

'Ik miste je! Ik weet dat we voor donderdag hadden afgesproken, maar ik kon niet zo lang wachten.'

Fiona vond het heerlijk om hem weer te zien. Zijn glimlach alleen al beurde haar op. 'Je ziet er goed uit,' zei ze. En dat was ook zo. Hij zag er knap en stijlvol uit. Maar misschien net iets te bleek.

'En jij lijkt wel een vieze schooier!' antwoordde hij terwijl hij over een veeg op haar kin wreef. 'Waar ben je in hemelsnaam mee bezig?' Zijn blik gleed over haar opgerolde mouwen en opgebonden rokken. Hij keek naar het afval op de stoep, de lege winkel en het verkoopbord dat nog in de etalage stond, en fronste zijn wenkbrauwen. 'Hmm, zo te zien verloopt alles niet volgens plan, ouwetje?'

'Nee,' gaf ze met een glimlach toe. Hij gaf haar altijd de raarste namen. Ouwetje, wijfje, ouwe sok, of rare snuiter.

'Wat is er gebeurd?'

Ze zuchtte. 'Tja... mijn tante is gestorven en mijn oom is een dronkaard die in geen maanden meer heeft gewerkt. De bank wil zijn huis aan de hoogste bieder verkopen. Ik heb een afspraak bij de bankdirecteur om te zien of ik de zaak kan overnemen. Ik heb al te veel van mijn eigen geld uitgegeven om de schulden af te betalen, en misschien allemaal voor niets. De bank kan me afwijzen.'

'Juist.'

'Hoe gaat het met jou?'

'Prima!' zei hij opgewekt. 'Ik weet niet waar ik moet wonen. En ik kan niets geschikts vinden voor mijn galerie. Het is allemaal te klein of te armoedig of te duur. En een uur geleden kreeg ik een telegram met de mededeling dat alle schilderijen die ik heb gekocht, mijn hele voorraad, op de verkeerde boot is geladen en naar Johannesburg is gestuurd. Afrika! Het duurt eeuwen voor ze hier zijn. Mijn hotel is lawaaiig, het eten is abominabel en de thee is afschuwelijk. En ik kan niemand verstaan in deze rotstad. Ze spreken geen Engels. En ze zijn vreselijk onbeschoft.'

Fiona moest lachen. 'Ik haat New York,' zei ze.

'Ik ook. Wat een ontzettende stad,' lachte hij terug.

'Maar toen we van de boot kwamen, zei je...'

'Het doet er niet toe wat ik zei. Ik was buiten zinnen.' Hij sloeg een arm om haar schouders.

'O, Nick,' zuchtte ze terwijl ze tegen hem aan leunde. 'Wat een ellende allemaal.'

'Een vreselijk grote puinhoop.'

Ze keek naar hem op. 'Wat moeten we doen?'

'Champagne zuipen. En wel meteen. Dat is de enige remedie.'

Fiona pakte zijn mand, zette die in de winkel en zei dat ze naar de buren moest om te vragen waar ze verf kon kopen. Hij zei dat hij meeging. Bij de voordeur hoorden ze een stemverheffing. Een man met een New Yorks accent en een vrouw met een Italiaans accent leken ruzie te maken. Fiona liet haar opgeheven hand zakken, maar ze was al gezien en even later werden ze binnengelaten door een opgewekte jongeman met gebloemde bretels en een dito stropdas.

'Kom toch binnen! Ik ben Nate Feldman, en dit is mijn vrouw Maddalena.' Een knappe vrouw met donkere ogen en een massa dik zwart opgestoken haar zwaaide naar hen vanachter een tekentafel. Ze droeg een witte blouse vol verfvlekken en een donkergrijze rok.

Fiona stelde zichzelf en Nick voor en zei toen: 'Ik wilde vragen of u weet waar ik verf kan kopen. Ik ben bezig met de winkel hiernaast, en ik zag een paar dagen geleden verfblikken hier voor de deur staan. We storen toch niet, hoop ik...'

'O, je hoorde ons schreeuwen!' lachte Nate. 'Maak je geen zorgen, zo werken we nu eenmaal. We schreeuwen tegen elkaar, dan komen de messen en pistolen tevoorschijn en degene die overeind blijft heeft gewonnen.' Hij keek naar Fiona's onzekere blik en toen naar Nick. 'Grapje natuurlijk! Een grapje, weet je wel... ha ha! Luister eens naar dit idee en zeg dan wat je ervan vindt...' Met zijn handen tekende hij een grote affiche in de lucht. 'Dit is een rijtuig met daarop de woorden HUDSON'S SELTZER en de koetsier buigt zich voorover naar jou, de klant, en zegt: "Last van uw maag? Neem onze bubbels, wij leveren graag!" Kijk, hier is de tekening. Laat eens zien, Maddie. Wat vinden jullie ervan? Zou het aanslaan?'

'Ja. Ja, dat denk ik wel,' zei Nick. 'Dat is een heel leuke tekening.'

'En de tekst? Wat...'

'Nate, laat die mensen toch eens zitten!' berispte Maddalena hem.

'Neem me niet kwalijk! Ga zitten.' Hij gebaarde naar een bank waarop allerlei affiches en prenten lagen. Fiona pakte een affiche op.

'Let niet op de rommel,' zei Nate. 'We hebben ons bedrijf aan huis. We zijn net ons eigen advertentiebureau begonnen. Het is nog een chaos.'

'Wat mooi is dit, meneer Feldman,' zei Fiona terwijl ze de affiche bewonderde.

'Zeg toch Nate.'

'Nate,' zei ze. 'Wat een mooie prent!' Op de affiche stond: WHEATON'S DIERENKOEKJES... IN ELKE DOOS EEN AVONTUUR! Op de tekening hadden kinderen in een kinderkamer net een doos koekjes geopend. De koekjes sprongen eruit en veranderden in echte zebra's, tijgers en giraffen en ravotten door de kamer met de kinderen op hun rug. Fiona wist dat Seamie, zodra hij de tekening zag, niet zou rusten voor hij ook zo'n doos had. 'Wheaton's zal na deze advertentie wel dozen tekortkomen,' zei ze.

'Nog niet...' zei Nate schaapachtig. 'Hij is nog niet geplaatst.'

'Niets van dit alles, trouwens,' zei Maddie. Ze kwam achter haar tafel vandaan. 'We zijn pas een week geleden begonnen. We hebben nog geen klanten.'

'Dit zijn probeersels,' legde Nate uit. 'We hebben een paar bedrijven benaderd met het aanbod de eerste gratis te doen. Als die klanten trekt, moeten ze voor de tweede betalen.'

'Dat lijkt me een moeilijk begin,' merkte Nick op.

'Dat is zo. Maar binnenkort lopen de opdrachten binnen,' zei Nate optimistisch. 'We hebben een heleboel contacten. Ik bij Pettigill, waar ik heb gewerkt, en Maddie bij

J. Walter Thompson. We moeten ons gewoon eerst bewijzen, nietwaar, Mad?'

Maddie knikte en Fiona zag dat ze een hoopvolle, maar toch ietwat bezorgde blik wisselden. 'Waar zijn mijn manieren? Kan ik jullie een hapje aanbieden voor de lunch?' vroeg hij.

'O! Nate, ik... ik heb nog geen boodschappen gedaan vandaag,' zei Maddie onhandig. Ze keek met een rood gezicht naar Fiona. 'We hebben het zo druk gehad dat ik het gewoon ben vergeten.'

Fiona begreep dat Maddie en Nate platzak waren. 'O, dat geeft niet. We moeten toch terug. Ik moet verder met de winkel, en...'

Nick kwam tactvol tussenbeide. 'Ik wil er niet van horen dat jullie ons iets aanbieden terwijl ik net bij Fee kwam met een enorme mand vol eten en twee flessen heerlijke champagne. Hebben jullie zin om bij ons een hapje mee te eten? Echt, ik sta erop! Ik heb veel te veel gekocht en ik wil niet dat er eten wordt weggegooid. Niet met al die hongerende kindertjes in...' – hij zwaaide met een hand – '...waar hongerende kindertjes tegenwoordig mogen zijn.'

Fiona drong ook aan, en eindelijk stemden ze toe. Terug in de winkel maakte Nick de mand open en haalde er kaviaar, kreeft, kip in gelei, gerookte zalm, brood, fruit en mooie kleine cakejes uit. Er waren ook porseleinen borden, zilveren bestek en glazen voor vier, maar er was meer dan genoeg eten voor het dubbele aantal personen. Ze gebruikten de toonbank als tafel. Tijdens het eten wilden Nate en Maddie alles weten over Nick en Fiona en wat ze in de stad gingen doen. Toen vertelde Nate Fiona over hoe belangrijk het nieuwe middel, adverteren, was, en dat je moest zorgen dat klanten je naam leerden kennen. Hij zei dat ze moest adverteren zodra ze de winkel ging openen. Ze zei dat ze zijn eerste betalende klant zou zijn, en Nick deelde mee dat hij dan de tweede werd.

Terwijl ze aten kwamen de jongens terug met een grote zak donuts, die Fiona afpakte tot ze eerst wat fatsoenlijks hadden gegeten. Ian rende naar boven om meer borden te halen. Seamie omhelsde Nick en zei dat hij heel blij was dat Nick niet dood was. 'Vraag maar niets,' zei Fiona toen ze Nicks geschokte gezicht zag. Seamie noemde hem vader en Fiona moest aan Nate en Maddie uitleggen hoe het allemaal in elkaar zat. Mary kwam ook beneden toen ze Nell de fles had gegeven, en maakte kennis met Nick. Alec kwam naar binnen met een afgewerkte bloembak en verbaasde zich dat de winkel zo was opgeknapt.

'Dank je, Alec,' zei Fiona terwijl ze een bord voor hem vol schepte. 'Ik hoop alleen niet dat ik het allemaal doe voor de volgende eigenaar.'

Maddie keek naar de muren en zei dat lichtbeige veel mooier zou staan dan het kille wit dat er nu op zat. Ze gaf Fiona het adres van een verfhandel in de buurt en de naam van de kleur die ze in gedachten had, en Ian en Robbie boden aan de verf te gaan kopen. De muren moesten eerst worden afgesopt voor ze geschilderd konden worden. Ze pakte een emmer die Fiona met zeepwater had gevuld, rolde haar mouwen op en ging aan de slag. Toen Fiona zei dat ze dat echt niet hoefde te doen, zei ze schouderophalend dat ze anders weer moest werken met haar man en dat ze eerlijk gezegd liever muren afsopte. Nate deed of hij beledigd was, pakte een doek en ging de deurknop poetsen. Nick greep de stokdweil en begon die onhandig rond te duwen, zodat de vloer alleen maar vuiler werd.

Voor het eerst sinds Fiona in New York was voelde ze zich echt gelukkig. Het leek of een last van haar schouders was gevallen. Alles was dan wel niet gegaan zoals ze had verwacht, en haar oom stak geen hand uit om haar te helpen, maar ze had de Munro's, en vooral Mary, die haar zo aanmoedigde. En nu was Nick er weer. Ze probeerden allemaal hun eigen dromen waar te maken, en daardoor vatte ze moed. Als Nate en Maddie alles riskeerden om een eigen bedrijf te beginnen, als Nick een galerie probeerde op te zetten, dan kon zij proberen deze winkel op poten te zetten.

24

Fiona liep nerveus heen en weer over de glanzende marmeren vloer van de wachtkamer bij het kantoor van de bankdirecteur. De wanden waren bedekt met schilderingen van vroegere Hollandse kooplieden. Een groep loste een schip. Een andere vestigde een winkel. Een derde kocht Manhattan van de indianen voor wat leek op twee armbanden en een halsketting.

'Wilt u niet gaan zitten, juffrouw Finnegan?' vroeg de secretaresse van meneer Ellis. 'Het kan nog wel even duren.'

Fiona schrok op. 'Nee, dank u,' zei ze met een bevend glimlachje. 'Ik blijf liever staan.' Ze had koude handen en haar keel leek wel dichtgeknepen.

Ze droeg haar beste kleren: een chocoladebruine rok en gestreepte blouse. Ze had er meer zelfvertrouwen door moeten krijgen. Over het geheel droeg ze haar lange, donkerblauwe mantel, met onder de kraag een zijden sjaal met een rozenpatroon. Haar haren waren opgestoken in een kapsel dat Nick voor haar had verzonnen toen hij zich een middag verveelde aan boord.

De afgelopen week had ze bijna driehonderd dollar van haar eigen geld in de winkel van haar oom gestoken. Ze had een gedeelte besteed aan een nieuwe vleeskoeler, verf en nieuwe planken. En ze had de laatste schuldeisers betaald. Ze hoopte dat dit indruk zou maken op First Merchants, en hen kon overtuigen dat ze serieus en capabel was.

Ze stond net uit het raam naar de drukke Wall Street te kijken toen de secretaresse zei: 'Juffrouw Finnegan? Meneer Ellis kan u nu ontvangen.'

Haar maag kromp samen. Ze liep Franklin Ellis' kantoor in, een vertrek met donkere houten lambriseringen, landschapschilderijen en zwaar, mahoniehouten meubilair. Hij stond met zijn rug naar haar toe bij een lage kast. Zijn zwarte pak, met pommade ingevet haar en de manier waarop hij een wijsvinger opstak terwijl hij een document las, vertelden haar dat hij een strenge, humorloze man was.

Ze voelde zich nu al geïntimideerd. Dat ze dit helemaal alleen moest doen! Ze had de vorige avond aan Michael gevraagd om mee te gaan, maar hij had geweigerd, de ellendeling. Wat wist zij van dit soort zaken? Niets! Ze wist alleen – omdat ze in de afschriften had gekeken – dat het huis van haar oom vijftienduizend dollar had gekost. Vier jaar geleden had hij drieduizend dollar afgelost en een hypotheek over dertig jaar genomen met zes procent rente over het overgebleven bedrag. Hij loste tweeënzeventig dollar per maand af. Sinds november had hij niet meer afgelost en nu was hij de bank driehonderdzestig dollar plus vijfentwintig dollar boete schuldig. Als Ellis ging informeren naar winsten en percentages en naar haar te verwachten inkomsten, dan kon ze het vergeten...

Franklin Ellis draaide zich naar haar om. Fiona stak glimlachend haar hand uit, maar Ellis negeerde die en gebaarde afgemeten naar een stoel voor zijn bureau. 'Gaat u zitten. U bent gekomen om te praten over Eighth Avenue 164?'

'Inderdaad,' antwoordde ze. 'Ik bezit contanten waarmee

ik u het geld kan betalen dat mijn oom u schuldig is. Ik wil graag de winkel van hem overnemen.'

Ze opende de kleine leren map die ze van Maddie had geleend en liet een overzicht van alle inkomsten en uitgaven van de winkel zien. Vervolgens beschreef ze haar plan om op bescheiden schaal te adverteren. Drie zondagen achtereen een halve pagina in de plaatselijke krant, omdat adverteren in de zondagkrant goedkoper was dan in die van zaterdag. Ze liet hem de advertentietekening zien die Maddie en Nate hadden ontworpen. Ze was ook van plan er folders van te maken met kortingscoupons erin.

Tijdens haar uitleg vergat Fiona haar angst. Ze zag niet dat Ellis' blik naar zijn horloge ging. En evenmin dat die over haar boezem gleed. Ze wist niet dat hij niet eens naar haar luisterde. Ze begreep de uitdrukking op zijn gezicht verkeerd. Ze dacht dat hij geïnteresseerd was, terwijl hij alleen lichtelijk geamuseerd keek, zoals je keek naar een hond die kunstjes vertoonde.

'Dus u ziet, meneer Ellis,' besloot ze met een blos op haar wangen, 'dat de winkel van mijn oom winstgevend kan worden en dat ik elke maand de verplichte bedragen kan aflossen.'

Ellis knikte. 'Hoe oud zei u dat u bent?'

'Dat heb ik niet gezegd, maar ik ben achttien.'

'En hebt u ooit eerder een winkel gehad?'

'Nee, dat niet...'

'Ik waardeer uw pogingen ten gunste van uw oom, maar ik vrees dat u iets te jong en onervaren bent om de verantwoordelijkheid van een eigen zaak op u te nemen. U zult begrijpen dat ik aan de belangen van de bank moet denken, en gezien de huidige omstandigheden lijkt het mij beter, door te gaan met de openbare verkoop.'

'Pardon, meneer, maar dat is toch niet zinnig,' wierp ze

tegen. 'Bij een openbare verkoop verliest u juist geld. Ik bied aan om de schulden te betalen en de hypotheek volgens de overeenkomst maandelijks af te lossen. Dat is een winst van zes procent. U wilt toch liever geld verdienen dan verliezen...'

'Ons gesprek is afgelopen. Goedendag,' zei Ellis, geïrriteerd dat een achttienjarig meisje hem vertelde hoe hij zaken moest doen.

'Maar meneer Ellis...'

'Dag juffrouw Finnegan.'

Fiona stopte de papieren terug in de map. Met een waardigheid die beter bij een koningin paste dan bij een vernederd jong meisje, stond ze op en stak weer haar hand uit. Deze keer wachtte ze tot Ellis die aannam. Toen verliet ze zijn kantoor, hopend dat de tranen pas zouden komen als ze buiten was.

Ze had het niet gered. Al haar werk van de afgelopen week was voor niets geweest. En al het geld dat ze had uitgegeven! Ze had het bijna letterlijk over de balk gegooid! Hoe had ze zo dom kunnen zijn om te denken dat een bank naar haar zou willen luisteren? Ze wist dat Mary thuis op haar zat te wachten, in de hoop dat alles goed was gegaan. Wat moest ze tegen haar zeggen? Mary rekende op haar. Ze rekenden allemaal op haar. En als ze het slechte nieuws had verteld, moest ze beginnen met wat ze nog het ergste vond: een onderdak zoeken en een baan. Toekijken hoe het huis verkocht werd. Toekijken hoe haar oom dakloos werd en zou gaan zwerven als een brabbelende dronkaard.

Ze maakte de map dicht, en zag niet de elegant geklede man die op de leren stoel net buiten Ellis' kantoor zat. Het was een lange, knappe man van in de veertig, en hij wierp haar een belangstellende en goedkeurende blik toe. Hij doofde zijn sigaar, stond op en liep naar haar toe.

'Heeft Ellis u afgewezen?'

Fiona knikte vlug. Het kostte haar moeite haar tranen in te houden.

'Hij kan af en toe een ouwe zeur zijn. Ga zitten.'

'Pardon?'

'Ga zitten. Ik heb u gehoord. U hebt goede ideeën. U bent op de goede weg wat differentiatie betreft.'

'Wat?'

'Differentiatie.' Hij lachte. 'Mooi woord, nietwaar? Het betekent dat u zich boven de concurrentie stelt. Dat u dingen aanbiedt die zij niet hebben. Ik zal zien wat ik voor u kan doen.'

Hij verdween in Ellis' kantoor en gooide de deur achter zich dicht. Fiona bleef verbijsterd staan tot de secretaresse zei dat ze moest gaan zitten.

'Wie was dat?' vroeg Fiona.

'William McClane,' antwoordde de secretaresse vol ontzag.

'Wie?'

'McClane. Van McClane Mijnen en McClane Hout en McClane Ondergrondse. Een van de rijkste mannen van New York,' antwoordde ze op een toon die aangaf dat Fiona wel heel erg dom moest zijn dat ze dat niet wist. 'Hij heeft zijn fortuin gemaakt in de zilvermijnen,' vervolgde ze op gedempte toon. 'En toen ging hij in het hout. Nu heeft hij plannen om een ondergrondse spoorweg in New York te maken. Volgens de geruchten is hij ook bezig met elektriciteit en telefonie.'

Fiona had vaag iets gehoord over telefonie en ze had geen idee wat elektriciteit betekende, maar ze knikte instemmend.

'Hij is ook eigenaar van First Merchants. En hij is weduwnaar.' De secretaresse sprak nu nog zachter. 'Zijn vrouw is twee jaar geleden gestorven. Alle dames van de society hebben het op hem voorzien.'

De deur van het kantoor ging weer open en McClane kwam naar buiten.

'U hebt uw winkel,' deelde hij Fiona zakelijk mee. 'U kunt met Ellis de details bespreken. En geef wat meer geld uit aan adverteren. Neem een hele pagina als het kan, en plaats de advertentie op zaterdag, ook al kost het meer. De mensen moeten uw naam weten als ze het geld nog hebben, niet als ze het al hebben uitgegeven.'

Voor Fiona iets kon zeggen lichtte hij zijn hoed naar haar en de secretaresse en vertrok. Ze kon hem alleen nog nakijken en fluisteren: 'Dank u.'

25

Alle grote huizen in Albemarle Street in de sinds kort in trek zijnde wijk Pimlico zagen er onberispelijk uit. De luiken en deuren waren allemaal glanzend zwart geschilderd, de koperen brievenbussen glommen, en bloemen bloeiden in terracotta bakken of aardewerkpotten. Voor elke woning stond een zwarte gaslamp die nu, op een regenachtige aprilavond, helder brandde.

De huizen zagen er allemaal degelijk en hetzelfde uit. Er sprak weliswaar niet veel creativiteit uit, maar er was weinig op aan te merken, en dat was precies de bedoeling van de bewoners: opgeklommen middenklassers die net zo beschaafd en respectabel wilden zijn als de gevestigde hogere klasse in het naburige Belgravia en Knightsbridge. Alles was even keurig. Niets viel uit de toon. Er lag geen afval op straat en er waren geen zwervers of zwerfhonden. Het was er zo stil als een kerkhof, zo benauwend als een lijkkist, en Joe Bristow verafschuwde het.

Hij verlangde naar het kleurrijke leven van Montague Street. Hij miste de opgewonden kreten van zijn broertjes en zusjes, de grappen van zijn maten, de geïmproviseerde voetbalwedstrijden op de ruwe bestrating. En het ergste vond hij dat hij niet meer naar nummer acht kon wandelen, naar het meisje met de zwarte haren dat op de stoep met haar broertje zat te spelen of een stapel verstelwerk negeerde. Dat hij haar naam niet meer kon roepen, de brede glimlach niet meer kon zien als ze opkeek en hem zag.

Zijn rijtuig, een zwarte calèche die werd getrokken door een mooie ruin, allebei een huwelijksgeschenk van zijn schoonvader, hield stil voor het portiek. Met tegenzin liep hij de treden naar de voordeur op. Hij hoopte dat zijn vrouw al sliep, en de bedienden. Hij kon maar niet wennen aan hun aanwezigheid. Maar de huishoudster stond hem al op te wachten.

'Meneer Bristow. Goddank!' riep ze.

'Wat is er, mevrouw Parrish? Wat doet u hier? Waar is Mathison?'

'Die is in de pantry de extra sleutel van uw werkkamer gaan zoeken, meneer.'

'Waarom...'

Joe werd onderbroken door het geluid van versplinterend glas.

'Mevrouw Bristow heeft zich in uw werkkamer opgesloten en ze wil er niet uit,' hijgde mevrouw Parrish. 'Ik dacht dat ze in bed lag. Ik was net naar mijn kamer gegaan toen ik een klap hoorde. Ik ging naar beneden en... ik weet niet wat er is gebeurd... ze is gek geworden! Ze gooide uw papieren door de kamer en ze smeet met dingen. Ik kon haar niet tegenhouden. Ze duwde me de deur uit. O, ga alstublieft naar haar toe! Vlug, voor ze de baby iets aandoet!'

Joe rende de trap op. Millie was er niet best aan toe sinds ze waren teruggekomen van hun huwelijksreis. Haar zwangerschap verliep moeilijk. De vorige maand had ze bloed verloren en had ze bijna een miskraam gekregen. Volgens haar arts moest ze bedrust houden.

Toen hij in zijn zak naar de sleutel tastte, hoorde hij snikken aan de andere kant van de deur, en een reeks bonzen alsof een stapel boeken omviel. Hij stak de sleutel in het slot, opende de deur en zag dat er weinig was overgebleven van zijn werkkamer. De vloer lag bezaaid met papieren. Een boekenkast was omgevallen. En te midden van alle vernielingen stond Millie, met een betraand gezicht, haar blonde haren over haar schouders en een vooruitstekende buik onder haar nachtjapon. In haar hand hield ze een bundel papieren. Hij herkende ze. Het waren rapporten van de privé-detective die hij had ingehuurd om Fiona op te sporen.

'Ga terug naar bed, Millie. Je weet dat je niet rond mag lopen.'

'Ik kon niet slapen,' zei ze in tranen. 'Dus ik ging hier kijken of je al thuis was. En toen vond ik dit. Ik zag het op je bureau liggen. Je bent naar haar op zoek, hè? Ze is verhuisd, of ze is weg uit Londen en jij probeert haar te vinden.'

Joe gaf geen antwoord. Ze kon de papieren niet op zijn bureau hebben gezien omdat hij die achter slot en grendel in zijn secretaire had gelegd. Maar het leek hem niet verstandig om dat nu ter sprake te brengen. Hij wist maar al te goed hoe ze was als ze kwaad werd. 'Toe, Millie, je weet wat de dokter...'

'Geef antwoord!' schreeuwde ze terwijl ze de papieren naar hem toe gooide.

'Daar zullen we het nu niet over hebben,' zei hij met gezag in zijn stem. 'Je bent veel te veel van streek. Je moet tot rust komen, anders kan het kwaad voor de baby.'

'Je gaat met haar naar bed, hè? Dat moet wel, want met mij doe je het niet. Al vijf maanden niet! En al die tijd beweer je dat je het te druk hebt met je werk. Maar je liegt, want je gaat naar dat vieze hoertje, hè?' Ze stortte zich op

Joe en sloeg met haar vuisten tegen zijn borst. 'Hou ermee op!' schreeuwde ze. 'Je mag niet meer naar haar toe!'

Joe greep haar polsen beet. 'Hou op!' riep hij.

Ze probeerde zich los te rukken. Maar opeens gaf ze alle tegenstand op. Ze kromp ineen en bleef doodstil staan.

'Wat is er?' vroeg hij.

Ze keek hem aan met grote, bange ogen. Haar handen gingen naar haar buik. Ze begon zacht te jammeren, en toen boog ze dubbel. Hij probeerde haar overeind te trekken, maar dat lukte niet. Ze slaakte een kreet en zette haar nagels in zijn arm.

'Stil maar, het komt goed,' probeerde hij haar gerust te stellen. 'Diep ademhalen, goed zo. Het is maar een kramp. Dat is normaal, zei de dokter, weet je nog? Hij zei dat je er niet van moest schrikken.'

Maar het was niet gewoon een kramp. Toen ze een paar stappen naar voren deed in een poging overeind te komen, zag hij rode bloeddruppels op het kleed onder haar voeten.

'Millie,' zei hij zo kalm mogelijk. 'Ik laat de dokter halen. Dan komt alles in orde. Kom, dan help ik je nu naar bed.'

Ze knikte, en liep richting de deur. Toen boog ze weer dubbel door een kramp, en zag ze de rode vlekken op de neuzen van haar witte pantoffels. 'O, nee!' riep ze uit. 'O god... nee.' Even later gingen haar kreten over in geschreeuw.

Joe tilde haar op en droeg haar de werkkamer uit. Een angstige mevrouw Parrish stond met een kaars in haar hand op de gang. 'Laat dokter Lyons komen!' beet hij haar toe. 'Nu meteen!'

Joe zat met zijn hoofd in zijn handen buiten Millies kamer in het ziekenhuis. Hij had haar de hele nacht horen gillen, maar het gegil was opgehouden toen het licht begon te worden.

Dokter Lyons was bij haar, en twee verpleegsters en haar vader. Ze wilde hem niet zien, en dat kon hij haar niet kwalijk nemen. Het was allemaal zijn schuld. Hij had gisteren vroeg thuis moeten komen met een bos bloemen voor haar, en met haar moeten dineren. Dat hoorden echtgenoten te doen. Hij had geen ruzie met haar mogen maken. En hij had niet op zoek moeten gaan naar Fiona.

De dag na hun huwelijksnacht – toen hij naar de hotelbar was gegaan om zich een stuk in zijn kraag te drinken – was hij wakker geworden met een vreselijke kater, een vrouw in tranen en de wetenschap dat hij zo niet kon leven. Hij hield niet van Millie en hij kon het niet opbrengen om met haar naar bed te gaan, maar hij kon toch minstens attent zijn. Die middag waren ze naar Frankrijk vertrokken en hij had die lange huwelijksreis, Millies gezicht, haar eindeloze geklets en smeekbedes om te vrijen, zo goed mogelijk doorstaan. Overdag was hij beleefd en attent. Hij vergezelde haar naar winkels, museums, cafés en theaters, waar ze maar naartoe wilde. Maar 's avond trok hij zich terug in de eigen kamer die hij per se had willen hebben in elk hotel en elke stad, om rust te vinden en te kunnen treuren om wat hij had gedaan en had verloren.

In het begin voelde ze zich alleen gekwetst door zijn gebrek aan aandacht. Ze wilde hem, en ze was niet gewend aan afwijzingen. Een week na hun vertrek uit Londen hadden ze hun eerste grote ruzie gehad. In het Crillon in Parijs, in de gang buiten hun kamers. Ze hadden gedineerd in het Café de la Paix. Millie wilde dat hij meekwam naar haar kamer. Hij weigerde. Voor de zoveelste keer. Ze zei dat hij kil was tegen haar. Ze ging tekeer en huilde en zei dat getrouwde mensen anders tegen elkaar hoorden te doen. Hij hoorde haar tirade zwijgend aan en hield de waarheid voor zich omdat hij haar niet wilde kwetsen. Ze bleef tekeergaan en zei dat hij op die avond van Guy Fawkes niet zo kil was geweest, en ze wilde weten waarom hij was veranderd.

'Toen had je geen bezwaar als ik je kuste,' verweet ze hem. 'En je kon niet wachten om me te krijgen. Je zei dat je me wilde, Joe. Je zei dat je van me hield.'

'Dat heb ik nooit gezegd, Millie,' had hij kalm geantwoord. 'Dat weten we allebei.'

Tegen de tijd dat ze terugkwamen maakten ze alleen nog ruzie. Joe ging meestal 's morgens in alle vroegte weg en kwam pas na het donker terug om haar te ontwijken. Hij stortte zich op zijn werk. Peterson's was inmiddels hofleverancier geworden. Het bedrijf werd twee keer zo groot. Tommy was helemaal in vervoering. Hij was blij met Joe terwijl Millie woedend op hem was. Maar Joe vond alleen afleiding in zijn werk, geen verlichting.

Zijn moeder schreef vaak naar hem sinds zijn terugkeer. Ze wilde dat hij naar huis kwam. Ze moest hem spreken. Maar hij ging niet. Hij wilde niet naar zijn familie als ze konden zien hoe ellendig hij zich voelde.

Hij wilde alleen Fiona zien. In haar ogen kijken en weten dat ze nog steeds van hem hield. Haar zijn naam horen zeggen. Maar hij wist dat hij het recht niet had en hij had beloofd dat hij haar niet zou benaderen. Tot die avond in maart, toen het hem te veel was geworden en hij naar Whitechapel was teruggegaan. Had hij maar geweten wat er was gebeurd, wat ze had moeten meemaken. Hij herinnerde het zich als de dag van gisteren...

'Joe, ben je er nu nog? Het is al vier uur!' zei Tommy Peterson. 'Ik had toch gezegd dat je eerder naar huis moest. Om wat tijd met je vrouw door te brengen.'

'Ik wilde dit even afmaken...' begon hij.

'Dat kan wachten. Ga naar huis en een prettige avond! Dat is een bevel.'

Joe forceerde een glimlach, bedankte Tommy en zei dat hij zou gaan. Zodra zijn schoonvader weg was, trok zijn gezicht weer strak. Naar huis gaan was wel het laatste wat hij wilde. Gisteravond was hij laat thuisgekomen en Millie zat aan de eettafel met schalen koud, gestold eten voor zich. Hij had beloofd dat hij op tijd zou zijn voor het eten en hij was het helemaal vergeten. Ze had een schaal zalm opgepakt en die naar zijn hoofd gegooid. Hij wist niet wat hem vanavond te wachten stond.

Hij pakte zijn papieren en liet zijn rijtuig voorrijden. Toen hij naar huis reed, dacht hij aan de lange avond voor hem en drukte zijn handen tegen zijn ogen. Hij voelde zich net een gevangene in zijn eigen leven. Albemarle Street, dat huis en Millie... hij moest er niet aan denken. Kon hij maar weglopen en in de straten van Londen verdwijnen. Hij maakte zijn das los en knoopte zijn boord open. Het was benauwd in het rijtuig. Hij riep naar de koetsier dat hij moest stoppen. 'Ik ga er hier uit. Breng mijn spullen maar naar huis en zeg tegen mevrouw Bristow dat ik later kom.'

Hij riep een huurrijtuig aan en gaf de koetsier het adres van Burton Thee. Misschien was hij op tijd en kon hij haar opwachten als ze naar buiten kwam. Ze zou kwaad zijn, dat kon hij verwachten, maar heel misschien zou ze met hem willen praten.

Even voor zes uur kwam hij bij de fabriek aan. Eindelijk ging de fluit en de thee-inpaksters kwamen naar buiten. Hij zag haar echter niet. Hij wachtte tot het laatste meisje weg was en toen nog een poos, voor het geval dat ze verlaat was. Maar toen kwam de voorman naar buiten en deed de deuren achter zich op slot.

Er moest een verklaring zijn. Hij zou het bij Jackson

proberen. Misschien was ze hele dagen in de pub gaan werken. Maar daar was ze ook niet. En de barman en het meisje dat de tafels schoonmaakte hadden nooit van haar gehoord. De Jacksons waren even weg, maar misschien wilde hij wachten? Dat deed hij niet.

Nu begon hij ongerust te worden. Hij wist dat Fiona ziek was op zijn trouwdag. Koorts, had zijn moeder gezegd. Als ze niet beter was geworden? Als ze niet kon werken? In paniek begon hij te rennen naar Adams Court. Mevrouw Finnegan zou tegen hem tekeergaan en Charlie zou misschien met hem op de vuist willen. Waarschijnlijk mocht hij haar niet eens zien. Maar dat kon hem niet schelen. Ze moesten hem vertellen of het goed met haar ging. Ze heeft het geld, ons spaargeld, dacht hij. Dat moest genoeg zijn geweest om haar familie te helpen. O God, laat alles goed zijn met haar, bad hij. Hij rende door het steegje van Varden Street naar Adams Court, en wilde net aankloppen bij nummer twaalf toen de deur openging en een geschrokken jonge vrouw met een baby in haar armen vroeg wat hij wilde.

'Ik wil de Finnegans spreken,' zei hij. 'Fiona. Is ze thuis?'

De vrouw keek hem aan alsof hij gek was. 'De Finnegans?'

'Ja. Wilt u Fiona even roepen?'

'Wie ben jij?'

'Joe Bristow. Ik ben Fiona's... Ik ben een vriend van haar.'

'Ik weet niet goed hoe ik het moet zeggen, maar... De Finnegans wonen hier niet meer.'

Joe werd bevangen door vrees. 'Waar zijn ze heen? Is er iets gebeurd? Is alles goed met Fiona?'

'Kom maar even binnen.'

'Nee, zeg wat er is gebeurd!' riep hij.

'Je kunt beter binnenkomen,' zei de vrouw. 'Toe.' Ze pakte hem bij de mouw en nam hem door een gangetje mee naar een kamer aan de achterkant van het huis. 'Ik ben Lucy Brady,' zei ze. 'Ik was Kates buurvrouw tot...' Ze schudde aangedaan haar hoofd. 'Dat je niets hebt gehoord of gelezen! De kranten stonden er vol van.'

'Van wat? Zeg het alstublieft, mevrouw Brady.'

Lucy slikte. 'Er is een moord gepleegd. Het was de Ripper,' begon ze. 'Hij heeft een vrouw op nummer tien vermoord, Frances Sawyer. Het was diep in de nacht, maar de politie denkt dat Kate hem heeft gezien. Ze was op weg naar de dokter omdat haar baby ziek was. Jack... hij heeft haar ook vermoord. O god, wat vind ik het erg om je dit te moeten vertellen.'

Joe begon over zijn hele lichaam te beven. Hij had nog nooit zulke angst gevoeld. Zijn bloed, zijn botten, zijn hart leken wel van zand. 'Heeft hij... Fiona...'

'Zij heeft haar moeder gevonden.' Lucy deed haar ogen dicht. 'Het arme kind. Ik zal die nacht nooit van mijn leven vergeten.'

'Waar is ze nu?' vroeg hij, slap van opluchting.

'Naar ik heb gehoord is ze bij een vriend van de familie gaan wonen. Hij is bij de politie.'

'Roddy. Roddy O'Meara.'

'Ja, dat denk ik wel. Hij heeft haar en haar broertje in huis genomen.'

'En Charlie dan? En de baby?'

'Die zijn allebei dood. De baby vrij kort na haar moeder. En daarna de jongen. Hij kwam terug van een bokswedstrijd, zag zijn moeder en sloeg op de vlucht. Ze hebben zijn lichaam in de rivier gevonden.'

Joe sloeg zijn handen voor zijn gezicht. 'Mijn god,' fluisterde hij. 'Wat heb ik haar aangedaan? Ik heb haar hier in dit hok laten stikken...'

'Gaat het?' vroeg Lucy.

Joe hoorde haar niet. Hij stond verdwaasd op, amper in staat om te ademen. 'Ik moet haar zoeken...' zei hij. Hij deed een stap naar de deur. Opeens zag hij niets meer. Zijn benen begaven het en hij zakte in elkaar.

'Bezoek voor u, meneer O'Meara. Een jongen. Hij wacht boven op u.'

Joe zat twee treden boven de overloop van Roddy's appartement en hoorde hem en de hospita beneden praten. Hij hoorde Roddy's zware voetstappen naar boven komen. Hij droeg zijn uniform en had een tas met boodschappen in zijn hand. Joe vond dat hij veel ouder leek sinds hij hem voor het laatst had gezien. Het verlies van Paddy en de overige Finnegans moest hem zwaar zijn gevallen. Joe wist dat ze meer dan vrienden voor hem waren geweest. Ze waren zijn familie. De enige familie die hij had. Joe voelde verdriet, schuld en wroeging in zich opkomen. Hij had niet gegeten of geslapen sinds hij gisteren bij Lucy Brady was geweest. Het was allemaal zijn schuld.

'Dag Roddy.'

'Goedenavond,' zei Roddy. Joe kon aan zijn gezicht zien dat hij niet blij was met zijn bezoek. 'Je ziet er vreselijk uit,' zei Roddy. 'Krijg je wel genoeg te eten bij die vrouw van je?' Hij opende de deur van zijn appartement en liet Joe binnen. Hij gebaarde dat Joe plaats moest nemen, maar die bleef staan.

'Roddy, ik... ik moet Fiona spreken. Is ze hier?'

'Nee,' antwoordde Roddy. Hij trok zijn jasje uit en hing het over een stoelleuning.

'Weet je waar ze is?'

'Nee.'

Joe geloofde hem niet. 'Toe, Roddy.'

'Ik zei toch dat ik het niet weet!'

'Weet je het niet? Jij hebt haar toch in huis genomen?'

Roddy draaide zich om en keek hem met een priemende blik aan. 'Ja, en dat is meer dan ik van anderen kan zeggen!'

Joe sloeg zijn ogen neer. 'Roddy, ik weet dat ik een schoft ben. Dat hoef je me niet te vertellen. Ik wil alleen weten of alles goed met haar is. Ik wil haar alleen zien. Zeg me waar ze is, alsjeblieft.'

'Ik zeg de waarheid, jongen. Ik weet niet waar ze is.'

Joe wilde tegensputteren toen hij zag dat de boosheid op Roddy's gezicht had plaatsgemaakt voor ongerustheid. Er was iets mis.

'Wat is er?' vroeg hij. 'Wat is er aan de hand?'

'Wist ik het maar.' Roddy ging aan tafel zitten en schonk een glas bier in uit een aardewerk kruik. 'Ik moet zeggen dat ik heel teleurgesteld ben je hier te zien. En niet alleen omdat je me niet aanstaat.' Hij schoof de kruik naar hem toe, maar Joe schudde zijn hoofd. 'Sta je soms op een bus te wachten? Ga zitten.' Joe gehoorzaamde en Roddy vervolgde: 'Fiona en Seamie zijn hier in huis geweest.'

Joe knikte. 'Ik heb gisteren Lucy Brady gesproken. Ze heeft verteld wat er is gebeurd.'

'Het heeft een hele poos geduurd voor Fiona weer op de been was, maar na een paar weken ging het weer. Ze had het over werk zoeken en een kamer, en toen ik op een avond thuiskwam lag er een briefje op tafel met de mededeling dat ze weg was. Zomaar ineens. Ze schreef dat ze van Burton compensatiegeld had gekregen voor Paddy's dood, en dat ze vlug wilde vertrekken zonder een uitgebreid afscheid. Ze schreef niet waar ze naartoe ging.'

'Dat is niets voor haar. Waarom zou jij niet mogen weten waar ze naartoe was?'

'In het begin dacht ik dat ze er met jou vandoor was en dat ik het niet mocht weten, want ze wist donders goed dat ik haar had tegengehouden. Maar nu je hier bent, blijkt dat dus niet waar te zijn.'

'En wat denk je nu?'

Roddy nam een slok bier. 'Ik weet het niet. Er klopt helemaal niets van.'

'Roddy, ze is ergens helemaal alleen,' zei Joe ongerust. 'We moeten haar zien te vinden.'

'Dat heb ik geprobeerd! Ik heb iedereen van mijn bureau laten zoeken. Ik heb een beschrijving van haar en Seamie aan elk politiebureau in de stad gegeven, maar niemand heeft ze gezien.'

'En een privé-detective?'

'Daar heb ik ook aan gedacht, maar ik heb er het geld niet voor.'

'Ik wel. Noem maar iemand. Dan huur ik die vanavond nog in. Ze moet nog in Londen zijn. Het is niets voor haar om zomaar op een trein te stappen, want ze zou niet weten waar ze naartoe moest. Ze was zelfs nog nooit in een bus geweest tot ik haar meenam naar Covent Garden. Ze kan niet ver weg zijn.'

Roddy schreef een naam en adres op een stuk papier en zei tegen Joe dat hij de man moest vertellen dat agent O'Meara hem had gestuurd. En hij moest naar Roddy komen zodra hij iets had gehoord. Hij liep met Joe mee naar de deur, en hoewel hij hem geen hand gaf, wenste hij hem toch succes. Heel even meende Joe nog iets anders dan boosheid en ongerustheid te zien in Roddy's ogen. Iets van medeleven.

'Meneer Bristow?'

De stem van de dokter bracht Joe abrupt terug tot de werkelijkheid. Hij keek vlug op. 'Hoe gaat het met haar?' vroeg hij.

'Ze heeft het heel moeilijk gehad, maar alles komt goed met haar.'

Hij voelde zich ontzettend opgelucht. 'En de baby?'

'Helaas is de baby tijdens de geboorte overleden. We konden de weeën niet tegenhouden. Het is een genade dat hij zo is overleden.'

'Het was een jongen,' zei Joe.

De dokter knikte. Hij legde een hand op Joe's schouder. 'Hij had het niet overleefd. Het was te vroeg in de zwangerschap. Hij zou alleen maar hebben geleden. Ze kan mettertijd nog andere kinderen krijgen.'

'Mag ik haar zien?' Joe wilde opstaan.

Dokter Lyons drukte op zijn schouder zodat hij bleef zitten. 'Nee, nee,' zei hij vlug. 'Dat lijkt me niet verstandig. Nog niet. Meneer Peterson zal zo komen. Dan bespreekt hij het wel verder met u.' De dokter ging weg om te ontbijten. Hij zei dat hij over een uurtje weer bij Millie zou kijken.

Joe zakte terug op de bank. Hij voelde zich zo leeg dat hij niet eens kon huilen. De baby was dood. Net als al het andere in zijn leven, zijn dromen, zijn hoop op de toekomst. Net als alles wat hij had willen zijn: goed, ruimhartig, oprecht. Een liefhebbende echtgenoot en vader. Tijdens een van de zeldzame momenten dat ze geen ruziemaakten, had Millie hem laten voelen hoe de baby bewoog. Een trillinkje. Een onvoorstelbaar kleine elleboog, of een knie. Toen was de baby, *zijn* baby, opeens werkelijkheid geworden. Sinds hij die eerste bewegingen had gevoeld, had hij zich erop verheugd het kind in zijn armen te houden, ervoor te zorgen en ervan te houden. Die kleine bewegingen hadden een belofte geleken dat uit al deze ellende toch iets goeds kon voortkomen. Maar nu was de baby dood. Door hem.

De deur van Millies kamer ging open en zijn schoonvader kwam naar buiten.

Joe stond op. 'Wil ze me zien?' vroeg hij.

Tommy bleef met zijn armen langs zijn lijf staan. Zijn handen waren tot vuisten gebald. Op zijn gezicht was alleen kille woede te lezen. 'De enige reden dat ik je niet hier ter plekke vermoord is Millie,' zei hij. 'Ze heeft me alles verteld. Hoe jullie relatie is. Over dat meisje, Fiona. Ik weet niet of ze het wilde vertellen. Ze was aan het ijlen van de pijn en de chloroform. Ze vertelde over de feestavond, Guy Fawkes, en haar aandeel erin. Het was moeilijk om dat aan te horen.' Hij zweeg even en Joe zag de spieren in zijn kaak bewegen. 'Ik wil dat je weggaat uit het huis. Uit ons leven. Neem wat van jou is en ga weg. Jullie gaan scheiden en de reden is overspel. Jouw overspel. Als je het gaat aanvechten, zal ik...'

'Dat doe ik niet,' zei Joe. Een scheiding, dacht hij. Hij kreeg zijn vrijheid terug. Moest hij nu niet blij zijn? Hij was het niet. Hij schaamde zich, en hij had spijt. Niemand ging scheiden. Dat was een drastische, weerzinwekkende maatregel, en Tommy moest wel heel erg van hem walgen dat hij dit eiste. Hij, Tommy Peterson, de man wiens goedkeuring voorheen alles voor hem had betekend. Joe pakte zijn jasje. Hij wierp een blik op de deur. 'Ik zou haar graag willen zeggen hoe erg ik het vind,' zei hij.

Tommy schudde zijn hoofd. 'Laat haar met rust.'

Toen Joe wegliep door de gang, riep Tommy hem na: 'Waarom? Waarom, stommeling? Je had het voor mekaar. Je had alles wat je ooit had kunnen wensen.'

Joe draaide zich om met een bittere glimlach. 'Alles, Tommy, maar ook helemaal niets.'

26

'En twee lamskoteletten, die daar, ja, die grote... en een pond zilveruitjes, een bos peterselie en een half pond ongezouten boter. Je hebt de havervlokken toch al?'

'Ja, mevrouw Owens,' zei Fiona terwijl ze achter haar klant aan door de winkel liep. 'Seamie, breng nog wat appels,' riep ze naar haar broertje. Hij liet de citroenen in een vat vallen en rende terug naar de kelder.

Ze voelde iemand aan haar elleboog trekken. 'Ik wil graag wat thee. Ik heb de coupon van de folder. Die voor anderhalf ons. Die heb je toch nog wel?' Dat was Julie Reynolds, die aan de overkant woonde.

'Juffrouw, juffrouw!' riep een andere stem. 'Ik wil graag wat van de cake voor die is uitverkocht!'

'Ik kom er zo aan, mevrouw!' riep Fiona terug. Ze draaide zich weer om naar Julie. 'Maakt u zich geen zorgen, mevrouw Reynolds. Ik heb nog twee kisten in de kelder staan. Een ogenblikje, alstublieft.'

Fiona hoorde tegen de toonbank kloppen. 'Jongeman, haal even wat meel voor me, graag.' Het was een vrouw op leeftijd die met haar wandelstok tegen de toonbank tikte.

'Ik kom er zo aan, lieverd!' zei Nick. Hij woog een pond

appels af terwijl zij zilveruitjes uit een mand schepte. Ze wisselden vlug een glimlach. 'Mijn god, wat een drukte! Ik heb een hele stapel coupons van je folder en nog een heleboel meer in de kassa. Dadelijk moeten we nog een theekist uit de kelder halen. Hoeveel advertenties heb je laten plaatsen?'

'Alleen die ene in het wijkblaadje!'

'En daar zijn zoveel mensen op afgekomen? Nate heeft gelijk. Adverteren doet inderdaad wonderen!'

Hij haastte zich weg om de appels af te rekenen, en Fiona was dolblij met zijn hulp. Zonder hem had ze zich geen raad geweten. Hij was zo charmant en spraakzaam. De klanten waren dol op hem en hij vond het enig om winkelier te spelen. Voor Nick was het een spelletje. Hij was een kind in een volwassen lichaam en hij genoot.

Ze woog de lamskoteletten af, pakte die in en legde ze naast de boter, de zilveruitjes en de havervlokken. Vervolgens legde ze er een bos peterselie op. 'Hebt u onze gemberkoekjes al geproefd?' vroeg ze terwijl ze er een aan mevrouw Owens gaf. 'Ze zijn heerlijk. Seamie kan er niet van afblijven.' Ze had van Mary gehoord dat mevrouw Owens een liefhebbende moeder van vijf kinderen was.

'Zelf gebakken?' informeerde de vrouw terwijl ze een hapje proefde.

'Vanmorgen. Mary Munro bakt de koekjes en cakes.'

'O, Mary! Die kan heerlijk bakken. Geef maar een half dozijn. Dan zijn de kinderen weer tevreden. En een kwart liter melk en twee pond bloem. En vergeet mijn thee niet, Fiona! Hier is mijn coupon. Is hij wel lekker? Ik wil geen goedkope rommel.'

'Het is heel goede thee, mevrouw Owens. Het is TGFOP,' zei ze met een veelbetekenend knikje. 'Tippy Golden Flowery Orange Pekoe.' Dat had ze Joe op de markt zien doen. Hij liet af en toe een vreemde term vallen. Daarmee kreeg de klant het idee dat zij of hij ingewijd werd in de geheimen van het product.

'Dat zag ik op de kist staan. Wat betekent dat?'

'Dat is de klasse. Dan weet u dat u grote theebladeren krijgt met veel knoppen. Die zijn van de bovenkant van de struik geplukt, dus geen oude, taaie bladeren van de onderkant.' Ze liet haar stem dalen. 'Sommige mensen kennen het verschil niet,' zei ze samenzweerderig, 'maar degenen die het verschil wel kennen, willen niets anders.'

Mevrouw Owens knikte alwetend. 'Geef me maar een kwart pond. Hoe lang is het niet geleden dat ik lekkere thee heb gedronken... jaren!'

Fiona moest glimlachen om het enthousiasme van mevrouw Owens. Ze was het met haar eens. Als er iets was waar ze een hekel aan had, dan was het wel slechte thee. Ze was niet tevreden geweest met de leverancier van haar oom, dus had ze de leveranties opgezegd en was ze in zee gegaan met Millard's, die haar vriend Stuart had aanbevolen, en ze had hem opgedragen om een mengsel samen te stellen van Indiase thee. Ze had hem verteld wat ze wilde, en Stuart had van assambladeren van drie verschillende plantages een volle, opwekkende mengeling samengesteld. Stuart had problemen gehad met de verkoop van zijn Indiase thee. Zijn Amerikaanse klanten wilden alleen kopen wat ze kenden, Chinese thee. Zijn Indiase thee was veel beter, maar die kreeg hij niet verkocht. Fiona wilde daarentegen niets anders. Ze herkende meteen de kwaliteit. En ze wist dat haar klanten die ook wilden. Dankzij Mary had ze die al eerder ontmoet. Jonge arbeidsters, of vrouwen van haven- of fabrieksarbeiders – bijna allemaal immigranten – wilden graag goede thee. Dat was de enige luxe die ze zich konden veroorloven.

Fiona woog de thee voor mevrouw Owens af en zette het zakje naast de rest van haar aankopen. Vervolgens pakte ze de gemberkoekjes in, woog het meel af en lepelde melk in de kruik die mevrouw Owens haar had gegeven. 'Is dat alles?' vroeg ze, terwijl ze de bedragen begon op te tellen.

De vrouw wierp een verlangende blik op de etalage. 'Die nieuwe aardappelen zien er goed uit. Ik wil graag twee pond en een bundel asperges. Die vindt mijn man zo lekker. Nou, dat is het. Als ik het allemaal maar kan dragen!'

'Wilt u liever dat we het bezorgen?'

'Bezorgen? Doet Finnegan dat dan tegenwoordig?'

'Ja, mevrouw. De hele zaterdag en door de week de middagen zodra de bezorgers uit school zijn.'

'Wat kost me dat?'

'U niets, mevrouw Owens.' Het kostte niemand iets, maar waarom zou ze dat zeggen?

'Nou, graag dan!' zei de vrouw gevleid. 'Doe er dan ook maar een bosje van die mooie narcissen bij. Die neem ik zelf wel mee, als ik verder toch niets hoef te dragen. En laat die jongens voorzichtig zijn met mijn melkkan!'

Mevrouw Owens betaalde en ging weg. Meteen wendde Fiona zich tot de volgende klant. 'Mevrouw Reynolds, dank u voor het wachten. Wat kan ik voor u doen?' En na mevrouw Reynolds stond er nog een rij klanten te wachten. Fiona was doodop, en ze vond het heerlijk. Er kwamen klanten die kochten! Ze kochten melk en brood en meel, maar ook de duurdere dingen zoals bossen bloemen! En Mary's koekjes en de lentegroenten uit de etalage!

Fiona wist in het begin niet wat ze aanmoest met de etalage. Toen hoorde ze Joe in gedachten zeggen: Het gaat om de presentatie, Fee! Dat bracht haar op een idee. Ze holde naar boven en pakte een wit tafellaken uit Molly's kast. Ze griste een groene vaas mee uit de woonkamer en een blauw met witte emaillen kom uit de keuken, en nam die mee naar beneden. Uit de kelder van de winkel diepte ze een lege fruitkrat op, een rond koekjesblik en een paar manden. Vervolgens ging ze aan de slag. Toen ze klaar was, ging ze naar buiten om het resultaat te bekijken.

Ze had een volmaakt beeld van de lente geschapen. In het midden van de etalage stond een grote bos gele narcissen in de groene vaas op het koekjesblik, dat ze met het witte laken had bedekt. Daarachter, in een hoge mand, stonden lange, goudkleurige broden. En daar weer naast, op de houten krat, stond nog een mand vol nieuwe aardappelen. Daarnaast had ze in de blauw met witte kom bosjes asperges gelegd. En vooraan lagen zes prachtige eendeneieren in een nestje van hooi dat ze had gemaakt. Fiona's uitstalling was heel anders dan die in de andere etalages, die uitpuilden van blikken laarzenzwart, verbleekte pakjes zeep en vermoeid uitziende dozen snoep. Haar kleine tableau was een voorbode van warme, groene dagen. Van tulpen die door de vochtige aarde omhoogkwamen en uitlopende knoppen aan bomen. Het was vrolijk en voorbijgangers die genoeg hadden van winterfruit en oude aardappelen, vrolijkten er door op.

De etalage illustreerde voor Fiona de belangrijkste regel voor een winkel, een die ze van Joe had geleerd, van de markten en etalages in Whitechapel, een regel die ze instinctief begreep: creëer een verlangen naar iets en de klanten zullen het kopen.

Een vrouw die naar de etalage had staan kijken, kwam binnen, gevolgd door een ademloze Ian. Fiona wees naar de bestelling van mevrouw Owen en gaf hem het adres. Hij pakte de boodschappen in een doos en ging weg. Op dat moment kwam Robbie binnen en Fiona gaf hem de bestelling van mevrouw Reynolds. Geïrriteerd bedacht ze hoe handig het zou zijn als haar oom ook in de zaak had gestaan om haar te helpen, in plaats van zich te bezatten bij Whelan's.

Toen ze de laatste gemberkoekjes inpakte voor een klant – allemaal op en het was nog geen tien uur! – besefte ze dat het haar was gelukt: ze had de winkel heropend. Ze had klanten, tientallen! Zoveel dat ze links en rechts door haar voorraad heen begon te raken. Ze moest gauw opnieuw inslaan.

Toen ze de deur openhield voor een klant die haar boodschappen zelf wilde meenemen, zag Fiona een bestelwagen voor de winkel stoppen. De koetsier kwam naar haar toe, vroeg haar naam en overhandigde haar een doos.

'Wat is het?' vroeg ze.

'Dat weet je nooit met hem,' zei hij. Hij zat alweer op de bok en klapte met de teugels.

Fiona keek naar de doos. Die was rechthoekig en het deksel was ingelegd met glinsterende stukjes glas. Ze draaide hem om. Op de onderkant stond TIFFANY STUDIO'S. Binnen vond ze tot haar verbazing een krant, de *New York World*. Op de voorpagina stond geschreven: 'Sla pagina vijf op'. Dat deed ze, en toen zag ze dat haar advertentie, ontworpen door Nate en Maddie, die ze in het wijkkrantje had laten plaatsen, de hele pagina besloeg. Ze was verbijsterd. Hoe kon dat? Dit kon ze zich niet veroorloven. De *World* was een grote krant. Misschien waren er daardoor wel zoveel klanten gekomen.

Een wit kaartje viel tussen de pagina's uit. Het handschrift was groot en mannelijk. Er stond op:

Beste juffrouw Finnegan,
Ik hoop dat dit kleine geschenk zal bijdragen aan uw succes.
Met de beste wensen,
William R. McClane

William McClane vroeg zich af of hij zijn verstand aan het verliezen was. Hij was laat voor een diner bij Delmonico en dat kon hij zich niet veroorloven. Hij was uitgenodigd door de burgemeester. Veel belangrijke financiers zouden ook aanzitten. Het was precies het gezelschap met wie hij zijn plannen voor een ondergrondse trein kon bespreken. Hun enthousiasme zou cruciaal zijn.

En wat deed hij? Hij zat in zijn rijtuig aan de overkant van een kleine kruidenierszaak te wachten, hopend op een glimp van de jonge vrouw wier gezicht hij niet kon vergeten sinds hij haar de vorige week in het kantoor van zijn bank had gezien. Hij begreep niet waarom hij het geld van zijn bank had geriskeerd voor een meisje dat wel goede ideeën maar totaal geen ervaring had. Of waarom hij, met een druk leven en liefhebbende vrienden en familie, zich opeens zo ondraaglijk eenzaam voelde.

William McClane was vijfenveertig en hij had veel zelfkennis. Hij was slim en rationeel, een heel gedisciplineerd man die hechtte aan feiten en logica en die zich nooit door emoties of opwellingen liet leiden.

Dus wat deed hij dan hier?

Will keek op zijn horloge. Het was bijna zeven uur. Hij moest weg. Hij was niet alleen laat voor het diner, hij begon ook aandacht te trekken met zijn dure rijtuig.

Opeens ging de deur van de winkel open en een jonge vrouw in een lang, wit schort kwam naar buiten. Ze stak de haak aan het eind van een lange stok in een metalen oog boven de deur en begon de luifel op te rollen. Voor hij wist wat hij deed was hij het rijtuig al uit en stak de straat over. Toen ging de deur weer open en een jongeman kwam naar buiten. Hij tilde haar opeens op en draaide haar in de rondte. Toen hij haar weer neerzette, gaf ze een kus op zijn wang.

Will bleef abrupt staan. Dat was natuurlijk haar man. Ze hadden zeker een goede dag gehad en geld verdiend. Het verbaasde hem dat mensen zo blij konden zijn met een paar dollar. Anna, zijn overleden vrouw, had hem nooit zo omhelsd, zelfs niet toen hij zijn eerste miljoen had verdiend. Met een vreemd teleurgesteld gevoel wilde hij zich omdraaien, maar op dat moment zag Fiona hem. Haar gezicht begon nog meer te stralen.

'Meneer McClane! Kijk, Nick, dat is meneer McClane, over wie ik je heb verteld! Van de bank! O, meneer McClane, we hebben zoveel klanten gehad! We zijn helemaal door de voorraad heen! En allemaal dankzij u!'

Toen rende ze naar hem toe, sloeg haar armen om hem heen en omhelsde hem zo stevig dat hij bijna stikte. Hij was zo verrukt dat hij niets wist te zeggen. Ze rook naar boter en thee en appels. Haar haren kriebelden tegen zijn gezicht en haar wang was zo zacht als satijn.

Toen maakte ze zich los en deed schuchter, alsof ze van zichzelf was geschrokken, een stap achteruit.

'U weet niet wat het betekent voor ons, voor mijn familie. We hoeven niet weg en ik hoef geen werk te zoeken en de Munro's kunnen blijven en... O nee! Wat heb ik nu gedaan! Kijk!' Will volgde haar geschrokken blik naar de voorkant van zijn jasje en zag dat het onder het meel zat. 'Wat erg! Neem het me niet kwalijk! Ik ga even een doek halen.' Ze verdween naar binnen.

'Wat een opgewonden meisje, nietwaar?' zei Nick. Hij keek haar lachend na. Toen stak hij zijn hand uit. 'Ik ben Nicholas Soames, een vriend van Fiona. Aangenaam.'

Alleen maar een vriend? Will vrolijkte op en gaf hem een hand. 'Het genoegen is geheel aan mijn kant.'

Fiona kwam terug met een doek en wreef over de vlek,

waardoor ze die nog erger maakte. Ten slotte verzekerde hij haar dat het niet erg was en dat hij alles er straks wel uit zou schudden. In stilte was hij blij dat Charlie Delmonico reservejasjes en -broeken in de kast had hangen voor vaste klanten.

'Ik ga boven kijken of ik Mary kan helpen, Fee,' zei Nick. 'Wat moet ik hiermee doen?' Hij hield de doos van Tiffany op die Will haar eerder die dag had gestuurd.

'Laat nog eens zien!' zei ze gretig. Nick maakte hem open. De doos zat vol bankbiljetten en munten. Ze keken naar het geld en toen naar elkaar, en barstten in lachen uit als twee kinderen met een doos snoep. Will kon zich niet herinneren ooit zoveel plezier te hebben gehad met geld verdienen. Misschien moest hij ook maar een winkel beginnen.

'Verstop het maar onder mijn bed, Nick. Dat is de hypotheek voor volgende maand. Als Michael het vindt, drinkt hij alle voorraden van de cafés in de stad op.' Ze wendde zich tot Will. 'Mijn oom heeft een probleem met whisky. Dat zal meneer Ellis u wel verteld hebben.'

Will knikte. Dat had Ellis inderdaad gedaan, in nogal sterke bewoordingen. Fiona's openhartigheid verbaasde hem een beetje. In zijn kringen werd nooit over dergelijke dingen gepraat. Het gebeurde wel, het drinken en gokken en nog erger, maar de regel was dat iets niet bestond als je er niet over praatte.

'Wilt u mee-eten, meneer McClane? We zouden het erg leuk vinden. Om het te vieren. Ik was zo ongerust vanmorgen. Ik was bang dat er niemand zou komen. U bent van harte welkom. Nick heeft champagne meegebracht.'

'Zeg toch Will. En ik zou graag willen, maar ik moet dadelijk naar een zakendiner.'

Fiona keek naar de grond, en toen weer naar hem. 'Neem

me niet kwalijk. Meestal ben ik niet zo aan het ratelen. Ik ben gewoon opgewonden. Straks kan ik vast niet slapen.'

Ze dacht dat hij haar te druk vond en daarom niet mee wilde eten. 'Juffrouw Finnegan, denk niet dat... Ik vind het leuk dat u opgewonden bent over de winkel. Dat ben ik zelf ook. Als ik over mijn ondergrondse trein begin, ben ik niet meer te stoppen. Als ik zo opgewonden ben, ga ik even wandelen. Dat helpt enorm. Ik heb nog even tijd. Zullen we een stukje lopen?'

'Graag! Maar ik hou u toch niet op?'

'Helemaal niet. Ik heb tijd genoeg,' loog hij. Hij was al veel te laat. En het kon hem niets schelen.

Ze glimlachte weer, een oprechte, brede glimlach. Het vervulde hem met blijdschap dat hij die glimlach had veroorzaakt. Ze deed haar schort af en legde het op de trap naar het appartement. 'Zullen we gaan?' zei ze.

Ze gingen op weg en ze zei dat hij haar Fiona moest noemen. Hij moest in stilte glimlachen om haar uiterlijk. Haarslierten waren ontsnapt aan haar opgestoken kapsel en haar kleren waren vuil en gekreukt. Maar er lag een blos op haar wangen en haar prachtige, kobaltblauwe ogen straalden. Hij vond haar de mooiste vrouw die hij ooit had gezien.

Will informeerde naar haar winkel en waar ze haar goede ideeën vandaan had. Haar antwoorden getuigden van intelligentie en inzicht. Ze vroeg hem hoe rijke New Yorkers aan hun fortuin waren gekomen.

'Want ik wil rijk worden. Als de winkel goed loopt, kan ik misschien een lening nemen en een tweede winkel openen. En dan nog een, tot ik een hele keten heb.'

Will wierp haar een aandachtige blik toe. Nu had ze weer een taboe doorbroken. Vrouwen uit zijn kringen hoorden niet over geld te praten. 'Zou je het niet rustig aan doen? Je winkel is pas een dag open. En het was een heel goede dag, maar je moet nog het een en ander leren voor je een tweede winkel opent. Je moet het koopgedrag van je klanten leren kennen. En je weet niet genoeg van de wijken in de stad om een grote investering te doen. Je kunt beter gewoon klein beginnen.'

'Hoe dan?'

Will dacht even na. 'Je zei toch dat al je cakes en koekjes waren uitverkocht?'

Fiona knikte.

'Je weet nu dat zoete baksels in trek zijn, dus dan ga je hartig gebak proberen. Vleespasteitjes, dat soort dingen. Het is een risico want misschien verkopen die niet, maar het is een uitgedacht risico. En probeer een selectie snoepgoed van kwaliteit in te kopen. Als mensen koekjes kopen, zullen ze misschien ook chocola willen. Wat nog meer? De asperges waren ook op? Ik heb pas geleden heerlijke gestoofde sla gegeten bij Rector's. Ze waren jong, niet volgroeid. Misschien willen mensen die verse groente kopen, die ook wel. Misschien niet, maar je moet alle mogelijkheden uitproberen. Inspelen op de behoefte van de klant. Geef ze wat ze willen, al weten ze nog niet dat ze het willen. Je leert het wel. Maak gebruik van je kennis. Dat is de eerste stap naar rijkdom.'

Op Union Square gekomen riep Fiona uit dat ze niet wist dat ze al zo ver gelopen hadden, en ze zei dat ze terug moest. Toen zag ze een bloemenverkoopster, een mager, smoezelig meisje dat niet ouder dan twaalf kon zijn. Ze verkocht donkerrode rozen. Fiona keek er verlangend naar. Opeens zei ze dat ze een bos wilde kopen, ook al waren ze duur. Hij probeerde ze voor haar te betalen, maar dat weigerde ze. Hij zag dat ze het meisje meer gaf dan de prijs van de bloemen. Ze was dol op rode rozen, zei ze, en ze gaf hem er een voor in zijn knoopsgat.

Toen ze terugkwamen bij de winkel, hing een roodharig jongetje uit het raam, haar broertje, hoorde hij. Hij riep dat ze moest opschieten, want iedereen rammelde van de honger. Will kuste haar hand, en hield die langer vast dan nodig was. Ten slotte nam hij afscheid. Toen zijn rijtuig wegreed, zag hij dat ze hem met de rozen in haar hand nakeek. Nog nooit had hij zo opgezien tegen de fles Château Lafite en het diner van zeven gangen die hem wachtten.

27

Fiona boog haar hoofd en huilde.
Ze stond bij de ingang van het kerkhof waar haar moeder, vader, broer en zusje lagen. Het hek was op slot. Ze probeerde het slot te forceren en schudde aan de spijlen tot de scharnieren piepten en haar handpalmen kapot waren, maar niets hielp. Ze wilde bij haar familie zitten. Ze wilde haar problemen vertellen en weten dat ze luisterden, al konden ze geen antwoord geven. Ze tilde het hangslot op en sloeg het tegen het hek.

Een stem riep haar naam, een stem met een zangerig, Iers accent. 'Fiona, meisje...'

Ze liet het hangslot los. Haar vader stond aan de andere kant, vlak bij haar. Hij droeg zijn jas en pet en zijn haak over zijn schouder, alsof hij net thuiskwam uit de haven. 'Pa!' riep ze. Ze kon haar ogen niet geloven. 'O, pa...' Ze stak een hand door de spijlen. Hij pakte die en hield hem tegen zijn wang.

'Pa, waar was je? Ik heb je zo gemist.' Ze huilde. 'Nu kom je daar toch uit? Je komt naar huis en je brengt mam en Charlie en de baby mee...'

Hij schudde zijn hoofd. 'Dat kan ik niet, meisje. Dat weet je.'

'Maar waarom? Ik heb je nodig, pa.' Ze trok aan zijn hand. 'Alsjeblieft.'

'Neem dit, Fiona,' zei hij, en hij legde iets in haar hand. 'Je moet gebruikmaken van wat je kent.'

Ze keek naar wat hij haar had gegeven. Het was een klein plantje, niet groter dan een centimeter of tien. Een slanke, tere stengel met een paar glanzende groene bladeren. Ze keek verbaasd naar hem op. 'Wat is het?' vroeg ze.

'Wat je kent.'

'Wat ik ken? Pa, ik heb nog nooit zo'n plant gezien...'

Hij liet haar hand los en deed een stap achteruit.

'Waar ga je naartoe? Pa, wacht!' Ze klemde het plantje tegen haar borst en probeerde met de andere haar vader tegen te houden. 'Nee, niet gaan! Kom terug, alsjeblieft!'

'Zorg er goed voor en het zal groeien. Je kunt je niet voorstellen hoe groot.' Hij zwaaide naar haar met een bitterzoete glimlach en liep toen weg. Hij verdween in de schemering van het kerkhof.

'Nee!' snikte ze. 'Kom alsjeblieft terug!' Ze schudde uit alle macht aan de spijlen. Toen liet ze zich vallen en gaf toe aan haar verdriet.

Terwijl ze huilde hoorde ze het geluid van galopperende paarden. Ze keek op en zag een rijtuig naderen, slank en zwart, glimmend gepoetst. In de lantaarns aan de zijkanten flakkerden vlammen. Het werd getrokken door twee zwarte hengsten. Blauwe vonken spatten van hun hoeven terwijl ze over de keien renden. Het leek wel het rijtuig van de duivel, die een nachtelijke rit besloot te maken. Wat ze toen zag, overtuigde haar dat het ook zo was.

Frances Sawyer, of wat er van haar over was, zat op de bok. Haar gezicht was weg. Dat had Jack weggesneden. Haar schedel glom wit in het gaslicht, en bloed kleefde aan het bot. Haar gescheurde jurk hing in bloeddoorweekte flarden om haar verminkte lijf. Fiona kon haar ribben als een accordeon op en neer zien gaan, en de botten van haar armen zien bewegen toen ze het rijtuig tot stilstand bracht. 'Hier is hij,' zei ze met een dikke, rochelende stem.

Fiona drukte zich tegen het hek, niet in staat om te bewegen of te schreeuwen. Het raam van het rijtuig was open, maar ze kon alleen het silhouet van de passagier zien: een hoge hoed, de handen gekruist op zijn wandelstok. Ze wist wie het was. Jack. De donkere man. Het portier vloog open en een stroom van theebladeren viel naar buiten. Hij stapte uit, tikte met een spottend gebaar tegen de rand van zijn hoed, en grijnsde. Zijn tanden waren wit en puntig en bevlekt met bloed. Het was Jack niet. Het was William Burton. En hij hield een mes vast.

Met opgeheven arm stortte hij zich op haar. Het lemmet maakte een luid, zuigend geluid toen het tot het heft in haar borst zonk. Ze gilde het uit van de pijn. Hij trok het mes eruit, likte het bloed af en zei: 'Een assam. Dat kan niet anders. Veel te sterk voor een darjeeling. Te vol voor een dooars.' Hij hief het mes weer op, maar nu sloeg ze wild van zich af.

'Hou op, Fiona!' riep hij terwijl hij haar handen probeerde te ontwijken. 'Jezus!'

'Ik vermoord je!' gilde ze, klauwend naar zijn gezicht.

'Au! Jij kleine... Dat deed pijn!' Hij pakte haar bij de polsen en schudde haar door elkaar. 'Word wakker, dom kind! Ik ben het maar, Michael. Ik ben de duivel niet!'

Fiona werd met een schok wakker. Ze deed haar ogen open. Een boos, door de slaap gezwollen gezicht keek terug. Het was haar oom. Niet Burton. Met een bonzend hart keek ze om zich heen. Ze zat in een stoel in Michaels woonkamer. Het grootboek van de winkel en de Engelse *Times* lagen aan haar voeten. Ze was in New York, niet in Londen. Ze was veilig. Maar ze moest toch even kijken of er geen mes uit haar borst stak voor ze het durfde te geloven.

'Oom Michael... het spijt me. Ik had een nachtmerrie,' stamelde ze.

Hij liet haar los. 'Wat mankeert je om zo te krijsen,' mompelde hij. 'Ik schrok me kapot. Ik dacht dat iemand je aan het vermoorden was.'

'Ik ook.'

'Wat doe je hier trouwens? Waarom ben je niet naar bed?'

'Ik deed de boekhouding. Voor de winkel. Toen moet ik in slaap zijn gevallen.'

Hij knikte. 'Nou, als alles dan nu maar in orde is,' zei hij bars.

'Ja,' zei ze. Maar toen begon ze te beven. Hij zag het en zei dat ze moest blijven zitten. Nog steeds mopperend liep hij naar de keuken en Fiona hoorde water lopen. Allemachtig, wat een nachtmerrie, dacht ze. De ergste tot nu toe. Ze sloeg haar handen voor haar gezicht en kreunde zacht bij de herinnering aan Jack. Aan Burton. In haar nachtmerrie waren ze één en dezelfde persoon geweest. Een duivel, inderdaad.

Ze bukte zich om haar papieren op te rapen. Toen ze de *Times* wilde pakken, die opengeslagen op de vloer lag, viel haar blik op het artikel dat ze had zitten lezen. 'Lucratieve markt voor theehandelaar,' luidde de kop, en daaronder: 'Ambitieuze plannen Burton Thee voor uitbreiding.'

Daar kwam de nachtmerrie door, besefte ze. Ze had de krant eerder die dag gekocht. Ze kocht hem vaak, in de hoop iets over de vakbond voor havenarbeiders te vinden, maar nu had ze het artikel over Burton gelezen. Ze wist niet precies hoe de aandelenmarkt in elkaar zat, maar ze herinnerde zich dat haar vader had gezegd dat Burton vanwege de aandelen nooit zou instemmen met loonsverhoging voor zijn arbeiders. Ze wist dat dit een grote triomf voor hem moest zijn, en in het artikel stond inderdaad dat de belangstelling voor zijn aandelen zijn verwachtingen had overtroffen. Er stond ook dat Burton het geld wilde gebruiken om zijn Londense bedrijf te moderniseren en een eigen theeplantage aan te kopen in India. Daardoor zou hij de thee efficiënter kunnen binnenhalen en verpakken. 'Mijn doel is, in de volgende twee jaar zowel mijn thee goedkoper te maken voor de klant als een goede winst te behalen op de investeringen van mijn aandeelhouders,' had hij gezegd. En hoewel hij nu verantwoording moest afleggen aan aandeelhouders, behield hij de controle over het bedrijf omdat hij eenenvijftig procent van de anderhalf miljoen uitgegeven aandelen bezat.

De wetenschap dat het William Burton voor de wind ging terwijl haar hele familie, behalve Seamie, in de koude grond lag, deed Fiona net zoveel pijn als het mes in haar nachtmerrie. Voor ze het artikel las, had ze eerst het grootboek doorgelopen, en tot haar blijdschap zag ze dat ze meer verdiende dan ze had gedacht. Ze kon nu beginnen zichzelf het geld terug te betalen waarmee ze de schulden van haar oom had betaald. Dat had haar een heerlijk gevoel van zekerheid gegeven. Maar nu, na de nachtmerrie, leken die inkomsten onbelangrijk. Belachelijk zelfs. Ze waren niets vergeleken bij Burtons rijkdom.

Toen de *Britannic* de kust van Engeland achter zich liet, had ze gezworen dat ze wraak zou nemen op Burton. Mooie woorden, dacht ze. Het was nu de eerste week van mei. Ze was meer dan een maand in New York en ze had nog steeds geen idee hoe ze wraak zou moeten nemen. Ze wist dat ze een heleboel geld nodig had om een machtig persoon als Burton aan te pakken, en ze had geen idee hoe ze dat geld moest verdienen. Will had gezegd dat ze moest voortbouwen op wat ze wist. Het probleem was dat niets waar ze iets van wist haar rijk zou maken. Haver en koekjes en appels waren geen zilver of olie. Ze moest iets vinden, iets wat haar een fortuin zou bezorgen, maar wat?

Michael kwam terug met een kop thee. 'Hier, drink dit maar,' zei hij. Zijn gebaar verraste Fiona. Ze was niet gewend dat hij bezorgdheid toonde, maar ze nam de thee dankbaar aan. Hij bleef even bij haar zitten, en wreef geeuwend over zijn gezicht. Weer verbaasde het haar hoe hij op haar vader leek. Een vaag beeld flitste door haar gedachten. Haar vader, zoals hij er in haar nachtmerrie had uitgezien. Hij probeerde haar iets te geven, haar iets te vertellen, maar ze kon zich niet herinneren wat. Toen zei Michael dat hij naar bed ging en dat hij hoopte dat de duivel niet zou terugkomen vannacht, en het beeld verdween weer net zo snel als het was gekomen. Michael adviseerde haar ook wat te slapen.

'Ik denk niet dat ik nog kan slapen, oom Michael,' zei ze terwijl ze opstond. Als ze naar bed ging, zou ze de hele tijd terugdenken aan de nachtmerrie. Werk was de enige remedie tegen haar angst, het enige waarbij ze alles kon vergeten. Ze pakte haar schort dat ze over de leuning van haar stoel had gelegd en bond het voor.

'Het is midden in de nacht,' zei Michael. 'Waar wil je naartoe?'

'Naar beneden. Dan loop ik vast in op de dag.'

'Wacht dan in elk geval tot het licht wordt. Je moet niet alleen zijn daar beneden.'

Ze glimlachte vermoeid. Alleen? Met al die geesten en herinneringen? 'Ik zal niet alleen zijn, oom Michael,' zei ze. 'Ik heb de duivel als gezelschap, en al zijn vrienden erbij.'

Vaak, als hij niet kon slapen, ging Nicholas Soames graag wandelen door de straten van Manhattan. In het donker vond hij dan rust. Dan sliep het monster. In die uren leek de stad alleen van hem te zijn. De trottoirs waren leeg. Winkels waren afgesloten met luiken. Er brandde alleen licht in cafés en restaurants. Hij kon zelfs blijven staan om naar iets te kijken als hij dat wilde. Niemand botste tegen hem aan en niemand mopperde als hij bleef staan om naar een interessant gebouw te kijken of in een mooie binnenplaats te gluren.

Hij had vanavond een hele afstand afgelegd. Helemaal vanaf zijn hotel op Fifth Avenue en Twenty-third langs Washington Square tot Bleecker Street. Het was al na middernacht, en hij besloot naar Broadway te gaan om te zien of hij daar een huurrijtuig kon vinden.

Hij wilde net oversteken toen hij ze zag. Twee mannen. Ze liepen naast elkaar. Ze raakten elkaar niet aan, maar toch wist hij het. Door de manier waarop de een zijn hoofd naar de ander boog. Door hun lach. Hij wist het.

Hij zag dat een van hen de deur naar een bar opende, en ze gingen naar binnen. Hij bleef als verstijfd staan. Twee andere mannen gingen ook naar binnen. En toen een alleen. Vervolgens vier mannen. Toen hij voldoende moed had verzameld om over te steken, zag hij een bordje naast de deur. THE SLIDE stond erop. Een hand ging langs hem heen. Vingers sloten zich om de deurknop. 'Gaat u ook naar binnen?' vroeg de eigenaar van de hand, een man met krullend blond haar.

'Nee... ik... Nee, dank u.'

'Dan moet u het zelf maar weten,' zei de man.

Net voor de deur weer dichtging, hoorde hij lachen en hij rook sigaretten en wijn. Hij beet op zijn lip. Hij wilde naar binnen. Hij wilde bij gelijkgestemden zijn, al was het maar voor een avond. Een fles wijn drinken met een knappe man. Zijn masker laten vallen. Heel even maar.

Hij greep de deurkruk beet en liet hem toen weer los. Het was te gevaarlijk. Hij kon niet zijn wie hij was. Had hij dat nu nog niet geleerd? Na al het verdriet en de pijn die hij zichzelf, zijn familie en Henri had aangedaan? Hij liep weg en ging in de schaduw van een grote iep staan.

Ga weg, dacht hij. Nu. Het is te riskant. Stel dat iemand hem zou zien? Een bekende? Hij wierp een laatste blik op de bar en zag een man naar de deur lopen. Hij was lang en mooi, met lang, donker haar dat tot op zijn schouders golfde. Uit de verte leek hij op Henri. De man bleef staan, tuurde door het donker naar Nick, en schudde toen lachend zijn hoofd. 'Blijf je de hele nacht onder die boom schuilen, bangerikje?' zei hij. Hij lachte nog steeds toen de deur achter hem dichtviel.

Nick keek naar de deur. Hij streek met een hand door zijn haar. Alles wat hij nu het liefste wilde was achter die deur. Gezelschap. Gelach. Warmte. Begrip. Zijn verlangen was ondraaglijk. Ik ga maar heel even, dacht hij. Een uurtje. Alleen om iets te drinken. En misschien een beetje te kletsen. Het kan toch eigenlijk geen kwaad. Gewoon even iets drinken, en dan ga ik weg. Voor deze ene keer.

28

'Nog wat pastei, Seamie?' vroeg Mary.

Seamie knikte gretig en gaf haar zijn bord.

'Een bodemloze put,' merkte Fiona op.

'Onzin. Hij heeft een gezonde eetlust. Dat hoort bij een jongen in de groei.'

'Ik neem ook nog een beetje, mam,' zei Ian. Hij stond op om zijn moeder te helpen.

'En ik ook,' zei Fiona.

'Dat is al je derde portie, Fiona!' lachte Mary. 'Wie is er nu een bodemloze put?'

Fiona lachte schaapachtig. Mary kon verrukkelijk koken. De korst van haar pastei was goudkleurig en knapperig, en de stukken vlees mals in hun geurige jus. Haar aardappelpuree was luchtig en de doperwten waren precies goed.

Mary schepte weer op. Ze had veel gekookt en daar was Fiona blij om. Ze had honger. Ze had een drukke zaterdag achter de rug en ze was de hele dag op de been geweest. Ze aten in Michaels keuken, want die was ruimer dan die van Mary en er stond een grote tafel waar ze allemaal aan konden zitten. Fiona kon niet goed koken en ze vond er ook niets aan, maar het was wel belangrijk dat Seamie gezonde, warme maaltijden kreeg. Ze had weken geleden met Mary afgesproken dat zij het avondeten zou kopen en dat Mary zou koken. Die regeling beviel beiden goed. Fiona genoot van haar maaltijden met de Munro's. Ze was hen als haar familie gaan beschouwen. Ze hoorden meer bij haar en Seamie, en zij bij hen, dan haar oom, die zijn dagen grotendeels doorbracht bij Whelan's.

'Heeft iedereen genoeg?' vroeg Mary voor ze weer ging zitten.

'Ja, meer dan genoeg,' zei Fiona.

'Woensdag zal ik de bloembakken opnieuw beplanten,' zei Alec.

'Ja?' vroeg ze verheugd. 'Allemaal?'

'Ja, de nieuwe planten zijn klaar. Ik moet alleen de oude weghalen en wat grond erbij doen voor ik ze plant. Het wordt heel mooi.'

Fiona had nog nooit iemand als Alec ontmoet. Tuinieren was zijn lust en zijn leven. Hij moest met zijn handen in de aarde wroeten en groene dingen aanraken en kweken zoals andere mensen lucht nodig hadden. Hij hield van zijn planten alsof ze zijn kinderen waren. Hij vertroetelde ze, en hij was ongerust als de bladeren van een van zijn geliefde rozenstruiken ook maar een plekje roest of schimmel vertoonde. Seamie was dol op hem. Ze brachten uren door in de achtertuin met onkruid wieden, de bloembedden bemesten en de pioenrozen vertroetelen. Fiona had Seamie eens vol verwondering naar een grote, kleurige vlinder zien staren die op zijn hand was neergestreken. Opeens was de vlinder weggevlogen en hij had hem verlangend nagekeken, gekwetst omdat de vlinder hem in de steek had gelaten. Fiona had naar buiten willen hollen om hem te omhelzen en te zeggen dat hij het niet erg moest vinden; de vlinder zou wel terugkomen. Maar Alec was haar voor. Hij legde een hand op Seamies schouder en keek het mooie schepseltje na, terwijl hij uitlegde hoe vlinders leefden en hielpen om bloemen te bestuiven, dat deze vlinder stuifmeel had gehaald uit hun mooie seringenboom en dat naar andere seringen ging brengen om die te helpen groeien. Seamie accepteerde zijn uitleg zonder tranen of boosheid, en zonder te vragen of de vlinder dood zou gaan.

Toen Seamie Fiona de namen vertelde van de planten die hij en Alec vandaag hadden gepot, hoorden ze de deur opengaan, gevolgd door schuifelende voeten in de gang. Het was Michael. Fiona begon al kwaad te worden. Ze wist zeker dat hij haar om geld zou vragen. Hij kwam nooit zo vroeg terug uit de kroeg, dus hij was zeker weer platzak.

Mary wierp Fiona een blik toe. 'Denk je dat hij bij ons wil zitten?' fluisterde ze.

Fiona snoof minachtend. 'Alleen als je hem behalve de pastei ook whisky geeft,' antwoordde ze. Ze had de hoop opgegeven dat haar oom de drank zou laten staan.

'Hoe lang is het geleden dat hij fatsoenlijk heeft gegeten? Hij moet iets gezonds binnenkrijgen.'

'Ik weet het, Mary. Ik heb het geprobeerd. Ik zet altijd een bord met kliekjes voor hem op tafel. Soms eet hij ze op en soms niet.'

'Je kan vragen of hij binnenkomt.'

'Hij wil niet naar me luisteren. Dat doet hij nooit. Probeer jij het maar.'

'Goed, dat zal ik doen. Blijf gewoon doorpraten. Als hij denkt dat we het over hem hebben, komt hij niet,' zei Mary.

Fiona begon weer te praten alsof er niets aan de hand was. 'Ik denk dat de nieuwe bloemen echt mooi zullen staan voor de etalage,' babbelde ze. De zware voetstappen kwamen dichterbij. Michael liep haastig langs de keuken naar de woonkamer. 'En vooral met die kanten gordijnen erboven. Ik hoop dat je veel roze hebt, Alec, en wat zonnig geel en...'

'Michael?' riep Mary. 'Ben jij dat?'

Even later was een bars 'ja' te horen.

'Heb je trek? Ik heb een pastei gemaakt met vlees en uien. Er is nog meer dan genoeg.'

Fiona knikte goedkeurend. Mary probeerde een argwanend, gewond dier te lokken, dat eerder geneigd was om weg te vluchten dan de toegestoken hand te likken.

Stilte. Toen: 'Vlees en uien?'

'Ja, kom een hapje proeven.'

Fiona's ogen werden groot van ongeloof toen ze haar oom naar de keuken hoorde lopen. Hij stond met zijn pet in zijn hand in de deuropening, en ze probeerde uit alle macht haar gezicht in de plooi te houden. Ze voelde verdriet en kwaadheid toen ze naar hem keek. Hij was zo mager als een zwerfhond, minstens dertig pond lichter dan op de foto die Molly naar hen had gestuurd, maar zijn gezicht was zo opgezet als dat van een verdronken man. Zijn haar was lang en zat in klitten. Zijn kleren waren vies. Hij had zich niet geschoren en hij stonk naar de kroeg.

'Hallo Michael,' glimlachte Mary. 'Zin in een kop thee bij de pastei?'

'Ja,' zei hij zacht. 'Graag.'

'Ga zitten. Hier, tussen mij en Fiona. Ian, schuif eens wat op.'

'Dat hoeft niet,' zei Michael. 'Ik ga wel in de kamer eten.'

'Doe niet zo raar. Je kunt niet een bord en een kop thee op je knieën houden. Ga zitten.'

Michael gehoorzaamde zonder naar een van hen te kijken. Mary zette een bord voor hem neer met bestek en een servet. Fiona schonk een kop thee voor hem in.

'Dank je,' zei hij. Met bevende handen pakte hij het kopje beet en dronk. 'Lekker,' zei hij.

'Dat is de nieuwe thee die ik bij Millard heb gekocht,' vertelde Fiona.

Michael knikte. Hij keek naar Fiona, stak zijn kin de lucht in en zei: 'Ik drink thee bij mijn eten, ondanks dat sommige mensen daar anders over denken.'

Nou, aan je gehoor mankeert niets, dacht Fiona. 'Gelukkig maar,' zei ze. 'Whisky bederft je smaak en Mary's pastei is verrukkelijk. Die heb ik nergens zo lekker gegeten.'

'Ach, ga nou toch,' lachte Mary met geveinsde bescheidenheid.

'Het is zo, mam,' zei Ian. 'Is er nog aardappelpuree?'

'Hier.'

'En geef je de jus ook nog even?'

Ze speelden allemaal mee. Ze probeerden niet op Michael te letten. Ian zette de juskom neer en vroeg om de doperwtjes. Alec wilde nog een kop thee. Seamie liet een boer en Fiona zei dat hij zich moest verontschuldigen. Ze deden of ze allemaal al twintig jaar elke avond zo zaten te eten. Mary en Fiona hadden Michael bestookt met verwijten en smeekbeden. Die hadden niet geholpen. Dus nu aanvaardden ze zijn gedrag en ze boden hem alleen een goede maaltijd, gezelschap en conversatie. Michael zat met gebogen hoofd. Hij keek alsof dit meer was dan hij had durven hopen.

Fiona wilde hem bij het gesprek betrekken en zei: 'Het lijkt me een goed idee om veiligheidshekjes voor de ramen te zetten, oom Michael. Weet u waar je die kunt halen? Volgens mij moeten die in beide appartementen komen.'

'Veiligheidshekjes? Waarom?'

'Voor Nell. Binnenkort kan ze lopen, en je kunt niet voorzichtig genoeg zijn.'

Alsof ze haar naam hoorde, begon Nell te kirren in haar mandje onder het keukenraam. Michael verstrakte en legde zijn vork neer.

O jee, hij gaat ervandoor, dacht Fiona. Ze stond vlug op. 'Daar is ons meisje!' riep ze opgewekt terwijl ze haar nichtje optilde. 'Ze is zeker net wakker geworden. Ik snap niet hoe ze bij al dat lawaai hier kan slapen.' Ze ging weer zitten met de baby op schoot. 'Mag ze wat aardappelpuree?' vroeg ze aan Mary.

'Ja. En een beetje brood met jus. Maar geen ui. Dat lust ze niet.'

Alec vroeg of Mary de aardappelschillen had bewaard voor zijn composthoop. Ian en Seamie trokken gekke gezichten naar elkaar. Fiona gaf Nell hapjes aardappelpuree. En Michael bleef doodstil zitten met zijn blik strak op zijn kind gericht.

'Mag ik haar vasthouden?' vroeg hij opeens, fluisterend.

Fiona overhandigde hem de baby. Hij schoof zijn stoel achteruit en nam zijn dochter op schoot. Fiona zag de emotie op zijn gezicht en ze wist dat hij aan Molly dacht. Niet weglopen, smeekte ze in stilte. Blijf bij haar.

'Eleanor Grace,' zei hij met bevende stem. 'Wat ben je een mooi meisje.'

Nell zat in de magere armen van haar vader en ze keek naar zijn gezicht met haar grote, blauwe ogen. 'Ba ba pa!' verklaarde ze opeens.

Michael keek ongelovig op. 'Ze zei pa!' riep hij. 'Ze zei pa! Ze kent me!'

'Ja, dat zei ze. Ze kent je,' zei Fiona, die heel goed wist dat Nell tegen alles en iedereen ba of pa zei.

'Pa! Pa!' kirde de baby.

Goed zo, Nell, hou vol, dacht Fiona. Ze keek even naar Mary, die zich bijna niet kon inhouden. Michael raakte de wang van zijn dochter aan. Nell greep zijn duim en begon erop te zuigen.

'Wat lijkt ze op haar moeder,' zei hij. 'Sprekend Molly.' Toen legde hij een hand tegen zijn gezicht en begon te huilen. Dikke tranen rolden over zijn wangen en vielen op Nells jurk. Hartverscheurende snikken wrongen zich los uit zijn borst. Zijn verdriet kwam plotseling en hevig los, als een zomerregen in de woestijn, en spoelde de muur weg die hij had opgetrokken om het tegen te houden. Zijn woede en verbittering verdwenen. Hij werd nu alleen overspoeld door verdriet.

'Het is goed, Michael,' troostte Mary. 'Huil maar eens uit. Het werd de hoogste tijd. Het is geen schande om te huilen om een vrouw als Molly. Gooi het er maar uit. Het zal je goeddoen.'

'Ik wou dat ze hier was, Mary,' zei hij haperend. 'Ik wou dat ze Nell kon zien.'

Mary knikte. Ze kneep in zijn hand. 'Maar ze is hier ook, Michael. Ze kan Nell zien.'

29

'O Fee, je moet het zien! Het is perfect! Een raam over de hele voorkant. Een en al licht! En groot! Heb ik dat al gezegd? Ik kan met gemak dertig doeken ophangen en nog een stuk of tien schildersezels in het midden neerzetten. Ik laat de vloer opknappen, en dan laat ik de muren schilderen en...'

Nick liep heen en weer door de winkel, te opgewonden om te blijven staan. Hij had zojuist een ruimte gehuurd in Gramercy Park, waar hij een galerie van ging maken, en het appartement erboven, waar hij ging wonen. Het was een mooi gebouw met drie verdiepingen. Boven hem zat nog een huurder en op de bovenste verdieping woonden de hospita en haar twee zoons. Hij had de vrouw een borgsom gegeven plus een maand huur, en toen was hij naar Eighth Avenue gegaan om het aan Fiona te vertellen.

Ze was de toonbank aan het poetsen toen hij kwam binnenvallen, en ze was geschrokken toen ze hem zag. Hij was vreselijk mager en zo wit als een doek, maar hij bleef zo enthousiast doorpraten dat ze de kans niet kreeg om te vragen hoe het met hem ging.

'... en dat plafond is zo hoog, Fiona! Meer dan vier meter! O, het wordt de mooiste galerie van heel New York!' Hij boog zich over de toonbank en gaf haar een kus op haar mond.

'Kijk uit!' vermaande ze hem. 'Dadelijk zit je onder de boenwas.'

'Je komt toch kijken, Fee?'

'Natuurlijk. Wanneer je maar wilt. Nick, voel je...'

Hij viel haar in de rede. 'Kun je vanavond?' Toen stak hij zijn handen op als een verkeersagent. 'Nee, vanavond niet, nog niet! Niet tot alles in orde is en de schilderijen er zijn en...' – hij zweeg even en deed zijn hand voor zijn mond om te hoesten – '... ze allemaal hangen en alles er mooi uitziet en...' – hij hoestte weer, harder. Hij pakte zijn zakdoek en draaide zich om tot het rauwe hoesten was opgehouden. Toen hij zich met waterige ogen weer omdraaide, glimlachte ze niet meer.

'Je bent niet naar de dokter gegaan terwijl je het wel beloofd had, hè?' zei ze.

'Jawel.'

Ze sloeg haar armen over elkaar. 'O ja? En wat had hij te melden?'

'Hij zei dat het, eh... iets met de luchtwegen...'

'Iets met de luchtwegen? Ja, dat is echt iets wat een dokter zou zeggen, liegbeest dat je bent.'

'Ik ben echt gegaan, Fiona, ik zweer het! Naar dokter Werner Eckhardt. Op Park Avenue. Hij heeft me zelfs een medicijn gegeven. Die neem ik in en ik voel me een stuk beter. Echt waar.'

Fiona's stem verzachtte. 'Maar je ziet er niet goed uit,' zei ze met een ongeruste frons. 'Je bent veel te mager en te bleek, en je hebt kringen onder je ogen. Eet je wel goed, Nick?' Ze liet haar vinger langs de binnenkant van zijn kraag glijden. 'Je kleren zitten veel te ruim. En nu ook nog die hoest. Ik maak me echt zorgen.'

Nick kreunde. 'O, niet zo zeuren, ouwetje. Er is echt niets aan de hand. Ik geef toe dat ik moe ben, maar dat komt door de galerie. Ik heb echt de benen uit mijn lijf gelopen om een goede stek te vinden. Tien, twaalf winkels per dag heb ik bekeken! En nu heb ik de plek gevonden! Heb ik je al verteld over de buurt? Schitterend! En boven de etalage is een blauwe regen! Heb ik al gezegd hoe groot het raam is?'

'Wel drie keer. Je probeert van onderwerp te veranderen.'

'O ja?'

'Beloof me dat je goed eet, Nick. Niet alleen champagne met die vieze viseitjes.'

'Goed, ik beloof het. En vertel nu eens hoe het met jou is, Fee. Ik loop maar te ratelen en ik heb niet eens gevraagd hoe het met jou gaat.'

Er viel weinig te vertellen. Ze had een drukke week in de winkel achter de rug. Michael was nog steeds niet teruggegaan naar Whelan's en zij en Mary begonnen te hopen dat hij ook niet meer zou gaan. Hij hielp mee in de winkel en hij zei dat hij Mary's keuken wilde opknappen. Ze was met Seamie gaan winkelen omdat hij weer uit zijn kleren was gegroeid, en Nells melktanden begonnen door te komen.

'Hmm,' zei Nick ongeduldig toen ze was uitgesproken. 'Verder nog iets?'

'Wat bedoel je?'

Hij glimlachte alwetend. 'Is William McClane nog op bezoek geweest?'

Fiona bloosde. 'Natuurlijk niet.'

'Hoe is het mogelijk. Je bent pas een paar maanden in New York en je hebt nu al een miljonair aan de haak geslagen.'

'Hou op! We hebben alleen een eindje gewandeld.'

'Hij is stinkend rijk, weet je dat? Ik geloof dat mijn vader en hij een keer samen gedineerd hebben. En ik heb gezien hoe hij naar je keek. Hij is verliefd op je.'

'Doe niet zo gek! Hij is twee keer zo oud als ik. Ik ben niet rijk en ik behoor niet tot de juiste kringen.'

'Fiona, je bent een prachtige vrouw. Welke man zou je niet willen? Geef toe... je vindt hem leuk. Tegen mij kun je het toch wel zeggen?'

Ze wierp hem een zijdelingse blik toe. 'Nou ja, een beetje wel,' gaf ze toe. 'Hij is charmant en aardig. En heel intelligent. Hij weet alles. En hij is een heer, maar...'

'Maar wat? Hier valt toch niets te maren?'

Fiona haalde haar schouders op.

'Fee?'

Ze fronste haar wenkbrauwen en wreef met de poetsdoek over een ingebeelde vlek.

'O, ik weet het al. Die jongen uit Londen. Joe, zo heet hij toch?'

Ze zei niets.

'Nog steeds?'

Ze legde de poetsdoek neer. 'Nog steeds,' gaf ze toe. 'Ik weet dat het stom is. Ik probeer hem te vergeten, maar het lukt niet.' Ze keek Nick aan. 'Ik heb ooit een havenarbeider die bij een ongeluk zijn hand was kwijtgeraakt, tegen mijn vader horen zeggen dat hij die hand nog voelde. Hij zei dat hij bij vochtig weer last kreeg aan de gewrichten, en dat hij zijn huid voelde prikken als het warm was. Zo voel ik het met Joe. Hij is weg, maar toch is hij er nog steeds. Ik kan hem zien en horen. Ik praat in gedachten tegen hem. Wanneer houdt dat op, Nick?'

'Als je weer verliefd wordt.'

'En als dat niet gebeurt?'

'Natuurlijk gebeurt dat wel. Je bent nog niet over hem heen. Breng wat meer tijd door met McClane. Of een Astor of een Vanderbilt. Dat heb je nodig, Fee. Een leuke miljonair uit New York. Dan vergeet je die marktkoopman van je. Waar hebben jij en McClane het trouwens over gehad tijdens jullie wandelingetje? Dat heb je me nooit verteld.'

'Over de winkel. En een ondergrondse spoorweg.'

Nick trok een grimas. 'Wat romantisch.'

'Hij probeert me te helpen, Nick. Ik zei dat ik miljonair wilde worden. Ik zei dat ik moest zien te vinden wat me rijk zou maken.'

'En wat zei hij? Heeft hij je het grote geheim verteld?'

'Hij zei dat ik geduld moest hebben, goed om me heen moest kijken en manieren moest bedenken om meer te verkopen. Klein beginnen. En dan voorzichtig uitbreiden en misschien een tweede winkel openen. Hij zei dat ik moest uitgaan van wat ik kende.'

'En heb je al een fortuin gemaakt?'

Fiona fronste haar wenkbrauwen. 'Nee. Maar we verdienen wel steeds meer. Mary's hartige hapjes zijn elke dag uitverkocht, en we gaan ook kant-en-klare salades aanbieden. We hebben er zelfs een nieuwe koeler voor moeten bestellen. Maar ik ben nog geen miljonair. Nog lang niet.'

'Geen zorgen, Fee.' Nick gaf een klopje op haar hand. 'Ik weet hoe je miljonair kunt worden.'

'Hoe dan?'

'Je moet met een miljonair trouwen.'

Ze gooide de poetsdoek naar hem toe. 'Ik trouw met niemand. Mannen zijn veel te lastig.'

'Ik niet.'

'Juist jij.'

De deur van de winkel ging open en Michael kwam binnen met een vel papier in zijn hand.

'Over lastig gesproken...' mompelde Fiona binnensmonds.

'Fiona, deze factuur klopt niet,' zei hij.

'Welke factuur, en waarom niet?'

'Die van de theeleverancier. Millard. Hoeveel hebben ze de vorige keer gerekend?'

'Er is geen vorige keer. Dit is hun eerste rekening. Wat is er mis mee?'

'Er staat dat je negentien kisten hebt gekocht sinds de heropening van de winkel.'

'Dat klopt. Ik kan de reçu's wel even nalopen, maar ik weet zeker dat Stuart ons niet zal bedriegen.'

'En dat is de Indiase thee?' vroeg Michael.

'Ja.'

Hij schudde zijn hoofd. 'Allemachtig. Ik was al blij als ik één kist kon verkopen.'

'Per week?'

'Per maand.'

Fiona keek naar de factuur. In twee maanden tijd waren er negentien kisten verkocht aan Finnegan. Ze was toe aan de laatste twee. Dat hield in dat ze net iets meer dan twee kisten per week had verkocht en haar oom voorheen een kist per maand. Ze bekeek het totaalbedrag en dat kwam overeen met de kisten die verkocht waren plus de twee die nog in de kelder stonden.

En toen zag ze het.

Onder aan de factuur stond de naam R.T. MILLARD boven een tekening van drie planten, te weten een koffiestruik, een cacaoboom en... een theeplant.

Toen Fiona naar de theeplant staarde, en slanke stengel met glanzende bladeren, gingen haar nekharen overeind staan. Ze hoorde haar oom niet meer. Ze herkende de plant. Die had ze eerder gezien, in een nachtmerrie. Haar vader had haar de plant gegeven, tussen de tralies van het hek voor een kerkhof door. 'Wat is het, pa?' had ze gevraagd. 'Het is wat je kent,' hoorde ze nu weer.

Al die tijd was het antwoord vlak voor haar neus geweest. Thee! Maak gebruik van je kennis, had Will gezegd. Allemachtig, als ze ergens verstand van had, dan was het wel van thee! Ze kon alleen al door de geur een keemun onderscheiden van een sichuan, en een dooars van een assam. Ze wist dat haar Indiase thee veel verkocht werd, maar ze had niet geweten dat die zo goed liep. Dat kleine, tere plantje was precies wat ze zocht. Dat zou haar olie, haar staal en hout worden. Haar fortuin!

'Fiona? Heb je me gehoord?' Michael knipte met zijn vingers.

Ze had hem niet gehoord. Ze was helemaal vervuld van haar idee, de mogelijkheden: een exclusief mengsel, een groothandel, een selectie van theesoorten in haar winkel, misschien zelfs een theesalon. Net zo'n mooie theesalon als in Fortnum en Mason's.

'Ik zei dat we opnieuw moeten bestellen. We hebben nog maar twee kisten thee. Op deze manier zijn we daar woensdag al doorheen, dus we hebben er minstens nog acht nodig voor de komende maand,' zei Michael.

'Nee.'

'Nee? Waarom niet?'

'Omdat we meer dan acht gaan inkopen. We kopen alle voorraad aan Indiase thee in van Millard en ze moeten zweren dat ze het mengsel geheimhouden. Niemand anders mag het weten!'

Michael keek van Fiona naar Nick, alsof die misschien wist waar zijn krankzinnige nicht het over had, maar Nick haalde zijn schouders op. 'Waarom zouden we dat doen?' wilde Michael weten. 'Het is waanzin! Geen enkele winkelier koopt meer in dan hij kan verkopen.'

Fiona onderbrak hem. 'We zijn niet langer gewone winkeliers.'

'O nee?' Michael trok een wenkbrauw op. 'Wat zijn we dan?'

'Theehandelaars.'

'Hetzelfde als anders, meneer McClane?'

'Ja, Henry. Zijn de heren Carnegie en Frick er al?'

'Ik heb ze nog niet gezien, meneer. Alstublieft.'

'Dank je.'

Will nam een slok whisky en keek of zijn gasten al waren gearriveerd. Andrew Carnegie en Henry Frick, partners bij het grootste staalbedrijf van het land, zouden vanavond met hem dineren en zijn plannen voor het ondergrondse treinstelsel bespreken. Ze wilden hem staal leveren en hij wilde hen binnenhalen als investeerders. Hun steun, en die van andere belangrijke industriëlen, was nu meer dan ooit belangrijk, want er was een nieuw obstakel opgedoken, een obstakel dat al zijn plannen in het honderd dreigde te laten lopen.

De deur van de bar ging open. Will draaide zich om, in de hoop tenminste een van zijn gasten te kunnen verwelkomen, maar hij zag alleen een kleine brunette in een blauwgeruit jasje en rok. In de ene hand droeg ze een tasje en in de andere een schrijfblok en een potlood. Zodra ze hem zag liep ze regelrecht naar hem toe.

'Hallo, Will,' zei ze.

Hij glimlachte. 'Altijd een genoegen jou te zien, Nellie. Wat wil je drinken?'

'Whisky. Met ijs. Maar wel vlug, graag, want ik denk dat ik vijf of tien minuten heb voor de drukte toeslaat.'

De barman aarzelde. 'Meneer McClane... Volgens de regels...'

'Ik ken de regels. En ik wil deze dame een whisky met ijs aanbieden. Nu.' Will sprak zonder stemverheffing. Dat was niet nodig.

'Komt eraan, meneer.'

Will gaf Nellie haar glas. Ze sloeg de helft in één teug achterover, veegde haar lippen af en kwam terzake. 'Ik heb gehoord dat August Belmont zich in de strijd werpt. Volgens mijn bron in het stadhuis komt hij met een eigen idee voor de ondergrondse trein.'

'Vraag het zelf aan hem. Hij zit daar in de hoek met John Rockefeller natuurlijk mijn plan af te kraken.'

'Hij vertelt me nooit wat. Toe, Will. Mijn deadline is negen uur.'

Will dronk zijn glas leeg en wenkte de barman. 'Het klopt,' zei hij. 'Hij heeft een eigen team ingenieurs. Die hebben twee dagen geleden hun ontwerp aan de burgemeester aangeboden. Volgens hen is hun ontwerp goedkoper.'

Nellie zette haar glas neer en maakte aantekeningen. 'En klopt dat?'

'Op papier wel. Maar in werkelijkheid zou hun plan de stad veel meer geld kosten.'

'Waarom?'

'Belmonts route gaat door grond die hier en daar moerassig is en op andere plekken alleen maar korrelig. Zijn route is rechtstreekser dan die van mij, dus goedkoper – en daarmee wil hij de burgemeester overhalen – maar door de natuurlijke obstakels zal de hele operatie meer kosten aan tijd, manuren en materiaal.'

'Wat wil je dan?'

'Tegen de burgemeester zeggen dat hij zijn verstand moet gebruiken en mijn plan volgen.'

'Daar heb ik niets aan en dat weet je. Al zou ik het willen. Zeg iets wat ik kan citeren.'

Will dacht even na en zei toen: 'Ik heb alle vertrouwen dat onze geachte burgemeester en de gemeenteraad aandacht zullen besteden aan de topografie, geografie en vervoerseisen van Manhattan. En ik ben ervan overtuigd dat ze dan ongetwijfeld de kolossale fouten, vergissingen, misrekeningen en onjuiste voorstellingen van Belmonts plan zullen inzien. Een dergelijk plan zou de stad niet alleen voor een bankroet plaatsen, maar de verkeerde technische principes zouden ook de integriteit van Manhattans straten en gebouwen in gevaar brengen, laat staan de veiligheid van de bewoners. Is het zo goed?'

'Prima,' zei ze, verwoed krabbelend. 'Bedankt, Will. Je bent een schat.'

Ze klapte haar schrijfblok dicht en dronk haar glas leeg. Will bestelde er nog een voor haar. Ze keek hem aandachtig aan toen hij het haar gaf.

'Alles goed? Je ziet er een beetje pips uit.'

'Ik? Nee hoor, alles goed.'

'Echt?'

Hij knikte, een beetje opgelaten onder haar onderzoekende blik. Hij mocht Nellie, heel graag zelfs, maar hij hield altijd haar beroep in gedachten. Zakelijke informatie geven aan een journalist was goed als je het op de juiste manier speelde, maar persoonlijke informatie geven was ronduit riskant. Hij zag dat ze nog steeds naar hem keek, wachtend op antwoord. Hij besloot te zeggen dat hij moe was, misschien was ze daarmee tevreden. 'Misschien komt het door het werk,' zei hij. 'Ik ben een beetje moe de laatste tijd.'

'Dat geloof ik niet. Je geniet van competitie. Er is iets aan de hand. Ben je ziek?'

Will zuchtte geïrriteerd. 'Er is niets aan de hand!' Tot zijn opluchting drong ze niet verder aan. Fiona was tegenwoordig voortdurend in zijn gedachten, en hoe hij het ook probeerde, hij begreep niets van zijn gevoelens voor haar.

Opeens wapperde een hand voor zijn gezicht. 'Will? Luister je wel?'

'Neem me niet kwalijk, Nellie.'

'Je kunt zeggen wat je wilt, maar iemand heeft je hart gestolen.' Ze boog zich naar hem toe. 'Je hebt toch wel een hart?'

Toen Will begon te lachen, kwam Cameron Eames, een jonge rechter en vriend van Wills oudste zoon, Will junior, binnen. 'Goedenavond, meneer McClane,' zei hij.

'Hallo Cameron,' antwoordde Will.

'U hebt een gast, zie ik. Ik wist niet dat in de club dames werden toegelaten. O, jij bent het, Nellie!'

'Tjonge, wat een originele opmerking, Eames. En, heb je de laatste tijd nog kinderen opgesloten? Ik zag een paar jongens straathonkbal spelen. Je weet hoe dat gaat. Dat leidt tot vandalisme en erger. Je kunt niet voorzichtig genoeg zijn. Laat de boevenwagen maar vast komen. En misschien het leger ook, als je toch bezig bent.'

Twee heren die in de buurt stonden, begonnen te grinniken. Will hoorde ze, en Cameron ook. Zijn gezicht betrok. 'Dat was een hysterisch artikel. Geschreven door een hysterische journaliste die zich meer door haar gevoel dan door haar verstand laat leiden,' zei hij.

'Het kind was tien jaar, Eames.'

'Hij was een misdadiger.'

'Hij had honger.'

Eames draaide zich woedend om naar Will en zei: 'Als Will junior komt, wilt u hem dan zeggen dat ik in de eetzaal ben, meneer McClane?'

'Natuurlijk, Cameron.'

Hij beende weg.

'Dat was niet zo slim, Nell. Nu gaat hij tegen de hoofdkelner zeggen dat jij hier zit, en dan word je er eruit gegooid.'

'Dat zal wel. Waarom zou hij in zijn club anders zijn dan in de rechtszaal? Daar word ik altijd uitgegooid door die kleine etter,' zei ze. 'Pardon. Ik weet dat hij Will juniors vriend is.'

Will haalde zijn schouders op. 'Hij is en blijft een kleine etter.' Hij voelde een hand op zijn schouder. 'Hallo pa, hallo Nellie,' zei een stem. Will keek om en glimlachte naar de stevig gebouwde blonde man van vijfentwintig die naast hem stond. Het was zijn oudste zoon. Toen Will hem begroette, altijd blij hem of een van zijn andere kinderen te zien, viel hem op hoeveel de jongen op zijn moeder leek. Hoe ouder hij werd, hoe meer hij hem deed denken aan Anna en haar Hollandse voorouders met hun blonde uiterlijk en nuchterheid.

'Heb je Cameron toevallig gezien?' vroeg Will junior. Cameron en Will waren allebei opgegroeid in Hyde Park aan de Hudson, hadden samen op Princeton gestudeerd en waren lid van dezelfde clubs. Ze waren allebei getrouwd en woonden met hun gezinnen in de Hudsonvallei en door de week verbleven ze in appartementen in de stad.

'Hij is in de eetzaal,' antwoordde Will.

'Mooi,' zei Will junior. Hij keek naar Nellie. 'Dat was een vernietigend artikel.'

'Dat zal ik maar opvatten als een compliment.'

'Je kunt iemands carrière verwoesten met zulke verhalen.'

'Dat kan Cameron zelf wel. Daar heeft hij mijn hulp niet bij nodig.'

Sinds januari vorig jaar, toen Cameron tot rechter was benoemd bij de rechtbank voor strafzaken, was hij een met veel publiciteit aangekondigde campagne begonnen om New York schoon te vegen. In tegenstelling tot de oneindige lof die de meeste kranten hem toezwaaiden, had

Nellie, journaliste bij de *World*, een artikel geschreven over een Poolse jongen uit de Lower East Side, die door Cameron naar de gevangenis van Manhattan was gestuurd nadat hij was betrapt op het stelen van een brood. Hoewel het de eerste overtreding was van het kind, werd hij opgesloten bij een groep doorgewinterde criminelen. De volgende ochtend vonden de bewakers zijn lichaam onder een matras aan de achterkant van de cel. Hij was mishandeld – een net woord voor verkracht – en verstikt. Wills maag keerde zich om toen hij het artikel had gelezen. Hij vroeg zich af hoe Cameron zo stom had kunnen zijn.

'Cameron had een morele keus en die heeft hij gemaakt,' verdedigde Will junior zijn vriend.

Nellie lachte. 'Toe, meneer McClane. Hoe meer zogenaamde criminelen hij opsluit, hoe meer aandacht hij krijgt in de kranten. Dat weten we allebei. Cameron wordt niet gedreven door morele overwegingen, maar door ambitie.'

'Goed, Nellie, Cam is ambitieus. Dat ben ik ook, en jij ook. Daar is niets mis mee.' Will junior wond zich op. 'Hij wilde de jongste rechter zijn die wordt benoemd aan het hooggerechtshof. En dat zal hem lukken, ondanks jouw pogingen om hem te belasteren. Zijn campagne is een succes. Hij heeft in één jaar meer misdadigers achter de tralies gekregen dan zijn voorganger in drie jaar.'

Will wierp zijn zoon een blik toe. 'Allemaal kleine criminelen, naar ik heb vernomen. Cameron moet het probleem bij de wortel aanpakken als hij iets wil bereiken, jongen: de eigenaars van gokhallen, de hoerenmadammen, de gangsterbazen. En de politiemannen die zich door dat soort mensen laten omkopen.'

Will junior snoof minachtend. 'Ik zei dat Cameron ambitieus was, pa, niet gek. Het belangrijkste is dat hij misdadigers opsluit. En de straten veiliger maakt voor ons.'

'Een wijze rechter kent het verschil tussen stelen uit winstbejag en stelen om te eten.'

'Je bent te weekhartig, pa,' zei Will junior geïrriteerd. Hij zag alles altijd zwart-wit en had het geduld niet voor subtiliteiten. 'Stelen is stelen. Die immigranten overspoelen de stad. Ze moeten leren dat hun minachting voor de wet hier niet getolereerd wordt.'

'Makkelijk praten als je zelf nooit honger hebt geleden,' zei Nellie.

'En de bakker dan die hij heeft bestolen? Moet hij zijn gezin dan niet te eten geven?' vroeg Will junior, zijn stem verheffend.

'Allemachtig! Het was een brood, niet de inhoud van de kassa!'

Will klemde zijn kaken opeen. Hij hield van zijn zoon, maar hij vond hem – en velen van zijn generatie – meedogenloos in hun jacht op geld en status, en hard tegenover degenen die minder geluk hadden. Hij had hem vaak helpen herinneren dat zowel de McClanes als de familie van zijn moeder, de van der Leydens, ook als immigranten naar Amerika waren gekomen. Maar dat maakte geen verschil voor zijn zoon. Hij was Amerikaan. En degenen die bij Castle Garden van de boot kwamen, waren dat niet. Ze waren lui, dom en vies. Hun aantallen zouden het land tot de ondergang brengen. Die intolerantie had de jongen niet van zijn ouders. En dat was het enige wat Will niet in hem aanstond.

Terwijl hij keek hoe zijn zoon aan het argumenteren was met Nellie, vroeg hij zich af wat hij van Fiona zou vinden. Hij kende het antwoord al: hij zou ontzet zijn dat zijn vader omging met een vrouw die werkte om in haar onderhoud te voorzien, een vrouw die tot de immigrantenklasse behoorde die hij zo verfoeide.

Will junior had genoeg van Nellies argumenten. 'Dineer je met ons mee, pa?'

'Dat kan helaas niet. Ik verwacht gasten. Carnegie en Frick.'

'Ik ben benieuwd hoe het gaat. Morgen kom ik wel even langs op je kantoor om het te horen. Dag pa.' En met een ijzige blik: 'Juffrouw Bly.'

Toen hij wegliep kwam de hoofdkelner met een woedend gezicht naar hen toe.

'Juffrouw Bly, hoe vaak heb ik niet gezegd dat dames niet worden toegelaten in de Union Club,' zei hij terwijl hij haar bij de elleboog pakte.

Ze rukte zich los, dronk haar glas leeg en zette het op de bar. 'Bedankt voor de whisky, Will. Die griezel hier wil me blijkbaar uit zijn mausoleum zetten.'

'Juffrouw Bly! Ik eis dat u onmiddellijk vertrekt!'

'Al goed, maak je niet druk. Ik zie wel dat ik niet welkom ben.'

'Weet je dat zeker, Nell?' glimlachte Will. Hij keek haar na. Toen ze weg was, keek hij om zich heen. Mausoleum! Zo had hij nooit over de club gedacht, maar Nellie had wel een beetje gelijk. Twee bejaarde mannen schuifelden voorbij, naar elkaar schreeuwend omdat beiden hardhorend waren. Zal ik hier ook nog komen als ik zeventig ben? vroeg hij zich af. Als al mijn botten kraken en ik geen tanden meer heb?

De deur van de bar ging weer open, en Will zag Carnegie en Frick binnenkomen. Hun lange, plechtstatige gezichten zouden zelfs Cupido alle romantiek ontnemen. En opeens had hij helemaal geen zin om het over ondergrondse treinen te hebben.

30

Fiona keek met haar handen in haar zij naar de stapel houten kisten op het trottoir. Een besteller gaf haar een stuk papier. Ze las het en zette er haar handtekening op. Toen deed ze haar ogen dicht en haalde diep adem. Ze kon het zelfs door het met lood gevoerde hout ruiken. Thee. Warm, vol, verleidelijk. Het was met niets te vergelijken.

'Je bent gek, weet je dat?' zei Michael, die opeens achter de kar van Millard's vandaan kwam. 'Vijftig kisten thee! Víjftig! Waar wil je die allemaal zetten?'

'Hiernaast. Daar is het schoon en droog. En de thee kan er geen andere luchtjes aannemen omdat het een stoffenwinkel was. Dat weet u toch? Ik heb u gezegd dat ik met meneer Simmons heb gesproken en dat hij een schappelijke huur rekent,' voegde ze er ongeduldig aan toe.

'Ik dacht dat het maar praatjes waren! Ik wist niet dat je het meende.'

'Zou u de mannen misschien kunnen helpen de kisten naar binnen te brengen in plaats van hier te staan opspelen?' Ze zag dat haar broertje op de kisten klauterde. 'Seamie! Kom eraf voor je valt!'

'Fiona, dat is vijfduizend pond thee,' zei Michael terwijl

ze haar broer van de kisten trok. 'Vijfduizend pond! Je hebt een vermogen uitgegeven! Wie denk je wel dat je bent? Een Astor? Een Vanderbilt? Nou, dat ben je niet...'

'Nóg niet,' verbeterde ze hem. Tegen haar broertje zei ze: 'Ga naar binnen en ga je wassen voor het eten.'

Michael wist niet van ophouden. 'Wie gaat dit allemaal betalen?'

'Wij. Millard geeft ons negentig dagen de tijd in plaats van dertig. Dat is meer dan genoeg.'

Michael schudde zijn hoofd. 'Waarom moest je vijftig kratten tegelijk nemen?'

'Ik wilde de hele voorraad Indiase thee opkopen, dan kan niemand anders die in handen krijgen. Dat heb ik u ook al verteld. U luistert niet.'

'Over twee maanden zijn we die thee nog niet kwijt en dan hebben we honderden dollars schuld...'

Fiona viel hem in de rede. 'Nee! Met de winkel en mijn theesalon en de leveranties...'

'Welke theesalon?'

'Die ik ga beginnen. Ik ben al op zoek naar een locatie.'

'En welke leveranties?'

'Aan Macy's. Crawford's. Child's Restaurants...'

'Hebben die bestellingen bij je geplaatst?'

'Nog niet. Maar dat komt wel!' hield ze vol. 'Ik heb volgende week afspraken met hun inkopers. Ik weet gewoon zeker dat ze de thee zullen kopen zodra ze hem proeven. Ik heb er al een naam voor. En ik moet nog een verpakking bedenken die ik kan laten zien. Helpt u me nu met die kisten, dan kan ik naar Nate en Maddie.'

'Je hebt het te hoog in de bol,' mopperde Michael terwijl hij werkhandschoenen uit zijn zak trok. 'Die William McClane brengt je op dat soort gedachten. Straks koop je nog een hele theeplantage.'

Fiona negeerde die opmerking. Ze had zo genoten van Wills gezelschap en ze was teleurgesteld dat hij niet meer langs was geweest. Maar het was natuurlijk dom om te denken dat iemand met zijn status belangstelling voor haar zou hebben. Ze was niet eens goed genoeg voor een marktkoopman uit Whitechapel. Het verlies van Joe had niet alleen haar hart gebroken maar ook haar zelfvertrouwen vernietigd. Ze voelde zich onaantrekkelijk en minderwaardig. En Wills kennelijke gebrek aan belangstelling bevestigde dat alleen maar.

Michael, die haar eindelijk met rust liet, greep een steekkar en rolde die naar de theekisten. Fiona ging terug naar de winkel, waar haar vrienden wachtten. Nate kauwde op een potlood en bekeek fronsend de tekening die Maddie over de eikenhouten toonbank had uitgespreid.

Fiona wierp er een blik op. 'O, Maddie!' riep ze uit. 'Wat mooi!'

'Echt waar?' Maddie bloosde van genoegen.

'Hij is prachtig!'

'Daar ben ik blij om. Ik was niet zeker van de achtergrond en ik wilde Nicks mening vragen. Hij komt toch eten, zei je?'

'Ja,' antwoordde ze, en ze keek op de klok. Het was al bijna halfzeven. 'Hij had hier al moeten zijn,' zei ze. Ze werd ongerust. Hij had er niet goed uitgezien toen ze hem de vorige keer zag, maar hij zei dat hij zich goed voelde. Ze moest zich niet zo druk maken, had hij gezegd. Maar ze maakte zich altijd druk, om Nick, om Seamie, om iedereen. Ze werden er gek van, maar ze kon het niet helpen. Ze had te veel mensen verloren om zich niet druk te maken over hoesten en verkoudheden en broertjes die te hoog klommen.

'Misschien komt het door de schilders,' zei Maddie. 'Die

zouden deze week toch de muren doen? Misschien hebben ze hem opgehouden.'

'Ja, dat is zo. Dan zal hij zo wel komen.' Opgelucht keek Fiona weer naar de tekening van haar vriendin.

Maddie had een betoverende tekening gemaakt van een Indiase optocht. Maharadja's, behangen met juwelen, reden op witte olifanten, gevolgd door in sari's geklede vrouwen die manden theebladeren droegen, en kinderen die stoeiden met papegaaien en apen. De maharadja's hielden een banier omhoog. Daar stond TASTEA op.

Ze hadden er lang over gedaan om die naam te verzinnen. Uiteindelijk waren ze gekomen op '*tasty*', Engels voor 'lekker'. Als woordspeling hadden ze de laatste lettergreep vervangen door '*tea*', thee.

'En dit is nog maar het topje van de ijsberg,' zei Nate. 'Met een reclamebureau als Brandolini Feldman achter je kan het niet misgaan. Je hebt nu immers een merknaam. Er zijn toch meer theemengsels dan deze?'

'Ja. Tientallen.'

'Nou, stel je eens voor dat een heleboel mengsels onder de naam TasTea worden verkocht. Denk je eens in dat die kleine theesalon die je wilt openen, zo'n goede naam krijgt dat je een volgende gaat openen en dat het een hele keten wordt! Stel je voor: theesalons overal in New York en Brooklyn en Boston en Philadelphia...'

'... en langs de hele oostkust, door het hele land!' riep Fiona.

'En je levert aan de beste hotels,' zei Nate.

'En warenhuizen,' juichte Fiona.

'En spoorwegen en passagiersschepen,' zei Maddie.

'En jullie doen niets anders dan advertenties verzinnen voor TasTea en campagnes voeren en de verpakkingen ontwerpen en...'

'Het wordt een enorm succes,' zei Maddie stralend. 'Voor ons allemaal!'

Fiona pakte lachend haar vriendin bij de handen en begon met haar door de winkel te dansen. Ze draaiden rond tot ze allebei duizelig waren, en ze maakten zo'n lawaai dat geen van hen de jongen in de deuropening zag staan. Hij was een jaar of tien en hij stond met zijn pet in zijn handen te kijken. Ten slotte ging hij naar Nate en trok aan zijn jasje.

'Meneer?' zei hij.

'O, ik had je niet gezien,' zei Nate. 'Wat kan ik voor je doen?'

'Woont hier een Fiona Finnegan?'

'Ja, dat ben ik.' Fiona leunde op de toonbank om op adem te komen.

'U moet meekomen, nu,' zei hij terwijl hij weer naar de deur liep. 'Ik ben Stevie Mackie. Mijn moeder heeft me gestuurd. Ze zegt dat onze kostganger, meneer Soames, op sterven ligt.'

Fiona holde met twee treden tegelijk de trap op. Alle gedachten aan thee en theesalons waren verdwenen. Ze kon nu alleen maar denken dat ze haar beste vriend zou verliezen.

In het huurrijtuig vertelde Stevie dat zijn moeder er pas die middag achter was gekomen dat Nick ziek was. Hij had de huur niet betaald, en ze wilde hem ernaar vragen. Toen niemand opendeed, was ze zelf naar binnen gegaan. Hij lag in zijn slaapkamer. Hij was heel ziek.

'Wat heeft hij, Stevie?' vroeg Fiona, doodsbang voor zijn antwoord.

'Ik weet het niet. Dat heeft mijn moeder niet gezegd. Ik mocht zijn kamer niet in. Ze is heel bang voor de cholera.

Op zijn nachtkastje lag een adresboekje. Uw naam stond erin en die van zijn dokter. Ze heeft mij naar u gestuurd en mijn broer naar de dokter.'

Ik had nooit naar hem moeten luisteren, dacht Fiona. Hij was niet in orde. Ik wist het wel. Ik had die uitvluchten van hem nooit moeten geloven. Ze kwam boven en probeerde de deurknop om te draaien. Maar de deur was op slot. 'Waar is de sleutel, Stevie?' vroeg ze met bevende stem.

'Ma!' schreeuwde hij naar boven. 'Ma, juffrouw Finnegan is er! Ze wil de sleutel!'

Er klonken voetstappen op de trap en een lange vrouw van in de veertig, gekleed in een verschoten katoenen jurk, kwam naar beneden.

'Hebt u de sleutel?' vroeg Fiona dringend.

'Ja. Ja, natuurlijk,' zei mevrouw Mackie geagiteerd. 'Hij riep om u. Ik weet niet hoe lang hij er al zo aan toe is. Een paar dagen, denk ik.'

'De sleutel!' riep Fiona.

De vrouw haalde de sleutel uit haar zak. Fiona stak hem in het slot. 'Het gaat niet goed met hem,' zei mevrouw Mackie nerveus. 'U kunt beter niet naar binnen gaan. God weet wat hij heeft.'

Fiona opende de deur en haastte zich naar binnen. De gordijnen waren dicht en het was er donker, maar ze kende de weg. Ze was er al eens eerder geweest. 'Nick?' riep ze. Ze holde door de gang, de woonkamer in en er weer uit, en toen door een andere gang langs de badkamer naar zijn slaapkamer. 'Nick?' riep ze weer. Nog steeds geen antwoord. 'O God, laat alles goed met hem zijn,' fluisterde ze. 'Alstublieft.'

Toen ze de deur van zijn slaapkamer opende, sloeg een vreselijke stank haar tegemoet. De stank van zweet en ziekte en nog iets wat haar angstig bekend voorkwam: de geur van wanhoop. 'Nick?' fluisterde ze. Ze liep vlug naar zijn bed. 'Ik ben het, Fiona.'

Hij lag in zijn grote ebbenhouten hemelbed met alleen zijn broek aan, die doorweekt was van de urine. Hij lag doodstil, en hij zag er net zo wit en bloedeloos uit als de met zweet doordrenkte lakens onder hem. De knappe man die ze in Southampton had ontmoet, was verdwenen en een uitgemergeld schepsel had zijn plaats ingenomen. Ze legde haar hand tegen zijn wang. Hij voelde klam aan, maar warm, en ze begon te snikken van opluchting. Ze streek een lok vochtig haar van zijn voorhoofd en kuste hem. 'Nick, ik ben het, Fiona,' zei ze. 'Kun je me horen? Geef alsjeblieft antwoord, Nick.'

Zijn oogleden trilden. Hij slikte. 'Fee,' bracht hij uit. 'Ga weg.' Zijn lippen waren gebarsten en zijn mond was droog. Ze liep vlug naar de badkamer en vulde een glas met water. Ze tilde zijn hoofd op en legde het glas tegen zijn lippen. Hij dronk gulzig, hoestte, en gaf over. Fiona draaide hem op zijn zij tot het braken over was. Toen hielp ze hem om af en toe een slokje te nemen. 'Rustig aan,' zei ze. 'Er is genoeg. Goed zo.'

Toen hij het glas leeg had gedronken, liet ze zijn hoofd voorzichtig terugzakken in de kussens.

'Ga alsjeblieft weg, Fiona,' fluisterde hij. 'Ik kan wel voor mezelf zorgen.' Hij begon te rillen. Zijn handen klauwden vergeefs aan de lakens. Fiona pakte de sprei die hij naar het voeteneind had geschopt en dekte hem toe.

'Ja, dat zie ik. Daar heb je weinig van terechtgebracht,' zei ze. Hij begon te klappertanden. Ze ging naast hem op bed liggen en sloeg haar armen om hem heen om hem warmte te geven. 'Nick, ik zweer het. Zodra je beter bent zal ik je vermoorden!'

'Ik word niet beter.'

'Dat word je wel! Vertel me nu wat je mankeert.'

Hij schudde zijn hoofd. Ze wilde hem net weer op zijn kop geven toen ze een luid 'Hallo?' op de gang hoorde.

'Hier!' riep ze.

Een kale man met een bril en een zilvergrijze baard kwam binnen. 'Dokter Werner Eckhardt,' zei hij. 'Mag ik even?' Hij wuifde Fiona weg en begon Nick te onderzoeken.

Fiona keek ongerust toe vanaf het voeteneind terwijl de dokter vragen stelde aan Nick, in zijn ogen keek, in zijn nek kneep en een stethoscoop tegen zijn borst legde. Toen pakte hij een injectiespuit. 'Waar is dat voor?' vroeg ze.

'Om zijn hartslag te stabiliseren,' antwoordde hij. 'Hoe lang is hij al zo?'

'Ik... ik weet het niet. Ik heb hem zondag voor het laatst gezien. En nu is het zaterdag...'

De dokter maakte een afkeurend geluid. 'Ik heb hem gezegd dat dit kon gebeuren. Ik had hem rust voorgeschreven en een goed dieet.' Hij pakte nog een injectiespuit. 'Tegen de uitdrogingsverschijnselen,' zei hij. 'En ik moet een kom heet water en zeep hebben. En washandjes en een handdoek. Hij zal doorligplekken hebben omdat hij in die nattigheid heeft gelegen. Die moeten schoongemaakt worden, anders gaan ze ontsteken.'

Fiona deed wat haar was opgedragen. Ze haalde alles wat de dokter wilde, en ondanks Nicks zwakke protesten hielp ze Eckhardt om zijn kleren uit te trekken, hem te wassen, het vuile beddengoed te verschonen en hem een schone pyjama aan te trekken. Ze was blij dat ze een sterke maag had en niet terugschrok voor de rauwe, rode plekken op zijn rug en dijbenen, maar toen ze de uitstekende heupbeenderen zag, de magere knieën en zijn ingevallen ribben, begon haar kin te beven. Ze had gezien dat hij was afgevallen. Ze wist dat hij op de boot niet in orde was geweest. Er was al die tijd al iets mis. Waarom had ze niet meer aangedrongen dat hij moest vertellen wat hem mankeerde?

'Zo, dat is beter. We laten hem even liggen tot de medicijnen gaan werken. Buiten praten we verder. Kom.'

Zodra ze buiten de slaapkamer waren, greep Fiona de arm van de dokter beet. 'Hoe is het met hem? Hij gaat toch niet dood?'

'Bent u familie van meneer Soames?' vroeg dokter Eckhardt.

'Ja. Ik... ik ben zijn nicht,' loog ze. 'Hij gaat toch niet dood?' vroeg ze in tranen.

De dokter schudde zijn hoofd. 'Nee, maar hij is erg ziek. Deze keer komt hij eroverheen, maar als hij zichzelf niet meer in acht neemt, zal hij snel achteruitgaan. Een goed dieet en veel rust zijn essentieel om de aftakeling tegen te houden. Wat de behandeling betreft...'

Fiona was doodongerust over Nick en ze begreep niets van de langdradige uiteenzetting van de man. 'Dokter Eckhardt, wat mankeert hem dan? Wat heeft hij?'

Eckhardt keek haar over zijn bril heen verbaasd aan. 'Syfilis natuurlijk. Neemt u me niet kwalijk, ik dacht dat u het wist.'

'Juffrouw Finnegan, u neemt hem nu meteen mee!' schreeuwde mevrouw Mackie. 'Wat een schande! Zulk soort mensen wil ik niet onder mijn dak!'

Fiona ging op Nicks bank zitten. 'Mevrouw Mackie,' zei ze terwijl ze zich probeerde te beheersen. 'Ik denk dat hij nu niet vervoerd kan worden.'

'U neemt hem mee of ik zet hem buiten. Met al zijn spullen. Op straat!'

De vrouw bleef maar tekeergaan. Ze had hen in de aangrenzende kamer staan afluisteren en ze had gehoord wat dokter Eckhardt Fiona had verteld. Alles.

Fiona voelde haar woede opkomen. Ze had zin om op het hoofd van dat mens te timmeren. Ze was naar Nick gegaan om haar huur te halen. Ze had gezien hoe slecht zijn toestand was en ze had hem gewoon aan zijn lot overgelaten, badend in zijn eigen urine en doorweekt van het zweet. Ze had hem niet eens een glas water gegeven. En nu wilde ze hem op straat zetten. Fiona balde haar handen tot vuisten. Wat had ze mevrouw Mackie graag een klap in haar zelfingenomen gezicht gegeven. Maar ze had haar medewerking nodig.

'Goed,' zei ze ten slotte. 'Ik zal meneer Soames nu meenemen, maar ik wil zijn bezittingen graag nog een week of twee hier laten staan. We zullen u een extra maand huur betalen voor de overlast.'

Mevrouw Mackie kneep haar lippen opeen en dacht na. 'Dan hou ik ook de borgsom,' zei ze.

Fiona stemde opgelucht toe. Nicks schilderijen, die per ongeluk naar Johannesburg in plaats van New York waren verscheept, waren eindelijk aangekomen en ze stonden nu in kratten beneden. Die kon ze niet op straat laten gooien. Ze had geen idee waar ze die moest neerzetten, maar dat was een probleem voor later. Nu moest ze voor Nick zorgen.

Ze ging zijn slaapkamer binnen en hij zat overeind in de kussens geleund. Zijn ogen waren dicht, maar zijn ademhaling klonk beter en hij was niet meer zo wit. Maar hij zag er nog steeds hartverscheurend broos uit, en ze vroeg zich af hoe ze hem in godsnaam moest aankleden, naar beneden brengen en een huurrijtuig moest zien te krijgen.

'Hij heeft het je verteld,' zei hij zwakjes.

'Ja.'

Hij draaide zijn hoofd om. 'Je gaat nu zeker weg. Dat begrijp ik.'

Door zijn woorden ontstak ze in woede. Ze was kwaad op mevrouw Mackie, op dokter Eckhardt omdat hij haar zo zakelijk had meegedeeld wat Nick mankeerde, en nog het meest op Nick omdat hij zichzelf zo had verwaarloosd. 'Stomme idioot!' riep ze. 'Denk je dat? Dat ik je in de steek laat omdat je ziek bent? Heb ik daarom God gesmeekt om je te redden? Opdat ik je in de steek kon laten?'

Nicholas zei niets.

'Geef antwoord, Nick! Waarom heb je tegen me gelogen?'

'Ik moest wel.'

'Niet tegen mij!'

'Ik... ik was bang dat ik je zou kwijtraken, Fiona. Mijn god, ik heb *syfilis*!'

'Voor mijn part is het de pest. Je mag nooit meer tegen me liegen! Ik wist dat er iets aan de hand was, en je zei van niet! Je had wel dood kunnen gaan!'

'Toe, wees niet zo boos op me,' zei hij zacht.

Fiona besefte dat ze tegen een heel zieke man stond te schreeuwen. Ze liep om het bed heen om hem aan te kijken. 'Ik ben niet kwaad op je. Maar geen leugens meer, afgesproken? Je gaat met mij mee naar huis en je wordt beter.'

Nick schudde zijn hoofd. 'Daar kan ik je niet mee belasten.'

'Het is geen belasting,' zei ze. 'Je kunt in mijn kamer slapen. Mary en ik zullen om beurten voor je zorgen, en...'

'Fiona, ik moet je iets vertellen. Er zijn dingen die je niet van me weet. Ik heb deze ziekte niet opgelopen bij een vrouw.'

Ze knikte, en Nick probeerde het haar onhandig verder uit te leggen, tot ze hem onderbrak.

'Nicholas, dat weet ik. Ik heb de foto gezien. Die viel een

keer uit je horloge toen ik het wilde wegleggen. Die man op de foto zag er zo gelukkig uit. Ik dacht dat jij die foto had genomen en dat hij je minnaar moest zijn.'

'Dat was hij ook,' zei Nick triest.

'Was? Waar is hij nu dan?' vroeg ze.

Nick deed zijn ogen even dicht. Toen hij ze weer opende, stonden ze vol tranen. 'In Parijs. Op het kerkhof Père Lachaise. Hij is afgelopen herfst gestorven.'

'O Nick, wat erg. Wat is er gebeurd?'

In het volgende uur, onderbroken door pauzes om wat te drinken of even te rusten, vertelde Nick Fiona alles over Henri. Hoe ze elkaar hadden ontmoet en wat Henri voor hem had betekend. Dat hij zelfs met zijn familie had gebroken om bij Henri te kunnen blijven. Hij was zo gelukkig, vertelde hij, en hij had nooit spijt gekregen van zijn besluit. Maar op een avond in september kwam er een einde aan zijn geluk.

Hij en Henri waren aan het wandelen langs de Seine, vertelde hij. Henri voelde zich niet goed. Hij had last van rillingen en spierpijn. Nick legde een hand op zijn voorhoofd en sloeg troostend een arm om hem heen. Eigenlijk raakte hij Henri nooit in het openbaar aan – dat was te riskant – maar nu was hij zo bezorgd dat hij het deed zonder na te denken. Dat gebaar werd gezien door een groepje opgeschoten jongeren achter hen. Ze werden aangevallen en in de rivier gegooid. Henri ging onder, maar Nick wist hem op de kant te trekken. 'Hij was bij bewustzijn toen ik hem op het droge trok, maar tegen de tijd dat er hulp kwam, was hij al bewusteloos.'

Zelf had hij wat blauwe plekken en een blauw oog, maar dat stelde niets voor. Henri had echter een schedelbreuk opgelopen. Hij kwam niet meer bij bewustzijn en stierf twee dagen later.

'Ik was helemaal kapot,' zei Nick. 'Ik kon niet eten en niet slapen. Ik ben een maand niet naar mijn werk gegaan, en toen raakte ik mijn baan kwijt.'

Het ziekenhuis lichtte Henri's ouders in, een keurig echtpaar dat buiten Parijs woonde. Ze hadden nooit goedgekeurd dat hun zoon kunstschilder wilde worden, en ze moesten niets hebben van zijn vrienden. Niemand van hen mocht op de begrafenis komen.

'Ik heb helemaal alleen gerouwd,' zei Nick. 'Ik werd bijna gek van verdriet. Ik kon het niet aan om ons appartement te zien, de straten waar we hadden gelopen, en de cafés waar we hadden gegeten.'

Twee weken later had zijn moeder hem een brief gestuurd waarin ze hem smeekte om toch naar huis te komen. Van streek, verlangend naar een troostende familie – hoewel hij wist dat hij nooit iets over Henri kon zeggen – besloot hij terug te gaan.

Zijn moeder en zusters waren dolblij hem te zien, maar zijn vader verweet hem steeds dat hij zijn verantwoordelijkheid niet op zich had genomen. Nick deed zijn best. Hij werkte hard, zag toe op de opening van nieuwe bankfilialen, en deed zelfs voorbereidend werk om Albion op de beurs te helpen. Hij boog zich over de boekhouding, bezocht fabrieken, mijnen en molens, maar het was allemaal niet goed genoeg. Hij werd depressief, begon te drinken en overwoog zelfs zelfmoord te plegen. Hij ging elke avond uit om zijn vader maar te kunnen ontlopen. Verbitterd als hij was liet hij zich in met een groepje verwende, decadente jongemannen die meestal dezelfde geaardheid hadden als hij. Op een avond waren ze bezopen geëindigd in een homobordeel in Cleveland Street, en hij had met een van de jongens gevrijd. De volgende ochtend had hij er al spijt van, maar toch had hij het nog vaak gedaan. Hij bleef drinken en na verloop van tijd wist hij niet meer waar hij de vorige avond was geweest en hoe hij thuis was gekomen.

Zijn gezondheid begon er onder te lijden. Hij voelde zich slap en futloos. Zijn moeder merkte het en maakte een afspraak voor hem met de huisarts van de familie, dokter Hadley. Hij was ervan uitgegaan dat de arts discreet zou zijn, maar niets was minder waar. Dokter Hadley had de diagnose syfilis gesteld en gaf die bevinding meteen door aan zijn vader, die hem tot bloedens toe had geslagen. Hij had hem tegen de muur van zijn werkkamer gegooid, hem een wanproduct genoemd en God vervloekt dat Hij hem zo'n zoon had gegeven. Zijn vader had hem voor de keus gesteld. Nicholas kon naar Amerika gaan en daar in stilte sterven, en zijn vader zou zorgen voor een ruime uitkering. Of Nick kon in Londen blijven en platzak op straat creperen.

'Ik lag op de grond op adem te komen, Fee. Mijn vader liep zijn werkkamer uit, maar opeens kwam hij terug, boog zich over me heen en zei dat hij wist wat ik was. Hij zei dat hij alles wist over Parijs en Arles, en Henri. Ik kreeg het er koud van. Hij vertelde in welk huis ik woonde en in welke cafés ik kwam. "Als je dat allemaal weet, dan weet je dus ook dat Henri dood is," zei ik tegen hem. En terwijl ik dat zei, werd ik overstelpt door haat. Ik heb altijd geweten dat hij een monster is, maar dat hij wist wat Henri's dood voor me betekende zonder er ook maar een woord aan vuil te maken! En toen zei hij: "Of ik dat weet? Nicholas, ik heb ervoor betaald!"'

Fiona huilde. Dat een vader zijn kind kon aandoen wat Nicholas' vader hem had aangedaan! Ze kon het niet bevatten. Dat hij de minnaar van zijn zoon had laten vermoorden. Dat hij zijn eigen vlees en bloed als een hond op straat had gegooid.

Nick veegde zijn ogen af. De kracht die hij had opgebouwd na Eckhardts bezoek begon weer af te nemen. Fiona wist dat ze hem vlug naar huis moest brengen voor er niets meer van over was.

Toen ze op zoek was naar schone kleren, zei hij: 'Het zal niet lang duren voor ik naar Henri ga.'

'Hou op met dat soort praatjes,' zei ze fel. 'Henri moet nog maar even wachten. Je bent nu in mijn handen. En je wordt beter, want daar zal ik wel voor zorgen.'

31

'Hou je armen nog even omhoog... Zo! Klaar!' zei Mary terwijl ze Nicks armen door de mouwen van zijn schone pyjamajasje stak. Ze deed de knopen dicht en liet hem weer in de kussens zakken. 'Wat goed! Dit kon je vorige week nog niet. Toen moest ik je armen nog omhoogdoen.'

'Over een week kan ik honderd meter hardlopen,' lachte Nick.

'Dat betwijfel ik, maar je gaat wel vooruit. Je hebt meer kleur op je wangen en je bent aangesterkt. Nu nog even wat vlees op die botten zien te krijgen! Goed, dan nu de pyjamabroek.' Mary trok die uit, doopte haar spons in warm water en waste hem.

De eerste keer had Nick zich vreselijk geschaamd. Niemand had hem ooit gewassen, behalve zijn kindermeisje. Hij had geprotesteerd en gezegd dat hij best alleen in bad kon gaan, maar Mary had daar geen aandacht aan geschonken. Ze had hem uit zijn kleren geholpen en grapjes gemaakt tot hij over zijn preutsheid heen was. 'Ik heb wel vaker een man gezien, hoor,' zei ze. 'Mijn echtgenoot. God hebbe zijn ziel. Hoe denk je dat ik Ian heb gekregen?'

Ondanks alles moest Nick lachen. 'Dan ben ik vast een teleurstelling voor je, Mary. Ik kan niet op tegen een welgeschapen Schot.'

'Daar heb je gelijk in, jongen,' zei ze op een toon die hem nog meer aan het lachen maakte.

Hij keek naar zijn nachtkastje toen Mary de spons uitkneep. Er stond een vaas met rozen op van Alec, en er lag een gedichtenbundel van Walt Whitman die Nate en Maddie hadden gegeven, en een zelfportret van Seamie. Wat waren ze lief voor hem. Hij kon het nog steeds niet bevatten. Hij voelde hoe Mary zacht zijn kuiten masseerde, en zijn enkels. Voor de bloedsomloop, legde ze uit. Zelfs zijn eigen moeder had hem nooit zo aangeraakt.

En Fiona. Hij kreeg een brok in zijn keel toen hij aan haar dacht. Ze had hem gered. Met haar smeekbeden en koppigheid had ze hem erdoorheen gesleept. Haar toewijding had hem verbijsterd en nederig gemaakt. Ze had haar bed aan hem afgestaan en op een matras op de vloer geslapen. Tijdens de eerste nachten, toen hij bang was, had ze in het donker tegen hem gepraat. Als de pijn erg werd, had ze zijn hand gepakt. De kracht van haar hand... hij wist dat het een belachelijke gedachte was, maar hij had haar kracht, haar formidabele wilskracht, in hem voelen overgaan en dat had hem moed geven.

Hij was nog niet hersteld, maar dankzij Fiona en haar familie en de Munro's voelde hij zich beter dan hij had durven hopen, en hij begon al te denken dat hij binnenkort weer kon opstaan. Eckhardt, de engel der duisternis, zou vanmiddag komen en hem zeggen wanneer hij uit bed mocht.

Mary was klaar met wassen, hees hem in een schone pyjamabroek en trok de lakens op tot zijn borst. Hij wilde haar bedanken, maar ze legde hem het zwijgen op. Ze ging het waswater weggooien en kwam toen terug met de baby in haar armen. 'Ik moet aan het eten beginnen,' zei ze. 'Mag ik Nell even bij jou laten? Kun je het aan, denk je?'

Nick dacht van wel. Ze legde de baby in zijn arm, gaf hem een beschuit voor haar en vertrok neuriënd naar de keuken. De baby begon tevreden aan haar beschuit te sabbelen. Even later kwam Seamie binnen, ging op bed zitten en eiste dat Nick een verhaaltje zou vertellen.

'Waar ben je geweest? Je ziet helemaal zwart!' zei Nick.

'Ik heb slakken gevangen. Die eten de bloemen op.'

'En heb je daar een bunker voor moeten graven? Moet je je oren eens zien!'

'O, daar ben je!' Michael kwam binnen. 'Vooruit, badtijd.'

'Neee!' gilde Seamie alsof zijn oom met de guillotine had gedreigd in plaats van een bad.

'Mary zei dat je in bad moest. Je bent te vies om zo aan tafel te gaan.'

'Maar ik wil niet in bad!'

'Je mag kiezen, jongen: in bad of geen eten.'

Seamie keek smekend naar Nick, maar die schudde zijn hoofd. 'Er zit niets anders op, jongen. Ik moest ook in bad.'

Seamie gaf de strijd op. Hij volgde zijn oom met gebogen hoofd naar buiten. Nick probeerde net Nell te weerhouden om de kleffe beschuit in haar jurk te stoppen, toen hij een klopje op de deur hoorde.

'Signora!' riep hij verheugd toen hij Maddie zag. *'Ciao, mia bella*!'

'*Ciao, bello*. Heb je even? Ik wil je de tekening laten zien voor Fiona's theedozen. Ze zijn bijna klaar, maar ik ben niet tevreden over de achtergrond. Zie je, daar bij de vouw van de bovenkant. Wat vind jij?'

'Laat eens zien, Maddie. Pak een stoel.'

Ze ging bij het bed zitten en liet de tekeningen zien. 'Ik

begrijp het al,' zei Nick. Als de doos eenmaal is opgevouwen, verdwijnt dat huisje. Laat het weg. Je hebt het niet nodig. Die optocht is meer dan genoeg. Je moet alleen het groen verder uitwerken en...'

Mary kwam binnen met een kop bouillon. Maddie nam de baby over zodat Nick de bouillon kon drinken. 'En opdrinken tot de laatste druppel, Nick,' zei Mary. 'Straks krijg je wat vast voedsel. Aardappelpuree met jus.'

Ze ging weg.

Na een poos kwam Fiona binnen met een dienblad. 'Hallo, Maddie, hoe gaat het met de theedoos? Hallo, Nick, hoe voel je je?' informeerde ze. Voor een van de twee kon antwoorden, zei ze: 'Proef dit even? Zeg eerlijk hoe het smaakt. Michael had een grote zak kaneelstokjes op de thee laten liggen. Ik dacht dat hij de hele inhoud had bedorven, maar nu denk ik eigenlijk dat hij een heel nieuw product heeft uitgevonden: thee met geurtjes! Moet je nagaan. Dan kunnen we hetzelfde doen met vanillestokjes. En kruidnagels. En misschien wat gedroogde sinaasappelschillen.'

'Ik vind het lekker,' zei Nick.

'Heerlijk!' zei Maddie. Ze nam nog een slokje.

Er werd gebeld. 'Ik kom al!' hoorden ze Mary roepen. Fiona ging aan het voeteneind van Nicks bed zitten. Ze deed haar laarzen uit en trok haar benen op. Terwijl ze verder praatten over smaken, stak Nate zijn hoofd om de deur.

'En hoe gaat het met de patiënt?' informeerde hij opgewekt.

'Goed,' zei Nick.

'Ik kwam langs een krantenkiosk en ik dacht dat je misschien wel een krant wilde lezen. Hallo, Fee, hallo, Mad.' Hij kwam naar binnen en gaf zijn vrouw een kus. 'Wat ruikt hier zo lekker?'

Fiona barstte los over haar nieuwste idee. Nate vond het schitterend, en hij en Maddie begonnen meteen nieuwe namen te verzinnen. Seamie, fris gewassen, holde naar binnen en klom bij zijn zus op schoot met een prentenboek. De bel ging weer.

Ze zaten allemaal kaneelthee te drinken toen dokter Eckhardt in de deuropening verscheen met zijn zwarte tas. Hij keek door de kamer en zei toen: 'Ik had toch rust voorgeschreven?'

'Kom, Seamie, we moeten weg,' zei Fiona. 'De dokter moet Nick onderzoeken.'

Ze haastten zich allemaal de kamer uit. Eckhardt deed de deur dicht en onderzocht de patiënt. Hij luisterde naar zijn longen, betastte zijn buik en inspecteerde zijn vingers en tenen. Toen hij klaar was, zei hij tegen Nick dat het beter met hem ging dan hij had verwacht.

'Dat is goed nieuws,' zei Nick verheugd. 'Hoe komt het? Door de medicijnen?'

Eckhardt haalde zijn schouders op. 'Dat betwijfel ik. Goede zorg, vrolijkheid, belangstelling... dat zijn betere medicijnen dan ik kan voorschrijven. Maar bedrust blijft belangrijk. U mag een paar keer per dag rondlopen, dat raad ik zelfs aan, maar dat is alles. Als u vaste kost wilt eten, dan mag dat. Voor de rest lijken de echte specialisten alles onder controle te hebben. Is dat uw familie?'

'Nee, ze...' Nick zweeg. Hij dacht aan zijn vader, die hem tegen een muur had gegooid. Hij dacht aan zijn moeder en zusters, die hem niet hadden geschreven sinds hij hier was. Hij dacht aan Mary, die hem zo fijngevoelig verzorgde. Aan Seamie en Michael en Ian en Alec. En hij dacht aan de persoon van wie hij het allermeeste hield, Fiona. Toen glimlachte hij breed en hij zei: 'Ja, dokter Eckhardt. Mijn familie.'

32

'Allemachtig, Mary! Waar komen die allemaal vandaan?' vroeg Fiona. Overal stonden rozen: in vazen op zijtafeltjes, in de vensterbank, op de schoorsteenmantel, op het bureau en in emmers op de vloer.

'Ik weet het niet! Ze zijn een uur geleden bezorgd. Ik probeerde je aandacht te trekken, maar jij en Michael hadden het zo druk, dat ik ze maar door de bezorger naar boven heb laten brengen. Het zijn er vast wel tweehonderd. O! Dat zou ik bijna vergeten! Hier is een kaartje.'

Fiona keek naar de naam. 'Het is voor... Michael?!' riep ze ongelovig. 'Wie zou hem nu al die rozen sturen?' Ze voelde zich gepikeerd en zelfs jaloers. Niemand had haar ooit tweehonderd rozen gestuurd.

'Kasbloemen,' zei Alec minachtend toen hij de rozen had bekeken.

'Fiona?' riep Michael vanaf de deur.

'Ik ben hier!'

'Heb jij de sleutel van de winkel? Ik kan hem niet... Jezus! Wat moeten al die bloemen hier? Heeft je paard de race gewonnen?'

'Nee. Heeft u ons iets te zeggen?'

'Hoezo?'
'Hier.' Ze gaf hem het kaartje. 'Ze zijn voor u.'
'Wat?' Hij rukte het kaartje uit haar handen en opende de envelop. 'O, natuurlijk,' zei hij minachtend. 'Echt iets voor zo'n idioot die te veel geld heeft. Die is natuurlijk zo stom om honderden rozen sturen terwijl een bos tulpen meer dan genoeg zou zijn.'
'Wie?' vroeg Fiona.
'Wie is zo stom?' wilde Seamie weten.
'Dat doet er niet toe, Seamie. Wie heeft ze gestuurd, oom Michael?'
'William McClane.'
Fiona trok een wenkbrauw op. 'O ja? Ik wist niet dat jullie zo'n band hadden.'
'Heel grappig, Fiona, maar hij heeft ze niet naar mij gestuurd. Ze zijn voor jou.'
Fiona's ogen werden groot.
'Het kaartje is voor mij. Hij nodigt je uit voor een diner bij Delmonico op zaterdag, maar hij wil eerst mijn toestemming vragen. De bloemen zijn een blijk van zijn respect. Hij zegt...'
'Laat zien!' Ze rukte het kaartje uit zijn handen.
'Wat staat erop?' vroeg Mary opgewonden terwijl ze haar arm door die van Fiona stak.
Fiona las het hardop voor.

Geachte heer Finnegan,
Met uw instemming zou ik uw nicht graag willen uitnodigen voor een diner bij Delmonico op zaterdagavond. Dan kom ik haar om zeven uur halen. Ik heb een tafel besproken voor acht uur. Tegen twaalf uur breng ik haar thuis. Wilt u uw nicht vragen deze rozen aan te nemen als blijk van mijn respect?

In afwachting van uw antwoord,
Hoogachtend,
William Robertson McClane

Ze drukte de kaart tegen haar borst.

'O, Fiona, wat opwindend!' riep Mary. 'William McClane!'

Hij wilde haar terugzien. En zij wilde hem zien. Ze voelde zich onbeschrijfelijk gelukkig dat hij aan haar had gedacht, dat hij de moeite had genomen om naar een bloemist te gaan en rode rozen – veel te veel – te sturen omdat hij wist dat ze die mooi vond. Wat heerlijk dat iemand – een man! – haar een genoegen wilde doen.

'Delmonico is heel chic, hè?' zei ze tegen Mary. Haar ogen straalden. 'Wat moet ik aantrekken?'

'We gaan winkelen, Fiona. Op een middag als het niet druk is in de winkel. Alec past wel op Nell, en dan gaan we op Sixth Avenue een jurk voor je zoeken.'

Michael wierp Mary een donkere blik toe. Haar enthousiasme stond hem niet aan. 'Wat is er zo bijzonder aan Will McClane?' mopperde hij. 'Ik heb hem gezien. Is niet van onze kerk. En nog van de verkeerde partij ook. Hij is een republikein,' zei hij dreigend, alsof Will een massamoordenaar was. 'En daarbij heb ik mijn goedkeuring nog niet gegeven.'

'Zeg niet nee,' waarschuwde Fiona hem.

'Ik kan toch geen ja zeggen? Hoe kan ik chaperon zijn voor iemand die tien jaar ouder is dan ik?'

'Chaperon? Die heb ik niet nodig, oom Michael. Ik ben achttien!'

'En hij is over de veertig en stinkend rijk! Ik wil niet dat een nicht van mij door de stad loopt te lanterfanten met een...'

'Wat is er aan de hand?' vroeg Nick versuft. Hij was uit

de slaapkamer gekomen en knoopte het koord van zijn zijden kamerjas dicht. 'Ik hoorde praten. Ik dacht dat ik droomde.' Hij knipperde met zijn ogen toen hij de bloemenzee zag. 'Wat een bloemen! Is er iemand dood?' vroeg hij geschrokken. Hij legde een hand op zijn hart. 'Mijn god! Ik hoop dat ze niet voor mij zijn bestemd!'

33

Fiona stapte uit William McClanes rijtuig en keek naar de imposante gevel van Delmonico's restaurant. Voor hen liep een paar de trap op en ging de foyer in. De man zag er gedistingeerd uit in een smokingjasje en de vrouw was heel elegant in haar donkerrode zijden japon en een zwarte pluim in haar kapsel.

Dat is Wills soort mensen, niet de mijne, dacht ze. Welgestelde mensen die weten hoe je je dient te gedragen, hoe je de namen van Franse wijnen moet uitspreken en welke vork je voor het voorgerecht moet gebruiken. Nick had haar enkele van die zaken geleerd op de boot, maar ze was ze prompt vergeten. Waarom had je eigenlijk zoveel vorken nodig? dacht ze. Je kon er toch maar een tegelijk naar je mond brengen. Ze voelde haar zelfvertrouwen afbrokkelen en heel even wilde ze niets liever dan teruggaan naar het rijtuig. Toen gaf Will haar en Mary een arm en zei: 'Jullie zien er allebei zo prachtig uit dat alle mannen hier me zullen benijden.' Toen fluisterde hij: 'En dat zeg ik, de idioot met veel te veel geld.'

Fiona en Mary begonnen te lachen en Will ook, en toen nam hij hen mee naar binnen. Fiona was haar nervositeit vergeten.

'O Will, het spijt me ontzettend. Hij is niet te handhaven. In heel New York is niet zo'n onbeleefd kind als hij.'

'Ik neem aan dat je het over je oom hebt?'

'Nee!' Ze begon te giechelen. 'Nou ja, ook over hem. Maar ik bedoelde Seamie.'

'Ik vond het grappig,' zei Mary. 'Heb je Michaels gezicht gezien toen Seamie dat zei? Ik dacht dat hij bijna stikte.'

'Nee, ik vroeg me af of het strafbaar was om kinderen weg te geven aan een circus,' zei Fiona.

Wills ontvangst bij Fiona thuis was een ramp zodra hij door de voordeur was. Hij had een norse Michael een hand gegeven, toen Mary en toen Alec, die hij bijna niet kon verstaan door zijn Schotse accent. Vervolgens Nick, die als een pasja op de bank zat in zijn donkerrode ochtendjas met een gebloemde sprei om zich heen, toen Ian en ten slotte Seamie. Deze had uitgebreid zijn hand geschud en gezegd: 'Bent u die idioot die veel te veel geld heeft?'

Michael schaamde zich dood en zei dat hij zijn excuses moest maken, maar Seamie zei uitdagend dat hij het zelf had gezegd. Mary zei tegen Michael dat hij iets moest inschenken. Ian, die een glas sherry mocht, nam een te grote slok en verslikte zich. Alec raakte aangeschoten en vertelde een flauwe grap. Eindelijk bracht Nick, als altijd haar redder, het gesprek op de ondergrondse spoorweg. Michael was nieuwsgierig naar de technische details. Mary wilde weten of het wel veilig was. Ian vroeg hoe hard de treinen zouden rijden. Toen had Fiona op de klok gekeken en geroepen dat het al bijna acht uur was en dat ze weg moesten. Gelukkig had haar oom het goedgevonden dat Mary meeging als chaperonne.

Een man nam Wills jas en hoed aan, een andere Fiona's omslagdoek. Will leek iedereen te kennen. Fiona en Mary maakten kennis met de burgemeester, de diva Adelina

Patti, Mark Twain, William Vanderbilt, de architect Stanford White en de scandaleuze voorvechtster voor vrije liefde, Victoria Woodhull. Delmonico was een smeltkroes waar sociale afkomst niets betekende. Het maakte niets uit of je geld tweehonderd jaar of twee dagen geleden was verdiend. Politicus, acteur, revuemeisje, adel, je was welkom als je maar voor je eten betaalde. Fiona begon zich net af te vragen of heel New York hier in het restaurant zat, toen Will zei: 'Jullie weten toch wel hoe je een revérence moet maken?'

'Waarom? Is de koningin er soms?' vroeg Fiona bij wijze van grapje.

'Nee, maar haar zoon wel.'

Even later maakte hij een kleine buiging en schudde toen hartelijk de hand van een gezette, kalende man met lichte, uitpuilende ogen en een grijs puntbaardje. Terwijl Fiona wachtte tot Will haar zou voorstellen, besefte ze opeens dat ze tegenover de prins van Wales stond, Albert Edward, de troonopvolger. Zij en Mary wisselden in paniek een blik. Mary maakte een redelijke revérence en Fiona deed iets wat erop leek. Het was niet erg elegant, maar de prins leek het niet te merken. Hij gaf Fiona een handkus en zei dat hij helaas al gedineerd had, anders had hij hen graag aan zijn tafel genodigd. Hij ging dichter bij Fiona staan, zei dat hij Londen in haar stem bespeurde, en vroeg waarom zo'n mooie Engelse roos was verplant. Fiona antwoordde dat ze naar New York was gekomen om haar fortuin te maken en dat ze die in de thee zocht.

'Werkelijk?' zei de prins. 'Wat ongewoon! Maar jonge vrouwen verzinnen tegenwoordig allerlei dingen, nietwaar? Ik hoop dat u die yanks het een en ander kan leren over thee. Ik vind die hier vreselijk.'

'Alleen omdat u mijn thee niet hebt geproefd. Ik zal u

morgen wat sturen. Samen met een mand krentenscones en zelfgemaakte frambozenjam en dikke room en vruchtencake die mevrouw Munro hier maakt, dan kunt u van een echte middagthee genieten, niet die rommel die er hier voor door moet gaan.'

Fiona wist het niet, maar ze sprak heel vrijmoedig. Kooplieden drongen hun waren niet op aan een toekomstige koning. Maar ze wist niet eens dat er een koninklijk protocol bestond, laat staan dat ze het overtrad. Ze was alleen maar vriendelijk. En de prins, die niet aan ceremonieel hechtte als het om een knap gezichtje ging, was gecharmeerd.

'Dat zou ik zeer op prijs stellen, juffrouw Finnegan,' antwoordde hij. 'Ik verblijf in het Fifth Avenue Hotel.'

'Ik zal ervoor zorgen.'

De prins nam afscheid en gaf Will een schouderklopje. 'Hou die in de gaten, beste kerel,' adviseerde hij. 'Je kunt er nog wat van leren.'

Toen de prins weg was, schudde Will zijn hoofd. 'Je bent niet te geloven,' lachte hij.

'Wat bedoel je?'

'Ik wed dat ik, als ik het woord "handelaar" opzoek in het woordenboek, jouw beeltenis zie.'

'Nee, die staat bij "hondsbrutaal",' zei Mary.

Fiona stak haar kin naar voren. 'De prins had zin in goede thee. Dit was wel het minste wat ik kon doen.'

'Ik hoop dat je genoeg voorraad hebt,' zei Will. 'Als bekend wordt dat de prins van Wales TasTea drinkt, word je bedolven onder bestellingen.'

'Bekend wordt? Alleen jij en Mary hebben me immers gehoord?'

'Minstens twee journalisten die ik van gezicht ken, en misschien waren er nog meer, hebben jullie gesprek afgeluisterd. Een van hen was Peter Hylton, de grootste roddelverspreider van de stad. Ik waarschuw je alleen maar dat je voorbereid moet zijn.'

'Uw tafel is gereed, meneer McClane,' zei de hoofdkelner.

Will liet Fiona en Mary voorgaan. De eetzaal was weelderig versierd met kristallen kroonluchters, met de hand bedrukt donkerrood behang en volumineuze zijden gordijnen. Gaslicht weerspiegelde het geheel in enorme spiegels met vergulde lijsten. Geroezemoes en gelach weerklonk, afgewisseld met het geluid van zilveren bestek en getinkel van kristallen glazen.

Ze voelde blikken op zich gericht en ze was ervan overtuigd dat er iets aan haar kapsel en haar jurk mankeerde. Ze kon niet wedijveren met deze mensen in hun dure kleding, het kleurige satijn en tafzijde met ruches, kraaltjes, borduurwerk, juwelen zo groot als muntstukken die aan kleine oorlelletjes hingen, en rijen parels over boezems die gevormd werden door fijn Frans batist en baleinen.

Zelf droeg ze een eenvoudige japon van ivoorkleurige crêpe georgette met kapmouwen, een violetkleurige sjerp, en de rok was geborduurd met een waterval van paarse seringen.

Ze droeg geen korset, dat had ze nooit gedaan. Mary had haar er een laten passen op de lingerieafdeling van Macy, maar het klemde en kriebelde en ze wist niet hoe snel ze het moest uittrekken. Een goed katoenen hemdje en broek waren altijd voldoende geweest en dat zou zo blijven. Daarbij wilde ze dat haar boezem bleef waar hij hoorde, en niet ergens onder haar kin werd geperst.

Haar enige sieraden waren pareloorhangers die ze uit het juwelenkistje van haar overleden tante had mogen lenen. In haar haren droeg ze alleen een paar paarsrode rozen die Alec van een van zijn struiken had geknipt. Terwijl ze door de zaal liep, kregen de vrouwen opeens het gevoel dat ze te overdadig gekleed en gekapt waren, en mannen fluisterden tegen elkaar: 'Wie is dat bij McClane?' Ze was als een gave diamant waarvan de schoonheid alleen maar zou verzwakken in een te rijk versierde zetting.

'Ik heb een privé-kamer gevraagd,' legde Will uit toen ze bijna aan de andere kant van de zaal waren en de hoofdkelner hen nog steeds geen tafel had toegewezen. 'Hier zit je zo te kijk. Ik hoop dat je het niet erg vindt.' Ze gingen een trap op, en toen bleef hun begeleider staan voor dubbele deuren, opende die en ging opzij om hen binnen te laten. 'O, Will!' fluisterde ze. Ze liep naar het midden van de kamer en draaide rond.

'Mijn god!' riep Mary uit. Ze bleef verbijsterd in de deuropening staan.

Will haalde nonchalant zijn schouders op, maar hij was duidelijk blij met Fiona's reactie. 'Je zei dat je van rozen hield,' zei hij.

De kamer was veranderd in een weelderig tuinprieel vol bloemen. Overal waren rozen, in vazen, in guirlandes. De haard ging schuil achter pioenrozen en hortensia's. In de hoeken stonden hoge varens. Zelfs de vloer was verborgen onder een dik groen grastapijt. In het midden stond een tafel, bedekt met wit linnen en versierd met nog meer rozen. Ze waren gevlochten om de armen van twee grote, zilveren kandelaars. Aan de andere kant stonden twee deuren open, zodat de warme zomergeur en het maanlicht naar binnen drongen. Fiona kon haar ogen bijna niet geloven. Dat iemand dit had kunnen doen! Alles leek opeens zo onwerkelijk dat het haar duizelde. Ze was uit haar wereld gestapt, waar mensen met hun handen werkten en bier dronken en worstjes aten, en in die van Will terechtgekomen, waar ze tuinen in restaurants lieten aanleggen als ze dat leuk vonden. Voor één avond. Het leek wel een droom, of een sprookje, maar dat was het niet. Will had dit gedaan.

Ze boog zich over een bos mosrozen en ademde hun geur diep in. Ze wilde niet dat hij zag hoe geëmotioneerd ze was. Joe had haar een roos gegeven. Op de Old Stairs. Een enkele rode roos. Zij had hem haar hart geschonken, haar dromen, haar leven. Ze waren niet belangrijk geweest voor hem. Hij had ze allemaal vernietigd. Ze had Will niets belangrijks gegeven, een gesprek, gelach, een gezellig uurtje samen. En hij had dit gedaan. Voor haar. Alleen omdat ze van rozen hield.

'Vind je het mooi, Fiona?' vroeg hij zacht.

Ze draaide zich glimlachend naar hem om. Haar gezicht straalde in het kaarslicht. 'Will, het is prachtig! Ik... ik weet niet wat ik moet zeggen. Ik heb nog nooit zoiets moois gezien.'

'Willen jullie me even excuseren,' zei Mary, 'dan ga ik kijken waar de lounge is.'

Will wachtte tot ze de kamer uit was. Toen gaf hij Fiona een roos. Hij stond heel dicht bij haar, en voor ze wist wat er gebeurde had hij haar in zijn armen genomen en kuste haar. De aanraking van zijn lippen verjoeg alle gedachten aan Joe en nam alle verdriet en heimwee weg. Ze begon hem net terug te kussen toen een stem bij de deur zei: 'Champagne voor het diner, meneer? O! Pardon.'

Will liet haar los. In verlegenheid gebracht deed ze een paar passen achteruit en streek haar rok glad. 'Een fles Heidsieck graag,' zei hij.

'Goed, meneer.'

Hij ging weg. Will wilde haar net weer naar zich toe trekken toen ze Mary's voetstappen hoorde.

'Grote god! Het lijkt wel of ik weer zestien ben!'

De kelner kwam terug met de champagne en ze gingen

zitten. Net zoals op de avond dat ze hadden gewandeld, vond Fiona Will helemaal niet intimiderend, maar juist ongelooflijk prettig om mee te praten. Mary was lief en opgewekt zoals altijd, en ze konden het allemaal goed met elkaar vinden. Ze praatten zonder ophouden tijdens het diner, dat begon met oesters, gevolgd door schildpadsoep, piepkuikens in truffelroomsaus met *pommes duchesse* en *haricots verts*, kreeft Newburg en als dessert de specialiteit van Delmonico, in de oven gebakken ijstaart in een schuimlaag.

Tijdens het gezellige diner voelde Fiona iets wat ze nooit eerder had gevoeld: een heerlijke zekerheid dat er voor haar werd gezorgd, dat ze werd beschermd tegen de boze wereld en alle zorgen. Ze keek naar Will, die haar advies gaf voor haar theesalon, en bedacht hoe knap hij was. Hij was de elegantste man die ze ooit had gezien. Ze keek naar zijn dikke bruine haardos, zijn brede glimlach en sterke kaaklijn. Hij zat zelfs heel mooi, met rechte schouders. Zijn boord was sneeuwwit en gesteven, zijn das perfect geknoopt. Ze dacht aan haar vader in zijn verstelde tweedehands jasje. En dat van Charlie met de gaten in de ellebogen, en dat van Joe: een mosgroene tweed met vlekjes blauw erin dat precies bij zijn ogen paste...

Alweer die vervloekte Joe. Ze had zich voorgenomen om nooit meer aan hem te denken, en nu kwam hij deze volmaakte avond verstoren als een ongemanierde, ongenode gast. Het leek wel of hij op een vierde stoel aan tafel zat te luisteren en te grijnzen. Ze kon hem bijna brutaal zien lachen toen hij zich omdraaide en haar vroeg hoe Wills kus smaakte; of die net zo goed was als die van hem.

'Ja, natuurlijk?' vroeg hij.

'Nog beter zelfs,' zei ze gevat.

Hij schudde zijn hoofd. 'Nee, het komt door dit allemaal...' – hij knikte naar de tuin en het uitgebreide diner – 'dit is zo prettig, niet die kus. Niemand heeft je ooit zo fijn gekust als ik. En niemand zal dat ooit kunnen.'

'Een theesalon is een uitstekend idee, Fiona,' onderbrak Will haar gedachten. 'Met de theevoorraad en Mary's baktalent wordt het vast een succes. Ben je al op zoek naar een locatie?'

'Ja,' zei ze. 'Ik heb op Union Square gekeken, maar de huur is te hoog, en ook op Madison Square...'

Hij knikte terwijl ze praatte, luisterde, en moedigde haar aan. Ze zag hoe warm zijn ogen waren, hoe ze bij de hoeken rimpeltjes kregen als hij lachte. Ze vond bruine ogen eigenlijk veel mooier dan blauwe. Will had ook een mooie mond. Dankzij de kelner had ze nauwelijks van zijn kus kunnen genieten. Maar ze kreeg nog wel een volgende kans. De avond was nog jong.

Ik zal je laten zien wat prettig is, Joe Bristow, beloofde ze in stilte. Wacht maar af.

'Het park is mooi in het maanlicht, hè? Ik ben hier nog nooit zo laat geweest,' zei Fiona.

'Lang niet zo mooi als jij,' zei Will terwijl hij in haar hand kneep.

Ze liepen over Bethesda Terrace naar het meer. Will had na het diner voorgesteld een eindje te gaan wandelen. Mary zei dat ze moe was en liever in het rijtuig bleef zitten. Als ze zich verveelde kon ze altijd nog met de koetsier praten, zei ze.

'Dank je voor alles, Will,' zei Fiona. 'Voor de tuin, het diner, dat je mijn bazige oom hebt verdragen. Ik heb een heerlijke avond gehad.'

'Ik ook, Fiona. Ik wil je graag gauw weer zien.'

'Dat wil ik ook graag.'

Will haalde een gouden horloge uit zijn zak en tuurde erop in de duisternis. 'We kunnen nu beter teruggaan. Het is al bijna halftwaalf.'

'Nog niet,' zei Fiona. Ze wierp een blik om zich heen om te zien of er geen andere mensen in de buurt waren. Ze trok Will aan zijn hand mee naar de schaduw van een paar esdoorns. Daar trok ze hem tegen zich aan en kuste hem. Hij maakte zich los en keek haar verbaasd aan.

'Ik dacht dat ik te vrijpostig was in het restaurant,' zei hij. 'Ik dacht dat je liever niet wilde dat ik...'

'Kus me, Will. Ik wil het juist wel,' fluisterde ze. En dat was zo. Ze verlangde naar zijn lippen op de hare, zijn warme handen op haar. Ze wilde elke kus, aanraking en belofte die Joe Bristow haar ooit had gegeven, uitvlakken. Ze wilde zich alleen maar bewust zijn van Will, zodat er geen ruimte meer was voor Joe.

Will trok haar in zijn armen en kuste haar hartstochtelijk. Toen was het haar beurt om verbaasd te zijn. Dit was een man, besefte ze, geen jongen. Hij kuste haar wang, achter haar oor, haar hals, hij legde zijn handen om haar borsten en kuste de bovenkant. Het was zo heerlijk dat ze haar ogen sloot en een diepe zucht slaakte. Toen legde hij opeens zijn handen om haar gezicht en gaf een kus op haar voorhoofd. Ze deed verbaasd haar ogen open. Hij liep een paar stappen van haar vandaan.

'Of ik breng je nu thuis, of helemaal niet meer, juffrouw Finnegan. En dan komt je oom achter me aan met een geweer.'

Fiona giechelde blozend. Ze begreep wat hij bedoelde. Ze streek haar haren glad en bood hem guitig haar elleboog. Ze voelde zich gelukkig, hoopvol en opgewonden. Ze zou verliefd worden op Will, dat wist ze zeker. Ze kon zich niet goed herinneren hoe het was om verliefd te worden, want ze was altijd al verliefd geweest op Joe, maar het moest zoiets als dit zijn.

Toen zij en Will gearmd terugliepen naar het rijtuig, hield Fiona zichzelf voor dat ze een nieuwe liefde had gevonden, zoals Rose Bristow had voorspeld. Iemand die aardig en intelligent en grappig en innemend was. Iemand die tuinen voor haar liet aanleggen, ook al was zij niet rijk en had ze geen zakenman als vader. Iemand die Joe zou doen vergeten. Hij waarde nu rond aan de rand van haar bewustzijn, als een geest in een duister woud, maar ze was ervan overtuigd dat ze hem binnenkort helemaal zou vergeten. Dan was hij verdwenen uit haar leven, haar gedachten, haar herinnering. Voorgoed.

34

Fiona keek naar het adres op een stukje papier in haar hand, en toen naar het nummer op het in baksteen opgetrokken gebouw voor haar. Dit moest het zijn: Nassau Street 21. Hurst, Brady en Gifford, makelaars in effecten. Tijdens hun diner bij Delmonico had Will aangedrongen dat ze naar zijn makelaar zou gaan om meer te weten te komen over de aandelenmarkt.

'Ken je het verschil tussen rijk en arm?' had hij haar gevraagd.

'Ja, de rijken hebben al het geld,' had ze geantwoord.

'Nee,' zei hij. 'De rijken weten dat je met geld nog meer geld maakt. Neem een deel van je winst, investeer die op een verstandige manier en voor je het weet heb je het geld dat nodig is om je theesalon te openen.'

En nu, drie weken later, had ze iets meer geld om te investeren dan toen ze het hadden besproken, want Wills voorspelling was uitgekomen. De kranten hadden lucht gekregen van haar onverwachte audiëntie met de prins van Wales. Peter Hylton schreef dat de toekomstige koning van Engeland kon theedrinken in de chicste salon die de stad te bieden had, maar dat hij de voorkeur gaf aan wat een knap theeverkoopstertje uit Chelsea te bieden had. En dat gold eveneens voor de elegante William McClane.

Will was nijdig dat zijn naam in allerlei roddelrubrieken werd genoemd, en dan ook nog op zo'n schunnige manier, maar Fiona had geen tijd om beledigd te zijn. Ze werd overstelpt door klanten. Jonge, modieuze types die in rijtuigen kwamen, opgewonden dat ze zich in de West Side hadden gewaagd. Dienstmeisjes en huishoudsters kwamen inkopen doen voor hun mevrouw. Door restaurants, hotels en warenhuizen werd informatie gevraagd. In paniek was Fiona op een holletje naar de drukker gegaan om nog meer dozen te bestellen, en vervolgens naar Stuart om meer thee voor haar samen te stellen. Ze had twee meisjes fulltime in dienst moeten nemen om de TasTea-dozen in te pakken. Fiona hielp vaak mee, en ze schudde haar hoofd over het feit dat ze na alles wat ze bereikt had, weer thee stond in te pakken.

Will zou vanmiddag eigenlijk met haar mee zijn gegaan, maar hij had een vergadering en was opgehouden. Hij had zijn rijtuig gestuurd met een briefje waarin hij een verklaring gaf voor zijn afwezigheid en de mededeling dat ze maar zonder hem moest gaan. Fiona had vandaag niet willen gaan, ze had het te druk. Maar de vorige avond was hij even langsgekomen en hij had gezien dat ze de bankbiljetten die niet meer in de nachtkluis pasten, in een pot stopte. Toen had hij er genoeg van. 'Mijn effectenmakelaar. Morgen. En geen uitvluchten,' zei hij.

Ze deed de deur open en ging binnen in wat een complete chaos leek. Voorin stond een groot, houten bureau. Op de stoel stond een man met zijn rug naar haar toe te schreeuwen. Daarachter liep een houten reling over de hele breedte van de ruimte, en vormde een scheiding tussen de ontvangstruimte en de bureaus van de klerken. Mannen met kleppen op hun hoofd zaten in hemdsmouwen het zweet van hun gezichten te vegen en verwoed te schrijven, waarbij ze steeds snel hun pennen in inktpotten doopten. Beursmakelaars renden heen en weer en schreeuwden naar de klerken. Hun kabaal, plus het geluid van telegrafeerapparaten, was oorverdovend. Het taalgebruik dat ze hoorde, paste meer bij een havenachterbuurt dan een zakencentrum.

Een van de klerken schreeuwde: 'Maar ik heb de aankoop van die klootzak net op tien ingeschreven!'

'En hij wil hem verkopen voor hij tot vijf zakt! Schiet op!'

'Barnes!' riep een man achter in de ruimte. 'Hobson is aan de lijn. Hij is woedend omdat je hem hebt gezegd dat hij Sullivan moet kopen. Hij zegt dat je hem hebt geruïneerd.'

'O ja? Wist ik veel dat dit zou gebeuren? Zeg maar dat hij kan oprotten.'

Fiona liep naar de houten reling. Het leek wel een omheining waarbinnen mannen in plaats van wilde stieren snuivend heen en weer renden, opgesloten voor de veiligheid van anderen. Ze liep naar de man die op zijn stoel stond. 'Pardon, meneer?' zei ze.

Hij negeerde haar. Hij luisterde naar een ademloze, rood aangelopen jongen die te midden van een groep mannen stond. 'Ik ben net op de beurs geweest,' zei hij. 'Iedereen liep te schreeuwen. Ik heb drie keer mensen zien vechten...'

'En de broers Sullivan?' informeerde iemand.

'De ene ligt in het ziekenhuis. Een hartaanval. De andere is dood. Heeft zichzelf doodgeschoten.'

Zijn nieuws was aanleiding tot luidkeelse uitlatingen van woede en afkeer.

Fiona deed weer een poging. 'Pardon, kan ik meneer Hurst misschien spreken?' Het leek wel of ze onzichtbaar was. De mannen schonken geen aandacht aan haar. Ze begon net te wanhopen dat niemand naar haar zou luisteren toen ze een hand op haar rug voelde. 'Will!' riep ze blij uit. 'Ik dacht dat je niet kon komen.'

'Ik ben er even tussenuit geglipt,' zei hij. 'Maar ik kan niet lang blijven. Mijn secretaresse heeft de ene afspraak na de andere voor me georganiseerd.' Hij vertrok zijn gezicht toen iemand een verwensing schreeuwde. 'Wat is hier aan de hand? Waar is Hurst?'

'Dat weet ik niet. Ik probeer steeds iemand aan te spreken, maar dat lukt niet.'

'Meneer Martin,' beet Will de man toe die op de stoel stond. 'Er is een dame aanwezig. Ik verwacht dat u zich ernaar gedraagt.'

'Neemt u me niet kwalijk, meneer McClane. Ik had u niet gezien, mevrouw.' Hij draaide zich om, stak zijn vingers in zijn mond en liet een schel gefluit horen.

Hij had haar wel gezien. Maar toen was Will nog niet bij haar.

'Een dame in de zaal, heren!' schreeuwde Martin. De klerken en handelaars rekten hun hals, zagen Fiona en Will en bedaarden meteen. Martin pakte zijn telefoon en deelde meneer Hurst mee dat William McClane hem wilde spreken. Nog geen seconde later kwam een dikke man met uitgestoken hand de trap af rennen. Hij heette hen welkom en riep toen naar een loopjongen om verfrissingen te brengen voor meneer McClane en zijn gast.

Fiona begon eraan gewend te raken dat iedereen vloog voor Will. In de drie weken dat ze met elkaar omgingen, had hij haar en Seamie meegenomen voor een picknick op de rotsen van New Jersey, uit dineren bij Rector's, en naar de opera. Haar oom had goedgevonden dat ze zonder chaperonne ging picknicken – hij dacht natuurlijk dat Seamies aanwezigheid ongewenste intimiteiten zou voorkomen – maar hij stond erop dat Nick, die nu weer hersteld was, meeging naar de opera en dat Mary mee moest naar Rector's, want hij had gehoord dat het alleen maar een kreeftrestaurant was waar niet werd gelet op goede manieren. Waar ze ook kwamen, iedereen sloofde zich uit om het Will naar de zin te maken. Fiona had moeten leren service te verwachten als ze bij hem was, en niet haar bord aan de ober aan te reiken, zelf haar omslagdoek af te doen of de wijn in te schenken. Toen ze zag hoe Peter Hurst zich haastte om hem op zijn wenken te bedienen, besefte ze weer hoe machtig Will was.

'Peter, waar gaat al dat rumoer over?' vroeg hij.

'Een overname.'

'Welk bedrijf?'

'Een scheepsbouwer in Brooklyn, Sullivan Brothers. De drie grootste aandeelhouders hebben blijkbaar aandelen opgekocht. Die hebben ze vandaag samengevoegd en daarmee de familie buitenspel gezet. Niemand heeft het zien aankomen. Een vreselijke toestand.'

'Kunnen ze dat dan?' vroeg Fiona terwijl ze de twee mannen naar Hursts kantoor volgde. 'Kan iemand zomaar het bedrijf van een ander wegnemen?'

'Ik ben bang van wel,' antwoordde Hurst. 'Het is een zeer onsportieve manier van zakendoen, maar volkomen legitiem...' Hij werd onderbroken doordat de telefoon begon te rinkelen. Hij nam op en gaf de hoorn aan Will. 'Voor u.'

'Wat is er, Jeanne? Nu meteen?' Will zuchtte. 'Goed. Zeg maar dat ik er zo ben.' Hij gaf de hoorn terug. 'Het spijt me,' zei hij tegen Fiona. 'Ik moet weg. De burgemeester. De ondergrondse spoorlijn. De gewone onzin. Ik neem een huurkoetsje, dan laat ik het rijtuig hier voor jou.'

'We zullen goed voor haar zorgen, meneer McClane,' zei Hurst.

'Mooi. Dan zie ik je vanavond, schat,' zei Will.

Fiona volgde hem naar de gang. 'Will, je ziet er moe uit. Gaat het wel?'

'Ja, het komt door die vervelende kerel. Ik zal blij zijn als alles is opgelost.' Hij glimlachte. 'Ten gunste van mij, natuurlijk.'

'Je krijgt het contract heus wel, daar ben ik van overtuigd.'

Hij gaf een kus op haar wang, zei dat hij wilde dat hij haar overtuiging kon delen, en ging weg.

Fiona keerde terug naar Hursts kantoor en luisterde terwijl hij de basisbegrippen aan haar uitlegde. Hoewel het makkelijk te begrijpen was, sprak hij zo langzaam alsof hij het tegen een imbeciel had. Haar gedachten dwaalden af terwijl hij het had over het verschil tussen aandelen, obligaties en de goederenmarkt. Ze dacht aan het lawaai beneden en aan de twee mannen die hun firma kwijt waren geraakt en de aandeelhouders die hem in hun bezit hadden genomen. Het liet haar niet los. Er was iets mee, iets wat ze niet kon plaatsen.

'Een ogenblik, meneer Hurst,' viel ze hem in de rede. 'Wat de Sullivans betreft... u zei dat ze het niet hadden zien aankomen. Wisten ze dan niet wat er gebeurde?'

'Nee. Maar ze zullen er ook niet op gelet hebben. Zoiets komt zeer zelden voor.'

'Maar het gebeurt wel,' zei ze, meer tegen zichzelf dan tegen Hurst. De puzzelstukken vielen nu op hun plaats. Ze kreeg een helder beeld: investeren was een financieel stuk gereedschap, een manier om geld te verdienen. Maar het kon ook een wapen zijn. Als je maar genoeg aandelen van een bedrijf kocht, was het op een dag van jou.

'O ja,' zei Hurst. 'Eigenaars worden onvoorzichtig. Ze hebben te veel vertrouwen. Of ze zijn te arrogant. Ze denken dat ze onkwetsbaar zijn.' Hij glimlachte meelevend. 'Ik zie dat het u heeft verontrust. Wat een nare manier om met de beurs kennis te maken. Laat het u niet ontmoedigen. De meeste transacties zijn heel veilig. Kom, laten we het over een aangenamer onderwerp hebben.'

Maar Fiona was niet verontrust of ontmoedigd. Integendeel. Een nieuwe mogelijkheid wenkte. Het begin van een plan.

Hurst ging door met vertellen hoe ze moest kopen en verkopen, en legde uit over kosten en provisies. Hij gaf een uitleg over de pas in het leven geroepen Dow Jones Industrial Average in *The Wall Street Journal*. Ze liet hem kletsen. Ze overdacht de mogelijkheden van haar plan, een plan waar ze al die tijd niet op was gekomen.

'Dus,' eindigde hij zijn les, 'kunt u precies volgen wat uw aandelen doen door alleen maar in de krant te kijken. Laten we zeggen dat u gisteren vijfduizend aandelen van McClanes Ondergrondse hebt gekocht voor vijftien dollar per aandeel. We zien hier dat die vandaag gesloten is op zestien en een kwart.' Hij pakte een potlood. 'Dan hebben we dus...'

'... een dollar en vijfentwintig cent per aandeel maal vijfduizend, dat komt neer op een winst van zesduizend tweehonderd en vijftig dollar. Mijn hemel, meneer Hurst, meneer McClane heeft gelijk. Dit is inderdaad een goede manier om geld te verdienen!'

Hurst knipperde met zijn ogen. 'Ja. Welnu, als ik nog iets voor u kan doen...'

'Dat kunt u,' zei ze. Ze boog zich voorover in haar stoel. 'Ik wil aandelen kopen van Burton Thee. Een Engelse firma.'

Hurst fronste zijn wenkbrauwen. 'Lijkt u dat wel verstandig, juffrouw Finnegan? Om nu al een transactie te doen? Ik meen van meneer McClane te hebben begrepen dat u nog geen ervaring hebt op de aandelenmarkt.'

'Dat was ook zo. Maar dankzij uw uitstekende voorlichting, meneer Hurst, is dat niet langer zo. En nu wat betreft die Burton-aandelen?'

'Een ogenblik. Ik moet even de prijs opzoeken.'

Hurst verdween naar de gang. Fiona pakte een aandelencertificaat op dat op zijn bureau lag. Dat was goed voor tienduizend aandelen van Carnegie Steel. Het was maar papier, maar toch vormde het een onderdeel van een bedrijf. Binnenkort zou zij een onderdeel van Burton Thee in haar handen houden. Het was maar een heel klein stukje, maar dat zou ze groter maken, al moest ze er twintig jaar over doen. En als het groot genoeg was, zou ze hem kapotmaken.

'Hier heb ik het,' zei hij terwijl hij terugliep naar zijn bureau. Hij wierp haar een blik toe en zei toen: 'Gaat het, juffrouw Finnegan? U ziet opeens zo rood. Is het te warm hier? Zal ik nog een raam opendoen?'

Fiona verzekerde hem dat er niets aan de hand was. Hij vertelde dat Burton Thee op dit moment twintig dollar per aandeel kostten. Ze wilde tien aandelen kopen. Het kostte veel geld voor zo weinig, maar het was toch een begin. Hij schoof haar wat papieren toe. Met bevende handen vulde ze die in. Ze kon zijn blikken voelen. Kan hij het zien? vroeg ze zich af. Kan hij de woede in me zien? Het verdriet? Alle afschuwelijke, zwarte dingen die daar door Burton zijn ontstaan? Ze zette haar handtekening en keek Hurst strak aan toen ze de papieren teruggaf. Heel even zag ze zijn ogen groot worden voor hij zijn blik afwendde. Hij keek alsof hij iets had gezien wat hij liever niet had willen zien.

Fiona bedankte hem voor zijn hulp. Toen zei ze dat ze elke vrijdag een afspraak met hem wilde om meer aandelen te kopen van Burton Thee.

'Elke vrijdag? Dan moet u wel veel vertrouwen hebben in het bedrijf. Kent u de directeur?'

Fiona knikte. 'Maar al te goed, meneer Hurst.'

35

'Het wordt een jongen, dat weet ik zeker,' zei Isabelle, Wills schoondochter.

'Hoe kun je dat weten?' vroeg Wills dochter Emily terwijl ze opkeek van haar borduurwerk.

'Hij is druk. Hij is steeds aan het schoppen.'

'Hoe ga je hem noemen?' informeerde Edmund, de jongste zoon van Will.

'William Robertson McClane de derde,' antwoordde Will junior, de man van Isabelle, terwijl hij een golfbal in een vaas sloeg die op zijn kant was gezet.

'Wat origineel,' zei Edmund minachtend. Hij zat in een fauteuil met zijn benen over de armleuning. Hij had zomervakantie van Princeton en werkte met Will junior aan het ondergrondseproject. 'Ik weet een betere naam, Izzie!'

'Welke dan?'

'Edmund.'

Zijn broer gooide een golfbal naar hem, miste, en maakte een deuk in een bijzettafel.

'Jongens...' zei Will afwezig. Ze begonnen allemaal te lachen.

'Hij denkt dat we nog vijf zijn,' zei James, de op één na oudste.

'Wel als jullie in huis met golfballen gooien,' antwoordde Will. Hij keek door de open deuren van de grote, zonnige salon naar de golvende heuvels van zijn landgoed, de paarden in de verte, en de Hudson daarachter. Hij zou een eind zijn gaan lopen als hij zich niet zo lui voelde na het uitgebreide diner. Misschien dadelijk, met een van zijn zoons of met Richard, zijn schoonzoon. De vrouwen zouden thuisblijven. Isabelle zou over enkele weken bevallen, en zoals hoorde bij vrouwen van haar kringen vertoonde ze zich niet meer in het openbaar en zag ze alleen nog familie en vriendinnen.

Will keek naar zijn gezin en voelde zich gloeien van vaderlijke trots. Emily had hem geschreven om te vragen of hij het weekend naar huis, naar Hyde Park wilde komen. Ze hadden hem zo lang niet gezien, zei ze. Hij vermoedde dat ze dachten dat hij zich eenzaam voelde zonder hun moeder. Hij stelde hun bezorgdheid op prijs, maar hij had liever in de stad willen blijven bij Fiona. Hij wilde haar meenemen naar Saratoga of Newport, ergens waar ze een lang, lui juliweekend samen konden zijn, ook al hield dat in dat Mary of Nick moest meekomen. Maar toen kwam Emily's brief, en Fiona had gezegd dat hij beter naar zijn kinderen kon gaan. Ze had het zo druk met de theesalon dat ze toch niet een heel weekend weg had gekund. En daarbij had ze Seamie beloofd hem op een zaterdagavond mee te nemen naar Coney Island. De Munro's en Nick en Michael zouden ook meegaan. Als hij op het laatste moment toch niet naar Hyde Park ging, dan was hij van harte welkom om hotdogs te eten, prijs proberen te schieten en de vrouw met de baard te zien, had ze gezegd.

Het idee alleen al bezorgde Will een rilling. Af en toe

werd hij zich maar al te zeer bewust van de grote verschillen in hun afkomst, een verschil waardoor hij zich soms opgelaten voelde als hij in haar kringen kwam, maar waar zij nooit last van leek te hebben als ze in zijn wereld was. Ze was altijd vol gratie en nam iedereen die ze ontmoette voor zich in.

Hij was begonnen haar af en toe te introduceren in de society, en ze had het er heel goed afgebracht. Twee avonden geleden had hij haar en Nick meegenomen naar een feest ter ere van de beroemde landschapsschilder Albert Bierstadt in het Metropolitan Museum of Art. Wat had ze er mooi uitgezien. Ze droeg een blauwgroene japon en oorhangers die van diamant leken maar in werkelijkheid stras waren, en die ze van haar vriendin Maddie had geleend. De snit van de japon was eenvoudig, bijna Grieks van stijl. Het was hem opgevallen dat ze de eenvoudigste dingen met veel elegantie wist te dragen.

Ze had verteld dat Nick met haar de japon was gaan uitkiezen. Hij was een beetje jaloers op de jongen, al probeerde hij dat niet te zijn. Hij had haar een keer gevraagd of Nick een mededinger was, en tot zijn verbazing was ze in lachen uitgebarsten. Als iemand met Nick wedijverde, zei ze, dan was *zíj* het wel. Meestal kon hij het wel zien, maar bij Nick had hij niets vermoed. De jongen was niet verwijfd. Hij had belangstelling voor kunst en een tamelijk excentrieke smaak wat kleding betrof, zoals de vesten van Liberty, de witlinnen pakken, de kleurige stropdassen, maar Will had dat toegeschreven aan zijn nationaliteit. Tenslotte was hij Engels, en dat verklaarde veel. Fiona en Nick hadden een heel hechte band, ze waren zelfs onafscheidelijk, en hij wist dat hij geen schijn van kans zou hebben gehad als de jonge Soames van vrouwen had gehouden. Om haar een plezier te doen had hij Nick onder zijn hoede genomen en probeerde hem te helpen met zijn carrière. Op het feest voor Bierstadt had hij hem voorgesteld aan William Whitney, Anthony Drexel en J.P. Morgan, allemaal kunstverzamelaars.

En hij had Fiona voorgesteld aan Caroline Astor, de koningin van de New Yorkse society. De meeste vrouwen zouden hebben gebibberd van vrees, maar Fiona niet. Ze had Caroline lachend een hand gegeven en gezegd: 'Wat een enig feest, vindt u niet?' Caroline was kortaf en koel tegen haar geweest, maar ze kon niet nalaten te informeren waar ze die mooie japon had gekocht. 'Parijs?' had ze gevraagd. 'Londen?'

'Nee, bij Macy's,' had Fiona geantwoord.

Carolines ogen waren groot geworden, en toen had ze hartelijk gelachen. Dat effect had Fiona op mensen. Ze was volkomen ongekunsteld. Ze nam ijzige leden van de beau monde en duffe zakenlieden voor zich in door alleen zichzelf te zijn. Ze had zelfs Morgan, de rijkste man van het land, begoocheld door hem glimlachend in zijn gebiedende ogen te kijken en hem als een man de hand te schudden toen Will hen aan elkaar voorstelde. Naderhand had Morgan goedmoedig tegen Will gemopperd dat ze totaal niet onder de indruk van hem was en toch wel een beetje ontzag had kunnen voorwenden.

Will was smoorverliefd op haar en hij wilde niets liever dan dat tegen haar zeggen. Dat had hij bijna een keer gedaan, toen ze na een diner terugreden in het rijtuig, maar toen hij het onderwerp ter sprake bracht, voelde hij haar verstrakken. Misschien twijfelde ze aan zijn oprechtheid. Misschien was ze bang, net als hij voorheen, dat het niet goed tussen hen zou gaan en wilde ze geen gebroken hart. Hij had het idee dat dit al eens eerder was gebeurd. Ze had een hartstochtelijke aard, dat merkte hij aan de manier waarop ze hem kuste, maar hij bespeurde ook een zekere terughoudendheid. Binnenkort zou hij haar voorstellen aan zijn gezin. Dan zou ze begrijpen dat het hem ernst was. Hij zou het ook doen omwille van zijn kinderen. Het was onvermijdelijk dat hij en Fiona een keer Will junior of James zouden tegenkomen in een restaurant, of dat iemand hun zou vertellen dat hij hen samen had gezien. Gelukkig las niemand van hen 'Peters Praatjes'. Hylton was helemaal weg van Fiona. Ze werd bijna elke week genoemd in zijn column. Hij beschreef altijd wat ze aanhad en merkte op dat ze steeds of aan de arm van die zwierige Engelsman, Nick Soames, werd gezien, of aan die van Will. Iedereen probeerde te raden wie haar zou weten te winnen. Nicks seksuele geaardheid en zijn rol als chaperon was ook hem blijkbaar ontgaan.

'Pa?' zei Will junior. 'Ik had je iets gevraagd. Heb je me niet gehoord?'

'Nee, ik was mijlenver weg met mijn gedachten.' Hij zag dat Emily hem even een blik toewierp en toen weer naar haar borduurwerk keek.

'Ik vroeg of de technische rapporten over de Brooklynlijn al waren gekomen.'

'Nog niet. Die verwacht ik morgen.'

Er viel weer een stilte. James gaf een slag met de putter. Edmund gooide een golfbal in de lucht. Emily stak haar naald door haar borduurlinnen. Wills blik viel op de handen van zijn dochter. Ze waren zo teer en blank. Heel anders dan die van Fiona. Haar handen waren altijd ruw van het werk. Tijdens een diner bij Rector's had hij een schram op de rug van haar hand gezien toen ze haar wijnglas pakte. De aanblik van die sterke kleine vechtershand had zijn hart doen smelten. Fiona had geen mooie handen, maar hij vond ze prachtig.

James kuchte. Will keek op en voelde duidelijk de spanning die in de lucht hing. Hij zag dat Will junior Emily een knikje gaf. Ze stond opeens op en vroeg of Isabelle zin had om even door de tuin te lopen. Het zou haar goeddoen. Isabelle kwam overeind met de hulp van haar man en volgde Emily. Will bleef achter met zijn drie zoons en schoonzoon. Er was iets aan de hand. Hij was met opzet gevraagd om vandaag hier te komen. Hij wierp een blik op Will junior en James die hen in verlegenheid bracht, en zei toen: 'En, wat is er?'

'Pa...' begon Will junior. 'We wilden met je praten.'

'Kon je dat niet in New York doen?'

'Nee, het is te persoonlijk,' zei Will junior. Hij ging van de ene voet op de andere staan, duidelijk niet op zijn gemak.

'We hebben dingen gehoord,' vervolgde James. 'Je bent gezien met een jonge vrouw.'

'Het gaat ons niets aan,' zei Will junior, 'maar er wordt nogal over gepraat. We... we vinden alleen dat je je niet zo openlijk met een maîtresse moet vertonen.'

Will moest glimlachen om zijn gevoel voor fatsoen. 'De vrouw over wie je het hebt is niet mijn maîtresse. Ze heet Fiona Finnegan. Ik maak haar het hof. Op zeer respectabele wijze, trouwens. Het spijt me, ik had moeten beseffen dat jullie het ter ore zouden krijgen. Ik had jullie eerder over haar moeten vertellen.'

'Het hof maken!' herhaalde Will junior met een geschokte uitdrukking op zijn gezicht. 'Met het plan haar te trouwen?'

Will haalde zijn schouders op, geïrriteerd door dit kruisverhoor. 'Daar is het nog een beetje vroeg voor, maar nu je het vraagt... ja, die mogelijkheid bestaat.'

'Pa!' riep Edmund enthousiast uit. 'Wat fantastisch! Hoe is ze? Is ze knap?'

Will glimlachte. 'Heel knap.'

Will junior keek zijn vader ongelovig aan.

'Ik heb haar familie ontmoet,' vervolgde Will. 'Mettertijd zal ik haar aan jullie allemaal voorstellen.'

'Pa, we... je kunt niet... Dit kan niet,' zei James op koele toon.

'Ik heb gehoord dat ze nog geen twintig is. En een winkelierster!' Will junior spuwde het woord uit alsof het een slechte smaak in zijn mond gaf. 'Ben je gek geworden?'

'Pardon?' Will was beledigd door zowel de vraag als de toon waarop zijn zoon sprak.

'Ze is niet iemand die wij kennen,' zei James. 'En alleen al het leeftijdsverschil...'

'Ik ben vijfenveertig, niet vijfentachtig!' beet Will hem toe.

Will junior ijsbeerde door de kamer en draaide zich toen weer om naar zijn vader, zichtbaar van streek. 'Denk eens aan de indruk die investeerders van de ondergrondse zullen krijgen. We kunnen ons nu geen schandaal veroorloven, niet nu Belmont erbij betrokken is. Niet nu er zoveel op het spel staat.'

'Een schandaal?' herhaalde Will. Hij keek naar zijn zoon alsof die gek was. 'Doe niet zo belachelijk.'

'Ik doe niet belachelijk!' zei Will junior met stemverheffing. 'Zie je dan niet in...'

'Ik weet niet wat je werkelijke bezwaar is,' onderbrak Will hem. 'Waarom zeg je het niet ronduit? Het komt omdat ze werkt en van Ierse afkomst is, nietwaar?'

'Mijn bezwaar is dat dit... dit schárreltje van je alles zal ruïneren waar we voor hebben gewerkt.'

'Will, laat pa met rust,' kwam Edmund zijn vader te hulp. 'Hij weet heus wel wat hij doet. Hij mag best met een meisje afspraakjes maken als hij dat wil.'

'Afspraakjes maken? Hou toch je mond, Edmund!' riep Will junior. 'Je weet niet waar je het over hebt. Dit is menens, de echte wereld, geen schoolsociëteit! We kunnen ons niet compromitteren.'

'Nu is het genoeg!' zei Will op scherpe toon. Hij wachtte even om Will junior tijd te geven om af te koelen, en vervolgde toen op verzoenende toon: 'Wacht maar tot je haar hebt ontmoet. Dan zie je hoe geweldig ze is, en dan verander je wel van gedachten.'

'Ik ben niet van plan haar te ontmoeten! Nu niet en nooit!' zei Will junior kwaad. Hij stormde de kamer uit. James en Richard volgden hem.

Edmund bleef achter. 'Let maar niet op hen, pa,' zei hij zacht.

Will slaakte een diepe zucht. Tijdens de woordenwisseling was hij opgestaan. Nu ging hij weer zitten. 'Misschien is het te vlug na de dood van je moeder.'

'Toe nou, pa. Onze moeder is twee jaar geleden gestorven. Zijn probleem is dat hij een zetel wil in het Congres. Hij is bang dat jouw romance met een jonge vrouw niet goed zal vallen bij zijn conservatieve kiezers.'

'Dat is niet aardig van je, Edmund. Will junior is ambitieus, maar niet zó hardvochtig.'

Edmund haalde zijn schouders op. 'Dat is jouw mening. Ik vind hem bikkelhard.'

'Misschien maakt hij zich zorgen over de ondergrondse. Hij heeft er met hart en ziel voor gewerkt en dat heeft hij heel goed gedaan. Misschien is hij nerveus voor de competitie. Konden we dat contract maar binnenslepen,' zei Will. 'Dan kon ik hem bewijzen dat hij het bij het verkeerde eind heeft. Als de papieren ondertekend zijn kan hij geen bezwaar meer hebben, want dan is er niets meer om bezwaar tegen te maken.'

'En al heeft hij bezwaar, pa? Laat hem! Wat kan hij doen? Je toelage inhouden?'

Will glimlachte vermoeid. 'Nee,' zei hij. 'Maar hij kan scènes maken, zoals daarnet. Jullie zijn allemaal veel te belangrijk voor me. Ik wil niet dat iemand van jullie boos of ongelukkig is. Ik zal mijn pogingen verdubbelen om het contract voor de ondergrondse binnen te slepen. Zodra we dat hebben draait hij wel bij, Edmund. Dat weet ik zeker.'

36

Fiona bladerde door het in leer gebonden boek.
'Wat heb je daar?' informeerde Will.

'De *Verzamelde gedichten* van Alfred, lord Tennyson.'

Hij bekeek het. 'Een eerste editie. Heel zeldzaam. Gedrukt in Venetië,' zei hij terwijl hij het stof van een fles wijn veegde die hij in zijn hand hield. 'Hou je van Tennyson?'

'Dat had gekund als ik hem niet op school uit mijn hoofd had moeten leren,' antwoordde ze. Ze legde het boek terug op de onderste plank van een eiken boekenkast die wel zes meter hoog was. Tegen alle wanden van Wills enorme bibliotheek stonden boekenkasten. De bibliotheek was twee keer zo groot als Michaels hele appartement, maar het was slechts een van de vele kamers in het huis dat een heel blok besloeg. Ze was voor het eerst in Wills huis. Ze hadden met Nick bij Delmonico gegeten en daarna was Nick weggegaan. Hij had een afspraak met een bevriende schilder, zei hij. Ze spraken af elkaar vlak voor middernacht weer te ontmoeten voor het restaurant en dan samen naar huis te gaan. Michael zou het dan niet te weten komen. Ze hadden dit al twee keer eerder gedaan. Het was de enige manier om alleen te zijn met Will. De eerste keer waren ze in het park gaan wandelen en de tweede keer hadden ze een rit gemaakt in zijn rijtuig. Zo hadden ze vrijuit met elkaar kunnen praten en ook wat kunnen kussen.

Een uur geleden waren ze in zijn huis aangekomen en hij had haar een rondleiding gegeven. Het was ongelooflijk groot en verbijsterend weelderig ingericht. Er waren een ontvangstkamer, twee salons, drie zitvertrekken, een eetzaal, eindeloze gangen, een balzaal, een speelkamer, diverse werkkamers, verscheidene kamers die nergens voor bestemd leken te zijn, Wills enorme bibliotheek, een heleboel slaapkamers, badkamers, en een afdeling voor het personeel. Fiona vond het meer een paleis dan een huis. Het was te veel om alle bewerkte marmer, verguldsel, geschilderde panelen, wandtapijten, zijden gordijnen, kristallen kroonluchters, schilderijen en beelden in zich op te kunnen nemen. Ze was blij toen ze eindelijk in de bibliotheek waren. Daar waren alleen maar boekenkasten, twee bureaus, twee leren bergères, een tafel en een bank die voor de haard waren gegroepeerd. Het was een kille avond ondanks dat het zomer was, en de butler had een vuur aangelegd. De gloed en het schijnsel van meerdere kroonluchters verlichtten de kamer.

'Will,' zei ze terwijl ze langzaam in de rondte draaide en naar de duizenden titels keek. 'Hoeveel boeken heb je eigenlijk?'

Hij dacht even na terwijl hij de kurk uit de fles draaide. 'Een stuk of honderdduizend, denk ik.'

'Allemachtig,' fluisterde ze. Ze hoorde de kurk uit de fles schieten.

'Zo, daar is hij. Vind je een Margeaux lekker, Fiona? Deze is uit 1869. Ouder dan jij.'

Hij schonk twee glazen in. Ze wilde er een aanpakken, maar hij trok het terug. 'Niet zo vlug. Eerst een lesje voor je een van de beste wijnen ter wereld proeft.'

'Moet ik hem uitspugen? Op de boot hadden ze een wijnproeverij. Ik ben gaan kijken. Ze spoelden een slok door hun mond en toen spuugden ze hem uit in een emmer. Ze vonden hem zeker niet lekker.'

'Als je deze uitspuugt, meisje, dan draai ik je nek om.'

'Is hij dan lekker?'

'Heerlijk. Doe je ogen dicht.'

Ze gehoorzaamde. 'En nu?'

'Doe je mond dicht. Heel even maar, als je dat tenminste kunt.'

Fiona giechelde.

'Eerst de geur opsnuiven,' zei Will terwijl hij het glas onder haar neus hield. 'Heel diep.' Fiona deed wat haar was opgedragen. Ze voelde hem dicht bij haar staan. 'Wat ruik je?'

'Eh... druiven?'

'Wat nog meer?'

Ze snoof weer. 'Krenten, geloof ik. Ja, krenten. En... en peper? En nog iets... Ik weet het: vanille!' Ze deed haar ogen open.

'Heel goed. Je hebt een uitstekend reukvermogen. Ik ben onder de indruk.'

Hij gaf haar het glas. Het was van loodzwaar kristal. Ze nam een slokje en slikte het door. Het leek wel fluweel. Ze nam nog een slok en voelde de warmte door haar lichaam trekken. Ze merkte dat Will heel dicht naast haar zat. Ze kon de koperkleurige vlekjes in zijn bruine ogen zien, een sproetje op zijn bovenlip, een streep grijs in zijn haar. Hij rook naar gesteven wasgoed en leer en zeep. Hij rook heerlijk, veel lekkerder dan een glas wijn. Ze hield zijn blik even vast, ervan overtuigd dat hij haar zou kussen. En dat deed hij.

Hij pakte het glas uit haar hand en zette het op tafel. Hij kuste haar hals en achter haar oor. Ze huiverde. Hij streelde over haar borst door de stof van haar jurk heen, en ze zuchtte. Hij was zo zeker van zichzelf. Weer bedacht ze dat hij geen jongen was. Hij had een echtgenote gehad, en ook tal van maîtresses, als ze haar oom moest geloven. Hij wist wat hij deed, en dat was meer dan zij kon zeggen. Ze voelde dat hij de knoopjes op haar rug losmaakte, dat hij de bandjes van haar hemdje van haar schouders schoof, en opeens wist ze waarom hij haar hier had gebracht, waarom ze vanavond niet in het park waren gaan wandelen.

'Will, niet doen...' zei ze ademloos. Ze was hier niet aan toe.

Maar hij hield niet op. Hij kuste haar weer en zei: 'Kom met me naar bed, Fiona. Ik wil je. Ik verlang naar je.'

Ze verstrakte. Een seconde geleden was ze helemaal warm geweest, maar nu leek haar bloed wel ijs te worden. Ze maakte zich los uit zijn omhelzing. 'Nee, Will,' zei ze op scherpe toon. 'Ik wil niet... Ik... ik kan het niet.'

Will leunde achterover en sloot zijn ogen. 'Waarom niet? Wat is er?' vroeg hij.

'Ik... ik kan zwanger raken.'

Hij deed een oog open en keek naar haar. 'Daar zijn middelen voor. Ik zou voorzorgsmaatregelen hebben genomen.'

'Dat is het niet alleen... ik kan het niet, ik...'

'Het geeft niet, Fiona,' zei hij. Hij pakte haar hand. 'Je bent er nog niet aan toe. Dat is alles wat ik hoef te weten. Je hoeft het niet uit te leggen. Ik begrijp het. Ik heb te veel aangedrongen.'

'Nee, Will,' begon ze. 'Ik... ik wilde je ook, echt waar. Alleen...'

'Stil maar,' zei hij, en met een kus legde hij haar het zwijgen op. Hij trok de voorpanden van haar hemdje weer naar elkaar toe.

Fiona maakte met gloeiende wangen de veters en knoopjes vast.

Ze had tegen Will gelogen. Tegen zichzelf. Ze had hem in de waan gelaten dat ze bang was om zwanger te raken, terwijl ze de ware reden kende. Zijn woorden hadden haar doen denken aan wat Joe had gezegd die middag in Covent Garden, toen ze naar bed waren geweest, toen hij haar had gezegd dat hij van haar hield en altijd van haar zou houden. Opeens zag ze hem voor zich toen hij het cacaoblik op haar schoot had geworpen, toen hij haar de ring met de saffier had gegeven, toen ze één waren geworden, één lichaam, één ziel.

De beelden kwelden haar. Ze wilde bij Will zijn, alleen aan hem denken en van hem houden. Ze wilde doorgaan met haar leven en Joe vergeten. Ze had het geprobeerd, maar het lukte niet. Hij kwam steeds weer terug. Soms hoorde ze een stem die op die van hem leek, of ze zag een paar ogen die bijna net zo blauw waren als die van hem, of ze zag een jongeman net zo brutaal en zelfbewust lopen als hij. Dan was hij weer in haar gedachten en haar hart.

'Fiona?' vroeg Will zacht. 'Zijn dat tranen?'

Ze veegde vlug over haar wangen. Ze wist niet dat ze huilde.

Hij pakte een zakdoek en bette haar ogen. 'Ik heb je van streek gemaakt. Het spijt me. Ik had niet zo veeleisend moeten zijn. Wat ben ik toch een lummel. Niet huilen, liefste, daar kan ik niet tegen.' Hij hield haar tegen zich aan. 'Ik zou nooit misbruik van je maken. Nooit. Ik ga liever dood dan dat ik jou pijn zou doen. Ik liet me alleen meeslepen door mijn gevoelens.' Hij keek haar aan. 'Ik ben niet goed in dit soort dingen, Fiona. Ik kan je de oren van je hoofd praten over zaken, zoals je wel zult hebben gemerkt, maar met persoonlijke gevoelens weet ik me gewoon geen raad.' Hij zweeg even en zei toen: 'Ik heb het je nooit eerder gezegd...'

Ze balde haar handen tot vuisten. Nee, Will, dacht ze. Niet nu. Zeg het alsjeblieft niet nu.

'... en ik heb het je al veel eerder willen zeggen, maar ik was te bang, denk ik. Dat je niet hetzelfde voor mij voelde. Ik... ik hou van je, Fiona.'

Waarom had hij het gezegd? Waarom nu? Waarom niet op een volmaakte avond als ze gearmd terugkwamen van een diner en ze in de verste verte niet aan Joe dacht? Zulke avonden waren er geweest. Ze hadden haar hoop gegeven, doen geloven dat ze hem kon vergeten.

Will kuste haar teder en vol liefde. Hij keek in haar ogen, wachtend op antwoord.

Ze zou hem zeggen dat het geen zin had. Dat ze van een andere man hield en altijd zou blijven houden. Dat ze had geprobeerd hem uit haar hart te bannen, maar dat het niet lukte. Dat ze tot haar dood van hem zou houden. Dat ze zichzelf haatte omdat ze van hem hield.

Maar ze zei: 'O, Will... ik... ik hou ook van jou.'

37

'Ik had dit niet moeten goedvinden. Het is veel te vroeg om zulke einden te lopen,' zei Fiona bezorgd.

'O, maak je toch niet zo druk! Ik voel me best,' sputterde Nick tegen. 'Iedereen behandelt me alsof ik een tere, verlepte bloem ben. Alsof een zacht briesje me al omver kan blazen. Ik ben al meer eropuit geweest, hoor. Naar feesten en diners en zo. Ik ben geen invalide meer!'

'Nee, maar wel heel slechtgehumeurd.'

'Het spijt me,' zei hij terwijl hij berouwvol probeerde te kijken. 'Maar ik voel me goed, Fee. Echt waar.'

'Geen leugentjes?'

'Nee. Ik voel me goed. Ik ben alleen ontmoedigd door al die rommel die we te zien hebben gekregen.'

Een meter of tien voor hen draaide de makelaar zich om en vroeg: 'Alles in orde, meneer Soames? U wordt toch niet moe? Ik weet zeker dat u het volgende huis mooi zult vinden. Het is een juweeltje.'

'Dat zal wel, voor een kot,' mompelde Nick. Hij wilde zo graag een nieuw onderkomen vinden om een galerie te openen. Het was nu twee maanden geleden dat hij was ingestort, en hij popelde om weer aan de slag te gaan.

'Ik heb dorst gekregen van al dat lopen. Konden we maar ergens even zitten en iets drinken.' Hij gaf Fiona een arm. 'Ze hadden hier in de buurt een theesalon moeten hebben. Heb je hier al eens rondgekeken?'

'Nee, maar dat zou ik moeten doen. Ik heb nog niets gevonden. Maar ik kan me niet voorstellen dat het me vandaag wel zou lukken. Er is gewoon niets voorhanden. Alles is te klein of te duur.'

Nick knikte. 'Ik denk dat ik nergens meer zoiets kan vinden als wat ik heb gehad. Het was perfect. Will weet zeker ook niets?'

'Nee. Ik heb het hem gevraagd.'

'En hoe gaat het met de knappe meneer McClane?'

'Heel goed. Ik... ik hou van hem, Nick.'

Nick bleef stokstijf staan.

'Nu al? Weet je het zeker?'

'Heel zeker,' zei ze opgewekt.

Te opgewekt. Dit is wel heel plotseling, dacht hij.

'Weet je nog dat je zei dat ik weer verliefd zou worden? Dat ik Joe zou vergeten? Dat is gebeurd. Ik wilde je toen niet geloven, maar je had gelijk.'

Hij glimlachte onzeker. 'Dat is prachtig,' begon hij. 'Will is een heel...'

'Een geweldige man,' zei ze nadrukkelijk. 'Hij is intelligent en goed en hartelijk. En hij houdt van me. Dat heeft hij gezegd.'

Wie probeer je te overtuigen, ouwetje? Mij of jezelf? vroeg Nick zich af. Ze keek hem niet aan en haar gezicht stond zo afwerend. Er lag een frons op haar voorhoofd. Haar blik was hard en gespannen.

'Heb je al kennisgemaakt met zijn familie?' informeerde hij.

'Nee. Ze doen nogal vervelend. Wills oudste zoon heeft

er blijkbaar bezwaar tegen dat zijn vader met me omgaat. Ik denk dat mijn afkomst niet goed genoeg is.'

'O nee? En wie denkt die blaag wel dat hij is?' zei Nick kwaad. 'Hij mag blij zijn dat hij iemand als jij tot de familie mag rekenen! Die vervloekte Amerikanen met hun aanmatigende houding! Ze hebben twee generaties geld verdiend met aanrommelen en ze denken dat ze van adel zijn!'

Fiona moest glimlachen om zijn galantheid. Ze leek weer de oude. 'En wie ben jij dan wel, hoge piet?' zei ze terwijl ze hem een arm gaf. 'De hertog van Humeurigheid? De kroonprins van Mopperland?'

'Zoiets,' mompelde hij, opeens in verlegenheid gebracht. Haar grappig bedoelde titels klonken hem opeens bekend in de oren. Het was lang geleden dat iemand hem met zijn juiste titel had aangesproken. En dat zou waarschijnlijk ook nooit meer gebeuren. Hij vond het best. Zijn afkomst had hem alleen maar ellende gebracht. Hij had er afstand van gedaan toen hij uit Engeland vertrok en hij wilde er niets meer mee te maken hebben.

'Kijk, prins Pietlut, daar is dat huis weer,' zei Fiona.

'Mm?' zei hij, blij dat ze een nieuw onderwerp had aangekaart.

'Dat vervallen huis. Daar. We zijn er al twee keer langsgekomen. Hoe kan iemand een huis zo verwaarlozen?' Ze liet zijn arm los, liep ernaartoe en tuurde tegen de zon in. Nick volgde haar blik, en vroeg zich af wat haar belangstelling trok. Het was een bouwval, al hing er een mooie, donkerrode klimroos boven de voordeur.

'Meneer Soames?' riep de makelaar.

'Kom, Fee,' zei Nick. 'We worden geroepen. Het is tijd om weer een ruimte te bekijken die te donker, te bekrompen en te lelijk is.'

De makelaar liet hun nog vier huizen zien, die geen van

alle geschikt waren. Toen liet hij hen op de hoek van Irving en Eighteenth achter met de belofte dat hij zo spoedig mogelijk zou laten weten wanneer er nieuwe huizen beschikbaar kwamen.

'Zullen we een hapje eten, Fee?' Nick aarzelde tussen het Fifth Avenue Hotel en een van de nieuwe Child's-restaurants met hun smetteloze witbetegelde vloeren en efficiënte serveersters. 'Thee en scones? Of een sorbet? Of misschien een ijscoupe met slagroom en nootjes en... Fee?'

Hij dacht dat ze naast hem stond, maar ze stond verderop, weer voor dat vervallen huis. Ze leunde met haar handen op het ijzeren hek tussen de voortuin en het trottoir, en ze keek dromerig op naar de hoge, dichtgespijkerde ramen.

'Waar kijk je in hemelsnaam naar?' vroeg hij toen hij naast haar kwam staan.

'Dit moet ooit een prachtig huis zijn geweest.'

'Maar nu niet meer. Kom mee, voor de daklijst er afvalt en we verpletterd worden.'

Maar ze bleef staan. 'Iemand moet vroeger van dit huis gehouden hebben. Die klimroos is daar niet vanzelf gekomen. En moet je dat zien...' Ze boog zich over het hek en raakte een lange ridderspoor aan. 'Iemand heeft dit gewoon in de steek gelaten. Hoe kan iemand dat doen?'

Nick zuchtte ongeduldig. Hij wilde weg. Hij was moe en hij had honger, maar hij voelde zich ook niet op zijn gemak. Het leek wel of iemand hen gadesloeg. Hij keek om zich heen. Twee huizen verder was een man het trottoir aan het vegen, en hij bekeek hen argwanend.

'Wat moet dat daar! Hier wordt niet rondgehangen!' riep hij.

'We hangen niet rond,' zei Fiona terwijl ze het hek losliet. Ze deed een paar stappen naar hem toe. 'We bewonderen alleen dit huis.'

'Jij misschien,' mopperde Nick.

'Weet u waarom het is dichtgespijkerd?' vroeg ze aan de man.

'Natuurlijk. Ik ben de huisbewaarder.'

Fiona liep naar hem toe en stelde zich voor. Nick moest haar wel volgen. De huisbewaarder vertelde dat hij Fred Wilcox heette en dat hij op het huis paste voor de eigenares, een bejaarde vrouw, Esperanza Nicholson.

'Waarom is ze hier weggegaan?'

'Waarom wilt u dat weten?' vroeg Wilcox.

'Ik vind het jammer dat zo'n mooi huis in verval is geraakt.'

'Het is ook jammer,' gaf Wilcox toe. 'Een jaar of vijftig geleden had de vader van mevrouw Nicholson het huis als huwelijkscadeau gegeven. Ze zou er met haar man gaan wonen na hun huwelijksreis. Ze had het helemaal opgeknapt. Nieuw behang, tapijten, nieuwe meubels. En alles van de beste kwaliteit. Maar op de dag voor het huwelijk liet haar verloofde haar in de steek. Dat is ze nooit te boven gekomen. Ze bleef bij haar vader wonen en ze werd een soort kluizenaar. De vader is al jaren dood, maar ze woont nog steeds in zijn huis. En dit huis heeft ze laten dichtspijkeren en laten vervallen. Ze wil er niet in wonen en ze wil het ook niet verhuren of verkopen.'

'Het lijkt wel of ze het huis straft voor wat er is gebeurd,' zei Fiona. 'Meneer Wilcox, mogen we naar binnen om het huis te bekijken?'

'Nee, dat kan ik niet toestaan.' Wilcox schudde zijn hoofd. 'Het is er niet veilig.'

Nick snakte naar een kop thee. Hij was uit zijn humeur omdat hij geen geschikte locatie had gevonden voor zijn galerie. Hij wilde Gramercy Park en deze teleurstellende middag zo vlug mogelijk achter zich laten. Maar hij wist dat Fiona niet tegen te houden was als ze eenmaal iets in de zin had. Hij haalde een dollar uit zijn zak en gaf die aan Wilcox, in de hoop dat alles dan iets sneller zou gaan. Dat bleek te kloppen.

'Goed, dit is de sleutel voor de benedenverdieping,' zei de huisbewaarder, en hij gaf Fiona een oude, zwart geworden, dunne sleutel. 'Als jullie daar je nek breken, dan weet ik van niets. Dan zijn jullie via een losse plank naar binnen gekomen. Afgesproken?'

'Afgesproken,' zei Nick. Hij draaide zich om en holde achter Fiona aan, die al door het hek was. Hij baande zich een weg door de wilde bloemen en onkruid naar de deur, die ze probeerde te openen. 'Als ik maar een glimp van een rat opvang, ben ik weg,' zei hij.

'Help me eens met die sleutel. Ik denk dat het slot is vastgeroest.'

Nick probeerde hem uit alle macht om te draaien. 'Het zit vast. Wacht... Ik heb hem!'

Fiona duwde hem opzij. Ze gooide de voordeur open en holde naar binnen. Stukjes verrot hout en geroest metaal vielen op haar hoofd. Nick schoof met zijn voeten het puin uit de weg. De binnendeur was verrot en lag dwars over de hal. Ze liepen er voorzichtig overheen en gingen het huis binnen.

'O, wat prachtig, Fiona!' zei hij sarcastisch terwijl hij om zich heen keek. Van het plafond was weinig over. Het latwerk was te zien op de plekken waar het gips naar beneden was gevallen. Het behang hing in banen omlaag. De eens witte lakens over de meubels zagen zwart van de schimmel. 'Kom, laten we gaan.'

Maar Fiona was niet van plan om weg te gaan. Ze liep van de ene kamer via schuifdeuren die ze met veel moeite uit elkaar kreeg, de volgende kamer in. Hij volgde haar.

Ze leek wel gek. Hij begreep niet wat haar zo boeide aan dit huis. Halverwege zakte hij door een rotte plank. Hij vloekte.

'Nick, is het niet geweldig?' riep ze vanuit de andere kamer.

'Ja, als je een termiet bent,' antwoordde hij. Ze stond naar de prachtig versierde, bladderende spiegels te kijken. Hij wilde net klagen dat hij het benauwd kreeg van al dat stof toen hij haar gezicht zag. Hij had niets begrepen van haar obsessie voor dit vermolmde huis, maar nu hij haar gezicht zag terwijl ze spinnenwebben van een schoorsteenmantel veegde, drong het opeens tot hem door. Ze identificeerde zich met het huis. Het was in de steek gelaten. Net zoals zij in de steek was gelaten.

Ze bestudeerde het beeldhouwwerk van de schoorsteenmantel, en gilde van schrik toen een familie zwerfkatten uit de haard vluchtte. Ze renden langs haar heen naar de achterkant van het huis en wrongen zich door een kapotte ruit naar buiten. Ze lachte beverig met een hand tegen haar borst. 'Daar moet een tuin zijn,' zei ze toen. 'Kom, dan gaan we kijken.'

De deur klemde. Het slot deed het wel, maar de scharnieren waren verroest. Samen slaagden ze erin om hem een centimeter of vijftig open te wringen. Fiona glipte er als eerste doorheen. Hij hoorde dat ze haar adem inhield. 'O, Nick! Kom vlug! Moet je zien!'

Hij wrong zich naar buiten en vroeg zich af waar ze zo opgewonden over kon zijn. En toen zag hij ze. Theerozen. Honderden. De hele achtertuin – en die was groot – stond er vol mee. Ze bedekten muren, paden, een geroest ijzeren bankje, elkaar, en baadden in het zonlicht. Hij herkende ze meteen. Zijn vader was er dol op en hij had allerlei struiken op zijn landgoed in Oxfordshire. Aristocratische dames, die theerozen. Hij herinnerde zich dat de tuinman hem had verteld dat de voorouders ervan honderd jaar geleden uit China waren gesmokkeld door Engelsen die helemaal weg waren van de weelderige bloemen en de verrukkelijke geur. Ze waren moeilijk te kweken en je mocht blij zijn als ze bloeiden. Maar deze rozen bloeiden in de hete zomer!

'Ruik eens, Nick. Ze ruiken naar thee!' zei Fiona. 'Kijk eens. Heb je ooit zo'n roze tint gezien? Moet je die lichtgele zien...' Ze holde van de ene struik naar de andere, en stopte haar neus in de bloemen als een uitzinnige hommel.

Nick bracht een bloem naar zijn neus, deed zijn ogen dicht en snoof de geur op. Heel even waande hij zich terug in Oxford op een mooie zomerdag. Hij deed zijn ogen open en zag Fiona naar hem toe hollen. Ze stak een roos achter zijn oor, gooide haar armen om zijn nek en omhelsde hem.

'Nee maar, ouwetje! Ik wist niet dat rozen zo'n uitwerking op je hadden!'

'Blijkbaar wel,' zei ze. Ze pakte zijn handen. 'Een prachtig, groot oud huis in Gramercy Park. En thee. Nick, dit is het! Zie je het niet? Dit huis zal jouw galerie worden... en mijn theesalon!'

38

'Vijf minuten maar?' smeekte Fiona. 'Ik beloof dat ik niet langer zal blijven als ik niet welkom ben.'

'Dat bent u ook niet. Mevrouw Nicholson ontvangt geen bezoek.'

'Maar ik wil haar alleen maar vragen over haar huis in Gramercy Park...'

'Dan moet u contact opnemen met Raymond Guilfoyle op Lexington Avenue.' De butler wilde de deur dichtdoen, maar Fiona zette haar voet ertussen.

'Dat heb ik al gedaan. Hij zei dat ze het huis niet wil verhuren.'

'Dan weet u dus genoeg.'

'Maar...'

'Wilt u uw voet weghalen, juffrouw Finnegan? Goedendag.'

Fiona hoorde opeens een hoge vrouwenstem roepen. 'Harris, wie is daar?'

'Lastige bezoekers, mevrouw.' De deur viel dicht. Nou, dat was het dan, dacht ze terneergeslagen. Zowel Wilcox als Guilfoyle had haar laten weten dat mevrouw Nicholson het huis niet wilde verhuren, maar ze was er dom genoeg van uitgegaan dat de vrouw van gedachten zou veranderen als ze haar eenmaal had gesproken.

Een bries dreigde haar hoed van haar hoofd te waaien. Ze pakte hem beet en zette hem weer vast met spelden. 'Verdomme!' vloekte ze. Ze wilde dit huis zo graag. Ze kon aan niets anders meer denken sinds ze het een week geleden had gezien. Het was een krot, maar met wat aanpassingen kon het er schitterend uitzien. Volgens Wilcox mankeerde er niets aan de afvoeren. Die waren nieuw aangebracht toen de vader van mevrouw Nicholson het huis had gekocht, en hij liet er regelmatig water door stromen om de pijpen en afvoeren schoon te houden. Het dak moest vernieuwd worden en de muren moesten opnieuw worden gevoegd. De keuken was verouderd. Maar structureel gezien mankeerde er niets aan het huis. Al kon het mevrouw Nicholson geen moer schelen wat ermee gebeurde. Wilcox gaf toe dat het hem aan het hart ging om het huis zo te zien vervallen, dus had hij het op zijn manier door de jaren heen instandgehouden.

Ze had met Nick besproken dat zij de benedenverdieping en de eerste verdieping zou nemen, en hij de bovenste twee. Hij zou van de tweede verdieping zijn galerie maken en op de bovenste verdieping wonen. Ze zouden de huur delen en een lening afsluiten bij First Merchants om de boel op te knappen. Ze hadden geen van beiden geld willen lenen, maar dat kon niet anders.

Fiona had geld in TasTea geïnvesteerd. In de afgelopen maanden had ze al twee meisjes in dienst genomen voor de winkel en een eigen koets plus twee paarden aangeschaft voor de leveringen. Ze had ook veel geïnvesteerd in advertenties voor haar nieuwe theesoorten met smaakjes. Zij en Stuart hadden weken achtereen de ene menging na de andere geproefd tot ze er een hadden gevonden die kon wedijveren met de smaak die ze had bedacht, maar niet sterk genoeg was om ze uit te schakelen.

Ze had ook flink geïnvesteerd in Burton Thee. De Londense havenarbeiders hadden er eindelijk de brui aan gegeven. Na maanden onderhandelen voor beter loon had de vakbond een staking aangekondigd toen een groep arbeiders hun beloofde bonus niet kreeg. De mannen – vaste en tijdelijke krachten en stuwadoors – hadden zich verenigd en de rivier geblokkeerd. Alle havenbedrijven leden verlies. De aandelen van Burton waren gedaald tot de helft van hun waarde en Fiona stak er zoveel mogelijk dollars in om ze aan te kopen. Ze had ook anoniem vijfhonderd dollar overgemaakt aan de vakbond van de havenarbeiders. Michael was woedend geweest toen hij merkte hoeveel ze had gestuurd, maar daar trok ze zich niets van aan. Ze deed het voor haar vader en moeder en Charlie en Eileen, en ze zou een miljoen dollar hebben gestuurd als ze dat had gehad.

Nick had ook gebrek aan geld. Hij verwachtte de eerste van zijn driemaandelijkse cheques uit Londen, maar die waren er nog niet. Nick zei dat zijn vader vast hoopte dat Nick zou sterven en hij zich de postkosten kon besparen. Hij was weliswaar met tweeduizend pond op zijn naam uit Londen vertrokken, maar daar had hij het meeste al van uitgegeven aan inklaringskosten voor zijn schilderijen, opknappen van de ruimte die hij van mevrouw Mackie had gehuurd, en aan talloze schilderijen van jonge schilders die hij in New York had ontmoet, onder wie Childe Hassam, William Merritt Chase en Frank Benson. Hij stond inmiddels driehonderd dollar rood.

Fiona was er achtergekomen dat Nick totaal niet kon omgaan met geld. Het was nu augustus. Ze waren al vijf maanden in New York en hij had nog steeds geen rekening geopend. Toen ze hem had overgebracht naar het appartement van haar oom, had ze ontdekt dat hij zijn geld in een bruine broek bewaarde: de briefjes in zijn rechterzak en de munten in de linkerzak. Hij zei dat hij een hekel had aan banken en het vertikte om er een stap binnen te zetten. Ze zei dat ze een rekening voor hem zou openen bij First Merchants. Wat ging hij doen als hij een schilderij verkocht? Het overschrijfbewijs in een schoen stoppen en hopen dat het als bij toverslag in geld veranderde?

Hij ging als een kind met geld om. Hij dacht dat er altijd wel meer zou komen. Zuinig aan doen was hem vreemd. Een week nadat ze hem in het huis van haar oom had ondergebracht, had hij Ian gevraagd om wat spullen voor hem te kopen, en hij had hem wat geld gegeven. Ian kon zijn handschrift niet ontcijferen en had Fiona gevraagd of ze hem erbij kon helpen. Toen ze de lijst had gelezen, was ze naar zijn kamer gegaan en had ze hem verteld dat hij nog maar een bepaald bedrag had dat hij kon uitgeven, en dat hij maar even op een houtje moest bijten tot het volgende bedrag uit Londen kwam. Hij begon te mokken. Hij had dat geld gewoon nodig, zei hij. Hij kon niet zonder in leer gebonden boeken. Hij had een hekel aan slordig gebonden boeken met kartonnen omslagen. Hij moest ook een nieuwe zijden pyjama hebben. En een fles reukwater. En goed schrijfpapier. En een zilveren vulpen van Tiffany. Was dat zoveel gevraagd? Zij wilde toch ook geen vieze thee drinken?

'Een pot thee kost veel minder dan de complete werken van Mark Twain, gebonden in marokijn,' wierp ze tegen.

Hij begreep niet dat iemand een dag zonder belugakaviaar en champagne kon. Na zijn instorting had hij toegezegd de instructies van dokter Eckhardt op te volgen. Behalve dat hij geen champagne mocht drinken. Hoe ziek en zwak hij ook was, hij had op zijn bed verklaard dat hij een man was en geen barbaar, en dat hij liever doodging dan zonder champagne te moeten leven. Eckhardt had uiteindelijk toegegeven omdat hij overtuigd was dat de geestelijke nood van zijn patiënt hem meer kwaad zou doen dan een paar glazen bubbeltjeswijn.

Fiona legde zich al neer bij de situatie. Ze zou teruggaan naar Chelsea. Zij en Nick zouden naar andere huizen moeten kijken, er zat niets anders op. Maar ze kon de herinnering aan de sierlijke smeedijzeren balkonhekjes niet loslaten, de hoge ramen die zoveel licht binnenlieten, de prachtige vergulde spiegels, en de rozen... O, die rozen! In gedachten zag ze de tuin al vol dames in witte japonnen en breedgerande hoeden die thee kwamen drinken. Een theesalon in dat huis zou een succes worden, daar was ze van overtuigd.

Maar het was niet mogelijk. Met een zucht besloot ze dat ze maar beter weg kon gaan voor de butler de politie op haar af zou sturen. Ze was al halverwege de trap toen de deur weer openging. Ze draaide zich om. 'Ik ga al,' zei ze. 'U hoeft zich niet druk te maken.'

'Mevrouw Nicholson wil u ontvangen,' zei de butler.

'Wat?' zei ze beduusd. 'Waarom?'

'Ik heb niet de gewoonte de zaken van mijn werkgeefster op de stoep te bespreken,' zei hij koel.

'Pardon,' zei ze, en ze holde de trap weer op.

De butler deed de deur achter hen dicht en nam haar mee naar een donkere hal met een somber, donkerrood behang. 'Volgt u mij,' gelastte hij, en ze liep door een lange gang vol portretten van strenge mannen en vrouwen, door zware houten deuren naar een kamer waar het net zo donker was als in de hal. 'Hier is juffrouw Finnegan, mevrouw,' zei hij, en hij trok zich terug en deed de deuren achter zich dicht.

De gordijnen waren gesloten. Het duurde even voor Fiona's ogen aan de duisternis waren gewend. Toen zag ze haar. Ze zat op een bank met een rechte rug. Een hand waarop de blauwe aderen duidelijk te zien waren, rustte op de knop van een ivoren wandelstok. De andere hand streelde een spaniël die op haar schoot lag. Ze droeg een zwarte japon met een witte kanten plooikraag. Fiona had een bevend lief oudje verwacht, maar ze keek nu in doordringende grijze ogen. Het gerimpelde gelaat werd omlijst door zilverkleurig haar dat in een keurige knot was opgestoken.

'Goedemiddag, mevrouw Nicholson,' zei Fiona nerveus. 'Ik ben...'

'Ik weet wie u bent. U wilt informeren naar mijn huis.' Ze gebaarde met haar stok naar een stoel.

'Inderdaad.' Fiona ging zitten. 'Ik wil het huis graag huren. Ik wil een theesalon openen op de benedenverdieping, en een vriend van mij wil graag de twee bovenverdiepingen huren. Hij wil een kunstgalerie openen.' Fiona legde de plannen van haar en Nick uit.

De vrouw fronste haar wenkbrauwen. 'Mijn huis is in een heel slechte staat. U kunt beter iets anders huren.'

'Dat heb ik geprobeerd, maar ik heb nog nooit zoiets moois gezien als uw huis. Het lijkt mij vreselijk om zo'n mooi huis te laten vervallen, mevrouw Nicholson. Het is niet helemaal zoals het moet zijn, maar de basis is goed. En de rozen... O, die zou u moeten zien! Honderden bloemen. Ivoorkleurig, roze en geel. Die zijn de aantrekkingskracht. Niemand anders in New York heeft een theesalon met theerozen in de achtertuin. Ik ben ervan overtuigd dat klanten daardoor komen.'

Het gezicht van de vrouw verzachtte toen Fiona het over de rozen had. 'Die heb ik uit Engeland laten komen,' zei ze.

'Vijftig jaar geleden. Ik heb ze zelf geplant. De tuinman van mijn vader moest het doen, maar dat wilde ik niet.'

Fiona begon net te denken dat ze terrein had gewonnen, toen mevrouw Nicholson haar ogen samenkneep. 'Hoe weet u dat, van de rozen?' wilde ze weten.

Fiona sloeg haar ogen neer. 'Ik ben naar binnen gegaan,' gaf ze toe.

'U bent dus op verboden terrein gekomen.'

'Ja,' gaf ze toe. 'Er zat een plank los en...'

'Wilcox,' zei mevrouw Nicholson minachtend. 'Hij zal inmiddels wel rijk zijn geworden door die losse plank. Er gaat geen week voorbij of de een of andere idioot wil mijn huis wel kopen. Voor een schijntje. Hoeveel hebt u achter de hand, juffrouw Finnegan?'

'Niet veel, vrees ik. Ongeveer duizend dollar. Ik heb net veel geld gestoken in mijn zaak. Ik probeer een nieuwe soort thee, thee met een geurtje, te introduceren en dat kost me veel geld. Maar hij loopt goed,' voegde ze er vlug aan toe. 'En met de oorspronkelijke soort maak ik veel winst. Ik weet zeker dat ik met deze theesalon veel kan verdienen, mevrouw Nicholson. Ik heb al een kokkin en ik hoef alleen serveersters in dienst te nemen. Na de renovatie, natuurlijk. Ik ben bereid die zelf te bekostigen, maar ik hoop dat de huur in overeenstemming is met de huidige toestand van het gebouw en...'

Terwijl ze praatte zag Fiona dat de oude dame aandachtig luisterde. Ze heeft me er nog niet uitgegooid, dacht ze. Maar opeens onderbrak mevrouw Nicholson haar abrupt, zei dat ze niet van plan was het huis te verhuren, en wenste haar goedendag.

Fiona was bitter teleurgesteld en ook kwaad. Ze vond dat de vrouw haar voor de gek had gehouden door eerst belangstelling te tonen. Ze stond op, haalde een visitekaartje uit haar tas en legde het op het marmeren tafelblad. 'Mocht u van gedachten veranderen, dan kunt u me op dit adres bereiken,' zei ze met een geforceerd glimlachje. Ze wist niet of de vrouw haar had gehoord. Haar blik was gericht op een schilderij boven de schoorsteenmantel.

39

Het enige raam van Kevin Burdicks kantoor zat onder het roet. De wanden waren bedekt met verf die misschien ooit wit was geweest, maar nu geel zagen van ouderdom en tabaksrook. Het was een windstille, warme zomerdag en het stonk naar vet en zweet in de kamer.

'Ik wil dat u haar geld biedt, meneer Burdick,' zei William McClane junior. 'Vijfduizend, tien, hoeveel er ook nodig is. Als ze mijn vader maar opgeeft.'

Burdick, een privé-detective, schudde zijn hoofd. 'Geen goede zet. Als ze er niet op ingaat? Als ze zich beledigd voelt en meteen naar uw vader rent? Het zal hem weinig moeite kosten om erachter te komen wie dat aanbod heeft gedaan.'

'Hebt u een beter idee?'

'Inderdaad. De beste manier is om iets aan de weet te komen over dat meisje, die...' – hij keek in zijn aantekeningen – '... juffrouw Finnegan. Iets onplezierigs. Dan kunt u met die informatie naar uw vader gaan onder het voorwendsel dat u bezorgd bent. Hij verbreekt de relatie, dankbaar dat u het hem hebt verteld, en niemand komt achter de ware reden van uw bemoeienis.'

Will junior glimlachte. De man had gelijk. Dat was een veel veiliger manier dan het meisje proberen af te kopen.

Burdick vouwde zijn handen achter zijn hoofd en twee grote zweetplekken onder zijn oksels werden zichtbaar. 'Ik heb natuurlijk tijd nodig. En de helft van mijn honorarium als vooruitbetaling.'

'Geen probleem,' zei Will junior. Hij pakte zijn portefeuille. Terwijl hij dat deed, zag hij een vlieg kruipen over de resten van Burdicks lunch, een broodje met bruin geworden cornedbeef. Hij voelde zijn maag omdraaien.

'Hoe gaat het met de plannen voor de ondergrondse?' informeerde Burdick.

'De burgemeester heeft nog geen beslissing genomen. Ons plan is duidelijk het beste van de twee, maar hoe vaak hebben burgervaders een juist besluit genomen? Niemand weet wat hij zal doen.' Hij schoof het geld over het bureau. Burdick pakte het op en telde het.

'Denkt u echt dat de relatie van uw vader met deze vrouw uw kansen zal benadelen?'

Will junior snoof. 'Natuurlijk niet. Dat zeg ik alleen maar tegen hem.'

'Waarom wilt u dan een einde aan die romance? Mettertijd beëindigt hij de relatie toch wel. Naar wat ik van u heb gehoord is ze niet van zijn stand. Hij zal heus niet met haar trouwen.'

'Dat is het probleem, meneer Burdick. Misschien doet hij dat wel. Hij lijkt zijn verstand te zijn verloren.'

Burdick knikte. 'Ik begrijp het,' zei hij. 'U wilt geen stiefbroers of -zusjes.'

'Precies. Ze is jong. Ze zal kinderen krijgen. Waarschijnlijk een heleboel. Tenslotte is ze Iers. Ze zal mijn vader overleven. Hij zal al zijn geld aan haar en haar kroost nalaten en dat zie ik er geen cent van. Dat gaat gewoonweg niet. Congresleden verdienen niet zoveel geld als industriëlen.'

Will junior leidde al een duur leven. Hij moest het huis in Hyde Park bekostigen, het appartement in de stad, alle bedienden, zijn groeiende gezin, Isabelles onverzadigbare verlangen naar dure kleren, zijn eigen voorkeur voor knappe actrices. En dat zou alleen maar erger worden.

'Ik heb mijn vaders geld nodig om in het Witte Huis te komen, meneer Burdick. Ik ben niet van plan om toe te kijken terwijl een op geld beluste meid het in haar handen krijgt.' Hij stond op.

'Dat zal niet gebeuren,' verzekerde Burdick hem.

'Ik hoop dat u gelijk hebt.'

Burdick liet een boer. 'Vertrouw maar op mij.'

Fiona was zo opgewonden dat ze bijna over het trottoir liep te dansen.

'Kom, schiet een beetje op!' Ze trok haar oom aan zijn mouw. 'Nick, Alec, gaan jullie duwen, dan zal ik trekken. Misschien komt hij dan vooruit.'

'Laat me los! Ik loop al zo snel ik kan,' zei Michael terwijl hij zich losrukte. 'Je lijkt wel gek.'

'Ik ga het de Theeroos noemen. Naar de rozen. Wacht maar tot u ze ziet! Vergeet niet wat ik heb gezegd, oom Michael. U moet een beetje fantasie gebruiken...'

'Dat heb ik al tien keer gehoord! Bedaar eens, Fiona!'

Maar dat kon ze niet. Twee dagen geleden was Raymond Guilfoyle, Esperanza Nicholsons advocaat, in de winkel gekomen en hij had haar leven veranderd. Fiona had gehoopt dat hij kwam zeggen dat mevrouw Nicholson het huis toch wilde verhuren, maar hij had haar meegedeeld dat zijn cliënt haar huis wilde verkopen. Voor tweeduizend dollar. Slechts een fractie van wat het waard was.

'Wat zegt u?' vroeg Fiona.

'Ik was net zo verbaasd als u, juffrouw Finnegan,' zei Guilfoyle. 'En ik zeg eerlijk dat ik het haar ten zeerste heb afgeraden. Het huis is tien keer zoveel waard, zelfs in de huidige staat. Maar mevrouw Nicholson wilde niet luisteren. Ze had haar eigen redenen, zei ze.'

Hij had een contract achtergelaten en haar aangeraden zelf een advocaat te nemen.

Fiona was meteen naar First Merchants gegaan om een lening te vragen waarvan ze de aankoop en de renovatie kon bekostigen. Maar Franklin Ellis zei dat hij die niet kon geven aan een jonge, ongehuwde vrouw. Maar hij zou erover nadenken als haar oom garant wilde staan met zijn winkel als onderpand.

Fiona was woedend. Ze had de winkel van haar oom gered, gezorgd dat die meer winst maakte, en een eigen theewinkel geopend. Waarom moest ze dan een borg hebben? Heel even overwoog ze naar Will te gaan, maar die was op zakenreis en dat was trouwens wat de man verwachtte: dat ze meteen naar Will zou rennen. Hij was in zijn trots gekwetst toen Will zijn beslissing opzij had geschoven ten gunste van haar. Nu wilde hij wraak nemen. Nou, dat zou hem niet lukken. Ze kon haar zaken zelf wel regelen. Michael zou borg willen staan. Ze hoefde hem alleen maar het huis te laten zien.

Eindelijk kwam het huis in zicht.

'Daar is het!' zei Nick verheugd. 'Dat grote, aan de overkant.'

Michael keek ernaar. 'Mijn hemel,' zei hij vol ontzetting. 'Is dát het?' Fiona hoorde zijn toon niet.

'Is het niet prachtig?' zei ze. 'Kom, dan gaan we naar binnen. Voorzichtig, Alec, kijk uit dat je nergens over struikelt.'

'Het lijkt wel of hier een bom is ontploft,' mopperde Michael toen hij in de hal kwam. 'Ik dacht dat het een goed plan van je was om in Gramercy Park een huis voor tweeduizend dollar te kopen, maar nu begin ik te denken dat die mevrouw Nicholson een slimme zet heeft gedaan.'

Hij liep rond en inspecteerde de kamers met een ongelukkige uitdrukking op zijn gezicht. Alec ging naar de achtertuin. Hij was gekomen voor de rozen. Nick ging naar boven om zijn kamers op te meten.

'Aan wie had je thee willen serveren?' vroeg Michael terwijl hij stof van een schoorsteenmantel veegde. 'De doden? Want die zullen de enigen zijn die dit decor kunnen waarderen.'

Fiona keek hem nijdig aan. 'U ziet de mogelijkheden niet,' zei ze. 'Stelt u zich eens voor dat de wanden roomkleurig geschilderd zijn, en dat er zachte stoelen en tafels met zilver en porselein staan.'

Michael keek nog steeds sceptisch.

'Kom,' zei ze. Ze pakte hem bij de hand en nam hem mee naar de tuin, waar Alec de rozen aan het bekijken was. 'Stelt u zich eens voor dat u op een mooie junidag de tuin inloopt terwijl de rozen bloeien en er tafeltjes staan met witte kanten kleedjes en mooie theepotten en gebakjes erop, en mooie vrouwen met zomerhoeden op zitten te praten...'

Michael keek naar de rozen. Hij keek ook naar de afbrokkelende stenen muren, de geroeste zonnewijzer, het onkruid dat het pad overwoekerde. 'Wie gaat dit allemaal uitmesten?' wilde hij weten.

'Alec. Met twee of drie jongens.'

'En de renovatie? Daar heb je wel meer dan twee of drie jongens voor nodig.'

'Dat weet ik,' zei ze ongeduldig. 'Ik heb al een timmerman op het oog, en een metselaar en een schilder. Zij brengen hun eigen mensen mee.'

'En jij komt hier zeker elke dag toezicht houden op een stuk of tien werklui? Trek je zelf een overal aan als je hier toch bent en gaat timmeren?'

'Ik ga hier inderdaad elke dag naartoe, maar ik trek geen overal aan, oom Michael. Die staat me niet. Frank Pryor, de timmerman, zal wel een goede voorman zijn.' Waarom deed haar oom zo moeilijk? Waarom was hij het nooit eens met haar plannen? Waarom stond hij nooit achter haar? Waarom moest je over alles met hem ruziemaken?

'En het geld? De vierduizend dollar die je wilt lenen zijn voor het huis en de renovaties. En de rest? Het bestek en de serviezen, en tafelkleden en dienbladen en het loon van de serveersters en god mag weten wat nog meer?'

'Daar kan ik wat van mijn eigen geld voor gebruiken. En herinnert u zich de winkel nog? En TasTea?' vroeg ze sarcastisch. 'Die brengen geld in het laatje, hoor. En Nick helpt ook mee.'

'Met wat? Zijn knappe uiterlijk? Hij is blut, meisje! Dat heb je me zelf gezegd.'

'Hij krijgt binnenkort geld van de bank van zijn vader. Het fonds is meer dan honderdduizend pond, en hij verwacht minstens tweeduizend pond per kwartaal. Het is een kwestie van nog een paar weken. Hij betaalt me huur voor de twee bovenverdiepingen en draagt bij in de kosten van de renovatie. En de spullen die ik nodig heb hoeven niet nieuw te zijn. Nick zegt dat ik zilverbestek en porselein bij veilinghuizen en tweedehands winkels kan kopen.'

Michael trok een lelijk gezicht. 'Dit is verspilling van tijd en geld,' zei hij. 'Je hebt een van de rijkste mannen van New York als aanbidder en je denkt alleen maar aan handel in thee. Wat bezielt je? McClane gaat over een poosje met je trouwen en dan is dit alles voor niets geweest. Daar hoor je mee bezig te zijn: bedenken hoe je een ring aan je vinger kunt krijgen. Niet rotzooien in deze puinhoop!'

Fiona's ogen schoten vuur. 'Als u het wilt weten, Will heeft me niet ten huwelijk gevraagd,' beet ze hem toe. 'Niemand. Ik moet voor mezelf zorgen en voor mijn broer, en de enige die mijn rekeningen betaalt ben ik zelf.'

Michael maakte een afwerend handgebaar. 'Waarom knap je het huis niet op en verhuur je de etages? Dan heb je een goed inkomen zonder al dat gedoe met een theesalon.'

'Nee!' riep Fiona. 'Hebt u dan helemaal niet naar me geluisterd! Met een theesalon kan ik mijn theehandel opbouwen. Dat heb ik allemaal al uitgelegd!'

Ze waren nu aan het schreeuwen. Michael zei dat hij niet van plan was zijn winkel te riskeren voor zo'n belachelijk avontuur. Fiona zei dat hij zonder haar niet eens meer een winkel zou hebben. Hij zei dat ze hem dat niet steeds onder zijn neus hoefde te wrijven, en beende terug naar het huis. Ze liep achter hem aan. Ze had het huis bijna in handen en nu wilde hij het haar afnemen. Alec, die het geruzie had gehoord, wenkte Michael.

'Kan het niet wachten, Alec?' zei hij geprikkeld.

'Nee.'

'Wat is er?' wilde hij humeurig weten.

De oude tuinman haalde zijn pijp uit zijn mond en gebaarde naar de rozenstruiken. 'Dat zijn theerozen,' zei hij.

Michael keek er even naar. 'Ja.'

'Sterk en gezond,' vervolgde Alec. 'Dat is vreemd voor een theeroos. Die zie je niet vaak zo sterk hier in het noorden. Theerozen hebben liever een warmer klimaat. Maar deze komen op tussen onkruid en kattenuitwerpselen en moet je zien hoe ze groeien. Het lijkt wel of ze zich willen bewijzen.'

Alec keek naar Michael. 'Grappig, die rozen. De meeste mensen denken dat ze teer en breekbaar zijn. Maar sommige zijn taaie rakkers. Ondanks slechte grond en slechte condities groeien ze nog. Insecten, droogte, niets houdt ze tegen. Snoei ze, en ze groeien twee keer zo hard. Sommige rozen zijn echte vechtersbazen. En dat soort rozen moet je aanmoedigen, vind ik.'

Alec schuifelde weg. Michael staarde naar de rozen terwijl hij de oude Schot half vervloekte en half prees. Na een poosje ging hij terug naar het huis. Fiona stond nog steeds in de deuropening met een ongeruste en ook hoopvolle uitdrukking op haar gezicht. Hij keek haar aan, schudde zijn hoofd en zei toen: 'Kom, laten we naar de bank gaan.'

40

'Perziken! Mooie Engelse perziken! Geen Franse rommel. Zoete perziken uit Dorset! Wie koopt mijn perziken!'

Joe's stem weerklonk helder en duidelijk in Bruton Street in het modieuze Mayfair. Het was bijna twaalf uur. De zon stond hoog aan de hemel en hij droop van het zweet. Zijn hemd plakte aan zijn rug. De blauwe sjaal om zijn hals was doorweekt. Hij was vlak voor zonsopgang vertrokken van Covent Garden en zijn spieren deden nu pijn van het duwen. Hij was moe maar gelukkig.

Hij had zeven pond in zijn zak en twee ervan waren pure winst. En onder een losse plank in Baxters stal had hij er nog twee verstopt.

Nadat Tommy Peterson hem had weggestuurd, had hij een baan bij Ed Akers gekregen. Hij moest groente en fruit verkopen aan kooplui en kleine winkels. Hij mocht op de hooizolder slapen als hij Eds paard Baxter ook verzorgde. Het was niet veel, maar ander werk kon hij niet krijgen omdat Tommy iedereen had gewaarschuwd hem niet in dienst te nemen. Toen hij genoeg had gespaard, had hij een kar gekocht en was voor zichzelf begonnen met groente en fruit aan de deur te verkopen. Dat was een succes, want de mensen vonden het prettig dat ze de deur niet uit hoefden om naar de markt te gaan. Hij mocht nog steeds op de hooizolder slapen als hij Baxter maar bleef verzorgen. Daar was hij blij om, want hij wilde niet voor een kamer betalen en geen penny uitgeven als het niet hoefde. Want hij was aan het sparen voor de overtocht naar New York. Toen hij zich herinnerde dat Fiona een oom in New York had, was hij ervan overtuigd geraakt dat ze daar naartoe moest zijn gegaan. Dat kon niet anders. Hij had berekend dat hij ongeveer zes pond voor de overtocht nodig had, zes om van te leven als hij daar was, en ten slotte zes voor twee kaarten enkele reis terug.

Achttien pond was veel geld, maar hij zou moeten betalen voor onderdak en eten terwijl hij Fiona zocht, en hij wist niet hoe lang het zou duren voor hij haar vond. Misschien een paar dagen, maar misschien ook weken. En als hij haar vond en ze hem als door een wonder niet wegstuurde, als er nog iets van liefde in haar gekwetste hart was, kon hij haar misschien overhalen hem een tweede kans te geven en met hem mee terug te gaan. En hij wilde er zeker van zijn dat hij genoeg geld had om voor haar en Seamie de reis naar Londen te betalen.

'Hé, Joe Bristow! Hier!'

Joe keek in de richting waar de stem vandaan kwam. Het was Emma Hurley van nummer twintig, een keukenmeisje van veertien uit Devon dat naar Londen was gekomen om te werken. Ze vond het één groot avontuur. Ze stond bij het hek van de bediendeningang in een grijze jurk met een wit schort, witte manchetten en een witte kraag. Joe duwde glimlachend de kar in haar richting. Hij vond Emma aardig. Ze had blozende wangen en ze was ondeugend. Hij had haar pas twee weken geleden ontmoet en hij wist nu al precies wat er allemaal gebeurde op nummer twintig. De lord was getikt, de lady een heks, de kokkin en de butler hadden voortdurend ruzie, en de nieuwe knecht was heel knap. Emma kletste tegen iedereen over alles, ook over hem. Ze had haar vriendinnen – dienstmeisjes en kindermeisjes uit de buurt – over hem verteld. Zij hadden het weer aan hun kokkinnen verteld en nu had hij er een stuk of tien nieuwe klanten bij in Bruton Street alleen al, dankzij haar.

'Het nieuwe meisje heeft zojuist de gegratineerde bloemkool verpest,' vertelde ze grinnikend. 'Helemaal verbrand! De kokkin heeft haar een draai om haar oren gegeven. Wat een toestand, Joe! Geef me twee bloemkolen, wil je? En een bos peterselie. O, en wat perziken. Vijf pond graag. Mylady heeft ons net laten weten dat ze vanavond perzikenijs na het souper wenst. Aardig om dat nu al te vertellen, hè? Het mag een wonder zijn als het op tijd bevroren is. De kokkin was woedend om de bloemkool. Ze dacht dat ze een van ons naar de winkel moest sturen, maar ik zei dat jij zo zou komen. Je hebt dat arme meisje het leven gered!'

Toen Emma hem had betaald, gaf hij haar een flinke zak aardbeien. Die zijn voor jou, Em. Niet tegen de kokkin zeggen!' Hij grinnikte. 'Ik dacht dat je die misschien kon delen met een zekere knecht.'

'Die moet ik niet meer, Joe. Ik heb hem betrapt met het kamermeisje. Ik deel ze wel met Sarah, het nieuwe meisje. Ze moest voor straf de vloer van de bijkeuken schrobben. Dan heeft ze straks wel wat lekkers verdiend, als ze dan tenminste nog leeft!'

'Emma, waar blijf je? Schiet op!' riep een schelle stem.

'Ik moet gaan. Jij ook, Joe. Elsie van nummer tweeëntwintig staat naar je te zwaaien. Tot morgen! En bedankt voor de aardbeien!'

Joe ging verder. Hij werd bij nog zeven huizen aangeroepen en toen ging hij naar Berkeley Square. De stapels groente en fruit op zijn kar, met daarop de woorden MONTAGUE VOOR KWALITEIT EN GEMAK geschilderd, waren aanzienlijk geslonken. Hij was bang dat hij door zijn voorraad heen zou zijn voor hij zijn route had voltooid. Er was goed verkocht vanmorgen.

Zijn plan leek te slagen. In het begin was hij ontmoedigd geweest omdat het idee niet meteen aansloeg. Het had even geduurd voor de kokkinnen en hun keukenmeisjes begrepen dat hij geen besteljongen van de een of andere winkel was, dat hij de waren – vers en van de beste kwaliteit – direct aan hen verkocht zonder winkel ertussen. Dat bespaarde hen tijd. En het was gemakkelijk als ze iets tekortkwamen.

Nu stonden ze al op hem te wachten, vaak ongeduldig als hij laat was. Zijn prijzen waren iets hoger dan in de buurtwinkels – omdat hij alleen eersteklas waren inkocht – maar geen van zijn klanten klaagde. Ze wisten wat kwaliteit was.

De kar leek nu nog zwaarder. Over een poos zou hij een kar met paard kopen. Als hij terug was uit Amerika. En dan zou hij zijn broer Jimmy in dienst nemen om de kar langs een tweede route te duwen. Daarna zou hij nog meer karren met paarden aanschaffen en op een dag misschien een winkel. De winkel die hij altijd had gewild. En heel misschien zou hij die kunnen delen met het meisje dat hij altijd had gewild. Die hoop gaf hem kracht. Hij zou de kar door heel Mayfair, Londen en zelfs het hele land duwen als hij Fiona daardoor kon terugkrijgen.

'Aardbeien, zoet en rood!' riep hij. 'Voor in de pudding, voor in de taart! Kom zelf kijken, dames!'

Hij had nu vier pond gespaard. Over een paar weken

had hij met een beetje geluk de achttien die hij nodig had om naar New York te gaan. Daar zou hij Fiona vinden. Hij zou met haar praten en haar ervan overtuigen dat hij vreselijk veel spijt had van alles wat hij had gedaan. Hij zou haar zeggen dat hij het de rest van zijn leven goed zou maken als ze hem de kans wilde geven. Dat hij van haar hield en hoe dan ook ervoor zou zorgen dat ze weer van hem ging houden.

41

'Martin!' riep Will naar zijn koetsier vanaf de trap van het stadhuis. 'Naar mijn kantoor! Zo snel mogelijk! Je krijgt tien dollar als je me er binnen tien minuten brengt!'

Hij sprong in het rijtuig en klapte het portier dicht. Martin liet de zweep knallen. Zodra hij wegreed gaf Will een klap op de zitting en slaakte een vreugdekreet. Het was hem gelukt! Hij had het contract binnen voor de eerste ondergrondse spoorweg van New York!

Na maanden proberen te bewijzen dat zijn plan beter was dan dat van August Belmont, had hij de burgemeester eindelijk weten over te halen. Zojuist was tijdens een vergadering alles bezegeld. Hij had het document in zijn borstzak.

Hij kon niet wachten om het zijn zoons te vertellen. Ze zouden dolblij zijn. Winnen betekende alles voor Will junior. Hij had er zo hard voor gewerkt. En na hen zou hij het aan Fiona vertellen. Hij had haar twee weken niet gezien. Hij had het te druk gehad. En zij was zo bezig met haar nieuwe aankoop, het huis op Irving Place, dat ze ook geen tijd had gehad. Maar vanavond zou hij met haar gaan dineren, al had ze het nog zo druk. Hopelijk kon Nick mee als chaperon. Hij was makkelijker te lozen dan Mary. Will kon niet wachten om tegenover Fiona te zitten en in die verbazingwekkende saffierblauwe ogen te kijken, en haar later in zijn armen te nemen, al wilde ze niet met hem naar bed. Wat was hij toch stom geweest om haar zo bang te maken. Hij had haar betast en gevraagd met hem naar bed te gaan terwijl hij nog niet eens had gezegd dat hij van haar hield. Ze was niet een van zijn maîtresses, een wereldse, ervaren vrouw die een verhouding begon. Ze was een onervaren, onzeker meisje van achttien. Nu wilde ze misschien nooit meer met hem naar bed. Niet nadat hij zich zo had misdragen, en waarschijnlijk niet tot hij met haar trouwde. Eerst moest hij haar aan zijn gezin voorstellen, en Will junior moest nog over zijn bezwaren heenstappen dat zijn vader met een vrouw van een lagere klasse wilde trouwen. De jongen was zo bang voor een mogelijk schandaal, voor het effect dat het zou hebben op het contract voor de ondergrondse...

Het contract!

Dat was nu van hem. Hij had niet alleen bewezen dat Belmont zich vergiste, maar ook zijn zoon. Will juniors bezwaren tegen Fiona waren nergens op gebaseerd. Dat zou zijn zoon beslist inzien als hij het contract zag. Dan zou hij Fiona wel willen ontmoeten. Het had Will vijfenveertig jaar gekost voor hij iemand vond van wie hij echt hield. Wie wist hoe lang hij nog had op deze wereld? Hij had aan de eisen van zijn gezin voldaan, gezorgd dat zijn zoons meer inkomen en meer aanzien kregen door dit project. Nu werd het tijd dat hij zelf kreeg wat hij wilde.

Hij tikte tegen het raampje dat hem van de koetsier scheidde.

Martin schoof het open.

'Ik wil eerst nog ergens langs voor we naar mijn kantoor gaan,' zei Will. 'Je krijgt je tien dollar, Martin, maak je geen zorgen! Breng me naar Union Square.'

'Welk adres, meneer?'

'Tiffany, Martin. En haast je!'

'Peter Hylton denkt dat wij een stel zijn,' zei Nick tegen Fiona vanaf de houten ladder. Hij probeerde verschillende kleuren uit op een muur in de theesalon, en hij zat natuurlijk zelf helemaal onder. 'Ik heb zijn column vandaag gelezen. Hij schreef dat we zakenpartners waren, dat jij een theesalon wilde beginnen en ik een galerie, en dat we binnenkort ook liefdespartners zouden zijn. Ik hoop dat Will jaloers is. Wat denk jij? Dan kunnen we om jou duelleren, Fee. Bij zonsopgang, met pistolen. Lijkt je dat niet opwindend?'

'Peter Hylton is een ezel en dat ben jij ook,' antwoordde Fiona. Ze tilde een enorme zilveren wijnkoeler uit een krat. Ze voelde zich bezweet en vies. Haar mouwen waren opgerold en ze had haar rok aan de achterkant in een knoop gelegd. Haar voeten waren pijnlijk en gezwollen na een hele dag staan, en ze had haar laarzen en kousen al uren geleden uitgedaan. De koeler was zwaar en bewerkt met bloemen en dieren, en de handvatten bestonden uit twee bacchushoofden. 'Wat doet dit hier?' zei ze terwijl ze het op de grond zette. 'Ik dacht dat we hadden besloten het niet te kopen.'

'We hebben besloten van wel.'

'We? Of jij? Dit is een theesalon, Nick. Ik heb hier niets aan.'

'Maar denk je eens in hoe mooi hij zal staan op dat vergulde dressoir dat we hebben gevonden. Gepoetst en opgetast met aardbeien in de zomer. Of tegen Kerstmis vol gesuikerde druiven en granaatappels. Het zal een pronkstuk zijn, Fee.'

Fiona zuchtte en zocht verder in de krat. De aankopen die ze in een antiekzaak in East Side hadden gedaan, waren eerder die dag gekomen. Ze was ze nu aan het uitpakken.

De afgelopen twee weken, terwijl de bouwers bezig waren in het huis, had ze met Nick antiekzaken en tweedehands winkels afgelopen om de dingen te kopen die ze nodig hadden. Ze hadden prachtige meubelstukken gevonden: twee ebbenhouten bureaus en bijpassende stoelen voor Nick en met damast beklede bankjes voor zijn cliënten. Voor haar een verguld dressoir in de stijl van Lodewijk XV, waarop ze taarten en gebak kon zetten, damesstoeltjes met geborduurde zittingen, Queen Anne-theetafels, gietijzeren meubels voor in de tuin, Limoges-porselein, Frette-linnen, en vier stel bijna nieuwe moirégordijnen in een prachtige lichtgroene tint, alles voor een fractie van wat ze er nieuw voor zou moeten betalen.

Het werk op Irving Place vorderde, al hadden er zich natuurlijk onvoorziene calamiteiten voorgedaan, zoals een doorgeroeste afvoer, een lekkend dak en door termieten verwoeste dwarsbalken. Het geld dat ze van First Merchants had geleend, ging snel op aan het huis, en dat maakte haar bezorgd. Ze werd humeurig van het aanwijzingen geven aan de werklui en zorgen dat ze soms iets helemaal moesten overdoen. Het heen en weer hollen van Eighth Avenue en Irving Place maakte haar doodmoe, maar ondanks alles was ze onbeschrijflijk gelukkig. Elke ochtend werd ze opgewonden wakker, denkend aan haar Theeroos en hoe mooi die zou worden. De Theeroos was haar baby. Ze had het idee gecreëerd, het gevoed, en binnenkort zou ze het tot bloei zien komen. In tegenstelling tot de kruidenierswinkel was dit helemaal van haar.

'Wat vind je van deze kleur, Fee?' riep Nick vanaf de ladder. Ze waren die dag naar de verfhandel gegaan en

Nick had de man het ene mengsel na het andere laten maken met zulke uitgebreide instructies dat de man bijna gek van hem werd. 'Ik wil roomwit met een heel klein beetje roze erin. De kleur van een blos op de wangen van een dame. Niet te roze, maar ook niet oranje. Ik wil zoiets als een rozenblaadje, geen abrikoos.'

Ze keek naar de kleuren op de muur en koos de lichtste uit, een warm beige met een vleugje roze. 'Die vind ik ook het mooiste,' zei hij. Ze zag dat hij kringen onder zijn ogen had. Het was bijna negen uur. Ze waren al langer dan twaalf uur bezig.

'Kom van die ladder af. Nu. Je gaat naar bed.'

'Maar ik ben nog niet klaar,' protesteerde hij.

'Morgen mag je verder. Je bent moe, dat zie ik. Ik wil niet dat je jezelf uitput, Nick. Je weet wat er de vorige keer is gebeurd.'

'Maar ik...'

'Nicholas Soames, je kunt geen galerie openen als je dood bent!' zei ze op scherpe toon.

Hij gaf het op en klom de ladder af. Hij dekte de verfpotten toe en zette zijn kwasten in een pot terpentine. 'En jij? Je moet ook rusten,' zei hij.

'Ik ben zo klaar. Ik ga even door met uitpakken en dan ga ik naar huis.'

Nick kuste haar welterusten en ging toen naar boven naar zijn appartement. Fiona strekte haar vermoeide ledematen. Ze wilde juist doorgaan met uitpakken toen een beweging in de tuin haar aandacht trok. Het waren de rozen. Ze zag hen heen en weer gaan in de avondbries door de nieuwe ramen die ze had laten aanbrengen. Ze kon geen weerstand bieden en ging naar buiten. Het leek wel of ze hun kopjes bogen in een begroeting.

De lucht was koel en het gras voelde zacht aan onder

haar voeten. Ze rook net aan een lichtgele roos toen ze de voetstappen hoorde knarsen op het grindpad achter haar. Ze draaide zich niet om. Ze wist wie het was.

'Ik had gezegd dat je naar bed moest en ik meen het. Wat doe je weer hier?'

'Dat is ook geen aardige begroeting.'

Fiona draaide zich vlug om. 'Will!' riep ze uit. Ze had hem in geen dagen gezien.

'Nick heeft me binnengelaten. Ik had aan de verkeerde bel getrokken. Moet je jou zien!' lachte hij terwijl hij een schoon plekje op haar gezicht zocht om haar een kus te geven. 'Je bent helemaal smerig! En ik wilde je nog wel mee uit dineren nemen. Om het te vieren. Maar zo laten ze je nooit binnen. Wat heb je allemaal gedaan?'

'Hier de hele dag gewerkt. Het is stoffig. En Nick heeft net verf op me gesmeerd. Wat wordt er gevierd?'

Will grinnikte. 'De ondergrondse spoorweg van McClane. We hebben het contract!'

Fiona slaakte een kreet van vreugde. Ze was oprecht blij voor hem. Ze wist wat het voor hem betekende. 'O, Will, gefeliciteerd! Ik ben zo blij voor je!' Hij tilde haar ondanks haar protesten op en draaide haar in de rondte. Toen hij haar neerzette, pakte ze zijn hand en nam hem mee naar een smeedijzeren bankje dat ze had gekocht. 'Vertel. Ik wil alles horen!'

Hij beschreef de afgelopen twee weken, al het werk, alle vergaderingen. Hij vertelde haar hoe gelukkig hij vandaag was toen de burgemeester zei dat het project voor hem was. En hoe uitgelaten zijn zoons waren toen hij hun het nieuws vertelde. Ze waren op hun aandringen allemaal naar de Union Club gegaan en ze waren allemaal een beetje aangeschoten geworden. Hij was nog steeds een beetje licht in zijn hoofd. Will junior had zich verontschuldigd voor zijn vervelende gedrag en gezegd dat hij wilde kennismaken met Fiona. Hij had voorgesteld dat Will haar naar zijn huis buiten de stad zou meebrengen, dan kon ze de hele familie ontmoeten.

Fiona was blij verrast. Het betekende dat hun relatie eindelijk was geaccepteerd. Ze wist dat zijn weigering om haar te ontmoeten zijn vader diep had gekwetst. Zij had het ook niet prettig gevonden.

'Kom volgend weekend met me mee,' zei Will. 'Neem Nick en Mary mee en een heel leger politieagenten als je oom dat wil.'

'Ik zou graag willen, Will, maar de schilders beginnen zaterdag. Misschien het weekend daarna?'

'Nee, volgend weekend. Ik sta erop.' Hij pakte haar hand en wreef met zijn zakdoek over een verfvlek. 'Je werkt te hard, Fiona. Veel te hard. Dat wil ik niet. Niet meer. Ik wil dat je nooit meer hoeft te werken. Ik wil voor je zorgen en je verwennen en alle zorgen van je wegnemen.'

Fiona keek hem aan alsof hij gek was geworden. 'Waar heb je het in godsnaam over, Will?'

Maar in plaats van te antwoorden nam hij haar in zijn armen en kuste haar zo heftig dat ze bijna geen lucht meer kreeg. 'Ik heb je zo gemist. Ik wil nooit meer zo lang van je vandaan zijn.'

'Dat hoeft ook niet,' zei ze. Ze streek langs zijn wang en vroeg zich af wat hij met zijn zoons had gedronken dat hij zo raar deed. 'Jij hebt nu je contract en mijn theesalon vordert. Binnenkort gaat hij open en dan hoef ik niet meer zoveel uren te werken. Dan ben ik 's avonds weer vrij, en...'

'Ik wil meer dan je avonden, Fiona. Ik wil je 's morgens wakker kussen in ons bed. Ik wil elke maaltijd met jou eten en je tegenover me aan tafel zien zitten. Ik wil aan het eind van de dag thuiskomen bij jou en je lieve glimlach zien, en onze kinderen op me af zien rennen.'

Hij haalde een doosje uit zijn zak. En hoewel het een zachte avond was, kreeg Fiona het opeens heel koud. Hij maakte het doosje open, pakte er een prachtige diamanten ring uit en schoof die om haar vinger. 'Fiona, wil je met me trouwen?'

In haar slaapkamer legde Fiona de doos met de ring op haar bureau. Ze deed haar lamp aan en trok het gordijn dicht. Ze was moe en ze wilde slapen. Ze knoopte haar blouse los, deed haar rok uit en hing ze over de stoelleuning. Toen viel haar blik weer op het doosje. Ze klikte het open en schoof de ring aan haar vinger. De diamant schitterde. Het was een volmaakte, gave diamant. Hij leek zo vreemd op haar hand met de schrammen en de dikke, rode knokkels. Ze deed de ring af en legde hem terug in het doosje.

Toen ze naar de andere kant van de kamer liep om haar nachtjapon te pakken, zag ze zichzelf in de spiegel. In haar hemd en onderrok haalde ze de spelden uit haar haar en liet het over haar schouders vallen. Will had gezegd dat ze mooi was. Ben ik dat? vroeg ze zich af.

Ze keek keurend naar haar spiegelbeeld en probeerde te zien waarom hij haar wilde kussen, met haar naar bed gaan. Ze stapte uit haar broek, maakte haar hemd los en keek schuchter naar haar naakte lichaam. Haar huid was glad en soepel. Haar benen waren slank en sterk. Ze liet een hand over haar platte buik glijden en probeerde zich die vol en rond voor te stellen. Will had gezegd dat hij kinderen bij haar wilde. Volgende lente werd ze negentien. Veel meisjes van haar leeftijd waren getrouwd en moeder. Als ze met hem trouwde, zou zij over niet al te lange tijd ook moeder zijn. Het leek haar prettig om een man te hebben. Een baby in haar armen.

Ze had tegen Will gezegd dat ze tijd nodig had om na te

denken. Dat ze zeker wilde zijn dat ze de juiste beslissing nam. Ze probeerde zich voor te stellen dat ze met Will in bed lag. Maar de bruine ogen waren hemelsblauw. Het lange, verwarde haar was blond. De lippen die haar naam fluisterden waren niet die van Will. 'Ik hou van je, Fee,' zeiden ze. 'Ik zal altijd van je houden.'

'Nee,' fluisterde ze wanhopig. 'Ga weg.' Ze deed haar ogen dicht. Tranen stroomden over haar wangen.

Ze had in geen weken aan hem gedacht. Maar duizenden herinneringen kwamen ongevraagd weer boven. Zijn ogen, zijn lach, zijn geur. Alles was zo duidelijk dat het leek of hij hier in de kamer bij haar was.

Ze dwong zich aan Will te denken, aan zijn goede karaktertrekken, en ze probeerde zich te overtuigen dat ze nu van hem hield. Maar haar hart wilde niet luisteren.

Ze opende haar ogen en keek weer naar haar spiegelbeeld. Ze zag een betraand gezicht, getekend door verdriet en woede. Ze zag een lichaam dat nu nog soepel was, maar op een dag zou gaan krimpen. Ze zag een jonge vrouw die op een dag oud zou worden, stijf, broos en alleen. En ze wist dat ze, als ze Joe niet uit haar gedachten bande en de liefde accepteerde die Will haar bood, net zo zou eindigen als mevrouw Nicholson: dan had ze haar leven verspild door te treuren om iets wat er nooit was geweest.

Vlug trok ze haar kleren weer aan. Ze opende het doosje en schoof de ring weer aan haar vinger. Heel even luisterde ze bij haar slaapkamerdeur. Alles was stil. Iedereen was naar bed. Ze pakte haar tas en sloop geruisloos het huis uit, vastbesloten haar verleden voorgoed te begraven en de toekomst te omarmen.

'Daar kan geen tunnel komen, dat heb ik toch al gezegd, Hugh,' zei Will. Hij stond in de zitkamer naast zijn slaapkamer. 'Hoe wil je daar dynamiet aanbrengen? Dan blaas je heel Grand Central de rivier in! We gaan... wat? Ik versta je niet... Wacht even...'

Will sloeg met het oorstuk op zijn bureau en vervloekte American Bell. Toen de lijn weer duidelijk werd, hervatte hij zijn gesprek met de burgemeester terwijl hij zich afvroeg of de man niets beters te doen had op een zaterdag.

Eerder die avond had hij Fiona ten huwelijk gevraagd, hopend dat ze hem om zijn hals zou vliegen en ja zeggen. Maar ze had tijd gevraagd om na te denken. Ze zei dat ze heel vereerd was en dat ze van hem hield, en hij geloofde haar. Maar toen hij haar omarmde voelde hij weer die strakheid. Ze trok zich weer terug in zichzelf.

Hij had zich met een glas rode wijn en een boek willen troosten toen de telefoon rinkelde.

En nu was hij in gesprek over de ondergrondse spoorlijn.

Opeens verscheen de butler in de deuropening. Hij schrok op. 'Er is iemand voor u, meneer,' fluisterde hij.

'Wie?' vormde Will met zijn lippen. Eerst de telefoon van de burgemeester en nu bezoek. Op dit uur? Wat mankeerde de mensen?

'Juffrouw Finnegan, meneer.'

Will hief een vinger op. Soms was Bells slechte service toch wel handig. 'Hugh?' riep hij. 'Hugh, ik kan je niet meer verstaan... de lijn valt weer weg. Wat? Ik kan je niet horen...' Hij gooide het oorstuk op de houder. 'Als hij weer gaat, niet opnemen,' zei hij tegen de butler. Hij haastte zich de deur uit, de trap af naar de hal. Daar stond Fiona. Ze zag rood van het rennen en haar haren waren los.

'Wat is er?' vroeg hij ongerust. 'Is er iets gebeurd? Je bent helemaal buiten adem!'

'Ik heb de hele weg gerend, vanaf huis.'

'Wát! Fiona, ben je gek geworden? Op dit uur loopt er allemaal tuig rond. Er had je wel iets kunnen overkomen!'

'Niet boos worden, Will. Ik kon geen huurrijtuig vinden. Ik moest komen. Ik... O, Will,' hijgde ze. Ze legde haar handen in zijn haar, trok zijn gezicht naar haar toe en kuste hem. 'Ik wilde ja komen zeggen. Ja, ik wil met je trouwen!'

Will was verbijsterd door die plotselinge ommezwaai. 'Fiona, ik... ik weet niet wat ik moet zeggen. Weet je het zeker? Ik dacht dat je eerst wilde nadenken.'

'Nee, ik heb mijn besluit genomen. Ik wil je vrouw worden. Als jij me nog wilt.'

'Natuurlijk, meer dan wat ook ter wereld.' Hij klemde haar tegen zich aan, ontroerd dat ze helemaal hiernaartoe was komen rennen om het hem te vertellen.

'Kom zitten,' zei hij. 'Je hijgt als een renpaard. Wil je een glas wijn? Ik heb net een fles geopend. Die staat in mijn slaapkamer. Ga in de werkkamer zitten. Of wil je liever iets kouds drinken?'

'Ik wil graag een bad,' zei ze. Ze negeerde Wills gebaar naar de werkkamer en volgde hem naar boven.

'Een bád?' Hij draaide zich naar haar om. 'Ik wilde je iets te drinken geven en je dan naar huis brengen. Het is al heel laat.'

'Ik ga niet naar huis,' zei ze kalm. 'Ik blijf vannacht hier bij jou.'

Will had net de fles wijn opgepakt, en zette die met een klap neer. 'O,' zei hij. 'Weet je dat zeker?'

'Ja.' Ze kwam naar hem toe en kuste hem weer. Toen knoopte ze haar blouse los, trok haar rok en laarzen uit en stond in haar ondergoed voor hem. Will had haar het liefst nu meteen naar zijn bed willen dragen. Maar hij zou de tijd nemen.

'Will, ik zweet als een grondwerker. Zou ik in bad mogen? Heeft dit paleis wel badkuipen? Of moet ik de wastobbe pakken en water koken?'

'Natuurlijk niet,' lachte hij. 'Hier.'

Hij nam haar mee door zijn slaapkamer – sober en mannelijk ingericht – naar zijn badkamer, een enorme ruimte vol wit marmer, een oosters tapijt op de vloer, twee wastafels, grote ingelijste spiegels aan de muur, en in het midden een groot, marmeren bad.

Hij draaide de kranen open en zocht in de kastjes iets om het water mee te parfumeren. Behalve limoen had hij alleen sandelhout, niets zoets of bloemigs. Hij goot wat sandelhoutolie in het water, keek hoe het begon te schuimen, pakte wat handdoeken en trok zich terug. Na een paar minuten, bang dat hij iets was vergeten, klopte hij op de deur en vroeg: 'Is alles goed? Heb je nog iets nodig?'

'Ik voel me alleen een beetje eenzaam.'

'Wil je gezelschap? Ik zal niet kijken.'

Fiona lachte. 'Je kunt toch niets zien met al dat schuim. Hoeveel olie heb je erin gedaan?'

'Te veel, denk ik,' zei hij schaapachtig terwijl hij naar binnen kwam. 'Meestal doet de knecht dat soort dingen. Hier, wil je een slokje wijn?' Hij trok een stoel naar de badkuip, ging zitten en reikte haar zijn glas aan.

Ze nam een slokje, deed haar ogen dicht en slaakte een zucht van genoegen. Will pakte een washandje en wreef over haar nek en schouders. 'Lekker,' zei ze. Hij wreef over haar gezicht en zei dat ze eindelijk een beetje schoon begon te worden.

Ze nam nog een slokje wijn. 'Ik voel me net een prinses in een kasteel, Will. Veilig voor de buitenwereld en iedereen daar.'

'Bij mij zul je altijd veilig zijn, Fiona. Ik zweer het.' Hij boog zich voorover en kuste haar op de mond. Ze huiverde. Het water begon af te koelen.

'Je hebt het koud. Ik pak een handdoek voor je.' Hij reikte haar er een aan. Fiona stond op met haar rug naar hem toe. Het water droop van haar lijf. Hij zag de lange, sierlijke lijn van haar wervelkolom, haar smalle middel en haar ronde billen. Beheers je, Will, dacht hij.

Hij liep om het bad heen en hield de handdoek op. Ze had haar armen voor haar borst gekruist. Haar natte haren kleefden aan haar huid. Het water stroomde langs haar platte buik, haar heupen en haar ivoorkleurige dijen. Het droop van de vlek zwart haar tussen haar benen. Hij probeerde niet te kijken, maar hij kon het niet laten. 'Mijn god, wat ben je mooi, Fiona.'

'Vind je?' Haar stem klonk zo zacht, zo kwetsbaar dat het zijn hart verscheurde. Hij keek haar aan. Haar ogen waren groot en vochtig en ze keken heel onzeker.

'Ja. En als je nu niet uit het bad komt, neem ik je ter plekke.'

Ze lachte en stapte uit het bad. Hij legde de handdoek om haar schouders en liet haar op een kruk zitten. Hij pakte een andere handdoek en wreef haar haren droog. Toen hield hij haar een ochtendjas voor.

Ze stond op. 'Die hoef ik niet.' De onzekere blik in haar ogen was verdwenen. 'Ik verlang naar je, Will,' fluisterde ze.

Hij nam haar mee naar zijn grote hemelbed. De sprei en gordijnen waren van dikke, donkerblauwe zijde. Ze stak ertegen af als een albasten Venusbeeld.

Hij rommelde in zijn nachtkastje. Toen strekte hij zich naast haar uit. In het begin bewoog ze haar handen schuchter en voorzichtig over zijn borst, zijn rug en omlaag. Hij kon het niet langer uithouden. Hij werd gek van haar aanraking, haar geur. Hij probeerde voorzichtig te zijn, maar hij werd meegesleept door zijn gevoelens, en het was veel te snel voorbij.

'Will,' zei ze na een poosje. 'Heb je het er wel uitgehaald?'

'Wat?'

'Wat denk je?' Haar stem klonk paniekerig.

'Alles is in orde, Fiona,' suste hij. 'Daar heb ik voor gezorgd.' Ze was duidelijk geen maagd meer, maar ook niet ervaren. Hij zou haar wel eens laten zien wat liefde bedrijven was.

Hij kuste haar weer en liet toen zijn hand tussen haar benen glijden.

'Gaan we het weer doen?'

'Ja. En deze keer beter. Ik kon me net niet beheersen. We gaan door tot je om genade smeekt.'

Ze lachte, en haar lach ging algauw over in verbaasde zuchten. 'O, Will,' mompelde ze. 'Niet ophouden.'

Weer liet hij zich in haar glijden, deze keer zonder enige haast. Hij voelde dat haar lichaam reageerde op een manier die ze niet had verwacht. Ze keek hem aan, en heel even meende hij iets van verlorenheid erin te zien. Toen deed ze haar ogen dicht. Haar oogleden trilden en haar lichaam drukte zich bevend tegen dat van hem. Hij wist dat hij haar deze nieuwe, intieme wetenschap had geleerd. Het bezorgde hem een opwinding die hij nooit eerder had gekend. Hij wilde haar liefhebben, zonder ophouden, voor altijd en eeuwig. Haar de zijne maken.

42

'Ken je een zekere Joe Bristow?' vroeg Roddy aan een man die appels op zijn kar aan het laden was.

De man wierp een blik op zijn uniform. 'Nooit van gehoord.'

Roddy vroeg het aan een andere man die de oogkleppen aanbracht bij zijn ezel. 'Hoezo?' vroeg hij wantrouwig. 'Zit hij in de problemen?' Zoals de meeste kooplui wantrouwde hij de politie en wilde hij zijn maten beschermen.

'Nee, helemaal niet,' zei Roddy. 'Ik ben een vriend van hem. Ik moet hem spreken.'

'Probeer het dan maar bij Finmore. Daar, bij Finmores Kwaliteitsproducten, aan de linkerkant. Daar koopt hij in.'

Roddy bedankte de man en liep vlug verder. Hopelijk was hij niet te laat. Het was pas halfvijf. De gaslampen brandden nog en de zon zou pas over een uur opkomen, maar marktkooplui begonnen al voor dag en dauw. Roddy was een halfuur eerder opgehouden met zijn nachtdienst om een bus te nemen en op tijd in Covent Garden te zijn. Hij wilde Joe spreken voor hij aan zijn ochtendronde begon. Sinds Joe en zijn moeder een paar weken geleden naar hem toe waren gekomen met de mededeling dat ze wisten waar Fiona was, had hij een idee gekregen. Hij had echter ook de toestemming van Grace nodig, maar hij durfde het haar niet te vragen. Ze was geduldig, maar haar geduld was niet eindeloos. Toen was ze de vorige avond naar hem toe gekomen met hetzelfde idee. Hij had haar een kus gegeven en gezegd dat ze een vrouw uit duizenden was.

Roddy was ervan overtuigd dat Joe gelijk had en dat Fiona in New York was. Hij was woedend op zichzelf dat hij er zelf niet aan had gedacht. Hij was er zo zeker van geweest dat ze niet ver weg was. Amerika was niet eens bij hem opgekomen. Joe en Rose waren heel teleurgesteld toen ze hoorden dat hij geen adres van Michael had, Fiona had immers alle bezittingen van haar ouders meegenomen, ook de brieven van haar oom. Hij wist echter zeker dat Michael in New York woonde en dat hij waarschijnlijk een winkel had.

Hij was er ook van overtuigd dat Joe zo snel mogelijk naar Amerika zou gaan. Waarom, dat wist hij niet precies. Joe had haar gekwetst en ze had duidelijk gezegd dat ze hem nooit meer wilde zien. Maar diep vanbinnen voelde Roddy dat ze hem nodig had. Nu. En zijn instinct bedroog hem zelden. Politiemensen – de goede – hadden een soort zesde zintuig. Over wie de waarheid zei en wie niet. Wat een man op de vlucht zou gaan doen. Roddy's zesde zintuig had hem nooit in de steek gelaten. Toen hij Finmore naderde, zag hij Joe. Hij wilde net vertrekken. Er was nog een jongen bij hem.

'Joe!' riep hij. 'Joe Bristow!'

Joe draaide zich om. 'Wat doe jij hier, Roddy?' vroeg hij. 'Patrouilleer je tegenwoordig bij Covent Garden?'

'Nee, ik wilde je spreken.'

'Is er iets?' vroeg hij, opeens ongerust. 'Toch niet mijn moeder?'

'Nee, rustig maar. Er is niets aan de hand. Ik kwam gisteren je moeder tegen. Ze vertelde dat je nu voor jezelf werkt en dat je aan het sparen bent om Fiona te zoeken.'

'Ja.'

'Hoeveel heb je nodig?'

'Een pond of achttien, denk ik. Voor de overtocht, plus onderdak en...'

Roddy onderbrak hem. 'Hoeveel heb je?'

'Een pond of zes.'

'Hier.' Roddy haalde een rol bankbiljetten uit zijn zak. 'Dit is mijn spaargeld. En dat van Grace. Vijftien pond.'

Joe keek naar het geld en schudde zijn hoofd. 'Roddy, dat kan ik niet aannemen.'

'Grace wil dat je het aanneemt, en ik ook. We willen dat je Fiona vindt. Pak nou maar aan, jongen. En zorg dat je op die boot komt.'

Joe knikte en stak het geld in zijn zak. 'Dank je, Roddy. Ik zal het je tot op de laatste penny terugbetalen.'

'Hou daar maar rekening mee!'

Joe pakte zijn broer bij de schouders. 'Jimmy, jij hebt nu de leiding. Jij ben de volgende weken de baas, tot ik terugkom.'

'Jezus! Ga je nu meteen?' vroeg Roddy.

'Ja.'

'Wat? Waarheen? Wacht even! Dit is pas mijn tweede dag, Joe!' protesteerde Jimmy.

'Je bent een slimme knul, Jimmy. Het lukt je wel. Volg gewoon de route die ik je heb laten zien. Zeg tegen mam dat ik Fiona ben gaan zoeken. Ik zal schrijven zodra ik ben aangekomen. Doe je best, Jimmy. Hoor je me? Bederf het niet!' Hij ging op een drafje weg.

'Wacht even, Joe! Wacht! O, jezus!' riep Jimmy uit toen zijn broer wegrende door de straat. 'Joe!' schreeuwde hij hem na. 'Waar ga je heen?'

'Naar Amerika, Jimmy!' riep hij over zijn schouder. 'Naar New York!'

43

'Gaat u zitten, meneer McClane. Rustig aan,' zei Kevin Burdick op sussende toon tegen hem.

'Zeg niet dat ik kalm moet zijn, verdomme!' riep Will junior terwijl hij door het kleine, bedompte kantoor beende. 'Hij gaat over een maand met dat wicht trouwen!'

'Dat meent u niet.'

'Was het maar waar. Hij heeft haar ten huwelijk gevraagd. Ze loopt rond met een diamant zo groot als een ei. Die heeft een vermogen gekost. Míjn vermogen! Wat u ook over haar hebt gevonden, het kan maar beter goed zijn! Wat is het?'

Burdick schraapte zijn keel. 'Niets.'

Will bleef abrupt staan. 'Wát?'

Burdick verschoof ongemakkelijk in zijn stoel. 'Ik heb mijn best gedaan om iets te vinden, maar ik heb nog nooit zo'n rechtschapen persoon meegemaakt. Er is geen andere man. Ze komt niet in bars of opiumkitten en ze verkoopt ook geen weeskindertjes op de zwarte markt. Het ergste wat ik haar heb zien doen is ringwerpen op Coney Island. Ze doet niets anders dan werken, slapen, en uw vader zien.'

Will zag wit van woede. 'Wat zegt u daar? Dat ik dat huwelijk niet kan tegenhouden? Heb ik u daarvoor betaald?'

'Laat me uitpraten, meneer McClane. Ik denk dat ik u toch kan helpen. Ik heb weliswaar niets in juffrouw Finnegans nadeel kunnen vinden, maar over haar vriend, Nicholas Soames, ben ik des te meer te weten gekomen. Hij heeft blijkbaar de gewoonte om homobars te bezoeken. Hij is vaste klant bij de Slide in Bleecker Street.'

'Nou en?' schreeuwde Will. 'Mijn vader gaat niet met Nicholas Soames trouwen!'

'Dat is me duidelijk. Ik hoop alleen de seksuele voorkeur van meneer Soames te kunnen gebruiken om een schandaal te veroorzaken. Het is een gok, maar volgens mij kan het lukken.'

'Wat heb ik eraan? Wat kan het mij verdommen wat er met Soames gebeurt.'

Burdick boog zich naar voren. 'U moet verstandiger worden als u naar Washington wilt, meneer McClane, anders laten ze daar geen spaan van u heel. Er komt een inval. We gaan de hulp inroepen van uw goede vriend de rechter.'

Toen kwam er iets van begrip op Wills gezicht. 'Eames,' zei hij.

Burdick knikte. 'In eigen persoon. Gaat u zitten, meneer McClane. Ik zal u vertellen wat we gaan doen...'

44

Joe knipperde met zijn ogen tegen het felle ochtendzonlicht in New York. Hij zette zijn plunjezak neer. 'Brendan, we hebben het gehaald! Ik dacht dat je het kon vergeten toen die dokter in je oor begon te turen. Je had hem moeten zien! Hij werd zeker verblind door het licht dat door je andere oor naar binnen kwam.'

'Heel grappig, Engelse lolbroek. Ik heb hem wel in je onderbroek zien turen. Waar blijft Alfie trouwens? En Fred? Ze worden toch wel toegelaten?'

Joe en Brendan keken zoekend om zich heen of ze hun hutgenoten, Alphonse en Frederico Ferrara zagen. Ze waren met hun vieren op het tussendek van Southampton naar New York gevaren. Toen zag Joe de twee zwartharige jongens zich een weg door de menigte banen. 'Daar zijn ze,' zei hij. Hij zwaaide, opgelucht dat ook zij ongehinderd door de Immigratiedienst van Castle Garden waren gekomen. 'Moet je al die mensen zien,' voegde hij eraan toe. 'De huurrijtuigen kunnen geen kant uit. We kunnen beter gaan lopen. Heb jij enig idee welke kant we uit moeten?'

'In elk geval naar het noorden. En oosten,' zei Brendan. 'We zullen het moeten vragen.'

Joe en Brendan hadden besloten samen een pensionkamer te nemen. Brendan, een grote, ruwe, maar eerlijke roodharige Ier kwam van een boerderij in Connemara en wilde hier zijn geluk zoeken. Hij was van plan in New York als arbeider te gaan werken en geld te sparen om naar het westen te gaan en goud te zoeken in Californië. Hij had gehoord dat je in de Bowery goedkope pensions kon vinden. Joe had vriendschap met hem gesloten in de weken die ze samen doorbrachten. Hij had hem verteld over Fiona en dat hij haar hoopte te vinden.

Alfie en Fred waren van een arm dorp in Sicilië geëmigreerd naar Londen. Daar hadden ze voor een neef gewerkt die een roomijsbedrijf had, tot ze genoeg geld hadden verdiend voor de overtocht naar New York. Daar zouden ze bij hun moeder, vader en verdere familie intrekken in een huis van een van hun ooms in Mulberry Street. Joe vond het jammer dat hij afscheid moest nemen van de Ferrara's. Ze hadden met z'n vieren veel plezier gehad met kaarten, bier drinken en dansen tijdens de feestjes die spontaan werden georganiseerd op het tussendek. Ze leerden elkaar vieze woorden in het Italiaans en Engels. Ze plaagden Brendan met zijn Ierse accent, en ze lagen tot diep in de nacht te praten en grappen te maken op hun kooien.

'Waar gaan jullie heen?' vroeg Alfie toen hij en zijn broer bij Joe en Brendan waren.

'Dat weten we nog niet,' begon Brendan. 'We wilden naar...' Hij werd onderbroken door een bloedstollende kreet. Hij sprong achteruit toen een mollige, donkerharige vrouw naar hen toe kwam rennen.

'*I miei bambini, i miei bambini*!' riep ze. Ze stortte zich op Alfie en Fred en kuste hun gezichten. '*O, Dio mio, grazie, grazie*!'

Ze werd gevolgd door een stuk of zes kinderen en een

klein, verschrompeld vrouwtje dat haar rozenkrans kuste. Enkele jongere vrouwen, van wie een paar een baby in de armen hielden, dromden om hen heen. Op een afstandje stonden een stuk of zes mannen, oud en jong, te grinniken en elkaar op de schouders te slaan.

'Jezus, wat een kabaal,' zei Brendan tegen Joe. 'Als ze altijd zo doen als ze blij zijn, dan zou ik ze niet graag bij een dodenwake willen meemaken.'

Joe keek lachend toe toen Alfie en Fred de snikkende vrouw omhelsden. Vervolgens liepen ze naar de oude vrouw, die hun gezichten tussen haar knokige handen nam en hen om beurten kuste. Daarna werden ze door alle aanwezigen heftig omarmd en toen begon het voorstellen. Joe en Brendan maakten kennis met meneer en mevrouw Ferrara, de grootmoeder, beide grootvaders, oom Franco, tante Rosa, broers, zussen, neven en nichten. De moeder van de jongens kuste, nog steeds in tranen, Joe en Brendan ook, en ze begon tegen haar zoons in het Italiaans te ratelen.

Alfie draaide zich om naar zijn maten. 'Mijn moeder wil dat jullie meekomen naar ons huis. Om te eten.' Zachtjes voegde hij eraan toe: 'Zeg ja! Ze heeft er een week voor in de keuken gestaan!'

Joe en Brendan zeiden dat ze dat graag deden, waarna ze weer werden overstelpt met kussen. Ze hesen hun plunjezakken over hun schouder en volgden de groep door elkaar pratende Ferrara's. Onderweg vergaapten ze zich aan alles wat ze zagen. Joe kon gewoon niet geloven hoe groot en druk de stad was. Hij werd zo in beslag genomen door de hoge gebouwen en de luid pratende, haastige voorbijgangers dat hij tegen een jongen met een advertentiebord botste.

'Neem me niet kwalijk,' verontschuldigde hij zich.

De jongen lachte. Op het bord stond: TASTEA... KWALITEIT, EEN VERFRISSENDE SPECIALITHEE! 'Geeft niets. Hier, een gratis proefmonster,' zei hij terwijl hij hem een klein doosje thee gaf.

Joe bedankte hem en wilde het aan Brendan geven, maar die was al doorgelopen en knipoogde naar een knap blond meisje.

'Gedraag je,' zei Joe. 'Straks worden we gearresteerd, en we zijn er nog maar net!'

'Ja, en als alle meisjes hier er zo uitzien, blijf ik. Moet je eens om je heen kijken! Een blauwe lucht. Geen regenwolkje te zien. En warm. Geen aardappelveld te bekennen. Misschien hebben ze met een beetje geluk ook geen aardappels. We zijn er nog geen twee minuten en we worden al uitgenodigd om te komen eten. Het bevalt me hier wel, Joe. Ik denk dat je hier best wel wat kunt bereiken.'

'Het is enorm, Bren. Je kunt hier verdwalen en nooit meer de weg vinden,' zei hij terwijl hij een drukke zijstraat in keek.

Brendan wierp hem een blik toe. 'Maak je je zorgen om dat meisje?'

'Ja.'

'Je vindt haar heus wel. Dat weet ik zeker. Volgens alles wat je hebt verteld, moet ze hier wel zijn.'

Joe moest lachen om zijn vriend. Zijn goede humeur werkte aanstekelijk. Hij had gelijk. Fiona moest ergens in deze stad zijn. Hij hoefde haar alleen maar te zoeken.

Nick staarde naar Fiona alsof ze gek was. Hij schudde zijn hoofd. Hij kon niet geloven wat ze net had gezegd.

'Nick?' vroeg ze aarzelend. 'Wat is er? Ik dacht dat je het een goed idee zou vinden. Ik dacht dat je blij zou zijn. Dan krijg je veel meer ruimte, en...'

'Wat er is?' herhaalde hij. 'Wat er ís? Fiona, je hebt net gezegd dat je het hele gebouw aan mij geeft! Je hebt net gezegd dat je de Theeroos niet gaat openen. Dát is er!'

'Schreeuw alsjeblieft niet zo.'

'Ik begrijp hier werkelijk niets van,' zei hij, ijsberend door zijn woonkamer. 'Je houdt van dit huis! Je hebt zo je best gedaan om het te krijgen. Je hebt dat oude mensje overtuigd dat ze het voor een schijntje aan je moest verkopen, de bank overtuigd dat ze je geld moesten lenen, je hebt weken als een paard gewerkt om er iets moois van te maken. En nu is alles bijna klaar en dan wil je de hele boel opgeven? Waarom, in hemelsnaam?'

Fiona zag er bleek en broos uit tegen de hoge rugleuning van een donkerrode fauteuil. Ze speelde met de knip van haar tas. 'Ik heb het zo druk met alles regelen voor het huwelijk... En dan zijn we twee volle maanden op huwelijksreis, en...'

'Druk? Druk met wat? Een japon passen? Een taart bestellen? Dat is niets! Ik heb je wel eens vijfhonderd dingen tegelijk zien doen. En je kunt de opening van de theesalon toch uitstellen tot je terug bent van je huwelijksreis?'

'Nee, dat kan ik niet.' Ze keek weer naar haar tas. 'Will wil zo gauw mogelijk kinderen, Nick. Hij zegt dat hij ze nog wil zien opgroeien.'

'Ja, dat gebeurt meestal als mensen trouwen. En?'

'Hij wil dat ze in Hyde Park opgroeien. Dat ik daar ga wonen. Voorgoed. Hij wil niet dat ik nog ga werken. Hij zegt dat vrouwen van mijn... van mijn toekomstige stand dat niet doen. Dat het ongepast is. Het zou in zijn nadeel zijn, en dat wil hij niet.'

Nick knikte. Nu begreep hij het. Wat Will zo charmant en aantrekkelijk had gevonden toen hij verliefd werd op Fiona – haar ambitie, haar toewijding aan haar werk – was niet langer aantrekkelijk in een echtgenote. Tenslotte moest zijn vrouw hem toegewijd zijn, niet haar eigen belangen. Zijn huis, zijn kinderen.

'Ik wist dat dit zou gebeuren,' zei hij. 'Ik had gehoopt dat het anders zou zijn, maar ik heb mezelf voor de gek gehouden. Ik wist het zodra je vertelde dat je verloofd was.'

'Het is maar een theesalon, Nick,' zei ze smekend. 'En een winkeltje in Chelsea. Wat stellen die voor, vergeleken bij Wills zaken? Toch niets?'

'Moet je jezelf horen! Dat is nonsens en je weet het. De Theeroos... TasTea, die betekenen een heleboel. Ze zijn jou. Jij hebt ze geschapen.'

'Hij doet het niet om gemeen te zijn, Nick. Hij zegt dat hij alleen maar wil dat ik niet meer zo hard hoef te werken. Hij wil voor me zorgen.'

'Maar het was je droom, Fiona! Dat je in de winkel van je oom leerde hoe je zaken moest doen. Dat je op een dag een eigen zaak zou hebben. Weet je nog? We hebben er uren over gepraat op de boot! Hoe kun je zomaar je droom de rug toekeren?'

'Je mag Will niet. Daarom zeg je dit.'

'Natuurlijk mag ik Will wel. Hij is heel aardig. Maar hij is typisch een man. Hij wil alles onderwerpen wat hem juist heeft aangetrokken: je energie, je bezieldheid. En dat zal hem lukken. Hij is er al mee begonnen. Dit ben jij niet. Dit is niet de Fiona die ik ken. Die geeft niet alles op waar ze voor heeft gewerkt, waar ze van houdt, alleen omdat iemand dat van haar verlangt.'

'Ik begrijp niet waarom je zo lelijk tegen me doet,' zei ze verdrietig.

'En ik begrijp niet waarom je tegen me liegt. Toen ik ziek was, moest ik je beloven dat ik nooit meer tegen je zou liegen. En nu lieg jij tegen mij.'

'Liegen?' riep ze uit. 'Dat is niet waar, Nick. Dat zou ik nooit doen.'

'Dat doe je wel!' schreeuwde hij. Ze kromp in elkaar. 'En ook tegen jezelf!'

Hij liep naar het raam en keek naar de straat beneden. Hij was woedend. Hij wist nog maar al te goed hoe het was om te doen wat je moest in plaats van wat je wilde. Hij herinnerde zich Parijs, hoe het was om het werk van een nieuwe schilder te zien... de passie, de opwinding. En toen dacht hij aan zijn terugkeer naar Londen en zijn eerste project: een drukkersfirma die de beurs op wilde. Hij herinnerde zich al die weken dat hij het ene grootboek na het andere had doorgeworsteld, de eindeloze cijferkolommen, de taxaties van de baten en schulden. Het gevoel dat hij langzaam werd verstikt.

Dacht ze werkelijk dat het genoeg zou zijn? Het huwelijk, een mooi huis, veiligheid? Dat het zou compenseren wat ze allemaal opgaf? Misschien was dat zo voor sommige vrouwen, maar niet voor Fiona. Hij kende haar. Hij wist dat ze het nodig had om echt zielsveel van iemand te houden. En dat was nu niet zo. Wat ze ook zei, dat wist hij zeker. Hij wachtte tot hij wat kalmer was. Toen trok hij een voetenbankje naar haar toe en ging zitten. Hun knieën raakten elkaar.

'Wil je weten wat ik denk?' vroeg hij.

Ze keek hem aan. 'Heb ik daar dan nog iets in te zeggen?'

'Ik denk dat je helemaal niet van Will houdt. Je hebt jezelf alleen daarvan overtuigd omdat je bang bent dat je nooit meer van iemand zal houden zoals je van Joe hebt gehouden. Dus klamp je je vast aan de eerste de beste man die verliefd op je wordt. O, je mag hem graag. Welke vrouw niet? Hij is knap en chic en zo, maar je houdt niet van hem. Niet echt.'

Fiona schudde haar hoofd. 'Hoe kun je dat zeggen? Jij hebt tegen me gezegd dat ik Joe zou vergeten, dat ik weer verliefd zou worden.'

'En dat zeg ik nog steeds. Het is alleen nog niet gebeurd.'

'O, denk je dat? Nou, je weet er niets van,' zei ze verdedigend. 'Je weet niet wat hij voor me voelt. Of wat ik voor hem voel. Je weet niet hoe goed hij voor me is. Waar we over praten. Hoe hij me kan laten lachen. Je weet niet hoe fijn het is als we samen zijn, hoe gelukkig hij me maakt.'

'Je moet liefde niet verwarren met verliefd zijn,' zei hij bruusk.

Fiona sloeg haar ogen neer. Haar wangen gloeiden. Hij wist dat hij onbeschoft en wreed was, maar hij kon zich niet inhouden. Hij wilde haar kwetsen. Hij wilde tot haar doordringen opdat ze de waarheid zou zien.

'Daar had ik het niet over,' zei ze ten slotte. 'Daar gaat het helemaal niet om.'

'Waarom dan wel? Om geld?' zei hij ruw. 'Is dat het? Dat kan ik je wel geven. De cheque van mijn vaders bank is binnen. Bijna drieduizend pond. Die mag je hebben. Helemaal. Dan hoef je dit niet te doen.'

Fiona bleef onbeweeglijk zitten met een diep gekwetste uitdrukking op haar gezicht. Nick wist dat hij te ver was gegaan.

'Het gaat me niet om Wills geld,' zei ze zacht. 'Het gaat me om Will. Ik wil een man die van me houdt. Die mijn hart niet zal breken.'

Nick glimlachte kil. 'Natuurlijk doet hij dat niet. Hoe zou hij het kunnen? Je hebt het immers aan hem gegeven.'

Hij wachtte op een antwoord, maar dat kwam niet. Ze keek hem even aan met tranen van boosheid en pijn in haar ogen. Toen holde ze de kamer uit en smeet de deur achter zich dicht.

45

In een eethuis in de Bowery zat Joe met zijn elleboog op tafel en zijn kin in zijn hand te kijken hoe de serveerster, een chagrijnige vrouw in een vieze jurk en een gevlekt schort twee borden met de dagschotel – varkenskarbonaden, gekookte aardappelen en sperziebonen – met een klap op tafel zette.

'Vijfentwintig cent per portie,' zei ze.

Joe en Brendan gaven haar allebei een kwartje. Ze stak het geld zonder te bedanken in haar zak, vulde hun glazen bij met slap, schuimend bier en ging terug naar de keuken, waar ze tegen een hulpje begon te schelden. Ze was als de meeste mensen die Joe was tegengekomen tijdens zijn eerste week in New Yorks overvolle Lower East Side: grof, verbeten en uitgeput door de voortdurende strijd om de eindjes aan elkaar te kunnen knopen.

Brendan deed verwoede pogingen om met zijn botte mes stukjes van de karbonade te snijden. Joe prikte er zonder veel animo in.

'Wat is er? Waarom eet je niet?' vroeg Brendan.

Hij haalde zijn schouders op. 'Ik heb niet zoveel trek.'

'Je vindt haar heus wel. Je bent hier pas een paar dagen.'

'Een week,' zuchtte hij. 'Een hele week, en ik ben niets wijzer geworden. Volgens een agent moest ik in de Sixth Ward, ten zuiden van Walker Street op de deuren kloppen. Daar wonen veel Ieren. Ik heb de hele buurt uitgekamd. Er waren een stuk of tien Finnegans, van wie twee ook nog Michael heetten, maar niet de juiste Michael. Volgens een andere agent moet ik het proberen in een wijk die Chelsea heet en een die Hell's Kitchen wordt genoemd. Maar dat was een gevaarlijke buurt, zei hij. Ik maak me zorgen. Stel dat ze ergens in haar eentje is, dat het niet gelukt is om bij haar oom in te trekken? Wat moet ze in een grote stad? Ze was zelfs nog nooit uit Whitechapel geweest tot ik haar een middag meenam naar West End. Misschien woont ze wel ergens in een smerige kamer met haar broertje. En stel dat ik me heb vergist en dat ze helemaal niet naar New York is gegaan?'

'Je maakt je druk om niets,' zei Brendan. 'Ze woont vast veilig bij haar oom. Dat kan gewoon niet anders. Blijf zoeken. Geef het niet op. Je moet die man zien te vinden, dan heb je haar ook gevonden. Heb je in dat telefoonboek gekeken? Dat waar die kruier op de boot je over heeft verteld?'

'Ja, maar dat is alleen voor dokters en notarissen en zo. Ik heb wel alle Finnegans opgeschreven die erin staan. Misschien kennen ze Michael wel.'

'En de Ierse missiehuizen? Of liefdadigheidsinstellingen? Mijn moeder zei dat ik naar de Sons of Saint Patrick moest gaan als ik problemen kreeg.'

'Iemand uit ons pension vertelde over de Gaelic Society. Die verzamelen namen en adressen van Ieren in New York, zodat nieuwe immigranten hun familie kunnen vinden. Ik ga er vanmiddag naartoe. Als ik een paar namen in de East Side heb gecontroleerd.'

'Goed idee,' zei Brendan, nog steeds moeizaam snijdend in zijn karbonade. Opeens brak zijn mes in tweeën. Het handvat viel op de rand van zijn bord en kiepte het om, zodat de inhoud op tafel terechtkwam. 'Verdomme!' vloekte hij. 'Dat is geen karbonade, dat is een steen!'

Ondanks alles moest Joe lachen. Hij schoof zijn bord over de tafel. 'Hier, neem de mijne maar. En heb jij nog succes gehad vanmorgen?'

'Misschien,' zei Brendan met volle mond. 'Ik kwam gisteravond iemand tegen in een bar. Hij zei dat een of andere McClane een ondergrondse spoorweg aan het bouwen is. Ze hebben om te beginnen tweehonderd man nodig. En over een maand nog eens tweehonderd. Ze zoeken mensen met ervaring in de mijnen om dynamiet aan te brengen en de tunnels te schragen en zo. Dat heb ik nog nooit gedaan, maar ik kan net zo goed met een pikhouweel en een schop overweg als ieder ander.'

'Denk je dat je de baan krijgt?'

'Waarschijnlijk wel. Volgens de voorman beviel ik hem wel. Ik moet morgenochtend terugkomen. Ik hoop dat ik de baan krijg. Tot nu toe was het overal: "We hebben niks voor je, Paddy" of: "We hebben mannen nodig, Mickey, geen ezels".'

'Meneer, kan ik een boodschap voor u doen? Sigaretten halen? Schoenen poetsen?' Een jongen van een jaar of tien, in een gerafelde blouse, een verstelde overal en op blote voeten, was naast hun tafel komen staan.

Joe pakte afwezig een dubbeltje uit zijn zak en stak die hem toe, in de hoop dat de jongen zou weggaan. Maar hij kreeg een vernietigende blik. 'Ik ben geen bedelaar. Hebt u een karweitje voor me?'

Joe probeerde iets te bedenken toen Brendan zei: 'Waarom laat je hem niet zoeken naar Fiona?'

'Brendan, hij is maar een kind. Wat kan hij doen? In zijn eentje de West Side uitkammen?'

'Ik kan mensen zoeken, meneer!' zei de jongen. 'Mijn pa gaat er elke week met het geld voor de huur vandoor, hoe goed mijn ma het ook probeert te verstoppen. En ik weet hem altijd vinden. Ik ben zelfs een keer over de rivier naar Weehawken achter hem aan gegaan. Hoe heet ze? Ik kan haar voor u vinden.'

Joe keek naar de jongen. Hij was mager en hij had waarschijnlijk honger. Hij deed Joe denken aan hoe hij zelf was op die leeftijd. Op zoek naar werk, om zichzelf te bewijzen. 'Goed dan..' begon hij. Hij werd in de rede gevallen door de serveerster.

'Ik had toch gezegd dat je hier niet mocht komen, kleine rioolrat!' schreeuwde ze. Ze pakte de jongen bij zijn oor beet. 'Ik stuur de kok op je af en die slaat je helemaal in elkaar. Dat zal je leren!'

'Een ogenblik,' zei Joe. Hij pakte de jongen bij de arm. 'We waren een overeenkomst aan het sluiten.'

'Er mogen alleen maar betalende klanten binnen,' zei de vrouw. 'Orders van de kok.'

'Hij is onze gast,' zei Joe. 'We wilden net iets te eten voor hem bestellen.'

De serveerster schudde haar hoofd, maar ze liet de jongen los en hij ging gauw zitten. 'Nog een dagschotel?' informeerde ze.

'Nee, bedankt,' zei Brendan. 'We willen hem in dienst nemen, niet vergiftigen. Breng maar een broodje. Wat wil je erop, jongen?'

'Worstjes. Met mosterd, uien en zuurkool,' zei de jongen. 'En witte bonen in tomatensaus.'

'Jezus, ik ben blij dat ik vannacht niet naast jou hoef te slapen,' zei Brendan.

'Iets te drinken?' vroeg de vrouw.

'Een pint bier.'

'Niet zo brutaal, knulletje!'

'Citroenlimonade dan.'

Terwijl ze op het eten wachtten, hoorden Joe en Brendan dat de jongen Eddie heette en dat hij in een kamer in Delancey Street woonde met zijn moeder, die in een fabriek werkte, zijn werkloze vader en vier broertjes en zusjes. Joe vertelde dat hij een winkelier zocht die Michael Finnegan heette en diens nicht, Fiona. Hij gaf hem een kwartje en de jongen beloofde dat hij hen zou zoeken. Zodra hij klaar was met eten vroeg hij Joe's adres en ging op pad.

'Misschien weet hij je wel te verrassen,' zei Brendan terwijl hij de jongen nakeek.

'Slechter dan ik kan hij het niet doen,' antwoordde Joe.

Brendan leunde achterover en veegde zijn mond af. 'Nou, dan ga ik ook maar. Ik moet een paar goede leren laarzen kopen voor mijn nieuwe baan. En een nieuwe hoed.'

'Waarvoor?'

Brendan lachte zelfingenomen. 'Ik ga vanavond de Ferrera's opzoeken.'

'Heb je daar een nieuwe hoed voor nodig?'

'Nee, sukkel. Ik doe alsof ik Alfie en Fred kom opzoeken, maar het gaat me om Angelina.'

'Dat kun je vergeten. Alfie en Fred weten precies hoe je bent. Ze laten je niet eens bij hun zus in de buurt komen.'

'Dat zullen we wel zien.'

Ze namen afscheid. Joe's humeur knapte op tijdens het lopen. De huurkazernes van Lower East Side maakten plaats voor de nette bakstenen huizen van Gramercy Park. Hij voelde zelfs iets van optimisme. Sommige delen van de stad waren mooi, en dit was er een van. Ja, New York kon hard en lelijk zijn, maar het was ook een opwindende stad. En – gezien door de ogen van Brendan, Alfie en Fred – een stad vol beloftes. Een stad waar je een heel nieuw leven kon beginnen. Een tweede kans kon krijgen. Misschien was dat zelfs voor hem weggelegd.

Toen hij op Irving Place kwam, werd zijn aandacht getrokken door een woordenwisseling tussen enkele arbeiders en hun voorman. 'Wat mankeert jullie, verdomme? Waar zitten je oren? Ik zei toch dat je het eerste bord moest weghalen en het andere, voor de kunstgalerie, moest ophangen!'

'Ik dacht dat ze onder elkaar moesten,' zei een van de mannen.

Joe keek naar het onderwerp van gesprek. Het was een mooi, handbeschilderd uithangbord dat aan de buitenkant van een bakstenen huis was bevestigd. DE THEEROOS stond er op.

'Ze is boven,' zei de voorman. 'Ze komt zo beneden. Ze zei dat het bord direct weggehaald moest worden. Als ze ziet wat jullie hebben gedaan, laat ze geen spaan van me heel. En dat zal ik jullie betaald zetten. Jullie weten hoe ze is. Doe wat ik heb gezegd.'

Joe schudde lachend zijn hoofd. Die eigenares was vast een feeks. Die mannen waren als de dood voor haar. Hij liep naar Twenty-third Street, waar hij ene M.R. Finnegan, winkelier in fournituren, hoopte te vinden.

46

Fiona keek in de spiegel van de kleedkamer en trok een lelijk gezicht naar het korset waarin ze was gesnoerd. 'Ik wil het niet. Ik hou niet van korsetten. Ze knellen.'

Madame Eugénie, de meest exclusieve couturier van de stad, schonk geen aandacht aan haar. 'Het gaat niet om wat u wilt, maar wat nodig is voor de japon,' verklaarde ze. Met opeengeklemde lippen draaide ze om Fiona heen en schudde toen afkeurend haar hoofd. 'Simone!' riep ze.

Een gejaagd uitziende jonge vrouw met een speldenkussen aan haar pols verscheen. 'Ja, madame?'

'Strakker aantrekken. En pas ophouden wanneer ik het zeg.'

Fiona voelde hoe de vingers van het meisje de knoop op haar rug losmaakte, haar knie tegen haar romp plaatste om kracht te zetten, en aan de veters trok. 'Hou op!' protesteerde ze. 'Dat is veel te strak! Zo kan ik niet eens zitten of eten of zelfs maar denken!'

Madame Eugénie was onvermurwbaar. 'Op uw trouwdag gaat u niet zitten, anders kreukt uw jurk. U eet niet, anders komen er vlekken op. En nadenken doet u helemaal niet! Dan komen er rimpels en fronsen op uw gezicht. U moet maar één ding doen en dat is mooi zijn. Nog wat strakker, Simone...'

Simone trok nog een keer uit alle macht. Terwijl ze dat deed, stak madame haar handen in de voorkant van het kledingstuk, greep Fiona's borsten en hees ze op. 'Nu!' gelastte ze. Simone knoopte de veters vast en Fiona zag dat ze opeens een volle, hoge boezem had.

'Kijk toch eens!' riep Maddie uit. 'Prachtig! Zo'n korset wil ik ook.'

Madame en Simone gingen de trouwjapon halen. Fiona keek fronsend in de spiegel. Dat vervloekte korset knelde haar bijna dood, het belemmerde haar bewegingen. Ze kon niet ademen. Met een kreet van frustratie trok ze de veters los, rukte het korset uit en smeet het op de grond. Ze sloeg haar handen voor haar gezicht en probeerde haar tranen in te houden.

Mary kwam meteen naar haar toe. 'Fiona, wat is er?' vroeg ze.

Fiona keek haar met betraande ogen aan. 'Niets,' zei ze.

'Waarom huil je dan?'

'Nick had hier moeten zijn, Mary,' zei ze wanhopig. 'Hij zou me helpen met de japon. Hij had het zelfs in zijn agenda genoteerd. Hij had beloofd dat hij zou komen. Hoe moet ik zonder hem weten of alles er goed uitziet?'

'Als hij heeft beloofd dat hij zou komen, dan doet hij dat,' zei Mary. 'Hij zal wel zijn opgehouden.'

'Niet waar. Hij komt gewoon niet. Ik heb hem niet meer gezien sinds onze ruzie. Dat was een week geleden. Hij komt vandaag niet en hij komt ook niet naar het huwelijk.'

Mary en Maddie wisselden bezorgde blikken. Fiona had hun verteld over haar vreselijke ruzie met Nick. Ze leefden mee. Ze stonden aan haar kant en ze vonden het gemeen van Nick om zulke dingen te zeggen. Fiona zelf was nog steeds kwaad over de manier waarop hij haar had behandeld en had gesard. En ze was vooral kwaad omdat hij gelijk had, hoewel ze dat niet wilde toegeven. Ze wilde geen afstand doen van de Theeroos. Maar ze had geen keus.

Na haar ruzie met Nick had ze aan Will gevraagd of het echt nodig was dat ze zich terugtrok in Hyde Park als ze zwanger was en daar hun kinderen moest opvoeden. Ze had gezegd dat ze liever op de oude voet door wilde gaan. Zelfs als er kinderen kwamen. Hij had gezegd dat daar geen sprake van was. Voor de zoveelste keer had hij uitgelegd dat vrouwen van zijn stand zich niet in het openbaar vertoonden als ze zwanger waren. Daarbij zou ze zichzelf te veel vermoeien als ze niet voorzichtig was, en daardoor kregen vrouwen miskramen. En hoe wilde ze kleine kinderen verzorgen en tegelijkertijd een zaak bestieren? Hij begreep haar wens om te werken, zei hij, maar hij hield vol dat die tijd voorbij was. Hij was rijk, en hij kon haar alles geven wat ze wilde. Hij klonk zo vastberaden dat ze het onderwerp niet meer ter sprake durfde te brengen.

Nu, terwijl ze in de paskamer van madame Eugénie stond, werd ze opeens heel jaloers op Nick en Nate en Maddie. Ze hadden allemaal hun dromen proberen waar te maken en ze waren voor zichzelf begonnen, net als zij. Maar zij konden wel doorgaan en zij niet.

Madame Eugénie had thee en koffie en taartjes laten brengen. Mary schonk een kop thee in voor Fiona. Fiona nam een slokje en zette het kopje weer neer. Mary veegde teder haar gezicht af, zoals ze bij Nell en Seamie deed. Toen pakte ze Fiona's handen en zei: 'Nick komt heus wel naar je huwelijk. Hij moet gewoon even afkoelen.'

'Hij haat me,' zei Fiona ontroostbaar.

'Ach, hou toch op! Hij haat je niet. Hij is dol op je. Gun

hem gewoon wat tijd. Denk je dat hij het er niet moeilijk mee heeft? Misschien is hij wel een beetje jaloers.'

'Jaloers? Mary, dat is belachelijk! Je weet dat hij niet op die manier in me is geïnteresseerd.'

'Ik bedoel dat hij je niet wil verliezen. Je bent zijn beste vriendin, Fiona.'

'Zijn familie,' zei Maddie.

'En nu ga je trouwen en je gaat weg om een heel nieuw leven te beginnen. Misschien denkt hij dat hij je kwijtraakt. Misschien is hij daarom zo prikkelbaar.'

Fiona dacht na. 'Denk je?'

'Het is een mogelijkheid. Heb geduld. Gun hem wat tijd.'

Madame Eugénie kwam de paskamer binnen met een doos in haar handen. Simone volgde met de trouwjapon. Madame bleef als aan de grond genageld staan. Ze keek naar het korset op de vloer, naar Fiona's betraande gezicht en toen naar Mary.

'Zenuwen,' fluisterde Mary.

Madame wierp haar een samenzweerderige blik toe en wendde zich toen tot Fiona. 'Kijk eens wat uw aanstaande echtgenoot heeft gestuurd,' zei ze. Ze opende de juwelendoos en haalde er een adembenemend mooi halssnoer van parels uit, met in het midden een diamanten ovaal. Fiona's ogen werden groot. Mary en Maddie keken met open mond toe. 'Uit Parijs. Cartier. Voor bij uw japon,' zei madame. 'Is het niet prachtig?' Ze bevestigde het om Fiona's hals. 'Een man die zoiets stuurt...' Ze kon er geen woorden voor bedenken. 'Een vrouw die zo'n echtgenoot krijgt, heeft niets om over te huilen.'

Fiona keek in de spiegel naar het halssnoer. Ze raakte het als betoverd aan. Nog nooit had ze zoiets prachtigs gezien. Wat was Will toch goed voor haar, zo attent, zo lief. Ze had Emily's parels bewonderd toen ze haar en haar broers een paar weken geleden had ontmoet in Hyde Park. Will had het gehoord en nu had hij haar parels gegeven. Emily was heel aardig geweest tegen haar, zijn hele gezin trouwens. Zelfs Will junior had zich uitgesloofd om haar te verwelkomen. Madame had gelijk. Welke vrouw zou dagen achtereen huilen als ze met een man als Will kon trouwen? Wat betekende een theesalon vergeleken met zijn liefde voor haar? En haar liefde voor hem? En ik hou echt van hem, hield ze vol. Wat Nick ook vindt.

Ze draaide zich om naar madame, die het vreselijke korset ophield, en stak gehoorzaam haar armen uit. Toen het weer was vastgesnoerd, haalde Simone voorzichtig de japon – ook een geschenk van Will – van de hanger en hielp haar die aantrekken. Ze had hem al een keer gepast. Vandaag moest ze nog eens passen om er zeker van te zijn dat er niets meer aan veranderd hoefde te worden. Madame maakte de lange rij knoopjes op de rug dicht, streek het lijfje glad, trok aan de rok en deed keurend een stap achteruit. 'Perfect!' verklaarde ze. 'Dat heb ik altijd al gezegd: hoe mooier het meisje is, hoe eenvoudiger de japon moet zijn. De minder knappe meisjes hebben allerlei frutsels nodig,' voegde ze er met Franse ongevoeligheid aan toe. 'Om de aandacht af te leiden.'

Fiona keek in de spiegel. Sinds ze Will had leren kennen, had ze mooie jurken gekocht. Vergeleken bij deze japon waren het vodden. De trouwjapon was van ivoorkleurige zijde met Belgisch kant erop, en versierd met duizenden pareltjes. Madame had haar overgehaald om de pofmouwen, hoge hals en overdreven versiersels achterwege te laten en te kiezen voor een strakker silhouet dat net in de mode begon te komen. De japon had een vierkante halsuitsnijding, driekwart mouwen, een ivoorkleurige satijnen band om het middel met een strik van zijden rozen, en een sleep van haar middel tot op de grond. Ze zou een ivoorkleurige tulen sluier dragen die tot op de zoom van haar japon viel. Toen Fiona in de spiegel keek, zag ze een vrouw die binnenkort een echtgenote zou zijn. Het meisje was verdwenen.

'Nee maar, wat een schoonheid. Ik had je bijna niet herkend, ouwetje.'

Ze draaide zich vlug om. 'Nick!' riep ze uit. En voor het eerst in weken was haar glimlach oprecht. Hij leunde tegen de deurpost met zijn hoed in zijn hand, en er lag een weemoedige blik in zijn ogen. Ze pakte haar rokken bijeen en holde naar hem toe. 'Ik dacht dat je niet zou komen... Ik dacht...'

'Wat ben je toch een rare ouwe sok. Natuurlijk ben ik gekomen,' zei hij.

Zo bleven ze even staan. Fiona draaide de ring om haar vinger. Nick inspecteerde de binnenkant van zijn hoed.

'Het spijt me dat ik...' begon hij.

'Het is al goed,' onderbrak ze hem.

Nick keek haar aan. 'Vrienden?' vroeg hij hoopvol.

'Altijd,' zei ze, en ze omhelsde hem.

Madame wendde zich tot Mary en Maddie. 'Is dat de echtgenoot? Hij mag haar nog niet zien!'

'Nee, hij is de jaloerse vriend,' zei Maddie.

'Dat heb ik gehoord, hoor!' riep Nick.

'*Quel dommage*,' zei madame. 'Zo'n knappe man. Wat zouden dat mooie trouwfoto's zijn geweest. En de kinderen!'

47

Joe schrok wakker. Een gezichtje vol sproeten hing boven hem.

'Ik heb haar gevonden. Ik zei toch dat ik het kon?' kraaide Eddie. Hij zat op de rand van Joe's bed.

'Maak jij hem af of moet ik het doen?' gromde Brendan aan de andere kant van de kamer. Het was zes uur in de avond en hij was een dutje gaan doen, uitgeput na een hele dag met een pikhouweel te hebben gezwaaid. Joe was ook even gaan liggen, moe van al het lopen door de straten. Hij kwam overeind en leunde op een elleboog om te horen wat de jongen te vertellen had.

'Michael Charles Finnegan, Duane Street vierenvijftig. Verkoopt meel,' begon Eddie. 'Ik ben gaan vragen bij de haven, en een vrachtrijder die goederen vervoert van de rivier naar de pakhuizen, zei dat hij hem kende. Hij is Iers en hij is vanuit Engeland naar New York gekomen. En hij heeft een nicht! Ik vroeg of ze Fiona heette, en hij zei dat het wel zo klonk.'

Joe schoot overeind. 'En waar woont die man, zei je?'

'Duane Street vierenvijftig. Een zijstraat van Broadway.'

'Goed gedaan!' Joe pakte zijn laarzen vanonder zijn bed.

'Ze is het dus?' vroeg Brendan. Hij keek slaperig naar Joe.
'Dat moet wel,' antwoordde Joe.
'Ga je er nu heen?'
'Ja.'
'Succes.'
'Ik heb nog een andere naam,' zei Eddie terwijl Joe zijn veters vastknoopte. 'In Chelsea. Een agent zei dat hij een Michael Finnegan kende van de Emerald Society. Die heeft een kruidenierswinkel. Maar hij weet niet of hij daar nog is. De bank heeft beslag gelegd op de winkel. Ik kan er wel heen om te zien of hij er nog is?'
'Dat is vast niet nodig. Dat adres in Duane Street moet het zijn,' zei Joe. Toen zag hij Eddies gretige gezicht betrekken, en hij besefte dat de jongen zat te vlassen op een nieuw baantje. Hij wierp hem een kwartje toe en zei dat hij dat dan maar moest uitvissen. Eddie ging er meteen vandoor. Hij smeet de deur achter zich dicht, waardoor Brendan begon te vloeken.
Joe vertrok vrijwel direct na Eddie, vol verwachting. Hij wist zeker dat Michael Charles Finnegan degene was die hij zocht. Over een halfuurtje zou hij haar weer zien. Zijn meisje.
Met bevende handen sloeg hij Canal Street in en baande zich een weg door de menigte die op weg was naar huis. Hij was zenuwachtig, bang zelfs. Hoe zou ze reageren als ze hem zag? Ze zou hem in elk geval niet hier verwachten. Stel dat ze hem wegstuurde? Dat ze niet met hem wilde praten? Hij had haar diep gekwetst, dat wist hij. Zou ze hem wel willen zien, laat staan vergeven?
Maar hij zou net zo lang blijven tot ze met hem wilde praten. Hij zou naar Jimmy schrijven en zeggen dat hij de zaak maar moest overnemen. Hij gaf niet op tot hij haar had overtuigd dat hij spijt had en dat hij van haar hield.

Op de hoek van Duane Street bleef hij staan, balde zijn handen tot vuisten, en ontspande weer. En toen ging hij op zoek naar nummer vierenvijftig.

Fiona las voor de derde keer de kop in de Engelse *Times* en klemde de krant tegen haar borst. Toen las ze hem opnieuw. ZEGE VOOR HAVENARBEIDERS. WERKGEVERS BINDEN IN.

Tranen van geluk rolden over haar wangen en spatten uiteen op het papier. Ze deed geen poging om ze in te houden. Het was laat in de avond en niemand kon haar zien. Ze was alleen in de woonkamer van haar oom, en ze genoot van het heerlijke nieuws.

Het was een volslagen verrassing. Door de staking in de havens was de komst van de *Times* weken uitgesteld. Het was zo lang geleden dat ze de *Times* had gelezen dat ze geen idee had hoe de staking was verlopen, laat staan dat die was geslaagd. Michael had de krant voor haar meegebracht, maar ze had niet eerder tijd gehad om die in te kijken. Nu las ze dat de paarden van de rijtuigen van de vakbondsleiders Ben Tillet en John Burns waren losgekoppeld en dat de rijtuigen door uitzinnige stakers met de hand door de straten werden getrokken. Ze las over de feestelijkheden, dat de vrouwen met duizenden naar Commercial Road waren gekomen om hun echtgenoten en zoons toe te juichen.

Het was gelukt. De havenarbeiders hadden gewonnen.

Tegen alle verwachtingen in hadden de ordeloze havenarbeiders de gelederen gesloten en getriomfeerd over degenen die misbruik van hen maakten. Arme mensen, die vaak niet eens konden lezen en niets van politiek wisten, hadden zich verenigd, en ze hadden gewonnen!

Fiona's hart liep over van liefde voor haar vader. Hij had

ook deel uitgemaakt van de staking, en de overwinning zou zoveel voor hem hebben betekend. 'Je had erbij moeten zijn, pa,' fluisterde ze. 'Het was jouw strijd. Je had erbij moeten zijn om het te vieren.' Ze veegde haar ogen af. Behalve vreugde voelde ze ook verdriet en bitterheid.

Maar nu, ongeveer een jaar na de dood van haar vader, waren haar gevoelens veranderd. Haar gevoel van trots en verdriet en haar woede jegens William Burton hadden nog niets aan hevigheid ingeboet, maar de angst die ze voelde toen ze uit Whitechapel was gevlucht, de wanhoop en het gevoel van onmacht waren verdwenen.

Ze stelde zich voor hoe Burton eruit moest hebben gezien toen hij van de overwinning hoorde. Hij zat achter zijn bureau in zijn kantoor. Zwijgend. Woedend. Machteloos. Hij was niet langer de alleenheerser die over iedereen macht had. Hij had moorden begaan om de vakbond tegen te houden, hij had haar familie kapotgemaakt om zijn eigen doel te bereiken. Maar hij was er achter gekomen dat de kracht van de vakbonden net zomin te stuiten was als een kind kon voorkomen dat zijn zandkasteel werd weggespoeld door de zee. Het recht zou zegevieren. De havenarbeiders hadden hun recht gekregen. En op een dag zou ook zij haar recht behalen.

Deze overwinning was een goed teken. Haar leven was veranderd. En het zou blijven veranderen. Ten goede. Ze was niet langer een bang meisje, helemaal alleen in de wereld. Ze had haar familie. Haar vrienden. En over een week zou Will er voor haar zijn. Haar echtgenoot, beschermer. Bij hem had ze niets meer te vrezen van griezels als Burton en Sheehan.

En over een week ging ze trouwen! Het zou weliswaar geen groot feest worden – alleen familie en naaste vrienden zouden aanwezig zijn – maar er viel van alles te regelen. Ze was blij dat ze een avond voor zichzelf had. Het kwam niet vaak voor dat het zo stil was in huis. Michael en Mary waren naar een variétévoorstelling. Alec, Ian en Nell waren boven. Seamie lag te slapen. Zelfs Will was in Pittsburgh voor zaken over de ondergrondse... zijn laatste zakenreis voor hun huwelijk. Ze legde de krant neer en ging naar de keuken om de ketel op te zetten. Ze sneed een plak citroencake af die Mary had gebakken, zette een pot vanillethee en nam alles op een dienblad mee naar de woonkamer. Terwijl de thee aan het trekken was zocht ze pen en papier om een lijstje te maken van alles wat ze nog moest doen.

Een uur later had ze de cake op en was ze klaar met haar lijst. Een frisse herfstbries woei door het open raam naar binnen, en bracht een vleug mee van vallende bladeren en rook van haarden. Het weer begon om te slaan. Ze trok haar sjaal om haar schouders en nestelde zich op de bank. Net toen ze dreigde in te dommelen, hoorde ze op de deur beneden kloppen en haar naam roepen. Ze kwam doezelig overeind.

'Hallo! De Finnegans? Is er iemand?'

Een rustige avond is blijkbaar te veel gevraagd, dacht ze. Ze liep naar het raam, schoof het omhoog en stak haar hoofd naar buiten. Een kleine jongen bonsde op de deur.

'Wat is er?' riep ze geërgerd.

Hij keek omhoog. 'Bent u Fiona Finnegan?'

'Ja. Wat wil je?'

'Ben ik blij dat ik u heb gevonden! Kom naar beneden!'

'Alleen als je zegt wat dit allemaal moet voorstellen.'

'Het is heel belangrijk. Ik moet u een boodschap overbrengen. Van een meneer.'

48

Het was acht uur in de ochtend, en een uitgeputte Fiona zat op een harde, houten bank in een rechtbank in Manhattan. Haar gezicht was gezwollen van het huilen en haar kleren waren gekreukt na een nacht in de stadsgevangenis. Naast haar zat haar advocaat, Teddy Sissons, de man die de koop van het huis van mevrouw Nicholson had geregeld. Plus Stephen Ambrose, een advocaat voor kwade zaken, die Teddy had aanbevolen. Hier en daar zaten nog wat mensen te wachten tot de rechter zou verschijnen.

'Dit is toch niet mogelijk,' zei ze. 'Ik wist dat hij in de problemen zat toen die jongen kwam, maar ik dacht dat het om zijn gezondheid ging.'

'Maar het is wel zo,' zei Teddy. 'En hij zit diep in de problemen. Wat had hij uitgerekend in de Slide te zoeken? Dat is een broeinest van ontucht. Daar had hij niet eens in de buurt mogen zijn!'

'Maar dat was hij dus wel,' snauwde Fiona. 'En hij is gearresteerd en jullie moeten hem zien vrij te pleiten...' Ze begon weer te huilen. 'O, Teddy, doe iets! Stel dat ze hem in de gevangenis houden!'

'Dat zal waarschijnlijk niet gebeuren,' zei Stephen Ambrose. 'Zolang het om een licht misdrijf gaat, hoeft hij alleen een boete te betalen.'

'En als ze dat niet doen?' vroeg Fiona. 'Moet hij dan naar de gevangenis?'

'Nee,' zei Teddy. Hij veegde zijn ogen af onder de bril met hoornmontuur. 'Hij is een buitenlander. Ze zullen hem deporteren.'

Fiona begon nog harder te huilen. Teddy reikte haar zijn zakdoek aan. Ambrose, goed in het pak gestoken en met een diamanten ring aan een vinger, zei: 'Het probleem is dat de rechter Cameron Eames is. Een meedogenloze vent. Hij is bezig met een campagne om de stad schoon te vegen, en dat houdt in dat goktenten, bordelen en etablissementen als de Slide moeten worden opgedoekt. Ik heb van een van de agenten gehoord dat Eames de hoofdinspecteur van politie opdracht had gegeven voor de inval. Het is geen goed teken dat hij een borgsom heeft afgewezen.'

Fiona deed haar ogen dicht en leunde tegen de bank. Dit was een nachtmerrie. Ze wilde niets liever dan eruit ontwaken sinds de jongen die Nick uit de gevangenis had gestuurd, de vorige avond naar Michaels huis was gekomen. Ze was meteen naar de gevangenis gegaan in de hoop dat ze hem vrij kon krijgen of hem in elk geval kon zien, maar dat mocht niet.

Ze hoopte dat alles goed met hem ging. Dat hij iets te eten en te drinken had gekregen, ergens kon slapen. Ze hoorde Teddy's woorden weer: 'Hij is een buitenlander. Ze zullen hem deporteren.' Als dat gebeurde, zou hij het niet overleven. Dan zou hij zijn galerie verliezen en alles waar hij zo hard voor had gewerkt. Dan moest hij terug naar Londen. Naar zijn verfoeilijke vader die had gedreigd hem geen penny meer te geven als hij terugkwam. Dan was hij helemaal alleen. Hoe kon hij dat overleven?

Ze voelde een hand op haar rug. 'Lieverd! Wat is er in vredesnaam allemaal aan de hand?' Het was Peter Hylton.

'Niets zeggen!' siste Teddy in haar oor.

'Ik... ik weet het niet, Peter. Ik weet niet wat er is gebeurd. Er is een grote vergissing gemaakt.' De emoties werden haar weer de baas en tranen gleden over haar wangen.

'O jee! Het gaat om hem, hè? Om Nick. Moet je zien, wat een tranen. Geen enkele vrouw huilt zo om een man als ze niet zielsveel van hem houdt. Ik wist wel dat McClane geen kans maakte.'

'Peter,' begon Fiona vermoeid. 'We zijn niet...' Teddy's elleboog in haar zij legde haar het zwijgen op. Ze draaide zich om.

Peter wist niets van haar verloving met Will. Alleen haar naasten, haar advocaten en de discrete madame Eugénie wisten het. Als iemand haar ring bewonderde, zei ze dat hij maar van glas was en dat ze hem zelf had gekocht voor de grap. Will had hun verloving stil willen houden. Hij wist dat de mensen al genoeg zouden praten als ze eenmaal getrouwd waren, en hij wilde Hylton geen aanleiding geven. Die man liet zich door niets weerhouden. Hij zou alles te weten komen over de japon, de bruidstaart en wat Fiona wilde dragen tijdens de huwelijksnacht. En hij zou ervoor zorgen dat heel New York het te weten kwam. Ze hoorde hem zijn aantekenboekje opendoen en met zijn pen over het papier krassen.

Er waren nu meer mensen in de rechtszaal gekomen. Een heleboel hadden aantekenboekjes bij zich. Ze herkende Nellie Bly, een vriendin van Will. Een vrouw die ze wel mocht. Een vrouw die, in een paar alinea's, Nick in de vernieling kon helpen. Ze besefte dat de pers hem zou afmaken, ook al werd hij niet veroordeeld. Ze hoefden alleen maar te melden wat voor klanten er in de Slide kwamen, en het was afgelopen met hem. Er zou een schandaal volgen. De mensen uit de society die zijn galerie begunstigden, zouden hem als een baksteen laten vallen. Zijn zaak zou kapotgaan en dat zou net zo zeker zijn dood betekenen als gevangenisstraf of deportatie.

De paniek sloeg toe. Ze kreeg het benauwd. Ze zei tegen Teddy dat ze frisse lucht nodig had en even naar buiten ging. Op de trappen van de rechtbank sloeg ze haar armen om haar lijf tegen de kille ochtendlucht en vroeg zich af wat ze moest doen. Was Will er maar. Hij zou het wel weten. Maar hij was in Pittsburgh en zou nog dagen wegblijven. Ze keek naar een kantoor aan de overkant, waar een receptioniste achter een raam aan de telefoon was. Ze holde de straat over en de deur binnen. Ze zou Will in zijn hotel bellen. Misschien was hij er niet, maar ze kon het proberen.

'Neem me niet kwalijk,' zei ze. 'Ik moet uw telefoon gebruiken. Het is een noodgeval.'

'Dat mag ik niet doen.'

'Alstublieft. Het leven van mijn vriend hangt ervan af.'

De vrouw aarzelde. 'Goed,' zei ze toen. 'Weet u het nummer?'

Fiona vertelde de naam van het hotel in Pittsburgh, en even later had het meisje de verbinding gekregen. Ze overhandigde de telefoon aan Fiona, die naar William McClane vroeg. Tot haar opluchting was hij aan het ontbijt in de eetzaal. De klerk zou hem halen. Fiona begon bijna te snikken toen ze zijn stem aan de andere kant van de lijn hoorde.

'Fiona? Schat, wat is er?'

'Het is zo erg, Will.' Met verstikte stem vertelde ze hem wat er was gebeurd.

Zijn antwoord klonk bruusk. 'Fiona, luister. Ik wil dat je daar zo snel mogelijk weggaat.'

'Dat kan ik niet, Will. Nick heeft me nodig.'

'Het kan me niet schelen wat Nick nodig heeft!' snauwde hij. 'De gevangenis, de rechtbank, daar hoor je niet. Je moet je van hem distantiëren. Van dit allemaal. Meteen. Het wordt één grote rotzooi als de pers hier lucht van krijgt. En niet alleen voor Nick. Ik wil dat je de stad verlaat. Neem Seamie mee. En Mary. Ik zal Emily bellen om te zeggen dat je komt. Fiona? Ben je er nog?'

Het bleef even stil. Toen: 'Ja... ja, ik ben er nog.'

'Ik zal deze reis afbreken. Morgenavond ben ik thuis, als ik het kan. Zeg tegen niemand iets hierover. Heb je me gehoord?'

'Ja. Heel goed.'

'Mooi. Ik moet nu ophangen. Doe wat ik heb gezegd, dan komt alles in orde. Wees voorzichtig, schat. Ik hou van je.'

'Ik hou ook van jou,' zei ze. De woorden smaakten als azijn.

'Dag.'

'Dag, Will.'

De verbinding werd verbroken. Ze legde het oorstuk op de haak, gaf de receptioniste een dollarbiljet en bedankte haar. Ze liep als verstijfd naar de deur. Haar ledematen voelden ijskoud aan. Will had gezegd dat ze Nick in de steek moest laten. Haar beste vriend. De man die haar had gered toen zij niemand had. Nu had híj niemand en ze kon hem gewoonweg niet in de steek laten. Ze keerde terug naar de rechtszaal en ging weer naast Teddy zitten. Er waren nog meer mensen gekomen. Toen ging de deur van de rechterskamer open. Een klerk verscheen. 'Wil iedereen opstaan!' riep hij.

Fiona stond op, net als iedereen in de zaal. Cameron Eames kwam de zaal in, gekleed in een golvende zwarte toga. Hij keek de zaal door en ging zitten om zijn document door te nemen. Het verbaasde haar dat hij er zo jong uitzag. En zo hard. Er was geen enkele compassie te zien op dat knappe, jongensachtige gezicht. Geen genade. Toen hij klaar was met lezen, liet hij de arrestanten binnenkomen. Een deur ging open en een rij mannen werd naar binnen gebracht. Ze hadden handboeien om. Fiona rekte haar hals, zoekend naar Nick. Toen ze hem eindelijk zag, hield ze haar adem in. Zijn linkeroog was blauw. Er liep een schram over zijn wang en er zat opgedroogd bloed onder zijn neus. Hij liep mank. Zijn jasje was gescheurd.

'Nick!' snikte ze, terwijl ze wilde opstaan.

'Stil!' siste Teddy, en trok haar omlaag.

Nick had haar niet gehoord, maar Eames wel. Hij wierp een geërgerde blik in haar richting. 'De rechtszitting is begonnen,' zei hij. Hij las de mannen voor wat de aanklachten tegen hen waren. 'Zich verdacht ophouden, verstoring van de openbare orde...'

'Overtredingen,' fluisterde Ambrose hoopvol.

'... onzedelijk gedrag, poging tot verleiding... en sodomie.'

'Hij hangt. Dat laatste is een misdrijf. Ze zullen hem niet met een boete laten gaan. Als hij geen schuld bekent, zullen ze er een rechtszaak van maken. Om de een of andere reden wil Eames deze mannen tot voorbeeld stellen.'

'Stephen, kunnen we dan helemaal niets doen?' vroeg Fiona, bleek van angst.

'Ik heb een idee,' zei Stephen. 'Al is het niet zo goed.'

'Probeer het!'

'Je zei toch dat Nick 's avonds vaak gaat wandelen?'

'Ja. Vaak.'

'Waarom?'

'Om moe te worden. Hij kan soms niet slapen.'

Ambrose knikte.

Eames riep de eerste arrestant, een onfris uitziende man die op alle aanklachten schuld bekende. Vervolgens waren twee respectabel uitziende mannen aan de beurt. Hun werd gevraagd of ze een advocaat hadden. Geen van beiden had er een. Voor beiden werd aangetekend dat ze schuld bekenden. Toen was Nick aan de beurt. Toen de rechter vroeg of hij een advocaat had, stond Stephen Ambrose op en liep naar de balie. Nick, die met gebogen hoofd had gezeten, keek verbaasd op. Zijn blik gleed van Ambrose naar de banken. Toen zag hij haar. Hun blikken ontmoetten elkaar en ze zag de angst in die van hem. Hij probeerde even te glimlachen, maar vertrok zijn gezicht van pijn. Het kostte haar moeite om te blijven zitten en niet naar hem toe te rennen en haar armen om hem heen te slaan.

Eames vroeg aan Ambrose wat het antwoord van zijn cliënt op de beschuldigingen was.

'Onschuldig, edelachtbare,' antwoordde Ambrose.

'Meneer, ik ben niet in de stemming voor fratsen. Meneer Soames is in de Slide gearresteerd. Er zijn ooggetuigenverslagen en getuigenissen van de agenten die de arrestaties hebben verricht,' waarschuwde Eames.

Ambrose stak zijn gemanicuurde handen op. 'Ik ontken niet dat mijn cliënt aanwezig was in de Slide. Toch houd ik vol dat hij onschuldig is op alle punten. Er is een grote vergissing begaan, edelachtbare.'

'Dat zeggen ze altijd,' verzuchtte Eames. Een gegrinnik ging door de zaal.

'Mijn cliënt, meneer Soames, is nietsvermoedend het etablissement binnengegaan. Hij wilde alleen iets drinken en zag niet wat voor soort gelegenheid het was. Hij lijdt aan slapeloosheid en heeft de gewoonte 's avonds te gaan wandelen om moe te worden. Daar hij een buitenlander is, kent hij niet alle wijken van onze stad, of de aard van sommige inwoners. Hij was zich niet bewust dat hij zich in een gelegenheid met een slechte naam bevond.'

Fiona hield haar adem in. Die bewering was riskant. Stel dat Nick vaker in de Slide was geweest? Als een van de andere arrestanten dat zou zeggen? Ze keek naar hen. Een paar zaten te grijnzen, maar niemand zei iets.

'Meneer Soames is een respectabel en vooraanstaand lid van de maatschappij,' vervolgde Stephen. 'Deze aanklachten zijn volkomen onlogisch. Een gezagsgetrouwe man is ten onrechte gearresteerd...'

'Meneer...'

'En tevens mishandeld. Wilt u dat laten opnemen in het processtuk?'

'Meneer Ambrose, ik ben niet onder de indruk van dit kletsverhaal,' zei Eames. 'Ik ken alle foefjes om onder een straf uit te komen, en dit is ouwe koek.'

Fiona begon weer te huilen. Het was hopeloos.

'Niet huilen, lieverd, daar kan ik niet tegen,' fluisterde een stem achter haar. Het was Peter Hylton. 'Edelachtbare!' riep hij terwijl hij opstond.

O nee, dacht Fiona. 'Meneer Hylton, u moet niet...' begon ze, maar hij stond al in het gangpad.

Eames timmerde met zijn hamer. 'Orde! Wilt u niet tegen me schreeuwen. Komt u naar voren!'

'Neemt u me niet kwalijk.' Hylton haastte zich naar de balie.

'Wat is er, meneer...' zei Eames.

'Hylton. Peter Randall Hylton. Ik schrijf een column voor de *World* en...'

'Wat wilt u, meneer Hylton?'

'Ik wil u alleen zeggen dat meneer Ambrose gelijk heeft. Er is een vreselijke fout gemaakt. Nick Soames is geen... u weet wel,' zei hij met een handgebaar.

'Nee, dat weet ik niet.'

'Geen mietje!'

De aanwezigen barstten in lachen uit. Eames hamerde woedend.

'Dat is hij niet,' hield Peter vol. 'Hij heeft een vriendin. Ik zal hier geen namen noemen, dat zou niet netjes zijn, maar het is wel zo.'

Fiona zag haar kans schoon. Ze stond op en vroeg toestemming om naar voren te mogen komen. Eames knikte en ze liep naar hem toe. Ze stond te trillen op haar benen. Will zou woedend op haar zijn, maar daar was niets aan te doen. Dit was het enige dat Nick kon helpen. Ze schraapte haar keel en zei: 'Edelachtbare, meneer Hylton heeft gelijk. Meneer Soames is mijn verloofde. We hebben ons twee maanden geleden verloofd.' Overal in de zaal klonken opgewonden stemmen. Eames liet zijn hamer hard neerkomen en dreigde de zaal te ontruimen. 'Wat meneer Ambrose zei is ook waar,' vervolgde ze. 'Nicholas slaapt slecht en hij gaat 's avonds wandelen om moe te worden. Ik weet niet hoe hij in een gelegenheid als de Slide terecht is gekomen, maar ik weet zeker dat het niet zijn bedoeling was. Ik ben ervan overtuigd dat hij er vreselijk spijt van heeft.'

Ambrose wierp Fiona een blik vol ontzetting toe. 'Edelachtbare...' begon hij vlug. De rest van zijn woorden werden overstemd door het lawaai van de mensen in de zaal. Journalisten, die begrepen dat hier een goed verhaal uit viel te halen, hingen over elkaar heen om Fiona's volledige naam te krijgen, de juiste spelling van Soames, het adres van Nicks galerie.

Eames hamerde zo woedend dat hij zijn hamer wel in tweeën leek te willen breken. 'Ga zitten, meneer Ambrose!' riep hij. Zijn stem kreeg gedaan wat met zijn gehamer niet was gelukt. Het werd stil. Hij raapte zijn papieren bijeen en stond op. 'Meneer Ambrose, ik begin u en uw vertoning meer dan beu te worden. Ik las een korte pauze in en als ik terugkom wil ik dat iedereen op zijn en haar plaats zit. En dan wil ik een speld kunnen horen vallen. Is dat duidelijk?'

Niemand durfde iets te zeggen. Eames draaide zich om en verliet de rechtszaal. Hij smeet de deur achter zich dicht.

Fiona liep terug naar haar plaats en ging weer naast Teddy zitten. Stephen Ambrose wrong zich naast haar. 'Dat was heel moedig,' zei hij zacht.

Ze knikte vol ellende. Ze had gehoopt Nick te redden, maar nu leek ze alles alleen maar erger te hebben gemaakt.

Ambrose zag haar gezicht. 'Niet zo somber,' zei hij. 'Je weet maar nooit. Als Eames Nick hierna niet naar de galg stuurt, spreekt hij hem misschien wel vrij.'

Will junior nam een flinke slok whisky en zei: 'Je bent een genie, Cameron, wist je dat? Een genie!'

Cameron zat in zijn werkkamer met zijn voeten op zijn bureau en grinnikte. 'Het gaat inderdaad goed, al zeg ik het zelf.'

'Ik kan gewoon niet geloven dat ze hier is. Dat ze de nacht heeft doorgebracht in de gevangenis en nu in een rechtszaal tussen homo's en criminelen zit! Mijn vader zal woedend zijn!'

Cameron lachte. 'Je had die Hylton moeten zien toen hij tegen de hele zaal zei dat Nick Soames geen mietje is. Ik dacht dat ik van mijn stoel zou vallen.'

Will kon zijn geluk niet op. Het ging veel beter dan hij had durven hopen. De zaal zat vol journalisten, had Cameron verteld. Er waren zelfs wat fotografen komen opdagen. Het zou een enorm schandaal worden. Fiona Finnegan zat tot haar nek in de problemen. Nu zou zijn vader de relatie beslist verbreken. Dat kon niet anders. Hij kon desnoods met een respectabele vrouw van een mindere stand trouwen, maar niet met iemand die omging met abnormale personen.

'En dan zegt ze dat ze zich twee maanden geleden heeft verloofd met Soames!'

Dit is de mooiste dag van mijn leven, dacht Will junior. Ze is volledig in de val gelopen.

'Cameron...' zei hij toen. 'Als ik me eens vergis? Als mijn vader het haar toch vergeeft?'

'Dan is al ons werk voor niets geweest, Will. Maar ik geloof het niet. Niet als de kranten er straks vol van staan.'

'In zijn wankele toestand is alles mogelijk,' zei Will junior. Hij dronk zijn glas leeg en keek zijn vriend aan. 'Ik denk, rechter Eames, dat we een mogelijkheid hebben om dat meisje Finnegan voorgoed kwijt te raken. En die mogelijkheid moeten we benutten.'

Cameron knikte, en Will wist dat hij hem had begrepen. Ze hadden altijd al elkaars gedachten kunnen lezen. Daar hadden ze veel aan gehad toen ze als jongens smoesjes moesten verzinnen, en ook toen ze waren betrapt met spieken tijdens proefwerken. Ze hadden het ver gebracht, Cameron en hij, en ze zouden het nog veel verder brengen.

'Als je vader er maar niet achterkomt.'

'Dat kan niet. Van mij krijgt hij het niet te horen.'

'En als hij merkt dat ik de rechter was?'

'Wat kan hij zeggen? Technisch gezien weet je niet eens wie ze is. Hij heeft haar toch nooit aan je voorgesteld? Je hebt ze toch nooit samen gezien?'

'Nee.'

'Je wist het gewoon niet. En als hij het later ooit aan je vraagt, dan zeg je gewoon dat je, als je het had geweten, nooit op deze voorwaarde had aangedrongen.'

'Goed. Maar je kunt nu beter gaan, via de achteruitgang. Zorg dat niemand je ziet, Will.'

Cameron stond op en trok zijn toga weer aan. Ze spraken af om bij de Union Club te dineren, en toen vertrok Will, helemaal opgelucht. Binnenkort was het voorbij. Zijn vader zou nooit te weten komen welke rol zijn zoon had gespeeld. Hij besefte dat hij bij Cameron in het krijt stond. Zodra hij zijn zetel in het Congres had, zou hij zorgen dat Cam zijn benoeming bij het hooggerechtshof van de staat kreeg. En als hij eenmaal in het Witte Huis zat, zou hij Cameron Eames benoemen tot rechter bij de Federale Hoge Raad. Elke president moest immers zorgen dat hij een rechter in zijn macht had.

De deur naar de rechterskamers ging plotseling open. Fiona schrok op. Eames kwam binnen en ging weer zitten. Overal om haar heen hoorde Fiona mensen met hun voeten schuifelen, benieuwd welke ontwikkelingen de volgende ronde zou brengen. Eames liet hen niet lang wachten. Zodra hij zat wenkte hij Stephen Ambrose en Fiona.

Hij schraapte zijn keel en wierp een blik door de zaal. 'In tegenstelling tot de manier waarop ik af en toe in kranten van minder allooi word geportretteerd,' begon hij met een veelzeggende blik op Nellie Bly, 'ken ik wel degelijk begrip. En compassie.'

Fiona kreeg hoop.

'Ik ben ook bereid te erkennen dat in het geval van meneer Soames een vergissing is gemaakt.'

Het komt in orde, dacht ze. Hij laat Nick gaan.

'Juffrouw Finnegan, u zegt dat de heer Soames uw verloofde is en dat hij bij toeval in de Slide terecht is gekomen?'

'Ja, edelachtbare.'

'Goed. Dan ben ik bereid meneer Soames te laten gaan. Op één voorwaarde...'

'Ja, edelachtbare, wat u maar wenst,' zei ze, stralend van opluchting. Ze had Nick gered! Deze vreselijke nachtmerrie was dadelijk voorbij.

'Ik sta erop dat u vandaag met de heer Soames trouwt. In mijn rechtszaal. Als bewijs van uw oprechtheid.'

Even viel er een doodse stilte, en toen brak een pandemonium uit in de zaal. Stephen en nu ook Teddy protesteerden dat dit ongehoord was en alle perken te buiten ging. Eames schreeuwde terug dat hij zich niet in zijn eigen rechtszaal voor de gek liet houden. Journalisten riepen vragen naar Fiona, naar Nick, naar Eames. Fiona bleef als verdwaasd staan.

Opeens trok een beweging haar aandacht. Het was Nick. Hij probeerde haar te wenken ondanks de handboeien. Ze liep naar hem toe. Niemand hield haar tegen. Eames was nog in een heftige discussie verwikkeld. Twee gerechtsdienaren worstelden met een arrestant die was opgestaan om te juichen. Twee anderen probeerden de toeschouwers tot stilte te manen.

'Hou ermee op. Nu,' zei Nick. 'Ik doe het niet.'

'Jawel.'

'Ben je gek geworden?' siste hij. 'Je vergooit je leven! Dit is geen halsmisdaad, Fiona. Ze veroordelen me tot een boete, en dan laten ze me gaan.'

'Nee, dat doen ze niet. Teddy zei dat de rechter je in de cel zet. Na een paar weken komt er een rechtszaak en dan word je gedeporteerd. Naar Engeland. Weet je wat dat betekent?'

'Weet jíj wat het betekent, domme meid die je bent? Je kunt niet met Will trouwen als je al met mij bent getrouwd! Dat soort dingen mag misschien in Afrika of Arabië, maar niet in New York!'

'Ik wil niet met Will trouwen.'

Nick liet zijn hoofd in zijn handen zakken. 'Toe, Fiona. Ik heb de afgelopen twaalf uur genoeg waanzin meegemaakt. Doe jij er niet nog een schepje bovenop.'

'Nicholas, je bent een keer met míj getrouwd. Nu trouw ik met jou.'

'Dat was schijn en dat weet je. Dit is echt.'

'Je hebt me gered.'

'Welnee.'

'Wel waar. Mij en Seamie. Geloof me. Nu red ik jou.'

Nick hief zijn hoofd op en keek haar aan. 'Waarom?'

Fiona haalde hulpeloos haar schouders op. 'Omdat ik van je hou.'

Een van de gerechtsdienaren kwam naar haar toe. 'U mag niet met de arrestanten praten,' zei hij kortaf, en hij bracht haar terug naar de balie.

Eames had genoeg van het kabaal en liet zijn hamer weer neerkomen.

'Orde! Orde!' schreeuwde hij. 'Anders laat ik de zaal ontruimen!'

Toen de rust was weergekeerd begon hij opnieuw. 'Ik ben bereid het verhaal van juffrouw Finnegan te geloven. Ik wens alleen bewijs. Als meneer Soames werkelijk onschuldig is, wil ik hem graag vrijlaten, maar ik sta niet toe dat de spot wordt gedreven met de autoriteit van dit hof.'

'Edelachtbare,' zei Fiona.

'Wat is er, juffrouw Finnegan?'

'Ik aanvaard uw voorwaarde. Wij allebei.'

Eames knikte. 'Goed. Ik geef u twee uur om de benodigde papieren te verzamelen. De volgende arrestant, graag.'

Fiona, duizelig van uitputting en de schok, ging zitten. Drie journalisten probeerden bij haar te komen, maar Teddy en Stephen weerden hen af. Een vierde hield aan. Het was Nellie Bly.

'Ik moet haar spreken, Teddy,' hoorde Fiona haar zeggen. 'Als vriendin.'

'Het is goed, Teddy,' zei Fiona.

Nellie ging naast haar zitten en boog zich naar haar toe opdat niemand hun gesprek kon horen. 'Waar ben je mee bezig, Fiona?' vroeg ze zacht. 'Will houdt van je. Dat weet ik. Ik wist het al voor hij het zelf wist. Waarom wil je hem pijn doen?'

'Omdat ze Nick vermoorden als ik het niet doe.'

'Fiona, dit is Amerika. Ze vermoorden hem echt niet. Hij zal misschien een poosje moeten zitten of dwangarbeid doen. Of anders wordt hij gedeporteerd...'

Fiona viel haar in de rede. 'Dwangarbeid?' zei ze kwaad. 'Hij kan niet eens een pikhouweel tillen! Hij heeft een zwak hart, Nellie,' zei ze terwijl ze een snik smoorde. 'Hij kan amper een van zijn schilderijen tillen. Hij zou het nog geen week volhouden...' Haar stem haperde en brak. Tranen stroomden over haar gezicht. Het werd haar allemaal te veel. Ze was Nick bijna kwijtgeraakt. En nu moest ze Will verliezen.

'Het spijt me, Fiona. Ik wist het niet. Jezus, wat een afschuwelijke keus moet je maken. Stil maar. Ik vind het zo erg...' Nellie troostte haar. Toen Fiona zich weer wist te beheersen, stond Nellie op en keek naar de rechter. 'Vervloekte smeerlap die je bent, Eames!' schreeuwde ze.

Eames was tegen een arrestant aan het praten. Hij zweeg. Zijn gezicht werd rood. 'Wat zegt u daar?' zei hij.

'Je hebt me gehoord! Moet dit een aanklacht voorstellen, of de Spaanse inquisitie?'

'Hoe durft u...'

'Zal ik zeggen wat het is? Een karikatuur van de rechtspraak! Om iemand zo tot een huwelijk te dwingen. Jij weet het, en iedereen in deze zaal weet het!'

'Genoeg!' bulderde Eames. 'U zult respect tonen voor mijn ambt als u in mijn rechtszaal tegen me spreekt! Juffrouw Bly en iedereen van de pers dienen de zaal ogenblikkelijk te verlaten!'

Gerechtsdienaren zetten Nellie de zaal uit, en de overige journalisten volgden. Toen de rust was weergekeerd, kon Eames de zitting voortzetten. Fiona kon met behulp van Teddy het gebouw via de achterkant verlaten en wist zo de journalisten te ontlopen. Teddy probeerde haar van haar voornemen af te brengen. Wat Eames had gedaan was onwettig, zei hij. Hij had het recht niet om een dergelijke voorwaarde op te dringen. Hij en Stephen zouden het regelen, beloofde hij. Het zou een paar dagen, hooguit een week duren.

Fiona stak een hand op om een huurrijtuig aan te roepen. 'Een week? Wil je dat ik hem een week in de cel laat zitten? Heb je zijn gezicht gezien? God weet wat ze hem allemaal hebben aangedaan.' Een huurrijtuig hield in en ze holde erheen. 'Over twee uur ben ik terug met de papieren,' riep ze. 'Blijf bij hem. Zorg dat hij geen gekke dingen doet!'

'Dat kan ik beter tegen jou zeggen,' zuchtte Teddy toen het rijtuig wegreed.

'Elgin? Ik dacht dat uw achternaam Soames was,' zei Cameron Eames terwijl hij Nicks geboortecertificaat bekeek.

'Die is Elgin. Maar ik gebruik de achternaam van mijn moeder, Soames.'

Fiona wierp een blik op Nick. Dit was nieuws voor haar. Binnenkort zou haar achternaam ook Elgin zijn. Of toch Soames? Ze voelde een golf van duizeligheid over haar komen. Even was ze bang dat ze zou flauwvallen. Dat was niet verwonderlijk. Ze had niet geslapen of gegeten, en dan had je natuurlijk nog dit akkefietje van een huwelijk met Nick.

'Wat is dit?' informeerde Eames, wijzend naar een afkorting voor Nicks naam.

'Dat, eh... betekent burggraaf.'

O, wat doet hij nu weer? vroeg Fiona zich vermoeid af. Het was veel te laat om nog meer trucjes uit te halen. Die hadden ze allemaal al geprobeerd. Dacht hij echt dat een rechter onder de indruk raakte als hij deed of hij van adel was?

'Burggraaf?' vroeg Eames.

'Ja.'

'Wat is dat precies?'

'De oudste zoon van een hertog.'

'Uw vader is een hertog?'

'De zesde hertog van Winchester.'

Fiona wierp hem een boze blik toe. Hou op, vormde ze met haar mond. De zoon van de hertog van Winchester. Welja! Straks ging hij nog zeggen dat zij prinses was.

Hij keek schuchter terug. Tenminste, zo leek het. Het was moeilijk te zeggen nu zijn oog zo opgezwollen was. Maar hij zag er toch beter uit. Hij had van de rechter zijn gezicht mogen wassen. Hij had ook zijn haar achterovergekamd en de schone kleren aangetrokken die ze had meegebracht. Hij zag er presentabel uit. In elk geval als een nette jongeman, niet als een crimineel.

Fiona had zich ook kunnen verkleden. Ze was onopgemerkt het appartement van haar oom binnengegaan. Gelukkig was Mary weg met de kinderen. In haar kamer had ze haar gekreukte kleren uitgedaan en een witte kanten blouse en een blauwgroen pakje van satinet aangetrokken. Toen had ze vlug haar haren gekamd en een hoed uit haar kast gegrist. Toen ze in een la naar haar geboortecertificaat zocht, kwam ze de trouwringen van haar ouders tegen, en stopte die in haar zak. Ze ging vlug het appartement uit en holde naar Seventh Avenue, waar ze een huurrijtuig nam naar Gramercy Park. Het duurde even voor ze de leren map vond waarin Nick zijn papieren bewaarde, maar uiteindelijk vond ze die onder het bed. Ze had een schoon overhemd en jasje uit zijn kast gepakt en haastte zich toen terug naar de rechtbank. Als Peter Hylton en zijn maten foto's wilden, dan konden ze die krijgen, maar niet als Nick en zij geen schone kleren aanhadden op hun trouwdag.

Hun trouwdag.

Haar handen begonnen te beven. Ze ging met Nick trouwen. Opeens voelde ze zich weer licht in haar hoofd worden. Ze sloot haar ogen. Niet doen, zei ze in zichzelf terwijl ze haar nagels in haar handpalmen drukte. Niet nadenken. Nergens over denken. Gewoon zo snel mogelijk afhandelen.

Toen Eames Nicks geboortecertificaat en dat van haar had gecontroleerd, gaf Fiona de ringen van haar ouders aan Teddy. De rechtszaal was leeg, op Fiona, Nick, Teddy, Stephen en Eames na. Daar was ze blij om. In elk geval hoefden ze elkaar geen eeuwige trouw te beloven voor een menigte.

Eames begon. Hij voltrok zakelijk de ceremonie. Ze schoven elkaar de ringen om hun vingers en toen was het voorbij. Nicholas en Fiona Soames... of Elgin? Man en vrouw. Tot de dood ons scheidt.

Eames liet hen hun handtekening zetten en wenste hen goedendag. Nick was vrij om te gaan. Met een strak glimlachje adviseerde hij hem om uit de buurt van de Slide en dat soort gelegenheden te blijven.

Toen hij weg was, viel er even een stilte. Toen klapte Stephen in zijn handen en kondigde aan dat buiten een horde journalisten stond te wachten. Als ze wilden dat de mensen geloofden dat Nicks arrestatie een vergissing was geweest, konden ze maar beter doen alsof ze een gelukkig bruidspaar waren. Ze volgden hem naar buiten.

Op de trappen van het gerechtsgebouw deelde Stephen de aanwezigen mee dat Cameron Eames een schandalig gevoel voor rechtsorde had en dat hij zich tegenover zijn cliënten diende te verontschuldigen. Meneer Soames had zwaar geleden onder de handen van de politie en het rechtbanksysteem, en hij was gedwongen geweest om veel eerder dan hun plan was, te trouwen met zijn verloofde, Fiona Finnegan. 'We leven in 1889!' bulderde hij. 'Niet in de middeleeuwen! Niemand hoort gedwongen te worden om in een rechtbank te midden van criminelen te moeten trouwen om zijn goede naam te zuiveren!' Hij voegde er nog aan toe dat hoewel alle aanklachten tegen zijn cliënt waren ingetrokken, de heer Soames overwoog de stad te vervolgen wegens onwettig verblijf in een cel en schending van zijn burgerrechten.

Er werden foto's gemaakt van Nicholas die de wang van zijn bruid kuste, en van Fiona die een boeket rozen vasthield dat een journalist voor haar had gekocht bij een bloemenverkoopster. Vragen werden gesteld en beantwoord, namen werden gespeld en het paar werd gefeliciteerd. Eindelijk ging de menigte uiteen. Teddy en Stephen namen afscheid, en Fiona en Nick waren alleen.

Fiona zei als eerste wat. 'Nick... ik denk dat ik ga flauwvallen.'

'Nee, niet doen! Daar is een bank, onder die boom. Kom.'

Hij pakte haar bij de elleboog en nam haar mee. Ze ging met haar hoofd op haar knieën zitten. Haar huid was klam. Haar hart ging tekeer. Ze voelde zich misselijk. 'Wat hebben we gedaan?' kreunde ze. 'Wat moet ik tegen Will zeggen?'

Nick wreef zacht over haar rug. 'Het spijt me, Fiona,' zei hij. 'Het spijt me zo ontzettend.' Toen barstte hij in tranen uit. Hij huilde zo hard dat ze hem amper kon verstaan. '... je leven verpest... Will... je... hield van hem.'

Fiona dacht na. Ze keek naar de gebouwen om hen heen, de bomen, de zon die hoog aan de hemel stond. Toen keek ze hem aan. 'Nee, ik hield niet echt van hem.' Haar stem klonk vreemd kalm.

'Wat?' vroeg hij snuivend.

'Je had gelijk. Weet je nog toen we die ruzie hadden in jouw appartement? Je zei dat ik niet echt van Will hield. Niet zoals ik van Joe heb gehouden. Ik hield van Wills goede karakter, zijn intelligentie, alle mooie dingen. Ik vond het prettig dat iemand me wilde, voor me zorgde. Maar ik hield niet van hém. Niet zoals zou moeten. Ik vind het alleen heel erg dat ik hem zoveel pijn zal moeten doen. Joe was mijn grote liefde, Nick. Zoals Henri die van jou was. Die kom je maar één keer in je leven tegen. Hoe moeilijk het ook is, het wordt tijd dat ik het aanvaard.'

'Hou je van mij?'

Ze glimlachte tegen hem. 'Dat weet je.'

'Ik hou ook van jou. Ik zal goed voor je zorgen, Fee. En voor Seamie. Dat beloof ik. Ik zal een goede echtgenoot zijn. Ik weet dat het niet een normaal huwelijk zal zijn... ik kan je geen kinderen geven... maar ik zal je al het andere geven. Een thuis. Kleding. Diners. Wat je maar wilt. Ik heb niet zoveel geld als Will, maar toch een flink bedrag. Ongeveer tienduizend pond per jaar. En de galerie gaat bijna open. Ik heb uitstekende vooruitzichten.'

Fiona wierp hem een zijdelingse blik toe. 'Nicholas Soames, het lijkt wel of je me ten huwelijk vraagt.'

'Dat is ook zo, geloof ik. Een beetje laat, dat wel.'

'Ik neem je aanzoek aan.'

'Ja?'

'Absoluut.' Ze legde haar hoofd tegen zijn schouder. 'Ik zou zo weer met je trouwen, Nick. Ik zou alles hebben gedaan om je hier te houden. Je bent de belangrijkste persoon ter wereld voor me. Jij en Seamie.'

Ze hoorde hem weer snuiven. Even later zei hij: 'Weet je het zeker? Want als je zou willen, kunnen we scheiden.'

'Nee, dat kunnen we niet. Dat veroorzaakt net zo'n schandaal als dat wat we net hebben weten te vermijden, en ik heb voorlopig genoeg opwinding gehad.'

'En je mooie japon, Fee? En de sieraden die Will je heeft gegeven?'

'Iemand anders kan die jurk wel aan. En dit...' Ze trok de ring met de grote diamant van haar vinger en stopte hem in haar tas. 'Die heeft toch nooit bij me gepast.'

'En je reis. Je verheugde je er zo op, en nu kun je niet volgende week naar Frankrijk varen.'

'Nee,' zei ze met een verheugde glimlach toen tot haar doordrong wat ze wel kon doen. 'Maar ik kan naar mijn mooie Theeroos, Nick! Ik kan mijn schort aantrekken en aan de slag gaan! Ik hoef mijn theesalon niet op te geven! Hoe heb ik dat ooit kunnen denken? Zal ik je eens wat zeggen? Ik kan gewoon niet wachten om terug te gaan, mijn rozen te zien, de salon te openen en tot mijn nek in de thee en scones zitten!'

Nick pakte haar hand. 'Ik neem je mee op huwelijksreis, Fee.'

'Ja? Waarheen?'

'Coney Island.'

Fiona lachte. 'Met Seamie en Michael en de Munro's achter ons aan. Dat is pas romantisch!'

Zo bleven ze zitten praten tot de klok één uur sloeg. Fiona besefte hoe ongerust iedereen thuis moest zijn. Ze was gisteravond het huis uit gehold en had alleen even tegen Alec gezegd dat er iets met Nick was gebeurd.

'We kunnen beter naar huis gaan,' zei ze. 'Ze zullen doodongerust zijn. We moeten Michael vertellen wat er is gebeurd.'

Nick kreunde. 'Ik denk dat ik nog liever gedeporteerd word.'

Ze stonden op, en Fiona zag dat de schram op zijn wang weer bloedde. Ze depte hem met Teddy's zakdoek, die ze nog steeds in haar hand had. 'Trouwens,' zei ze. 'Dat was een domme streek die je probeerde uit te halen. Om je voor te doen als burggraaf... Schaam je je niet?'

Hij pakte haar hand. 'Dat was geen streek, Fiona,' zei hij.

Ze keek hem onderzoekend aan. 'Je... je maakt geen grapje, hè?'

Hij schudde zijn hoofd. Toen gaf hij een kus op haar hand en zei met een glimlachje: 'Laat mij de eerste zijn om u te feliciteren met uw huwelijk, burggravin.'

49

Joe had net een bad genomen, het enige bad per week dat was toegestaan door zijn hospita. Hij trok een schoon overhemd aan en stopte het in zijn broek. Hij keek in het vierkante spiegeltje boven het bureau en haalde een kam door zijn haar. Vandaag zou hij op zoek gaan in Chelsea. Hij was nu al drie weken in de stad zonder een spoor van Fiona te hebben ontdekt. Het werd steeds moeilijker om zijn optimisme te bewaren.

Michael Charles Finnegan bleek ook de verkeerde te zijn. Hij had inderdaad een nicht: Frances, en ze was tien jaar. Eddie had evenmin geluk. Hij had een adres op Eighth Avenue ontdekt, een kruidenierswinkel, en op de deur geklopt. Een oude man had opengedaan en gezegd dat daar inderdaad een Michael Finnegan woonde, maar dat hij uit was. Hij zei dat Eddie de volgende dag terug moest komen. Eddie had geprobeerd te vragen of Michael een nicht had, maar de man had gezegd dat er al genoeg opwinding was geweest voor één avond, en dat hij geen vragen van straatjongens ging beantwoorden. Toen had hij de deur voor zijn neus dichtgegooid.

Dat was eergisteren geweest. Eddie had gisteren pamfletten moeten uitdelen en kon dus niet terug naar Eighth Avenue, maar hij had Joe het adres gegeven. Dus zou Joe er die ochtend zelf heen gaan. Hij moest Fiona vinden. Gauw. Hij deed heel zuinig met het geld, maar het begon toch op te raken. 'Waar ben je toch, meisje?' zuchtte hij hardop in de lege slaapkamer. Wanhoop overviel hem. Hij ging op zijn bed zitten en leunde met zijn ellebogen op zijn knieën, overtuigd dat hij haar nooit zou vinden, dat al zijn hoop en moeite vergeefs waren geweest.

Hij schudde het gevoel van zich af. Hij mocht het niet opgeven. Ze was hier, dat voelde hij. Hij moest alleen de juiste Finnegan zien te vinden. Toen hij zijn laarzen wilde pakken, werd er opeens luid op de deur gebonsd.

'Meneer!' riep een jongensstem. 'Doe open! Nu heb ik haar echt gevonden!'

Joe was met twee stappen bij de deur en rukte die open. Eddie stond op de drempel met een krant in zijn handen. 'Kijk! Dat is ze toch? Fiona Finnegan! Dat is ze toch?'

Hij pakte de krant. En daar, op de tweede pagina, was een foto van Fiona, maar niet de Fiona die hij had gekend. Deze Fiona glimlachte. Ze droeg een modieus mantelpak en een mooie hoed. Ze zag er mooi uit. Stralend. Een man gaf een kus op haar wang. De kop luidde: 'New Yorks meest betoverende paar gehuwd tijdens rechtbankceremonie'. Het artikel was geschreven door Peter Hylton. Joe begon te lezen.

Geen column vandaag, beste lezers. Slechts één verhaal is het vermelden waard, en dat is het dramatische huwelijk in de rechtbank van de knappe jonge kunsthandelaar Nicholas Soames en Fiona Finnegan, de mooie eigenares van TasTea en de binnenkort te openen theesalon de Theeroos. Vanmorgen zijn vele harten in de stad gebroken door dit nieuws, en een zekere welbekende miljonair, mededinger naar Fiona's hand, heeft zich terugge-

trokken op het platteland. In liefde en oorlog is alles geoorloofd, lieve lezers, maar ik dwaal af! Terug naar dinsdagavond en de onrechtmatige arrestatie die leidde tot een huwelijk...

Het artikel verhaalde over de arrestatie van Nicholas Soames, de verdediging van zijn advocaat, Hyltons eigen heroïsche verklaring en juffrouw Finnegans smeekbede aan de rechter. Ook waren er verwijzingen naar de galerie van Nicholas Soames en Fiona's ontluikende theehandel.

Joe was verbijsterd. Dit kon niet. Het was niet mogelijk. Hij las verder. Fiona woonde in Chelsea, stond er, boven de kruidenierswinkel van haar oom. Waar Eddie was geweest. Was *hij* maar naar Eighth Avenue gegaan in plaats van naar Duane Street. God, had hij dat maar gedaan...

'Gaat het, meneer? U ziet er zo raar uit,' zei Eddie. 'Wilt u koffie? Whisky? Moet u niet gaan zitten?'

'Nee,' zei Joe. Hij stak een hand in zijn zak, haalde er het eerste uit wat hij voelde en gaf het aan Eddie.

'Een hele dollar? Tjonge, bedankt!'

Joe deed de deur achter hem dicht. Hij pakte de krant weer op en keek naar de foto's, hopend dat het toch niet Fiona was. Maar ze was het wel. Haar gezicht, haar glimlach, onmiskenbaar. Hij voelde zich leeg, uitgehold. Hij had niets meer vanbinnen. Geen hart, geen hoop, geen leven. Alles was weg. In een oogwenk uit hem gerukt.

Een bitter lachje ontsnapte hem. Wat was hij toch een dwaas. Ze was helemaal niet het arme, hulpeloze meisje dat hij zich had voorgesteld. Ze zat niet in de problemen, ze was niet bang. Wat aanmatigend om aan te nemen dat ze zonder hem alleen en ellendig was. Ze was een mooie, succesvolle vrouw, niet langer het meisje wier hart hij had gebroken op de Old Stairs. Ze had een heel nieuw leven opgebouwd. Een goed leven. Ze zag er echt als een gelukkige bruid uit met haar knappe echtgenoot, een man die zo te zien heel wat hoger op de maatschappelijke ladder stond dan een marktkoopman uit Whitechapel.

Joe keek hoe de man, ietwat verfomfaaid maar toch knap, haar wang kuste, en hij voelde zich ziek van jaloezie. Wat had je dan verwacht? vroeg hij zich nijdig af. Je hebt haar in de steek gelaten en ze heeft iemand anders gevonden. En zo hoort het ook.

Heel even overwoog hij naar haar toe te gaan. Maar hij wist dat het egoïstisch en oneerlijk zou zijn en haar alleen maar van streek zou maken. Het was allemaal zijn schuld, niet van haar. Eigenlijk waren de rollen omgedraaid. Een passende straf voor wat hij haar had aangedaan. Hij hoorde de stem van zijn grootmoeder: 'We worden niet voor onze zonden gestraft, maar erdoor.'

Hij zou niet naar haar toe gaan. Hij zou haar verder laten gaan met haar leven. Zelf zou hij ook doorgaan. Zonder haar. Ze kwam niet met hem terug. Ze kwam niet terug naar Londen. Hij voelde pijn opkomen, een enorm gevoel van verlies dat hem bang maakte. Hij moest het voor zien te blijven, er niet ten prooi aan vallen.

Hij trok zijn plunjezak onder het bed vandaan. Hij ging vandaag nog weg. Eerst zou hij afscheid nemen van Brendan op zijn werk, en dan ging hij naar de haven om te zien of er vanavond een boot vertrok en of er nog een kooi vrij was. Hij trok de la van het bureau open en stopte zijn spullen in de zak. Zijn plattegrond van New York lag er ook, opengevouwen op de West Side. Chelsea. Waar zij woonde. Waar hij vandaag heen had gewild. Hij was net één dag te laat.

Zonder waarschuwing sloeg de pijn toe. Hij trok hem mee naar peilloze diepten, overspoelde hem. Vulde hem met zijn verstikkend verdriet, zijn waanzin. En Joe wist dat het zo zou blijven. Voorgoed.

Deel 3

50

Londen, 1898

Roddy, inmiddels brigadier, hoefde niet meer op straat te patrouilleren. Hij was het echter zo gewend dat hij elke avond wel een uurtje op patrouille ging voor hij terugkeerde naar zijn gezin en zijn huis in de veilige, degelijke Bow. Zo behield hij het contact met de mensen die hij moest beschermen, en tegelijkertijd wist slecht volk dat hij hen in de gaten hield.

'Goedenavond, meneer,' klonk een stem uit de duisternis.

Roddy tuurde door de mist en zag een gezette, brede gestalte naderen. Een helm, een rij koperen knopen op een blauw jasje. Hij glimlachte. Het was McPherson. Al vijfentwintig jaar bij de politie en nog steeds patrouillerend. Niet dat hij niet goed genoeg was om hogerop te komen. Hij was een van de slimste, taaiste agenten die Roddy ooit had meegemaakt, en hem was vaak promotie aangeboden maar hij had het altijd geweigerd. De man wilde niets te maken hebben met alle kopzorgen en frustraties van de hogere rangen.

'Rustige avond, agent?' informeerde hij.
'Grotendeels wel. En u?'
'Twee vechtende hoeren uit elkaar gehaald,' zei Roddy nonchalant.
'O ja?'
'Ja.'
McPherson lachte. 'U bent me er een, brigadier. De meeste hoge pieten kunnen niet wachten om van de straat af te komen, en u kunt niet wachten om er weer op te komen. Gaat u naar huis?'
'Ja. Maar ik wilde eerst een eindje om. Eens kijken wat er te zien valt.'
'Ik heb net zelf iets interessants gezien.'
'O ja?'
'Sid Malone en Denny Quinn. Ze kwamen uit de Taj.'
Roddy fronste zijn wenkbrauwen. 'Malone? Die vent uit Lambeth?'
'Precies.'
'Dan is hij ver van huis in Whitechapel. Zou hij iets van plan zijn?'
'In elk geval niets goeds.'
'Hoe ziet hij er eigenlijk uit?'
McPherson haalde zijn schouders op. 'Zoals alle criminelen in Londen. Groot. Een keiharde. Hij maakt je net zo makkelijk af als dat hij naar je kijkt. Hebt u hem nooit gezien?'
'Misschien, maar dat is dan jaren geleden.' Roddy herinnerde zich dat Charlie Finnegan met een zekere Sid Malone had gewerkt op de brouwerij, en dat die knaap had geprobeerd Fiona aan te randen. Hij had hem kort daarna even opgezocht en hem aangeraden nooit meer een vinger naar haar uit te steken. De Sid Malone die hij zich herinnerde, was een pestkop geweest, en pestkoppen hadden het

altijd gemunt op mensen die zwakker waren dan zij. De Sid Malone die naar de Taj was gekomen, had het gemunt op iemand die sterker was. Veel sterker.

'Ik heb gehoord dat hij het heel druk heeft op de zuid-oever,' zei McPherson. 'Misschien denkt hij erover om in onze wijk te beginnen.'

'Misschien. Hou de boel maar goed in de gaten.'

'Dat doe ik. Gaat u in noordelijke richting, brigadier? Dan kunt u misschien even kijken bij de theefabriek. Bijna de hele straat daar is afgebrand. Een stuk of veertig gezinnen zijn nu dakloos. Volgens de officiële lezing heeft een zwerver liggen roken. Hij viel in slaap en toen ging de boel in de fik.'

Roddy spuwde. Hij kreeg een vieze smaak in zijn mond. 'En volgens de onofficiële lezing was dat het werk van Bowler Sheehan. En dat kunnen we nooit hardmaken. Zoals gewoonlijk is het: wat niet weet, wat niet deert.'

'Is Sheehan een pyromaan geworden?'

'Hij knapt af en toe klussen op voor de eigenaar, William Burton. Volgens een makelaar die ik heb gesproken staat het gebouw al jaren te koop. Ik denk dat hij Sheehan heeft ingehuurd om te zorgen dat hij een vette uitkering van de verzekering krijgt.'

'Nou, dan heeft hij een goede avond uitgezocht. Lekker droog. Heel anders dan vanavond.' Hij wreef in zijn handen. 'Dit is Ripper-weer.'

'Ja. Maar over hem praat ik niet veel meer de laatste tijd. Hij is een verboden onderwerp thuis.'

'Bij mij thuis ook.'

Het was een verboden onderwerp van gesprek bij alle politiemannen die aan de zaak hadden gewerkt. De vrouwen hadden de verhalen steeds weer moeten aanhoren, en ze hadden schoon genoeg van de obsessie van hun mannen met die gek.

'Nu is het afgelopen, Roddy!' had Grace tegen hem geschreeuwd toen ze pas getrouwd waren en hij weer maaiend met zijn armen uit een nachtmerrie wakker was geworden. 'Ze hebben dat lichaam in de Theems gevonden en volgens iedereen was het Jack. Jij kunt niets doen om die vrouwen terug te brengen. Of Kate Finnegan. Waarom laat je het niet los?'

Ja, waarom niet? Hij wilde niets liever. Hij wilde Annie Chapmans dode ogen niet zien in zijn nachtmerries. Hij wilde niet wakker worden met de stank van bloed in zijn neus. Hij wilde Fiona's snikken niet horen toen ze de kist van haar arme, vermoorde moeder in de grond lieten zakken. Hij wilde niets liever dan geloven wat hij hoorde te geloven: dat Montague Druitt, de jonge advocaat wiens lichaam in 1888 uit de rivier was gevist, de moordenaar was.

Alsof McPherson zijn gedachten had gelezen, zei hij: 'Allemaal onzin, wat Scotland Yard beweert. Dat Druitt de Ripper was. Ik heb het nooit geloofd.'

Roddy wierp hem een blik toe. 'Ik ook niet. Het klopt gewoon niet. De arme knul was stapelgek, maar een moordenaar was hij niet. Hij had nooit geweld gebruikt. En hij was niet bekend in Whitechapel.'

'Jack kende Whitechapel heel goed.'

'Of misschien nog steeds,' zei Roddy zacht.

Het was een gedachte die beide mannen deelden maar zelden uitspraken: dat Jack er nog steeds was, zijn tijd afwachtend. Door de jaren heen hadden ze af en toe een lijk gezien van tippelaarsters die waren gewurgd of doodgestoken, en ze hadden zich allebei afgevraagd of Jack het had gedaan. Had hij zijn dwangimpulsen leren bedwingen? Of gaf hij er minder vaak aan toe? Had hij geleerd zijn methoden af te wisselen? Van hogerhand werd geprobeerd deze moorden stil te houden. De zaak was gesloten, zeiden ze. De Ripper was dood.

'We kunnen het beter laten rusten, denk ik,' zei McPherson. 'We zullen het toch nooit zeker weten. We moeten het maar onderbrengen bij onopgeloste zaken.'

Roddy knikte. Onopgeloste zaken. Dat was een onderdeel van het werk dat niemand hem had geleerd. Een man in bedwang krijgen, wat je moest doen als je tegen een overmacht stond, die dingen vielen te leren. Maar geen enkele opleiding kon je voorbereiden op de onopgeloste zaken. De doodgelopen sporen. Het onvermogen. Als jongeman had hij dat niet willen accepteren. Hij had gedacht dat hij alle zaken kon oplossen als hij maar hard genoeg werkte. Hij zou een aanwijzing vinden, dat ene detail dat over het hoofd was gezien, waardoor hij de dief, de kinderverkrachter, de moordenaar zou pakken. Door de jaren heen was hij wijzer geworden. Hij had geleerd dat er soms geen aanwijzingen waren. Criminelen waren soms heel sluw. Of ze hadden geluk. Na een heleboel jaren had hij geleerd aan het eind van de dag zijn vrouw te kussen en zijn kinderen naar bed te brengen, terwijl hij maar al te goed wist dat intussen rovers op pad waren, vrouwen werden mishandeld en moordenaars op vrije voeten waren.

'Nou, dan ga ik maar weer,' zei McPherson. 'Ik maak nog even een wandelingetje rond Brick Lane. De schilderachtige route. Goedenavond, brigadier. Wees voorzichtig.'

'Hetzelfde, McPherson.'

Roddy liep verder. Hij draaide met zijn wapenstok, verdiept in herinneringen aan '88. Op een avond als deze was het verleden nog sterk aanwezig. Net zo werkelijk als de keien onder zijn voeten en de bittere lucht die hij inademde. Hij troostte zich met de gedachte dat in elk geval iets goeds was voortgekomen uit al die ellende: Fiona en Seamie hadden hier weten weg te komen en hadden een nieuw leven opgebouwd in Amerika.

Hij had pas een kerstkaart gekregen van Fiona, met bijgevoegd een foto van haarzelf en haar man Nicholas en Seamie. Ze was een mooie vrouw geworden. Maar ze was altijd al een knap meisje geweest. En Seamie was nu een jongeman, lang en knap. Roddy was heel blij geweest met de kaart. Hij was altijd blij als er brieven en foto's van haar kwamen. Hij voelde zich gelukkig als hij dacht aan wat ze had bereikt. Koopvrouw in thee! En nog wel de grootste van Amerika.

Haar man was een hoge piet, dat kon Roddy zo zien op de foto's, maar ze zei dat hij heel goed voor haar was en dat ze veel van hem hield. Zo te zien was ze met deze vent veel beter af dan met Joe Bristow. Roddy kon nog nijdig worden als hij eraan dacht hoe Joe haar had behandeld, maar hij was mild geworden jegens de jongen.

Hij zag in gedachten hoe hij eruit had gezien toen hij terugkwam uit New York. Leeg. Alsof zijn hart was uitgerukt. Hij had Roddy vier pond teruggegeven die hij over had, beloofd de rest zo snel mogelijk terug te betalen, en hem een krant gegeven met foto's van Fiona en haar bruidegom en met een artikel over het huwelijk erin. Roddy had hem binnengelaten en hem een glas whisky gegeven. Hij had de moed niet hem te vertellen dat hij twee dagen nadat Joe naar New York was vertrokken, een brief van Fiona had gekregen. Naderhand had hij hem niet vaak meer gezien. Hij was enkele malen gekomen om zijn schuld af te lossen, en dat was alles.

In alle brieven die Roddy door de jaren heen van Fiona had gekregen, had ze nooit naar Joe gevraagd. En Roddy had het nooit over hem. Waarom zou hij alle ellende weer oprakelen? Hij had het ook nooit over Bowler Sheehan, of diens bewering dat ze geld van William Burton had gestolen. Dat alles verbaasde hem nog steeds, maar toen hij eenmaal wist dat ze in New York was, maakte hij zich geen zorgen meer dat Sheehan haar kwaad zou doen. Hij was ervan overtuigd dat ze altijd eerlijk was geweest, maar misschien was ze zo wanhopig geweest in haar verdriet, dat ze Burton een paar pond lichter had gemaakt om weg te kunnen. Nou en? Hij had geld genoeg.

In elke brief die hij haar schreef, vroeg hij of ze nog eens op bezoek wilde komen. Hij wilde haar en Seamie zo graag terugzien en kennismaken met haar man. Ze had de uitnodiging echter steeds afgeslagen vanwege Nicholas' zwakke gezondheid. Ze had Roddy ook uitgenodigd om met zijn gezin naar New York te komen. Talloze malen. Hij wilde wel, maar hij zag op tegen de lange zeereis. Met zijn zwakke maag zouden het twee weken vol ellende worden. De enige keer dat hij op een boot was geweest, was tijdens de reis van Dublin naar Liverpool, met Michael en Paddy. Hij had de hele reis met zijn hoofd over de reling gehangen en de Finnegans hadden hem uitgelachen.

Paddy... god, wat miste hij hem. Had hij die avond maar niet de dienst van de bewaker overgenomen... dan zou alles zo anders zijn. Dan waren ze er allemaal nog, Paddy, Kate, de kinderen. Dat was het enige wat Paddy had gewild: zijn gezin, en voor hen kunnen zorgen. Dat was toch niet veel gevraagd? Helemaal niet.

Zijn herinneringen werden onderbroken toen hij bijna tegen een vrouw botste die met gebogen hoofd langs hem liep. 'Neem me niet kwalijk,' mompelde ze. 'Ik zag u niet in de mist.'

Hij ving een glimp rood haar op. Hij kende haar. 'Alice? Ben jij dat?'

Ze draaide zich om. 'Ja. Bent u dat, brigadier? Ik kan niet zo goed zien op het moment.'

Roddy hield scherp zijn adem in. 'Wie heeft dat gedaan?' vroeg hij.

'Een klant.'

'Nu net?'

Hij nam haar mee naar een gaslantaarn en bekeek haar gezicht. Haar ogen waren zo gezwollen dat ze nog maar spleetjes waren. In haar neusgaten zat opgedroogd bloed. Haar wang zat vol blauwe plekken.

'Jezus, Alice. Kende je hem?'

Ze schudde haar hoofd. 'Nooit eerder gezien. Ik wilde eigenlijk niet, maar hij bood me een shilling. Hij zag eruit als een rijke vent. Toen we in mijn kamer waren, werd hij opeens gek. Hij zei steeds maar: "Ik heb je gevonden, ik heb je gevonden." Hij sloeg me helemaal in elkaar. Toen begon hij over ratten, en hij pakte een mes. Ik dacht echt dat ik er geweest was, maar ik kon hem ervan overtuigen dat er geen ratten waren, en toen bedaarde hij.'

'Je moet naar die ogen laten kijken.'

'Gaat niet. Ik ben blut. Ik ga naar de Bell. Misschien krijg ik wel een gratis borrel. Daar zal de pijn wel van weggaan.'

Roddy haalde een sixpence uit zijn zak. 'Zorg dat je eerst iets eet.'

Alice probeerde te glimlachen. 'Dat is aardig van u, brigadier.'

'Doe wat ik heb gezegd. Ga eerst een kom soep eten.'

'Zal ik doen. Bedankt, brigadier.'

Je doet het toch niet, dacht Roddy terwijl hij haar nakeek. Je gaat meteen naar de Bell en je geeft het uit aan drank. Toen ze in de mist verdween, besefte hij dat de geest van Jack, al was hij dood, nog steeds leefde in deze vieze straten. In de smeerlap die Alice in elkaar had geslagen. In de barman die haar gezwollen ogen zou zien en haar te weinig geld zou teruggeven. In de kerels die haar zouden lastigvallen en haar van de overgebleven munten zouden beroven als ze wankelend naar huis ging. In de honger en ellende van alle Alices en Lizzies en Maggies die rillend op straathoeken stonden om zichzelf te verkopen voor vier penny's. In de harteloze bruutheid van Bowler Sheehan die voor een paar pond door brandstichting veertig gezinnen dakloos had gemaakt. Door de kille eerzucht van nieuwkomers als Sid Malone, die Sheehan maar al te graag wilden overtreffen.

Roddy huiverde, en niet alleen door de mist. Opeens wilde hij naar zijn gezellige huis. Waar Grace hem betuttelde en zijn eten klaarstond in de oven. Hij draaide zich om en ging richting huis. Om even te ontsnappen aan al die onopgeloste zaken.

51

Nicholas Soames, New Yorks meest gevierde kunsthandelaar en lieveling van de society, leunde op zijn wandelstok met zilveren knop en keek met een grijns naar zijn echtgenote. Ze had hem weliswaar gevraagd om naar het enorme bakstenen gebouw aan de rivier – waarin TasTea huisde – te komen om haar nieuwste project te zien, maar ze was nu zo druk bezig dat ze zijn komst niet eens had gemerkt.

'De nieuwe machine is prachtig, Nick,' had ze bij het ontbijt gezegd. 'Die moet je zien. Kom na de lunch. Beloof het.'

En dat had hij gedaan, hoewel hij het eigenlijk niet had moeten doen, want de minste inspanning bezorgde hem pijn. Hij voelde ook nu kleine glassplinters in zijn hart kerven. De laatste twee jaar was zijn toestand dramatisch verslechterd, maar hij had veel ervan verborgen kunnen houden voor Fiona. Hij wist dat de waarheid haar van streek zou brengen, en hij wilde niet dat ze ongelukkig was. Ze had al meer dan genoeg ellende in haar leven meegemaakt.

Ze stond een meter of twintig van hem vandaan bij een enorme, lawaaiige machine. Nick schudde zijn hoofd. Alleen zijn Fee kon zo'n hoop kletterend metaal mooi vinden.

Ze had hem in Pittsburgh laten maken voor het astronomische bedrag van vijftigduizend dollar, en ze wilde ermee voor een revolutie zorgen in de theehandel. Hij volgde haar blik en zag rode TasTea-blikjes in een keurige rij op een band uit de machine komen. Ze pakte er een, maakte het open en haalde er iets uit dat op een wit zakje leek. 'Ja!' riep ze terwijl ze het in de lucht gooide. 'Het is gelukt!' Toen zag ze Nick. Met een kreet van verrukking pakte ze een zakje en holde ermee naar hem toe. Ze ging op een theekist zitten en liet het zakje voor zijn neus bungelen. Hij zag nu dat het gevuld was met thee. Er zat een touwtje aan met aan het eind een rood papieren plaatje met daarop de woorden TASTEA QUICK CUP.

'Het is een theezakje, Nick!' zei ze opgewonden. 'Je doet er een in een kop, giet er kokend water op en laat het even trekken. Geen rommel, geen thee die overblijft. Je maakt gewoon zoveel als je nodig hebt en je hoeft geen theepotten meer schoon te maken.'

'Dat klinkt heel efficiënt,' zei Nick goedkeurend. 'Heel Amerikaans.'

'Precies!' Fiona sprong overeind. 'Het heeft allemaal te maken met tijd en invoelen. "Een nieuwe thee voor een nieuwe eeuw"! Wat vind je daarvan? Dat heeft Nate bedacht. Hij wil jonge mensen aanspreken, moderne types die thee oubollig vinden. Nick, je moet Maddies schetsen zien! Van een actrice die in haar kleedkamer een Quick Cup drinkt. En een typiste die op haar werk een Quick Cup maakt, en een student die hem drinkt terwijl hij zit te studeren, en een vrijgezel die er een drinkt terwijl hij zich aan het scheren is. En moet je horen: Nate heeft de componist Scott Joplin een liedje voor ons laten schrijven. Het heet "The Hasty TasTea Tea Bag Rag"! Over een maand loopt iedereen het te neuriën.'

Nick keek naar haar enthousiaste gezicht. Ze had altijd die verbijsterende gave gehad om andere mensen net zo enthousiast te maken voor haar ideeën en projecten. Dat verklaarde grotendeels haar enorme succes.

Hij herinnerde zich hoe ze jaren geleden de zuidelijke staten had overgehaald om TasTea te drinken. De verkoopcijfers in dat gebied waren minimaal. Ze had het geprobeerd met advertenties, kortingen en wedstrijden, maar niets leek de belangstelling te kunnen wekken. Volgens haar collega's viel er in het zuiden niets te behalen. De mensen daar dronken limonade en punch en mint juleps. Bijna niemand dronk er thee. Daar was het veel te warm voor. Fiona had weken nagedacht over deze sombere beweringen. Toen, op een ochtend aan het ontbijt, had ze de inhoud van haar theepot over een glas ijs gegoten. 'Als we ze niet kunnen overhalen om TasTea warm te drinken, dan krijgen ze die wel koud,' had ze verklaard.

Ze had geknoeid en geëxperimenteerd tot ze een techniek had ontwikkeld om een verfrissend helder glas ijsthee te verkrijgen. Toen waren zij, Stuart en een half dozijn van haar verkopers naar het zuiden getogen. Ze openden in steden kraampjes met vlaggen waarop stond: DORST? PROBEER EEN GLAS HEERLIJK KOUDE TASTEA! Ze reikten onvermoeibaar het ene glas na het andere met ijsthee uit en coupons voor een stuiver korting op een blik van een half pond. Tegen de tijd dat ze drie maanden later doodop thuiskwamen, hadden ze het zuiden helemaal voor zich gewonnen. Nick twijfelde er geen seconde aan dat ze het hele land zou weten te overtuigen dat ze haar theezakjes moesten kopen.

Fiona neuriede een ragtimedeuntje. Lachend pakte ze zijn hand, trok hem overeind en begon te dansen. Nick volgde haar lichte, vlugge passen, bleef staan en draaide haar rond. Op dat moment schoot een felle pijn door zijn hart. Hij hijgde. Met moeite slaagde hij erin niet naar zijn borst te grijpen.

Fiona bleef abrupt staan. 'Wat is er?' vroeg ze. 'Nick, gaat het? Is het je hart?'

Hij wuifde haar bezorgdheid weg. 'Nee, schat, helemaal niet. Het is mijn rug. Een spierkramp, denk ik. Ik zal wel iets verrekt hebben bij een plotselinge beweging.'

Hij zag aan Fiona's gezicht dat ze hem niet geloofde. Hij moest zitten en ze begon hem te bemoederen, maar hij verzekerde haar dat er niets aan de hand was. Fiona vroeg net of hij niet beter dokter Eckhardt kon bellen, toen Stuart aan kwam lopen met Dunne, de monteur die uit Pittsburg was gekomen om te zorgen dat de machine werd geïnstalleerd.

Het gesprek ging over op de mogelijkheden van de machine. Inmiddels probeerde Nick kalm adem te halen, in de hoop dat het zijn hart tot rust zou brengen. Hij moest hier weg. Vlug.

Hij stond op en zei luchtig tegen Fiona dat hij weg moest. Hij zei dat hij Hermione, de manager van zijn galerie, verwachtte met haar wekelijkse rapport. Hermione Melton was een jonge Engelse die hij twee jaar geleden van het Metropolitan Museum had weggelokt, toen Eckhardt had gezegd dat hij niet langer mocht werken. Tot zijn opluchting zag hij dat zijn truc was geslaagd. De ongerustheid was van Fiona's gezicht verdwenen. Hij vroeg of ze op tijd terug was voor het diner, gaf haar een kus en ging weg.

De pijn in zijn borst was verlammend. Langzaam liep hij naar zijn rijtuig. Hij stapte erin, leunde achterover en sloot zijn ogen. Toen haalde hij een flesje uit zijn borstzak en nam er een witte pil uit. Dat zou zijn hart, dat spartelde als een vis op het droge, tot bedaren brengen. 'Toe,' kreunde hij. 'Doe iets.'

Na wat wel een eeuwigheid leek, hield het rijtuig stil voor het paleisachtige huis op Fifth Avenue waar hij en Fiona woonden. Hij stapte uit en hield zich vast aan de balustrade langs de treden naar de voordeur. Zijn bevende hand zag blauw tegen het witte marmer. De deur ging open. Hij keek op en zag Foster, zijn butler. Hij hoorde de man verschrikt uitroepen: 'Meneer! Mijn hemel... ik zal u helpen.'

Nick voelde zijn benen slap worden toen de pijn in zijn borst explodeerde en hem in een brandende gloed hulde. 'Foster, roep Eckhardt...' wist hij uit te brengen, en toen zakte hij in elkaar.

Fiona Finnegan Soames liep voorzichtig over het netwerk van treinsporen die haar theefabriek scheidden van West Street. Ze had geen zin om het rijtuig te nemen, ze had behoefte om te lopen. Ze was te opgewonden over de nieuwe machine.

Ze stak tussen rijtuigen en af en toe een automobiel door West Street over en liep zoals gewoonlijk met stevige pas en opgeheven hoofd. Haar directheid, zowel in haar blik, haar eisen en verwachtingen, haar hele houding, was haar handelsmerk geworden. Ze stond bekend om haar vermogen door snoeverij en neerbuigendheid van bankiers en zakenlieden heen te kijken, en ze doorzag meteen verkeerde aantallen en te hoge facturen van leveranciers en distributeurs. De vroegere onzekerheid had plaatsgemaakt voor een onwrikbaar zelfvertrouwen, verkregen door hard werk en bereikte prestaties.

Ze draaide zich om en wierp een laatste blik op haar fabriek, blij met wat tien jaar werk haar had gebracht: de grote, rode vrachtkarren, elk met het witte TasTea-logo op de zijkanten, en het grote gebouw erachter. Achter de fabriek lagen de aanlegsteigers van TasTea, waar een vloot aangemeerde binnenschepen klaarlag om bij het aanbreken van de dag met het hoge tij te vertrekken. Enkele zouden de rivier oversteken naar New Jersey, andere gingen naar de drukke steden in het noorden aan de Hudson: Rhinebeck, Albany en Troy. Weer andere zouden door het Eriekanaal naar het Ontariomeer varen, waar grote vrachtschepen wachtten om TasTea te vervoeren naar steden aan de grote meren, toegangspoorten tot de in opkomst zijnde staten in het noordwesten.

De meeste vrouwen zouden weinig aantrekkelijks vinden aan een fabriek langs de rivier, maar Fiona vond het pure schoonheid. Met een frons dacht ze aan haar nieuwe machine en wat ze ermee hoopte te bereiken. Hij had een vermogen gekost, en ze zou nog meer uitgeven. Aan lokale en nationale advertentiecampagnes. Aan elk plan dat Nate, Stuart en zij zouden bedenken.

Ze haalde diep adem. De kikkers waren weer op pad. Ze was lang geleden tot de conclusie gekomen dat 'vlinders' een te zwakke term was voor het gevoel dat ze in haar maag kreeg als ze aan een nieuw project begon. Ze voelde geen vlinders, maar grote kikkers. Ze kende ze maar al te goed. Ze waren voor het eerst gekomen toen ze de deuren van de leegstaande winkel van haar oom opende. En toen op de dag dat ze haar eerste vijftig kisten thee bij Millard bestelde. Toen mevrouw Nicholson, die nu allang dood was, haar het gebouw verkocht dat de Theeroos zou worden. Toen zij en Michael de tweede Finnegans kruidenier openden op Seventh Avenue en Fourteenth Street, en steeds als ze weer een nieuwe Theeroos opende, of dat nu in Brooklyn Heights, Baltimore of Boston was.

Nick wist wanneer de kikkers haar kwamen lastigvallen. Dan zette hij een pot thee die zo sterk was dat je er verf mee kon afbladderen. Precies zoals ze het lekker vond. 'Overgiet ze hier maar mee,' zei hij dan. 'Kikkers hebben een hekel aan thee.'

Inmiddels begreep ze dat de kikkers een noodzakelijk kwaad waren, kleine groene duivels wier aanwezigheid haar dwong goed na te denken over al haar veronderstellingen en verwachtingen, om plannen en uitgaven efficiënter te maken en daardoor de marges voor vergissingen te verkleinen. Ze wist dat ze zich zorgen zou moeten maken als de kikkers haar niet meer lastigvielen.

Ze sprongen nu op en neer, maar zelfs hun capriolen konden haar enthousiasme over Quick Cup niet doen afnemen. O, die veelbelovende machine! Als Quick Cup het goed zou doen in de Verenigde Staten, dan zou ze het gaan uitbrengen in Canada en ten slotte Engeland en Frankrijk, een marktgebied dat rijp was voor een nieuwe benadering van thee, en dan zouden haar verkoopcijfers verdubbelen of zelfs verdrie- of verviervoudigen!

Ze liep in gedachten verzonken verder. Ik zou eigenlijk een huurrijtuig moeten nemen, dacht ze. Ik mag Nick niet laten wachten. Maar ze bleef doorlopen. Onder alle opwinding over de nieuwe machine school een diepere vrees: die voor Nicks gezondheid.

Kwam die pijn van vanmiddag echt door zijn rug, of was het zijn hart? Hij wreef altijd over zijn borst als hij pijn had, en dat had hij vandaag niet gedaan. Hij zou de medicijn hebben ingenomen die Eckhardt hem had gegeven. Die moest hij innemen zodra hij ook maar iets voelde, en dat deed hij ook trouw. Fiona ontspande zich iets. Hij had er wel wat bleek en moe uitgezien, maar dat was te verwachten. Tenslotte had hij een ernstige ziekte. 'Maar eigenlijk gaat het wel met hem,' zei ze hardop.

De afgelopen tien jaar had Fiona alle voorzorgsmaatregelen genomen om Nick in goede gezondheid te houden. Ze had ervoor gezorgd dat hij goed at, niet zijn vroegere dieet van champagne en kaviaar. Ze zorgde dat hij genoeg rust had en de nodige lichaamsbeweging. Een keer, in een misplaatste overtuiging dat iemand ergens in staat moest zijn om syfilis te genezen, had ze Eckhardt ontslagen en een reeks van artsen uit zowel Amerika als Europa geraadpleegd.

Nick had van de eerste artsen geduldig allerlei onderzoeken getolereerd, stinkende kompressen en smerige medicijnen laten toepassen, en therapeutische baden, massages, een geschoren hoofd, open ramen in december en lang ondergoed in juli ondergaan. Maar toen een volgende arts hem op een dieet zette van niets dan gekookte bloemkool en selderijsap en hem probeerde te verbieden naar zijn pas aangeschafte grammofoon te luisteren – te inspannend voor de zenuwen, had de dokter verklaard – was zijn geduld op. Hij zei tegen Fiona dat haar kwakzalvers alleen maar zijn dood bespoedigden en hij eiste de onmiddellijke terugkeer van Eckhardt.

Berouwvol had ze de Duitser haar verontschuldigingen aangeboden en hem gesmeekt terug te komen. Dat had hij zonder een woord van verwijt gedaan. Als expert op het gebied van de fysieke kenmerken van het menselijk hart, kon Werner Eckhardt ook de emotionele kanten ervan begrijpen. 'Maar niet te veel hopen,' had hij haar gewaarschuwd. 'Juist hoop, en niet wanhoop, kan ons te gronde richten.'

Eckhardt mocht zeggen wat hij wilde, ze zou blijven hopen. En hij zou goed voor haar dierbare Nicholas blijven zorgen. Hij was er dan wel niet in geslaagd de ziekte tot stilstand te brengen, maar hij had het verloop wel vertraagd. Nicks hersenen en zenuwstelsel waren niet aangetast, waar Eckhardt in het begin voor had gevreesd. De ziekte had zich in zijn hart genesteld en bleef daar. En voorzover ze het kon bekijken, had die weinig terrein gewonnen sinds de dag dat ze hem doodziek had aangetroffen bij mevrouw Mackie. Hem zal niets overkomen, stelde ze zichzelf gerust. Het ging goed met hem en dat zou zo blijven. Dat moest gewoon, want ze kon het niet verdragen om haar beste vriend, haar man, te moeten verliezen.

Ze glimlachte bij de herinnering aan de eerste jaren van hun impulsief gesloten huwelijk. Ze hadden in Nicks appartement boven zijn kunstgalerie en de Theeroos gewoond. Ze had al haar tijd besteed aan het openen van nog meer theesalons, meer kruidenierswinkels en het opbouwen van TasTea, en Nick had zich opgewerkt tot de voortreffelijkste handelaar in impressionistische kunst van de stad. 's Avonds haalden ze Seamie op bij Mary, trokken een fles wijn open en aten wat ze konden vinden in de keuken van de Theeroos.

Noch Fiona noch Nick had zin in huishoudelijke taken, en het was een grapje tussen hen dat geen van tweeën de echtgenote wilde zijn. Nu was de arme Foster met die taak opgezadeld. Hij besloot wat ze zouden eten, wat voor bloemen er moesten komen in de eetkamer, en of de wasvrouw de lakens wel wit genoeg waste.

Opeens merkte ze dat ze bij Gansevoort Street was gekomen, met de vrijdagavondmarkt. Tientallen lampen met hun oranje vlammen wenkten het publiek om een handvol kastanjes te proeven, een geroosterde aardappel of warme soep. Ze zag vrouwen staan praten met hun in handschoenen gestoken handen om warme, bruine bekers. Een slager hield een sliert worstjes omhoog. Op alle karren lagen de waren hoog opgetast, van winterfruit en groente tot tweedehands kleding, potten en pannen, snoepgoed, vlekkenmiddelen en tonicums.

Ze slenterde tevreden rond, bekeek elke kraam en elke kar, en toen zag ze hem. Een lange, blonde jongen, knap, met een ondeugende grijns. Hij stond van haar afgewend, maar ze kon zijn profiel zien. Hij droeg een kaal jasje, een donkere pet en een rode sjaal. Zijn vingers staken door de gaten in zijn handschoenen, en ze zagen blauw van de kou. Terwijl ze naar hem stond te kijken, knipoogde hij naar een vrouw en overhandigde haar met een zwierig gebaar een papieren puntzak met warme, gepofte kastanjes.

De jongen draaide zich naar haar toe en ze zag meteen dat hij niet degene was die ze had gedacht. De glimlach klopte niet, de jukbeenderen niet en ook niet de vorm van de neus. Zijn ogen waren bruin, niet blauw. De jongen aan wie ze dacht zou nu bijna dertig zijn. En hij zou Peterson's van Covent Garden bestieren, geen kastanjes verkopen. 'Je ziet dingen die er niet zijn, dom mens,' zei ze in zichzelf. Dat kwam natuurlijk door de duisternis en het feit dat ze de hele dag nog niets had gegeten. Ze wendde haar blik af en deed of ze belangstelling had voor een tweedehands exemplaar van *De woeste hoogte* in een aangrenzend boekenstalletje. Ze probeerde te lachen om haar dwaasheid, maar de lach wilde niet komen.

Op de dag dat ze met Nick trouwde had ze beseft dat ze altijd van Joe Bristow zou blijven houden. Ze had geprobeerd om er niet aan toe te geven, met rampzalige gevolgen. En al was het moeilijk, ze had haar best gedaan zich erbij neer te leggen en door te gaan met haar leven. Ze probeerde niet meer aan hem te denken. En als ze al aan hem dacht, hield ze zich voor dat ze hem niet meer kwalijk nam wat hij had gedaan. Dat was ook wel zo. Na verloop van tijd en door het enorme verschil tussen haar vroegere leven en haar leven nu, hadden haar woede en verdriet eindelijk plaatsgemaakt voor begrip.

Joe was toen nog jong en hij had een grote fout gemaakt, een fout waar ook hij onder had geleden. Hij zou inmiddels wel gelukkig zijn, maar die avond op de Old Stairs, toen hij haar vertelde wat hij had gedaan, was zijn verdriet oprecht geweest. Hij was een slimme, geestdriftige jongen die door zijn vader en de omstandigheden werd beperkt, en zijn eerste voorproefje van succes was hem naar het hoofd gestegen. Zoals ze er nu over dacht, had hij zich niet alleen laten verleiden door Millie, maar ook door Tommy Petersons macht en geld, en door zijn eigen grote ambitie.

Gemak en geld, daar kon je bijna onmogelijk weerstand aan bieden. Dat wist Fiona maar al te goed, want ook zij had zich laten verleiden: door William McClane en het leven vol privileges dat hij haar had geboden. In de weken en maanden na haar huwelijk met Nick vond ze het steeds belangrijker dat ze Joe vergiffenis kon schenken, want ze had ontdekt hoe erg het was om iemand pijn te doen en daar vreselijk spijt van te hebben, en toch geen vergiffenis te krijgen. Want Will had het haar nooit vergeven.

De herinnering aan hun laatste ontmoeting deed haar ineenkrimpen. Het was de dag na haar huwelijk, in Wills appartement. Hij was overhaast teruggekeerd van zijn zakenreis, en bij thuiskomst had hij vernomen dat de vrouw van wie hij hield, de vrouw die had beloofd met hem te trouwen, met een ander was getrouwd. Hij was helemaal kapot van haar verraad en hij was vreselijk tegen haar tekeergegaan. Hij zei dat ze zijn leven en dat van haarzelf had verwoest. Toen ging hij zitten en sloeg zijn handen voor zijn ogen. Huilend van wroeging was Fiona naast hem neergeknield. Ze probeerde uit te leggen dat ze geen keus had gehad. Ze vertelde dat Nick anders gevangenisstraf en deportatie te wachten stond en dat hij dat nooit zou overleven. Toen had Will zijn hoofd opgeheven en gezegd: 'Nicholas Soames betekent blijkbaar veel meer voor je dan ik.'

Fiona had hem aangekeken. 'Ja,' had ze toen zacht geantwoord. Daarna viel er niets meer te zeggen. Ze was opgestaan en weggegaan. Dat was de laatste keer dat ze hem alleen had gezien. Naderhand waren ze elkaar af en toe tegengekomen in theaters en restaurants, en hadden ze alleen een kort knikje en wat beleefde woorden gewisseld. Vijf jaar geleden was hij hertrouwd met een vrouw uit zijn eigen kringen, een weduwe van ongeveer zijn leeftijd. Fiona had gehoord dat hij tegenwoordig hoofdzakelijk in zijn buitenhuis verbleef en de zaken overliet aan zijn zoons James en Edmund. Volgens de roddelrubrieken gingen hij en zijn vrouw vaak op bezoek in Washington bij zijn oudste zoon, Will junior, die eerst een zetel in het Congres had bemachtigd en vervolgens senator was geworden. Volgens velen zou hij zich in de toekomst kandidaat stellen voor het presidentschap.

Fiona had het heel erg gevonden om Will pijn te doen, maar ze had er geen spijt van. Als ze het over zou moeten doen, zou ze precies hetzelfde hebben gedaan. Nick betekende alles voor haar, en ze had het niet kunnen verdragen om hem te verliezen. Hoewel ze geen echtgenoten waren in de conventionele zin, had geen vrouw een meer toegewijde man kunnen hebben. Hij gaf haar alles wat ze van een man kon wensen: vriendelijkheid, humor, intelligentie, respect, goede raad. Nou ja, dacht ze wrang terwijl ze voorbij een illustratie van Heathcliff op de woeste heidevlakten van Yorkshire bladerde, bijna alles.

Naarmate ze ouder werd, merkte ze dat ze diep in zich een steek van weemoed voelde als ze een baby zag. Twee weken geleden nog, toen ze de volmaakte, prachtige Clara in haar armen hield, Maddies pasgeboren baby. Het vierde kind van haar en Nate. Ze had zo graag zelf kinderen gewild. Zij en Nick hadden er jaren geleden over gepraat. Hij had opgebiecht dat hij graag een gezin met haar wilde en zijn uiterste best zou hebben gedaan om haar een kind te geven, als hij die ziekte niet had. Hij was bang haar ermee te besmetten.

In het begin van hun huwelijk, zich bewust dat ze misschien verlangde naar het fysieke contact dat hij haar niet kon geven, had hij haar aangemoedigd een minnaar te nemen. 'Zoek iemand, Fee,' had hij gezegd. 'Iemand met wie je een romantisch dineetje kunt hebben en je bed mee kunt delen. Je bent veel te jong om de rest van je leven als een non door te brengen.'

De afgelopen tien jaar had ze honderden mannen leren kennen, van wie velen knap en intelligent waren en veel bereikt hadden, en van wie velen verliefd op haar waren geworden. Ze had geprobeerd om iets meer voor hen te voelen, maar in hun ogen vond ze nog geen glimp van wat ze in die van Joe had gevonden.

'Dat is een mooi boek, mevrouw. Dat meisje van Brontë wist wel raad met woorden.'

Fiona keek geschrokken op. De boekverkoopster, een mollige, niet erg schone vrouw, sloeg haar gade.

'Als ik zelf een prijs mocht bedenken voor dat verhaal, dan zou ik het niet voor minder dan duizend dollar verkopen,' zei de vrouw terwijl ze met een vieze wijsvinger tegen het boek tikte. 'Ja, dat hebt u goed gehoord! Duizend dollar! En dat is nog een koopje. Tegenwoordig is geen man meer bereid om een deur voor je open te houden, laat staan dat hij je nog wil opgraven als je dood bent, alleen maar om je nog eens vast te houden. Die Cathy en Heathcliff wisten tenminste wat liefde is. Een ziekte! Erger dan tyfus, en je gaat er net zo snel dood aan. Dus volgens mij kun je er maar beter niets mee te maken hebben!'

Fiona lachte. 'Dat ben ik helemaal met u eens.'

De vrouw lachte terug, aangemoedigd door haar reactie. 'Er komen nog meer mensen in voor, Edgar en Isabella en Hindley, maar die zijn niet zo interessant en ik zou ze er gratis bijdoen... als ik het verhaal op zich verkocht! Maar dat is het 'm net: ik verkoop alleen het boek! Wat vellen papier en een paar stukjes leer om ze bij elkaar te houden. Dus spotgoedkoop! Voor u een halve dollar.'

Fiona onderdrukte haar ingeboren instinct om af te dingen en betaalde de vrouw het gevraagde bedrag. Zelf verdiende ze veel geld, en hoewel het werd verwacht, ging ze niet afdingen bij iemand die zo hard voor haar centen moest werken. Ze stopte het boek in haar tas en draaide zich om. Het was al zeven uur geweest en ze wilde Nick niet langer laten wachten.

Toen ze aanstalten maakte om terug te gaan naar West Street, werd haar blik weer getrokken door de blonde kastanjeverkoper. Hij probeerde aan een groepje havenarbeiders zijn waren te slijten, maar die waren op weg naar huis om te eten en hadden geen belangstelling. Daarna probeerde hij vergeefs een paar fabrieksmeisjes over te halen en vervolgens een priester. Haveloze kinderen verdrongen zich om hem heen, bedelend om de warme kastanjes. Fiona zag dat hij er af en toe een uitdeelde. Ze zag hoe een klein meisje hem in haar blote handen hield om ze te warmen voor ze de kastanje opat. Toen zag de jongen Fiona. Meteen richtte hij al zijn charme op haar en probeerde haar te verleiden zijn kastanjes te kopen.

Fiona zocht in haar tas naar haar portemonnee, zichzelf verwijtend dat ze weer toegaf aan de charmes van een knappe marktkoopman.

'Een of twee zakken, mevrouw?'

'Ik neem alles,' zei ze terwijl ze een bankbiljet pakte.

Daar wist hij even niets op te zeggen. 'Wat? Allemaal?' vroeg hij ten slotte.

'Ja, allemaal,' antwoordde ze. Ze keek naar zijn blauwe vingers en bedacht dat hij fatsoenlijke handschoenen moest kopen.

'Komt eraan!' zei hij. Hij pakte zijn schep en lepelde kastanjes tot hij een stuk of tien puntzakken had gevuld. Fiona betaalde hem en deelde de puntzakken vervolgens uit aan de kinderen die de transactie verlangend hadden gadegeslagen. 'Bedankt, mevrouw!' riepen ze, verbijsterd door haar vrijgevigheid. Ze keek lachend hoe ze wegholden met hun buit.

Toen de jongen zich omdraaide van de oude sigarenkist waarin hij zijn geld bewaarde, om Fiona haar wisselgeld te geven, was ze verdwenen. Hij tuurde door de menigte en zag dat ze richting West Street liep. Hij riep naar haar, maar ze draaide zich niet om. Hij vroeg aan zijn buurman om zijn kar even in de gaten te houden, en rende achter haar aan. Ze had bijna vier dollar aan wisselgeld achtergelaten. Toen hij op de hoek was, zag hij nog net dat ze in een huurrijtuig was gestapt. Hij schreeuwde weer. Ze keek naar hem door het achterraampje van het rijtuig. Hij zwaaide naar haar met de bankbiljetten. Ze wendde zich af. Het rijtuigje begon vaart te krijgen.

De jongen keek haar na, verbaasd dat een vrouw met zo'n mooi gezicht en mooie kleren en zoveel geld zulke ongelooflijk trieste ogen kon hebben.

52

'Helemaal niets, Peter?' Fiona keek ongelovig naar haar effectenmakelaar. 'Dat kan toch niet?'

'Toch wel,' zei Peter Hurst. 'Het is alleen ongewoon. Ze zijn niet meer zo makkelijk te verkrijgen. Vorige week kon ik er maar tweeduizend bemachtigen. En twee weken geleden vijfhonderd. Deze week is er niets.'

'Hoe komt dat dan?'

'Omdat niemand verkoopt! Iedereen die wilde verkopen heeft dat gedaan, aan jou. Door jou is Burton Thee geen solide aandeel meer.'

Fiona beende heen en weer terwijl Peter sprak, en ze bleef staan voor een raam met uitzicht op de rivier. De grijze lucht vol lenteregen bracht de herinneringen weer boven. Ze keek naar de brede rivier beneden haar, maar ze zag niet de Hudson. Ze zag een andere rivier, een andere werf. Ze zag de grijze, kolkende mist en een donkere gestalte die op haar wachtte. Ze sloot haar ogen om het beeld, de woede en de pijn uit te bannen die de donkere gestalte nog steeds wist op te roepen.

Eens per week was ze in de afgelopen tien jaar naar Peter gegaan om aandelen Burton Thee te kopen. In het begin bij mondjesmaat, maar naarmate haar inkomen toenam, kocht ze zoveel mogelijk op. Nu, doordat het bedrijf problemen had in India en Amerika, kostten de aandelen vijf dollar per stuk. Maar het ging Fiona niet om de prijs, maar om een verkoper.

Inmiddels had ze tweeëntwintig procent van Burton Thee in handen onder allerlei namen, en dankzij haar slimme advocaat, Teddy Simmons, was zij, de eigenaar, niet te achterhalen.

Ze had veel geld gestoken in Burton Tea, maar niet genoeg. En ze zou aandelen blijven kopen tot ze eenenvijftig procent in handen had, en dus het bedrijf. In de afgelopen tien jaar was haar haat jegens William Burton niet afgenomen, en ze zou hem hoe dan ook te gronde richten. Het ging niet om gerechtigheid, want die zou ze toch nooit krijgen. Ze moest alleen nog iets zien te bedenken voor Bowler Sheehan. Daar had ze zich avonden achtereen het hoofd over gebroken. Hij moest boeten voor wat hij had gedaan. Maar ze wist niet hoe. Alleen Burton kon toegeven dat Sheehan haar vader had vermoord, maar dan moest hij ook zijn eigen schuld bekennen, en dat zou hij natuurlijk nooit doen. Hoe vaak ze er ook over had nagedacht, ze had geen enkele oplossing kunnen bedenken. Inmiddels had ze al tien jaar geleefd met de vreselijke wetenschap wat Burton en Sheehan haar vader, en haar hele familie, hadden aangedaan. En ze kon er nog steeds niets tegen doen. Omdat haar effectenmakelaar geen aandelen meer kon opkopen en zij geen andere manier wist te bedenken om Sheehan te vernietigen. Hoe lang moest ze nog wachten?

Hurst pakte zijn papieren. 'Ik zal mijn best doen, Fiona, maar ik denk niet dat ik voor het eind van de maand meer aandelen kan kopen.'

Ze draaide zich naar hem om. 'Peter, ik moet ze nú hebben, niet volgende maand! Stuur iemand naar Londen. Laat ze die aandeelhouders vinden en de aandelen uit hen schudden!'

Hij schrok van de scherpe klank in haar stem. 'Maar je moet wel beseffen dat jij maar tweeëntwintig en de eigenaar zelf eenenvijftig procent in handen heeft. Dan blijft er weinig over.'

'Ik kan niet geloven dat hij nog eenenvijftig procent heeft. Die zal hij toch snel moeten verkopen.'

'Als hij ze al zo lang in handen heeft, Fiona, dan zal hij ze echt niet nu verkopen.'

'Maar hij zit tot zijn nek in de schulden.' Fiona ging op de hoek van haar bureau zitten. 'Hij heeft bijna driehonderdduizend pond geleend bij de Albionbank. Zijn Indiase plantage is failliet en zijn speculatie op de Amerikaanse markt is een grote mislukking.' Ze glimlachte grimmig bij de herinnering. Die ramp had ze eigenhandig laten voltrekken door ver onder zijn prijzen te gaan zitten, zelfs ten koste van haar eigen eindresultaat. Burtons agenten waren in juni 1894 begonnen in Water Street, en in januari van het volgende jaar waren ze al gesloten. 'Hij heeft geld nodig, Peter. Hij zal zijn eigen aandelen wel moeten verkopen.'

Hurst schudde zijn hoofd. 'Fiona, ik moet je zeggen, niet als je effectenmakelaar maar als vriend, dat ik niets begrijp van die obsessie voor deze aandelen. Dat bedrijf staat er financieel gezien slecht voor. En die schulden zijn inderdaad te groot. Nog één ramp en dan kan hij zijn lening niet eens meer aflossen. Je hebt een astronomisch bedrag geïnvesteerd in Burton Thee. Die aandelen zijn alleen maar lasten. Die heb je niet nodig. Wat jij nodig hebt...'

'Peter, je hebt geen benul van wat ik nodig heb!' riep Fiona. 'Zorg gewoon dat ik die vervloekte aandelen krijg!'

Peter verbleekte. In alle jaren dat ze elkaar kenden had

ze nog nooit zo scherp tegen hem gesproken. Hij stond op, stopte de papieren in zijn aktetas en zei dat hij volgende week meer voor haar hoopte te hebben.

Beschaamd legde Fiona een hand op zijn arm. 'Het spijt me. Ik had niet zo tegen je moeten snauwen. Ik... ik ben mezelf niet vandaag...'

Hij keek op van zijn uitpuilende tas. 'Ik wist dat er iets was zodra ik hier binnenkwam. Je ziet er vreselijk uit.'

Dat was zo. Ze droeg een antracietgrijs hesje met zwart passementwerk aan de sluitingen, een helderwitte blouse met een grijszwart gestreepte zijden sjaal in de kraag, en een rechte zwarte rok. De donkere kleuren benadrukten de ingevallen wangen en het feit dat ze erg was afgevallen. Haar onbedwingbare levendigheid was verdwenen. Ze leek kleiner geworden. Fragiel.

'Het komt zeker door Nick?' vroeg hij. Zijn blik ging naar de foto op het dressoir achter haar bureau.

'Ja,' gaf ze toe, kwaad op zichzelf dat ze haar zelfbeheersing had verloren en zich door haar emoties had laten meeslepen. Dit was een onderwerp waar ze niet over wilde praten. Want dan werd het werkelijkheid.

'Ik dacht al dat het iets met de familie te maken had. De enige keer dat ik je zo overstuur heb meegemaakt was toen Seamie blindedarmontsteking had. Gaat het niet goed met Nicks gezondheid?'

Fiona schudde haar hoofd. Haar gezicht vertrok. Ze vloekte en legde toen haar handen over haar ogen alsof ze de tranen terug naar binnen wilde drukken.

'Fiona, wat is er gebeurd?'

Ze kon niet antwoorden. Ze voelde zijn arm om haar heen en hoorde hem onhandig troostende woorden mompelen. Toen ze eindelijk haar handen liet zakken, trok hij een witte zakdoek uit zijn zak en gaf die aan haar.

'Hoe erg is het?'

Ze haalde diep adem. 'Ik maak me er drukker over dan nodig is,' zei ze. 'Hij is eigenlijk alleen zwak. En hij heeft niet veel eetlust. Hij moet grotendeels in bed blijven, maar gisteren heeft hij even in de tuin gewandeld, zei hij.'

'Hoe lang is hij al zo?'

'Sinds februari.'

Peters ogen werden groot. Fiona zag het en ze wilde dat ze het hem niet had verteld. Ze wilde dat hij wegging. Nu. Ze wilde zijn vrees niet zien. Ze wilde hem niet hoeven geruststellen. Ze kon zichzelf amper nog geruststellen.

Twee maanden geleden, op de dag dat haar nieuwe machine was gekomen, was ze uit haar werk thuisgekomen en gehoord dat Nick een 'kleine aanval' had gehad, zoals Foster het noemde. Ze was naar boven gerend. Hij lag in bed, wit en zwak, en haalde met moeite adem. Ze was bijna hysterisch geworden van ongerustheid en Eckhardt, die aan het bed zat, had haar meegenomen. Hij legde uit dat Nick te veel van zijn hart had gevergd en moest rusten.

'Maar hij wordt toch wel beter? Dokter Eckhardt?' Haar stem brak en ze kneep met haar vingers in zijn arm.

'Hij rust nu, mevrouw Soames. Kijkt u maar. Hij heeft wat moeite met ademen omdat hij een beetje zwak is. Dat gaat wel over.'

Fiona had geknikt en zich laten geruststellen door de kalme stem van de dokter. Ze vroeg zich even af of hij de waarheid verborgen hield, maar zette die gedachte van zich af. Hoewel ze over het algemeen een echte realist was, sloot ze met opzet haar ogen voor de waarheid als het Nick betrof. Ze wilde dat hij beter werd, en daarom moest dat ook gebeuren. Tekenen die op het tegenovergestelde wezen, maakten haar bang, maar ze weigerde ze te zien als een patroon van achteruitgang en deed ze af als hindernissen op de weg naar herstel.

'Wat zegt Eckhardt?' vroeg Peter.

'Dat zijn symptomen wel over zullen gaan,' antwoordde ze. Een stemmetje in haar zei dat Eckhardt dat twee maanden geleden had gezegd en dat er sindsdien nauwelijks verbetering was gekomen in Nicks toestand. Ze legde het stemmetje het zwijgen op.

'Dus het is een inzinking. Van tijdelijke aard.'

Fiona knikte. 'Ja. Binnenkort zal hij wel weer de oude zijn.'

Peter glimlachte. 'Blij dat te horen.' Hij gaf een kus op haar wang en zei dat ze moest bellen als ze iets nodig had.

Toen hij weg was, keek Fiona op de klok. Het was zes uur. Ze overwoog vroeg naar huis te gaan. Dan kon ze na het eten in haar werkkamer wat achterstallig papierwerk doen.

Ze vond het altijd heerlijk om thuis te komen. Dan waren de ramen verlicht door de lampen en Nick wachtte in de salon, benieuwd hoe haar dag was geweest. Nu verwelkomde alleen Foster haar. Nick lag altijd boven in bed. Soms was hij wakker, soms niet. Ze probeerde optimistisch te zijn. Misschien had hij vanavond wel zin om beneden te komen en in de salon te zitten. Dan konden ze een fles rode wijn drinken en voor de open haard zitten praten, zoals ze altijd hadden gedaan.

Het grote huis was imposant aan de buitenkant, maar warm en verwelkomend binnen. Ze hadden het laten bouwen toen Nick pas achteruit begon te gaan. Hij wilde naar het park en het museum kunnen zonder te hoeven reizen. Hij had het huis prachtig laten inrichten, alle verdiepingen, met de mooie hal, enorme eetkamer, bibliotheek, werkkamer, dubbele salon, serre, grote keukens en talloze slaapkamers. Oubollig antiek werd geweerd en er mochten alleen stukken komen van de nieuwe garde. Ramen, spiegels en lampen van Louis Comfort Tiffany, zilver van Archibald Knox, meubels en kroonluchters van Emile Galle, en schilderijen van Nicks geliefde Franse kunstenaars en de nieuwe lichting Amerikaanse schilders die hij steunde.

Fiona glimlachte bij de herinnering aan de heerlijke tijden die ze daar hadden gekend. Al die feesten en bals. Overdag was ze er zelden, maar als ze 's avonds terugkwam was er vaak een onverwacht etentje voor vrienden aan de gang. Of de trouwdag van Michael en Mary werd gevierd, die in 1891 waren getrouwd, of er was een verjaardagsfeestje voor een van hun kinderen. In de zomer werden altijd picknicks gehouden in de achtertuin, compleet met lampionnen in de bomen, muziek, een verzameling uitgehongerde kunstenaars, plus Seamie die vakantie had van school, stiekem champagne dronk en danste met knappe studentes van de kunstacademie.

Fiona's glimlach verdween. Het was maanden geleden dat er gelach klonk in huis. Nick kreeg natuurlijk wel bezoek van vrienden, maar Eckhardt had langdurige visites, luidruchtigheid en alles wat zijn patiënt kon vermoeien, verboden. Ze voelde de bodem van haar hoop en aanhoudend optimisme wankelen, en een verstikkend verdriet steeg op naar haar keel en ogen. De tranen sprongen haar weer in de ogen. Ze veegde ze nijdig weg. 'Hou op,' zei ze tegen zichzelf. 'Nu meteen.'

Ze stopte haar papieren in haar aktetas, greep haar mantel en haastte zich naar buiten. Ze wenste haar secretaresse zelfs geen goedenavond. Ze wilde naar huis. Haar huis, met de massief marmeren muren, de stevige voordeur, het ijzeren hek. Het was een fort, dat huis. Het had haar en Nick en Seamie al die jaren een warm en veilig onderdak geboden. Het had hen aan niets ontbroken en ze hadden nergens bang voor hoeven zijn. Tot nu. Nu lag er iets donkers op de loer, geuren opsnuivend, wachtend op zijn kans.

Ze kende dat beest. Het had al eens eerder toegeslagen. Maar ze had geleerd om op haar hoede te zijn. Ze zou de deuren op slot doen. Ze zou op wacht staan. En deze keer zou het niet binnen kunnen komen.

53

'Mijn god, Nick, ik kan je tot hier horen klappertanden,' zei Teddy Sissons. 'Ik zal nog een blok hout op het vuur leggen.'

'Graag, Teddy,' zei Nick terwijl hij de wollen plaid dichter om zijn schouders trok. Sinds zijn instorting had hij het steeds koud. Hij boog zich voorover, schonk weer thee in hun kopjes en leunde achterover, moe van deze kleine inspanning. Hij was er slecht aan toe. Eckhardt had hem verteld dat hij niet lang meer had, en hij wilde zijn zaken op orde stellen. Hij wist dat hij in bed hoorde te liggen, maar hij kreeg het benauwd in zijn slaapkamer, met alle medicijnen van Eckhardt op zijn nachtkastje.

Van alle kamers in het huis hield hij het meest van deze, de salon. Er stonden banken en leunstoelen met dikke zijden kussens, voetenbanken, en er was een grote haard, heerlijk om je lekker bij het vuur te warmen. Maar het meest hield hij van deze kamer omdat er zoveel herinneringen waren aan de gelukkige tijden met Fiona. Hier hadden ze talloze avonden en luie zondagmiddagen op de bank doorgebracht, met hun kousenvoeten onder zich opgetrokken en Seamie tussen hen in.

'Zo!' Teddy veegde het roet van zijn handen. 'Dat is pas een vuur!'

'Een vuur? Het lijkt wel een oven. Er kan geen stuk hout meer bij!'

'Je hebt de warmte nodig. Je handen zien helemaal blauw,' zei Teddy. Hij ging weer zitten, duwde zijn bril omhoog en wijdde zijn aandacht weer aan het dikke document voor hem op tafel, Nicks testament. 'Zoals ik al zei, vind ik dat je overbezorgd bent. Zelfs zonder testament gaan volgens de wet al je bezittingen naar je echtgenote. Daar kan niemand iets tegen inbrengen.'

'Je kent mijn vader niet. Zodra ik dit tranendal achter me heb gelaten, zal die afschuwelijke vent beslist proberen te voorkomen dat mijn fonds overgaat op Fiona, daar ben ik van overtuigd. Het is veel geld waard. Ruim een miljoen pond, toen ik het de laatste keer heb nagekeken.'

'Een miljoen pond? Jouw fonds van de Albionbank?' Teddy maakte aantekeningen.

'Ja.'

'Toen je met Fiona trouwde, was het maar honderdduizend pond waard. Waar heb je in hemelsnaam in geïnvesteerd?'

Nick maakte een afwerend gebaar. 'Geen idee.'

'Houd je je eigen fonds niet eens bij?'

'Nee. Ik weet dat de oorspronkelijke aandelen die mijn vader destijds heeft gekocht, wel in waarde vermeerderd zijn in de afgelopen jaren. En dat hij een jaar of drie, vier geleden een groot pakket aandelen van de een of andere firma heeft gekocht en die in mijn fonds heeft gestort. Ik heb geen idee waarom hij dat heeft gedaan. Ze leveren niets op. Ze zijn hun waarde zelfs grotendeels kwijt.'

'En heb je dat verlies ingecalculeerd bij die miljoen pond?'

'O Teddy, ik weet het echt niet,' zuchtte Nick. 'Vraag het aan Hermione. Zij houdt het allemaal bij. Ik heb al jaren geen cent meer aangeraakt van het geld van mijn vader. Zodra ik inkomsten kreeg uit de galerie, heb ik al het inkomen uit het fonds weggegeven.'

'Alles?'

Nick knikte. 'Mijn vader steunt zonder het te weten al jaren kunstenaars uit New York. Hij heeft ook geholpen om het Metropolitan Museum uit te breiden en hun een grote collectie werk van moderne Amerikaanse schilders geschonken.' Hij grinnikte. 'Wat aardig van hem, vind je niet? Ik wil dat Fiona na mijn dood het fonds krijgt. Elke cent ervan. Ze zal het goed weten te gebruiken.'

'Heb je dit met haar besproken?'

'Dat heb ik geprobeerd. Maar ze wil er niet over praten.'

'Is ze thuis? We moeten haar inlichten over je wens en de vermoedelijke reactie van je vader.'

'Nee, ze is er niet. Ze hangt al dagen om me heen. Ze brengt zelf alle maaltijden en elke pot thee.' Hij lachte. 'Ik kan zelfs niet naar het toilet of ze volgt me. Ze is al langer dan een week niet naar haar werk gegaan, maar zodra ze hoorde dat jij kwam, had ze meteen een smoes om weg te gaan. Ik denk dat ze bang is. Ik heb mijn best gedaan om de waarheid voor haar verborgen te houden, en dat is me een poos gelukt. Maar nu valt er weinig meer te ontkennen. Moet je me zien. Ik lijk wel een geest.'

'Nog niet. En probeer niet op een idee te komen nu ik hier zit.'

Nick glimlachte. 'Je voelt er dus niets voor om begrafenisondernemer te worden?'

'Nee, in geen geval.' Hij begon weer te schrijven. 'Goed, wat is er nog meer, behalve het fonds? Eén ding tegelijk. We moeten heel precies te werk gaan.'

Nick noemde al zijn bezittingen op en gaf instructies over de verdeling. Nicks aandeel in het huis ging naar Fiona, net als alle meubels, zijn galerie en alle schilderijen, en zijn persoonlijke bezittingen. Daarnaast kreeg Seamie een flinke nalatenschap. Hij had hem altijd als een zoon beschouwd, en Seamie noemde hem zelfs nog steeds vader in plaats van Nick. Hij liet ook geld na aan Ian Munro en Nell Finnegan, en aan Sean, Pat en Jenny, de kinderen van Michael en Mary, en aan Stephen Foster, zijn butler.

'Schrijf alles zo secuur mogelijk op, Teddy,' zei Nick. 'Zorg dat het waterdicht is. Mijn vader is in staat om Fiona alles af te pakken, van het huis tot mijn manchetknopen toe.'

'Nick, maak je geen zorgen. Rust...'

'... in vrede?' zei Nick met een grijns. Dat soort dingen kon hij niet zeggen waar Fiona bij was, maar wel tegen Teddy. Daar was hij blij om. Bekwame, handige Teddy, die zich nooit uit het veld liet slaan. Hij had hen beiden van een schandaal gered toen Nick in de Slide was gearresteerd, en hij had hen door het mijnenveld van regels en verordeningen geloodst tijdens de uitbreiding van hun zaken. Teddy was een raadsman in de volledige betekenis van het woord, een rots in de branding. Hij werd nooit emotioneel, en dat was precies wat Nick nu nodig had. Hij had behoefte aan iemand die sterk en niet sentimenteel was, met wie hij grapjes kon maken, want hij was vastbesloten de dood net zo onder ogen te zien als het leven, met een gezonde dosis luchthartigheid.

'Ik wilde zeggen, rustig maar. Ik verzeker je dat je vader geen enkel recht kan doen gelden op je nalatenschap als je wettig gehuwd bent, en dat ben je. Je bent voor een rechtbank getrouwd, en vervolgens in de kerk...'

Nick knikte. Een paar maanden na hun burgerlijk huwelijk, toen hij zeker wist dat Fiona geen scheiding wilde, had hij aangedrongen op een huwelijk in de anglicaanse kerk – zijn familie was anglicaans – opdat zijn vader nooit de wettigheid van hun huwelijk in twijfel kon trekken.

'De documenten voor beide huwelijksvoltrekkingen zijn in orde. Weet je zeker dat je vader niets weet van je huwelijk?'

'Volgens mij niet. Anders had hij allang voor problemen gezorgd. Ik denk dat hij helemaal niets meer van me weet.'

'Jullie hebben geen enkel contact meer?'

'Nee.'

'Maar hij zal toch wel naar je informeren? Misschien via derden?'

'Mijn vader haat me, Teddy.'

'Het spijt me. Ik wist niet dat het zo erg was.'

Nick haalde zijn schouders op. 'Het hoeft je niet te spijten. Je kunt je familie helaas niet uitkiezen. Alleen je vrienden.' Hij leunde achterover in de kussens, moe van al het praten, en hij deed even zijn ogen dicht terwijl Teddy zijn aantekeningen ordende. Toen hij zijn ogen weer opende, keek hij naar een portret van Fiona en zei: 'Teddy, en als vriend wil ik je vragen nog iets voor me te doen.'

Teddy keek over zijn bril naar Nick. 'Vraag maar. Je weet dat ik alles voor je wil doen.'

'Zorg voor Fiona,' zei hij. Zijn nonchalance was verdwenen, en tranen glinsterden in zijn ogen. 'Ze heeft het nodig dat mensen op haar letten, zie je. Dat lijkt misschien niet zo, maar het is wel waar. Ze rent van hot naar her en ze eet niet goed en ze werkt veel te hard en...' Zijn stem brak. Hij vloekte binnensmonds omdat hij niet emotioneel wilde worden in het bijzijn van zijn onverstoorbare vriend.

Teddy gaf hem even de tijd om tot zichzelf te komen en zei toen: 'Je weet dat je je ook daarover geen zorgen hoeft te maken. Ik zal op haar letten. Net als Seamie en Michael en Mary en Alec en Maddie en Nate en Stuart en Peter en iedereen die van haar houdt.'

'Ik zou graag willen dat ze hertrouwt. Ze is nog jong. Ze kan nog kinderen krijgen, een echt gezin. Dat wil ik het liefste van alles, en dat is juist het enige wat ik niet in een testament kan zetten. Ik wil dat jij haar gaat koppelen.'

'Dat is weliswaar niet een van de specialiteiten van onze firma, maar ik zal het proberen,' zei Teddy in een poging om luchtig te doen. 'Wie heb je in gedachten?'

'Ja, wie? Dat is het probleem. Ze is rijker dan de meeste mannen in deze stad, en slimmer dan allemaal.'

Teddy lachte, en Nick ook. Maar het klonk geforceerd. Nick was nu uitgeput. Hij nam afscheid en belde Foster om hem naar bed te brengen. Toen ze de voetstappen van de butler in de gang hoorden, draaide hij zich een laatste keer om naar zijn bekwame Teddy. 'Zorg voor haar,' zei hij. 'Beloof het.'

'Natuurlijk beloof ik het,' zei Teddy, en hij veegde onhandig met zijn mouw langs zijn ogen.

54

Joe raapte een handvol vers gedopte erwten op en inspecteerde ze. Ze waren smetteloos, glad; een handvol kleine, groene juwelen. Hij hield ze onder zijn neus en ademde in. Ze roken heerlijk... naar vruchtbare grond, naar de lente. Hij proefde er een paar. Ze waren verrukkelijk knapperig.

Joe had inmiddels vijfenveertig winkels. Bristow uit Covent Garden importeerde de beste groente en fruit uit de hele wereld, het hele jaar door om de rijke en veeleisende clientèle tevreden te stellen. Joe hoefde maar een klerk uit zijn kantoor naar het pakhuis beneden te sturen om midden in de winter te kunnen genieten van een rijpe, zoete perzik, maar desondanks vond hij niets lekkerder dan de eerste oogst uit Engelse grond.

Terwijl hij proefde, hoorde hij opeens een stem naast hem. 'Hoe wilt u winst maken, monsieur, als u zelf alles opeet?'

Joe lachte, blij zijn vriend en klant Olivier Reynaud te zien, chef-kok in het Connaught-hotel. Hij pakte de grote hand van de man en liet er een hoeveelheid erwten in vallen, terwijl hij hem vertelde hoe lekker en vers – de eerste oogst! – ze waren en hoe goed ze zouden passen bij een stuk gebakken zalm, of gepureerd met munt en room in een soep.

Olivier knabbelde, knikte, en bestelde zes schepels erwten, honderd pond nieuwe aardappelen, twee kisten asperges, drie kisten spinazie, twee dozijn vanillepeulen, vier kisten sinaasappels, en drie kratten elk van mango's, ananas en bananen. 'Hebben ze je eindelijk uit je kantoor gezet?' informeerde hij terwijl hij naar Joe's opgerolde hemdsmouwen en vest keek, dat al vol aarde zat.

'O, ik help even mee,' antwoordde Joe. 'De hoofdverkoper kwam om vijf uur melden dat twee van zijn mannen ziek waren en of ik een klerk kon sturen om te helpen. De enige aanwezige klerk was bestellingen aan het inschrijven, dus ben ik zelf maar naar beneden gegaan. De arme knul heeft het al druk genoeg.'

'Je bedoelt dat je hem de lol niet gunde.'

Joe lachte. 'Ja, ook dat. Hier, kijk eens.' Hij trok een touw los van een kleine mand en Olivier glimlachte verrukt. In de mand, ingebed in witte rijst, lagen verse truffels, inktzwart en met een doordringende geur.

'Twee dagen geleden opgegraven,' zei Joe trots. 'Moet je zien... voel eens!' drong hij aan terwijl hij een grote truffel aan Olivier gaf. 'Stevig, dik en ongehavend. Het beste wat de Perigord kan bieden. Zal ik twee dozijn voor je noteren?'

'Twee dozijn? Ben je gek? Twaalf!' Olivier bracht de truffel naar zijn neus en bekeek hem met een dromerige uitdrukking op zijn gezicht. 'Die geur... niet te beschrijven!'

'Twaalf dozijn dus?'

'Nee! Allemaal!' riep Olivier door het dolle heen. 'Zoiets kan ik niet laten liggen! Of, en dat is nog erger, laten mishandelen door een Engelse prutser!'

'Zal ik het laten bezorgen, Olivier?'

'Alles, behalve de truffels. Die neem ik nu mee. Kom vanavond naar mijn keuken, dan zal ik je laten zien wat eten is. En neem iemand mee! Klokslag negen uur!'

Joe keek zijn heethoofdige vriend lachend na. Hij was ingenomen met zichzelf. Geen van de jongens die hij in dienst had genomen, kon een vrachtlading groente en fruit verkopen plus een hele mand dure truffels, en daarbij ook nog een uitnodiging krijgen van een van de beste chef-koks van Londen. Maar wie moest hij meenemen? Jimmy had het druk met plannen voor zijn bruiloft. Cathy misschien.

Hij pakte een grapefruit en rook eraan. Deze geur vond hij lekkerder dat het duurste Franse parfum. Hij draaide zich om en keek naar zijn grote pakhuis. Kruiers laadden bestellingen in vrachtwagens, verkopers brachten waren aan de man, chef-koks van de beste restaurants en hotels maakten hun keus. Hij voelde zich trots. En toen schuldig. Het was al zeven uur, en hij was speciaal vroeg naar zijn werk gegaan om zich door een berg administratie te worstelen. Maar toen de hoofdverkoper kwam zeggen dat hij hulp nodig had, had hij de verleiding niet kunnen weerstaan. Hij moest even zelf verkopen. Hij had zich voorgenomen om een uurtje te blijven, en nu was hij er al twee uur. Maar hij kon gewoon niet weg. Hij kwam nooit meer op de werkvloer omdat hij steeds met accountants gebogen zat over cijfers, of met architecten en aannemers aan het discussiëren was over nieuwe winkels. Hij miste het pakhuis, want hij vond niets leuker dan iets aan de man brengen.

'Daar is hij!' riep een stem. Hij was betrapt.

Hij draaide zich om en glimlachte naar zijn broer Jimmy, zijn plaatsvervanger, en zijn knappe, blonde zusje Cathy. Ze werkte in zijn grootste winkel in Chelsea.

'Voor dit werk hebben we mensen in dienst,' merkte Jimmy op.

'Ik wil gewoon op de hoogte blijven,' zei Joe verdedigend.

'We moeten hem maar een kar geven, Jimmy. Dan kan hij weer op straat appels en sinaasappels aan de man brengen,' plaagde Cathy. 'Als je die grapefruit nu even neerlegt, dan kun je me misschien naar die nieuwe winkel brengen die ik hoor te bestieren. Daar hadden we een halfuur geleden voor afgesproken.'

'Verdikkeme! Dat was ik helemaal vergeten! Neem me niet kwalijk. Ik ga even mijn jas halen.'

Joe legde de grapefruit terug in de kist terwijl Jimmy en Cathy vast naar boven gingen. Toen hij achter hen aan de trap op rende, hoorde hij hen opgewonden praten over de winkel in Knightsbridge. Ze waren alle drie even enthousiast over Montagues nieuwe paradepaardje. Cathy zou de leiding krijgen. Ze was een slimme meid van achttien, recht voor zijn raap en nogal voortvarend. Ze kon af en toe een lastpost zijn, maar ze was familie en daarbij de enige persoon die Joe zoiets belangrijks als het paradepaardje toevertrouwde. Jimmy was nu zesentwintig, een groente- en fruitkoopman in hart en nieren, en hij wilde er de eerste zaak van maken waar je de beste, meest exotische producten in Londen kon kopen. Natuurlijk kon je er de doorsnee producten krijgen, maar er zouden ook producten liggen die veel Londenaren nog nooit hadden gezien: bosbessen, okra, pompoenen uit Amerika, enorme kruisbessen, lychees, kumquats uit China, guaves, papaja's en sterfruit uit de tropen, hete pepers en reusachtige watermeloenen uit Mexico, tamarinde en kokosnoot uit India. En Joe wilde alleen maar de beste en modernste groenteboer zijn met het uitgebreidste assortiment.

'... maar sla en andijvie en spinazie zijn teer,' hoorde hij zijn zus zeggen. 'Als het te warm is verleppen ze, en als het te koud is worden ze binnen een mum van tijd zwart. Hoe moet je die het beste bewaren? Zo te horen heb je geen ruimte om...'

'Luister nou eens even! Ik krijg er geen woord tussen! We hebben een nevelsysteem laten aanleggen. Dat heeft Joe bedacht. Dan blijven de teerste producten fris. Alsof je ze net hebt geplukt.'

'Een nevelsysteem?' herhaalde Cathy. Ze gaf haar broer een duw. 'Je houdt me voor de gek!'

'Ik zweer het, Cat.'

'Meen je het echt, Jimmy?' Ze klonk nu opgewonden in plaats van sceptisch. 'Weten ze dat al bij Harrods? Wat zullen ze daar kwaad zijn!'

'Niemand weet het, en jij houdt ook je mond. Harrods zal...'

'Harrods zal een simpel winkeltje lijken,' zei Joe. Hij holde langs hen heen door de hal. 'Kom maar eens naar de plannen kijken!'

In zijn kantoor lagen, uitgespreid over een grote, eikenhouten tafel, de plannen voor het paradepaardje. Joe en Jimmy legden het uit aan Cathy. De begane grond was open. Het plafond werd gesteund door grote zuilen. Daar zouden alle verse waren en producten te verkrijgen zijn. Achterin leidde een trap naar de eerste verdieping, waar de bloemenafdeling zou komen, evenals de bonbons, snoep, koffie en thee, tabak, en een afdeling voor goede wijnen. Op de tweede verdieping konden klanten een lichte maaltijd gebruiken, of de middagthee.

'O, Joe, wat prachtig!' riep Cathy uit. 'Hoe ga je het inrichten? Met welke kleuren?'

'Het wordt heel dramatisch, dat kan ik wel zeggen. Dit wordt een unicum in Londen. Op de muren van de benedenverdieping komen vier grote muurschilderingen van de vier jaargetijden. Dat geeft het geheel iets exclusiefs.'

'Jezus, Joe, het is geen museum!'

Joe hief zijn handen op. 'Dat weet ik. Zeg niets tot je ze hebt gezien, Cathy. Ze zijn spectaculair en verrassend, en juist daardoor zullen we ons onderscheiden van de concurrentie.'

'Wat mankeert er aan witte tegels op de muren?' wilde Cathy weten.

'Die zijn vreselijk. Dan lijkt het net of je in een abattoir komt.'

'En de vloeren?'

'Die worden allemaal betegeld. Maar niet in het wit. Blauw en groen. Met verborgen afvoeren. Je kunt je meisjes nog steeds dingen laten afwassen en soppen.' Cathy keek opgelucht. Ze hield van schoon en ze was in staat om mensen te ontslaan vanwege streperige ramen of vieze vloeren.

'En op de eerste verdieping? En het restaurant?' vroeg ze.

'Pauwen,' zei Jimmy.

'Pauwen! Die schijten de hele boel onder! Zijn jullie gek geworden?'

'Geen echte pauwen, alleen geschilderd,' zei Jimmy vlug.

Cathy keek van Jimmy naar Joe. 'Ik kan gewoon niet wachten om alles te zien. Is het al klaar?'

'Bijna,' zei Joe.

'Nou, laten we dan gaan. Ik wil het zien. Tijd is geld, en jullie zijn het allebei aan het verspillen.' Ze beende het kantoor uit.

Joe keek naar Jimmy en Jimmy keek naar Joe. Hij haalde zijn schouders op. 'Het was jouw idee om haar aan het hoofd van je paradepaardje te zetten,' zei hij. 'Nou, ik wens je veel succes.'

55

Nick lag in zijn bed te kijken naar het maanlicht dat door het raam naar binnen scheen. Hij was onrustig en hij kon niet slapen. Het leek wel of er een gewicht van tien ton op zijn borst lag. Het kostte hem moeite om te ademen. Het was zo ontzettend vermoeiend om lucht in te ademen en weer naar buiten te duwen.

Hij draaide zich om en ging hoger in de kussens liggen om de druk op zijn longen te verminderen. Het hielp niet. Een verlammende pijn schoot door zijn borst en zijn linkerarm, die meteen gevoelloos werd.

Nick wist dat hij ging sterven, en hij was bang.

Alles waar hij van hield was hier, op deze wereld: Fiona, haar familie, al hun vrienden. Schilderijen, muziek. Gekoelde champagne. Witte rozen. Wie wist wat het hiernamaals in petto had, als er al een hiernamaals was. Een strenge god die vast niet te spreken zou zijn over hem. Druilerige engelen zoals Giotto ze schilderde. Vrome heiligen. Een heleboel schijnheilige ouwe taarten die rondzweefden op witte wolkjes. Dat was geen plek voor hem, en hij wilde er niet heen.

Weer een verlammende pijn. Hij kreunde zacht. De

ziekte teisterde hem. Hij wilde er zo graag van af, maar hij was doodsbang om zich over te geven. Hij probeerde uit alle macht in te ademen, de pijn in zijn borst te verdragen, de restjes gloeiende as van zijn leven brandend te houden.

De pijn werd iets minder en een troostend beeld kwam hem voor ogen: het gezicht van zijn grote liefde, Henri. Dat suste hem. Waar hij ook naartoe ging, misschien wachtte Henri daar wel op hem. Misschien was het niet zo vreselijk als hij het zich voorstelde. Misschien was het er wel prachtig. Een Italiaanse villa bijvoorbeeld, waar hij Leonardo kon ontmoeten en hem vragen wie zijn Mona Lisa was. Waar hij een fles wijn met Michelangelo kon drinken en aan de weet komen wie die prachtige David was. Of misschien was het Parijs wel, waar hij met Vincent kon dineren in een café aan de Seine, en dan zou Vincent voor de verandering eens niet uit zijn humeur zijn omdat iedereen in de hemel zijn schilderijen had gekocht. Een plek waar het altijd juni was, altijd warm, en waar altijd rozen bloeiden. Een plek waar hij gelukkig kon zijn met Henri.

Hij leunde weer achterover in de kussens, niet langer bang. Toen kwam weer een storende gedachte in hem op. Als hij nu naar Henri ging, wat zou er dan van Fiona worden?

Hij draaide zijn hoofd om en keek naar haar. Ze zat te slapen in de grote fauteuil die Foster dicht bij het bed had getrokken, met een geopend boek op haar schoot. De afgelopen avonden had hij haar nog kunnen overhalen om naar haar eigen bed te gaan, maar vanavond had ze geweigerd weg te gaan. Ze had bij hem gezeten terwijl hij dommelde en weer wakker werd, tot haar vermoeidheid de overhand kreeg.

Wat hield hij van dat gezicht met de vastberaden kin, de volle lippen, de openhartige, blauwe ogen. Ze kon keihard zijn als het haar zaken betrof, maar voor degenen van wie ze hield was ze een en al toewijding. Wat had ze hem veel geluk geschonken. Hij glimlachte. Toen hij uit Londen was vertrokken, verbannen door zijn vader, was hij helemaal alleen geweest, zonder vrienden, zonder iemand die om hem gaf. En toen had hij haar gevonden. Hij herinnerde zich hoe ze eruit had gezien op het perron in Southampton... dat verontruste gezicht, haar haveloze kleren, en dat accent! Toen had hij nooit kunnen denken dat hij met dat cockneymeisje zou trouwen, met haar in een groot huis in New York zou wonen en gelukkig zijn.

Hij wilde zoveel voor haar... succes, zekerheid, maar boven alles wilde hij dat ze iemand zou vinden aan wie ze haar hart kon schenken. Iemand die haar begreep en nooit zou proberen haar te veranderen, iemand zoals die jongen uit Londen, van wie ze zoveel had gehouden. Die sukkel wist niet wat hij miste.

Maar zou ze ooit iemand vinden? vroeg hij zich ongerust af.

Toen zag hij Henri weer. Hij liep van hem weg, naar een prachtig huis te midden van velden vol lavendel. Hij droeg een oud schildershemd, en zijn handen zaten onder de verf. Hij draaide zich om en wenkte, en opeens kon Nick de zoete geur van de zomer ruiken en de warme zon op zijn gezicht voelen. Arles, daar ging hij heen. Naar hun huis in het zuiden van Frankrijk. Natuurlijk! Henri had immers altijd al gezegd dat ze daar zouden moeten wonen.

'Ik kan het niet,' fluisterde hij in tranen. 'Ik kan haar niet in de steek laten.'

In de door de maan verlichte slaapkamer hield hij zijn hoofd schuin alsof hij naar een stem in de verte luisterde. Hij knikte, en draaide zijn gezicht toen om naar de slapende Fiona.

‘Alles komt goed, Fee,’ fluisterde hij. ‘Dat weet ik zeker.’

Fiona schrok wakker. ‘Wat is er, Nick? Is alles goed? Moet ik dokter Eckhardt halen?’

‘Nee, alles is goed.’

Ze knipperde slaapdronken met haar ogen. ‘Wat is er dan?’

‘Ik wilde alleen maar zeggen dat ik van je hou.’

Er kwam een glimlach van opluchting op haar gezicht. ‘O, Nicholas, ik hou ook van jou,’ zei ze. Ze streek met haar vingers langs zijn gezicht. ‘Ga nu maar slapen. Je hebt je slaap nodig.’

‘Goed,’ zei hij. Hij wist dat het niet waar was, maar hij deed zijn ogen dicht om haar gerust te stellen.

Fiona nestelde zich weer in haar stoel en pakte haar boek. Binnen een paar minuten sliep ze weer.

Nick voelde zich nu net zo licht en ijl als de nachtlucht. Hij kreeg het vreemde idee dat hij de lucht wás, en de avond, en alle groene, bottende scheuten buiten zijn raam. Hij voelde een laatste, korte, hevige pijn toen de verzwakte en gezwollen slagader aan de onderkant van zijn hart barstte en zijn borstkas met bloed vulde. Hij haalde snel en kort adem en sloot zijn ogen. De pijn trok weg. Er kwam een vage glimlach om zijn lippen.

Enkele seconden gingen voorbij, en Nicholas Soames slaakte zacht een zucht. Zijn grote, liefdevolle hart haperde en viel stil.

56

In de groene, rustige omgeving van het kerkhof van de Trinity Church vertrouwde dominee Walter Robbins Nicks lichaam toe aan de grond en zijn ziel aan God.

Fiona stond net zo leeg vanbinnen aan het graf als ze in de kerk had gezeten. De woorden van de dominee waren hol, zijn gebedenboek en kruis slechts siersels.

'Onze broeder Nicholas is nu in de hemel. Hij heeft zich gevoegd bij onze Verlosser Jezus Christus, met de belofte van een eeuwig leven...'

Fiona wenste dat ze zijn overtuiging deelde. Hoe kon hij verdomme weten waar Nick was? Kon ze maar een eind maken aan zijn zogenaamde wetenschap en autoriteit, en aan de schijn van de aanwezigen. Ze keek om zich heen. Iedereen was uitgedost in zwarte japonnen en pakken, zwarte handschoenen, gitten haarspelden en broches. Hier en daar klonk gesnuif, en af en toe een snel onderdrukte snik. Zakdoekjes betten vochtige ogen. Geen enkel vertoon van onbetamelijk gedrag.

Fiona wilde luid en onbetamelijk uiting geven aan haar verdriet. Ze wilde het deksel van Nicks kist halen, hem eruit trekken en hem nog een laatste keer de lucht en de wolken en de nieuwe groene blaadjes laten zien voordat de begrafenisondernemer hem in de klamme grond zou stoppen. Ze wilde hem omarmen en vragen of hij wel wist hoe gelukkig hij haar had gemaakt, hoeveel ze van hem had gehouden. Ze wilde haar verdriet uitschreeuwen en jammeren als een dier, maar ze kon het niet.

Dit was geen wake in Whitechapel, maar een begrafenis in New York, waarbij de hele society was vertegenwoordigd. Mensen van het museum. Kunstenaars die Nick had vertegenwoordigd. Haar eigen collega's en klanten van de theehandel. Veel personeel. Seamie. Haar oom Michael en tante Mary. Ian, inmiddels volwassen en een bankier. De tien jaar oude Nell. Sean en Pat, de zes jaar oude tweeling. Baby Jenny, in Mary's armen. En Alec, nog steeds even levendig met zijn vijfenzeventig jaar. Fiona wist dat ze zich voor hen allemaal moest inhouden, haar emoties in zich moest houden tot ze een keurige, harde knoop vormden. Ze stond heel stil, met haar handen tot vuisten gebald langs haar zij, alleen met haar verdriet en boosheid, wensend dat de dominee eindelijk eens zijn mond hield. Dat hij zou ophouden met die stompzinnige uitspraken, zijn gebedenboek zou dichtklappen en gewoon toegeven dat hij geen idee had waar Nick was. En dat hij, nu hij toch bezig was, zou erkennen dat ook hij versteld stond van Gods onbekwaamheid.

Fiona was al lang geleden, toen ze haar familie was kwijtgeraakt en bijna zelf het leven had verloren, tot de conclusie gekomen dat God nog het meest weg had van een afwezige landheer. Zonder enige belangstelling omdat Hij het elders te druk had. Sindsdien was er niets gebeurd waardoor ze haar mening wilde herzien. Ze kon niet geloven in een oppermacht die haar moeder en vader een wrede dood liet sterven terwijl de moordenaars er alleen maar beter op werden. Ze had vaak priesters en dominees op een moeilijke vraag horen antwoorden: 'Gods wegen zijn ondoorgrondelijk.' Alsof dat alles verklaarde. Integendeel zelfs. Daardoor leek Hij op een slechte goochelaar. Een scharrelaar, een vingervlugge bedrieger.

'... nooit twijfelen dat God ons kracht geeft om ons verdriet te dragen,' vervolgde de dominee.

Fiona bekeek hem aandachtig. Hij was zijn jongensjaren nog maar net ontgroeid. Blond, roze wangen, een beetje mollig. Hij kon niet ouder dan tweeëntwintig zijn. Waarschijnlijk net afgestudeerd aan het seminarie. De oogappel van zijn moeder. Zijn ambtsgewaad was nieuw en van uitstekende kwaliteit. Ze keek naar zijn voeten. Een rijke familie, dacht ze. Je kon je geen met de hand gestikte kalfslederen schoenen veroorloven met het salaris van een jonge dominee. Hij droeg een dikke, nog glimmende gouden trouwring. Pas getrouwd. Misschien een kleine op komst.

Wat kun jij me vertellen over verdriet, dominee? vroeg ze zich af. Zelf had ze het vaak meegemaakt, en ze wist dat het ondraaglijke niet te dragen viel. Je kon alleen maar hopen dat je het zou overleven.

Ze zag dat ze Nicks kist in het graf lieten zakken. De dominee wierp er aarde op en herinnerde alle aanwezigen eraan dat ze niets dan stof waren en tot stof zouden wederkeren. Toen was het voorbij. De aanwezigen verspreidden zich. Fiona bleef staan. Nu volgde een diner bij Michael thuis. Hoe kon ze dat doorstaan? Ze voelde een sterke arm om haar schouders. Het was Seamie. Hij gaf een kus op haar hoofd. Dat kon hij nu doen. Met zijn vijftien jaar was hij al vijf centimeter langer dan zij, en het evenbeeld van haar broer Charlie. Hij was langer dan Charlie op die leeftijd, en niet zo gespierd. Hij was echt een Amerikaanse jongeman, geen snoevende knul uit East End, maar zijn ondeugende groene ogen, zijn lach, zijn goede inborst en manhaftige gedrag deden haar denken aan zijn grote broer.

Charlie zou nu zesentwintig zijn geweest, dacht ze. Een volwassen man. Ze vroeg zich af wat hij zou hebben gemaakt van zijn ruwe bestaan in Londen, als hij het had overleefd. Ze vroeg zich ook af hoe het Seamie zou vergaan met zijn particuliere school, wandeltochten in de zomer en skivakanties in de winter, en allerlei andere privileges en mogelijkheden.

Ze had jarenlang gehoopt dat Seamie naar de stad zou terugkeren en bij haar in de zaak zou gaan als hij zijn einddiploma had gehaald. Maar hoe ouder hij werd, hoe meer ze begon te twijfelen. De jongen was dol op het buitenleven. Hij bracht zijn vakanties door met wandeltochten en roeien in de Catskills en de Adirondacks, en hij popelde om op verkenning te gaan in de Rockies en de Grand Canyon. Hij vond niets leuker dan het ontdekken van een nieuwe plant, insect of dier. Zijn schoolrapporten vormden een weerspiegeling van zijn interesses. Hij was de beste van zijn klas in natuurlijke historie, aardrijkskunde en geschiedenis. En de slechtste in Engels, Latijn en Frans.

'Die jongen heeft de ziel van een zigeuner,' zei Michael vaak. 'Net als je vader, voordat hij je moeder leerde kennen. Je hoeft niet van hem te verwachten dat hij zich vestigt en thee gaat verkopen. Die slaat zijn vleugels uit en gaat naar streken waarvan je het bestaan niet eens weet.'

Fiona wist dat haar oom gelijk had. Seamie zou op reis gaan. En daar had hij de mogelijkheid voor door Nicks erfenis en het fonds dat ze voor hem had ingesteld. Hij zou haar schrijven uit Caïro en Calcutta en Katmandoe, en tussen zijn reizen door op bezoek komen, maar hij zou niet in de theehandel gaan of op Fifth Avenue gaan wonen. Ze zou helemaal alleen oud worden in haar grote, prachtige huis.

'Kom, Fee,' fluisterde Seamie. Hij drukte haar even tegen zich aan. 'Het is tijd.'

Ze legde haar hoofd tegen zijn schouder en liet zich meevoeren. Hij was twee dagen geleden voor de begrafenis naar huis gekomen van zijn school, Groton, en daar was ze blij om. Zijn aanwezigheid gaf haar meer troost dan die van wie ook. Ze hadden samen het ergste doorstaan, waren een oceaan overgestoken en een heel nieuw leven begonnen, en ze hadden een heel hechte band. Fiona wist hoezeer ze hem de komende tijd nodig zou hebben. Na alle dramatische omstandigheden van een begrafenis kwam het moeilijkste deel. Als je alleen was met je verdriet. Seamie wist altijd precies wat hij tegen haar moest zeggen als ze in de put zat. Hij voelde altijd aan wanneer ze zijn warme hand in die van haar wilde voelen.

Teddy Sissons en zijn vrouw kwamen naar haar toe en zeiden dat ze altijd een beroep op hen kon doen. Daarna kwamen andere mensen met min of meer dezelfde boodschap. Lieve, aardige mensen. Mensen die het goed bedoelden, die van haar hielden en van wie zij hield. Maar nu kon ze hen amper verdragen. Ze deed wat van haar werd verwacht. Ze knikte en bedankte hen en probeerde te glimlachen, en ze was blij toen ze naar hun rijtuigen gingen.

'Vanavond blijf je bij ons, Fiona. Jij en Seamie,' zei Michael achter haar. Fiona draaide zich om. Haar familie stond klaar om te vertrekken.

Ze schudde haar hoofd. 'Nee, oom Michael, ik...'

'Geen gemaar, Fiona,' zei Mary. 'Deze strijd kun je niet winnen. We hebben ruimte genoeg en ik wil niet dat jullie daar alleen in dat grote huis zitten.'

Ze forceerde een glimlachje. 'Dank je.'

'Ik ga een witte klimroos planten bij de steen. Dat zou Nick vast mooi vinden,' zei Alec. Zijn kin beefde. Hij wendde zich af en veegde langs zijn ogen. 'Ik zal tegen de grafdelvers zeggen dat ze de grond niet helemaal tot de steen moeten scheppen,' zei hij, en hij liep terug naar het graf.

'Seamie, Ian, ga even met hem mee?' vroeg Mary. 'Hij ziet niet meer zo goed. Ik wil niet dat hij erin valt.'

Ian ging achter zijn grootvader aan, gevolgd door Seamie. Mary nam haar kinderen mee naar hun rijtuig. Michael zei dat hij zo zou komen.

'Gaat het, meisje?' vroeg hij toen Fiona en hij alleen waren.

'Ja,' zei ze. 'Heus wel.'

Ze zag dat haar oom haar niet geloofde. Hij pakte haar hand. 'Het komt wel goed, Fiona. Alleen het lichaam is weg. Alleen het lichaam. Er is een deel dat in de grond gaat en er is een deel dat voor altijd bij je blijft.'

Fiona gaf een kus op zijn wang. Ze stelde zijn woorden op prijs. Kon ze hem maar geloven. Ze had niet het gevoel dat Nick bij haar was. Ze voelde alleen een vreselijke leegte.

57

Fiona zat in haar kantoor met haar ellebogen op haar bureau. Ze probeerde met haar vingertoppen tegen haar slapen de vreselijke hoofdpijn weg te masseren. Voor haar lag een memo van Stuart, een verkooprapport van haar pas in het leven geroepen Quick Cup. Ze had al drie keer een poging gedaan het te lezen, maar ze kwam niet verder dan de derde regel. Onder het rapport lag een stapel brieven en facturen. Haar secretaresse zat er op te wachten. Ze wist dat ze er nu echt aan moest beginnen, anders zou ze het nooit redden.

Een windvlaag blies de meilucht door het open raam naar binnen, deed haar papieren ritselen en streek langs haar gezicht. Ze huiverde. De lente dreef de spot met haar. Buiten worstelden groene scheuten zich tot leven. Tulpen, fresia's en narcissen hieven hun kopjes op naar de zon. Kornoelje, magnolia's en kersenbomen stonden te bloeien. Kinderen holden gillend van pret met uitgestrekte armen door het park.

Maar de schoonheid van de lente verlichtte haar gemoed niet, maar maakte het juist nog zwaarder. Ze schrok terug voor de warme zonneschijn op haar schouders, en kromp ineen bij het vrolijke getjilp van de vogels. Alles en iedereen was dolblij met de belofte van de lente, en zij? Ze voelde zich dood vanbinnen. Niets bezorgde haar vreugde, niet de opening van een nieuwe theesalon en evenmin een succesvolle advertentiecampagne. Zelfs niet het bloeien van haar geliefde theerozen. Elke ochtend sleepte ze zich naar haar werk. Ze kon nauwelijks de energie opbrengen om Peter Hurst aan zijn hoofd te zeuren over meer Burton-aandelen, en of ze tien of tienduizend blikjes Quick Cup had verkocht.

De wandklok sloeg twee uur. Ze kreunde. Teddy Sissons kon elk moment komen om Nicks testament voor te lezen. Ze zag op tegen zijn bezoek. De laatste tijd kon ze niemand om zich heen verdragen. Alleen het praten al viel haar moeilijk. Zuchtend richtte ze haar aandacht weer op Stuarts memo. Toen ze halverwege de eerste bladzij was, werd er op de deur geklopt.

'Fiona?' riep een stem.

'Hallo Teddy,' zei ze met een geforceerde glimlach. 'Kom binnen. Wil je een kop thee?'

'Nee, dank je.' Hij legde zijn aktetas op het bureau. 'Ik kom liever meteen ter zake. Ik moet om vier uur bij de rechtbank zijn.'

Fiona maakte ruimte voor hem. Hij haalde een stapel papieren uit zijn tas en ging zitten. Terwijl hij ze sorteerde, gleed zijn bril omlaag over zijn neus. Ze boog zich over het bureau en duwde hem weer omhoog.

'Dank je,' zei hij afwezig. Hij keek op. 'Hoe gaat het?'

'Goed. Veel beter.'

'Wat kun jij slecht liegen.'

Ze lachte vermoeid. 'Nou, vreselijk dan. Zo beter?'

'In elk geval is dat de waarheid. Zo.' Hij gaf haar een kopie van het testament. 'Het is grotendeels routine, maar voor enkele dingen heb ik je instructies nodig.'

Hij begon de punten af te ratelen. Hij verontschuldigde zich voor de langdradige termen, maar legde uit dat Nick alles precies volgens het boekje had willen doen. Fiona probeerde hem te volgen, maar de woorden deden haar duizelen. Toen hij bij Nicks diverse bankrekeningen was gekomen, had ze een barstende hoofdpijn. Net toen ze dacht dat ze het niet langer uit kon houden, draaide hij de laatste pagina om.

'Dat is het, Fiona,' zei hij. 'Alleen nog één ding.'

'Wat dan?' vroeg ze.

'Zoals je ongetwijfeld weet, heeft Nick een investeringsfonds bij de Albionbank in Londen. Zijn vader heeft er een bedrag op gezet toen hij uit Engeland vertrok, een bedrag dat in diverse aandelen is geïnvesteerd die op hun beurt geld opbrachten.'

Ze knikte.

'Dat fonds heeft hij ook aan jou nagelaten. De waarde is op dit moment bijna zevenhonderdduizend pond.'

'Teddy, dat kan niet. Dat is meer dan drie miljoen dollar!'

'Ja, ik weet het. Het was op een bepaald punt zelfs veel meer waard.'

'Maar hoe kan dat? Toen we trouwden was het maar ongeveer honderdduizend pond waard.'

'Er zijn aandelen bijgekocht.'

'Door wie? Nick? Die heeft zelfs nog nooit een effectenmakelaar van nabij gezien. Of een bank.'

'Nee, door lord Elgin. Zijn vader. Vlak voor Nick stierf, vertelde hij dat zijn vader er aandelen bij had gedaan. Hij zei ook dat hij niet verwachtte dat hij het geld zomaar afstaat. Hoewel het fonds duidelijk van jou is, kan Randolph Elgin proberen de overdracht te blokkeren, en naar mijn mening zal hij dat ook doen. Ik moet nog zien dat iemand meer dan drie miljoen dollar zomaar overhandigt.'

'Dan moet je dat aanvechten, Teddy. Doe alles wat nodig is. Ik zal ervoor betalen. Nicks vader is een afschuwelijke man. Ik zal maar wat graag het geld aan hem ontfutselen. Ik wil het gebruiken voor een positief doel, iets waar Nick het mee eens zou zijn. Misschien een beurs voor studenten aan de kunstacademie, of een legaat aan het Metropolitan Museum.'

'Goed,' zei Teddy. Hij zocht tussen de papieren tot hij vond wat hij nodig had. 'Je moet me zeggen of je het fonds wilt zoals het is, met de huidige investeringen, of dat je het wilt innen en het geld laten overmaken naar jouw bank.'

'Het laatste,' zei Fiona. Ze masseerde haar slapen. Ze begon ongeduldig te worden.

'Weet je het zeker? Het kan makkelijker zijn om Elgin aandelen te laten opgeven dan een groot geldbedrag. Als ik me goed herinner zitten er sterke aandelen bij. Eens zien: Abingdon Publishers... Amalgamated Steel, die is heel goed... Beaton, Wickes Manufacturers, Brighton Mills... O, hier is de slechte! Het is een theefirma, Fiona. Burton Thee. Jezus, waarom heeft Elgin daar zoveel van gekocht? En waarom houdt hij ze vast? Die is tweederde in waarde gedaald.'

Fiona hield op met haar slapen masseren. 'Wat zei je, Teddy?' fluisterde ze.

'Eh... Burton Thee?'

'Hoeveel aandelen?' vroeg ze terwijl ze een pen en papier pakte.

Teddy ging met zijn vinger langs een kolom. 'Heel veel, eigenlijk.'

'Hoeveel, Teddy!'

'Vierhonderdvijftigduizend.'

Fiona hield haar adem in. Teddy keek naar haar op. Haar ogen waren zo groot als schoteltjes. 'Dus zo heeft hij het gedaan,' zei ze. 'De vuile bedrieger! Ik heb nooit begrepen hoe hij eenenvijftig procent van zijn aandelen kon houden terwijl hij zo diep in de schulden zit. Zo heeft hij het dus gedaan.'

'Wat, Fiona?'

Ze gaf geen antwoord, maar rukte een la open en pakte er een map uit. Ze sloeg die open, bekeek de documenten erin en schreef getallen op. 'Tweeënvijftig procent!' zei ze met bevende stem. 'Ik heb tweeënvijftig procent!'

'Van wat?'

'Van Burton Thee, Teddy.' Fiona pakte zijn papieren. Ze bladerde kwartaal na kwartaal terug tot ze vond wat ze zocht: de aankoop van Burton Thee. Die was in maart 1894 in Nicks fonds gestort. Elgin had bijna drie pond, ongeveer vijftien dollar, per aandeel betaald. Het totaal, plus de andere aandelen, die toen maar honderdzestigduizend pond waard waren, zorgde voor het verbijsterende bedrag van anderhalf miljoen pond. In haar eigen papieren zag ze dat ze zelf achttien tot twintig pond per aandeel had betaald. Nicks aandelen waren dus met korting aangekocht.

Ze vergeleek maart '94 met maart '98. Teddy had gelijk. De verliezen van Burton Thee waren zo groot dat de waarde was gehalveerd. Nicks aandelen in Burton Thee waren nu nog net geen vijfhonderdduizend pond waard.

De data, het verschil in de aandelenprijzen, het verlies, alles viel op zijn plaats.

'Teddy, ik wil Nicks fonds. Intact,' zei Fiona terwijl ze opkeek. 'Koste wat kost, hoor je me? Ik móét die aandelen hebben. Begin vanavond nog. Stuur een brief naar Albion, nee, een telegram...' De paniek overviel haar. 'Elgin kan die aandelen toch niet verkopen?' vroeg ze ongerust.

'Natuurlijk niet. Nicks activa werden bevroren toen het testament hier in New York werd geverifieerd. Nu behoren ze aan zijn naaste familie. Dat ben jij.'

'Mooi. Laat Elgin onmiddellijk weten wat mijn wensen zijn.' Ze stond op en begon heen en weer te lopen. 'Stuur het telegram vanavond nog, Teddy. Kan iemand op je kantoor dat doen? Ik wil dat hij het morgenochtend vroeg te horen krijgt. Ga maar gauw, Teddy. Mijn koetsier brengt je wel. Dan kun je nog net even langs je kantoor voor je naar de rechtbank moet.'

In opperste verwarring werd Teddy uit Fiona's kantoor naar haar rijtuig gedirigeerd. Hij moest zweren dat hij het telegram meteen zou versturen en toen riep ze naar haar koetsier dat hij in allerijl naar Teddy's kantoor moest.

Terug in haar kantoor ging Fiona weer zitten. Ze wist niet of ze moest lachen of huilen. De aandelen Burton Thee die ze zo graag wilde hebben, waren al die tijd in het bezit van haar man geweest. Dertig procent van de anderhalf miljoen die er waren uitgegeven. In Nicks handen.

Het klopte allemaal. Burton zou het geld in '94 nodig hebben gehad om zijn intrede op de Amerikaanse markt te financieren. Toen had hij al driehonderdduizend pond van Albion geleend. Zijn aandeelhouders wisten het en – volgens diverse krantenartikelen die Fiona had gelezen – ze waren er niet gerust op.

Om het bijkomende benodigde geld te krijgen zonder dat zijn investeerders het te weten kwamen, had Burton waarschijnlijk aangeboden om aan Elgin zelf, niet de bank, een deel van zijn persoonlijke aandelen te verkopen. En met een aanzienlijke korting, zoals Fiona had gezien. Burton wist dat Elgin de aandelen veilig zou bewaren, want hij had hem ongetwijfeld overtuigd dat hun waarde zou stijgen zodra Burton Thee zich een plek had veroverd op de Amerikaanse markt. Als dat gebeurde, zou Burton met zijn winst uit Amerika de aandelen terugkopen voor een hogere prijs, en dan kreeg Elgin een fortuin in handen.

Omdat de verkoop stil moest worden gehouden, had Elgin geen geld van Albion kunnen gebruiken, dus had hij ze van zijn eigen geld gekocht en de aandelen op een privé-rekening ondergebracht, die van Nick. Waarschijnlijk zou zijn privé-secretaresse of een betrouwbare klerk het geregeld hebben. De enige twee mensen die wisten dat die rekening bestond. Elgin nam natuurlijk aan dat ze daar veilig waren en dat hij Nick niets hoefde uit te leggen. Hij wist heel goed dat zijn zoon alles haatte wat met Albion te maken had. Hij zou nooit een poging doen om de aandelen op te eisen want hij had geen belangstelling voor zijn investeringen, alleen voor het geld dat ze opbrachten. En Nick was ernstig ziek. Als hij stierf – ongehuwd en kinderloos – zou het fonds gewoon teruggaan naar zijn familie.

Beide mannen moesten het een uitstekende regeling hebben gevonden. Burton kon zijn lening krijgen, Elgin zou uiteindelijk een mooie winst maken en niemand hoefde het te weten.

Maar Elgin had op twee dingen niet gerekend: dat Burtons uitbreiding in Amerika zou mislukken en dat hij daardoor zijn aandelen niet zou kunnen terugkopen, en ten tweede dat Nick zou trouwen, en dat hij alles, ook zijn fonds, aan zijn echtgenote zou nalaten.

Fiona haalde diep adem. Ze stond op. Ze was nog steeds niet over de schok heen. Haar blik viel op de foto van Nick op het dressoir. Had ze het maar geweten, maar hoe kon ze? Hij had haar nooit verteld waar dat fonds uit bestond. Hij wist het zelf niet eens. Hij wist zelfs nooit hoeveel hij in zijn portefeuille had.

Ze pakte de foto op. Voor het eerst sinds de dood van Nick voelde ze zijn aanwezigheid. Hij beschermde haar nog steeds. Hoewel zijn lichaam weg was, leefde zijn geest verder in haar hart. Hij was een deel van haar en zou dat altijd blijven. Precies zoals Michael had gezegd.

Een briesje waaide weer naar binnen, en deze keer huiverde ze niet. Ze glimlachte en stelde zich voor dat de liefkozing van de zachte bries Nicks hand was die over haar wang streek. Ze klemde de foto tegen haar borst, sloot haar ogen en fluisterde: 'Dank je' tegen hem, voor zijn laatste geschenk aan haar.

58

'Hij gaat het aanvechten, Fiona.' Teddy Sissons wierp een dikke stapel documenten op haar bureau. 'Deze zijn vanmorgen op mijn kantoor bezorgd. Zijn advocaten zijn goed. Ze hebben elk obstakel opgeworpen dat ik verwachtte, en nog meer zelfs.'

Terwijl Fiona begon te lezen, ging Teddy zitten. Hij pakte een zakdoek, zette zijn bril af en veegde zijn voorhoofd af. Het was een ongewoon warme junidag.

'Dit is schandalig!' riep Fiona uit. 'Hij biedt me een derde van de waarde in contanten als ik mijn claim onmiddellijk intrek. Een derde! En het aanbod loopt over zestig dagen af. Daarna krijg ik niets meer! Dit is tegen de wet. Kun je je de brutaliteit voorstellen?'

'Ja,' zei Teddy. 'En ik raad je aan het aanbod te accepteren.'

'Wat?'

Teddy zette zijn bril weer op. 'Ik raad je aan het te accepteren.'

'Maar Teddy, je weet dat ik die aandelen wil hebben,' zei ze kwaad, verbijsterd dat hij haar zo plotseling afviel.

'Laat me uitpraten, Fiona. Je moet iets begrijpen. Deze

hele zaak zal heel smerig worden gespeeld. Je bent een heel rijke vrouw. Je hebt die aandelen niet nodig. Je kunt deze strijd beter niet aangaan.'

Fiona hield haar hoofd schuin alsof ze hem niet goed had gehoord. 'Ik ben niet bang voor een strijd. Hoe kom je erbij dat ik me erbij zal neerleggen?'

'Het zal enorm veel kosten.'

'Ik zei dat ik alles zou betalen wat nodig is...'

'Ook aan tijd,' onderbrak Teddy haar. 'Voor de zaak eindelijk voorkomt, zullen ze twee jaar van je tijd verspillen en duizenden van jouw dollars om originele documenten op te vragen: je geboortecertificaat, je trouwakte, Nicks testament, zijn overlijdensakte, om je identiteit vast te stellen, die van Nick, of er inderdaad een huwelijk heeft plaatsgevonden. Ze zullen het oneindig uitstellen.'

'Misschien kan iemand van de firma met de documenten naar Londen gaan. Het is misschien een goed idee om iemand daar te hebben en de zaak onder druk te zetten,' zei Fiona.

'Dat gaat niet. Niemand van mijn firma heeft een vergunning om in Engeland praktijk uit te oefenen.'

'Je hebt daar toch wel connecties? Wat doe je als een Amerikaanse cliënt sterft die bezittingen in Engeland heeft?' Fiona vroeg zich af waarom Teddy niet zelf met zo'n voor de hand liggend voorstel kwam.

'Jawel. We werken samen met een advocatenpraktijk in Londen.'

'Regel dan een afspraak voor me. Ik ga als het moet volgende week zelf naar Londen.'

'En je bedrijf dan? Dat kun je toch niet zomaar in de steek laten?'

'Stuart Bryce is uitstekend in staat om TasTea tijdens mijn afwezigheid te leiden, en Michael kan zorgen voor de theesalons en kruidenierswinkels.'

Teddy ging verzitten. Toen zei hij: 'Als je tijd hebt om de papieren te bestuderen, zul je zien dat Elgins advocaten Nicks medische rapporten in handen hebben gekregen. Niet van Eckhardt, want die wilde ze niet afstaan, maar van een dokter Hadley. Hij was degene die syfilis heeft geconstateerd bij Nick.'

Fiona knikte. 'Ja, Hadley was de huisarts van Nicks familie.'

'Volgens Hadleys aantekeningen heeft Nick de ziekte bij een andere man opgelopen.'

'Hoe komen de advocaten aan die aantekeningen? Dat is vertrouwelijke informatie.'

'Als Hadley bevriend is met Elgin, zal hij ze wel aan hem hebben gegeven.'

'Waarom vertel je dit, Teddy? Wat heeft dat met mijn claim te maken?'

'Heel veel. Elgins advocaten zijn van plan om Nicks ziekte en zijn, eh... seksuele activiteiten te gebruiken om te stellen dat je een schijnhuwelijk hebt gehad, dat Nick geestelijk incompetent was door zijn ziekte, dat het nooit lichamelijk is voltrokken, en dat je dus geen recht hebt op zijn erfenis.'

Fiona schudde haar hoofd, haar ogen werden groot van ongeloof. 'Dat durven ze niet.'

'Nu al dat geld op het spel staat, durven ze dat wel degelijk.'

'Het maakt geen verschil,' zei ze fel. 'Ik ga toch de strijd aan.'

'Ja?'

'Ja! Dat weet je,' zei ze ongeduldig. 'Dat heb ik je al zo vaak gezegd. Waarom vraag je het nog?'

Teddy wendde zijn blik af. Toen schraapte hij zijn keel en zei: 'Fiona, het is heel moeilijk om te bewijzen of een huwelijk wel of niet in alle opzichten is voltrokken. Maar de advocaten zullen het proberen. Begrijp je me?'

'Nee, Teddy! Bedoel je dat ze me gaan vragen of Nick en ik ooit de liefde hebben bedreven? Dan zeg ik gewoon ja.'

'Luister naar me,' zei hij op scherpe toon. 'Je hebt geen idee waar ze toe in staat zijn. Ze zullen een aantal advocaten sturen. Die zullen aan je eigen dienstmeisje vragen of jij en Nick ooit het bed hebben gedeeld. Of er vlekken op de lakens zaten. Ze zullen je arts onder ede laten verklaren of je ooit zwanger bent geweest, of je ooit een miskraam hebt gehad. Of er een reden is waarom je in tien jaar huwelijk niet zwanger bent geworden.'

Fiona slikte. Ze werd misselijk bij het idee alleen al.

'Dat is nog niet alles,' zei Teddy. 'Als het niet gaat zoals ze willen, halen ze er een arme, zieke mannelijke hoer uit Londen bij. Ze zullen hem betalen om te verklaren dat hij meerdere malen met Nick de liefde heeft bedreven. Hij zal data, tijden en locaties vertellen. Hij zal weten of Nick een moedervlek op zijn rug had of een litteken op zijn dij. Ze zullen een oude schoolvriend, iemand die grote gokschulden heeft, laten verklaren dat hij niets kon presteren bij vrouwen.'

'Dat kunnen ze niet doen!' riep Fiona uit.

'Doe niet zo vervloekt naïef! Dat kunnen ze wel, en ze zullen het doen ook! Randolph Elgin meent het. Hij wil die aandelen net zo graag houden als jij ze wil hebben, en hij zal zich door niets laten tegenhouden.' Teddy, geschrokken dat hij was gaan schreeuwen, haalde diep adem en leunde achterover.

Er viel een stilte terwijl Fiona opstond en voor hen beiden een kop thee inschonk. Ze zette er een voor Teddy neer en nam haar kopje mee naar het raam. Ze staarde naar het grijze water van de Hudson. Ze had geniepig gedrag verwacht van Elgin, en hij had haar niet teleurgesteld. Toch schokte het haar dat hij in staat was om het verleden van zijn gestorven zoon openbaar te maken in een rechtszaal. Randolph Elgin was blijkbaar net zo meedogenloos als William Burton als het op geld aankwam.

Teddy wilde dat ze een regeling trof. Dat ze wegliep van wat een smerig gevecht beloofde te worden. Ze wist dat zijn advies werd ingegeven door de wens haar te beschermen, en dat waardeerde ze. Maar Teddy zag iets belangrijks over het hoofd. Hij zag in de brief van Elgins advocaten alleen een dreigende, smerige rechtszaak, maar zij zag iets anders tussen de regels door. Angst. Elgin was bang.

Hij hoopte duidelijk dat zijn dreigement om in haar privé-leven te wroeten en intieme details naar buiten te brengen, haar zou afschrikken. Hij moest ergens ongerust over zijn dat hij zich tot dergelijke maatregelen wilde verlagen. Hij denkt dat ik kan winnen. Zijn advocaten hebben hem gezegd dat mijn claim wettig is en dat hij Nicks fonds zal verliezen. Hij wil niet tegen Burton zeggen dat hij zijn aandelen kwijt is. En dat hoeft niet als ik zwicht voor zijn intimidaties.

De wetenschap dat Elgin bang voor haar was, gaf Fiona moed. Ze zou niet wijken. 'Teddy, ik wil het volgende,' zei ze terwijl ze naast hem kwam zitten. 'Schrijf aan Elgins advocaten dat een derde een grove belediging is. Zeg...'

'Fiona, als je die claim volhoudt, kan ik niet meer voor je werken. Ik heb Nick mijn woord gegeven dat ik voor je zou zorgen. Ik zou mijn belofte verbreken als ik je hierin zou aanmoedigen.'

'Ik ga terug naar Londen.'

Teddy slaakte gelaten een diepe zucht. 'Wanneer?'

'Binnen een week.'

'Fiona,' zei hij vermoeid. 'Ik smeek je om het niet te doen.

Ze zullen geen spaan van je heel laten. Ze zullen ervoor zorgen dat elke vuile beschuldiging in alle kranten van New York komt. Er komt een schandaal, en deze keer zal ik het niet kunnen tegenhouden. Je wordt geruïneerd. Dan kun je vandaag al de deuren van TasTea sluiten. We wisten het allemaal van Nick en dat maakte niet uit, hij was een vriend van ons. Maar niet iedereen is zo ruimdenkend. Voor sommige mensen is Nicks geaardheid een zonde, en ze willen geen thee meer van je kopen als je volgens hen een aandeel hebt gehad in zedeloosheid.'

Fiona pakte zijn hand en gaf er een kneepje in. 'Laat me nu niet in de steek, Teddy. Ik heb je nodig. Je bent er altijd voor me geweest. Altijd. Wees er nu ook.'

Teddy keek haar aan. 'Doe het niet, Fiona. Het is waanzin,' zei hij zacht. 'Je zult alles vernietigen waar je zo hard voor hebt gewerkt.'

'Je vergist je, Teddy,' antwoordde ze. 'Dit ís alles waar ik voor heb gewerkt.'

59

Neville Pearson, een praatgrage, gezette man van een jaar of zestig met een bril op, liep om een ladder heen, stapte over een emmer verf en stak zijn hand uit naar Fiona. 'Mevrouw Soames, nietwaar?' vroeg hij terwijl hij zo heftig haar hand schudde dat haar tanden klapperden. 'Het is me een waar genoegen. Teddy heeft geschreven en hij heeft me alles over u verteld.'

Hij droeg een ouderwets bruin pak dat twintig jaar geleden waarschijnlijk stijlvol was geweest, en een geelgeruit vest waar theevlekken en broodkruimels op zaten. Op wat plukjes wit haar boven zijn oren na was hij kaal, en hij had de rode gelaatskleur van een man die genoot van eten en drinken. Hij leek totaal niet op Teddy of de andere New Yorkse advocaten die Fiona kende, met hun mooie pakken en kapsels, hun gemanicuurde handen en dure schoenen. Met zijn kaal geworden aktetas onder zijn arm en zijn bril op het puntje van zijn neus leek Pearson meer een verstrooide professor dan een van Londens beste advocaten op het gebied van familierecht en lid van de Queen's Counsel.

'Hoe maakt u het, meneer Pearson,' antwoordde Fiona.

'Hmmm. Juist...' Hij keek om zich heen. 'Zullen we een rustig hoekje zoeken? Ik had u graag naar mijn kamer willen brengen, maar alles ligt overhoop. Het spijt me ontzettend. We zijn aan het verbouwen. Een van de jongere advocaten wil een modernere inrichting. Zonde van het geld en een vreselijke overlast, vind ik. Edwards!'

'Ja, meneer Pearson?' antwoordde een jongeman achter de receptiebalie.

'Ik heb een kantoor nodig.'

'Ik geloof dat de kamer van meneer Lazenby vrij is, meneer.'

'Mooi. Volgt u mij, mevrouw Soames.'

Hij nam haar van de receptie mee door een lange gang en vertelde onderwijl over de eerbiedwaardige Gray's Inn, dat delen ervan in de veertiende eeuw waren gebouwd en onder de Tudors waren vergroot, en dat het al die jaren had doorstaan zonder hulp van verbouwers die nergens verstand van hadden.

Fiona volgde hem glimlachend. Ze had de zangerige Engelse stemmen gemist. New Yorkers struikelden over hun woorden, zoals ze met alles haast hadden. Mensen uit Londen waren dol op hun taal en spraken die vol liefde uit, welk accent ze ook hadden.

Dit was de eerste keer dat Fiona was uitgegaan sinds ze de vorige dag in het Savoy Hotel was aangekomen. De afgelopen vierentwintig uur had ze de stad vol welvaart en verfijning gezien, een Londen dat ze nooit had gekend. Haar suite was luxueus ingericht en ze werd op haar wenken bediend. De straten waardoor ze naar de Inns of Court was gereden, de gebouwen van de orden van advocaten, waren breed en sierlijk, met elegante huizen en winkels.

Ze wist echter dat dit niet heel Londen was. In het oosten lag nog een Londen van armoede, strijd, honger en ontberingen. Naar dat Londen zou ze zich spoedig wagen. Niet naar het hart, want ze kon het nog niet aan om naar Whitechapel te gaan, maar naar Bow. Om Roddy op te zoeken. Het was een weerzien waar ze zich zowel op verheugde als tegenop zag. Ze was blij dat ze hem weer zou zien, maar ze zou hem ook moeten vertellen wat er werkelijk met haar vader was gebeurd, en ze wist dat het zijn hart zou breken.

'Daar zijn we dan!' riep Pearson uit terwijl hij een meter voor haar bleef staan. Hij duwde een deur open en zei: 'O jee! Neem me niet kwalijk, Lazenby! Goedendag. En u ook, meneer. Mijn verontschuldigingen.' Hij trok de deur vlug dicht en toen hoorde Fiona een man die Lazenby moest zijn, tegen Pearson zeggen dat Phillips' kantoor waarschijnlijk vrij was. Een andere stem, ongetwijfeld die van Lazenby's cliënt, zei tegen Pearson dat hij zich niet hoefde te verontschuldigen.

Iets in zijn stem deed haar verstrakken. Het was een mannenstem. Een warme stem, levendig, met een sterk dialect uit East End. Ze deed een stap naar voren en greep als betoverd de deurkruk beet.

'Deze kant uit, mevrouw... eh... Soames.'

Fiona haalde haar hand weg van de deurkruk. Wat bezielde haar? Ze kon toch niet binnendringen bij een advocaat en zijn cliënt?

Pearson nam haar mee naar de trap. 'We proberen de volgende verdieping. Dat kantoor is bezet. Een heel belangrijke cliënt. Die is hier vaak, maar ik kan zijn naam nooit onthouden. Barton? Barston? Hij heeft een grote keten luxe winkels. Hoe heten die ook weer? Montague! Dat is het!' Hij draaide zich om naar Fiona en klopte op zijn hoofd. 'De hersentjes werken toch nog,' zei hij verheugd.

Fiona vroeg zich, niet voor het eerst, af waarom Teddy deze man had aanbevolen.

'Heeft veel succes, die Barton,' vervolgde Pearson. 'Heeft zich van de grond af opgewerkt. U zit toch in dezelfde tak? Behalve de theehandel? Ik meen me te herinneren dat Teddy het over een winkelketen had. U moet echt eens gaan kijken bij een van de Montagues. Uitstekende etablissementen.' Boven aan de trap bleef hij staan. 'Volgende week opent hij trouwens een paradepaardje in Knightsbridge, met een groot feest. Het hele bedrijf is uitgenodigd. Hebt u zin om mee te gaan met mij en mijn vrouw? Dan kunnen we eerst ergens een hapje eten.'

Fiona sloeg de uitnodiging beleefd af – ze had belangrijker dingen te doen dan naar feesten gaan – maar Pearson drong aan. Hij leek niet te willen wijken tot ze had ingestemd, dus deed ze dat maar. Verheugd leidde hij haar in een kantoor dat vrij was, blafte tegen een passerende klerk dat hij thee moest brengen, en kwam ter zake.

Hij herlas de papieren die Teddy hem had gestuurd en stelde haar talloze vragen. Zijn afwezige houding was verdwenen, en Fiona merkte dat Teddy haar inderdaad had verwezen naar een ervaren, scherpzinnige advocaat.

'Uw claim is absoluut legitiem, mevrouw Soames,' zei hij ten slotte. 'En die zal zeker overeind blijven in de rechtszaal.'

'Daar ben ik blij om,' zei Fiona opgelucht.

'Maar, zoals Teddy u ongetwijfeld heeft verteld, het wordt wel een langdurig en duur proces.'

Haar opluchting verdween. 'Kunt u niets doen om het te bespoedigen, meneer Pearson? Is er geen manier om de claim snel te laten beoordelen?'

Pearson keek haar over zijn bril heen aan. 'De wet laat zich niet haasten, mevrouw Soames.'

Ze knikte beschaamd. 'Hoe lang denkt u dat het zal duren?'

'Ik heb een paar dagen nodig om de documenten in detail te bestuderen en wat inlichtingen in te winnen. Dan zal ik een schatting kunnen maken. Ik moet u wel waarschuwen niet te optimistisch te zijn. Ik ken Elgins advocaten. Ik heb het volste vertrouwen dat we uiteindelijk zullen winnen, maar ze zullen het ons niet makkelijk maken. En evenmin aangenaam. Begrijpt u wat ik bedoel?'

'Ja, meneer Pearson, en ik ben voorbereid op de onaangenaamheden.'

Pearson wierp haar een onderzoekende blik toe en zei toen: 'Heel goed.'

Hij zou binnen een week contact met haar opnemen en stond toen op om haar uit te laten. Ze kwamen weer langs Lazenby's kantoor. En weer hoorde Fiona de stem die haar zo had gefascineerd. Deze keer klonk hij iets luider, maar toch gesmoord door de zware deur. Ze kende de stem niet. Ze wist zeker dat ze nooit zo afgemeten en gezaghebbend had horen praten, maar toch liet de stem haar niet los. Weer ging haar hand naar de deurkruk.

'Nee, nee, deze kant uit, mevrouw Soames,' zei Pearson.

Voor de tweede keer die dag vroeg Fiona zich af wat haar bezielde. Ze volgde Pearson naar de hal en nam afscheid.

60

Roddy O'Meara wierp een zijdelingse blik op de elegante vrouw aan zijn arm. Ze was zo welgemanierd en ze had zo'n gezaghebbende houding dat hij bijna niet kon geloven dat zij ooit een meisje op blote voeten in een verstelde jurk en schort was geweest, dat met grote ogen bij de haard had zitten luisteren naar zijn verhalen over feeën en kabouters.

Tot ze hem met die opmerkelijke blauwe ogen aankeek. Het meisje was er nog steeds, in haar ogen. Het gezicht was nu dat van een vrouw, met tengere botten en vage lijntjes op het voorhoofd door alle zorgen, maar de ogen waren nog even opgewonden en levendig als die van een kind. Warm, maar ook keihard. Uitdagend zelfs.

Die ogen heeft ze van haar vader, dacht Roddy. En ook die uitdagendheid. Daardoor had Paddy zich bij de vakbond aangesloten en had dit meisje uit Whitechapel weten te ontsnappen en zo'n buitengewoon succes bereikt.

Hij voelde zich opeens treurig toen hij aan zijn oude vriend dacht, maar hij deed zijn best het te verbergen, want hij wilde Fiona niet deprimeren met pijnlijke herinneringen tijdens hun fantastische weerzien. Ze was bij hem thuis komen eten en Grace had een echte Engelse maaltijd bereid, met rosbief en alles erop en eraan. Haar koetsier had het ene pakket na het andere binnengedragen, met daarop de namen van de een of andere dure winkel in New York. Voor Grace had ze een mooie hoed meegenomen en robijnen oorhangers, en voor hem een chic wollen colbert en gouden manchetknopen. Voor de kinderen, Patrick van negen, Emily van zeven en Roddy junior van vier, en Stephen, die net een jaar was geworden, had ze speelgoed en spelletjes en snoep meegebracht.

Toen ze elkaar alles over hun leven in de laatste tien jaar hadden verteld, zei Fiona: 'Ik heb nog niet de reden van mijn plotselinge vertrek met Seamie verteld. Het zit me al tien jaar dwars. Maar er was een reden voor, en die wil ik u nu graag vertellen.' Haar blik ging naar de kinderen. 'Maar het lijkt me hier niet zo geschikt om te doen.'

'Ga even een eindje wandelen met Roddy,' stelde Grace voor. 'Dan kan ik de afwas doen en hebben jullie de gelegenheid om samen te praten. Dan nemen we het dessert wel als jullie terug zijn.'

En zo waren Fiona en hij in een park in de buurt gaan wandelen. De zon was nog warm en er was geen wolkje aan de hemel.

In het begin praatte Fiona over koetjes en kalfjes. Dat was voor hem een teken dat het haar moeilijk viel om te beginnen. Hij vroeg zich af wat het kon zijn. Dergelijke dingen kon je maar beter zo snel mogelijk achter de rug hebben, alsof je een verband van een wond trok. 'Is er iets wat je me wilt vertellen?' informeerde hij ten slotte.

Fiona knikte. Ze keek recht voor zich uit en hij zag haar kaak trekken. Ze keek hem aan en hij zag een nieuwe uitdrukking in haar ogen. Het was een verwarrende mengeling van verdriet en kwaadheid, nee, woede, en die had hij niet eerder gezien. Toen ze nog bij hem woonde had hij hartverscheurend verdriet gezien en wanhoop, maar dit nog nooit.

'Ja, oom Roddy. Ik heb geprobeerd moed te verzamelen om het te zeggen.'

'Fiona, je hoeft geen geesten uit het verleden op te roepen...'

'Jawel. Ik wou dat het niet hoefde.' Ze gebaarde naar een bank. 'Laten we gaan zitten.' Toen begon ze te praten. Het verhaal, dat zo lang diep in haar verborgen had gezeten, kwam eindelijk los. Ze vertelde hem alles, en toen ze klaar was hing Roddy geschokt tegen de leuning. Het leek wel of hij net een stomp in zijn maag had gehad. 'Het spijt me zo vreselijk, oom Roddy,' zei ze, en ze pakte zijn hand.

Het duurde even voor hij weer iets kon uitbrengen. 'Waarom heb je me dit niet eerder verteld?' vroeg hij. 'Waarom ben je niet naar mij toe gekomen in plaats van te vluchten? We hadden ze kunnen laten arresteren.'

Fiona schudde haar hoofd. 'Nee, oom Roddy. Er waren geen getuigen, behalve ik. Het was mijn woord tegen dat van Burton. Niemand zou mij hebben geloofd. En ik wist dat ik in gevaar was.'

'Ik zou je hebben beschermd.'

'Hoe?' vroeg ze zachtmoedig. 'Dan had u elke minuut van de dag bij me moeten blijven. Zodra u naar uw werk was of naar de pub of naar Grace zou Sheehan zijn slag hebben geslagen. Ik liep al gevaar en ik wilde u en Grace niet ook in gevaar brengen. Ik moest weg. Dus heb ik het beste gedaan wat ik kon bedenken.'

Roddy knikte. Wat moest ze ontzettend bang en radeloos zijn geweest. Paddy. Vermoord. Hij werd overstelpt door verdriet, boog zijn hoofd en begon te huilen. Al die jaren had hij gedacht dat hij hem door een ongeluk was kwijtgeraakt, en dat was al moeilijk genoeg. Maar dit! De beste vriend die hij ooit had gehad moest dood door de hebzucht van een man. Het was niet te bevatten. Zelfs toen hij geen tranen meer had, bleef hij onbeweeglijk zitten. Na een poosje hoorde hij Fiona vragen of het weer een beetje ging.

Hij hief zijn hoofd op en veegde zijn ogen af. 'Ik... ik dacht gewoon hoe onrechtvaardig het allemaal is. Het is tien jaar geleden gebeurd en er waren geen getuigen behalve jij, maar toch... Er móét een manier zijn om Burton en Sheehan te laten boeten voor wat ze gedaan hebben. Maar ik kan helemaal niets bedenken.'

'Ik wel. Denk ik. In elk geval kan ik een van hen aanpakken.'

'Hoe dan?'

Fiona legde haar plan uit om Burton Thee over te nemen, en haar aanstaande rechtszaak tegen Randolph Elgin. Roddy wist niet veel van de beurs af, maar genoeg om te weten dat iemand met tweeënvijftig procent van de aandelen het bedrijf in handen had.

'Dus,' zei hij, 'zodra je je aandelen krijgt is Burton Thee van jou. Wat zegt Pearson? Hoe lang denkt hij dat het duurt voor je ze krijgt?'

'Dat weet hij niet. Volgens mijn advocaat in New York misschien wel jaren.'

'Jaren? Jezus...'

'Het zal niet alleen een langdurig proces worden, maar misschien ook heel smerig.'

Fiona vertelde hem nu het hele verhaal over haar huwelijk met Nick. Ze legde uit dat Elgin Nicks homoseksualiteit zou gebruiken om te beweren dat het een schijnhuwelijk was geweest. Het schandaal dat daarop zou volgen, kon haar bedrijf ruïneren. Ze vertelde over de pers in New

York en de niet te stillen honger naar roddels. 'En ik ben nog wel getrouwd om een schandaal te vermijden,' zei ze. 'Maar het kan me eerlijk gezegd niets schelen, oom Roddy. Ik ben graag bereid mijn bedrijf te verliezen om die aandelen in handen te krijgen. Maar ook al lukt het me om Burton te ruïneren, wat moet ik met Sheehan?'

Roddy moest verwerken wat Fiona hem allemaal had verteld. Toen zei hij: 'We moeten de ene rat tegen de andere opjagen. Maar ik weet niet hoe. Nog niet. Ik weet wel dat advocaten nog nooit iets snel hebben geregeld. Er moet een manier zijn om dit te bespoedigen en tegelijk Sheehan te pakken. Alleen zie ik die nog niet.'

Fiona zuchtte. 'Ik ook niet.'

Ze bleven een poos zitten staren in de toenemende schemering. Toen begonnen de klokken van een kerk in de buurt te luiden en Roddy wist dat het tijd werd om terug te gaan naar Grace en de kinderen. Ze stonden op. Fiona leek nu zo bleek en geknakt. Hij besefte dat ze dit geheim tien jaar lang met zich mee had gedragen, en dat hij de eerste en enige was aan wie ze het had verteld. Het deed hem pijn dat ze zoveel verdriet en angst had moeten meemaken. Dat ze ondanks alles verbittering en woede de overhand had laten krijgen. Ja, er lag duisternis in haar ogen, maar ook licht. Datzelfde sterke, heldere licht als toen ze nog een jong meisje was.

Hij trok haar naar zich toe. Dit meisje had geen vader, geen moeder meer. Zelfs de echtgenoot van wie ze had gehouden, was dood. Maar ze had hem. Hij hield van haar alsof ze zijn eigen dochter was en hij zou alles doen wat in zijn macht lag om haar te helpen. Ze konden het verleden niet ongedaan maken, maar misschien konden ze de toekomst veranderen. 'Je staat er niet meer alleen voor, meisje,' fluisterde hij. 'We zullen ze krijgen. Wij tweeën.'

61

'Het is lang geleden dat ik ook maar een voet in deze smerige tent heb gezet,' zei Roddy terwijl hij opkeek naar het opzichtige uithangbord van de Taj Mahal. Hij keek op naar de verdiepingen en zag een reeks kapotte ruiten. 'Is dat de schade die u bedoelde?'

Agent McPherson knikte. 'Alle ramen plus de deur zijn ingeslagen en de kassa is leeggeroofd.

'Gisteravond?'

'Ja.'

'Heeft Quinn het zelf gemeld?'

'Nee, een van de buren hoorde glas rinkelen en begon om de politie te roepen. Ik hoorde het kabaal en ben zo snel mogelijk gekomen. Ik zei tegen Quinn dat ik het wel zou uitzoeken, maar hij wilde mijn hulp niet. Hij zei dat het zijn probleem was en dat hij het zelf wel zou oplossen. Problemen met een paar opgeschoten jongens uit de buurt, zei hij.'

'Een stel deugnieten die Bowler Sheehan en Sid Malone heten,' zei Roddy grimmig.

'Ja, maar wie van de twee? Ik heb altijd gehoord dat Quinn samenwerkte met Sheehan. Zou hij zijn overgelopen?'

'Ik weet het niet, maar daar wil ik wel achterkomen. Er is iets aan de hand. Malone komt opeens opdagen, Quinns ramen worden ingeslagen. Er broeit onrust in East End, dat voel ik. Wie die vent ook is, hij heeft grote plannen en die omvatten onze kant van de rivier.'

'Denkt u dat Denny het zal vertellen?'

'Ja, als hij die mooie tent van hem niet wil laten sluiten. Kom, dan gaan we.'

Roddy opende de deur en ging naar binnen, op de voet gevolgd door McPherson. Hij was voorbereid op de gewone onaangenaamheden, zoals gemelijke blikken, binnensmonds gevloek en grove opmerkingen. Restanten eten die voor zijn voeten werden gegooid, bier dat over zijn jasje werd gemorst, een fles die naar zijn hoofd werd gemikt. Een van Denny's meisjes die haar diensten aanbood, of Denny zelf die hem whisky en biefstuk aanbood, op kosten van de zaak. Maar hij was niet voorbereid op wat hij nu zag.

Niets. Helemaal niets.

Er was niemand. En dat op een vrijdagavond. De lichten waren uit. De biljarttafels onbezet. Er stond niemand aan de bar en de barman was er niet. Niemand zat te eten en niemand liep achter een van de meisjes aan de trap op. Hij draaide zich verbijsterd om.

'Quinn?' riep hij aarzelend. 'Denny?' Geen antwoord.

Hij keek naar McPherson, maar die begreep er ook niets van. Met de handen op hun wapenstok liepen de mannen achter de bar en door de deur naar de keuken. Daar was ook niemand, maar de gootsteen lag vol geschilde aardappelen. Een streng worstjes lag op een houten plank alsof iemand ze had willen snijden.

De haren in Roddy's nek gingen overeind staan. Hier was iets heel erg mis. Hij liep voorop de keuken uit, door de gelagkamer en de trap op. Quinns kantoor bevond zich boven vlak bij de trap. Waarschijnlijk was Quinn daar zelf, of Janey Symms, zijn vriendin en hoerenmadam. Zij zouden wel een verklaring hebben voor wat er aan de hand was.

'Quinn!' riep hij. Geen antwoord. Hij probeerde de kruk om te draaien, maar de deur was op slot. 'Den? Ben je daar?' riep hij terwijl hij op de deur bonsde. Nog steeds geen antwoord. Hij wilde net weer kloppen toen hij een zacht gekreun hoorde. Hij ging naar achter en wierp zich toen met zijn schouder tegen de deur. Nog een keer. Het slot begaf het en hij rende naar binnen.

Dennis Quinn lag op de vloer. Zijn levenloze ogen staarden naar het plafond en het bloed omgaf zijn lichaam als een obscene bloem.

'Jezus,' zei McPherson.

Roddy knielde neer en voelde aan Quinns hals. Er sijpelde bloed uit de messteek. Zijn blik gleed langs Quinns lichaam. De voorkant van zijn overhemd zag rood van het bloed. Toen hij opstond, hoorde hij weer kreunen. Het duurde even voor het tot hem doordrong dat het niet van de dode man kwam. Het kwam van achter het bureau aan de andere kant van de kamer. Hij wist al wat hij zou zien voor hij er was.

Janey Simms lag op haar zij naar adem te snakken. Haar huid was klam van het zweet. Haar ene hand drukte tegen de diepe wond in haar borst, de andere lag voor haar uitgestrekt. Ze keek naar Roddy met een wilde blik in haar glazige ogen.

'Janey? wie heeft dit gedaan? Zeg het. Noem een naam.'

Janey slikte en probeerde te spreken, maar ze kon het niet.

'Hou vol,' zei Roddy. 'Ik breng je naar het ziekenhuis.' Hij trok zijn jasje uit, legde het over haar heen en probeerde haar op te tillen, maar ze gilde het uit van de pijn en hij moest haar weer terugleggen. 'Ik weet dat het pijn doet, Janey. Hou vol. Alles komt in orde...'

Janey schudde haar hoofd. Ze hief haar hand op. Roddy pakte die en ze duwde hem naar de vloer.

'We moeten gaan, Janey. Ik ga je weer optillen.'

Janey sloot haar ogen. Met haar laatste kracht tilde ze Roddy's hand op en sloeg die hard tegen de vloer. Hij keek naar zijn hand, die door de hare tegen de planken werd geduwd, naar haar rode wijsvinger, en zag toen eindelijk wat ze hem wilde laten zien. Ze had de letter S op de vloer geschreven. Met bloed. Haar eigen bloed.

'Sheehan,' zei hij.

'Of Sid,' zei McPherson.

'Wie was het, Janey? Sheehan of Sid Malone?' vroeg Roddy dringend. Hij wist dat ze niet lang meer had. Janey slikte weer. Haar borst ging snel op en neer. 'Hou vol,' drong hij aan terwijl hij in haar hand kneep. 'Ik haal je hier weg.' Maar al terwijl hij nog sprak voelde hij het leven uit haar wegvloeien. Ze was dood. Roddy schudde vloekend zijn hoofd. Hij liet haar hand los. Het bloed uit haar wonden sijpelde over de planken en vervaagde haar S. 'Wat denkt u?' vroeg hij aan McPherson.

'Sheehan als Quinn zich tegen hem heeft gekeerd, en Malone als het niet zo was.'

'Daar heb ik wat aan,' zei Roddy. 'Net zoveel als aan onze dode getuige hier, en het bewijs dat net is uitgeveegd en het feit dat er waarschijnlijk een stuk of vijftig mensen beneden waren toen de dader binnenkwam en dat niemand van hen iets zal zeggen. Twee mensen zijn vermoord en we hebben helemaal niets.'

'Daar hebt u gelijk in, brigadier. Maar zo-even maakte u toch een vergissing.'

'Welke dan?'

'U zei dat er onrust broeit. Maar de strijd is al begonnen.'

62

'Nee maar!' merkte Neville Pearson op terwijl hij door zijn bril tuurde. 'Wat dramatisch!'

'Het zijn de vier jaargetijden!' riep zijn vrouw Charlotte uit. 'Zie je? Dat is de lente, dat de zomer, daar is de herfst en daar de winter. Ze bieden allemaal hun gaven aan. Wat een goed idee!'

'Ze zijn werkelijk enorm,' zei Neville. 'Minstens zes bij negen meter.'

Fiona zei niets. Ze draaide zich langzaam rond, betoverd door de schoonheid van de oningelijste muurschilderingen op de vier wanden van Montagues Levensmiddelen. Ze herkende de kunstenaar: John William Waterhouse, een van de Engelse pre-rafaëlieten. Nick had twee van zijn romantische schilderijen.

Ze bekeek om beurten de seizoenen. Zomer, een brunette, droeg een felgroene japon en stond in een wei met bessen in haar hand, en haar gezicht opgeheven naar de zon. De herfst verzamelde peren in een boomgaard. Ze had lang, koperkleurig haar dat net zo golfde als haar donkerrode japon. Winter was een lichtblonde sneeuwkoningin in een witte japon. Ze droeg een kroon van hulst en ze stond te midden van altijd groene struiken. En de lente was een slank, zwartharig meisje, een waterelf in een lichtblauwe japon met heel donkerblauwe ogen. Ze had rozenknoppen in haar handen en ze stond bij een beek. Achter haar bloeiden kersenbomen. Groene scheuten kwamen op uit de zwarte aarde onder haar voeten.

Wie was ooit op het idee gekomen om schilderijen in een levensmiddelenwinkel te hangen? vroeg Fiona zich af. Ongetwijfeld dezelfde persoon die blauwe en groene tegels op de vloer had laten leggen in plaats van witte. Die had bedacht dat de verlichting moest bestaan uit kroonluchters en wandtoortsen in de vorm van lelies. Die aan de achterkant van de vitrines spiegelglas had aangebracht zodat de tentoongestelde waren twee keer zoveel leken. Die het verkooppersoneel zilveren naamplaatjes liet dragen met de woorden 'specialist' onder hun namen gegraveerd. Die de trappen naar boven aan de achterkant van de benedenverdieping had geplaatst zodat winkelende mensen op weg naar de bloemist of tabaksverkoper eerst langs talloze aanlokkelijke producten moesten lopen.

Wie hij ook is, een genie is hij zeker, dacht Fiona. Alles wat hij had gekozen, elk besluit dat hij had genomen – van de schilderijen tot de prachtige bloemstukken en de kunstige rangschikking van exotische vruchten en groenten – maakte van een lawaaiige holle markthal een verfijnd, luxueus warenhuis. Neville had haar beloofd hem aan haar voor te stellen zodra hij de man kon vinden... die Barston of Barton, hij kon zich de naam nog steeds niet herinneren.

'Die lijkt op jou, Fiona,' zei Neville, wijzend op de lente.

Fiona keek naar het meisje op het schilderij. 'Ze is veel jonger. En veel te mooi,' antwoordde ze.

'Onzin. Neville heeft gelijk. Ze lijkt sprekend op je,' zei Charlotte Pearson.

Fiona maakte een afwerend handgebaar en zei dat ze het zich maar inbeeldden. Een ober kwam voorbij met champagne. Neville pakte een glas van het blad en Fiona nam er ook een uit beleefdheid, maar ze sloeg de mooie petitfours die volgden af. Ze was veel te gespannen om te eten. Ze had veel te veel aan haar hoofd.

Om te beginnen Neville. Tijdens het diner met de Pearsons in het Savoy, voor ze naar de opening gingen, had hij haar verteld dat hij een maand of zes nodig dacht te hebben om de Burton-aandelen te krijgen. Hij stelde voor dat ze dinsdagmiddag naar zijn kantoor kwam om de details te bespreken. Zes maanden leek onmogelijk lang. Ze wilde de aandelen nu, niet over een half jaar. Hoe moest ze haar zaken regelen vanuit Londen? Ze zou voortdurend heen en weer moeten reizen, een vooruitzicht dat haar niet erg aanstond.

En dan Roddy. Gisteren had ze een briefje van hem ontvangen. 'Heb hem,' stond erin. 'Geef me nog een paar dagen.' Er was al een dag voorbij. Hoe had hij Sheehan te pakken kunnen krijgen? En wat was hij in vredesnaam met hem aan het doen? Ze kon niet slapen van ongerustheid. Wat was hij van plan? En zou het helpen, wat het ook was? Het wachten viel haar bijna ondraaglijk zwaar, maar ze moest geduldig zijn. Misschien wist ze maandag meer.

Ze kon niets anders doen dan wachten. Op een besluit in haar zaak tegen Elgin. Op nieuws van Roddy. Ze was niet gewend te wachten op oplossingen voor haar problemen, ze was gewend actie te ondernemen. En ze werd gek van het gedwongen nietsdoen.

'Wat zou dit zijn?' vroeg Neville terwijl hij een geribbelde groene peul tussen duim en wijsvinger ophield. Hij was naar de uitstallingen van groente en fruit geweest en weer teruggekomen.

'Okra,' zei Fiona. 'Uit Amerika. Dat wordt verbouwd in de zuidelijke staten.' Ze vroeg zich af hoe het zo groen en vers had kunnen blijven. Zij en Michael hadden vaak problemen om goede waren te krijgen uit Georgia en North en South Carolina. Ze weigerden veel van wat hun groothandelaren hadden aan te bieden. Het moet wel op ijs met een snelle boot regelrecht uit een haven in het zuiden zijn gekomen, besloot ze.

'Okra. Wat ongewoon,' zei Neville. Hij nam voorzichtig een hapje, trok een vies gezicht en wierp de groente op het dienblad van een ober. 'Jullie moeten met me meekomen,' zei hij. 'Ik heb iets ongelooflijks ontdekt. Ik stond bij de groente en ik vroeg me net af hoe die in de zomerse warmte zo fris kon blijven, toen er opeens een mist uit opsteeg.'

'Mist?' zei Charlotte. 'Dat kan toch niet.'

'Ja, lieve, mist. Heel ingenieus. Kom maar kijken.'

'Alsof we daar in Londen nog niet genoeg van hebben,' zei Charlotte terwijl ze haar man volgde. 'Mist!'

Fiona liep achter hen aan en zag toen waar Neville het over had. De producten waren uitgestald in hoge, geribbelde kratten van geëmailleerd metaal. Iemand had een manier bedacht om regelmatig een fijne waternevel over de producten te verstuiven om ze knapperig te houden. Ze voelde onder de bovenkant. 'Er moeten heel kleine gaatjes in zitten, en daar voeren ze op de een of andere manier water doorheen. Misschien met een pomp. Maar waar is die?' Ze stak haar hoofd in de krat om beter te kunnen kijken, maar kreeg een wolk waternevel in haar gezicht. 'Je hebt gelijk, Neville, het is ingenieus!' zei ze opgewonden terwijl ze met haar mouw haar natte wangen bette. 'Ik moet te weten komen hoe dat werkt. Waar is die meneer Barton?'

'Ik weet het niet,' zei Neville terwijl hij fronsend door de menigte tuurde. 'Hij moet hier ergens zijn, maar ik heb hem nog niet gezien. Laten we wat rondlopen,' zei hij terwijl hij haar zijn ene arm bood en zijn vrouw de andere. 'Dan komen we hem wel tegen.'

Ze bekeken de rest van de benedenverdieping en verwonderden zich over de enorme variëteit aan broodsoorten – Charlotte hield bij veertig op met tellen – de uitstalling taarten, puddingen en koekjes, de prachtige mozaïek van vis en schaaldieren, gevogelte, wild en wild zwijn, de mooie stukken rund- en varkensvlees, de patés, salades, aspics, vleespasteien, versierd met deegkransen en jachttaferelen, en de hoge uitstalling van kaassoorten.

Terwijl Fiona alles gefascineerd bekeek, slaagde ze erin haar Burton-aandelen en Roddy en Sheehan even te vergeten. Je kon je gewoonweg geen zorgen maken als je een stukje oude parmezaanse kaas proefde of bij een bediende – nee, een specialist, informeerde naar een koffiesoort die ze nooit eerder had gezien. Ze was vol bewondering voor deze opmerkelijke koopman Barton en ze kon niet wachten om met hem kennis te maken.

Charlotte zag een vriendin en ging een praatje met haar maken. 'Laten we naar boven gaan,' zei Neville tegen Fiona. 'Ik wil naar de tabakswinkel. Ons geheimpje, beste kind. Charlotte houdt er niet van dat ik rook.'

Boven aan de trap vertakte de balustrade zich naar links en rechts, waardoor kleine ruimten ontstonden waar mensen naar beneden konden kijken. Fiona vergezelde Neville naar de tabaksafdeling, die over een ingebouwde humidor beschikte. Ze keek nieuwsgierig toe hoe hij diverse sigaren onder zijn neus hield en er licht op drukte om te zien of ze vers waren, voor hij een keus maakte. De sigaren werden betaald en verdwenen prompt in zijn borstzak.

Weer buiten was Charlotte nergens te bekennen. Fiona en Neville liepen terug naar de balustrade om op haar te wachten. Nieuwe glazen champagne werden rondgedeeld. Fiona had haar glas beneden laten staan zonder dat ze ervan gedronken had. Nu nam ze, iets meer ontspannen, een slokje uit haar nieuwe glas. Een knappe jonge ober overhandigde haar een prachtige donkerrode roos. 'Een cadeautje van onze bloemist,' zei hij.

'Een groot feest,' merkte Neville op.

'Inderdaad,' zei Fiona terwijl ze de geur van de roos opsnoof. 'Wat een bijzondere winkel.'

Neville leunde met zijn armen op de balustrade. 'Moet je al die mensen zien. Die kerel moet een vermogen kwijt zijn aan champagne.'

'Ja, maar dat verdient hij dubbel en dwars terug als ze allemaal klant worden,' antwoordde Fiona terwijl ze haar blik over de menigte beneden liet glijden. Dat waren mensen met geld, maatschappelijk vooraanstaande mensen. Ze kon het zien aan hun chique kleding en horen aan hun deftige uitspraak. Ze zouden hun ogen uitkijken op dit feest, daarna naar huis gaan en hun huishoudsters opdragen voortaan inkopen te doen bij Montague. Wat de eigenaar nu uitgaf, was slechts een kleine investering in zijn toekomstige winst.

'Zullen we naar het restaurant gaan kijken?' vroeg Neville. 'Dat is een verdieping hoger. Het moet heel bijzonder zijn.'

'Ja, goed. Even mijn glas leegdrinken...' Opeens stierf haar stem weg. Haar ogen, die gericht waren op een gezicht in de menigte, het gezicht van een man, werden groot.

De paardenstaart was weg. Het blonde haar was nu netjes geknipt, maar nog steeds dik en krullend. Het versleten hemd, de pet en de rode halsdoek waren ook verdwenen. Hij droeg een pak. Een grijze geklede jas en broek van een perfecte snit. Maar de brede, hartelijke glimlach was nog hetzelfde. En de ogen, zo blauw als een zomerhemel, waren ook hetzelfde. De jongen was weg. Een man had zijn plaats ingenomen. De mooiste man die ze ooit had gezien.

Ze hoorde een stem in gedachten, de stem die ze had gehoord tijdens haar bezoek aan Nevilles firma. Ze was er onverklaarbaar door aangetrokken. Omdat het zíjn stem was. 'Barton of Barston,' had Neville gezegd. Nee, het was Bristow. Joe Bristow. Haar Joe.

Ze sloeg hem ademloos gade. Hij was aan het praten met een echtpaar, met zijn hand op de schouder van de man. Haar hart raakte zo vol van emotie dat er opeens tranen in haar ogen kwamen. Alleen al bij zijn aanblik werd ze overstelpt door liefde en verlangen. Gevoelens die ze lang geleden dacht te hebben overwonnen. Ze wilde naar hem toe, zijn stem horen, zijn hand aanraken en weer in zijn ogen kijken. Haar armen om hem heen slaan en zijn armen om haar voelen en heel even doen alsof ze nooit uit elkaar waren gegaan.

Terwijl ze alle details gulzig in zich opnam, zoals hij stond, hoe hij zijn handen in zijn zakken stak terwijl hij praatte, hoe hij zijn hoofd schuin hield om te luisteren, werd hij opeens belaagd door drie luidruchtige blonde kinderen. Hij bukte zich om de jongste op te tillen, gaf een kus op haar wang en pakte wat zoetigheid voor haar van een dienblad. Toen hij haar neerzette, drong het tot Fiona door dat het zijn dochtertje moest zijn. De kinderen waren alle drie van hem. Van hem en Millie. Want hij was al tien jaar met Millie getrouwd en hij wilde niets meer met Fiona te maken hebben.

Ze voelde zich letterlijk ziek terwijl ze achteruit deinsde van de balustrade. Ze moest hier weg. Nu. Voor hij haar zag. Anders leek ze op een verliefde dwaas die niet weg kon blijven. Een wanhopige, meelijwekkende vrouw.

Neville zag haar gezicht. 'Fiona? Wat is er?'

Ze forceerde een glimlachje. 'Niets, Neville. Een beetje duizeligheid, dat is alles. Ik kan niet tegen hoogtes,' loog ze. Toen zei ze dat ze bijzonder had genoten, maar dat ze moe was en morgen een drukke dag voor de boeg had, dus dat ze nu terug moest naar haar hotel. Ze vroeg hem Charlotte haar hartelijke groeten te doen en zei dat ze hem dinsdag op zijn kantoor zou zien.

Vervolgens liep ze de lange draaitrap af. Ze had een zijdeur gezien en daar wilde ze regelrecht naartoe. Ze dwong zich om niet te rennen, maar in een normaal tempo te lopen. Toen ze eindelijk beneden was, baande ze zich een weg door de menigte naar de deur. Die kwam uit op een steeg naast het gebouw. Eenmaal buiten zette ze het op een lopen, de steeg uit en de straat op, waar ze gelukkig direct een huurrijtuig wist aan te houden.

En eenmaal in het rijtuig liet ze haar emoties de vrije loop.

'Ze was het,' zei Joe in zichzelf. Hij stond op de straat voor zijn winkel en zocht wanhopig in de drukte naar een vrouw in een roomkleurige jurk. Die blauwe ogen, dat gezicht... het was Fiona. Ze was híér!

Hij had haar op de trap gezien. De schok was zo groot dat hij zijn glas had laten vallen. Het viel in stukken aan zijn voeten. Voor hij haar naam kon roepen, was ze de trap al af en door een zijdeur verdwenen. Hij was achter haar aan gerend, maar kon haar door de drukte niet op tijd bereiken. Toen hij door de steeg op de straat was gekomen, was ze al weg.

Fiona. Hier in Londen. In zijn winkel. Hij had haar

echt gezien! Hij deed een paar stappen over het trottoir en keek in de raampjes van rijtuigen. Hij stak de straat over, keek naar links en rechts, maar hij kon haar nergens vinden.

Ze wás het, dat wist hij zeker. Alleen woont ze in New York, niet in Londen. Met haar man.

'Joe!' riep iemand. 'Joe, hier!'

Hij draaide zich om in de richting van de stem. Het was Cathy. Ze zwaaide naar hem.

'Waar blijf je?' vroeg ze toen hij de straat weer over was gestoken. 'Ik zag je naar buiten rennen. Ik dacht dat er iets was gebeurd.'

'Nee, niets. Ik dacht alleen...'

'Je moet terug naar binnen. Lady Churchill is net aangekomen. Ze wil een rondleiding.' Ze wierp hem een aandachtige blik toe. 'Joe, wat is er? Je doet zo afwezig.'

Hij schudde zijn hoofd. 'Je zult het niet geloven, maar ik zweer je dat ik Fiona Finnegan heb gezien.'

Cathy wierp ongerust een blik door de straat en toen naar hem. Hij besefte dat hij haar had laten schrikken. 'Je denkt zeker dat ik gek ben?' zei hij.

'Je bent niet gek, jongen. Alleen overwerkt. We hebben allemaal al een maand lang achttien uur per dag gewerkt. Maar nu is de winkel open en het wordt een doorslaand succes als we op vanavond mogen afgaan. Zodra het een beetje rustig is geworden, kun je een paar dagen vrij nemen. Dan kun je lekker uitrusten in Greenwich.'

Joe knikte. 'Ja, dat lijkt me een goed idee.'

'Kom mee dan,' zei ze opgewekt. 'We mogen lady Churchill niet laten wachten.'

Cathy liep terug door de steeg. Dit was sneller dan via de hoofdingang. Joe wilde haar net naar binnen volgen toen hij een rode roos op de keien zag liggen.

Hij raapte hem op. Fiona was dol geweest op rode rozen. Hij had haar er een gegeven wanneer hij maar kon.

'Joe, kom je nog?'

'Ja.' Hij stak de bloem in zijn zak. Hij was inderdaad gek aan het worden. Cathy had gelijk. Een paar dagen rust zou hem goed doen.

63

'Ellendeling! Smerige klootzak! Je kunt me hier niet houden! Ik wil mijn advocaat, nu! Ik ken mijn rechten! Als ik weer buiten ben, ga je eraan, O'Meara! Hoor je me? Ik zal je krijgen, jou en die smeerlappen die me hier hebben gegooid...'

Roddy stond met zijn armen over elkaar met een spotgrijns naar de man aan de andere kant van de ijzeren tralies te kijken. Over een paar minuten was hij wel uitgeraasd. Zelfs de sterkste mannen verzwakten na twee dagen zonder eten of water. En ondanks zijn dreigende taal was Bowler niet zo taai. Hij was pezig, en had weinig vet op zijn botten om klappen op te vangen. Roddy had zo'n idee dat hij hevig zou bloeden.

Hij haalde zijn wapenstok uit zijn riem en draaide die een paar keer in de rondte. Bowler zag het hem doen en liet weer een stroom scheldwoorden ontsnappen, maar niet meer zo kleurrijk en heftig. De man begon moe te worden.

Het was lang geleden dat Roddy een dergelijk verhoor had afgenomen. McPherson had zijn hulp aangeboden, maar die had hij afgewezen. Hij wilde Bowler helemaal voor zich alleen.

Hij wachtte nog een poosje tot Bowler, eindelijk uitgeput, op de bank in zijn cel ging zitten. Toen pakte hij een sleutelring van zijn riem, maakte de deur open en ging naar binnen. Zoals hij al had verwacht vloog Bowler op hem af zodra de deur in het slot was gevallen. Roddy was voorbereid. Hij weerde de klap met zijn wapenstok af, greep Bowlers arm, draaide hem om en gooide hem tegen de tralies. Bowler zette zich af en wilde zich weer op hem storten. Roddy liet de wapenstok op zijn schedel neerkomen, en er ontstond een diepe wond boven zijn oog.

Bowler schreeuwde het uit. Roddy greep hem bij zijn hemd en duwde hem terug op de bank. 'Paddy Finnegan was als een broer voor me,' zei hij.

'Wat heb ik daar verdomme mee te maken!' riep Bowler. Hij veegde bloed uit zijn oog.

'Je hebt hem vermoord. Jij en William Burton.'

'Ik weet niet waar je het over hebt.'

'Je hebt ook Dennis Quinn en Janey Symms vermoord.'

Bowler spuwde bloederig speeksel uit. 'Je hebt de verkeerde voor je. Dat was Sid Malone. Hij wil East End overnemen. Hij probeerde de baas te spelen over Quinn, maar die moest daar niets van hebben. Dus heeft Malone hem uit de weg geruimd.'

Roddy haalde twee vellen papier uit zijn zak, vouwde die open en hield ze voor Bowlers neus. 'Kun je lezen?' informeerde hij.

'Rot op.'

'Dat zal ik als bevestigend opvatten,' zei Roddy. 'Lees maar eens goed. We hebben twee van je handlangers opgepakt en na enig aandringen hebben ze bekend. Twee van mijn mensen waren getuige. Ze zeiden dat jij Quinn hebt neergestoken en dat zij Janey Symms te pakken hebben genomen.'

Roddy keek naar Bowlers ogen toen hij de documenten las, en tot zijn genoegen zag hij er een zweem van angst in.

'Nou en?' zei Bowler toen hij ze had gelezen. 'Dat beweren die twee. En ik zeg van niet. Ik was niet eens in de buurt van de Taj toen Quinn werd vermoord.'

'Luister, Bowler, ik heb een voorstel. We weten allebei dat jij het hebt gedaan. Ik heb de verklaringen van je kornuiten. En als het nodig is kan ik er meer getuigen bijhalen. Potter de barman bijvoorbeeld. En een stuk of wat van Denny's meisjes.'

Bowler lachte. 'Ze zouden niet durven.'

'Niet als ze denken dat jij vrijkomt,' gaf Roddy toe. 'Maar als ik ze verzeker dat je nooit meer buiten komt, is het gedaan met je. Ik heb gehoord dat Ronnie Black van die drankwinkel in Lamb Street aan het biljarten was toen jij kwam. Denk je dat hij het leuk vond om je al die jaren te moeten betalen om zijn zaak zogenaamd te laten beschermen? Hij haat je als de pest. Iedereen die er was zou dolblij zijn als ze van je af konden komen.'

Bowler haalde diep adem. 'Wat wil je?'

'De waarheid. Over Quinn. En ook over Paddy Finnegan. Ik wil dat je zegt hoe Finnegan vermoord is. Hoe William Burton je ertoe heeft aangezet.'

Bowler knikte. 'Zo is het ook gegaan! Hij heeft me ertoe aangezet!'

'Dat dacht ik al,' zei Roddy bemoedigend. 'Burton is ook degene die ik eigenlijk te pakken wil krijgen.'

Bowler boog zich nu gretig naar voren. 'Als ik het doe, wat krijg ik dan in ruil?'

Een plaats op de wachtlijst voor de strop, dacht Roddy. 'Daar zorg ik wel voor, Bowler,' zei hij. 'Ik zal blijk geven van mijn waardering. Ik zal zorgen dat de rechter weet dat je hebt geholpen en ik zal mijn best doen om hem coulant te laten zijn. Je krijgt de cel in plaats van de strop, en strafmindering wegens goed gedrag. Over een jaar of tien, vijftien, ben je weer vrij.' Hij zweeg even, en zei toen: 'Maar als je weigert, dan vorder ik alle schulden die ik tegoed heb en dan doe ik een beroep op iedereen die ik ooit een gunst heb bewezen om te zorgen dat jij hangt voor de moord op Quinn.'

Bowler dacht na. 'Goed,' zei hij ten slotte. 'Ik weet wanneer het spel is afgelopen. Maar als ik ten onder ga, dan gaat Burton met me mee. Heb je papier in dit krot? En een pen? Dan handelen we het meteen maar af.'

64

Fiona, gekleed in een eenvoudig grijs mantelpak, haastte zich over Commercial Road langs de Christ Church naar een bouwvallige pub die de Bells heette. Het was een bewolkte ochtend en het was bijna zes uur. Een paar werklui zaten aan de bar vleespasteitjes weg te spoelen met thee.

'Fiona! Hier!'

Het was Roddy. Hij zat aan een tafel in de gelagkamer. Gisteravond had ze een briefje van hem gekregen met het verzoek hier te komen. Hij had informatie over de dood van haar vader. En hun plan. Voor hem stond een pot thee en de restanten van een warm ontbijt. Ze zag dat hij ongeschoren was en kringen onder zijn ogen had. 'Het lijkt wel of u niet geslapen hebt. Wat is er gebeurd?' vroeg ze terwijl ze ging zitten.

'Je kunt beter vragen wat er níét is gebeurd,' zei hij moe. 'Ik werd om twee uur vannacht opgetrommeld.' Hij wierp een blik om zich heen en vervolgde op zachte toon: 'In een steeg bij Fournier Street is een lichaam gevonden. Van een prostituee. Met doorgesneden keel. Een man had haar horen gillen, ging helpen en zag haar dood liggen.'

'Dat meent u niet.'
'Was het maar waar.'
'Het lijkt Jack wel.'
Roddy wreef over zijn gezicht. 'Ja,' zei hij. 'En de kranten zullen smullen. Het wemelde van de journalisten. We hebben opdracht om geen enkele informatie te geven, maar dat houdt ze niet tegen. Als ze niets te weten kunnen komen, verzinnen ze het wel. Die Bob Devlin van de *Clarion* zorgt wel dat heel East End vanavond door het dolle heen is. We hebben versterking gevraagd uit Limehouse, Wapping en Bow voor het geval er problemen komen. Maar dit heeft niets met jou te maken.' Hij zweeg even toen het barmeisje een verse pot thee bracht en aan Fiona vroeg wat ze wilde eten.
'Niets, dank u,' zei ze.
'Op dit uur is de gelagkamer alleen open voor klanten die willen eten,' zei de vrouw humeurig.
'Goed. Breng dan maar een warm ontbijt.'
'Met gebakken aardappelen of tomaten...'
'Met alles.' Fiona wilde dat de vrouw wegging. Ze schonk een kop thee in en deed er een scheut melk bij terwijl Roddy vervolgde: 'Ik heb je gevraagd hier te komen omdat ik wist dat ik je vandaag anders niet kon bereiken, en ik wilde je vertellen wat er is gebeurd,' zei hij. 'Een paar dagen geleden is een zekere Dennis Quinn vermoord, met zijn vriendin Janey Symms.'
Fiona knikte, zich afvragend wat de moord op Quinn met de dood van haar vader te maken had.
'Bowler Sheehan was de dader. We hebben een paar maten van hem opgepakt en ervoor gezorgd dat ze gingen praten.' Roddy vertelde dat zijn mannen Sheehan in het huis van zijn zus hadden gevonden, waar hij was ondergedoken. 'Ik zei dat ik hem had laten arresteren voor de

moord op Quinn,' zei Roddy, 'maar dat ik voor strafvermindering zou zorgen als hij de moord op je vader bekende... en William Burton als schuldige zou aanwijzen.'

Fiona zette haar theekopje met een klap op het schoteltje. Haar ogen werden groot. 'En heeft hij dat gedaan?'

'Ja.'

Ze leunde achterover. Toen ze naging wat dit allemaal betekende, besefte ze dat ze geen zes maanden op Nicks aandelen hoefde te wachten. Ze had ze niet nodig. Door Sheehans bekentenis zouden hij en Burton hangen. 'Dus nu kunt u Burton arresteren? U kunt hem voor de rechter brengen en dan zal hij hangen voor wat hij heeft gedaan,' zei ze.

Roddy aarzelde. 'Dat hoop ik, meisje,' zei hij. 'Maar ik kan het niet garanderen.'

'Maar waarom niet?' vroeg ze verontrust. 'U hebt Sheehans bekentenis toch?'

'Eigenlijk heb ik het woord van een beruchte crimineel tegen dat van een gerespecteerde koopman. Er waren geen ooggetuigen bij de moord op je vader. Het valt niet te bewijzen dat Sheehan de waarheid spreekt,' zei Roddy. 'Ik heb mijn best gedaan. En misschien is het voldoende, met een beetje geluk. Ik heb een paar agenten naar Burtons kantoor gestuurd om hem op de hoogte te brengen van Sheehans bekentenis en hem een formeel verhoor af te nemen. Misschien gebeurt er een wonder en bekent hij. Dat is eerder gebeurd. Iemand kan maar een bepaalde tijd verder leven met een moord op zijn geweten, tot zijn schuldgevoel te groot wordt.' Hij legde een hand op de hare. 'Probeer een beetje vertrouwen te hebben.'

Fiona knikte somber. William Burton was niet zo iemand, en vertrouwen was niet haar sterkste punt. Ze was nu zo dicht het moment genaderd dat ze haar vaders dood kon wreken. Roddy had veel gedaan. Hij had de meeste puzzelstukken op hun juiste plek gelegd. Nu moest ze nog een manier vinden om Burton in de val te laten lopen, hem te dwingen tot een bekentenis. Maar wat?

Haar ontbijt kwam. Ze prikte er in. Het geeft niet, dacht ze. In elk geval heeft Roddy Sheehan. Hij zal hangen voor wat hij heeft gedaan. En als Burton niet bekent, volg je je oorspronkelijke plan. Neville krijgt de aandelen en die gebruik je om Burton uit te schakelen. Ze nam een slokje thee en probeerde haar teleurstelling te verdringen. Haar blik viel op Roddy's krant. De *Clarion*. 'Moord in Whitechapel!' schreeuwde de kop op de voorpagina. 'Vrouw doodgestoken in steeg.' Daaronder was een artikel over een vechtpartij. 'Vijfentwintig gewonden in pubruzie.' En daar weer onder: 'Schandaal! Dominee en gevallen vrouw. Details op pagina vijf.' Vergeleken bij dit soort koppen leken de New Yorkse kranten zelfs braaf, dacht ze. Om de een of andere reden sprong één woord eruit.

Schandaal.

Dat woord kende ze maar al te goed. Ze was met Nick getrouwd om een schandaal te vermijden. En de volgende zes maanden liep ze het risico haar theehandel kwijt te raken als haar schoonvader zijn dreigementen waar zou maken.

Schandaal.

Het was een machtig woord. Intimiderend. Angstaanjagend zelfs. Huwelijken gingen kapot door schandalen. Zaken, reputaties, levens. Zelfs de dreiging ervan kon al verwoestend zijn. Mensen deden alle mogelijke moeite om ze te vermijden. Dreig iemand met een schandaal en je had macht over hem. Invloed. Controle.

Ze schoof haar bord opzij. 'We hebben geen wonder nodig, oom Roddy,' zei ze kalm.

'Nee?'

'Nee. Alleen een bevriend persoon bij een krant. Welke krant dan ook. Hoe goed kent u die man die u noemde, Devlin?'

'Heel goed. We hebben elkaar door de jaren heen vaak een wederdienst bewezen.'

Ze opende haar tas, legde wat muntstukken op tafel en stond op. 'Dan gaan we naar hem toe.'

'Waarom?'

'Om te zien of hij ons kan helpen een schandaal te beramen. Misschien zal het ons niet lukken Burton te laten veroordelen voor de moord op mijn vader, maar we zullen mensen laten geloven dat we het wél kunnen.'

'Ik begrijp het niet. Wat hebben we daaraan?' wilde Roddy weten.

'Alles, hoop ik. Kom, dan leg ik het onderweg wel uit.'

Roddy bleef staan met zijn hand op de deur naar het kantoor van de *Clarion*. Hij draaide zich om naar Fiona en zei: 'Dit zou best weleens kunnen lukken, meisje.'

'Laten we het hopen, oom Roddy.'

'Klaar?'

'Ja.'

Hij duwde de deur open en ze kwamen in een grote, lawaaiige ruimte waar de drukpersen stonden. Het rook er naar olie en inkt.

'Kom,' zei hij, en nam haar mee naar een trap. 'De redactie is deze kant uit.'

Hij kende het gebouw, want hij was er vaak geweest. De *Clarion* was weliswaar bij lange na geen *Times*, maar toch een sterke krant met een flinke oplage die als eerste het plaatselijke nieuws bekendmaakte, waarvan sommige artikelen werden overgenomen door de *Times* en andere grote kranten. Hij zou zeker aan hun doel beantwoorden.

Fiona had haar plan aan Roddy uitgelegd. Het was schitterend, maar het succes zou geheel afhangen van Devlin. Hij was over het algemeen een geschikte vent, maar hij had ook een koppig trekje. Voor het geval dat hij vandaag in een niet al te beste bui zou zijn, had Roddy op het bureau een cadeautje voor hem opgehaald. Om de radertjes in beweging te zetten.

Op de redactie zag het blauw van de tabaksrook en er hing een geur van restanten ontbijt. Een stuk of tien journalisten zaten gebogen over hun bureau te typen, en in het midden stond een kleine man te schreeuwen.

'Noem jij je een journalist, Lewis? Je hebt de hersens van een garnaal! Waar zijn de details? Hoe zit het met je stijl? Je zei dat haar hals was doorgesneden. Hoe groot was de wond? Hoe diep? Heeft hij de luchtpijp ook doorgesneden? Lag er bloed op de grond of waren haar kleren ermee doorweekt? Dat zijn dingen die onze lezers willen weten. En nu wegwezen en je komt pas terug als je een écht verhaal voor me hebt.'

'Maar meneer Devlin, de politie zegt niets! Ik mag het wapen niet eens zien. Ik kan de steeg niet eens in!'

'Ben jij een vent, Lewis? Zit er wel wat in die broek van je? Hou op met jammeren en zorg dat je dat verhaal krijgt! Als de politie niet wil helpen, dan ga je op zoek naar iemand die het wel wil. Een kostganger in een gebouw ernaast. De assistent van de lijkschouwer. De vent die de vloer heeft schoongemaakt na de autopsie. Een beetje geld in de rechterhand doet wonderen. Verzin iets!'

De journalist, een jongen van hooguit achttien, negentien jaar, maakte zich met gebogen hoofd en gloeiende wangen uit de voeten. Devlin keek hem hoofdschuddend na. Toen zag hij Roddy.

'Brigadier! Wat verschaft me de eer?' vroeg hij terwijl hij naar hem toe liep.

'Ik moet je spreken, Bobby. Apart.'

Devlin knikte en nam hen mee naar zijn kantoor. Roddy stelde Fiona voor en zei, voordat de man vragen kon stellen: 'Ik heb een verhaal voor je. Een heel goed verhaal. En ik wil dat het vanavond op de voorpagina komt.'

Devlin hield zijn hoofd schuin en keek verbaasd. 'Wat een verandering,' zei hij. 'Meestal probeer je de goede verhalen juist uit de krant te houden. En op de voorpagina nog wel. Waar gaat het over?'

Roddy vertelde hem dat een vakbondsleider, Paddy Finnegan, tien jaar geleden was vermoord, vlak voordat de staking van de havenarbeiders uitbrak, en dat Bowler Sheehan de moord onlangs had bekend. De tweede verdachte, zei hij, was William Burton, de theehandelaar.

Devlin fronste zijn wenkbrauwen. 'Interessant,' zei hij. 'Maar de beschuldiging kan niet bewezen worden. Ik wil het er wel in zetten, maar niet op de voorpagina. Pagina vier, misschien. Die vermoorde hoer krijgt alle aandacht. Ik hoopte eigenlijk dat je daarvoor was gekomen.'

Roddy had een negatief antwoord verwacht. 'Toe, Bobby. Ik heb je vaak genoeg een dienst bewezen door je een heleboel aanwijzingen te geven. Weet je die moorden in Turner Street in '96 nog?' zei hij. 'Daardoor heb je carrière kunnen maken. En de Blind Beggar-bende. Daar heb je een hele reeks artikelen over geschreven. Toen ben je bevorderd tot hoofdredacteur.'

Devlin snoof geërgerd. 'Waarom is dat verhaal zo belangrijk?'

'Dat kan ik je niet zeggen. Nog niet. Doe het gewoon voor me, Bobby. Als wederdienst.'

'Het is gewoon niet genoeg! Het is tien jaar geleden gebeurd. Te oud. De mensen willen over nieuwe moorden lezen. Zoals die hoer met haar doorgesneden keel. Dat is pas een goed verhaal.'

Roddy speelde zijn troefkaart uit. 'Het waren er twee,' zei hij.

Devlin keek op. 'Twee?'

Roddy knikte. 'Het lijk dat vannacht in Fournier Street werd gevonden, is de tweede prostituee die in twee weken tijd is vermoord. Bij allebei was de hals doorgesneden.'

'Jezus!'

'We wilden geen paniek zaaien, daarom hebben we het stil proberen te houden. En dat is blijkbaar gelukt, als zelfs jíj het nog niet eens weet.'

'Maar hoe...'

'We hebben gelogen over het beroep van de eerste. We zeiden dat ze naaister was. Eigenlijk was het ook zo, want dat zei ze zelf altijd tegen iedereen. En we hebben er een uit de hand gelopen roof van gemaakt.'

'Dat is de Ripper weer!' zei Devlin opgewonden. 'Waar is de eerste gevonden? In dezelfde buurt? Hoe oud was ze? Zelfde type mes als bij de tweede? Nog andere wonden? Kneuzingen?'

Roddy knoopte zijn jasje los en haalde er wat papieren uit. 'Dit zijn de rapporten van de lijkschouwer over beide slachtoffers,' zei hij. Devlin stak zijn hand uit, maar Roddy hield ze vast. 'Je mag ze hebben... als je Sheehan en Burton vanavond op de voorpagina zet.'

Devlin kauwde op zijn lip. Zijn nieuwsgierigheid kreeg de overhand, zoals Roddy al had verwacht. 'Goed dan,' zei hij.

'En je moet mijn collega hier, mevrouw Soames, honderd voorpublicaties geven.'

'Nog meer? Een foto van je kinderen op pagina twee?'

'Dus je doet het?'

'Ja! Geef me nu die rapporten!'

Roddy overhandigde ze. 'Die moet ik over een uur terughebben, Bobby. Eén uur. Stuur een van de nieuwelingen. Zeg dat hij me een broodje spek moet brengen, of een portie vis met patat, maakt niet uit. Als hij er maar als een bezorger uitziet en in geen geval als een journalist. Hoor je me? Ik loop een groot risico door je dit te geven.'

Devlin knikte, met zijn blik op de documenten gericht. 'Kijk nu toch eens, O'Meara. Keel doorgesneden van links naar rechts... luchtpijp doorgesneden... en de slokdarm... beschadigingen op ruggenwervels... verminkingen in gezicht... Mogelijk poging tot verwijderen ingewanden... Hij is het!' zei hij, zich verkneukelend.

Roddy stond op. Fiona ook. Hij zag hoe bleek ze was. Ze moest hier weg. Gezien de manier waarop haar moeder was gestorven, kon ze Devlins enthousiasme voor de moorden niet delen.

'Je zorgt wel voor een goed verhaal over de hoeren, hè Bobby?' zei Roddy. 'Je gaat toch geen onverantwoordelijke dingen schrijven zoals de moorden toeschrijven aan de Ripper, terwijl we allemaal weten dat die dood is?'

'Natuurlijk niet.'

'Mooi,' zei Roddy opgelucht.

Devlin keek grinnikend op. 'We schrijven gewoon dat het de geest van de Ripper is!'

'Ik kan het niet geloven, Roddy,' zei Joe zacht. 'Werd Paddy Finnegan vermoord?'

'Ja. Om te voorkomen dat de havenarbeiders zich zouden organiseren.'

Joe zweeg even, en zei toen: 'Ze had me nodig, Roddy. Ze had me zo nodig. En ik heb haar in de steek gelaten.

Ik heb haar de rug toegekeerd. Ik heb haar niet geholpen.'

'Help haar dan nu. Als je ooit van haar gehouden hebt, doe dan wat ik je vraag.'

'Ja. En ik zal zorgen dat Harrods en Sainsbury en nog een stuk of tien mijn voorbeeld volgen. Hij zal zijn straf niet ontlopen. Niet als het aan mij ligt.'

'Dank je. Ik wist wel dat ik op je kon rekenen. Ik wilde haar wat zekerheid geven. Van jou en je collega's. En van de vakbondsleden.' Hij stond op. Hij was in Joe's kantoor in Covent Garden en hij had nog een lange rit voor de boeg. 'Ik moet weg, want ik moet nog steeds Pete Miller zien te vinden, de vakbondsleider in Wapping.'

'Roddy, wacht even.'

'Ja?'

'Waar is ze?'

Roddy schudde zijn hoofd. 'Dat kan ik je niet zeggen.'

'Alsjeblieft, Roddy.'

'Ik denk niet dat ze je wil zien, jongen.'

'Laat haar dat dan zelf tegen me zeggen, dan zal ik haar nooit meer lastigvallen.'

'Je kunt niet opeens voor haar neus staan, Joe!' zei Roddy nijdig. 'Jezus! Denk je dat ze al niet genoeg aan haar hoofd heeft zonder dat jij opeens opduikt?'

'Ik ga niet vandaag, maar morgen. Als het voorbij is. Ik zou liegen als ik zei dat ik niet nu meteen naar haar toe zou willen. Maar ik doe het niet. Ik beloof het.'

Roddy keek hem onderzoekend aan. 'Het Savoy,' zei hij toen. Hij wilde hem weer aan zijn belofte herinneren, maar Joe gaf hem de kans niet.

'Trudy!' riep hij terwijl hij langs Roddy haastig naar het kantoor van zijn secretaresse liep. 'Verbind me door met Harrods! Nu meteen!'

Donkere, dreigende regenwolken dreven binnen boven Londen, voortgejaagd door een stevige wind.

Er is storm op komst, dacht Fiona. Ze kon de geur van de rivier ruiken die door de wind werd meegevoerd. Had die wind ook door de naargeestige straten van Whitechapel gewaaid? dacht ze. Door de dunne muren van de afbrokkelende huizen daar, door de versleten kleren van de mensen in die huizen? Was het verbeelding, of bracht de wind echt de bittere stank van armoede mee?

Twee goedgeklede en weldoorvoede mannen passeerden haar en gingen White's binnen, de exclusieve herenclub waar ze nu voor stond. Haar schoonvader, lord Elgin, hertog van Winchester, bevond zich ook binnen. Hij ging er elke avond dineren. Dat wist ze, omdat Nick haar had verteld dat de man meer tijd in zijn club dan thuis doorbracht.

Als alles goed ging, zou ze over enkele minuten oog in oog met hem staan. En dan hing alles van haar af. Van haar vermogen om te acteren, een houding aan te nemen, zekerheid te veinzen over geld en aandelen en de gewoonten van Engelse investeerders, een man te overbluffen die aan het hoofd stond van een van de grootste banken van Engeland, een man die meer doorkneed was in financiën dan zij ooit hoopte te worden. Hoe moest ze dat voor elkaar krijgen? Ze was doodsbang om te falen nu er zoveel op het spel stond.

Een plotselinge windvlaag nam bezit van haar rokken, Ze streek ze glad. Haar diamant, de ring die Nick haar had gegeven, schitterde bij de beweging. Nick. Was hij maar hier. Ze had hem nodig. Een nieuwe windvlaag kwam. Het leek of een hand in haar rug haar naar voren duwde. Opeens kreeg ze het gevoel – net als op de dag dat Teddy Nicks testament had voorgelezen – dat hij bij haar was. Dat hij uit Parijs of waar zijn ziel zich nu mocht bevinden, was overgekomen om bij haar te zijn en haar aan te sporen. Ze kon hem bijna horen zeggen: 'Vooruit, ouwetje! Zet 'm op!' Het gaf haar de moed die ze nodig had om de treden op te lopen en de club binnen te gaan.

In de hal kwam een portier naar haar toe. 'Pardon, mevrouw,' zei hij op scherpe toon. 'Dit is een herensociëteit.'

Fiona keek hem aan alsof hij tot een afstotelijk insectenras behoorde. 'Ik ben burggravin Elgin,' zei ze uit de hoogte. De titel rolde uit haar mond alsof ze die elke dag gebruikte. 'De hertog van Winchester is mijn schoonvader. Ik moet hem onmiddellijk spreken. Het is dringend. Een familieaangelegenheid.'

De portier knikte inschikkelijk. 'Een ogenblik alstublieft,' zei hij. Toen verdween hij naar boven over een met vloerbedekking beklede trap, langs wanden met houten lambriseringen en schilderijen van Engelse landschappen.

Fiona haalde diep adem. Dat was dat. Ze had haar eerste rol goed gespeeld, maar de volgende zou veel moeilijker worden. Terwijl ze wachtte tot de portier terugkwam, hoorde ze in gedachten Roddy's woorden. 'Wees heel voorzichtig, meisje. Ik heb meegemaakt dat mensen voor een pond vermoord werden, laat staan voor honderdduizenden.' Ze had het hem beloofd. Roddy had zoveel voor haar gedaan. Zonder hem zou ze nu niet hier staan. Hij wilde dit ook. Ze mocht niet falen.

De portier kwam terug. 'De hertog zal u ontvangen. Wilt u mij volgen?' Hij nam haar mee naar boven, door een gang naar een kamer apart. De deur viel achter haar dicht en ze was alleen. Dat dacht ze tenminste, tot een afgemeten mannenstem op kille toon zei: 'U hebt wel lef, juffrouw Finnegan.'

Toen zag Fiona hem. Hij stond achter een bureau, een brede, dikke pad in een zwarte smoking. Zijn gezicht was bijna afstotelijk, op de opmerkelijke blauwgroene ogen na: Nicks ogen.

'Elgin. Mevrouw Elgin,' zei ze. 'Dat staat tenminste op mijn trouwakte. Maar ik gebruik de naam Soames. Daar gaf wijlen mijn man de voorkeur aan.'

'Mag ik informeren waarom u me tijdens een buitengewoon goed diner hebt gestoord?'

Fiona pakte een voorpublicatie van de *Clarion* uit haar tas en wierp die op het bureau.

'Ik ben niet bekend met dit soort bladen,' zei de hertog met een blik vol afkeer.

'U misschien niet,' zei ze. 'Maar de redacteuren van alle grote kranten in de stad wel. Als ik u was, zou ik de voorpagina maar lezen.'

Hij boog zich over het bureau. Ze zag zijn blikken over de kop glijden. 'Theehandelaar beschuldigd van moord op vakbondsleider.' En daaronder: 'William Burton ondervraagd door politie.' Hij las het verhaal. Heel even zag ze iets van schrik op zijn onaangedane gezicht komen.

'Wat heeft dit met mij te maken?' informeerde hij ten slotte.

'Nicholas had veel benamingen voor u, maar hij heeft u nooit als een dwaas bestempeld. U weet net zo goed als ik dat moordenaars niet vrij mogen rondlopen. William Burton wordt gearresteerd en veroordeeld tot de strop. Zijn bedrijf gaat kapot. Ik heb publicaties van de *Clarion* aan elke redacteur van elke grote en kleine krant in Londen laten bezorgen. Morgen is het verhaal in de hele stad bekend. Er zijn ook publicaties gestuurd naar Burtons overige grote aandeelhouders. Die zullen niet graag willen investeren in een bedrijf waarvan de eigenaar een moordenaar is. Morgen zullen ze niet weten hoe snel ze van hun aandelen af moeten komen.'

'Misschien,' zei de hertog. 'En wat wilt u van mij?'
'Nicks aandelen in Burton Thee.'
'En als ik weiger?'
'Dan zal ik alles doen wat in mijn vermogen ligt om Burton Thee te gronde te richten. Ik bezit tweeëntwintig procent van het bedrijf – zonder Nicks aandelen – en ik garandeer u dat ik ze sneller kan lozen dan u met uw ogen kunt knipperen. Tegen de middag wordt de markt overspoeld met Burton Thee. Dan zijn de aandelen nog minder waard dan het papier waar ze op gedrukt zijn. En het bedrijf is kapot. En de Albion Bank is de driehonderdduizend pond kwijt die ze erin hebben geïnvesteerd.'
De hertog pakte een sigaret uit een zilveren doos op het bureau en stak hem op. Hij inhaleerde diep, blies uit en zei toen: 'Dat denk ik niet. De politie zal William ondervragen. Natuurlijk zal hij alles ontkennen, en binnen een paar dagen is de hele zaak vergeten. Geen woedende investeerders, geen paniekerige verkoop.'
'Dan breng ik de paniek op gang. Zodra de beurs opent.'
'Met welk doel? Uit het feit dat u tweeëntwintig procent in handen hebt, plus uw fanatieke vastbeslotenheid om de aandelen van wijlen mijn zoon in handen te krijgen, kan ik maar één conclusie trekken, en die is dat u Burton Thee wilt overnemen. Hoe wilt u dat bereiken als u al uw aandelen gaat lozen?'
'Dat gaat dan niet. Maar in elk geval is het bedrijf dan bankroet. Dan heb ik tenminste die genoegdoening.'
Daar dacht Elgin over na. 'Misschien, maar dat is niet zeker. Iemand kan uw aandelen opkopen, de markt stabiliseren en het bedrijf redden. Dat is wel eerder gebeurd.'
Fiona slikte. Ze begon haar voorsprong kwijt te raken. Toen speelde ze haar troefkaart. 'Dit is een overschrijving voor driehonderdduizend pond,' zei ze terwijl ze een vel

papier uit haar tas pakte en op het bureau legde. 'Het totaalbedrag dat Albion aan Burton Thee heeft geleend. U mag het hebben zodra u me Nicks aandelen hebt gegeven.'

Elgin trok een wenkbrauw op. 'U bent bereid de hele lening af te lossen?'

'Helemaal. Om acht uur morgenochtend ben ik bij Albion. Dan kunnen we de aandelen in Burton Thee ruilen voor mijn geld. Hij had nog meer aandelen. Die zijn veel waard. U mag ze houden, allemaal. Ik wil alleen alle aandelen in Burton Thee.' Ze liet de woorden even bezinken. Toen vervolgde ze: 'En als u zich vergist en ik gelijk heb? Als Burton Thee echt kapotgaat? Er zijn mensen die meer waarde hechten aan moraal en rechtvaardigheid dan aan winst.'

'O ja? Die ken ik dan niet. Mooi gezegd, beste kind, maar neem van mij aan dat investeerders meer geven om hun portemonnee dan om een havenarbeider die allang dood is.' Hij maakte zijn sigaret uit. 'Ik heb genoten van ons gesprekje. Meestal kan ik me dergelijke intermezzo's niet veroorloven. Maar nu moet ik helaas terug naar mijn disgenoten.'

Het leek of de muren haar begonnen in te sluiten. Ze kreeg het opeens benauwd.

De hertog liep naar haar toe. Hij bleef zo dicht bij haar staan dat ze de wijn kon ruiken die hij had gedronken en het vlees dat hij had gegeten. Hij keek haar doordringend aan en zei toen: 'Vertel eens, juffrouw Finnegan, bent u nog maagd?'

Het duurde even voor de vraag tot haar doordrong. 'Hoe durft u...' begon ze, maar hij viel haar meteen in de rede.

'Heeft mijn zoon u ooit als een man genomen? Zeg de waarheid, dan kunnen we een eind maken aan deze onzin. Of nam hij u van achteren? Dat was de methode waar hij de voorkeur aan gaf, naar ik heb vernomen. Dat zei een kamergenoot van Eton tenminste. Tegen mijn advocaten. Gisteren nog.' Hij glimlachte toen ze wit wegtrok. 'Wat is er? Bent u uw tong verloren? Geeft niet. Ik heb nog meer bronnen. Die wasvrouw die u drie jaar geleden hebt ontslagen... Margaret Gallagher. Die is heel spraakzaam. En anders kunnen we altijd nog een onafhankelijke arts onderzoek laten doen. Een schunnige ouwe viezerik die niets liever wil dan eens een kijkje nemen tussen die fraai gevormde benen van u.'

'Smeerlap!' riep ze uit, en ze hief een hand op om hem een klap te geven. Maar hij was verrassend snel voor zijn vette postuur, en hij greep haar pols beet.

'Als je iemand wilt overbluffen, dom wicht, dan moet je hem bang zien te maken. Hem het idee geven dat hij iets te verliezen heeft. Ik heb niets te verliezen. Misschien komt er morgen een artikeltje in de krant, maar dat gaat wel over. Burton Thee overleeft het. William zal zijn lening afbetalen. Ik behoud het bedrag dat ik heb betaald voor zijn aandelen, en u, juffrouw Finnegan...' hij verstrakte zijn greep tot ze dacht dat hij haar pols zou breken – '... u trekt uw belachelijke claim in.'

Hij liet haar los en liep de kamer uit. Fiona zakte door haar knieën en leunde tegen het bureau. Het was voorbij. Ze had gefaald. Totaal gefaald.

65

Fiona lag te slapen in een stoel voor de haard die allang uit was. Ze begon te stuiptrekken en meelijwekkend te jammeren. 'Nee... alsjeblieft... help me...'

De donkere man had het weer op haar gemunt en deze keer had hij haar te pakken gekregen. Hij was haar gevolgd door kronkelstraatjes en verlaten gebouwen, tot ze in een pakhuis was gekomen en geen uitgang meer kon vinden. Ondanks haar worsteling hield hij haar stevig vast. Ze schreeuwde het weer uit, in de hoop dat iemand haar zou horen. Maar er kwam niemand. Ze voelde zijn adem in haar nek en zag een glimp van het mes dat hij ophief. Toen hoorde ze het: een luid bonzen op de deur. Daar was iemand. Iemand die haar kon helpen. 'Mevrouw Soames!' riep de stem. 'Bent u daar?'

'Hier!' riep ze. 'Vlug!'

'Mevrouw Soames, ik moet u spreken...'

'Help me!'

Maar het was te laat. Ze voelde een felle pijn toen de man het lemmet door haar hals trok. Ze kon niet ademen. Haar bloed golfde over haar borst, en toen hoorde ze weer het bonzen op de deur. En het geluid van glas dat werd ingeslagen. Toen werd ze hijgend van angst wakker in het zwakke licht van een regenachtige ochtend. Ze kwam overeind en keek om zich heen. Ze leefde nog, en ze was alleen. Op de tafel voor haar stond een halfvolle fles wijn. Ze merkte dat ze nog volledig gekleed was. Toen herinnerde ze zich dat ze doodop en wanhopig in de stoel was neergevallen toen ze terugkwam van White's... uren geleden... dat ze een glas wijn had ingeschonken en een vreselijke huilbui had gekregen. Ik moet mezelf in slaap hebben gehuild, dacht ze. En toen had ze weer die afschuwelijke nachtmerrie gekregen. Ze begon al te beven bij de herinnering alleen. De donkere man, het mes, al dat bloed. Ze herinnerde zich vaag dat iemand had geprobeerd haar te helpen. Ze herinnerde zich een stem, het geluid van vuisten die op een deur bonsden. Ze deed net haar ogen dicht om wat tot rust te komen, toen het gebons op de deur haar weer deed opschrikken.

'Mevrouw Soames! Fiona, ben je daar? Ik ben het, Neville Pearson. Laat me alsjeblieft binnen!'

Neville? Wat moet die hier? vroeg ze zich af. Ze keek op haar horloge. Het was nog niet eens zeven uur. Ze streek met haar handen door haar haren. 'Een ogenblik!' riep ze, terwijl ze de losgeraakte haarslierten weer in haar knot probeerde te stoppen. Glas knerpte onder haar voeten toen ze opstond. Haar wijnglas. Ze keek naar haar rok. Er zat een grote vlek op. 'Verdomme!' vloekte ze. 'Ik kom, Neville!'

Ze liep vlug haar slaapkamer uit en door de hal naar de deur. Buiten stonden drie mannen: haar advocaat, een keurig geklede, tengere man van in de vijftig die er verontrust uitzag, en een man van een jaar of dertig met een dikke bos donker haar, die nogal strijdlustig keek.

'Goddank, daar ben je!' riep Neville uit met een opgelucht gezicht.

'Wat doe je hier? Wat is er?' vroeg Fiona.

'Mogen we binnenkomen?'

'Natuurlijk. Neem me niet kwalijk.' Ze liet hen binnen in haar zitkamer.

Neville wierp een blik op haar. 'Heb je niet geslapen?'

'Nee, eigenlijk niet. Ik...'

Hij viel haar in de rede. 'Nee, dat kan ik me voorstellen. Niet na gisteravond. Heel dom van je om zo de leeuwenkuil binnen te lopen. En ook heel dapper.'

'Hoe weet je...' begon ze, maar weer viel Neville haar in de rede.

'Ik ben zo vrij geweest om een ontbijt te laten komen,' zei hij. 'Dat zullen ze zo wel brengen. Mag ik je intussen voorstellen aan Giles Bellamy, hoofd van de Albion-bank...'

Fiona verstijfde. Ze knikte even naar de man. Dit is geen goed nieuws, dacht ze.

'... en aan David Lawton, advocaat van lord Elgin. David en Giles hebben me ingelicht over je ontmoeting met de hertog gisteravond. Ze zijn hier om toe te zien op de overdracht van de aandelen van wijlen je echtgenoot.'

'Onder de voorwaarden die we hebben besproken, Neville,' merkte David Lawton vlug op. 'Mevrouw Soames moet haar aanbod aan lord Elgin nakomen. De aandelen in ruil voor de bankcheque. Dat zijn de voorwaarden van de hertog.'

'Ja, maar sinds gisteravond is er wel het een en ander veranderd, niet waar, David?' zei Neville. 'Ik vraag me af of de aandelen nu nog een cent waard zijn.'

Fiona was zo moe en in de war dat ze alleen maar kon zeggen: 'Wacht even... waar hebben jullie het over? Ik heb Elgin gisteravond gesproken, zoals de heren blijkbaar allemaal weten, en hij heeft duidelijk gezegd dat hij niet van plan was om me Nicks aandelen te geven.'

Neville keek haar aan. 'Heb je de ochtendkranten dan nog niet gelezen?'

'Nee. Het is laat geworden gisteravond, en toen ben ik in slaap gevallen en...'

'Hier.' Hij maakte zijn aktetas open, pakte er een aantal kranten uit en gooide die op de tafel. 'Lees maar eens.' Er werd beleefd op de deur geklopt. 'Aha, dat zal het ontbijt zijn. Ga toch zitten, Giles. En jij ook, David.'

Fiona pakte de *Times* op. Ze had geen idee wat ze moest lezen. De bedroevende artikelen over de Britse economie? Een verslag over onlusten in India?

'Rechts onderaan,' zei David Lawton terwijl hij ging zitten.

Haar blik gleed over de voorpagina. Toen zag ze het. BURTON THEE OP RAND VAN FINANCIËLE AFGROND. Ze begon te lezen. Neville kwam terug met twee obers en een serveerwagentje. Het ontbijt werd opgediend, thee werd ingeschonken, maar Fiona merkte er niets van.

Burton Thee zou voor het eind van de dag bankroet worden verklaard, stond in het hoofdartikel. De belangrijkste klanten hadden hun bestellingen ingetrokken. Daarbij was de hele inventaris vernietigd door onbekenden die de afgelopen nacht in het pakhuis hadden ingebroken. De verwachting was dat aandeelhouders in paniek de markt zouden laten overstromen met gedevalueerde aandelen.

Haar mond viel open toen ze het volgende stuk las.

Toen Joseph Bristow, hoofd van de populaire winkelketen Montague en een van de belangrijkste afnemers van Burton Thee, werd gevraagd waarom hij al zijn bestellingen introk, antwoordde hij: 'Ik heb de autoriteiten gesproken die bezig zijn met het onderzoek, en ik ben ervan overtuigd dat William Burton schuldig is. Daarbij wil ik duidelijk stellen dat Montague niets meer met Burton Thee te maken wil hebben. Wij verdienen ons geld op een eerlijke manier en dat willen we zo houden. Onze klanten verwachten niet anders. Ik spreek niet alleen voor mezelf, maar voor al het personeel van Montague, als ik zeg dat ik diep geschokt en woedend ben dat iemand uit onze gelederen met dergelijke smerige methoden misbruik wil maken van eerlijke arbeid.'

Hoe had hij dat kunnen weten? vroeg ze zich verbijsterd af. Gisteravond had het in geen andere krant kunnen staan, en ze dacht niet dat hij de *Clarion* zou lezen. Hoe was hij er in hemelsnaam achter gekomen? Ze las verder.

Veel grote warenhuizen in Londen, en hotels en restaurants, hebben het voorbeeld van Montague gevolgd omdat ook zij hun naam hoog wensen te houden.

Fiona las de namen: Harrods, Sainsbury, de Home and Colonial Stores, Simpson's-in-the-Strand, het Savoy, het Claridge, het Connaught. Zelfs de zeevaartmaatschappijen Cunard en White Star Lines. Het begon haar te duizelen.

'Lees verder,' zei David. 'U hebt zelfs de vakbond erbij betrokken. Een hele prestatie, mevrouw Soames.'

'Vandalen. Opruiers,' smaalde Giles Bellamy.

Fiona sloeg de pagina om en las dat de afgelopen nacht tientallen mannen – met zakdoeken voor hun gezicht – hadden ingebroken in Oliver's Wharf en alle kisten, dozen en blikken thee in de Theems hadden gegooid. Benden waren winkels in de buurt binnengegaan en hadden alle verpakkingen met Burton Thee op straat gegooid. Winkeliers werden gewaarschuwd de thee niet te verkopen, en kopers werden gewaarschuwd die niet te kopen. Arbeiders en huisvrouwen zouden verklaard hebben dat ze toch al niets te maken wilden hebben met de met bloed bevlekte thee van William Burton.

In het artikel stond dat niemand wist wie de gemaskerde mannen waren, maar de verdenking ging naar de vakbondsafdeling van havenarbeiders in Wapping. Peter Miller, de leider, had nijdig verklaard dat de vakbond geen onwettige handelingen tolereerde, en dat de journalisten beter achter de werkelijke misdadiger, William Burton, aan konden gaan in plaats van hem en zijn mannen lastig te vallen. Het artikel besloot met voorspellingen van beursexperts dat de aandelen van Burton Thee zouden worden geloosd omdat niemand meer iets met het bedrijf te maken wilde hebben.

Fiona keek naar Neville, en toen naar Giles en David. Nu wist ze waarom ze hier waren. Gisteravond was ze nog diep wanhopig geweest. Ze was ervan overtuigd dat ze had gefaald. Maar nu was duidelijk dat het haar was gelukt. Ze zou haar aandelen krijgen. Dankzij drie mannen: Joe Bristow, Peter Miller en Roddy O'Meara. Hier zat Roddy achter, dat wist ze gewoon. Joe en Peter Miller konden met geen mogelijkheid weten hoeveel ze voor haar hadden gedaan, maar dat zou ze hun vertellen. Ze zou hen bedanken. Als alles achter de rug was zou ze persoonlijk naar Peter Miller gaan. Hij kon zeggen wat hij wilde tegen de *Times*, maar het waren zijn mannen die Burtons thee in de rivier hadden gegooid, en dat hadden ze in opdracht van hem gedaan. En zodra ze terug was in New York zou ze Joe schrijven. Hij zou haar niet willen zien en ze zou haar trots geen geweld aandoen door naar hem toe te gaan, maar hij had iets ongelooflijks voor haar gedaan, en ze was hem dankbaarheid verschuldigd.

'Zullen we ter zake komen?' Giles verbrak de stilte.

'Natuurlijk,' zei Neville. 'Zoals ik al zei, Fiona, heeft lord

Elgin David vanmorgen opdracht gegeven om de ruil te regelen die je volgens hem hebt verzocht: Nicholas Elgins aandelen in Burton Thee voor een bankoverschrijving van driehonderdduizend pond. David is direct naar mij gekomen, samen met Giles. Ik heb de heren verteld dat ik niets van een dergelijk aanbod weet, en ook al zou je dat verzoek gedaan hebben, dan raad ik het je ten zeerste af. Die aandelen hebben bijna geen enkele waarde meer.'

'Zorg voor de overdracht, Neville,' zei Fiona.

'Wat! Maar waarom? Die aandelen zijn waardeloos!'

David Lawton boog zich voorover. 'Dat zijn ze niet, Neville. Niet voor mevrouw Soames,' zei hij. 'Weet je dat je cliënte al tweeëntwintig procent van Burton Thee bezit? Met de aandelen van de jonge Elgin krijgt ze tweeënvijftig procent. Je zit tegenover de nieuwe eigenares van Burton Thee. Door ons de bankoverschrijving te geven, betaalt ze alleen maar de schuld van haar nieuwe bedrijf af.'

'Is dat zo?' vroeg Neville.

'Ja,' zei Fiona.

'Vanwege je vader?'

'Ja.'

Hij schudde zijn hoofd. Nu was het zijn beurt om verbijsterd te kijken. 'Welnu, heren, laten we dan maar beginnen. David, heb je de aandelen?'

'Ja.'

David maakte zijn aktetas open, haalde er een dikke stapel aandelencertificaten uit en gaf die aan Neville, die ze inspecteerde. 'De hertog is een vermogen kwijtgeraakt,' merkte hij op.

'De hertog is een praktische man,' antwoordde David. 'Hij weet dat zijn eigen geld al weg is. Hij wil zijn fout niet nog groter maken door het geld van Albion ook kwijt te raken.'

'Waar is de bankoverschrijving, Fiona?' vroeg Neville. 'In de safe van het hotel?'

Fiona schudde haar hoofd. Ze haalde een verfrommeld stuk papier uit de zak van haar rok. 'Hier,' zei ze.

'In je zák?' vroeg hij ongelovig. 'Je had wel in je slaap vermoord kunnen worden! Ben je gek geworden?'

'Na de afgelopen vierentwintig uur is dat goed mogelijk,' antwoordde ze. 'Maar voor ik hem overhandig, heb ik een verzoek.'

'Wat dan?' vroeg David.

'Ik wil graag dat jullie, David en Giles, met mij en Neville naar Burton Thee gaan. Ik ga vanochtend de confrontatie met hem aan. Zodra ik me heb verkleed,' zei ze. 'Jullie aanwezigheid zal mijn claim versterken. Hij en zijn raad van bestuur zullen de feiten misschien niet van mij of Neville accepteren, maar wel van Elgins advocaat en het hoofd van Albion.'

'Geen sprake van,' sputterde Giles Bellamy. 'Hier mag Albion niet bij betrokken worden. Het is een verfoeilijke handeling, iemands bedrijf afpakken.'

'Lang niet zo verfoeilijk als iemand van het leven beroven,' zei Fiona kalm.

David Lawton wierp haar een aandachtige blik toe. De harde blik in zijn ogen verzachtte en maakte heel even plaats voor bewondering. 'Eet je ontbijt op, Giles. We gaan,' zei hij.

'Wat is er aan de hand? Waarom komen we niet vooruit?' riep Neville Pearson uit het raampje van zijn rijtuig. Door de hevige regen trok hij zijn hoofd weer terug.

'Het spijt me, meneer,' schreeuwde de koetsier boven het lawaai van de storm uit. 'Er valt niet doorheen te komen! U kunt vanaf hier beter gaan lopen!'

Ze pakten hun paraplu's en aktetassen. Toen ze was uitgestapt, keek Fiona de straat door. Die was helemaal bezet door koetsen en rijtuigen. Een duwende en trekkende menigte probeerde het gebouw van Burton Thee te bereiken.

'Wie zijn al die mensen?' vroeg ze zich hardop af.

'Boze aandeelhouders, denk ik,' antwoordde David.

'En die gaan we dadelijk nog kwader maken,' zei Neville grimmig. 'Kom. Laten we William Burton ontheffen van zijn bedrijf.' Hij draaide zich om naar David en Giles. 'Jullie kennen de procedure. Mevrouw Soames voert het woord. Wij zijn er alleen maar om haar claim te bevestigen.'

Beide mannen knikten. Hun gezichten stonden strak. Dat van Fiona ook, maar dat konden ze niet zien omdat haar gezicht schuilging onder een voile van zwarte kant die aan een breedgerande hoed was bevestigd. Hij paste bij het zwarte zijden mantelpak dat ze had aangetrokken. Een rouwkleed.

Tijdens het lopen werd Fiona ruw geduwd en gestoten. Het stortregende nog steeds, en het kostte haar moeite om Neville in het oog te houden.

Hij was al halverwege de trap. Ze haastte zich naar hem toe, zich een weg banend tussen de zee van aandeelhouders door, die zich voor de deur verdrongen en de belegerde portier smeekten om antwoorden. Opeens had ze diep medelijden met deze mensen. Velen stonden zware verliezen te wachten, misschien zelfs het verlies van geld dat ze hun hele leven hadden opgespaard. Door haar. Ze zwoer dat ze het zou goedmaken door van Burton Thee een winstgevend bedrijf te maken. Ze zouden hun geld terugkrijgen, plus winst.

Onder de aandeelhouders bevonden zich ook journalisten, die iedereen die maar wilde praten, vroegen of William Burton in hun ogen schuldig of onschuldig was. Ze zag Neville nu boven staan gebaren naar de portier. Achter hem stond Giles Bellamy. Ze hadden bedacht dat Giles zou zeggen dat hij Burton wilde spreken. Burton zat natuurlijk verschanst in zijn kantoor, maar ze wisten zeker dat hij een ontmoeting met het hoofd van Albion niet zou durven weigeren. Net toen ze zich bij de mannen wilde voegen, kreeg de situatie opeens een nieuwe wending.

Een klerk kwam het gebouw uit, schraapte nerveus zijn keel en riep toen naar de menigte dat meneer Burton over een halfuur alle informatie zou geven tijdens een aandeelhoudersvergadering. De bijeenkomst zou plaatsvinden in de vergaderzaal, die groot genoeg was om iedereen te kunnen herbergen als men op ordelijke wijze naar binnen ging. Journalisten waren niet welkom, zei hij, alleen aandeelhouders. Bij die opmerking verdwenen aantekenboekjes heimelijk in jaszakken.

'Zullen we nog proberen Burton alleen te spreken?' vroeg Neville toen Fiona bij hem was.

'Nee,' zei ze. 'Laten we de vergadering bijwonen.' Ze was opeens ontzettend opgelucht dat ze de man niet in zijn kantoor hoefde te spreken, de kamer waar ze hem had horen lachen om de dood van haar vader. In de vergaderzaal zouden een heleboel mensen zijn, en dat was een veilig idee.

Langzaam stroomde de vergaderzaal vol. Het was een indrukwekkende ruimte met voorin een podium. Twintig grote, rechthoekige tafels stonden in rijen van vier in de breedte en vijf in de lengte. Om de tafels stonden stoelen, en ook langs de muren. Veel mensen moesten blijven staan. Er klonk verontrust geroezemoes. Tien minuten gingen voorbij, twintig.

Fiona voelde dat William Burton binnenkwam voor ze

hem zag. Zoals een gazelle bij een waterpoel opeens weet dat er een leeuw in de buurt is, zo werd zij zich plotseling bewust van zijn aanwezigheid. Hij was door een zijdeur naar binnen gekomen en stond nu op het podium achter het spreekgestoelte met zijn handen op zijn rug rond te kijken. Ze verstijfde instinctief. Een onbeheersbare doodsangst nam bezit van haar. De laatste keer dat ze met die man in één ruimte was geweest, had ze bijna het leven verloren. Met moeite bedwong ze haar angst. Het is nu anders, hield ze zich voor. Ze was geen jong meisje meer dat door twee moordenaars achterna werd gezeten. Ze was een volwassen vrouw die de situatie in handen had.

Hij zag er nog steeds uit zoals ze zich hem herinnerde. Goedgekleed, elegant, machtig. Zijn gezicht was ouder, maar nog steeds glad en uitdrukkingloos. Zelfs van een afstand zagen zijn ogen er zo zwart en kil uit als die van een slang.

'Goedemorgen,' zei hij kort.

Het werd stil. Alle ogen waren op hem gericht. Hij begon te praten. Zijn stem klonk kalm en zelfverzekerd. Het verbaasde Fiona dat ze die zich nog zo goed herinnerde, maar ze had hem natuurlijk tien jaar lang in haar nachtmerries gehoord.

'Zoals u allemaal weet, ben ik beschuldigd van medeplichtigheid aan de moord op een vroegere werknemer van mij, een vakbondsleider genaamd Patrick Finnegan. Ik verzeker u dat de beschuldiging, gedaan door ene Thomas Sheehan uit Limehouse, een beruchte afperser, geheel op niets is gebaseerd. Ik heb nooit een van mijn werknemers kwaad berokkend, maar juist zelfs mijn best gedaan om hun leven te verbeteren door een eerlijk loon en goede arbeidsvoorwaarden te bieden.'

Toen ze die woorden hoorde, viel Fiona's angst van haar

af en de oude woede, die al die lange jaren had liggen smeulen, laaide op.

'Ik heb twee jaar geleden de heer Sheehan helaas ontmoet,' vervolgde Burton, 'toen hij mijn voorman op Oliver's Wharf meedeelde dat hij de boel zou platbranden als ik hem geen honderd pond per maand aan beschermgeld zou betalen. Toen ik die eis te horen kreeg, heb ik de man opgezocht en hem duidelijk gemaakt dat ik nooit aan dergelijke afpersingen zou toegeven. Hij bedreigde mijn bedrijf en mij persoonlijk. Ik heb de bewaking op Oliver's Wharf verscherpt, maar helaas dacht ik er niet aan hetzelfde te doen bij een vroegere theefabriek van mij. Die is door de heer Sheehan tot de grond toe afgebrand. Hoe weet ik dit? Omdat de man het me zelf heeft gezegd. En nu hij moeilijkheden heeft met de politie komt hij met deze absurde aantijgingen. Waarschijnlijk om clementie te krijgen voor zijn rol in de moord op Quinn.'

De vlammen van Fiona's woede waren nu een uitslaande brand geworden. Ze zat stokstijf op haar stoel met haar ogen dicht en haar handen ineengeklemd op de tafel, en probeerde zich uit alle macht te beheersen.

Burton vervolgde dat hij erkende dat zijn aandelen die ochtend aanzienlijk in waarde waren gedaald, maar hij verzekerde zijn aandeelhouders dat hij de goodwill van zijn vroegere klanten terug zou winnen zodra zijn naam was gezuiverd, en hij verzocht hun de aandelen te behouden en het vertrouwen in het bedrijf te bewaren terwijl hij Burton Thee zou loodsen door wat slechts kortdurend zwaar weer zou blijken te zijn.

Fiona keek om zich heen en zag hoe graag zijn verklaringen en beloften werden geaccepteerd door deze mensen, die alleen maar gerustgesteld wilden worden dat hun geld veilig was. Ze zouden zijn ontkenningen geloven en de beschuldigingen opzijschuiven als dat inhield dat hun investeringen het zouden overleven. Welnu, dat zou ze niet toestaan. Ze zouden de waarheid horen.

Toen hij uitgesproken was, konden de mensen vragen stellen. De ene vraag na de andere werd op hem afgevuurd. Hij pareerde ze handig en maakte af en toe een grapje tussendoor om zijn ondervragers een glimlach te ontlokken. Toen hij er een stuk of twintig had beantwoord, zei hij dat hij nog een laatste vraag zou afhandelen.

'Het gerucht gaat dat de Albionbank onmiddellijk volledige terugbetaling van uw lening eist, meneer Burton. Is dat zo?' vroeg een man.

Burton lachte. 'Waar hebt u die informatie vandaan? Uit goede kranten of roddelbladen? Albion heeft dat helemaal niet geëist. Ik heb ze vanmorgen gesproken en ze staan volledig achter me. Zo, als dit alles is, dan ga ik nu weer aan het werk om de waarde van uw aandelen tot het juiste niveau terug te brengen.'

In de schemering van de door gaslampen verlichte ruimte stond Fiona op.

Een journalist van de *Times* zou later schrijven dat ze op dat moment een hedendaagse furie leek, een donkere engel der wrake.

'Nog één ding, meneer Burton,' zei ze. Alle hoofden draaiden zich naar haar toe.

'Bent u aandeelhouder, mevrouw?' vroeg hij neerbuigend. 'Deze bijeenkomst is alleen voor aandeelhouders.'

'Ik ben zelfs uw grootste aandeelhouder.'

'O ja? Ik dacht dat ik dat was,' merkte Burton op, waarmee hij gelach ontlokte aan de menigte. 'Ik ken u niet, geloof ik. Hoe heet u?'

'Mevrouw Nicholas Soames,' zei ze. 'En ik vind dat de geachte aanwezigen horen te weten dat ik vanaf deze ochtend tweeënvijftig procent van Burton Thee bezit. En als de nieuwe eigenaar eis ik uw ontslag. Op staande voet.'

Burton keek ongelovig naar haar. 'Ze is gek,' zei hij.

'Ik ben niet gek, meneer Burton. En ik sta op uw aftreden.'

'Een streek van een gek. Zet haar de zaal uit!' riep hij tegen twee klerken.

Neville Pearson stond op en schraapte zijn keel. Fiona hoorde zijn naam fluisterend door de menigte gaan. Hij werd door velen herkend.

'Meneer Burton, dit is geen streek,' zei hij luid. 'Mijn cliënte, mevrouw Soames, is inderdaad eigenares van Burton Thee. Ze bezit tweeënvijftig procent, zoals ze al zei.' Hij legde zijn handen op twee dikke lederen dossiermappen op de tafel voor hem. 'Hier zijn alle bescheiden.'

Burtons zelfbeheersing begaf het. 'Dat is onmogelijk!' schreeuwde hij. 'Ik heb mijn aandelen nauwlettend in het oog gehouden, meneer Pearson. Ik weet dat geen enkele investeerder meer heeft dan vijf procent.'

'Munro Enterprises, vijfentwintigduizend aandelen. Chelsea Holdings Incorporated, vijftienduizend. Seamus Consolidated, veertigduizend. De Thames Group, tienduizend,' somde Fiona op.

Burton staarde niet-begrijpend naar haar.

'Allemaal dochterondernemingen van een moederbedrijf dat TasTea Incorporated heet. En er zijn er nog veel meer. Van *mijn* bedrijf, meneer Burton.'

'Dat kan wel zijn, mevrouw Soames, maar ik bezit de meerderheid aan aandelen van *mijn* bedrijf!'

David Lawton stond op. Fiona zag dat Burton hem herkende. 'Niet meer, William,' zei hij. 'Je hád de meerderheid. Tot je een aantal jaren geleden vierhonderdvijftigduizend aandelen verkocht aan mijn cliënt, Randolph Elgin. Die werden ondergebracht in een fonds voor Elgins zoon, die de afgelopen lente is overleden. Nicholas Elgin, die de naam Soames gebruikte, is zonder medeweten van zijn familie getrouwd. Hij heeft al zijn bezittingen, met inbegrip van zijn investeringsfonds, nagelaten aan zijn echtgenote. Het is vanmorgen aan haar overgedragen.'

'Dat klopt, William,' zei Giles Bellamy terwijl ook hij opstond. 'Burton Thee is nu van mevrouw Soames.'

Er ontstond een chaos. Mensen sprongen overeind. Vragen werden afgevuurd op Fiona en haar collega's. Burton sprong van het podium en baande zich een weg naar hen toe, waarbij hij ruw de mensen opzij duwde die hij zojuist nog had willen geruststellen.

'Giles, wat moet dit betekenen!' wilde hij weten.

'Hier zijn alle papieren, William. Lees maar,' zei Giles. Hij sloeg een map open en haalde de certificaten eruit. Die had Fiona meegebracht uit New York. Vervolgens opende hij de tweede map. Daarin zaten Nicks aandelen, die nu van haar waren.'

Burton pakte ze een voor een op. Toen deed hij een paar stappen achteruit, drukte zijn handen tegen zijn slapen en zei: 'Dit kan niet. Dit kan gewoon niet!' Hij kneep zijn ogen dicht en negeerde het geschreeuw, de vragen en de commotie om hem heen. Toen opende hij zijn ogen weer, keek naar Fiona en schreeuwde: 'Wie bent u?'

Het werd stil in de zaal. Fiona tilde haar voile op en keek in zijn zwarte, boosaardige ogen. In het begin was er alleen verwarring op zijn gezicht te lezen, maar toen veranderde die in herkenning. 'Jij!' siste hij. Het was zo stil als het graf in de zaal.

'Herkent u me, meneer Burton?' vroeg ze. 'Ik voel me gevleid. Ik herinner me u ook. Heel goed zelfs. Ik herinner me dat ik op een avond in uw kantoor stond en u en de heer Sheehan over de moord op mijn vader hoorde praten. Ik was gekomen om u om geld te vragen als compensatie voor het zogenaamde ongeluk van mijn vader. Opdat mijn broer en ik eten konden kopen en een kamer huren. Maar ik kreeg meer dan ik had verwacht. Herinnert u zich die avond nog? Mijn vader was vakbondsleider. Hij wilde dat de havenarbeiders een penny per uur meer loon kregen. Om wat extra eten voor hun kinderen of een warme jas te kunnen kopen. Één penny meer. En u...' Ze zweeg. Er stonden bittere tranen in haar ogen van woede. '... u wilde het niet geven. Sheehan vertelde hoe hij had gezorgd dat mijn vader om het leven kwam. En u lachte. Ik hoor die lach nog steeds in mijn nachtmerries, meneer Burton. Ik herinner me dat ik weg probeerde te komen uit uw kantoor, maar ik struikelde. U hoorde me. U en Sheehan. En jullie kwamen achter me aan. Maar ik had meer geluk dan mijn vader. Ik wist te ontsnappen. Maar ik kon niet ontsnappen aan de herinneringen. Ik zwoer dat u op een dag zou boeten voor wat u had gedaan. En dat is nu gebeurd. Burton Thee is van mij.'

Weer brak er een chaos uit. Mensen schreeuwden door elkaar heen. Zakdoeken werden tegen bezwete voorhoofden gedrukt. Ze probeerden een blik te werpen op de certificaten. Journalisten riepen Fiona's naam. Ze hoorde hen niet eens. Burtons ogen staarden haar strak aan. Ze staarde zonder een krimp te geven terug. Een bijna tastbare, diepe haat hing tussen hen in.

'Jij vuile teef. Had ik je maar vermoord toen ik de kans had,' zei hij. 'Dan lag je nu onder de grond bij die ellendeling van een vader van je.'

'William... mijn god!' riep Giles Bellamy uit. Hij deinsde lijkbleek achteruit.

'Mevrouw Soames!' riep een journalist. 'Mevrouw Soames, hier!'

Een witte flits, de geur van rook. Iemand had stiekem een camera mee naar binnen genomen. Fiona knipperde met haar ogen, verblind door de felle gloed. Burton zag zijn kans schoon. In een snelle, vloeiende beweging pakte hij een mes uit zijn zak en sprong toe.

David Lawton zag het aankomen. Hij greep Fiona's jasje beet en trok haar naar achteren. Het lemmet miste haar hals op een haar na. Het sneed door haar jasje, over haar sleutelbeen en drong in het zachte vlees eronder.

'Houd hem tegen!' schreeuwde Neville.

Burton rende zwaaiend met zijn mes naar de voorkant van de zaal en verdween door de deur achter het podium. Een aantal mannen rende achter hem aan, maar hij had de deur op slot gedaan. Er werd geroepen dat het hele gebouw doorzocht moest worden, en meer mannen voegden zich bij de jacht. Anderen verdrongen zich om Fiona.

David had haar in een stoel getild. Hij had zijn zakdoek en die van Giles tegen de wond gedrukt, maar de witte stof werd al rood onder zijn hand. 'Ik moet zakdoeken hebben, een overhemd, iets!' riep hij. Tal van zakdoeken werden aangereikt. Hij legde er een paar op elkaar en drukte ze tegen de wond. Fiona gilde het uit. De pijn was ondraaglijk.

'We moeten haar naar het ziekenhuis brengen!' gelastte Neville. 'Giles, roep het rijtuig...'

'Geen tijd,' zei David. 'Alles staat klem op straat. We moeten haar dragen. Dat is het snelst. Kom!'

David tilde haar op en Neville baande een weg door de menigte met zijn stok. Giles raapte de certificaten bijeen, die nu met bloed bespat waren, en volgde. Hij holde langs hen heen op het trottoir en riep de koetsier. Deze zag hem en reed naar de hoek van Mincing Lane.

'Het ziekenhuis, nu meteen!' schreeuwde Giles. Hij stapte in, gevolgd door Neville. Ze tilden Fiona naar binnen en zetten haar op de bank. Neville legde haar hoofd tegen zijn schouder en hield haar vast met een arm om haar heen. Ze sloot haar ogen, vechtend tegen een misselijkmakende duizeligheid. Het leek wel of haar borst in brand stond. Ze voelde haar bloed warm en nat door haar kleren sijpelen. David stapte in en het rijtuig schoot naar voren.

'Sneller, sneller!' schreeuwde Giles uit het raam naar de koetsier.

'Mevrouw Soames... Fiona... hoor je me?' vroeg David terwijl hij tegen haar wangen tikte.

'... hoor je wel...' mompelde ze ijlend.

'Hou vol! We zijn er bijna!'

'Ze is flauwgevallen!' zei Giles. 'Mijn god, Neville, ze ziet zo wit als een doek.'

'Fiona!' riep Neville. 'Hoor je me? Zeg iets!'

'Heeft ze familie in Londen?' vroeg David. 'Moeten we iemand inlichten over wat er is gebeurd?'

'... mijn vader, David,' mompelde Fiona. 'Zeg tegen mijn vader dat we hebben gewonnen...'

66

'Jezus! Moet je jou zien!' Roddy stond in de deuropening van de ziekenhuiskamer met zijn helm in zijn hand, ontzet bij de aanblik van de tengere, bleke gestalte in bed.

Fiona opende haar ogen en glimlachte flauwtjes. 'Alles is goed, oom Roddy.'

'Ik ben gekomen zodra ik het hoorde. Een van mijn mannen kwam het bureau binnenrennen met het nieuws. Ik kon het niet geloven. Jezus, wat ben ik geschrokken! Ik dacht dat je dood was! Wat heeft me bezield? Ik had je nooit alleen moeten laten gaan...'

'Ik was niet alleen, oom Roddy.'

'Ik had mee moeten gaan.'

'Maar het gaat nu goed.'

'Ja, je bent een toonbeeld van gezondheid! Wil je iets hebben? Water? Heb je dorst?'

'Ik ben uitgedroogd.'

Hij schonk een glas water in uit de kan op haar nachtkastje. 'Hier. Wat hebben de dokters gezegd?' vroeg hij.

'Dat ik wel wat bloed verloren heb, maar dat alles in orde komt,' zei ze terwijl ze het glas aanpakte.

'Waarom moet je dan blijven?'

'Ze willen me een paar dagen in de gaten houden. Tot ik weer op krachten ben.'

'Hoe voel je je?' Hij legde een hand tegen haar wang. Haar kleur stond hem helemaal niet aan. Net zomin als de donkere kringen onder haar ogen. En het bloed dat door haar verband sijpelde.

'Alleen af en toe een beetje duizelig.'

'Burton haalt de galg niet, dat zweer ik je. Zodra ze hem vinden ruk ik persoonlijk zijn kop eraf.'

'Is hij nog steeds voortvluchtig?'

'Helaas wel. Ik heb de agenten in Mincing Lane gesproken voor ik hier kwam. Het hele gebouw van Burton Thee is doorzocht, maar er was geen spoor van hem te bekennen. Hij is ook niet naar zijn huis geweest. Volgens de politie in de City probeert hij naar het vasteland te komen. Als hij daar al niet is. Ze hebben aanhoudingsbevelen onder alle veerbootmaatschappijen verspreid. En ze hebben een beloning uitgeloofd.'

Roddy vond het vreselijk dat hij niet zelf aan de zaak kon werken, maar Mincing Lane viel onder het politiekorps van de City. Hij hoorde bij de Metropolitan Police, die onder Binnenlandse Zaken viel en in de rest van Londen werkzaam was.

Fiona boog zich naar haar nachtkastje om haar glas neer te zetten, en ze trok een pijnlijk gezicht.

'Doet het erg pijn?' vroeg Roddy.

'Een beetje. De dokter zei dat de wond twintig centimeter lang is.' Ze lachte wrang. 'Geen decolletés meer.'

'Fiona, besef je wel wat een geluk je hebt gehad? Als je iets dichterbij had gestaan... Als ze je niet hadden weggetrokken... Als het lemmet een centimeter langer was geweest...' Roddy schudde zijn hoofd. 'Dan had ik je in het mortuarium moeten opzoeken en niet in het ziekenhuis.'

'Maar dat hoefde dus niet,' zei Fiona. Ze glimlachte weer. 'Het is ons gelukt, oom Roddy.'

'Het is jou gelukt, meisje. God weet hoe, maar je hebt het voor elkaar gekregen.'

'Met uw hulp. U hebt gisteren wat extra bezoekjes afgelegd, hè?'

'Een paar.'

'Waar kan ik Peter Miller vinden?'

'In de Lion, de pub waar je vader altijd kwam.'

'En u hebt Joe Bristow ook gesproken, nietwaar?'

'Ja.'

Fiona knikte zwijgend, en Roddy zag de pijn in haar ogen, een pijn die niets te maken had met haar verwonding. Het deed nog steeds pijn. Na al die jaren deed het haar nog steeds pijn om zelfs maar over Joe te praten. Had hij de knul maar niet gezegd dat ze in het Savoy logeerde. Roddy hoopte dat hij zou wegblijven.

'Ik wil hem niet zien,' zei ze ten slotte. 'Hij heeft veel voor me gedaan en ik zou hem persoonlijk moeten bedanken, maar ik kan het niet opbrengen. Ik zal hem schrijven als ik weer thuis ben. Dat ben ik hem wel verschuldigd.'

Roddy knikte. Hij wilde net vragen of ze hem van het begin tot het eind wilde vertellen wat er allemaal was gebeurd, toen er op de deur werd geklopt. Een verpleegster met een wit gesteven kapje op haar hoofd keek naar binnen.

'En hoe voelt u zich?' vroeg ze aan Fiona.

'Goed, dank u. Veel beter dan toen ik hier kwam.'

'Mooi zo. Hebben de andere heren u weten te vinden?'

'Heren?' vroeg Fiona.

'De bezorgers.'

'Welke bezorgers?' wilde Roddy op scherpe toon weten.

'Die twee van de bloemist. Ze liepen door de gang, op

zoek naar de kamer van mevrouw Soames. Ik heb ze het nummer verteld.'

'Ik had gezegd dat mevrouw Soames van niemand bezoek mocht hebben.' Roddy had de dienstdoende zuster op het hart gedrukt dat alleen politiemensen mochten worden toegelaten. Daarmee kwam hij wel op het terrein van de City-politie, maar dat kon hem niet schelen.

'U hoeft niet op die toon tegen me te praten!' zei de vrouw nijdig. 'Het waren aardige heren, heel beleefd. Ze hadden een enorm bloemstuk bij zich. Wat had ik dan moeten doen? Het van ze afpakken? Ik had het niet eens kunnen tillen!'

Roddy stond meteen op.

'Hoe zagen ze eruit?'

'Dat... dat weet ik niet,' hakkelde de verpleegster. 'De rozen waren zo mooi dat ik daarnaar heb gekeken en niet naar de heren.'

'Kunt u zich helemaal niets herinneren?'

'Ze hadden donker haar, geloof ik, en ze waren een jaar of twintig. Misschien jonger. Ze waren groot. Sterk.'

Zoals de meeste rouwdouwers in Whitechapel, dacht Roddy. 'Kan deze deur op slot?' vroeg hij.

'Ja.' Ze zocht in haar zak. 'Hier is de sleutel.'

'Blijf bij mevrouw Soames. Doe de deur op slot zodra ik weg ben. Het nummer van mijn politiepenning is nul-vier-twee-drie. Vraag ernaar voor u de deur weer opent.'

'Wat is er aan de hand, oom Roddy?' vroeg Fiona.

'Niets, hoop ik,' zei hij. 'Maar hou die deur op slot.'

Elke vezel in Roddy voelde gevaar toen hij zich door de gang naar de trap achterin spoedde. Hij duwde de deur open en tuurde langs de trappen naar beneden. Hij zag niets, maar hij hoorde beneden haastige voetstappen en een deur die dichtviel. In een mum van tijd was hij beneden en via een zijdeur in een steegje, waar het afval van het ziekenhuis werd opgeslagen. Hijgend rende hij naar de uitgang van de steeg en zocht tussen de voorbijgangers naar twee mannen die beantwoordden aan de beschrijving die de verpleegster had gegeven. Hij zag er meerdere: twee die een pub binnenliepen, twee die op een bus stapten en nog twee die met een straatventer stonden te praten. Geen van hen zag er verdacht uit. Ze lachten en leken geen enkele haast te hebben.

Misschien waren het echt bezorgers, dacht hij. En misschien hadden ze de kamer niet kunnen vinden. Hij draaide zich om en liep terug door de steeg, zich afvragend of zijn zesde zintuig, waar hij altijd zo op vertrouwde, hem in de steek begon te laten door alle spanningen. Het speet hem dat hij tegen de verpleegster had gesnauwd en Fiona had laten schrikken.

Toen hij langs een grote metalen vuilnisemmer kwam, werd zijn blik getrokken door een rode vlek. Hij draaide zijn hoofd om, verwachtend bloederig verband te zien, maar het waren rozen. Minstens twee dozijn. Niet de verlepte restanten van een boeket, maar verse, prachtige bloemen. Hij keek of hij een kaartje zag of een papier met zelfs maar het adres van de bloemist erop, maar er was niets.

Het maakte niet uit. Hij wist wel wie ze had gestuurd. De politie in de City vergiste zich. William Burton was niet weg uit Londen. Hij was er nog, en hij wilde afmaken waar hij aan begonnen was.

Fiona kon niet in het ziekenhuis blijven. En ook niet in het Savoy. Ze moest naar een privé-adres. Roddy zou iets voor haar zoeken en zorgen dat ze voortdurend door twee agenten werd bewaakt.

67

Fiona keek naar de trieste houten kruisen die uit de grond staken. De graven waren overwoekerd met lang gras en onkruid. Twee kruisen hingen scheef. Een was aan de onderkant afgebroken. Een vierde was verkleurd door roestvlekken van de spijkers die het bijeen hield. Ze kon nog net de restanten van een naam ontcijferen: PATRICK FINNEGAN.

Ze draaide zich om naar haar metgezel, een grote man uit East End, die Roddy had ingehuurd om haar te bewaken. Hij droeg een hark, een schop, een troffel, een snoeischaar, een gieter en een zak mest.

'Zet die maar hier neer, Andrew,' zei ze.

'Zal ik uw mand halen? En de rest van de bloemen?'

'Ja, graag.'

Ze zette haar pakken neer en verwijderde het papier. Het waren jonge rozenstruiken... theerozen. Ze had de hele middag allerlei bloemisten afgelopen om de juiste te vinden. Het kerkhof was klein, en Andrews rijtuig stond vlak voor het hek. Even later was hij weer terug met een kist kleurige primula's en een rieten mand. Hij zette ze neer en bleef in de buurt staan met zijn handen in zijn zij.

'Ik wil graag even alleen zijn, Andrew. Wil je in het rijtuig op me wachten?' vroeg ze.

Hij fronste zijn voorhoofd. 'Brigadier O'Meara zei dat ik u niet alleen mocht laten.'

'Er kan niets gebeuren. In tegenstelling tot brigadier O'Meara betwijfel ik of William Burton nog in Londen is, en ook al zou hij er wel zijn, dan is het niet erg waarschijnlijk dat hij op een kerkhof rondhangt, denkt u niet?'

'Nee, dat niet. Goed dan. Geeft u maar een gil als u me nodig hebt.'

'Dat zal ik doen.'

Ze pakte de hark en ging aan de slag. Het was een heldere, wolkeloze dag in augustus, en de zon scheen warm op haar rug. Het was heerlijk om weer te kunnen bewegen. Gisteren waren de hechtingen verwijderd. Ze had weinig lichaamsbeweging gehad sinds ze door Burtons toedoen drie weken geleden in het ziekenhuis was beland. Ze ergerde zich aan Roddy's restricties en ze snakte naar frisse lucht, vrijheid, en tijd voor zichzelf.

Roddy was niet erg gelukkig geweest met dit uitje. Hij was er zo zeker van dat Burton nog in Londen was, terwijl zij daar niets van geloofde. Waar kon hij zich nog verbergen? Alvin Donaldson, de inspecteur die het onderzoek leidde, was vanmorgen bij haar geweest om haar op de hoogte te brengen van eventuele ontwikkelingen, maar die waren er niet. Burtons huis en kantoor, en de bank waar hij zijn geld had ondergebracht, werden voortdurend bewaakt. Donaldson had het idee dat hij, omdat hij in geen veertien dagen op die plekken was geweest en niemand hem had gezien, ergens geld had weggestopt en dat had gebruikt om op een particulier schip het Kanaal over te steken. De Fransen keken nu ook naar hem uit. Het was slechts een kwestie van tijd, dan werd hij gepakt.

Roddy was aanwezig geweest bij Donaldsons bezoek. Hij had alles gehoord wat de man zei, en hij had toegegeven dat het heel aannemelijk klonk, maar toch had hij niet gewild dat ze het huis verliet. Hij had vandaag dienst, en hij had gevraagd of ze niet tot morgen wilde wachten, want dan kon hij met haar mee. Maar ze had geweigerd. Ze vond dat William Burton haar leven te lang had overschaduwd. Ze wilde geen dag meer door hem laten bederven.

Na een uur had Fiona het onkruid verwijderd en het gras gesnoeid op de vier graven. Vervolgens plantte ze de rozen en de primula's. Toen vulde ze de gieter uit een kraan in de buurt en gaf alles een goede sproeibeurt. Haar handen en rok zaten onder de modder, maar dat kon haar niet schelen. Na vandaag zou ze alles laten bijhouden door een tuinman, maar deze dingen wilde ze zelf doen. Die moest ze doen. Ze was te lang weggeweest.

Al die tijd was ze vrijwel de enige op het kerkhof. Twee oude dames waren bloemen komen brengen naar een graf en hadden in het voorbijgaan een groet gemompeld. Hetzelfde gold voor een jonge, in het zwart geklede moeder met haar zoontje. Toen kwamen twee opgeschoten jongens aanslenteren met hun handen in hun zakken. Af en toe bleven ze staan en bekeken de opschriften op de stenen. Ze keek even naar hen toen ze op kruisen wezen en onkruid opzij stootten met hun schoenen. Toen ze weer opkeek, waren ze dichterbij. Heel dichtbij.

'Ziet er mooi uit zo, met die rozen,' zei de een.

'Dank je.' Fiona keek op. Het waren jonge, stevig gebouwde kerels. Ze droegen strakke broeken, katoenen overhemden zonder kraag, vesten en rode halsdoeken. Zo te zien aan hun gezichten waren ze nogal vechtlustig. De een had een litteken en de neus van de ander was kennelijk een keer gebroken geweest.

'We zijn op zoek naar zijn grootvader,' zei de een terwijl hij naar de ander wees. 'Maar we kunnen hem niet vinden.'

'Hoe heette hij?' vroeg Fiona.

'Smith. Tom Smith. Net als ik,' zei de tweede jongen.

Fiona keek naar de overige kruisen, maar op geen ervan stond de naam Smith. 'Ik denk niet dat hij hier ligt,' zei ze.

'Welke naam is dat?' vroeg Tom Smith terwijl hij naar het kruis van haar vaders graf wees.

'Patrick Finnegan,' zei Fiona. 'Mijn vader.'

'O ja?' Tom kwam naast haar staan en tuurde naar de naam. Hij stond zo dichtbij dat Fiona de rook in zijn kleren en de bierlucht in zijn adem kon ruiken. Heel even werd ze bang. Roddy had gezegd dat twee mannen op zoek naar haar waren toen ze in het ziekenhuis lag. Volgens hem waren het handlangers van Burton. Stel dat dit die mannen waren? Toen zag ze Andrew. Hij stond een meter of vijf verder en hield de twee jongens nauwlettend in de gaten. Ze zagen hem ook. Tom Smith tikte tegen zijn pet. Andrew knikte zonder te glimlachen, met zijn armen over zijn borst gekruist.

'Nou, dan gaan we maar verder zoeken. Hij moet hier ergens zijn. Want hij zal toch niet opeens aan de wandel zijn gegaan,' zei Tom met een ondeugende grijns. 'Dag, mevrouw.'

'Dag,' zei Fiona. Ze voelde zich dwaas. Het waren gewoon twee aardige jongens die geen enkel kwaad in de zin hadden. Roddy's waarschuwingen maakten haar alleen maar zenuwachtig. Ze ging verder met haar werk, en toen de jongens het kerkhof hadden verlaten, ging Andrew weer in het rijtuig zitten.

Toen ze klaar was, spreidde ze een kleed uit op de grond, haalde een thermosfles thee en wat broodjes uit de mand, en ging een poos bij haar familie zitten. Terwijl ze at vertelde ze hun alles wat er was gebeurd. Over haar bezoek aan William Burtons kantoor, jaren geleden, en wat daar was voorgevallen. Over New York en Michael en Mary en haar nieuwe, aangetrouwde familie. Over haar bedrijf. Over Will en Nick. Ze vertelde over Seamie, en dat ze hem niet zouden herkennen, zo Amerikaans was hij geworden. Ze was ervan overtuigd dat hij op een dag een belangrijke ontdekking zou doen. Een geneesmiddel voor een ziekte, of een dinosaurus, of misschien wel een heel nieuw land. Hij was knap, zei ze, net zo knap als Charlie was geweest. Ze zei dat ze trots konden zijn op haar broer, net zo trots als zij.

Toen vertelde ze dat ze William Burtons bedrijf had overgenomen. Hij was geruïneerd, zei ze, en zodra hij werd gepakt zou hij naar de gevangenis gaan en beslist de strop krijgen. 'Het is niet genoeg, pa,' zei ze terwijl ze haar hand op het graf van haar vader legde. 'Maar ik hoop dat het in elk geval iets is. Dat je nu wat meer rust kunt hebben.' De tranen prikten achter haar ogen toen ze vervolgde: 'Ik mis je, pa. Elke dag. En ik hou van je. Geef een kus aan mam en Charlie en de baby namens mij. En zeg dat ik ook van hen hou.'

Ze bleef nog even zitten en keek hoe de ondergaande zon door de bomen over het gras scheen. Toen, nadat ze had beloofd dat ze er niet nog eens tien jaar overheen zou laten gaan voor ze weer op bezoek kwam, stond ze op.

Ze riep Andrew en ze stopten alle spullen terug in het rijtuig. Hij hielp haar instappen, deed het portier achter haar dicht en mende zijn paarden door de smalle straten van Whitechapel terug naar Mayfair, waar Roddy Fiona had ondergebracht. Fiona ving door het raampje een glimp op van bekende straten en gebouwen. Ze zag mannen uit hun werk naar huis gaan en ze hoorde hun stemmen als ze elkaar riepen of hun kinderen begroetten. Ze zag de brouwerij waar Charlie had gewerkt, en toen drong het tot haar door dat ze niet ver van Montague Street was. Opeens overheerste het verlangen om haar straat terug te zien, haar vroegere huis, de plek waar ze was opgegroeid.

'Andrew!' riep ze terwijl ze tegen het schuifraampje naar de bok bonsde. 'Andrew, stop!'

Het rijtuig kwam tot stilstand. 'Is er iets aan de hand, mevrouw Soames?'

'Ik wil eruit. Ik ga een eindje lopen. Ik kom zelf wel thuis.'

'Dat kan niet, mevrouw. Brigadier O'Meara heeft me opgedragen dat ik u niet uit het oog mag verliezen. Ik moest u naar het kerkhof brengen en meteen weer terug.'

Fiona luisterde amper. Ze had Whitechapel teruggezien. Ze had het gehoord en geroken. Het wenkte haar. 'Brigadier O'Meara komt het nooit te weten als jij het hem niet vertelt, Andrew,' zei ze. 'Maak je geen zorgen. Ik ben voor donker thuis.' Toen, ondanks zijn protesten, was ze met haar tas in haar hand uitgestapt.

Toen ze door Brick Lane liep, was ze blij dat ze een oude rok en blouse had aangetrokken. Blij met de gedroogde modder op haar rok en dat ze haar haren in een slordige knot had opgestoken toen die tijdens het tuinieren los waren geraakt. Ze viel niet op. Niemand keurde haar een tweede blik waardig. Ze mengde zich tussen de arbeiders die naar huis gingen.

Toen ze eindelijk om de hoek van Montague Street was gekomen, stokte de adem haar in de keel. Daar was het, haar huis. Het zag er nog precies hetzelfde uit. Met roet bedekte rode bakstenen en zwarte luiken, en een schoongeschrobde stoep. En even verderop het huis van Joe. Heel even was ze weer zeventien, op weg naar huis van de theefabriek, hopend dat hij op de stoep op haar zou zitten te wachten.

Het was druk in de straat. Ze liep tussen vaders door die zich naar huis haastten om te eten. Moeders riepen hun kinderen naar binnen. Kleine meisjes met vlechtjes, grotere met kleine broertjes of zusjes op hun heupen. Enkele opgeschoten jongens schopten een bal naar elkaar. Een van hen schopte hem door het open raam van nummer zestien. 'O, mijn theepot!' riep een vrouw binnen. Toen verscheen de vader des huizes dreigend op de stoep. Maar de jongens waren allang verdwenen.

Ze verbaasde zich over het lawaai en de commotie. Op Fifth Avenue werd nooit geschreeuwd. In elk geval niet in het gedeelte waar zij woonde. Daar waren geen kinderen aan het ballen of touwtjespringen. Daar klonk geen luidruchtig gelach van huisvrouwen onder elkaar. Geen meelevend tuttut om een jonge, hoogzwangere echtgenote. Daar schepten oude mannen niet op over hun kanarie die een prijs had gewonnen.

Deze straten hadden zoveel karakter. Had ze dat altijd geweten? Als jong meisje had ze hier alleen maar zo snel mogelijk aan willen ontsnappen. Waarom? Ze was nooit zo gelukkig geweest als toen ze hier woonde. In een bouwvallig huisje met twee kamers boven en twee beneden, zonder een eigen kamer, en een tochtig privaat op de achterplaats. Toen had ze helemaal niets, en toch alles.

Ze had het eind van de straat bereikt, en ze keek achterom. Ze kon haar vader bijna horen zingen als hij thuiskwam van de haven. En haar moeder met haar handen op haar heupen Charlie horen roepen. Ze kon bijna een lange, blonde, hartbrekend knappe jongen naar haar toe zien lopen met zijn handen in zijn zakken en een blik in zijn ogen alsof de wereld van hem was.

Ze liep door en stak Commercial Road over. Ze wist dat ze daar een huurkoets terug naar Mayfair moest nemen. Het begon al te schemeren, en hier en daar kon ze al een ster aan de hemel zien. Maar haar voeten brachten haar naar Wapping en de rivier. Ze kende de weg, en hoewel hier en daar een pub van naam was veranderd of een winkelpui in een andere kleur was geschilderd, was alles nog even bekend als vroeger.

Wappings High Street was bijna uitgestorven toen ze die overstak. Oliver's Wharf stond er nog. Wat een vreemd idee dat die nu van haar was. Aan de zijkant was, precies zoals in haar herinnering, de smalle doorgang naar de Old Stairs. Ze bleef bovenaan staan en het uitzicht op haar geliefde rivier, kalm en glad, donker wordend onder de avondlucht, benam haar de adem. Hij had er nog nooit zo mooi uitgezien.

Ze liep de trap af en ging op de onderste tree zitten met haar kin op haar knieën, net als toen ze nog een kind was. Ze keek naar de boten die zacht dobberden op het afnemend tij, en ze zag de hoge hijskranen zwart afsteken tegen de donkerblauwe lucht. Duizenden herinneringen kwamen boven. Ze herinnerde zich dat ze bij haar vader op schoot zat en mee mocht eten van een zak patat of een vleespasteitje terwijl hij naar de trotse zeilschepen wees en haar vertelde waar ze vandaan kwamen en wat ze vervoerden. Ze herinnerde zich dat ze hier met Joe zat toen ze ouder was, en de laatste keer dat ze hier hadden gezeten, toen hij haar hart had gebroken. Waar zijn de stukken gebleven? vroeg ze zich af. Nog steeds hier? Begraven in het zand?

Ze probeerde aan andere, betere tijden te denken. De keren dat ze over hun winkel hadden gepraat, de eerste keer dat hij haar had gekust, de eerste keer dat hij had gezegd dat hij van haar hield. Dat was allemaal hier gebeurd, bij de rivier. Ze deed haar ogen dicht, voelde de warme zomerbries op haar gezicht en hoorde de golven zachtjes klotsen. Net als toen ze een jong meisje was, wist de rivier haar te troosten. Haar te inspireren.

Ze dacht nu aan de toekomst in plaats van het verleden. Ze had een nieuw bedrijf, nieuwe markten die ze moest veroveren. Toen ze weer een beetje op de been was, had ze haar nieuwe werknemers bijeengeroepen en hun verteld dat zij nu hun werkgever was. Ze had alles verteld over TasTea en hun verzekerd dat ze zowel het zakelijk inzicht als het financiële vermogen had om van Burton Thee – inmiddels TasTea, Londen – een sterker en winstgevender bedrijf te maken. Degenen die wilden blijven waren van harte welkom, had ze gezegd. En degenen die William Burton trouw wilden blijven, konden vertrekken. Niemand had daar gehoor aan gegeven.

Er viel zoveel te leren. Over het bedrijf. Over het onroerend goed, zowel in Londen en in het buitenland. Over de Engelse en Europese markten. Ze wist dat ze Stuart Bryce zo snel mogelijk naar hier moest halen. Ze had hem ingelicht over het nieuwe theebedrijf, compleet met kantoren, een werf en een plantage in India. Ze was ervan overtuigd dat zij en Stuart na de aankoop van Burton Thee van TasTea niet alleen de grootste theehandel van Amerika konden maken, maar van de hele wereld.

Ze trok haar laarzen en kousen uit en begon van pure opwinding te springen in de modder. Ze liep een eindje langs de waterlijn. Toen bukte ze zich, raapte een handvol steentjes op en begon die over de golven te gooien.

'Wat vind jij, Alf?' vroeg Joe terwijl hij een handvol groene koffiebonen onder de neus van zijn voorman hield.

Alf Stevens ademde diep in en knikte. 'Veel beter dan de

vorige keer. Geen schimmellucht, een mooie, heldere kleur. Gladde velletjes. Een verse oogst. Volgens mij afkomstig van de plantage van Oscar Sanchez. Net ten noorden van Bogota.'

'Alf, je bent een wonder,' zei Joe. Hij gaf de oude man een klopje op de rug. Alf Stevens was al dertig jaar voorman op de Morocco, een werf aan de hoofdstraat van Wapping, en hij wist niet alleen het land of de streek te noemen, maar zelfs de plantage waar de koffie vandaan kwam. 'We hebben een nieuwe leverancier. Die Marquez hoef ik niet meer. Zijn laatste zending was rotzooi. Maandagochtend komen ze een karrenvracht brengen van de branderijen.'

'Dan ben ik daar klaar voor.'

'Mooi zo. Hoe gaat het voor de rest? Nog problemen sinds dat incident op Oliver's Wharf?' informeerde Joe. Hij had het over de schade die Oliver's Wharf was toegebracht nadat William Burton was beschuldigd van de moord op Paddy Finnegan.

'Nee, niets bijzonders.'

Joe bespeurde een aarzeling.

'Wat is er?'

'Niets bijzonders, meneer. Gewoon iets geks,' zei Alf opgelaten.

'Wat dan?'

'Nou ja, u weet dat de mannen die bij Oliver's hebben ingebroken, laaddeuren hebben afgerukt? Een paar avonden geleden ging ik naar huis, laat op de avond, en toen keek ik toevallig op naar het gebouw. Ik weet dat het idioot klinkt, maar ik zag een man in een van de openingen van de laaddeuren staan. Ik was zo van slag dat ik struikelde en bijna op mijn gezicht viel. En toen ik weer opkeek, was hij weg.'

'Hoe zag hij eruit?'

'Hij had een hard, bleek gezicht. En donker haar. En die

ogen! Die zal ik nooit vergeten. Zo donker als de rivier 's nachts. Als ik in geesten en al die onzin had geloofd, dan zou ik zeggen dat het die Finnegan was. Teruggekeerd uit het hiernamaals om te komen spoken.'

Joe wierp Alf een sceptische blik toe. 'Wil je beweren dat je een geest hebt gezien?'

Alf haalde verdedigend zijn schouders op. 'Ik beweer niets.'

'Het zal wel een van de nachtwakers zijn geweest.'

'Ze hebben geen nachtwaker. De laatste is vertrokken toen de boel in mekaar werd geslagen.' Alf stak zijn handen op. 'Ik weet wel wat u denkt, maar ik zweer dat ik broodnuchter was.'

'Nou, dan ga ik maar eens kijken of ik hem tegenkom. Ik zal hem de groeten doen.'

Alf zag er de grap niet van in. 'Hij lijkt me niet erg toeschietelijk,' zei de oude man. 'Mocht u hem zien, dan zou ik maar hard doorlopen.'

Alf en Joe waren bijna klaar met hun inspectie van de nieuwe koffielading. Ze sneden hier en daar een zak open om de inhoud te beoordelen. Toen ze tevreden waren, nam Joe afscheid en drukte Alf nog eens op het hart dat de branders maandag de bonen kwamen halen. Alf mopperde dat hij dat heus wel wist en dat Joe niet hoefde te denken dat hij geestelijk aan het aftakelen was omdat hij toevallig geesten had gezien.

Toen Joe terugliep door High Street, keek hij met opzet op naar de bovenverdiepingen van Oliver's. Hij zag niets. Alleen laaddeuren. Sommige waren afgesloten met luiken, andere waren open. Geesten, dacht hij hoofdschuddend. De enige geesten waar Alf last van had, kwamen uit de whiskyfles in zijn achterzak. Terwijl hij opkeek naar het gebouw, vroeg hij zich af waarom William Burton de schade niet had laten herstellen, en toen drong tot hem door dat William Burton niet langer de eigenaar was, maar een vrouw die Fiona Finnegan Soames heette.

Hij probeerde de gedachte te verdringen. Het deed hem te veel pijn om te beseffen dat ze hier was geweest, in Londen.

Toen Roddy hem om hulp had gevraagd, had hij tegen beter weten in toch weer hoop gekregen. Maar ze wilde hem niet zien.

Hij had haar in de steek gelaten toen ze hem nodig had. Hij had haar in haar eentje laten doorzwoegen in de sloppenwijken van Whitechapel. Hij had haar overgeleverd aan de genade van Bowler Sheehan en William Burton. Ze had een groot hart, maar niet groot genoeg om hem te vergeven voor wat hij had gedaan. En wat hij niet had gedaan. Dat zou niemand hem kunnen vergeven.

Toen hij bij het pakhuis stond, ging de deur van de Town of Ramsgate open. Een man kwam naar buiten. De geuren van de pub kwamen achter hem aan, de geuren van rook, bier en eten. Joe besefte opeens dat hij trek had. Hij besloot even naar binnen te gaan en iets te bestellen. Dat zou hem afleiden.

Hij bestelde gebakken vis met patat en een glas bier. Hij moest zijn glas stevig vasthouden, want mensen verdrongen zich aan de bar. Hij keek of hij ergens een vrije plek aan een tafeltje kon ontdekken, maar alles was bezet. Het was een drukke vrijdagavond, vol arbeiders en zeelui. Hij had aan het barmeisje gevraagd of er boven misschien nog tafels vrij waren, maar ze had gezegd dat het daar nog veel drukker was. Hij kon maar het beste buiten op de Old Stairs gaan eten, zei ze. Ze zou het wel warm inpakken als hij dat wilde.

De Old Stairs. Schitterend. De juiste plek om Fiona uit

mijn hoofd te zetten. Hij dronk zijn glas leeg en nam zijn maaltijd, een vettige, warme bundel, mee naar buiten. Toen hij halverwege de stenen trap ging zitten, werd hij overspoeld door herinneringen. Haar blauwe ogen die groot werden van blijdschap als ze hem aan zag komen lopen. Zoals ze rook na haar werk: naar theebladeren, en een zoete geur van zweet. Haar hand in de zijne. En de oude, bekende weemoed kwam weer boven.

Vergeet het toch, Joe, had iedereen gezegd. Zijn moeder, Cathy, en zelfs Jimmy. Laat het verleden rusten, en kijk naar de toekomst.

Maar wat voor toekomst? Hij had ware liefde gekend en die zomaar weggegooid. Wat bleef er nog over? Een leven met alleen maar tweedekeus dingen. Kapotte dromen en pijnlijke herinneringen. Hij herinnerde zich hoe belangrijk de baan bij Peterson, het geld en Tommy's goedkeuring vroeger voor hem waren geweest. Alles, ook het succes dat hij had behaald en het geld dat hij had verdiend, viel in het niet nu hij op de trap zat waar hij vroeger had gezeten met het meisje van wie hij hield. Alleen zij samen, met slechts een paar pond in een gedeukt cacaoblik en hun dromen.

Alf heeft gelijk, dacht hij. Er is een geest. Een eenzame, diepbedroefde geest. De geest van alles wat had kunnen zijn en nooit is geworden.

Hij keek naar de boten die zachtjes lagen te schommelen langs de aanlegsteigers. De schemering was gevallen en zilveren manestralen vielen over de zachte golven. De hemel was vol sterren. Zijn lievelingsster, de heldere, wenkte verlokkelijk. Die ster leek feller en groter dan hij hem ooit had gezien. Hij keek naar de onderkant van de Old Stairs. Hoe vaak was hij hier niet gekomen en had hij haar daar op die tree gezien terwijl ze dromerig naar de golven keek?

Terwijl hij naar de treden keek, drong het langzaam tot

hem door dat er iets op de onderste tree lag. Hij kneep zijn ogen samen en tuurde. Het waren zwarte laarzen. Dameslaarzen. De ene stond rechtop en de andere was gevallen. Daarnaast lag iets wat op een hoopje kousen leek.

O, jezus, dacht hij geschrokken. Er zal toch geen meisje zelfmoord hebben gepleegd? Hij wist dat dergelijke mensen vaak hun schoenen achterlieten in de hoop dat anderen ze nog konden gebruiken. Een trieste nalatenschap. Zijn blik gleed langs de oever. En een meter of twintig rechts van hem zag hij haar. Een slanke vrouw op blote voeten die bij de palen stond. Met haar rug naar hem toe. Hij zag dat ze steentjes over het water gooide. Het maanlicht weerkaatste op haar zwarte haar toen ze zich bukte om meer steentjes op te rapen. Hij ontspande zich. Iemand met zelfmoordneigingen ging geen steentjes over het water gooien.

Toch vroeg hij zich af wat ze op dit uur zo helemaal alleen bij de rivier deed. Het was niet echt een veilige plek voor een vrouw. Hij sloeg haar een poos gade, gebiologeerd door haar soepele bewegingen. Hij zag dat haar haren uit de knot waren gegleden en dat de zoom van haar rok door de modder sleepte. Een watervogel steeg plotsklaps op. Ze hief haar hoofd op.

Hij kwam overeind. De maaltijd viel aan zijn voeten. 'Dit kan niet,' fluisterde hij.

Het was gezichtsbedrog. Dat kwam door alle herinneringen hier. Maar zijn ogen vertelden hem dat het geen gezichtsbedrog was. Hij rende over de treden naar beneden en liep naar haar toe. Vol hoop, vol vrees. Dit had hij al zo vaak gedaan. Dan zag hij een slanke, donkerharige vrouw en dan riep hij haar. De vrouw draaide zich dan om en keek hem aan met een vragende, beleefde blik in ogen die nooit die van haar konden zijn. Dat was hem al zo vaak overkomen.

Hij kwam voorzichtig naderbij, want hij wilde haar niet

laten schrikken. Hij herinnerde zich het meisje dat daar vroeger had gestaan en had gezworen dat ze ooit net zo groot als de grootste winkels in Londen zou worden.

Toen de vrouw zijn voetstappen hoorde, draaide ze zich geschrokken om. Haar ogen werden groot. Toen hoorde hij waar hij al tien jaar naar had verlangd: haar stem die zijn naam riep.

'Joe? Mijn god... ben jij het?'

Fiona bleef als versteend staan. Ze hoorde niets, niet het dronken gelach van de Town of Ramsgate of de roeispanen van een passerende overzetboot. Ze voelde niets, niet de golfjes aan haar voeten, of de avondbries die haar rokken deed ritselen. Ze zag niets, alleen maar Joe.

'Ben je het echt?' fluisterde ze. Ze legde haar bemodderde vingers tegen zijn wang.

Dat gezicht, het gezicht dat ze wel kon dromen, was hetzelfde maar toch anders. Er lagen wat ondiepe rimpels op, en de jukbeenderen waren scherper. Maar zijn ogen waren hetzelfde: zo blauw, zo mooi, maar ook triest. Veel triester dan ze zich herinnerde.

Hij legde zijn hand tegen haar gezicht en zijn lichaamswarmte vertelde haar dat hij het echt was. Toen trok hij haar naar zich toe en kuste haar. Het gonsde in haar oren, en diep in haar knapte iets, als ijs op een meer dat brak. De geur van zijn huid, de smaak van zijn mond, zijn lichaam tegen het hare, het overweldigde haar. Het leek alsof tien lange jaren van verlangen naar hem, van liefde voor hem ondanks haar verdriet en woede, tien jaar van eenzaamheid, in enkele seconden wegvielen.

Allerlei tegenstrijdige gevoelens kwamen boven en dreigden haar te verscheuren. Ze probeerde zich los te maken, maar hij greep haar polsen beet.

'Nee! Ik laat je niet gaan. Nooit meer! Hoor je me?'

Hij schreeuwde tegen haar. Ze worstelde, woedend dat ze niet los kon komen. En toen legde ze haar hoofd tegen zijn borst en begon te huilen. Snikkend herhaalde ze zijn naam, steeds weer.

Hij hield haar stevig vast. 'Ga niet weg, Fiona, ga alsjeblieft niet weg,' fluisterde hij.

Ze kuste hem. Ze wist dat ze het niet mocht. Het was waanzin. Hij behoorde een ander toe. Maar ze kon zich niet inhouden.

'Ik hou van je, Fiona. God, wat hou ik van je...'

Ze schudde haar hoofd. Ze wilde die woorden niet horen. Hij hield van haar en zij van hem, en het was hopeloos.

Hij keek haar aan. Zelfs in het donker was de hartstocht in zijn ogen fel en angstaanjagend. 'Zeg dat je van me houdt, Fee,' zei hij.

'Dat mag je niet vragen. Het is niet eerlijk.'

'Zeg het, Fiona. Zeg het.'

Ze sloot haar ogen. 'Ik hou van je, Joe,' zei ze, en haar stem brak. 'Ik heb altijd van je gehouden.'

'Stil maar,' zei hij. 'Het is goed, liefste. Het is goed. Niet huilen...'

Ze huiverde. Hij trok haar dichter tegen zich aan.

'Blijf vannacht bij me, Fee,' zei hij. 'Kom met me mee naar huis.'

Fiona vroeg zich af of ze hem wel goed had verstaan. 'Met jou mee naar huis?'

Hij kuste haar voorhoofd. 'Ja, nu meteen.'

'Ben je gek geworden?'

Hij keek haar verbaasd aan. 'Nee. Wat is er? Wie houdt je tegen?'

'Wie houdt me tegen?' vroeg ze gekwetst. 'Wat denk je van Millie, Joe? Je vrouw?'

'Millie?' herhaalde hij, nog steeds verbaasd. Toen werden zijn ogen groot. 'Jezus, je weet het niet...'

'Wat niet?'

'Fiona, Millie en ik zijn bijna tien jaar geleden gescheiden.'

'Wát?'

'We zijn gescheiden voor we een jaar getrouwd waren. En toen ben ik naar je op zoek gegaan. Ik ben in New York geweest. Ik heb je overal gezocht.'

'Je bent in New York geweest,' herhaalde ze als verdoofd.

'In '89. Vlak voor je ging trouwen.'

Opeens voelde ze zich licht in haar hoofd worden. 'Allemachtig,' mompelde ze.

'Ik denk,' zei Joe, 'dat we beter eerst kunnen praten.'

Joe leunde tegen een stenen muur, een deel van Oliver's Wharf dat aan de Old Stairs grensde. Hij schudde zijn hoofd en lachte.

'Wat is er?' vroeg Fiona. Ze at een portie patat met gebakken vis die hij in de pub voor haar had gekocht.

'Jij. Deze avond. Het is een wonder.'

Ze glimlachte schuchter. 'Een droom.'

'Waaruit ik nooit meer wakker wil worden.'

'Ik ook niet.'

Hij trok haar opeens naar zich toe en kuste haar. Ze moest lachen, want ze had haar mond vol patat. Hij lachte ook, en keek toen weer weg. Ze waren nog wat onwennig. Het ene moment pakten ze elkaars hand en keken als betoverd naar elkaars gezicht, en het volgende zaten ze opgelaten te blozen.

Ze hadden op de Old Stairs bijna een uur zitten praten. Het idee dat hij in New York was geweest. Dat ze jaren geleden al bij elkaar hadden kunnen zijn. Het deed pijn, maar die jaren waren verloren. En niets zou ze terugbrengen. Maar nu zaten ze weer samen bij de rivier.

Ze had hem alles verteld wat er met haar was gebeurd, vanaf de dag dat hij haar had verlaten tot een paar uur geleden, toen ze de graven van haar familie had bezocht en naar de rivier was gelopen. Hij had haar alles verteld over zijn huwelijk en de scheiding, dat hij in de stal in Covent Garden had gewoond. Hoe hij zijn bedrijf was begonnen. Over zijn zoektocht in New York en de lange eenzame jaren erna. Hij vertelde dat hij steeds aan haar had gedacht en altijd van haar was blijven houden. Ze hadden af en toe gehuild, en er waren stiltes gevallen. Het was niet makkelijk om over die dingen te praten. Er was nog steeds verdriet, nog steeds woede.

Maar ook vreugde. Ze kon nauwelijks geloven dat Joe naast haar zat. De man van wie ze hield, maar ook haar oudste vriend. De jongen met wie ze was opgegroeid, de enige die haar beter kende dan wie ook.

Ze keek naar hem terwijl hij over het water staarde. Zijn ogen stonden opeens zo donker.

'Wat is er?' vroeg ze angstig.

Hij pakte haar hand. 'Niets,' zei hij. 'En alles. Ik ben bang. Bang dat je me niet wilt. Bang dat ik je nooit meer zal zien als we straks hier weggaan. Het spijt me zo wat ik tien jaar geleden heb gedaan.'

'Joe, dat hoef je niet te...'

'Jawel. Het spijt me zo vreselijk. Alles. De pijn die ik je heb gedaan die dag. Jij raakte alleen mij kwijt. Maar ik raakte jou kwijt. Al die jaren zonder jou...' Hij slikte, en Fiona zag tranen in zijn ogen glinsteren. 'Het leek wel of ik in een kerker leefde, zonder warmte, zonder licht, zonder hoop. Ik zou het allemaal zo graag ongedaan maken, maar dat kan ik niet. Maar als het mag, zal ik alles doen wat in mijn vermogen ligt om je gelukkig te maken. Ik meende het toen ik zei dat ik van je hield, Fee. Met heel mijn hart. Denk je dat we opnieuw kunnen beginnen? Kun je het me vergeven?'

Fiona keek in de ogen die ze zo goed kende. Er lag zoveel verdriet en pijn in. 'Dat heb ik al gedaan,' zei ze.

Joe nam haar in zijn armen. Zo bleven ze een poos zitten. Toen zei hij: 'Kom met me mee naar huis.'

Ze wilde net ja zeggen toen een paar voeten boven aan de Old Stairs verschenen, en een stem bulderde: 'Daar ben je, idioot wicht dat je bent!'

Het was Roddy, en hij was woedend. 'Wat bezielt je, Fiona? Het is bijna tien uur! Andrew is uren geleden op het bureau komen zeggen dat je zelf op pad bent gegaan, Ik heb op je zitten wachten in het huis in Mayfair. Ik was doodongerust! Waar heb je al die tijd uitgehangen!'

'Gewoon, hier... Ik was aan het wandelen langs de rivier.'

'Hoe vaak heb ik je niet gezegd dat het gevaarlijk is om alleen weg te gaan!' schreeuwde Roddy.

'Het spijt me, oom Roddy. Het was niet mijn bedoeling om u ongerust te maken. Maar alles is goed. Niemand heeft me lastiggevallen. Ik ben gewoon uit Whitechapel naar hier gelopen en toen ben ik Joe tegengekomen. Ik heb niet meer aan de tijd gedacht.'

'Ja, dat zie ik,' gromde hij.

'Kom bij ons zitten,' zei ze, en ze klopte op de tree boven haar. 'Ik was de hele avond veilig, echt waar.'

'Wat je veilig noemt.' Hij wierp Joe een veelbetekenende blik toe. Nog steeds mopperend ging hij bij hen zitten. Fiona gaf hem de rest van haar portie. Hij at de patat op en toen haar gebakken vis. 'Ik ben uitgehongerd. Ik heb nog niets kunnen eten omdat ik de hele avond naar jou heb moeten zoeken.'

'Ik zal wat eten voor u halen. Wacht maar, ik ben zo terug.' Ze liep de trap op en ging naar de pub, blij even aan Roddy's boosheid te kunnen ontsnappen. Hopelijk was hij afgekoeld als ze terugkwam.

Joe en Roddy keken haar na. Toen keken ze naar elkaar en vervolgens naar het zwarte water.

Het bleef even stil, en toen zei Roddy: 'Als ik één traan zie door jouw toedoen, dan zweer ik dat ik...'

'Dat zal niet gebeuren.'

'Jullie lijken wel gek. Allebei,' zei Roddy. 'Alleen al omdat jullie hier bij deze smerige rivier vettige patat gaan zitten te eten terwijl jullie allebei meer dan genoeg geld hebben om naar een fatsoenlijk restaurant te gaan.'

68

Roddy porde met de neus van zijn schoen tegen het levenloze, met bloed bedekte lichaam van Bowler Sheehan dat op de binnenplaats van de Newgate-gevangenis lag. Op de grond naast hem lag een nog opengeklapt mes. 'Ik neem aan dat niemand heeft bekend?' zei hij tegen de bewaker.

De man snoof minachtend. 'Ze zeggen allemaal dat hij het zelf heeft gedaan, brigadier.'

Roddy trok een wenkbrauw op. 'Hij pakte gewoon een scheermes dat hij in geen geval bij zich had toen hij hier binnenkwam, en hij sneed zijn eigen keel door. Midden op de binnenplaats tijdens het luchten?'

De bewaker leek niet op zijn gemak. 'We weten dat een van hen het gedaan moet hebben, maar niemand wil iets zeggen.'

'En de andere bewakers?'

'Die hebben ook niets gezien.'

'Fijn, hoor,' zei Roddy nijdig. 'Alsof ik niet genoeg te doen heb. Nu dit weer.' Hij knielde neer en onderzocht vluchtig de diepe snee in Sheehans hals. Waarom wilden ze hem dood hebben? vroeg hij zich af. Andere gevangenen zouden heus wel hun grieven jegens hem hebben, maar dat was niets bijzonders onder criminelen, en geen enkele misdadiger met een beetje verstand zou zijn nek zo ver uitsteken vanwege iets dergelijks. Een dergelijk risico werd alleen genomen voor veel geld. Iemand had een van de gevangenen of bewakers omgekocht om Bowler te doden.

Onderweg naar buiten ging Roddy even naar het kantoor van de gevangenisdirecteur om hem te bedanken dat hij hem op de hoogte had gebracht van Sheehans dood. Hij was naar Newgate geroepen omdat de directeur wist dat hij een speciale belangstelling voor de zaak had en al het nieuws betreffende de gevangene zou willen weten, zoals dat genoemde gevangene het loodje had gelegd. In het kantoor kwam hij Alvin Donaldson tegen. Die was ook op de hoogte gebracht vanwege Sheehans connectie met William Burton.

'Je denkt dat het Burton is, hè?' vroeg hij toen hij en Roddy samen vertrokken.

'Die gedachte is bij me opgekomen,' antwoordde Roddy.

'Wanneer raak je eindelijk overtuigd, O'Meara? Die vent is weg. Daar zijn we zeker van. We doen onze uiterste best om met de Fransen samen te werken. We hebben foto's gestuurd. Zodra ze hem zien, pakken ze hem op.'

'Alleen omdat hij zich niet heeft laten zien bij zijn huis of Mincing Lane denken jullie dat hij met vakantie is gegaan naar het vasteland?' vroeg Roddy. Hij mocht Donaldson niet. De man was veel te overtuigd van zijn eigen gelijk. Te verwaand.

'Nee, ik denk dat hij op het vasteland is omdat hij nergens anders heen kan. Er is een beloning uitgeloofd. Dat weet je. En die mevrouw Soames van je heeft het bedrag verhoogd tot duizend pond,' zei Donaldson. 'Stel dat hij zich in een of ander pension schuilhoudt. Denk je dat de andere kostgangers hem dan niet zouden aangeven? Voor duizend pond? Ze zouden zich op hem storten.'

Roddy gaf geen antwoord.

'Je weet dat ik gelijk heb. En als je het mij vraagt...'

'Dat heb ik niet gedaan.'

'... dan moet je eens aan onze vriend aan de overkant van de rivier denken. Sid Malone. Het gerucht gaat dat hij Sheehan wilde laten boeten voor de moord op Quinn.'

'Vertel me eens iets wat ik niet weet.'

'Ik wil je ook zeggen dat we de mannen terughalen die we bij het huis van mevrouw Soames hebben laten posten.'

'Wat? Waarom?' wilde Roddy nijdig weten.

'Volgens de hoge omes is Burton weg. En als hij weg is hoeft mevrouw Soames niet meer tegen hem beschermd te worden. We kunnen geen manschappen iets laten doen wat niet nodig is.'

'Dat vind ik helemaal geen goed idee. Als jullie het eens mis hebben?'

Donaldson glimlachte. 'Maar dat is niet zo.'

Hij ging weg en Roddy bleef woedend achter in de hal van de gevangenis. Hij keek naar de bezoekerslijst, maar zag geen bekende namen. Dat had hij ook niet verwacht. Iemand die zo slim was om Sheehan om te laten brengen, was ook slim genoeg om een valse naam op te geven.

Op de terugweg naar het bureau dacht hij aan Donaldsons woorden. Zijn intuïtie zei hem dat Burton Sheehan had laten vermoorden, maar intuïtie was slechts een gevoel. De logica zei iets anders. Misschien was Burton inderdaad niet meer in Londen. En hoe vol vertrouwen Donaldson ook klonk, als Burton op het vasteland was zou het heel moeilijk, zo niet onmogelijk zijn hem te pakken.

Straks zou hij Fiona opzoeken en haar vertellen wat er met Sheehan was gebeurd. Ze zou het willen weten. Hij zou zeggen dat Sid Malone er waarschijnlijk verantwoordelijk voor was.

Het was moeilijk te aanvaarden dat Burton misschien nooit gepakt zou worden en nooit terecht zou staan voor zijn daden. Maar misschien werd het tijd dat hij het aanvaardde. Misschien was hij zelf, en niet Donaldson, te overtuigd van zijn eigen gelijk.

69

Joe nam een slok wijn en keek naar de naakte vrouw die vredig naast hem lag te doezelen. Ze lag op haar zij. Haar zwarte haren waren los en lagen over zijn witte kussen. Een laken bedekte haar lichaam grotendeels, behalve haar mooie armen en een lang, volmaakt gevormd been. Het was de mooiste aanblik die hij ooit had gezien.

Ze hadden net de liefde bedreven. In zijn bed. Bij een vuur dat een warme gloed over haar lichaam wierp. Naderhand had ze zich met een blos op haar wangen glimlachend in zijn lakens genesteld en met een zucht haar ogen gesloten.

Het was zaterdag, een week nadat ze elkaar bij de rivier hadden teruggezien. De gelukkigste week van zijn leven. Hij kon nog steeds niet geloven wat er was gebeurd, dat ze weer bij hem was. Elke ochtend als hij wakker werd sloeg de paniek toe, en was hij doodsbang dat hij die avond bij de rivier en de heerlijke dagen erna had gedroomd. Maar dan draaide hij zich om en trok haar in zijn armen terwijl ze slaperig protesteerde, en was hij gerustgesteld. Ze was echt. Het was geen droom.

Hij gaf een kus op haar hoofd. Haar haar was vochtig.

Ze hadden in zijn boomgaard gewandeld en naar de rivier gekeken toen er opeens een stortbui kwam. Schreeuwend en lachend waren ze naar het huis gehold en doorweekt in de keuken aangekomen.

Hij had vlug uit de kelder een bestofte fles Haut-Brion gehaald en haar toen meegenomen naar zijn slaapkamer. Daar had hij een vuur aangelegd en haar een glas van de volle, oude bordeaux ingeschonken tegen de kou. Ze hadden amper een minuut bij de haard zitten praten of hij tilde haar al op, kleedde haar uit en droeg haar naar zijn bed. Hij verlangde zo naar haar. Als ze in elkaars armen lagen en hij in haar ogen keek, leek het of ze nooit uit elkaar waren geweest. Eindelijk had hij de triestheid die hem altijd had vergezeld, weg voelen gaan, en een onuitsprekelijke vreugde was ervoor in de plaats gekomen.

De regen striemde tegen de ramen. De takken van een oude eik zwiepten in de wind. Laat hem maar omwaaien, dacht hij. De hele wereld mocht wegwaaien. Deze kamer, zij tweeën, waren het belangrijkste. Hij trok het laken over Fiona's schouder, stapte uit bed en trok een kamerjas aan.

'Niet weggaan,' mompelde ze.

'Ik ga alleen een houtblok op het vuur leggen.' Hij legde er twee op en pookte ze tot ze vlam vatten. Hij schonk hun glazen bij en liep toen door de slaapkamer om iets in zijn kast te zoeken. Hij had iets voor haar wat hij haar heel graag wilde geven. Iedereen met een beetje verstand zou zeggen dat het veel te vroeg was. Maar hij was verliefd, en voor hem kon het niet vroeg genoeg zijn.

Hij vond wat hij zocht, een kleine, rode doos met de woorden LALIQUE, PARIJS erop. Hij legde het op het nachtkastje, trok zijn kamerjas uit en stapte weer in bed. Fiona bewoog zich. Hij gaf haar het doosje. 'Wat is dat?' vroeg ze.

'Kijk maar.'

Ze ging zitten, wikkelde het laken om haar heen en maakte het open. 'Mijn blauwe steen!' riep ze uit.

Hij knikte. De steen zag er nu heel anders uit dat toen hij hem uit de modder had getrokken. Hij had hem naar Parijs gestuurd om hem te laten polijsten en in een ring te laten zetten. René Lalique, de beroemde Franse juwelier, had er een speciale zetting voor ontworpen van ineengevlochten rietstengels en rivierlelies.

'Hoe kom je hieraan?' vroeg ze opgewonden.

Hij vertelde dat de privé-detective die hij had ingehuurd om haar te zoeken, hem had gevonden bij de lommerd bij Roddy's oude appartement.

'Wat mooi!' zei ze terwijl ze hem ophield. 'Wat glanst hij! Ik kan bijna niet geloven dat het gewoon glas is uit de rivier.'

'Het is geen glas, Fee. Het is een scarabee, gesneden uit een saffier.'

'Je maakt een grapje!' fluisterde ze.

'Nee.' Hij pakte de ring uit haar handen. 'Ik heb hem laten zetten zodra ik het me kon veroorloven, en toen heb ik hem weggelegd in de hoop dat ik hem op een dag zelf aan je zou kunnen geven. Een week nadat ik de steen naar Parijs had gestuurd, belde de juwelier me zelf op om te zeggen dat het een saffier was. Hij is heel oud. En heel kostbaar, weet je dat? Je hebt hem veel te goedkoop weggedaan.' Hij schudde zijn hoofd toen hij terugdacht aan al die jaren zonder haar. 'Vreemd, dat je een juweel in je hand kunt hebben, hem weggooien en niet eens beseffen wat je had tot het weg is.'

Fiona nam zijn gezicht tussen haar handen en kuste hem. 'Niet doen,' zei ze. 'Geen trieste herinneringen meer. Alleen die we vanaf nu maken.'

Hij schoof de ring aan haar vinger. 'Goed, dit is de eerste. Een oud juweel, maar een nieuwe herinnering.' Hij stond op om weer wijn in te schenken.

Fiona bewonderde haar ring en keek toen schalks naar hem op. 'Joe?'

'Hmm?'

'Betekent dit dat we verkering hebben?'

'Dat hangt ervan af.'

'Van wat?'

'Of je een goede echtgenote zou zijn. Kun je koken?'

'Nee.'

'Schoonmaken?'

'Nee.'

'Strijken dan?'

'Nee.'

'Wat kun je eigenlijk wel?'

'Kom maar hier, dan zal ik het je laten zien.'

'Alweer? Je bent onverzadigbaar! Maar ik heb wel gehoord dat oudere vrouwen er geen genoeg van kunnen krijgen.'

'Oudere vrouwen! Jij ellendeling! Ik zal je laten zien wie er oud is...'

Ze trok hem op het bed en had hem lief, en terwijl het vuur opbrandde en ze in elkaars armen in slaap vielen, glimlachte hij. Hij hoopte dat ze gelijk had, dat er geen slechte herinneringen meer zouden zijn, dat er niets meer tussen hen zou komen. Geen donker verleden dat hen achtervolgde. Alleen de toekomst die ze samen zouden maken. Eindelijk, samen.

70

'Bobby Devlin,' zei Roddy, opkijkend van zijn papieren naar de bezoeker in de deuropening. 'Altijd een waar genoegen.'

'Hou die onzin maar voor je, O'Meara,' zei Devlin. Hij wierp een exemplaar van de *Clarion* op het bureau. 'De editie van morgen.'

Roddy rekte zich uit en keek op zijn horloge. 'Drie uur. God, is het al zo laat?' zei hij. Het was zaterdag. Hij was om negen uur gekomen om achterstallig werk te doen. Hij was de afgelopen weken zo druk bezig geweest met te bedenken waar William Burton kon zijn, dat hij zijn andere plichten had verwaarloosd. Hij gebaarde dat Devlin moest gaan zitten. 'Ben je nu ook al een krantenjongen?'

'Ik dacht dat je het misschien interessant zou vinden. Het gaat over Burton. Ik denk dat het wel een poos kan duren voor je hem weer ziet.'

Roddy tuurde naar de voorpagina. WILLIAM BURTON, OPLICHTER EN BEDRIEGER, ONTVLUCHT LAND meldde de kop. En daaronder: FAMILIE HOUDT PLEIDOOI VOOR HEM. Die regel was van Devlin. Roddy las het artikel. Devlin was achter het bestaan van William Burtons bejaarde tante gekomen, een vrouw van tachtig jaar die Sarah Burtt heette. Ze woonde in een comfortabel appartement in Kensington. Ze wilde openhartig met de *Clarion* praten omdat ze graag de goede naam van haar neef wilde zuiveren.

In het vraaggesprek sprak mevrouw Burtt het bekende verhaal tegen dat Burton zich had opgewerkt uit een armoedig bestaan, dat hij al jong wees was geworden en werd opgevoed door een aardige ongetrouwde tante.

Ze had inderdaad William in huis genomen. Niet omdat zijn moeder was gestorven, maar omdat ze William, die toen vijf was, en zijn drie jaar oude broertje Frederick in de steek had gelaten. Ze had de jongens in een smerige pensionkamer achtergelaten zonder eten of geld. Ze mochten geen geluid maken, anders kregen ze een pak slaag. William en Frederick hadden stilzwijgend gewacht tot ze terugkwam. Er gingen enkele dagen voorbij voor de bewoners van de aangrenzende kamer, gealarmeerd door een smerige stank, erachter kwamen dat er iets mis was. Maar het was al te laat voor Frederick. Toen ze de deur hadden ingetrapt, vonden ze William naast het in ontbinding verkerende lichaam van zijn broertje. Hij was buiten zinnen van honger en ziekte, en hij had het over ratten. Toen zagen ze dat Fredericks rechtervoet eraf was geknaagd.

Devlin had aan mevrouw Burtt gevraagd waarom de moeder de jongens in de steek had gelaten. Kon ze niet voor hen zorgen? Konden ze niet leven van haar loon als naaister? Mevrouw Burtt vertelde dat haar zuster, Allison Burtt, als naaister was begonnen maar als prostituee was geëindigd. Ze was een onaangename vrouw die aan drank was verslaafd en haar jongens genadeloos aframmelde. Ze was door haar familie verstoten voor de jongens geboren werden.

Devlin vroeg toen of Burtons vader werkelijk een zeekapitein was geweest die met zijn schip ten onder was gegaan. 'Misschien,' zei de openhartige mevrouw Burtt. 'Of anders een slager, een bakker of een kaarsenmaker.' Ze had geen idee wie de vader van haar neven was, en volgens haar had haar zuster het ook niet geweten. Toen zei ze dat het allemaal niet belangrijk was. Wat telde was dat William altijd een brave jongen was geweest, goed voor zijn tante Sarah. Op school kon hij heel goed leren. En hij had hard gewerkt. Toen hij op zijn veertiende van school kwam, had hij een baan bij een winkel op de hoek genomen in Camden Town, waar ze toen woonden. Toen hij zeventien was had hij zoveel gespaard dat hij de winkel kon kopen van de bejaarde eigenaar. Die winkel was het begin geweest van Burton Thee.

Devlin vroeg of er nooit gezocht was naar Burtons moeder. Misschien woonde ze nog steeds in Camden Town, opperde hij. Mevrouw Burtt antwoordde dat haar zuster nooit in Camden Town had gewoond maar in Whitechapel, in Adams Court. 'Misschien komt de naam u bekend voor,' zei ze. 'Dat is die vreselijke plek waar de laatste van die afschuwelijke moorden is gepleegd.'

'Hoe is het mogelijk!' riep Roddy uit. 'Burton woonde in Adams Court. Daar heeft de familie van Fiona gewoond!'

'Hij heeft over alles gelogen,' zei Devlin.

Roddy las verder. Zijn blik gleed over het gedeelte waar mevrouw Burtt vertelde dat haar neef zijn naam in Burton had veranderd omdat hij dat chiquer vond klinken. Ten slotte had Devlin gevraagd of ze eerlijk kon vertellen of ze haar neef de afgelopen maand had gezien.

Mevrouw Burtt zei van niet, maar twee weken geleden had ze wel een brief van hem ontvangen waarin hij schreef dat hij naar het buitenland ging. Hij zei niet waarheen. Ze maakte zich erg ongerust. Hij was altijd goed geweest voor zijn tante Sarah. Ze geloofde er niets van dat hij die vrouw Soames had gestoken of een havenarbeider had vermoord. Het vraaggesprek eindigde met de smeekbede van mevrouw Burtt aan haar neef om terug te komen en zijn goede naam te zuiveren.

'Hij is het doelwit van de grootste jacht in de geschiedenis van Londen en hij glipt door het net. Hij kan overal zijn. Frankrijk, Italië, misschien is hij wel onderweg naar China. Ik vraag me af hoe het hem is gelukt. Met een vermomming? Een valse naam? Die vent is heel sluw,' zei Devlin.

'Dat is hij, maar hij is niet op het vasteland,' zei Roddy. De haren in zijn nek gingen weer overeind staan. Zijn zesde zintuig was weer helemaal terug.

'Wat bedoel je?'

'Er klopt iets niet, Bobby. Het is allemaal te gladjes. Die lieve oude tante. Zijn brief. Het komt allemaal te goed van pas.'

'Denk je dat de brief doorgestoken kaart is?'

'Ja. Ik denk dat hij wist dat iemand vroeg of laat achter het bestaan van Sarah Burtt zou komen. De politie of de pers. Hij zorgde ervoor dat ze die brief kon laten zien. Het is een valse aanwijzing. Hij wil ons doen geloven dat hij naar het buitenland is, maar dat is hij niet. Hij heeft al die tijd hier zitten wachten. Die zelfingenomen kwast van een Donaldson! Ik wist wel dat hij niet weg was!'

Roddy stond op en trok zijn jasje aan. Zijn zesde zintuig prikkelde niet meer, maar het sloeg hem op de schouder. Met een moker. Hij wilde Fiona het vraaggesprek met Sarah Burtt laten zien. Sinds haar wond geheeld was en ze Joe weer had ontmoet, ging ze veel vaker de deur uit. Hij moest haar waarschuwen, zeggen dat ze uiterst voorzichtig moest zijn. Ze had het er zelfs over dat ze Andrew niet meer nodig had. Dat kon hij niet toestaan.

'Waar ga je zo gehaast heen?' informeerde Devlin.

'Naar Fiona's huis. Om haar je krant te laten zien. Zij gelooft ook niet dat Burton nog hier is. Ze zegt dat het te riskant voor hem is. Dat hij hier geen thuis meer heeft, geen theebedrijf, geen reden om te blijven. Maar ze vergist zich. Hij heeft wel een reden. En die is zij.'

Davey O'Neill zat in zijn pub, waar hij de afgelopen tien jaar elke avond zijn geweten zat te verdrinken, en betastte een knisperend bankbiljet van vijftig pond. Dat was genoeg om zijn nu elfjarige dochter, die nog steeds zwak was, voor een jaar naar een sanatorium in Bath te sturen. Het was hem betaald voor weer een opdracht die hij niet had willen uitvoeren. Er kwam een bittere glimlach om zijn mond. Wat had hij ooit voor die man willen doen behalve zijn kop inslaan?

Davey stopte het geld veilig weg, bestelde een pint en dronk die achter elkaar leeg. Hij bestelde er meteen nog een om de zeurende stem in hem het zwijgen op te leggen, die stem die hem steeds vroeg wat de gevolgen konden zijn van de brief die hij zojuist had bezorgd.

Ik weet het niet en het kan me niet schelen, zei hij tegen de stem. Het was een boodschap, meer niet. Ik heb er niets mee te maken. En het was trouwens de laatste opdracht. Hij zei dat hij wegging. Ik ben nu klaar. Ik ben vrij.

Vrij? spotte de stem. Je zult nooit vrij zijn, Davey. Je hebt je ziel verkocht. En haar ook. Voor een handvol zilver. Net als Judas. Alleen had Judas het fatsoen zichzelf te verhangen.

'Het is maar een brief,' mompelde hij nijdig. 'Laat me toch met rust!'

'Wat zei je, Davey?' vroeg de barman. 'Wil je er nog een?'

'Wat? Nee. Sorry, Pete. Ik zat in mezelf te praten.'

De barman ging glazen afdrogen. Davey zag zichzelf in de spiegel achter de bar. Hij zag er mager uit, met holle ogen. Er liepen groeven door zijn gezicht. Zijn haar was grijs geworden. Hij was pas vierendertig.

Hij wreef over zijn gezicht. Hij was moe. Het had hem dagen gekost om Fiona Finnegan te vinden. Hij was haar gevolgd. Twee keer vanaf Oliver's en drie keer van Mincing Lane, maar steeds raakte hij haar rijtuig kwijt in het drukke verkeer. De zesde keer had hij echter geluk. Zijn koetsier wist de hele weg naar Mayfair vlak achter haar te blijven. Hij had haar op Grosvenor Square zien uitstappen en naar binnen zien gaan bij nummer zestien. Toen hij haar adres wist, had hij Joe Bristows adres in Covent Garden achterhaald. Toen was het alleen nog een kwestie van uitvissen waar Bristow zijn ladingen thee opsloeg.

Hij wil haar kwaad doen, zei de stem. Dat weet je toch?

Het is maar een brief, zei Davey in stilte. Wat voor kwaad steekt er in een brief?

Het is een doodvonnis. Dat is bloedgeld wat je in je zak hebt.

Ik deed het voor Lizzie. Alles wat ik heb gedaan was voor Lizzie.

Heb je ook voor Lizzie gemoord?

'Ik heb niemand vermoord!' zei hij hardop.

Je liet toe dat hij haar vader vermoordde. En nu laat je het weer gebeuren.

'Nee!' riep hij, en hij sloeg met zijn vuist op de bar.

'Davey, wat mankeert je?' vroeg de barman.

'N... niets, Pete. Hier is het geld.' Hij wierp een muntstuk op de bar. 'Ik moet weg.'

Davey liep de pub uit, maar begon algauw te rennen. Hij had de afgelopen tien jaar moeten leven met de wetenschap dat hij betrokken was geweest bij de dood van Paddy Finnegan, en die wetenschap had hem verteerd. Hij wilde zijn verdere leven niet doorbrengen met de wetenschap dat hij Burton had geholpen om nog een moord te plegen. Misschien had hij nog een kleine kans om tegen te houden wat hij in beweging had helpen zetten. En die kans zou hij niet laten gaan.

Het huurrijtuig minderde vaart bij de hoek van Southampton en Tavistock. Davey wierp de koetsier geld toe en sprong het rijtuig al uit voor het tot stilstand was gekomen.

Op de achterkant van de envelop had gestaan: 'J. Bristow, 4 Tavistock Street, Covent Garden'. Maar Bristow had die brief niet gestuurd en Davey moest hem vertellen wie het wel had gedaan. Misschien wist hij wat er moest gebeuren.

Hij rende de paar meter naar nummer vier. Op het naambordje stond BRISTOW VAN COVENT GARDEN, GROOTHANDEL, JOS. EN JAS. BRISTOW, EIGENAARS. Hij draaide de deurknop om, maar de deur was op slot. Hij bonsde ertegen. 'Meneer Bristow!' riep hij. 'Meneer Bristow! Is daar iemand?' Maar er kwam geen antwoord. Het was zaterdagnamiddag en de meeste kantoren waren gesloten, maar misschien was er nog een portier of een klerk, iemand die hem kon zeggen waar Joe Bristow was. 'Meneer Bristow!' riep hij weer.

'Meneer O'Neill,' zei een stem achter hem.

Davey draaide zich vliegensvlug om. Hij verwachtte William Burton te zien met die afschuwelijke zwarte ogen die naar hem staarden. Maar het was Burton niet. Het was een jongen. Hij droeg een platte pet en een halsdoek. Er liep een groot litteken over zijn kin en hij zag er zo sterk uit als een stier. Naast hem stond nog een jongen.

'Wilt u met ons meegaan alstublieft?' zei de eerste.

'Hoe weten jullie wie ik ben?' vroeg Davey terwijl hij terugdeinsde.

'Laten we gaan, Davey,' zei de tweede jongen.

'Ik ga nergens heen met jullie. Ik... ik moet meneer Bristow vinden,' stamelde Davey. Toen zette hij het op een lopen.

De jongen met het litteken haalde hem in en gooide hem tegen de muur. 'Doe dat geen tweede keer,' waarschuwde hij.

'Laat me los!' riep Davey.

'Straks. We willen eerst antwoord hebben op een paar vragen.' Hij gaf Davey een duw in de richting van een wachtend rijtuig. 'Erin,' zei hij.

'Zeg maar tegen Burton dat ik het zat ben,' zei Davey met stemverheffing. 'Ik wil niks meer met hem te maken hebben! We...'

De jongen pakte Daveys arm, draaide die op zijn rug en duwde hem naar het rijtuig.

'We werken niet voor William Burton, stommeling. Maar tegen de tijd dat we met je klaar zijn, had je het misschien graag gewild.'

'Au! Verdomme! Mijn arm!' schreeuwde hij. 'Wie zijn jullie? Wie heeft jullie gestuurd?'

'De baas, Davey. Sid Malone.'

Joe liep met grote passen de treden op naar Grosvenor Square nummer zestien, met een boeket donkerrode rozen in zijn hand. Hij belde aan en verwachtte mevrouw Merton, de huishoudster te zien toen de deur werd geopend. Maar een gezicht met een grote snor begroette hem.

'Joe? Wat doe jij verdomme hier?' wilde Roddy weten.

'Ja, ook leuk om jou te zien,' zei Joe. 'Mag ik binnenkomen? Waar is Fiona?'

'Dat kan ik ook aan jou vragen. Ze wordt verondersteld

bij jou te zijn, en jij wordt verondersteld in Oliver's te zijn.'

Joe legde de rozen op het tafeltje in de hal. 'Waar heb je het over?' vroeg hij. 'Ik hoor nergens te zijn. Ik was vroeg klaar met mijn werk en ik kwam op het idee om te vragen of ze zin had om ergens te eten en dan met me naar Greenwich te rijden.'

Roddy keek verward. 'Dat begrijp ik niet. Ik ben hier een paar minuten geleden gekomen en mevrouw Merton zei dat Fiona naar jou toe was. Ze zei dat je haar een briefje had gestuurd. Iets over een lading thee.'

'Ik heb helemaal geen briefje gestuurd,' zei Joe. Hij begon ongerust te worden.

'Wacht even, misschien heb ik het verkeerd begrepen,' zei Roddy. 'Mevrouw Merton! Bent u daar?'

Ze hoorden snelle voetstappen en de huishoudster verscheen. 'Ja?'

'U zei toch dat mevrouw Soames naar Oliver's ging? Dat ze een briefje had gekregen van meneer Bristow?'

'Ja, dat zei ze tegen me. Ze zei dat ze niet lang weg zou blijven en dat ze van plan was terug te komen met meneer Bristow.'

'Maar ik heb geen briefje gestuurd,' zei Joe. Hij voelde de eerste misselijkmakende golven van vrees opkomen.

Mevrouw Merton fronste haar wenkbrauwen. 'Maar mevrouw Soames heeft duidelijk uw naam genoemd. Ik heb de brief natuurlijk niet zelf gelezen.'

'Is die nog hier?' vroeg Joe. 'Of heeft ze hem meegenomen?'

'Dat weet ik niet.' De huishoudster bekeek de post die op de tafel lag. Toen ze geen geopende enveloppen vond, trok ze een laqué prullenbak onder de tafel vandaan en zocht erin. 'Hier is hij,' zei ze, en ze overhandigde hem een verfrommelde envelop met een kaartje erin.

Hij streek ze glad op de tafel zodat Roddy ook kon meekijken. Op de achterkant van de envelop stond het adres van zijn kantoor. Het was getypt. Het bericht op de kaart was ook getypt. Er stond dat een grote lading thee eerder was aangekomen dan verwacht en dat er geen ruimte genoeg was op de Orient Wharf, waar hij gewoonlijk zijn thee opsloeg. Hij vroeg of hij de lading in Oliver's mocht opslaan en verzocht haar hem daar om zes uur te ontmoeten. Hij verontschuldigde zich voor het getypte bericht. Hij had het druk en hij had het briefje gedicteerd. Toen Joe bij zijn eigen naam was gekomen, was zijn vrees omgeslagen in doodsangst.

'Jezus, Roddy... het is Burton,' zei hij.

'Hij is bij Oliver's...'

'En zij is naar hem toe.'

Toen vlogen ze de deur uit en de stoep af, roepend naar Joe's koetsier.

Andrew Taylor zuchtte en zei toen volhardend: 'Brigadier O'Meara zei dat ik u nergens alleen naartoe mocht laten gaan. Ik moet steeds bij u blijven.'

'Andrew, ik ga alleen maar het pakhuis in,' zei Fiona. 'Meneer Bristow is er al, en de voorman ook.'

'Mevrouw Soames, kunt u niet even wachten tot ik de paarden heb vastgebonden?'

'Doe niet zo raar! Kijk, de deur is nog geen drie meter hiervandaan! Daar, Andrew, wijdopen! Bind de paarden maar vast en kom dan naar binnen,' zei Fiona. Andrew begon al net zo onmogelijk te worden als Roddy. Hij wist dat ze naar Joe ging. Hij had vlak naast haar gestaan toen ze tegen mevrouw Merton zei dat ze met het rijtuig naar Oliver's ging. Het werd een beetje te gek. Burton was weg. Sheehan was dood. Donaldson had de agenten teruggehaald die het huis moesten bewaken, maar Roddy stond er nog steeds op dat Andrew overal met haar meeging. Als ze wilde theedrinken, ging hij mee naar Fortnum & Mason's. Als ze een nieuwe jurk wilde kopen of mooi ondergoed, dan vergezelde hij haar naar Harrods. Alsof William Burton zich onder een theetafel zou verstoppen of opeens tevoorschijn zou komen uit een stapel onderbroeken!

Ze draaide geïrriteerd de mooie ring met de scarabee om terwijl ze naar Oliver's liep, maar de frons op haar voorhoofd verdween snel. Ze was tegenwoordig veel te gelukkig om lang boos te blijven. Ze genoot van Joe's liefde en het feit dat ze zelf weer gelukkig kon zijn.

Ze keek naar haar ring. Hoewel ze Joe had geplaagd over hun verkering op de avond dat hij haar die had gegeven, bleek het inderdaad haar verlovingsring te zijn. Over twee weken gingen ze trouwen, zij en Joe. En als ze dacht aan hoe het allemaal zo was gekomen, kon ze haar lachen niet inhouden.

Een week geleden waren ze op bezoek gegaan bij zijn ouders. Fiona verheugde zich er ontzettend op hen weer te zien. Zodra de deur van Montague Street nummer vier openging en Rose naar buiten kwam, waren beide vrouwen in tranen uitgebarsten. Rose had zo heerlijk geroken, naar alle herinneringen uit Fiona's jeugd: lavendelzeep dat uit een groot blok in de winkel op de hoek was gesneden, gebakken aardappelen, gestoofde appels met kaneel, sterke thee. Haar omhelzing, heftig en zacht tegelijk, voelde aan als die van haar moeder. Toen ze elkaar eindelijk konden loslaten, had Rose haar mee naar binnen gebracht om Peter en de rest van het gezin te zien, en Joe had hen gevolgd. Ze zag Joe's grootvader weer. Jimmy en zijn vrouw Meg, die hun eerste kind verwachtte. Ellen, haar man Tom en hun drie kinderen, en ten slotte Cathy.

'Wat een mooie ring!' had Cathy gezegd terwijl ze Fiona's scarabee bewonderde. 'Zoiets heb ik nog nooit gezien.'

'Ja, mooi hè? Die heb ik van Joe gekregen,' zei Fiona zonder verder na te denken.

'O ja? Zijn jullie dan verloofd?' vroeg Cathy.

Fiona wist niet wat ze moest zeggen. Ze hadden er alleen maar grapjes over gemaakt. Er viel een diepe stilte, en toen siste Ellen: 'Cathy, zoiets vraag je toch niet!'

'Waarom niet? Hij heeft haar toch een ring gegeven? En hij loopt al jaren over haar te dromen. Natuurlijk wil hij met haar trouwen.'

'Mijn god,' zuchtte Peter. Hij keek naar het plafond.

'Cathy, ik heb nog nooit zo'n dom, onbeleefd wicht meegemaakt...' begon Rose. Toen draaide ze zich om naar Fiona. 'Ben je echt verloofd, lieverd?'

Fiona had wel door de grond willen zakken. Toen zei ze: 'Ik... we hebben niet...'

'Nou, ik weet dat hij met jou wil trouwen,' zei Rose verontrust. 'Hij heeft nooit anders gewild. Je wilt toch ook wel met hem trouwen?'

Fiona werd vuurrood en glimlachte toen. 'Als ik je er een plezier mee kan doen, Rose, dan zal ik het doen.'

Rose slaakte een juichkreet en omhelsde haar. 'Hoor je dat, jongen?' riep ze. 'Ze gaat met je trouwen!'

'Ja, dat heb ik begrepen. Bedankt, mam. Het laatste wat ik wilde was het haar zelf vragen,' mopperde hij.

Tijdens het eten besloten ze dat zij en Joe over drie weken zouden trouwen, want zo lang dacht Rose nodig te hebben om familie en vrienden bijeen te laten komen en een uitgebreid huwelijksontbijt te verzorgen.

Ze had een heerlijke middag bij de Bristows. Ze voelde zich zo bij hen thuis en ze kon zich niet herinneren wanneer ze zo had gelachen. Ze waren zo'n opgewekt, luidruchtig gezin. Er was altijd wel iemand die iets volslagen ongepasts zei of deed. Dat kwam door de markt, dat wist ze zeker. Je kon niet verwachten dat mensen die dag in dag uit achter hun kar hun waren liepen aan te prijzen, opeens stil werden omdat ze toevallig aan tafel zaten. Binnenkort waren ze haar schoonfamilie. En Joe haar echtgenoot. Hoe heeft dit alles kunnen gebeuren? vroeg ze zich af. Hoe kan iemand opeens zoveel geluk gegund worden?

Ze schudde lachend haar hoofd en liep langs de houten trap die naar de eerste verdieping leidde, de grote ruimte op de begane grond in. Het was donkerder dan buiten, en het duurde even voor haar ogen aan de duisternis gewend waren. Ze zag theekisten staan die pas van haar nieuwe plantage in India waren aangekomen. Ze zag ook dat de nieuwe laaddeuren waren opgehangen, die de oude vervingen die Peter Millers mannen eraf hadden gerukt.

'Joe?' riep ze. 'Meneer Curran?' Geen antwoord. Het was heel stil. Ook op straat. Op zaterdag werkten ze halve dagen, herinnerde ze zich. Ze wilde net de trap op lopen toen ze een licht zag branden in het kantoor van de voorman. Dat lag helemaal aan de andere kant, bij de rivier. Misschien waren ze daar en hadden ze haar niet gehoord.

Ze liep tussen de theekisten door. De deur van het kantoor stond op een kier. 'Meneer Curran? Bent u daar?' Thomas Curran zat in zijn stoel met zijn rug naar haar toe. 'Daar bent u,' zei ze. 'Is meneer Bristow er al?'

Maar Curran gaf geen antwoord. Zijn hoofd was gebogen. Het leek wel of hij sliep.

'Meneer Curran?' Ze legde een hand op zijn schouder en schudde hem zacht door elkaar. Zijn hoofd viel naar voren en toen weer naar achteren. Veel te ver naar achteren. Er zat bloed aan de voorkant van zijn overhemd, op zijn vloeiblad, op zijn schrijfmachine. Zijn keel was doorgesneden.

'O nee... nee... O god,' jammerde ze terwijl ze achteruitdeinsde. Ze botste tegen de deur, draaide zich toen om en zette het op een lopen. 'Joe!' schreeuwde ze. Ze zag de theekist voor haar niet en viel ertegen. Ze slaakte een kreet van pijn. 'Joe!' schreeuwde ze weer in paniek. 'Joe, alsjeblieft! Kom vlug!'

Toen ze een meter of tien van de deur was hoorde ze voetstappen, langzaam en afgemeten.

'O, goddank,' snikte ze. 'Joe, meneer Curran! Hij is dood!'

Maar de gestalte die in de duisternis naar haar toe liep was Joe niet.

Fiona kneep haar ogen dicht. Dit gebeurt niet, dacht ze. Dit kan niet. Hij is niet echt. Hij is alleen maar een nachtmerrie. Hij bestaat niet.

Bevend en misselijk van angst deed ze haar ogen weer open en keek in de waanzinnige, boosaardige ogen van de donkere man.

'Joe!' schreeuwde Fiona. 'Help me!'

'Hij is er niet,' zei William Burton terwijl hij met zijn handen langs zijn zij naar haar toe kwam. 'Hij is hier helemaal niet geweest. Ik heb je dat briefje gestuurd. Er is niemand hier.'

Ze probeerde te bevatten wat hij had gezegd. Joe was er niet. Niemand. Maar hij vergiste zich. 'Andrew!' schreeuwde ze. 'Hier! Vlug!'

Burton schudde zijn hoofd. 'Ik vrees dat hij je niet kan horen.' Hij stak zijn rechterhand uit en ze zag dat hij een mes vasthield. Het zilverkleurige lemmet droop van het bloed.

'Andrew... O, nee!' riep ze uit. Ze sloeg een hand voor haar mond. Hij was dood. Andrew was dood. Alleen maar omdat hij op haar probeerde te letten. 'Smeerlap!' schreeuwde ze, opeens woedend. 'Vuile moordenaar die je bent!'

Hij zei niets, maar glimlachte slechts. Terwijl ze tegen hem schreeuwde kwam hij naar haar toe. Hij was nu nog maar enkele meters van haar vandaan.

Maak dat je wegkomt, idioot! gelastte een stem in haar. Ze schuifelde om de theekist voor haar en probeerde de afstand tot de deur te schatten. Als ze maar buiten kon komen. De Town of Ramsgate was hiernaast. Als ze die kon bereiken, was ze veilig.

Burton zag waar ze naar keek en deed een stap opzij om haar een volledige blik erop te gunnen. 'Op slot,' zei hij. 'Je kunt natuurlijk de trap proberen. Als je denkt dat je daar eerder kunt zijn dan ik. Maar wat heeft het voor zin? De trap gaat omhoog, niet naar buiten. Dat is alleen maar uitstel.'

Ze keek wanhopig om zich heen. Ze kon nergens heen. De muren van het gebouw waren van baksteen. Links achterin was Currans kantoor. Even laaide de hoop op. Ze kon zich erin opsluiten. Hij zou de dikke eiken deur niet kunnen openbreken. Alsof hij haar gedachten las blokkeerde hij haar de weg. Ze keek achter zich. In de muur aan de rivierkant zaten laaddeuren, maar die waren op slot. IJzeren hangsloten hingen aan de hendels. Aan de rechtermuur was niets, geen kantoren, geen laaddeuren, geen ramen, niets. Alleen een werpanker dat iemand had laten hangen, en een paar theeharken.

Burton kwam steeds dichter naar haar toe en drong haar steeds meer richting de muur. Opeens was die vlak achter haar. Ze klapte er met haar hiel tegen en een scherpe pijn schoot door haar schouderblad. Ze probeerde zich als een dier in het nauw tegen de stenen te drukken, maar dat ging niet. Iets duwde scherp en pijnlijk in haar rug.

Het werpanker.

Ze durfde niet te kijken. Ze boog haar arm achter haar rug en bracht haar hand steeds verder omhoog tot haar spieren bijna niet verder uitgerekt konden worden.

Hij was nu vlak bij haar.

'Ik zal je keel doorsnijden en kijken hoe je sterft, mevrouw Soames,' zei hij. 'En daarna brand ik de boel plat.'

'Je kunt je straf niet ontlopen. Ze vinden je toch wel,' zei ze. Ze probeerde kalm te klinken. De pijn brandde in haar gewrichten. Waar was het? Net toen ze dacht dat haar arm uit de kom zou schieten, raakten haar tastende vingers metaal. Rustig, dacht ze. Niet laten vallen.

'Nee. Over een uur zit ik op de boot naar Calais.'

Hij was bijna bij haar.

'Wist je dat je vader na zijn val wel een uur met gebroken benen in zijn eigen bloed heeft gelegen voor zijn geschreeuw gehoord werd?'

Heel even raakte Fiona de moed kwijt en ze zakte bijna in elkaar. Niet luisteren, zei ze in zichzelf. Niet luisteren. Ze liet het anker voorzichtig van de haak zakken en draaide het toen om tot het gladde houten handvat in haar handpalm lag en het gebogen ijzer tussen haar vingers uitstak.

'Aan een doorgesneden keel ga je sneller dood dan door een val,' zei Burton. 'Maar je bent niet op slag dood, wat sommige mensen denken.'

Ze kneep haar hand tot een vuist. Elke vezel in haar lichaam was in de greep van haar angst. Ze wist wat er nu zou gebeuren, ze had het in haar dromen gezien... tien lange jaren, bijna elke nacht.

Alleen sliep ze deze keer niet.

Met een schreeuw sloeg ze toe. Het gebogen metaal haakte in Burtons wang en scheurde die open. Hij brulde het uit van pijn. Zijn mes viel kletterend op de grond.

Ze schoot langs hem heen tussen de theekisten door en rende de trap op naar de eerste en toen de tweede verdieping, waar de kisten drie- en vierhoog waren opgestapeld. Ze hoorde zijn voetstappen op de trap, en daarna hoorde ze hem schreeuwen op de eerste verdieping. Daar stonden de theekisten niet opgestapeld. Ze waren geopend om de inhoud te inspecteren. Het zou niet lang duren voor hij zag dat ze daar niet was. Ze liep vlug naar het midden van de ruimte en dook weg achter een hoge stapel.

Toen was hij boven. 'Kom eruit!' schreeuwde hij. 'Kom er nu uit, dan zal ik het snel doen. Maar als ik je moet zoeken, zal ik je hart er levend uit snijden!'

Fiona drukte haar handen tegen haar oren en dook in elkaar, verdoofd van angst. Er was geen uitweg. Ze had de nieuwe laaddeuren gezien, allemaal op slot. En al waren ze niet op slot, dan kon ze niet springen. Beneden was de steiger. De val zou net zo zeker haar dood betekenen als Burtons mes. Ze kon alleen maar tijd rekken. Dadelijk zou hij haar vinden en dan was alles voorbij. Ze begon geluidloos te huilen.

Er klonk een oorverdovende klap. Een stapel kisten was omvergevallen. 'Vuil loeder,' schold hij. Weer een klap. Deze keer veel dichterbij. 'Dit is míjn pakhuis, míjn thee,' brulde hij. Ze kneep haar ogen dicht. Hij was aan de andere kant van de stapel. Hij hoefde nog maar twee stappen te doen en hij zou haar zien.

Toen bleef hij staan. En ze hoorde lawaai. Beneden. Gebons. Het kwam van de voorkant van het gebouw. Toen drong tot haar door dat het geluid door een bijl werd veroorzaakt. Iemand probeerde de deur in te slaan.

Ze hoorde een kreet van woede, voelde kisten naast haar wankelen en omvallen. Twee kwamen naast haar terecht. Een derde raakte haar schouder, scheurde door haar jasje en haar huid en viel op enkele centimeters achter haar open. Ze beet op haar onderlip om het niet uit te schreeuwen. Theestof dwarrelde om haar heen.

Het bonzen hield op. 'William Burton!' dreunde een stem. 'Brigadier O'Meara hier! Doe de deur open en geef je over!'

Schiet op, oom Roddy, schiet op! smeekte Fiona in stilte.

Ze hoorde Burton naar de ramen aan de straatkant rennen en toen zijn voetstappen naar beneden gaan. Na enkele seconden waagde ze een blik. Hij was nergens te zien. Ze onderdrukte de opwelling om achter de kisten vandaan te kruipen en de trap af te hollen. Vanaf haar plek kon ze alleen de bovenkant van de trap zien, en misschien hield hij zich wel halverwege schuil. Het was veiliger om hier te blijven, uit het zicht. Ze hoefde alleen maar te wachten tot Roddy de deur open had gekregen. Als de politie eenmaal binnen was, kon er niets meer gebeuren. Er werd opnieuw gebonsd.

Zweetdruppels parelden op haar voorhoofd. Ze had het benauwd en warm. Het theestof plakte op haar huid en kwam in haar ogen. Het bonzen ging door. De houten deuren waren groot en dik, gemaakt om ongewenst bezoek buiten te houden. 'O, haast je,' fluisterde ze. 'Schiet op.'

Haar ogen begonnen te tranen. Ze had een branderig gevoel in haar keel. Waar blijven ze? vroeg ze zich angstig af. Waarom duurt het zo lang? Ze haalde diep adem om rustiger te worden, en toen besefte ze dat ze geen theestof inademde. Ze kroop achter de kisten vandaan en keek naar de trap. Die was niet meer te zien door de rook. Burton had het pakhuis in brand gestoken.

Fiona wist dat ze naar beneden moest. Het pakhuis was een kruitvat, vol houten kisten en gedroogde theebladeren. Het zou binnen enkele ogenblikken in lichterlaaie staan. Als het vuur de trap had bereikt, zou ze niet meer weg kunnen komen. Ze kwam overeind en vloog naar de trap. Ze trok haar jasje uit en drukte het tegen haar neus.

Bevend van angst ging ze naar beneden. Ze verwachtte elk moment Burton naar haar toe zien springen. Maar hij verscheen niet. Ze bereikte veilig de eerste verdieping en keek om zich heen. In het midden van de ruimte waren kisten tegen elkaar gezet en in brand gestoken. Vlammen schoten op naar de houten zoldering. Toen ze de trap naar de benedenverdieping afdaalde, hoorde ze een stem schreeuwen: 'We zijn bijna binnen, brigadier!'

Ze snikte van opluchting. Ze hoefde alleen maar de deur te bereiken, een paar stappen nog maar, dan was ze veilig. De rook was nu dik en inktzwart. Haar ogen traanden en ze kon nauwelijks ademen. 'Oom Roddy!' riep ze. 'Hier!'

Ze stak haar hand uit naar de deur, en net toen die het begaf kwam een gezicht naar haar toe door de rook, een duivels masker vol woede en waanzin, besmeurd met as en bloed. De zwarte ogen spuwden vuur, de wang hing open en bot en tanden waren te zien.

Burton greep haar bij de haren en trok haar mee de trap op.

'Laat haar los!' klonk een luide stem.

Het was Joe. Hij worstelde zich door de rook naar hen toe.

'Joe! Help!' riep Fiona. Ze schopte en spartelde om Burton tegen te houden, maar hij was ontzettend sterk, en hij sleepte haar mee de trappen op tot ze op de lege, derde verdieping waren waar nog geen reparaties waren uitgevoerd. Stukken van kapotte theekisten lagen over de vloer. Voor de laadopeningen hingen geen deuren. Hij trok haar mee naar een van de openingen en ging erin staan, met zijn linkerhand steunend tegen de stenen boog en zijn rechterarm in een wurggreep om haar hals.

'Blijf daar!' schreeuwde hij. 'Anders spring ik en neem ik haar mee!'

Fiona kon zich amper bewegen, maar ze slaagde erin haar hoofd te draaien en diep beneden haar zag ze de rivier kolken. Ze stonden in de laatste opening, aan het uiteinde van het gebouw. Vlak onder hen hield de steiger op. Als ze viel, kon ze alleen maar hopen dat ze de rand niet raakte en in het water zou vallen.

'Je krijgt de kans niet om te springen, Burton, want ik maak je eerst af.' Roddy hield een pistool op Burtons hoofd gericht.

'Laat haar los. Het is voorbij,' zei Joe. Hij liep naar hen toe.

Fiona voelde de arm om haar hals verstrakken. Ze keek naar Joe en haar ogen vulden zich met tranen. Burton hoefde nu slechts één stap te doen en ze zou Joe nooit meer zien.

Roddy bleef schreeuwen. Joe bleef praten en kwam steeds dichterbij. Fiona zag dat hij tegen Burton praatte maar naar haar keek. Ze voelde dat hij wilde dat ze sterk bleef en haar kalmte zou bewaren. Ze knikte naar hem en toen zag ze zijn blik snel naar rechts van haar bewegen. Naar de zijkant van de laadopening. En toen nog een keer. Ze volgde zijn blik en zag een grote, ijzeren ring die in de muur bevestigd was om touwen aan vast te maken.

Joe kwam nog dichterbij. Roddy begon nog harder te schreeuwen. 'Je springt niet, smeerlap! Je maakt iedereen af die je in de weg zit, maar zelfmoord plegen doe je niet!'

'Blijf staan!' schreeuwde Burton terwijl zijn blik van Roddy naar Joe ging. 'Geen stap dichterbij!'

'Nu, Fiona!' riep Joe.

Met al haar kracht stortte Fiona zich naar voren en greep de ring beet. Op hetzelfde moment rende Joe naar

Burton en trok zijn arm van haar hals. De twee mannen worstelden. Burton deed een stap achteruit, maar zijn voet vond geen vaste grond. Hij verloor zijn evenwicht. Zijn handen graaiden naar iets om zich vast te houden.

En vonden Joe.

'Neee!' gilde Fiona toen beide mannen uit de laadopening stortten. Ze wilde achter hen aan, maar twee sterke armen grepen haar beet en hielden haar tegen.

'Nee, Fiona!' schreeuwde Roddy terwijl hij haar wegtrok.

Gillend sloeg ze tegen zijn borst en probeerde zich los te rukken.

'Kom!' riep hij. 'We moeten hier weg, anders komen we er nooit meer uit!'

Hij trok haar mee. Dikke rookwolken stegen op tussen de vloerplanken. De tweede verdieping stond in brand. Oranje vlammen likten aan de trap. Toen ze op de eerste verdieping kwamen, zagen ze dat de trap naar de benedenverdieping door vlammen omgeven was.

'Rennen! Zo snel je kunt!' riep Roddy terwijl hij haar neerzette. 'Het is de enige manier!'

Fiona bedekte haar hoofd met haar handen en stortte zich door de vlammen. Ze hoorde een luid geraas en voelde een ongelooflijke hitte. Een verschroeiende pijn trok door haar been, en toen waren ze buiten en tientallen handen sloegen de vlammen op hun kleren uit.

Ze holde langs de politiemannen en omstanders naar de Old Stairs, vloog de treden af en had net de oever bereikt toen een enorm kabaal weerklonk. Het leek wel of de wereld verging. Ze werd als een lappenpop naar voren gegooid, in de modder en het water. Heel even kon ze niets meer zien of horen. Water drong in haar mond en neus. Toen kwam ze weer bij haar positieven. Hoestend en spugend kwam ze overeind op haar knieën en keek achterom. De Old Stairs waren verdwenen, afgerukt. Op hun plaats lag een berg stenen en brandende stukken hout. Waar vroeger de westelijke muur van Oliver's was geweest, zat nu een gat van wel twee verdiepingen groot. Rook en vlammen sloegen naar buiten. Fiona kon de Town of Ramsgate niet meer zien, net zomin als de steeg die van de Old Stairs naar de straat had gelopen. Waar was Roddy? Was hij bij zijn mensen gebleven? Of was hij achter haar aan gekomen?

'Roddy!' riep ze. 'Oom Roddy!'

'Fiona! Is alles goed met je?' De stem klonk luid, maar van een afstand. Hij moest aan de andere kant van de puinhoop staan. 'Het zijn de gasleidingen! Ga daar weg voor het hele gebouw de lucht in gaat!'

'Dat kan niet! Ik moet Joe zoeken!'

Het begon vloed te worden. Fiona holde onder de pijlers door, het modderige water in, en riep naar Joe. Ze ging steeds verder. De golven wierpen haar tegen de hoge palen. Ze probeerde naar de meest oostelijke kant van het gebouw te komen, waar een stuk oever naast de steiger lag. Als Joe in het water terecht was gekomen, had hij misschien een kans gehad. Toen ze eindelijk onder de pijlers vandaan kwam, kolkte het water om haar knieën. Op de modderige oever zag ze een gestalte half in het water en half op de kant liggen. Zijn been lag in een vreemde hoek ten opzichte van zijn lichaam.

'Joe!' schreeuwde ze wanhopig. 'O, nee!'

Joe kreunde en probeerde overeind te gaan zitten. Fiona holde naar hem toe. Snikkend kuste ze zijn gezicht. 'Zeg alsjeblieft dat het goed is met je!'

'Ik denk het wel. Behalve mijn been. Dat raakte de rand van de steiger toen ik viel. Vlak onder de knie. Ik kan het niet bewegen.'

'Wat is er met Burton gebeurd?' vroeg Fiona. Ze keek angstig om zich heen.

'Ik weet het niet. Hij was er niet toen ik me uit het water hees. Ik denk dat hij op de steiger is gevallen.' Joe probeerde zich verder de oever op te trekken, maar hij viel terug in de modder. Fiona zag dat zijn gezicht grauw was geworden, en hoewel hij lag te rillen, glinsterde het zweet op zijn huid.

'Blijf liggen,' zei ze. 'Ik zal je hier weghalen.'

Maar hoe? vroeg ze zich wanhopig af. Het water kwam steeds hoger. Ze had misschien nog een minuut of vijf, tien, tot de modderbank helemaal onder water zou staan. Ze kon niet langs dezelfde weg terug. De Old Stairs bestond niet meer en achter hen waren alleen de steile muren van de verraderlijke toegang tot Wapping. Op de rivier zag ze wel binnenschepen, maar die lagen in het midden voor anker, te ver weg. De enige manier om weg te komen was via de Wapping New Stairs, maar die lag een stuk naar het oosten. Tussen Oliver's en de New Stairs bevonden zich een stuk of vijf grote pakhuizen die allemaal tegen elkaar lagen, zonder stegen ertussen. Tegen de tijd dat ze bij de New Stairs was en hulp had gehaald, was het te laat, dan was het al hoog tij. En dan was er nog het gevaar dat er een nieuwe explosie zou komen in Oliver's. Die kon het hele pakhuis doen instorten. Fiona besefte dat ze Joe het water in moest zien te krijgen. De New Stairs waren de enige uitweg.

Ze vertelde wat ze van plan was. 'Kun je een plank of stok voor me zoeken?' vroeg hij. 'Dan kan ik die als spalk gebruiken.'

Fiona holde in de richting van Orient Wharf, wanhopig zoekend naar stukken hout. Ze vond een stuk van een theekist en drijfhout. Daar moesten ze het mee doen. Ze holde terug naar Joe en knielde naast hem neer. Terwijl ze een stuk van haar rok scheurde om de spalk mee vast te maken, tilde Joe opeens zijn hoofd op. Zijn ogen werden groot.

'Fiona, kijk uit!' riep hij, en duwde haar weg.

Toen ze opzij viel voelde ze iets langs haar wang suizen.

'Rennen, Fiona, maak dat je hier wegkomt!' schreeuwde Joe.

Ze krabbelde overeind, voelde een verzengende pijn in haar schouder, draaide zich om en zag William Burton. Hij zat onder het bloed en een heleboel botten in zijn lichaam moesten gebroken zijn, maar toch kwam hij op haar af met een mes in zijn hand. Ze schreeuwde het uit en deinsde terug. Ze voelde wat hij had gedaan, voelde het warme bloed op haar rug. Hij kwam op haar af en dwong haar terug in de richting van de Old Stairs, weg van Orient Wharf, de rivier en de enige hoop op ontsnapping.

'Laat haar met rust, Burton!' schreeuwde Joe. Hij probeerde overeind te komen om haar te helpen.

Burton stak weer in haar richting, grijnzend, en dwong haar steeds verder van Joe vandaan.

'Help! Help!' gilde Fiona.

'Ik heb je gezocht in straten, stegen, huizen en kamers. Er waren er zoveel net als jij, allemaal hoeren,' zei hij.

Ze stootte met haar rug tegen de muur van de toegang tot Wapping. Ze kon nergens meer heen. Het was afgelopen. Hij zou haar vermoorden. Ze draaide zich om en probeerde wanhopig tegen de muur op te klauteren. Toen bukte ze zich, raapte stenen en handenvol modder op en gooide die blindelings in zijn richting. 'Moordenaar!' snikte ze.

Burton bleef zijn vreemde litanie mompelen. 'Polly. Donkere Annie, Lange Liz, Catherine met het rode bloempje,

Marie die voor me zong toen ze haar keel nog had. Knappe Frances. En die bemoeial, de dode met het rode haar...'

Fiona kende die namen. Het waren allemaal prostituees. Op één na. De bemoeial. Een dode met rood haar. Ze zonk op haar knieën in de modder. Ze kende geen doodsangst meer. Een misselijkmakende zekerheid had bezit van haar genomen. 'Ben jij Jack?' bracht ze uit.

Ze keek naar zijn ogen. Fel en zwart en waanzinnig.

'... je vluchtte, maar ik heb je gevonden. Mijn mes is scherp, klaar voor nieuw werk. Je zult niet ontsnappen, ik ga je hart uitrukken, uitrukken...'

'Ben jij Jack?'

Hij hief het mes op.

'Geef antwoord, verdomme!' schreeuwde ze.

Er klonk een scherpe knal. Toen nog een, en nog een. Zes in totaal. Bij elke inslag schokte Burtons lichaam. Hij bleef heel even onbeweeglijk staan en viel toen voorover op de grond. Achter hem stond een man met een pistool in zijn hand. Fiona keek van het pistool naar Burton, naar het bloed dat over zijn lippen welde en uit de gaten in zijn lichaam sijpelde. Toen begon ze te schreeuwen. Ze kon niet ophouden. Ze drukte zich met gesloten ogen tegen de muur, maar ze voelde handen onder haar armen die haar overeind trokken. 'Kom, mevrouw Soames, we moeten weg,' zei een man. Oliver's was nu een inferno.

'Nee!' gilde ze, en ze probeerde weg te kruipen, buiten zinnen van angst en pijn.

Er klonk een gierend geluid van scheurend metaal toen een lier losschoot en op de steiger stortte. Houtsplinters vlogen in het rond. De man trok Fiona met een ruk overeind en duwde haar het water in.

'Joe!' schreeuwde ze, en ze probeerde naar de pijlers te rennen. 'Laat me los! Laat me los!'

De man hield haar stevig vast. 'Hij is veilig, mevrouw Soames. We hebben hem opgehaald. Hij is in de boot. Kom nu maar mee.'

Fiona keek bevend op naar de man. Hij was jong en gespierd en over zijn kin liep een litteken. 'Ik ken jou,' zei ze. 'Je bent Tom. Tom Smith. Van het kerkhof.'

Tom Smith lachte.

'Wat doe je hier? Heeft Roddy je gestuurd? Mijn oom Roddy?'

Tom lachte weer. 'Nou, nee. Sid Malone heeft ons gestuurd. Hij was naar u op zoek. En dat was maar goed ook.'

Sid Malone. De man die zich aan haar had proberen op te dringen. De man die Bowler Sheehan had laten vermoorden. Wat wilde hij van haar? Ze voelde er niets voor om op een boot te zitten met mannen als Sid Malone, maar ze had geen keus.

Tom nam haar mee naar de waterkant. Het was een grote overzetboot. Handen trokken hen uit het water dat tot hun middel reikte. Toen kwamen de roeispanen in beweging en de boot voer weg van Oliver's. Er waren vijf mannen in de boot, twee bij haar in de achtersteven, twee aan de riemen, en nog een man die met zijn rug naar haar toe in de boeg stond.

'Waar is Joe?' vroeg ze. Tom wees achter zich. Joe lag op de bodem van de boot met een deken over zich heen. Zijn ogen waren dicht. Ze knielde bij hem neer en zag dat hij veel pijn had. Ze pakte zijn hand en hield die tegen haar wang, geschrokken omdat hij zo wit zag. Toen ging ze weer naar Tom. 'Dank je,' zei ze. 'Ik weet nog steeds niet hoe en waarom je dit hebt gedaan, maar ik ben je dankbaar.'

'Ik was het niet, mevrouw Soames,' zei Tom met een knikje naar de gestalte in de boeg.

Hij hielp Fiona naar hem toe. 'Meneer Malone?' zei ze

tegen zijn rug. Ze probeerde kalm te klinken en geen angst te tonen. Er kwam geen antwoord. 'Waar brengt u ons naartoe? Mijn vriend heeft een dokter nodig.'

'Er zal voor hem worden gezorgd,' zei de man.

Hij sprak met een sterk cockneyaccent. En hij klonk zo bekend.

'U begrijpt het niet. Hij moet naar een ziekenhuis.' Ze raakte zijn arm aan. 'Meneer Malone?'

Hij nam zijn pet af en draaide zich om.

Fiona's adem stokte in haar keel. Haar benen werden slap. Als Tom haar niet had opgevangen, zou ze in elkaar zijn gezakt. 'Dit kan niet...' fluisterde ze. 'O god, dit kan niet...'

'Hallo, Fiona,' zei de stem.

De stem van een dode.

De stem van een geest.

De stem van haar broer Charlie.

71

'En de vraag naar Quick Cup is fenomenaal! We gooien tonnen thee per week in de machine en we kunnen het nog niet bijbenen. De nieuwe machine is in bestelling en Dunne heeft beloofd dat die in november in New York zou zijn. Net op tijd voor de vakantie! Maddie heeft een prachtig cadeaublik ontworpen voor Kerstmis. Dat moet je zien. Ik heb de tekeningen meegebracht...'

'O, laat die thee toch even, Stuart,' zei Fiona. 'Hoe gaat het met je? En met Michael en Mary en Nate en Maddie? En hoe gaat het met Teddy? En Peter?'

'Goed. Het gaat met iedereen goed, Fiona. Belangrijker is de vraag hoe het met jou gaat? Niemand kan eigenlijk geloven wat er is gebeurd. Michael hield ons steeds op de hoogte en wij zeiden steeds dat hij het verzon. Eerst een heel nieuw theebedrijf en dan een echtgenoot... iedereen denkt dat je gek bent geworden!'

Fiona lachte. Ze was zo blij dat Stuart er was. Hij was die ochtend aangekomen uit New York. Ze had hem van het station laten afhalen en zijn bagage naar het Savoy laten brengen, en toen was ze zelf naar hem toe gegaan, een halfuurtje geleden. Ze was van plan om gezellig met hem te gaan lunchen, maar hij zei dat hij het zitten beu was en wilde meteen naar Oliver's en daarna naar Mincing Lane. Als zakenman in hart en nieren had hij meer belangstelling voor het bedrijf dan voor een kreeftsalade.

Ze liepen nu gearmd door Wappings High Street elkaar bij te praten.

'Maar Fiona,' zei Stuart nu serieus. 'Alle gekheid op een stokje, je hebt wel bijna je leven verloren.'

'Liever gezegd gevonden.'

'Maar de man heeft je bijna vermoord! William Burton nog wel. Ik ben bijna voor hem gaan werken vroeger. Als jongen. Jaren geleden.' Hij schudde zijn hoofd. 'Het is niet te geloven. En je zegt dat ze het lichaam nooit gevonden hebben?'

'Nee. Toen de brand geblust was, was het tij al gekeerd. Het water moet hem hebben meegevoerd.'

'En de man die hem heeft doodgeschoten?'

'Die hebben ze ook nooit gevonden,' antwoordde Fiona. Ze wendde haar blik af.

'Hij heeft Burton gewoon neergeschoten, jou gered en toen is hij weer weggegaan?'

'Hij was kapitein van een overzetboot. Hij had net passagiers overgevaren,' zei ze. 'Hij zag de brand, hoorde me schreeuwen en kwam me te hulp.'

'Ik wist niet dat kapiteins van veerboten vuurwapens droegen.'

'Hij zei dat hij te vaak beroofd was.'

'Heeft hij nog gezegd hoe hij heette?'

'Nee. Met opzet niet, denk ik. Hij had een man gedood. Weliswaar om mij en Joe te redden, maar toch had hij hem gedood en hij had geen zin in bezoek van de politie. Hij heeft ons leven gered, Stuart.'

'Het lijkt wel een avonturenroman,' zei Stuart. Heel even leek het of een donkere wolk voor de zon schoof.

'Maar wel een met een happy end,' vervolgde Stuart. 'Je bent spoedig erna getrouwd?'

'Ja,' zei ze met een glimlach. 'In Joe's huis. In Greenwich. Waar jij vanavond naartoe gaat.'

'En dat is een jongen die je van vroeger kende?'

'Ja.'

'Een goede kerel?'

'Heel goed.'

'Ik zie het. Je straalt gewoonweg, Fiona. Ik heb je nog nooit zo gelukkig gezien.'

'Dank je, Stuart. Ik kan niet wachten om je aan hem voor te stellen.'

Hij gaf een klopje op haar hand. 'Nick zou blij voor je zijn. Dat weet je toch wel?'

Fiona knikte. Ze keek naar haar hand op Stuarts arm. Ze had Nicks trouwring in haar juwelenkistje gedaan. Af en toe zou ze naar de inscriptie kijken en denken aan haar eerste man en beste vriend. Nu droeg ze Joe's trouwring. En zijn mooie scarabee. Maar Nicks diamanten ring droeg ze nog steeds, aan de ringvinger van haar rechterhand. Joe vond het niet erg. Hij zei zelfs vaak dat hij Nicholas Soames dankbaar was dat hij zo goed voor haar had gezorgd.

'Wanneer zien we je weer terug in New York?'

'Over een maand. Nu je hier bent, hoop ik het bedrijf hier weer op de rails te zetten. Ik heb het alleen maar draaiende kunnen houden de afgelopen maanden, maar het is nog niet zo sterk als ik had gehoopt. We hebben veel te doen, Stuart. Maar alle middelen zijn er. We hebben zelfs onze eigen plantage! Kun je het je voorstellen? Alleen moeten we helemaal opnieuw beginnen. Het is een grote chaos. Ik vroeg me af... zou jij het erg vinden om hier een poos te blijven? Een lange poos misschien? Je krijgt er natuurlijk een flinke vergoeding voor en een nieuwe titel. President van TasTea, Londen. En een nieuw salaris.'

'Of ik het erg zou vinden? Fiona, vanaf het moment dat ik je telegram kreeg hoopte ik dat je me zou vragen om het nieuwe bedrijf te leiden. Ik mis Engeland vreselijk. Ik huilde bijna toen ik uit de trein stapte.'

'O Stuart, dat is prachtig! Het kan niet beter! Wat ben ik daar blij om.'

'En jij? Vind jij het niet erg om uit Londen weg te gaan?'

'Ik zal het erg vinden om oom Roddy en mijn schoonfamilie achter te laten, maar ik mis de rest van mijn familie. Ik kan niet wachten om Seamie en Mary en de kinderen te zien.' Ze lachte even ondeugend. 'En zelfs Michael.' En ze miste hen inderdaad ontzettend. Toen ze in juli was vertrokken had ze hooguit een maand weg willen blijven. Nu was het bijna oktober. Ze miste TasTea ook. Stuart had alles prima geregeld tijdens haar afwezigheid, maar ze verlangde ernaar haar fabriek weer te zien, haar vrachtkarren.

'En je man? Vind hij het niet erg om je kwijt te raken aan New York?'

'O, maar hem laat ik niet achter!' zei ze lachend. 'Hij gaat mee. We proberen drie maanden in New York door te brengen en dan drie in Londen, enzovoort. Dan zien we wel hoe het gaat.' Ze bleef staan en wees naar het gebouw van rode baksteen voor hen. 'We zijn er,' zei ze. 'Dat is Oliver's Wharf.'

'Allemachtig! Het is enorm!' riep Stuart uit.

Fiona keek ook omhoog, blij te zien dat de werkzaamheden snel vorderden. Oliver's zag er weer trots uit. De zwarte roetvlekken waren verwijderd en de ingestorte muur was weer opgebouwd. Ramen en laaddeuren waren vervangen. Binnen waren de steunpilaren en dwarsbalken vernieuwd en de bouwers waren weer planken vloeren aan het leggen. En er was alweer thee in het pakhuis. Assamthee die ze voor TasTea had besteld en de nieuwe samenstelling voor Londen lagen in kisten op de eerste verdieping. Terwijl ze stond te kijken hoe de bouwers planken naar de derde verdieping takelden, voelde ze een frisse bries van de rivier komen.

'Laten we naar binnen gaan,' zei Stuart.

'Ga jij maar vast, en kijk rustig rond. Ik kom straks,' zei ze.

Hij verdween en ze liep naar de Old Stairs – de nieuwe Old Stairs – om een poosje bij het water te zitten. Ze wilde haar geliefde rivier zien om tot zichzelf te komen en de emoties te bedaren die weer waren opgerakeld doordat ze had verteld over de nacht dat Oliver's in brand stond. Ze liep naar de bovenkant van de trap en ging op haar gewone plekje halverwege zitten.

Ze keek een poos naar de meeuwen en zag een straatjongen in de modder wroeten. Toen ze het kon opbrengen keek ze naar Cole's Wharf aan de overkant van de rivier, een graanpakhuis, de laatste plek waar ze haar broer had gezien.

Tranen kwamen in haar ogen, zoals steeds als ze terugdacht aan toen ze zijn stem hoorde, en toen zijn gezicht zag en zijn sterke armen om haar heen voelde. Ze had vreselijk gehuild, helemaal op van emoties en vermoeidheid, haar verwondingen, de doodsangst en ten slotte de vreugde.

Tijdens de boottocht had Charlie haar verteld dat hij in alle kranten over haar had gelezen toen ze Burton zijn bedrijf had afgenomen. Hij vertelde hoe hij zich had gevoeld toen hij hoorde dat Burton hun vader had vermoord... De schok, de woede en het verdriet. En hoe blij hij was dat ze leefde en het goed maakte. Hij had zijn mannen opdracht gegeven een oogje op haar te houden en Burton te zoeken.

Maar dat was niet gelukt. Burton had zich te goed verstopt. Pas toen Tom en Dick O'Neill te pakken hadden gekregen, nadat ze hem naar Fiona's huis en toen naar Covent Garden waren gevolgd, hoorden ze dat Burton zich schuilhield in een verborgen ruimte op de bovenste verdieping van Oliver's. En toen was het bijna te laat. Ze waren zo slim geweest om Charlie op te bellen, en hij was met een paar mannen in een boot gestapt. Toen Tom en Dick wisten wat Burton van plan was en bij Oliver's waren gekomen, stond het pakhuis al in brand. Ze waren via de New Stairs naar beneden en langs de oever gerend en kwamen net op tijd om te verhinderen dat Burton haar zou vermoorden.

Terwijl Charlie praatte roeiden zijn mannen in zuidelijke richting. Ze legden aan bij Cole's Wharf en gingen door een zijdeur naar binnen. Fiona zag tot haar verbijstering dat ze zich in een comfortabele, goed verlichte ruimte bevond met tafels en stoelen, eten en wijn. Joe werd voorzichtig op een bank gelegd en hij kreeg laudanum tegen de pijn. Ze lieten meteen een dokter komen. Zijn been werd gezet. Hij had geen betere zorg kunnen krijgen als hij door de lijfarts van de koningin was behandeld. De dokter maakte ook Fiona's wond schoon en hechtte die. Burtons mes was niet zo diep gegaan als de eerste keer, en ze had lang niet zoveel bloed verloren.

Toen, terwijl Joe rustte en Tom Smith en de anderen gingen eten, nam Charlie Fiona mee naar een kleinere kamer. Daar stond een groot bureau, enkele fauteuils en een paar banken. Ze omhelsden elkaar weer, en toen begon ze weer te huilen. Ze klampte zich aan haar broer vast terwijl hij over haar haren streek en haar suste. Hij liet haar plaatsnemen op een bank en schonk een glas port voor haar in.

'Fee, hou nu op met huilen, toe. Je ogen zijn helemaal gezwollen. Ik ben er, alles is goed,' zei hij.

Ze knikte, maar bleef huilen. Tussen haar snikken door bestookte ze hem met vragen. 'Charlie, waar was je? We dachten dat je dood was. Waar ben je naartoe gegaan? Ze hadden een lichaam uit de rivier opgevist. Pa's horloge zat in een van de zakken. Waar ben je al die tijd geweest? Waarom heb je niet geprobeerd ons te vinden?'

Hij had zijn glas leeggedronken en toen verteld over de afgelopen tien jaar, te beginnen met de nacht van Jacks laatste moord. Het kostte hem zichtbaar moeite.

Hij was onderweg naar huis van de Taj, waar hij een gewonnen wedstrijd had gevierd. Het was donker en laat, en tot zijn verbazing had hij een heleboel mensen gezien in Adams Court. Toen zag hij zijn moeder levenloos op de straatkeien liggen terwijl haar bloed in de kieren ertussen vloeide. Hij had Fiona horen gillen en de baby jammeren. Hij herinnerde zich dat hij had geprobeerd zijn moeder vast te houden om te voorkomen dat de politie haar weghaalde. En toen dat hij aan het rennen was. Weg van dat afschuwelijke tafereel. Weg van zichzelf. Hij bleef rennen tot zijn benen pijn deden en zijn longen in brand stonden en zijn hart hem dwong om te stoppen. Diep in het donkere hart van East End. Helemaal naar de Isle of Dogs. Daar kroop hij onder een omheining door en bevond zich op een scheepswerf. Hij kroop weg in de resten van een oude treiler. Hoe lang hij daar bleef wist hij niet. Uren misschien. Of dagen. Toen hij er koud en hongerig weer uitkroop, wist hij niet waar of wie hij was. Er was iets gebeurd met zijn hersenen, maar tot op de dag van vandaag wist hij nog steeds niet precies wat. Denny Quinn had hem verteld dat het geheugenverlies werd genoemd.

Hij zwierf langs scheepswerven en pakhuizen. Hij sliep buiten, en at wat hij in vuilnisemmers kon vinden. Toen toog hij langs de rivier weer naar het westen. Stukje bij beetje keerde zijn geheugen terug. Af en toe flitste een beeld door hem heen van zijn oude straat, zijn familie, zijn vrienden. En ten slotte kwam alles weer terug en herinnerde hij zich dat hij een broer en twee zussen had, dat zijn moeder was vermoord. Het verdriet had hem overmand.

Hij vertelde aan Fiona dat hij op een avond was teruggegaan naar Adams Court om hen te zoeken, maar dat ze waren vertrokken. Toen drong het tot hem door dat hij niemand had en nergens heen kon, dus nam hij zijn straatleven weer op.

'Waarom heb je niet geprobeerd Roddy te vinden?' vroeg Fiona. 'Hij had je kunnen helpen, hij had je kunnen zeggen waar Seamie en ik waren.'

'Dat heb ik ook geprobeerd,' antwoordde hij ontwijkend. 'Ik ben naar zijn oude appartement gegaan, maar daar was hij niet meer.'

Fiona hield vol. 'Maar na je verdwijning werd een lichaam in de rivier gevonden. Roddy heeft het geïdentificeerd. Het had rood haar en pa's horloge zat in een jaszak. Het horloge dat hij jou had gegeven. We dachten dat jij het was. Charlie, wie hebben we in godsnaam begraven als jij het niet was?'

Hij had zijn blik afgewend.

'Wie, Charlie?'

'Sid Malone.'

Fiona had zich ontzet tegen de leuning van de bank laten zakken. 'Hoe kan dat?'

Toen vertelde hij het. Op een avond, toen hij pas zijn geheugen terughad, liep hij door de High Street van Wapping. Hij zocht in een vuilnisemmer van een pub naar eten toen iemand hem bij de nek greep. Het was zijn oude tegenstander, Sid Malone. 'Kijk eens aan wie we hier hebben! Iedereen vraagt zich af wat er met je is gebeurd. Ik heb gehoord dat je ervandoor was, maar ik wist natuurlijk allang dat je een lafaard bent.' En toen had Sid hem een stomp op zijn neus gegeven en die gebroken. De pijn verblindde hem even, lang genoeg voor zijn aanvaller om toe te slaan. Sid doorzocht zijn zakken. Hij vond geen geld, maar wel het horloge van Charlies vader. Sid stak het in zijn zak en liet een regen van vuistslagen om hem neerkomen. Hij zei dat hij hem zou doden en zijn lichaam in de rivier gooien. En dat meende hij. Zijn vuistslagen waren hard en gemeen. Charlie ging tegen de grond. Hij probeerde overeind te komen. Terwijl hij op de keien steun zocht, vonden zijn vingers een losse steen. Hij wrikte die verder los en mikte blindelings. Er klonk een zacht gekraak.

Hij had Sids schedel ingeslagen. Hij probeerde hem bij te brengen, maar het was zinloos. Als iemand hier ooit achter zou komen, zouden ze nooit geloven dat hij het uit zelfverdediging had gedaan. Ze zouden hem ophangen. In paniek deed hij wat Sid had gedreigd te doen: hij sleepte zijn lichaam naar de rivier en duwde het van een steiger in het water. In de haast vergat hij het horloge terug te pakken.

'Dat is de ware reden waarom ik niet naar Roddy ben gegaan,' gaf hij toe. 'Ik was bang dat iemand me Sid had zien doodslaan. Ik wilde hem er niet bij betrekken.'

'Roddy zou je hebben geloofd, Charlie,' zei Fiona. Ze begon weer te huilen. 'Hij zou je hebben geholpen.'

'Ik ben naar Denny gegaan. Het was zijn idee dat ik Sids naam heb aangenomen. Die knul had toch geen familie, zei hij. Hij zei dat ik me verborgen moest houden aan de zuidkant van de rivier, waar niemand me kende. Den heeft me opgevangen. Hij heeft al die jaren voor me gezorgd. We stonden op het punt om samen in zaken te gaan. Wij tweeën. We zouden het hele oosten van de stad in handen nemen, aan beide kanten van de rivier. Hij heeft me geleerd hoe ik moest overleven, Fiona. Hij heeft me behandeld alsof ik zijn zoon was.'

'En hij heeft een misdadiger van je gemaakt,' zei Fiona zacht.

Hij wendde zijn blik af. Toen draaide hij zich meteen weer naar haar om en richtte zijn wijsvinger op haar. 'Ik had niets! Niemand! Ik moest overleven, Fiona! En dat is me gelukt. Misschien niet op jouw manier, maar wel op de mijne. Die van East End.'

'Door te stelen, Charlie? Door schedels in te slaan? Door dezelfde dingen te doen die Bowler Sheehan heeft gedaan? Sheehan, weet je nog? De man die onze vader heeft vermoord!'

Charlies gezicht verstrakte. 'Ik denk dat het tijd wordt om je naar huis te brengen,' zei hij. 'Tommy! Dick!' blafte hij.

Fiona wist dat ze hem diep had gekwetst. 'Nee, Charlie, nog niet. Praat alsjeblieft tegen me.'

'Charlie wie?' zei hij met een uitdagende en tegelijkertijd verdrietige blik. 'Ik heet Sid. Sid Malone.'

Hij had haar vaarwel gekust en gezegd dat ze niet moest proberen hem te vinden. Toen namen zijn mannen haar ondanks haar tranen en protesten mee uit zijn kantoor.

De dagen erna waren heel moeilijk geweest. Ze had naar Roddy's bureau gebeld zodra Charlies mannen haar en Joe naar Joe's huis hadden gebracht. Roddy was er niet, maar een agent ging naar hem op zoek en vertelde waar ze waren. Nog voor de ochtend was hij al in Greenwich. Hij kon nauwelijks geloven dat ze leefden. Fiona vertelde hem alles wat er was gebeurd. En hij, een van de sterkste, koelbloedigste mannen die ze kende, had als een kind gehuild toen ze vertelde wie Sid Malone in werkelijkheid was. Op een avond waren ze teruggegaan naar Cole's Wharf. Zij,

Joe en Roddy. De bewaker had hen niet binnen willen laten, maar Roddy had hem zijn politiepenning laten zien. Ze hadden het hele pakhuis doorzocht, maar er alleen lading gevonden. Alle meubels waren weg, al het eten en drinken, elk teken dat daar ooit iemand was geweest.

Er was een onderzoek gekomen en er werden veel moeilijke vragen gesteld. Fiona had geweigerd te vertellen wie hen hadden gered, en Joe volgde haar voorbeeld. Ze herinnerden zich niet veel, zeiden ze. Het was donker. Ze waren allebei helemaal van slag geweest.

In haar hart kende Fiona de waarheid en ze deinsde er niet voor terug. Haar geliefde broer was een misdadiger. Een dief. Een smokkelaar. Een afperser. Een knappe, dodelijke schurk met smaragdgroene ogen.

Maar ze kende ook een andere waarheid. Charlie had haar leven gered, en dat van Joe. Ze twijfelde er niet aan dat ze zonder hem nu dood waren geweest. En hij had gedaan wat zij in geen tien jaar voor elkaar had gekregen: hij had William Burton vernietigd.

Ze huiverde weer toen ze aan Burtons laatste ogenblikken dacht, en hoe hij er bijna in was geslaagd om haar te vermoorden. Of toen ze aan de dingen dacht die hij had gezegd voor Tom hem neerschoot. Ze had Joe en Roddy verteld over zijn waanzinnige geraaskal. Roddy had zijn huis laten doorzoeken, maar er was niets bijzonders gevonden. Het mes waarmee Burton haar had willen vermoorden, was met hem verdwenen. Roddy liet het haar beschrijven en concludeerde dat het type en de lengte inderdaad de verwondingen had kunnen veroorzaken die de vermoorde vrouwen in '88 waren toegebracht, en de twee prostituees onlangs.

'Hij kan het zijn,' had Roddy gezegd. 'Nu we weten wat hij allemaal heeft gedaan, zou het me niet verbazen. Maar hij is er niet meer om vragen te beantwoorden, dus zullen we het nooit zeker weten.'

Nee, oom Roddy, dacht ze terwijl ze naar de rivier staarde. We zullen het nooit weten.

Soms dacht ze dat ze hem weer zag... Burton... Jack... de donkere man. Lopend langs de oever in zijn zwarte rokkostuum en hoge hoed, met zijn handen op zijn rug. Dan draaide hij zich om, alsof hij haar blik had gevoeld, lichtte zijn hoed en verdween in het donkere water van de toegang tot Wapping of de schaduwen van Orient Wharf. Roddy zei dat hij dood was. Dat niemand zes schoten die van korte afstand waren afgevuurd, kon overleven. Ze wist ook dat hij dood was. Maar toch leefde hij verder. In de littekens op haar lichaam. In de littekens op haar hart.

In de weken na het onderzoek had Roddy overplaatsing aangevraagd. Hij had tegen zijn meerderen gezegd dat hij genoeg had van East End en met zijn gezin weg wilde uit Londen. Hij hoopte op een plaats in Oxfordshire of Kent. Tegen Fiona had hij gezegd dat Charlie beslist een keer zijn pad zou kruisen als hij bleef, en dat hij er niet aan moest denken de zoon van Paddy te moeten arresteren. Hij had gezegd dat de echte Charlie Finnegan dood was. Die was in '88 gestorven.

'Dat geldt immers voor ons allemaal,' had ze weemoedig gezegd. En dat was ergens ook zo. Niet een van hen – zij zelf, Roddy, Joe of Charlie – was dezelfde als tien jaar geleden.

Weer kwamen de tranen. Wat moest ze tegen Michael zeggen? En tegen Seamie, die zijn grote broer had aanbeden? 'Zeg gewoon niets,' had Joe gezegd. 'Laat Seamie zijn herinneringen. Dan heeft hij tenminste dat.' Fiona had zijn advies aangenomen. Voorlopig. Ze zou blijven proberen om Charlie te vinden, wat hij ook had gezegd, wat hij ook deed. Ze hield van hem. En op een dag zou ze hem terugkrijgen. De echte Charlie, niet Sid Malone. Ze zou de hoop niet opgeven. Nooit.

Terwijl de bries van de rivier haar tranen droogden, hoorde ze voetstappen op de trap achter haar. Ze draaide zich om en verwachtte dat ze Stuart zou zien, maar het was een klein meisje met rood haar van een jaar of negen. Het meisje lachte verlegen naar haar. 'Ik kom hier wel eens naar de boten kijken,' zei ze. 'Het ruikt lekker vandaag. Net thee.'

Fiona lachte terug. 'Ja. Dat moet ook wel, want gisteren is vijftig ton van de beste assam aangekomen in Oliver's.'

'Ik hou van thee,' zei het meisje, nu iets dapperder. 'Thee komt uit het oosten. Uit India, China en Ceylon. Ik weet waar die liggen op de kaart.'

'O ja?'

'Ja,' zei ze opgewonden. 'Op een dag ga ik ook naar India. Met een boot. En dan neem ik een eigen theeplantage en dan word ik net zo'n dame als die vrouw uit de krant, mevrouw Soames.'

'Ik geloof dat ze nu mevrouw Bristow heet,' zei Fiona. Ze was verrukt van dat pittige kleine ding in haar versleten katoenen jurk en kaal geworden jasje. 'Ga je echt naar India?'

'Dat wil ik wel,' zei het meisje, maar er kwam een twijfelende blik in haar grote, bruine ogen. 'Maar ik weet het niet...' Ze keek naar haar laarzen en schoof met de punt van een ervan langs een tree. 'De juffrouw zegt dat ik raar ben. Dat mijn hoofd vol dromen en spinnenwebben zit.'

'O ja?' zei Fiona. 'En wie is die juffrouw?'

'Mijn juffrouw van school.'

'Nou, ze heeft het mis. Je bent niet raar. Mensen met dromen zijn slim.'

'Echt waar?'

'Echt waar. Als je ooit je dromen door iemand laat afpakken, kun je net zo goed meteen naar de begrafenisondernemer gaan. Want dan ben je eigenlijk al dood.'

'Is dat zo?' vroeg het meisje met grote ogen.

'Absoluut. Dat heeft een heel wijze meneer ooit tegen me gezegd. Een heel lieve meneer, die hier ook vaak naar de schepen kwam kijken. Net als jij. Hoe heet je, meisje?'

'Daisy.'

'Welnu, Daisy, als je ooit je eigen theetuin wilt hebben, dan moet je heel veel weten over thee.'

'Weet u veel over thee?'

'Ja, dat wel.'

'Wat dan allemaal?'

'Om te beginnen moet je het verschil tussen goede en slechte thee kennen. En daar zijn verschillende manieren voor. Kom, dan zal ik het je laten zien.'

Fiona stak een hand uit en Daisy pakte die. Ze liepen de Old Stairs op. Achter hen bewogen talloze kranen omhoog en omlaag, verdrongen binnenschepen en veerboten zich, waaiden flarden van een zeemanslied mee met de bries en stroomde de zilverkleurige Theems verder. Onveranderlijk, onverbiddelijk. Vechtend tegen zijn begrenzingen, steeds buiten zijn oevers tredend. Altijd en nooit dezelfde.

Dankwoord

Ik ben veel dank verschuldigd aan Martin Fido, auteur van *The Crimes, Detection, and Death of Jack the Ripper* en *Murder Guide to London*, omdat hij me een nachtelijke rondleiding heeft gegeven door de straten en stegen die Jack kende, en omdat hij me deelgenoot heeft gemaakt van zijn encyclopedische kennis van het East End van Londen rond 1880 en de bevolking. Samuel Twining, LVO, OBE, directeur van Twinings Tea, en Syd Mumford, voormalig Hoofd Inkoop en Vermenging voor de firma, waren zo vriendelijk me in te wijden in de geheimen van de theehandel, en gaven me een spoedcursus theeproeven. Tevens dank aan het personeel van het Museum of London in de Docklands voor het gebruik van hun bibliotheek en verzamelingen. De Londenaren Fred Sage, voormalig stuwadoor, en Con McCarthy, tallyklerk van oceaanschepen, hebben me door menige straat in de Docklands vergezeld en me verteld over het werk aan de rivier. Het was een genoegen en een eer om een biertje met hen te drinken in de Town of Ramsgate.

Sally Kim, mijn redacteur, is de droom van elke auteur: een mentor, steun, en partner in de misdaad. Ik ben haar oprecht dankbaar, en de rest van het team bij St. Martin's Press/Thomas Dunne Books.

Zonder Simon Lipskar, mijn volhardende agent, zou *De theeroos* nooit zijn voltooid. Hij besloot mij en mijn armzalige manuscript een kans te geven, zorgde dat we beter werden en dat we bekendheid kregen, en ik kan hem niet genoeg dankbaar zijn voor zijn moeite.

Laurie Feldman, Diana Nottingham, Brian O'Meara en Omar Wohabe stonden vanaf het begin voor me klaar met goede raad, steun en champagne. Betere vrienden kun je niet hebben. Bedankt! Heather, John, en Joasha Dundas lazen de eerste kladjes van de roman en gaven waardevolle op- en aanmerkingen, waar ik heel dankbaar voor ben.

Een bedankje vol genegenheid voor Wilfriede, Matt, Megan en Mary Donnelly en Marta Eggerth Kiepura, mijn fantastische familie, omdat ze in me geloofden, me aanmoedigden en me steeds verhalen hebben verteld.

En mijn grootste dank gaat uit naar Douglas Dundas, omdat hij me heeft geleerd wat het betekent om vertrouwen te hebben.